清詩話全編

道光期十二

張寅彭 編纂
張宇超 朱洪舉 點校

国家出版基金项目
NATIONAL PUBLICATION FOUNDATION

上海古籍出版社

第十二册目次

眉山詩案廣證

眉山詩案廣證提要

張鑑撰。據光緒十年江蘇書局刊本點校。鑑(一七七一——一八五三)字秋水,一字春冶,浙江歸安人。嘉慶初拔貢。有《十五經叢説》、《西夏紀事本末》。張氏曾入阮元詁經精舍,協同編纂《經籍纂詁》、《兩浙輶軒録》。曾建言海運事,道光初頗爲朝廷采用。按蘇軾烏臺詩案,是非曲折早已昭示天下。惟當年《詩案》一書,周必大《二老堂詩話》謂親見原稿本,陳振孫《直齋書録解題》著録爲十三卷,胡仔《苕溪漁隱叢話》實録有三卷半,且云「與近時所刊行《烏臺詩案》爲尤詳」,諸家説辭不一。至乾隆間《四庫全書》所得一卷本,《提要》云較《苕溪漁隱叢話》所録止多一二事,「其餘則條目皆同」,亦未脱舊本内容。張氏此《廣證》則爲新作,盡采現存相關文字,直至宋犖新刊之《施注蘇詩》,編爲六卷,雖未達「十三卷」之數,亦可謂洋洋大備矣。卷一「史原」,録史傳之正式記載;卷二、三「印案」上下,排列涉案詩文,列出各家羅織之説,原原本本;卷四「綴簡」録疑似無定之作;卷五「瑣述」録詩文外之人事糾葛,卷六「附録」爲案主之上書奏折文本,體例甚善。其從各家注蘇本及王宗稷《東坡年譜》、厲鶚《宋詩紀事》等考辨《烏臺詩案》條目、文字之出入,據查慎行注、《説郛》、《石林詩話》各補出一條,查注條入印案,《説郛》、《石林》條入綴簡,信、疑有别,亦善。其書不妨可謂《詩案》定讞之作也。

眉山詩案廣證卷一

烏程張鑑秋水甫著
受業門人歸安郁士楨校

史原

《東都事略·蘇軾傳》：初，殿試用策，舉子希合，爭言祖宗法制非是。軾爲考官，退擬答以進，至謂安石不知人，不可大用。安石怒，御史誣奏軾過失，窮治無所得。軾遂請外，通判杭州。高麗入貢，使者發幣於官，止書甲子。軾却之曰：「高麗於本朝稱臣，今不禀正朔，吾安敢受！」使者亟易書稱熙寧，然後受之。徙知密州，時方行手實法，使民自疏財産，以定户等，司農寺下諸路，不時施行者，以違制論。軾謂常平官曰：「違制之坐若自朝廷，誰敢不從？今出於司農，是擅造律也。若何？」使者驚曰：「姑徐之。」未幾，朝廷亦知其害，罷之。徙徐州。是歲河決澶淵，東泛鉅野，北溢于泲，南溢于泗，浸淫至城下，民爭出避水。軾屨屨杖策，躬率兵夫築長堤，起戲馬臺屬於城，水至堤下，不能爲害。雨日夜不止，河勢益暴，城不没者三版。軾廬於城上，使官吏分堵而守，卒全城。以聞，詔褒之。徙湖州，言者指軾謝表語以爲怨謗，因盡摭軾所爲詩諷時事者，交章條列，謂之訕上。遂逮赴御史臺鞫治，坐貶黄州團練副使安置。

《宋史・蘇軾傳》：徙知湖州，上表以謝。又以事不便民者不敢言，以詩託諷，庶有補於國。御史李定、舒亶、何正言摭其表語，並媒糵所爲詩，以爲訕謗，逮赴臺獄，欲置之死。鍛鍊久之，不决。神宗獨憐之，以黄州團練副使安置。《宋史》「何正言」，《詩案》、《通鑑》皆作「正臣」，俟考。

畢氏沅《續資治通鑑》：元豐二年秋七月己巳，御史中丞李定言：「知湖州蘇軾，本無學術，偶中異科。初，騰沮毁之論，陛下猶置之不問。軾怙終不悔，狂悖之語日聞。軾讀史傳，非不知事君有禮，訕上有誅，而敢肆其憤心，公爲詆訾；而又應試舉對，即已有厭弊更法之意。及陛下脩明政事，怨不用己，遂一切毁之，以爲非是。傷教亂俗，莫甚於此。伏望斷自天衷，特行典憲。」御史舒亶言：「軾近上謝表，頗有譏切時政之言，流俗翕然争相傳誦。陛下發錢以本業貧民，則曰『贏得兒童語音好，一年强半在城中』。陛下明法以課試群吏，則曰『讀書萬卷不讀律，致君堯舜知無術』。陛下興水利，則曰『東海若知明主意，應教斥鹵變桑田』。陛下謹鹽禁，則曰『豈是聞《韶》解忘味，爾來三月食無鹽』。其他觸物即事，應口所言，無一不以詆謗爲主。小則鏤版，大則刻石，傳播中外，自以爲能。」並上軾印行詩三卷。御史何正臣亦言軾愚弄朝廷，妄自尊大。詔知諫院張璪、御史中丞李定推治以聞。時定乞選官參治，及罷軾湖州，差職員追攝。既而帝批令御史臺選牒朝臣一員，乘驛馬追攝，又責不管别致疏虞狀；其罷湖州朝旨，令差去官齎往。　冬十二月庚申，祠部員外郎、直史館蘇軾，責授檢校水部員外郎、黄州團練副使、本州安置。初，御史臺既以軾具獄上法寺，當徒二年，會赦當原。於是中丞李定言：「軾之姦慝，今已具服，不屏之遠方則亂俗，載之從政則壞法，伏乞特行廢絶。」御史舒亶又言：

「駙馬都尉王詵，收受軾譏諷朝政文字，及遺軾錢物，并與王鞏往還，漏泄禁中語。竊以軾之怨望、詆訕君父，蓋雖行路猶所諱聞，而詵恬聞軾言，不以上報，既乃陰通貨賂，密與燕游。至若鞏者，嚮連逆黨，已坐廢停；詵於此時同掛議論，而不自省懼，尚相關通。案詵受國厚恩，列在近戚，而朋比匪人，志趨如此，原情議罪，實不容誅。乞不以赦論。」又言：「收受軾譏諷朝政文字人，除王詵、王鞏、李清臣外，張方平而下凡二十二人，如盛僑、周班輩固無足論，乃若方平與司馬光、范鎮、錢藻、陳襄、曾鞏、孫覺、李常、劉攽、劉贄等，蓋皆略能誦説先王之言，辱在公卿士大夫之列，所當以君臣之義望之者，所懷如此，顧可置而不誅乎？」疏奏，詵等皆特責。獄事起，詵嘗屬轍密報軾，而轍不以告官，亦降黜焉。

軾初下獄，方平及鎮皆上書救之，不報。方平書曰：「傳聞有使者追蘇軾過南京，當屬吏。臣不詳軾之所坐，而早嘗識其爲人。其文學實天下奇才，向舉制策高等，而猶碌碌無以異於流輩。陛下振拔，特加眷獎，軾自謂見知明主，亦慨然有報上之心。但其性資疏率，闕於審重，出位多言，以速尤悔。頃年以來，聞軾屢有封章，特爲陛下優容，四方聞之，莫不感歎聖明寬大之德。今其得罪，必緣故態。但陛下於四海生靈，如天覆地載，無不化育，於一蘇軾，豈所好惡！自夫子刪《詩》，取諸諷刺，以爲言之者足以戒，故詩人之作，其甚者以至指斥當世之事，語涉謗黷不恭，亦未聞見收而下獄也。今軾但以文辭爲罪，非大過惡，臣恐付之狴牢，罪有不測。惟陛下聖度，免其禁繫，以全始終之賜，雖重加譴謫，敢不甘心！」軾既下獄，衆莫敢正言者。直舍人王安禮乘間進曰：「自古大度之君，不以語言謫人。軾本以才自奮，今一旦致於法，恐後世謂不能容才。願陛下無庸竟其獄。」帝曰：「朕固不深譴，特欲申言者路耳，行爲卿貰之。」既而戒安禮曰：「第去，勿泄言，軾前賈怨於衆，恐言者緣軾以害卿也。」始，安禮在殿廬，見李定，問軾安否狀。定曰：「軾與金陵丞相論事不合，公幸毋營解，人將以爲黨。」至是歸舍人院，遇諫官張璪，忿然作色曰：「公果救蘇軾耶？何爲詔趣具獄？」安禮不答。其後獄果緩，卒薄其罪。

薛氏《宋元通鑑》：元豐二年冬十月，知湖州蘇軾徙知徐州，上表以謝，又以事不便民者不敢言，亦不敢默，嘗作《策略》、《策别》、《策斷》。又緣詩託譏，庶幾有補於國。中丞李定、御史舒亶摘其語，以爲侮慢，論軾「自熙寧以來，作爲文章，怨謗君父。陛下發錢以本業貧民，則曰：『赢得兒童語音好，一年强半在城中。』陛下明法以課試群吏，則曰：『讀書萬卷不讀律，致君堯舜終無術。』陛下興水利，則曰：『東海若知明主意，應教斥鹵變桑田。』陛下謹鹽禁，則曰：『豈是聞《韶》解忘味，爾來三月食無鹽。』其他觸物即事，應口無非以詆謗爲主。」上初薄其過，而浸潤不止，至是不得已從其請，逮軾赴臺獄。詔定與知諫院張璪、御史何正臣、舒亶等襍治之。鍛鍊久之，不決，且多引名士，必欲置之死。太皇太后曹氏違豫中聞之，謂帝曰：「嘗憶仁宗以制科得軾兄弟，喜曰：『吾爲子孫得兩宰相。』今聞軾以作詩繫獄，得非小人忌才中傷之乎？捃至於詩，其過微矣，宜熟察之。」帝本憐軾，且聞曹太后之言，而吴充申救甚力，會同脩起居注王安禮亦對帝曰：「自古大度之君，不以言語罪人。軾以才自奮，謂爵禄可立取，顧碌碌如此，其心不能無觖望。今一旦致於理，恐後世謂陛下不能容才。」帝曰：「朕固不深譴也，行爲卿貰之。第去，勿漏言。軾方賈怨於衆，恐言者緣以害卿也。」王珪復舉軾《詠檜》詩曰：「『根到九泉無曲處，世間唯有蟄龍知。』今陛下飛龍在天，軾欲求知地下之蟄龍，不臣孰甚焉！」帝曰：「彼自詠檜爾，何預朕事？」舒亶又言：「駙馬王詵輩公爲朋比，如盛僑、周邠固不足論，若司馬光、張方平、范鎮、陳襄、劉摯，皆略能誦説先王，而所懷如此，可置而不誅乎？」帝不從，促具獄。軾貶黄州團練副使安置，弟轍及詵皆坐謫貶。張方平、司馬光、范鎮、錢藻、陳襄、劉攽、李準、孫覺、曾鞏、王汾、劉摯、黄庭堅、戚秉道、吴琯、盛僑、王侁、王鞏、王安上、周邠、杜子方等三十二人，俱罰銅。初，鮮于侁爲京東轉運使，以王安石、吕惠卿當國，正人不得立朝。歎曰：「吾有薦舉之權，而所列非賢，耻也。」遂舉劉摯、李常、蘇軾、蘇轍、劉攽、范祖禹等。及知揚州，會軾自湖赴獄，親朋皆絶與交；道出廣陵，侁往見之，臺吏不許通。或曰：「公與軾相知久矣，所往來文字書問，宜焚之勿留，不然，且獲罪。」侁曰：「欺君負友，吾不忍爲。以忠義分譴，則所願也。」至是以舉吏累謫主管西京御史臺。

鑑案，方山紀事多錯迕。此言自湖徙徐，亦當是自徐徙湖之譌。而中所列三十二人，亦與詩案不相應。王侁事跡無徵，疑是鮮于侁之謬。

《東坡先生全集·到湖州謝表》：臣軾言：蒙恩就移前件差遣，已於今月二十日到任上訖者。風俗阜安，在東南號爲無事；山水清遠，本朝廷所以優賢。顧惟何人，亦與兹選。臣軾中謝。伏念臣性資頑鄙，名跡湮微。議論闊疏，文學淺陋。凡人必有一得，而臣獨無寸長。荷先帝之誤恩，擢置三館；蒙陛下之過聽，付以兩州。非不欲痛自激昂，少酬恩造。而才分所局，有過無功；法令具存，雖勤何補。罪固多矣，臣猶知之。夫何越次之名邦，更許借資而顯受。顧惟無狀，豈不知恩。此蓋伏遇皇帝陛下，天覆群生，海涵萬族。用人不求其備，嘉善而矜不能。知其愚不適時，難以追陪新進；察其老不生事，或能牧養小民。而臣頃在錢唐，樂其風土。魚鳥之性，既自得於江湖；吴越之人，亦安臣之教令。敢不奉法勤職，息訟平刑。上以廣朝廷之仁，下以慰父老之望。臣無任。

《續通鑑長編》：元豐二年七月，御史中丞李定、御史舒亶、何正臣，並言蘇軾事，詔知諫院張璪、御史中丞李定推治以聞。時定乞選官參治，及罷軾湖州，差職員追攝。既而上批，令御史臺選牒朝臣一員乘驛追攝，又責不管别致疎虞狀，其罷湖州朝旨，令差去官齎往。十二月，祠部員外郎、直史館蘇軾責授檢校水部員外郎、黄州團練副使、本州安置，不得簽書公事，令御史臺差人轉押前去。絳州團練使、駙馬都尉王詵追兩官勒停。著作佐郎、簽書應天府判官蘇轍監筠州鹽酒税務，正字王鞏監賓州鹽酒務，令開封府差人押出門，趣赴任。太子少師致仕張方平、知制誥李清臣罰銅三十斤。端明殿學士司馬光、户部侍郎致仕范鎮、知開封府錢藻、知審官東院陳襄、京東轉運使劉攽、淮南西路提點刑獄李常、知福州孫覺、知亳州曾鞏、知河中府王汾、知宗正丞劉摯、著作佐郎黄庭堅、衛尉寺丞戚秉道、正字吴琯、知考城縣盛僑、知滕縣王安上、樂清縣令周邠、監仁和縣鹽税杜子方、監澶州酒税顔復、選人陳珪、錢世雄各罰銅二十斤。初，御史臺既以軾具獄上法寺，當徒二年，會赦當原。於是中丞李定言：「軾起於草野垢賤之餘，朝廷待以郎官館職，不爲不厚，所宜忠信正直，思所以報上之施，而乃怨未顯用，肆意縱言，譏諷時政。自熙寧以來，陛下所造法度，悉以爲非。古之議令者，猶有死而無赦，況軾所著文字，訕上惑衆，豈徒議令之比？軾之姦慝，今已具服。不屏之遠方則亂俗，再使之從政則壞法。伏乞特行廢絶，以釋天下之惑。」御史舒亶又言：「駙馬都尉王詵，收受軾譏諷朝政文字及遺軾錢物，并與王鞏往還，漏泄禁中語。竊以軾之怨望，詆訕君父，蓋雖行路猶諱聞，而詵恬有軾言，不以上報，既乃陰通貨賂，密與燕游。至若鞏者，嚮連逆黨，已坐廢停。詵於此時同掛論議，而不自省懼，尚相關通。案詵受國厚恩，列在近戚，而朋比匪人，志趣如此，原情議罪，實不容誅，乞不以赦論。」又言：「收受軾譏諷朝政文字人，除王詵、王鞏、李清臣外，張方平而下凡二十二人，如盛僑、周邠輩固無足論，乃若方平與司馬光、范鎮、錢藻、陳襄、曾鞏、孫覺、李常、劉攽、劉摯等，蓋皆略能誦説先王之言，辱在公卿、士大夫之列，而陛下所當以君臣之義望之者，所懷如此，顧可置而不誅乎！」疏奏，軾等皆特責。獄事起，詵嘗屬轍密報軾，而轍不以告官，亦降黜焉。軾初下獄，方平及鎮皆上書救之，不報。方平書曰：「臣讀《春秋傳》，晉叔向被囚，時祁奚老矣，聞之，乘驛而見執政韓起，爲言叔向謀而寡過，惠訓不倦，宜蒙寬宥之意。起與之同乘，以言諸公而免之。祁奚不見叔向而歸，蓋祁之言爲國，非私叔向也。今日傳聞有使者追蘇軾過南京，當屬吏。臣不詳知軾之所坐，而早嘗識其爲人，起遠方孤生，遭遇聖明之世，然其文學實天下之奇才。向舉制策高等，而猶碌碌無以異於流輩。陛下振拔，特加眷奬，由是材譽益著。軾自謂見知明主，亦慨然有報上之心。但其性資疎率，闕於審重，出位多言，以速尤悔。頃年以來，聞軾屢有封章，特爲陛下優容。四方聞之，莫不感歎聖明寬大之德，而尤軾狂易輕發之性。今其得罪，必緣故態。但陛下於四海生靈，如天之無不覆冒，如地之無不持載，如四時之無不化育，於一蘇軾，豈所好惡！伏惟英聖之主，立非常之功，固在廣收材能，使之以器。若不棄瑕含垢，則人才有可惜者。昔季布親窘高祖，夏侯勝誹謗世宗，鮑永不從光武，陳琳毁詆魏武，魏徵謀危太宗，此五臣者，罪至大而不可赦者也。遭遇明主，皆爲曲法而全之，卒爲忠臣，有補於世。自夫子删《詩》，取諸諷刺，以爲言之者足以戒。故詩人之作，其甚者以至指斥當世之事，語涉謗黷不恭，亦未聞見收而下獄也。唐韓愈上疏憲宗，以爲人主事佛則壽促。此言至不順，憲宗初大怒，欲誅之，其後思之曰：『愈亦是愛我。』今軾但以文辭爲罪，非大過惡，臣恐付之狴牢，罪有不測。惟陛下聖度，免其禁繫，以全始終之賜，雖重加譴謫，敢不甘心！臣自念朽質，上荷異恩，今伏在田廬，無復涓埃之補。竊慕祁奚雖老，猶不忘公室，而申請叔向之義，僭越上言，自干鼎鉞。」鎮疏未見。王銍《元祐補録》：沈括集云，素與蘇軾同在館閣，軾論事與時異，補外。括察訪兩浙，陛辭，神宗語括曰：「蘇軾通判杭州，卿其善遇之。」括至杭，與軾論舊，求手録近詩一通，歸則籤貼以進，云詞皆訕懟。軾聞之，復寄詩。劉恕戲曰：「不憂進了也？」其後，李定、舒亶論軾詩置獄，實本於括云。元祐中，軾知杭州，括閒廢在潤，往來迎謁恭甚。軾益薄其爲人。田晝作《王安禮行狀》云：「軾既下獄，衆危之，莫敢正言者。直舍人院王安禮乘間進曰：『自古大度之君，不以語言謫人。按軾文士，本以才自奮，謂爵禄可立取，顧碌碌如此，其中不能無觖望。今一旦致於法，恐後世謂不能容才，願陛下無庸竟其獄。』上曰：『朕固不深譴，特欲申言者路耳，行爲卿貰之。』既而戒安禮曰：『勿漏言，軾前貫怨於衆，恐言者緣軾以害卿也。』始，安禮在殿廬，見御史中丞李定，問軾安否狀。定曰：『軾與金陵丞相論事不合，公幸毋營解，人將以爲黨。』至是，歸舍人院，遇諫官張璪，忿然作色曰：『公果救蘇軾耶，何爲詔趣具獄？』安禮不答。其後獄果緩，卒薄其罪。」吕本中《褉説》云：「元豐中，蘇子瞻自湖州以言語刺譏，下御史獄。吴充方爲相，一日問上：『魏武何如人？』上曰：『何足道！』充曰：『陛下動以堯、舜爲法，薄魏武固宜。然魏武猜忌如此，猶能容禰衡。陛下以堯、舜爲法，而不能容一蘇軾，何也？』上驚曰：『朕無他意，止欲召他對獄，考覈是非爾，行將放出也。』」

眉山詩案廣證卷二

烏程張鑑秋水甫著
受業門人歸安郁士楨校

印案上

《烏臺詩案》：元豐二年三月二十七日，權監察御史裏行何正臣劄子：「知湖州蘇軾《謝上表》，愚弄朝廷，妄自尊大。又一有水旱之災、盗賊之變，軾必倡言歸咎新法，喜動顔色。軾所爲譏諷文字，傳於人者甚衆，今獨取鏤板而鬻於市者進呈。」七月二日，權監察御史裏行舒亶劄子：「軾近《謝上表》有譏切時事之言，流俗翕然，争相傳誦，忠義之士，無不憤惋。蓋陛下發錢以本業貧民，則曰：『贏得兒童語音好，一年强半在城中。』陛下明法以課試群吏，則曰：『讀書萬卷不讀律，致君堯舜知無術。』陛下興水利，則曰：『東海若知明主意，應教斥鹵變桑田。』陛下謹鹽禁，則曰：『豈是聞《韶》解忘味，爾來三月食無鹽。』其他觸物即事，應口所言，無一不以譏謗爲主。小則鏤板，大則刻石，傳播中外，自以爲能。其尤甚者，至遠引衰漢梁、竇專朝之事，襍取小説燕蝠争晨昏之語，旁屬大臣而緣以指斥乘輿，可謂大不恭矣。雖萬死不足以謝聖時，伏望付軾有司。至印行四册，謹具進呈。」國子博士李宜之狀：「昨任提舉淮東常平過宿州靈壁鎮，有張碩秀才稱蘇軾與本家撰《靈壁張氏園亭記》，内稱：『古之君子不必仕，不必不仕，必仕則忘其身，必不仕則忘其君。』是教天下之人必無進之心，以亂取士之法，無尊君之義，虧大忠之節。顯涉譏諷，乞賜根勘。」七月三日，權御史中丞李定劄子：「知湖州蘇軾，初無學術，濫得時名，偶中異科，遂叨儒館。有可廢之罪四：先騰沮毁之論，陛下猶置之不問，容其改過，軾怙終不悔，其惡已著，一也。古人有言：教而不從，然後誅之。陛下所以俟軾者，可謂盡矣，而狂悖之語日聞，二也。軾所爲文辭，雖不中理，亦足鼓動流俗，所謂言僞而辨。當官侮慢，不循陛下之法，操心頑愎，不服陛下之化，所謂行僻而堅，先王之法當誅，三也。《書》：『刑過無小。』軾讀史傳，豈不知事君有禮、訕上者誅？而敢肆其憤心，公爲詆訾。而又應制舉對策，即已有厭弊更法之意，又陛下修明政事，怨不用已，遂一切毁之，以爲非是，四也。而尚容於職位，傷教亂俗，莫甚於此。伏望斷自天衷，特行典憲。」奉聖旨批四狀并册子，送御史臺根勘聞奏。御史臺檢會册子，是《蘇子瞻學士錢塘集》三卷並録付中書門下，奏據審刑院尚書刑部狀，御史臺根勘到蘇軾供狀，歷仕舉主陸詵，舉臺閣清要任使晁端彦，舉外擢任使潘良器、向京，並舉召還侍從王居卿、李察，並舉不次清要任使陳薦、蘇瀬，舉外陟侍從李清臣，舉不次外擢任使孔宗翰。乞召還禁近：章□，乞召置侍從；葉廉，奏乞顯用；李孝孫，乞召還侍從；賈昌衡，乞召還近侍。款招登科後入館多年，未甚進擢，兼朝廷用人多是少年，所見與軾不同，以此撰作詩賦文字，譏諷意圖，衆人傳看，其人等與軾意相同，即是與朝廷新法不合，及多是不甚進用之人。軾所以將譏諷文字寄與，如與王詵往來詩賦，作《寶繪堂記》，與李清臣寫《超然臺記》并詩，次韵章傳，送劉述、寄周邠詩，與子由詩，杭州觀潮五首，和黄庭堅古韻，與王汾作碑文，與劉攽通判倡和，與知湖州孫覺詩，送錢藻知婺州詩，送張方平詩，和李常來字韵，爲王安上作《公堂記》，揚州贈劉摯、孫洙詩，次韵潛師放魚，知徐州作《日喻》一篇，爲錢公輔作哀辭，與僧居則作《大悲閣記》，與皇繹先生作文集序，和陳述古十月開牡丹四絶，寄題司馬君實獨樂園，送曾鞏得燕字詩，湖州謝上表，游杭州風水洞留題詩，和劉恕三首，送蔡冠卿知饒州，爲張次山作《寶墨堂記》，送杜子方、陳珪、戚秉道詩，與王鞏作《三槐堂記》并贊，謝錢顗送茶一首，送范鎮往西京詩，祭常山作放鷹一首，《後杞菊賦》并引，同李杞因臘出游孤山作詩四首，徐州觀百步洪詩，張氏蘭皋園記，其餘委是忘記。軾有此罪愆，甘伏朝典。十月十五日，奉御批，内外文武官，與蘇軾交往若干人聞奏。中書省劄子王鞏、王詵、蘇轍、李清臣、高立、僧居則、僧道潛、張方平、田濟、黄庭堅、范鎮、司馬光、孫覺、李常、曾鞏、周邠、劉摯、吴琯、劉攽、陳襄、顔復、錢藻、盛僑、王汾、戚秉道、錢世雄、王安上、杜子方、陳珪，已上係收蘇軾有譏諷文字不申繳入司。章傳、蘇舜舉、錢顗、蔡冠卿、吕仲甫、劉述、劉恕、李杞、李有開、趙杲、李孝孫、仲伯達、晁端彦、沈立、文同、梁交、關景仁、張次山、徐汝奭、吴天常、劉瑾、李佖、晁端成、邵迎、陳章、楊介、刁約、姜承顔、張援、李定、毛國華、劉勛、沈迴、許醇、黄顔、單錫、孔舜亮、歐陽修、焦千之、孫洙、岑象求、張先、陳烈、張吉甫、張景之、李庠、孫升，已上受無譏諷文字。御史臺根勘所於十一月三十日結案，具狀申奏，差權發運三司度支副使陳睦録問。别無翻異。續據御史臺根勘所狀稱，准勅作匿名文字嘲訕朝政及中外臣僚徒二年，情重者奏裁。准律，犯私罪以官當徒者，九品一官當徒一年。據案蘇軾見任祠部員外郎直史館，並歷太常博士，其蘇軾合追兩官，勒停。合追兩官，係情重及比附并或以官，或以職。奉聖旨，蘇軾可責授檢校水部員外郎、充黄州團練副使，本州安置，不得簽書公事。公《年譜》，元豐二年己未，先生四十四歲。傅藻《紀年録》：七月，太子中允權監察御史何大正、舒亶、諫議大夫李定言公作爲詩文謗訕朝政，及中外臣僚無所畏憚。國子博士李宜之狀，亦上七月二日。奉聖旨，送御史臺根勘。二十八日，皇甫遵到湖州追攝，過南京，支定張公上劄，范蜀公上書救之。公《年譜》：八月十八日赴臺獄，時獄吏必欲置之死地，煅鍊久之不決，子由請以所賜爵贖之，而上亦終憐之，促具獄。十二月二十四日得旨，責檢校尚書水部員外郎、黄州團練副使，本州安置。

鑑案，此《年譜》以下三則，係《烏臺詩案》舊引本如是，而《詩林廣記》亦引之，至錢塘厲氏《宋詩紀事》三引之，無不同也。故仍録之。

臘月游孤山

鑑案：今施注本作「李杞寺丞見和前篇復用元韵答之」。

獸在藪，魚在湖，一人池檻歸期無。誤隨弓旌落塵土，坐使鞭箠環呻呼。追胥連保罪及孥，今施注本此下有公自注：「近屢獲鹽賊，皆坐同保徙其家。」百日愁歎一日娱。白雲舊有終老約，朱綬豈合山人紆。人生何者非蘧廬，故山鶴怨愁猿孤。何時自駕鹿車去，掃除白髮煩菖蒲。麻鞵短後隨獵夫，射弋狐兔供朝備。陶潛自作《五柳傳》，潘閬畫入三峰圖。吾季凛凛今幾餘，知非不去慚衛蘧。歲荒無術歸亡逋，鵠則易畫虎難摹。

《漁隱叢話》：「余之先君，靖康間嘗爲臺端，臺中子瞻詩案具在，因録得其本，與近時所刊行《烏臺詩話》爲尤詳，今節入《叢話》，以備觀覽。」《詩案》：「熙寧五年，軾任杭州通判，於十二月内，與發運司勾當公事大理寺丞李杞，因獵出遊孤山，作詩四首。内第二首有譏諷。」「誤隨弓旌落塵土，坐使鞭箠環呻呼」，以譏諷朝廷「諷朝廷」三字，從施注引《烏臺詩話》補。新法行後，公事鞭箠之多也。又云：「追胥連保罪及孥，百日愁歎一日娱。」下句從施注增。以譏諷朝廷下三字從施注增。鹽法收坐同保妻子移鄉，法太急也。又云：「歲荒無術歸亡逋，鵠則易畫虎難摹。」意取馬援言「畫鵠不成猶類鶩，畫虎不成反類狗」，言歲既饑荒，我欲出奇擘畫賑濟，又恐朝廷二字從施注增。不從，恐似畫虎不成反類狗也。從查注引《詩案》校補逐條增添字句，皆胡氏、施氏所未全者，以後各條俱仿此，不更詳注。

鑑案：此卷詩篇依胡氏所録編次，疑當日公所刊三卷之詩原目如是，故招案先後同之，間有别説，亦附著各詩之尾。

戲子由

宛丘先生長如丘，宛丘學舍小如舟。常時低頭誦經史，忽然欠伸屋打頭。斜風吹帷雨注面，先生不愧傍人羞。任從飽死笑方朔，肯爲雨立求秦優。眼前勃蹊何足道，處置六鑿須天遊。讀書萬卷不讀律，致君堯舜知無術。勸農冠蓋鬧如雲，送老齏鹽甘似蜜。門前萬事不挂眼，頭雖長低氣不屈。餘杭別駕無功勞，畫堂五丈容旂旐。重樓跨空雨聲遠，屋多人少風騷騷。平生所慚今不耻，坐對疲氓更鞭箠。道逢陽虎呼與言，心知其非口諾唯。居高志下真何益，氣節消縮今無幾。文章小技安足程，先生別駕舊齊名。如今衰老俱無用，付與時人分重輕。

《漁隱叢話·詩案》：此詩云：「任從飽死笑方朔，肯爲雨立求秦優。」意取《東方朔傳》「侏儒飽欲死，臣朔飢欲死」，及《滑稽傳》：「優旃謂陛楯郎：『汝雖長何益，乃雨立，我雖短，幸休居。』」言弟轍家貧官卑，而身材長大，故以比東方朔、陛楯郎，而以當今進用之人比侏儒、優旃也。「讀書萬卷不讀律，致君堯舜知無術。」是時朝廷二字從施注增。新興律學，軾原作「某」，從施注改。意非之，以爲法律不足以致君於堯舜，今時人施注作「又」。專學法律，而忘詩書，故言我讀書萬卷，惟不讀法律，蓋知施注作「聞」。法律之中，無致君堯舜之術也。又云：「勸農冠蓋鬧如雲，送老齏鹽甘似蜜。」以譏諷朝廷新四字從施注增。《叢話》本原有所字，今汰。差提舉官，所至苛碎生事，發擿官吏，惟學官無吏責也。弟轍爲學官，故有是句。九字從施注補。鑑案：此詩得此九字爲箋，尤覺全篇皆有意味，且以招案揆之，似亦當日情事所必有，不知苕溪胡氏何以無之？又云：「平生所慙今不耻，坐對疲氓更鞭箠。」是時多徒配犯鹽之人，例皆飢貧，言鞭撻此等貧民，軾平生所慙，今不復耻矣，以譏朝廷二字從施注增。鹽法太急也。又云：「道逢陽虎呼與言，心知其非口諾唯。」是時張靚、俞希旦作監司，意不喜其爲人，然不敢與争議，故毁詆之爲陽虎也。

山邨絶句

鑑案：今施注本作「山邨五絶」。

烟雨濛濛雞犬聲，有生何處不安生。但教黄犢無人佩，布穀何勞也勸耕。

《烏臺詩案》：此詩意言是時販私鹽者，多帶刀杖，故取前漢龔遂令人賣劍買牛，賣刀買犢，曰：「何爲帶牛佩犢。」意言但得鹽法寬平，令民不帶刀劍，而買牛犢，則民自力耕，不勞勸督，以譏諷朝廷鹽法太峻不便也。

老翁七十自腰鐮，慙愧春山筍蕨甜。豈是聞《韶》解忘味，爾來三月食無鹽。

《烏臺詩案》：此詩意言山中之人飢貧無食，雖老猶自採筍蕨充飢。時鹽法峻急，僻遠之人無鹽食用，動經數月，若古之聖賢，則能聞《韶》忘味，山中小民豈能食淡而樂乎？亦以譏鹽法太急也。

杖藜裹飯去匆匆，過眼青錢轉手空。贏得兒童語音好，一年强半在城中。

《烏臺詩案》：此詩意言百姓請得青苗錢，立便於城中浮費使却。又言鄉村之人，一年兩度夏秋税，及數度請納和糴預買錢，今此更添青苗助役錢，因此莊家幼小子弟，多在城市，不著次第，但學得城中人語音而已。以譏諷朝廷新法青苗助役不便也。

鑑案：此《詩案》從《宋詩紀事》、《宋録玫》、《南宋襍事詩》引目有朋九萬《烏臺詩案》一卷，意乾隆中小山堂瓶花齋有此書，故樊榭得見而取之，然亦不及十分之□，校其同異，且與

《叢話》不殊，疑此本亦從胡氏取材。今梅谿注既不見採引，而施注又適在缺卷内，均無從是正。至邵氏補注以爲「老翁」、「杖藜」二絶俱入臺獄詩案，審此則青門不但不曾見過朋氏原本，並《漁隱叢話》亦未嘗寓目，於是爲疎矣。

開運鹽河

鑑案：今集作「湯村開運鹽河雨中督役」。

居官不任事，蕭散羡長卿。胡不歸去來，滯留愧淵明。鹽事星火急，誰能恤農耕。薨薨曉鼓動，萬指羅溝坑。天雨助官政，泫然淋衣纓。人如鴨與豬，投泥相濺驚。下馬荒堤上，四顧但湖泓。綫路不容足，又與牛羊争。歸田雖賤辱，豈失泥中行。寄語故山友，慎毋厭藜羹。

《漁隱叢話·詩案》：與王詵干涉條下《内差開運鹽河》詩云云。是時，盧秉提舉鹽事，擘畫開運河，差夫千餘人。軾於大雨中部役其河，只爲般鹽，既非農事，而役農民，秋田未了，有妨農事。又其河中間有涌沙數里，軾宣言開得不便，自歎泥雨勞苦，羡司馬長卿居官而不任事。又愧陶淵明不早棄官歸去也。農事未休，而役夫千餘人，故云：「鹽事星火急，誰能恤農耕。」又言百姓已勞苦，不意天雨又助官政勞民，轉致百姓疲弊。役人在泥水中辛苦，無異鴨與豬。又言軾亦在泥中，與牛羊争路而行，若歸田，豈至此哉！故云寄語故山友，慎不可厭藜羹而思仕宦。以譏諷朝廷開運鹽河不當，又妨農事也。王注祇節末二句，亦當是《詩案》。

韓幹畫馬

鑑案：今施注本作「書韓幹牧馬圖」。

南山之下，汧渭之間，想見開元天寶年。八坊分屯隘秦川，四十萬疋如雲烟。騅駓駰駱驪騮騵，白魚赤兔騂皇鵯。龍顱鳳頸獰且妍，奇姿逸德隱駑頑。碧眼胡兒手足鮮，歲時翦刷供帝閑。柘袍臨池侍三千，紅妝照日光流淵。樓下玉螭吐清寒，往來蹴踏生飛湍。衆工舐筆和朱鉛，先生曹霸弟子韓。廄馬多肉尻脽圓，肉中畫骨誇尤難。金羈玉勒繡羅鞍，鞭箠刻烙傷天全。不如此圖近自然，平沙細草荒芊緜。驚鴻脱兔争後先，王良挾策飛上天，何必俯首服短轅。

《烏臺詩話》：熙寧二年，某在京授差遣，與王詵寫詩賦及《蓮花經》。《漁隱叢話·詩案》：熙寧十年二月到京，三月初一日，王詵送到簡帖，約來日出城外四照亭中相見。次日，軾與詵相見，令姨嬸六七人斟酒下食，有倩奴問軾求曲子，遂作《洞仙歌》一首、《喜長春》一首與之。次日，王詵送韓幹畫馬十二疋共六軸，求跋尾，不合作詩，云「王良」云云。意以騏驥自比，譏諷執政大臣無能盡我才，如王良之能御者，何必折節干求進用也？其詩即不係朝旨降到册子内。

鑑按：上條《烏臺詩話》見王宗稷《年譜》所引，正公自叙得交晉卿之由。下乃接以詵所送《畫馬》，不知印卷何以佚之。施注則并無此案。

鑑案：詵字晉卿，開封人。選尚英宗女秦國大長公主，與東坡同被詩獄。許彦周《詩話》曰：「晉卿得罪外謫，後房善歌者名轉春鶯，爲密縣馬氏所得，後還朝尋訪，微知之，作詩云：『佳人已屬沙吒利，義士今無古押衙。』僕在密縣，與馬縉輔游，知之最詳，縉輔在其兄處猶見之。」《西清詩話》云：「過潁昌見之誤也。然《漁隱叢話》見晉卿每話此事，客有足成章者，晉卿覽之，尤愴然。其詞曰：『幾年流落向天涯，萬里歸來兩鬢華。翠看香殘空浥淚，青樓雲渺定誰家。佳人已屬沙吒利，義士今無古押衙。回首音塵兩沉絶，春鶯依囀沁園花。』故劉後村作《西園雅集圖跋》亦云：本朝戚畹惟李端愿、王晉卿二駙馬好文喜士，世傳孫巨源『三通鼓』、眉山公『金釵墜』之詞，想見一時風流醖籍。未幾烏臺鞫詩案，賓主俱謫而囀春鶯輩亦流落於他人矣。」而《西清詩話》又云：「囀春鶯尋復歸晉卿，晉卿有《人月圓》、《燭影摇紅》、《花發沁園春》諸調。」恐未必然。

和李清臣沂山龍祠祈雨有應

鑑案：今施注本「清臣」作「邦直」，無「龍祠」二字。

高田生黄埃，下田生蒼耳，蒼耳亦已無，更問麥有幾？蛟龍睡足亦解慙，二麥枯時雨如洗。不知雨從何處來，但聞吕梁百步聲如雷。試上城南望城北，際天菽麥「麥」，今施注本作「粟」。青成堆。飢火燒腸作牛吼，不知待得秋成否。半年不雨坐龍慵，但怨天公不怨龍。今朝一雨聊自贖，龍神社鬼各言功。無功日盗太倉粟，嗟我與龍同此責。勸農使者不汝容，因君作詩先自劾。

《漁隱叢話・詩案》：李清臣因沂山龍祠祈雨有應，作詩云：「南山高峻嶒，北山亦崤崒，坐看兩山雲出没。行如驅，歸若呼，始覺山中有靈物。鬱鬱其焚蘭，覃覃其擊鼓，祝屢云云巫屢舞。我民無罪神所憐，一夜雷風三尺雨。嶺木兮蒼蒼，溪泉兮泱泱，雲散諸峰互明滅。東阡西陌農事忙，廟閉山空音響絶。」熙寧十年，軾知徐州日，六月内李清臣因沂山禱雨有應作詩，寄軾云云，軾作詩一首與清臣。除無譏諷外，不合言本因龍神懶惰不行雨，却使人心怨天公，以譏執政大臣不任職，不能調理陰陽，却使人怨天子。以天公比天子，以龍神社鬼比執政大臣及百執事。軾自言無功竊禄，與龍無異。當時送與李清臣，來相看謁，戲「承見示詩，只是勸農使者，不管恁地事」。

鑑案：公集有《與李大夫書》曰：「近奉狀已達，此日伏計起居佳勝。旱勢如此，撫字之懷，想極焦勞。舊見《太平廣記》云：以虎頭骨縋之有龍湫中，能致雨，仍須以長綆繫之，雨足乃取出，不爾雨不止。在徐與黄試之，皆驗，敢以告。」似亦與邦直者。

和李清臣韻

鑑案：今施注本作「次韻答邦直子由四首」。

五十集作「斗」。塵勞尚足留，閉門聊欲治幽憂。羞爲毛遂囊中穎，未許朱雲地下游。無事會須成好飲，思歸時亦賦登樓。羨君幕府如僧舍，日向城西看浴鷗。

《漁隱叢話・詩案》：與李清臣干涉事，弟轍時在徐州，李清臣寄詩，於詩後批云：「可求子瞻共和。」其詩云：「已飯盤蔬强少留，相逢何物可消憂。緣君未得酒中趣，與我謾爲方外游。草亂不容移馬足，山雄全欲逼城樓。濟時異日須公等，莫狎翩翩海上鷗。」軾和之，其内一首云。朱雲，漢成帝時，乞斬張禹，漢成帝欲誅之，朱雲曰：「臣得下從龍逢、比干游足矣！」龍逢，夏桀臣；比干，商紂臣，皆因諫而死。軾爲屢言新法不便，不蒙施行，不合以朱雲自比，意言聖明之世，必無誅戮之事，故言軾未許與朱雲地下游。及王粲是魏武帝時人，因天下亂離，故粲在荆州依託劉表，作《登樓賦》，賦中有懷鄉思歸之意。軾爲屢言新法不便，不蒙施行，有罷官懷鄉之意，亦欲作此賦也。又用轍韻贈李清臣：「城南短李好交游，箕踞狂歌總自由。尊主庇民君有道，樂天知命我無憂。醉呼妙舞留連夜，邦直家有舞者，甚妙。閑作新詩斷送秋。瀟灑使君殊不俗，樽前容我攬鬚不。」後李清臣再次元韻：「東來常歎尠朋游，得遇高人蘇子由。已誓不言天下事，相看俱遺世間憂。新詩定及三千首，曩别幾成二十秋。南省都臺風雪夜，問君還記劇談不。」軾在臺，於八月二十八日准問目，據軾供到與人往還詩，有所未盡。軾供出所與清臣倡和詩，即不係朝旨降到册子内。

鑑案：此詩宋施氏德初於題下注曰：「公《詩案》云：李清臣寄軾弟轍詩二首，批云『可求子瞻和』。軾却作詩二首和李清臣，其内一首句云『五斗塵勞尚足留』，集中失載此詩，今附於後。」又云：「軾又用弟轍韵與李清臣六首，蓋東坡次韵通爲八首，集中止有四首，今收《詩案》一首，猶逸其三也。」施氏注如此。今以《叢話》所載計之二首，六首數亦不合。不知當日供案實有此數，而後人因無譏諷，特爲删汰，抑所供雖云二首、六首，而録詩只及一二，不可懸揣。且施氏增收亦祇一首，則胡氏所録亦可信矣。且德初所採，或稱「烏臺詩話」，或稱「烏臺詩案」，疑宋時亦有數本，故不敢據施以羼入《叢話》所引。至邵氏補注時，又云：「按所收詩，施本又闕其半，無他本可校，姑仍之。」今前四句「閉門」作「閉關」，第四句缺首二字，「朱雲」作「龍逢」，全與供案不對，非《漁隱叢話》所録，幾無從是正。查慎行注又從《能改齋漫録》抄補矣。

送李清臣

鑑案：此題從《紀事》本，《叢話》則夾入案内，不能分别。至施注本作「臺頭寺雨中送李邦直赴史館分韵得憶字人字兼寄孫巨源」二首。

珥筆西歸近紫宸，太平典册不緣麟。付君此事寧論晉，載我當時舊過秦。門外想無千斛米，墓中知有百年人。看君兩眼明如鏡，休把春秋坐素臣。

《烏臺詩案》：熙寧十年九月内，七字從施注增。李清臣差修施注「修」作「知」。國史，軾賦詩送清臣云云。軾於仁宗朝曾進論二十五首，皆論往古得失。賈誼，漢文帝時人，追論秦之得失，作《過秦論》，《史記》載之。軾妄以賈誼自比，意欲李清臣於國史中載軾凡「軾」字皆從施注添改。所進論，故將詩與清臣。即不係朝旨降到册子内。

章傳道作詩見寄次韵答之

鑑案：施注本作「次韵答章傳道見贈」。

並生天地宇，同閲古今宙。視下則有高，無前孰爲後。達人千鈞弩，一弛難再彀。下士沐猴冠，已繫猶跳驟。欲將駒過隙，坐待石穿溜。君看漢唐主，宫殿悲麥秀。而況彼區區，何異一醉富。爰居非所養，俯仰眩金奏。髑髏有餘樂，不博南面后。嗟我昔少年，守道貧非疚。自從出求仕，役物恐見囿。馬融既依梁，班固亦事竇。效顰豈不欲，頑質謝鎸鏤。仄聞長者言，婞直非養壽。唾面慎勿拭，出胯當俛就。居然成懶廢，敢復齒豪右。子如照海珠，網目疎見漏。宏才乏近用，巧舞困短袖。坐令傾國容，臨老見邂逅。吾衰信久矣，書絶十年舊。門前可羅雀，感子煩屢扣。願言歌《緇衣》，子粲子還授。

《漁隱叢話·詩案》：熙寧六年正月作七字從施注增。詩次章傳道韵次答云：「馬融既依梁，班固亦事竇。效顰豈不欲，頑質謝鎸鏤。」所引梁冀、竇憲，並後漢時人，因時君不明，驟躋顯位，驕暴竊威福用事。而馬融、班固皆儒者，並依託之。此詩詆毁當時執政大臣，引梁冀、竇憲驕暴竊威福用事，以比執政大臣，言我不能效馬融、班固依託此人四字施注作「苟容依附」也。

別子由

鑑案：施注本作「潁州初別子由」。

征帆挂西風，别淚滴清潁。留連知無益，惜此須臾景。我生三度别，此别尤酸冷。念子似先君，木訥剛且静。寡辭真吉人，介石乃機警。至今天下士，去莫如子猛。嗟我久病狂，意行無坎井。有如醉且墜，幸未傷輒醒。從今得閒暇，默坐消日永。作詩解子憂，持用日三省。

《漁隱叢話·詩案》：熙寧四年十月，軾赴杭州通判時，弟轍送至潁州相别。後十一月，到杭州本任，作《初别子由》詩云：「至今天下士，去莫如子猛。」爲弟轍曾差在制置三司條例，司充檢詳文字，争議新法，不合乞罷，既美弟轍去之勇決意，亦是譏諷新法不便也。鑑案：王梅溪注此詩云：「公赴詔獄，供此詩，言弟曾争議新法，不合乞罷，既美其去果决，亦是譏新法之不便也。」殆龜齡節取《詩案》意。

鑑案：施注神宗青苗法既行，子由度不能救，以書抵介甫，指陳其決不可者，且請神外。介甫大怒，將加以罪。同列止之，除河南推官，會張安道知陳州，辟爲教授。東坡是時亦以論新法爲介甫所嫉，通判杭州，出都來陳，子由送至潁，且同謁歐陽公而别。蓋熙寧四年也。

寄子由

鑑案：施注本作「初到杭州寄子由」。

眼看時事力難任，貪戀君恩退未能。遲鈍終須投劾去，使君何日换聾丞。

捕蝗至浮雲嶺山行疲苦有懷子由弟從查注補。

霜風漸欲作重陽，熠熠溪邊野菊黃。久廢山行疲犖确，尚能村醉舞淋浪。獨眠林下夢魂好，回首人間憂患長。殺馬毀車從此逝，子來何處問行藏。

《烏臺詩案》：熙寧四年十二月内，軾初到杭州，寄弟轍詩：「獨眠林下夢魂好，回首人間憂患長。殺馬毀車從此逝，子來何處問行藏。」又詩云：「眼看時事力難任。」時事謂新法青苗助役等事，煩褋不可辨，亦言己才力不能勝任，意亦是譏新法事煩難了辨也。

鑑案：施注引《烏臺詩話》：「軾初任杭州，寄子由詩云：『眼看時事力難勝，貪戀君恩退未能。』意謂新法青苗助役等事，煩雜不可辨，亦言己材不能勝任也。」與《説郛》、《紀事》本均小異。

游徑山留題

鑑案：施注本無「留題」二字。

衆峰來自天目山，勢若駿馬奔平川。中塗勒破千里足，金鞭玉鐙相回旋。人言山住木亦住，下有萬古蛟龍淵。道人天眼識王氣，結茅宴坐荒山巔。精誠貫山石爲裂，天女下試顔如蓮。寒窗暖足來朴朔，《叢話》「朔」作「握」。夜盋咒水降蜿蜒。雪眉老人朝扣門，願爲弟子長參禪。爾來廢興三百載，奔走吴會輸金錢。飛樓涌毀壓山破，朝鐘暮鼓驚龍眠。晴空偶見浮海蜃，落日下數投村鳶。有生共處覆載內，擾擾膏火同烹煎。近來愈覺世議隘，每到寬處差安便。嗟余老矣百事廢，却尋舊學心茫然。問龍乞水歸洗眼，欲看細字銷殘年。龍井水洗病眼有效。

《漁隱叢話・詩案》：熙寧六年內五字從施注引增。《游徑山留題》云：「近來愈覺世議隘，每到寬處差安便。」七字從施注增。以譏諷朝廷三字從施注增。近日進用之人，多是刻薄，議論褊隘，不少容人過失，故見山中寬閒之處爲樂也。其詩係朝旨降到册子內。

八月十五日觀潮

鑑案：施注本作「看潮五絶」。

吴兒生長押濤淵，冒利輕生不自憐。東海若知明主意，應教斥鹵變桑田。今集有公自注：「是時，新有旨禁弄潮。」

《烏臺詩案》：熙寧六年任杭州通判，因八月十五日觀潮，作詩五首，寫在安濟亭上，以上從施注增。前三首並無譏諷，至第四首云云，蓋言弄潮之人爲蓋字、爲字皆厲氏《紀事》本所有，頗與《詩林廣記》引同。貪官中利物，致其間有溺死者，故朝旨禁斷，軾爲主上好興水利，不知利少而害多，七字從施注引添。言「東海若知明主意，應教斥鹵變桑田」，意言東海若知此意，當令斥鹵地盡變桑田，此事之必不可成者，以譏諷朝廷三字從施注增。水利之難成也。其詩係册子內。

和韻答黄庭堅二首

鑑案：施注本作「次韻黄魯直見贈古風二首」。

佳穀卧風雨，稂莠登我場。陳前漫方丈，玉食慘無光。大哉天宇間，美惡更臭香。君看五六月，飛蚊殷回廊。茲時不少假，俯仰霜葉黄。期君蟠桃枝，千載終一嘗。顧我如苦李，全生依路傍。紛紛不足愠，悄悄徒自傷。

《漁隱叢話・詩案》：元豐元年二月内，北京國子監教授黄庭堅寄書一封并古詩二首與軾，以上從施注引《烏臺詩話》增改，《詩林廣記》所録與《叢話》同。其書云：「伏惟閣下學問文章，度越前輩，大雅豈弟博約，後來立朝，以直言見排詆，補郡輒上課最，可謂聲實相中，内外稱職。」其《古風》詩云：「江梅有佳實，託根桃李場。桃李終不言，朝露借恩光。孤芳忌皎潔，冰雪空自香。古來和鼎實，此物升廟廊。歲月坐成晚，烟雨青已黄。得升桃李盤，以遠初見嘗。終然不可口，擲棄官道傍。但使本根在，棄捐果何傷。」某答書云：「觀其文以求其爲人，必輕外物而自重者，今之君子莫能用也。」「今之君子」謂近日朝廷進用之人，意言黄庭堅輕外物而自重，以譏諷當今進用之人，不能援引庭堅而用之也。及依韻和答古風詩，此詩首四句三字從《詩林廣記》增。云：「佳穀卧風雨，稂莠登我場。陳前漫方丈，玉食慘無光。」以譏今之小人輕「輕」字《廣記》、施注皆作「勝」。君子，如稂莠之奪佳穀也。又云：「大哉天宇間，美惡更臭香。君看五六月，飛蚊殷回廊。茲時不少假，俯仰霜葉黄。期君蟠桃枝，千載終一嘗。顧我如苦李，全生依路傍。紛紛不足愠，悄悄徒自傷。」意言君子小人各自「各自」二字從《廣記》改，《叢話》及施注均作「進退」。有時，如夏月蚊蝱縱横，至秋自息。言「言」字《叢話》及施注均作「比」。黄庭堅如「如」字，《叢話》及施注均作「於」。蟠桃進用必遲，自比苦李以無用全生。又取《詩》云：「憂心悄悄，愠于群小。」皆以譏諷當今進用之人爲小人也。

空山學仙子，妄意笙簫聲。千金得奇藥，開視皆豨苓。不知市中人，自有安期生。君今已度世，坐閲霜中蔕。摩挲古銅人，歲月不可計。閬風安在哉，要君相指似。

《漁隱叢話·詩案》：黄庭堅詩四字以意增。又云：「長松出澗壑，十里聞風聲。上有百尺絲，下有千歲苓。自性得久要，爲人制頹齡。小草有遠志，相依在平生。醫和不並世，深根且固蔕。人言可醫國，何用太早計。小大才則殊，氣味固相似。」又和云云。此詩即無譏諷。

鑑案：《詩林廣記》云：「此篇和詩無齡字韵，諸本皆然，不知其有遺缺否。」鑑今以施注校之，則所附山谷詩亦并無「自性得久要，爲人制頹齡」一韵，惟任淵注《山谷内集》有之，豈文忠一時誤供？抑初和本有齡韵，後公汰之，後人因并魯直詩而亦汰之歟？

鑑案：德初注：魯直名庭堅，分寧人。與張文潛、秦少游、晁無咎俱出蘇門，天下號「元祐四學士」。而魯直之名幾配東坡，故稱蘇、黄云。又《黄氏日鈔》讀《豫章先生傳》曰：「先是眉山蘇公見先生詩於孫莘老家，因以詩往來。蘇公以詩抵罪，先生亦罰金。直差知太和縣，移監德平鎮。」又考《揮麈後録》：「趙正夫丞相元祐中與黄太史魯直俱在館閣，魯直以其魯人，意嘗輕之，每庖吏來問食次，正夫必曰：『來日喫蒸餅。』一日聚飲行令，魯直云：『欲五字，從首至尾各一字，復合成一字。』正夫沈吟久之，曰：『禾女委鬼魏。』魯直應聲曰：『來力勑正整。』叶正夫之音，闔坐大笑。正夫又嘗曰：『鄉中最重潤筆，每一誌文成，則太平車中載以贈之。』魯直曰：『想俱是蘿蔔與瓜虀耳。』正夫銜之切骨，其後排擠不遺力，卒致宜州之貶，一時戲劇貽禍如此，可不戒哉。」蓋魯直與文忠再起再仆，終始同患，雖文士輕率，賢者不免，揆其事蹟，亦與文忠之詆程子無異，不必以其人品之高下而軒輊其說也。至於兩公之出處，全不在此，「氣味固相似」，魯直詩要亦自言之矣。因牽連及之。

送劉攽通判泰州

鑑案：施注本作「送劉攽倅海陵」。

君不見阮嗣宗，臧否不挂口，莫誇舌在牙齒牢，是中惟可飲醇酒。讀書不用多，作詩不須工。海邊無事日日醉，夢魂不到蓬萊宮。秋風昨夜入庭樹，蓴絲未老君先去。君先去，幾時回，劉郎應白髮，桃花開不開。

《烏臺詩案》：熙寧三年劉攽通判海州。案查注引《詩案》「海州」誤當作「海陵」。此詩云：「君不見阮嗣宗，臧否不挂口，莫誇舌在牙齒牢，是中惟可飲醇酒。」言當學阮籍，口不臧否人物，惟可飲酒，勿談時事。意以譏新法不便，不容人直言也。王注：公赴詔獄供此詩譏諷朝廷新法不便，不容人直言，不如耳不聞而口不言也。

鑑案：施注：劉攽字貢父，臨江新喻人。與王介甫論新法不便，介甫怒斥，通判泰州。

寄劉攽

鑑案：今集作「廣陵會三同舍各以其字爲韵仍邀同賦劉貢父」。

去年送劉郎，醉語已驚衆。如今各漂泊，筆硯誰能弄。我命不在天，羿彀未必中。作詩聊遣意，老大慵譏諷。夫子少年時，雄辯輕子貢。爾來再傷弓，戢翼念前痛。廣陵三日飲，相對怳如夢。况逢賢主人，白酒撥春甕。竹西已揮手，灣口猶屢送。羡子去安閒，吾邦正喧閧。

《漁隱叢話・詩案》：熙寧四年十月内赴杭州通判，到揚州，有劉攽、孫洙、劉摯皆在本州，偶然相聚數日，别後作詩三首，各用逐人字爲韵，寄攽云：「羡子去安閒，吾邦正喧閧。」言杭州監司所聚，是時初行新法，青苗助役事多，故云「吾邦正喧閧」，以譏新法事多不便也。

鑑案：「賢主人」謂錢公輔，時正在郡。

和劉攽韵

鑑案：今集與後李公擇一首同在一處，題合書曰「次韵劉貢父李公擇見寄二首」，今案只一首。

白髮相望兩故人，眼看時事幾番新。曲無和者應思郢，論少卑之且借秦。歲惡詩人無好語，施注本此下有公自注：「公擇來詩，皆道吳中饑苦之事。」夜長鰥守向誰親。施注本此下有公自注：「貢父近喪妻。」少思多睡無如我，鼻息如雷撼四鄰。施注本「如雷」作「雷鳴」。查注本同，又夾注云：一本作「如雷」。

《烏臺詩案》：熙寧六年九月内，劉攽寄秦字韻詩與軾，尋和之，此詩云「眼看時事幾番新」，以譏諷近日更立新法事尤多也。查注按：此詩與《和李常》來字韻同時作，其爲熙寧八年無疑。《詩案》以爲六年，《叢話》以爲九年，皆誤。

鑑案：此詩以公自注證之，當兼寄公擇、貢父二人，故必與後《和李常韻》一首合併一處，並不分此首是寄貢父、後首是寄公擇。蓋當日鞫問時，因公親供此詩是和劉秦字韻，後首是和李來字韻，而朋九萬輩因之，後世如《説郛》、《廣記》、《紀事》亦遂承其譌。茲特緣《詩案》兩處未便合一，而著其説於此。

同前

鑑案：今集作「劉貢父見余歌詩數首以詩見戲聊次其韻」。

十載漂然未可期，那堪重作看花詩。門前惡語誰傳出，今本「出」作「去」。醉後狂歌自不知。刺舌君今猶未戒，炙眉吾亦更何辭。相從痛飲無餘事，正是春容最好時。

《烏臺詩案》：熙寧六年十一月内，劉攽聞人唱軾新詞，作詩相戲，軾和本人一首，不合引賀拔惎以錐刺其子舌戒以言語事以戲放。又引王舒狂言，爲王敦炙其眉以自比。皆譏諷時人不能容狂直之言也。查注引《詩案》「王舒」作「郭舒」，不誤。

鑑案：賀拔惎蓋賀若弼，見《隋書》本傳。而「王舒」當作「郭舒」，亦見《晉書》本傳。至爲王敦炙眉，當作爲王澄炙眉，故敦嘗謂舒曰：「平子以卿狂，故掐鼻炙眉頭，舊疾復發耶！」此正文忠三木之下倉卒誤記。而李定已驚爲奇才，至謂無一字差舛，小人之無忌憚而不學如此，可歎也。

鑑案：張舜民《畫墁録》：「元豐中詩獄興，凡館舍諸人與子瞻和詩，罔不及。其後劉貢父於僧寺閒話子瞻，乃造語有一舉子與同里子弟相得甚歡。一日，同里不出，詢其家，云近出外縣。久之復歸，詰其端，乃曰某不幸，典著賊贓，暫出回避。一日，舉子不出，同里者詢其家，乃曰昨日爲府中追去。未幾，復出。詰其由，曰某不幸，和著賊詩。子瞻亦不能喜慍。」

贈孫莘老

嗟予與子久離群，耳冷心灰百不聞。若對青山談世事，當須舉白便浮君。

《烏臺詩案》：熙寧五年十二月，蒙運司差往湖州，相度堤岸利害，因與湖州知州孫覺相見，軾作詩與之。是時約孫覺并坐客，如有言及時事者，罰一大盞。雖不指言時事是非，軾意言時事多不便，更不可説也，説亦不盡也。

天目山前緑浸裾，碧瀾堂下看銜艫。作堤捍水非吾事，閒送苕谿入太湖。

《烏臺詩案》：「天目山前」一首，軾爲先曾言水利不便，却被轉運司差往相度堤岸。又云「作堤捍水非吾事」，意言本非興水利之人，以譏諷時世與昔不同，水利不便而然也。

鑑案：孫覺字莘老，高郵人。甫冠爲胡瑗弟子，登進士第，歷知廣德軍，熙寧四年徙湖州。嘗築石堤以禦湖水，高丈餘，長百里。堤下化爲良田，民甚德之。

送錢藻出守婺州得英字

老手便劇郡，高懷厭承明。聊紆東陽綬，一濯滄浪纓。東陽佳山水，未到意已清。過家父老喜，出郭壺漿迎。子行得所願，愴悢居者情。吾君方急賢，日旰坐邇英。黄金招樂毅，白璧賜虞卿。子不少自貶，高義施注本作「陳義」。空崢嶸。古稱爲郡樂，漸恐煩敲搒。臨分敢不盡，醉語醒還驚。

《漁隱叢話·詩案》：熙寧三年三月，六字從施注增。錢藻知婺州。臨行，館閣補外任同舍舊例餞送。席上衆人，先索錢藻相别詩，欲各分韵作送行詩。錢藻作五言絶句一首，軾分得英字韵，作古詩送之。此詩除無譏諷外，「除無譏諷外」五字從施注引《烏臺詩話》增。言朝廷方急賢才，多士並進，子獨遠出，爲郡不少自勉强求進，但守高義，施注作「道義」。意譏當時之人急進也。又言青苗助役既行，百姓輸納不前，則爲郡者不免用鞭箠催督。醉中道此，醒後却驚，恐得罪朝廷，二字從施注增。以譏諷新法不便之故也。增字均從施注。

案：施注藻字醇老，武肅王鏐五世孫。熙寧三年以尚書司封爲祕閣校理，出守婺州。同舍之士飲餞於觀音院，會者凡二十人，醇老爲詩二十言以示，坐者各取其一言爲韵賦詩送之。曾鞏爲之序。鑑又考錢氏家集，藻，忠懿王靖宣公儼之曾孫，左班殿直昭慈之孫，閤門祇候順之之子也。幼孤，刻厲爲學，中皇祐五年進士。又舉賢良方正科，終翰林侍讀學士。早師胡瑗，瑗弟子稱錢藻之淵篤、孫覺之純明、范純仁之直温、錢公輔之直諒、劉彝之善治，皆其選也。

送張方平

鑑案：施注本作「送張安道赴南都留臺」。

我公古仙伯，超然羨門姿。偶懷濟物志，遂爲世所縻。黄龍游帝郊，《簫韶》鳳來儀。終然返溟極，豈復安籠池。出入四十年，憂患未嘗辭。一言有歸意，闔府諫莫移。吾君信英睿，搜士及茆茨。無人長者側，何以安子思。歸來掃一室，虚白以自怡。游於物之初，世俗安得知。我亦世味薄，因循鬢生絲。出處良細事，從公當有時。

《漁隱叢話・詩案》：熙寧四年五月中，軾將赴杭州。張方平陳乞得南京留臺，本人有詩一首送軾，只記得落句云「最好乘舟游禪扉」，其餘不記。却有一詩送本人云：「無人長者側，何以安子思。」以子思比方平之賢，言朝廷當堅留本人要任，不可令閒也。

題張方平詩卷末

鑑案：施注本作「張安道見示近詩」。

人物一衰謝，微言難重尋。殷勤永嘉末，復聞正始音。清談未足多，感時意殊深。少年有奇志，欲和南風琴。荒林蜩蚻亂，廢沼蛙蟈淫。遂欲掩兩耳，臨文但噫瘖。蕭然王郎子，來自緱山陰。其壻王鞏攜來。云見浮丘伯，吹簫明月岑。遺聲落淮泗，蛟鼉爲悲吟。願公正王度，《祈招》繼愔愔。

《漁隱叢話・詩案》：元豐元年八月內，張方平合王鞏將書一封、詩一卷來徐州，題封曰「樂全堂襍詠」。拆開看，乃是方平舊詩一卷。軾作一詩題卷末，此詩云：「人物一衰謝，微言難重尋。殷勤永嘉末，復聞正始音。清談未足多，感時意殊深。」言晉元帝時，衛玠初過江左，王導見之云：「昔王輔嗣吐金聲於中朝，今此子復玉振於江左。不意永嘉之末，復聞正始之音。」某意言晉元帝之時，人物衰謝，不意復見衛玠之清談風流，亦如今時人物衰謝，不意復見方平之文章才氣。以譏諷「諷」字從施注增。今時風俗浮薄、人物衰謝也。意以衛玠比方平，故云「清談未足多，感時意殊深」，言我非獨多衛玠之清談，但感時之人物衰謝，微言難繼，此意殊深遠也。又云：「少年有奇志，欲和南風琴。荒林蜩蚻亂，廢沼蛙蟈淫。遂欲掩兩耳，臨文但噫瘖。」意言「意言」施注作「言軾」。少年本有志欲和天子薰風之詩，因見學者皆空言無實，或雜引佛老異端之書，文字雜亂，故以「荒林」、「廢沼」比朝廷新法屢有變改。事多荒廢，致風俗虚浮，學者誕妄，如「蜩蚻」、「蛙蟈」之紛亂，故遂掩耳不欲論文也。又云：「蕭然王郎子，來自緱山陰。云見浮丘伯，吹簫明月岑。遺聲落淮泗，蛟鼉爲悲吟。」意以王子晉比王鞏，浮丘伯比方平也。又云：「願公正王度，《祈招》繼愔愔。」據《左傳》，楚靈王欲求九鼎於周，求地於諸侯，其臣右尹子革諫王言：「昔周穆王欲巡行天下，皆將有車轍馬跡，祭公謀父作《祈招》之詩以諫王，其詩曰：『祈招之愔愔，式昭德音。思我王度，式如玉，式如金。形民之力，而無醉飽之心。』」楚靈王不能用，以及於難。軾欲方平勿爲虚言之詩，當作詩諷諫朝政闕失，如祭公謀父作《祈招》之詩以正王也。

鑑案：安道謚文定，文忠作《樂全先生文集叙》云：「某年二十，以諸生見公成都，一見待以國士。」是文忠生平第一知己也。王鞏字定國，莘縣人。文定之壻，與文忠同得罪者。《墨莊漫録》：定國寄詩於東坡，東坡答書云：「新詩篇篇皆奇，老拙此回真不及矣。窮人之具，輒欲交割與公。」魏道輔見而笑曰：「定國亦難作交代，只是且權攝耳。」文忠又有《與定國書》曰：「罪大責輕，得此已幸。未嘗戚戚，但知識數人，緣我得罪。而定國爲己所累尤深，流落荒服，親愛隔絶。每念至此，覺心肺間便有湯火芒刺。今得來教，既不見棄絶，而能以道自遣，無絲髮芥蒂，然後知公真可人，而不肖他日猶得以衰顔白髮厠賓客之末也。」「揚州有侍其太保，官於烟瘴地十餘年。比歸，面紅潤，無一點瘴氣，只是用磨脚心法。此法定國自知之，更請加功不廢。每日飲少酒調食，令胃氣壯健。安道軟朱砂膏，某在湖親服數兩，甚覺有益利，可久服。子由昨來陳相別，面色殊清潤，目光炯然。夜中行氣臍腹間，隆隆如雷聲。其所行持，亦吾輩所常論者，俱此君有志節能力行耳。粉白黛緑者，俱是火宅中狐狸、射干之流，願公以道眼照被。此外又有事須少儉嗇，勿輕用錢物。一是遠地，恐萬一闕乏不繼。一是災難中用貶惡，消厄致福之一端也。」又：「遞中領手教，知到官無恙，自處泰然，頓慰懸想。知攝二千石，風聲震於殊俗，一段奇事也。某近頗知養生，亦自覺薄有所得，見者皆言道貌與往日殊别，更相闊數年，索我閬風之上矣。兼畫得寒林墨竹，已入神矣，行草尤工，只是詩筆殊退也，不知何故。昨所寄臨江軍書，久已收得。二書反覆議論及處憂患者甚詳，既以解憂，又以洗我昏蒙，所得不少也。然所得『非苟知之，亦允蹈之』者，願公嘗誦此語也。杜子美困厄中，一飲一食，未嘗忘君，詩人以來，一人而已。今見定國，每有書皆有感恩念咎之語，甚得詩人之本意。僕雖不肖，亦當髣髴於庶幾也。近有人惠大丹砂少許，光采甚奇，固不敢服，然其人教以養火，觀其變化，聊以悦神度日。賓去桂不甚遠，朱砂差易致，或爲置數兩，因寄友，稍難即罷，非急用也。窮荒之中，恐有一奇事，但以冷眼陰求之。大抵道士非金丹不能羽化，而丹林多在南荒。故葛稚川求岣嶁令，竟羽化於廉州，不可不留意也。陳璞一月前直往筠州看子由，亦粗傳要妙，云非久當來此。此人不惟有道術，其與人有情義，久要不忘如此，亦自可重。道術多方，難得其要。然某觀之，惟能静心閉目，以漸習之，似覺有功。幸信此語，使氣雲行體中，癢痛安能近人也。」「邇來江淮間酷暑，殆非人所堪，況於嶺外？惟道德清曠，必有以解煩釋悶者。入秋來翛然清遠，計尊候安勝。」「公學術日益，如川之方增，幸更著鞭多讀史書，仍手自鈔爲妙。造次，造次！某自謫居以來，可了得《易傳》九卷，《論語》九卷。今又下手作《書傳》。迂拙之學，聊以娱老，且以爲子孫藏耳。子由亦了得《詩傳》，又成《春秋集傳》，聞知之，爲一笑耳。」「辱惠書并新詩妙曲，大慰所懷。河東膠州，咫尺千里，意思牢落可知。得此佳作，終日喜快，滯悶冰釋，幸甚，幸甚！近在常置得一小莊子，歲可得百石，似可足食。非不知揚州之美，窮猿投林，不暇擇木也。」書意曲折周摯，可以想見兩公當年交情之篤。

《墨莊漫録》又曰：「王定國鞏爲太常博士，常從術士作軌革，畫一堂廡，庭中有明珠一枚，旁置棊局。未幾爲御史朱光庭所抨，得補外。」鑑又按：施元之詩注：先生以詩謫黄州凡五年，王定國鞏亦坐累，謫監賓州酒稅。王晉卿詵爲英宗主壻，主薨，詵徙筠州。又曰：王定國與吴正憲充、馮文簡京素善，而師友東坡。舒亶輩欲傾二公，因坡詩獄羅織定國，遂南行萬里，三年而歸。司馬温公當國，深器遇之。東坡在翰林，又以人言力請郡去，未幾定國亦報罷。《合璧事類》又引《東皋襍録》，王定國嶺外歸，出歌者勸東坡酒，坡作《定風波》，序云：「定國歌兒名柔奴，姓字文氏，家住京師。定國南遷，歸，予問柔：『廣南風土，應是不好？』柔對曰：『此心安處，便是家鄉。』」因爲綴詞曰：「常羡人間琢玉郎，天教分付點酥娘。

自作清歌傳皓齒，風起，雪飛炎海雙清涼。萬里歸來年愈少，微笑，笑時猶帶嶺梅香。試問嶺南應不好，却道，此心安處是家鄉。」

《烏臺詩案》：子瞻赴任徐州，王詵曾送到乳糖獅子四枚。

鑑案：此條見董斯張《吹景集》閔康侯補隸糖霜事後，不知於案當何屬，姑附於此。

人日獵城南會者十人以身輕一鳥過槍急萬人呼爲韵得鳥字

兒童笑使君，憂愠常悄悄。誰拈白接䍠，令跨金騕褭。東風吹濕雪，手冷怯清曉。忽發兩鳴髇，相趁飛䳒小。放弓一長嘯，目送孤鴻矯。吟詩忘鞭轡，不語頭自掉。歸來仍脱粟，鹽豉煮芹蓼。何似雷將軍，兩眼霜鶻皎。黑頭已爲將，百戰意未了。馬上倒銀瓶，得兔不暇燎。少年負奇志，蹭蹬百憂繞。回首英雄人，老死已不少。青春還一夢，餘年真過鳥。莫上呼鷹臺，平生笑劉表。

《烏臺詩案》：軾先與將官雷勝並同官寄居等十一人出獵，作詩各一首，計十首。後批請王定國轉示晉卿都尉：「當輪我一籌也。」王詵字晉卿。詵令書表司張遵寄軾詩十一首，并後序云：「子瞻所寄新詩，並會獵事跡，夸示一時之樂。余因回示報樂侍寢清歌者雲英等，凡十有一人，輒效子瞻十家之詩，各以其名，製詞一篇寄子瞻。不知欲復輸此一籌否。」其意説富貴作樂，即無譏諷。上件詩，不係册子内。

鑑案：此條從查注補入，爲《叢話》及各本所無。

眉山詩案廣證卷三

烏程張鑑秋水甫著
受業門人歸安郁士楨校

印案下

和李常韵

集合前《和貢父韵》在一處，題作「次韵劉貢父李公擇見寄二首」。

何人勸我此間來，絃管生衣甑有埃。緑蟻濡唇無百斛，蝗蟲撲面已三回。磨刀入谷追窮寇，灑涕循城拾棄孩。爲郡鮮懽君莫歎，猶勝塵土走章臺。

《烏臺詩案》：熙寧八年六月，李常寄來字韵詩一首與軾，即無譏諷。軾依韵和之，此詩譏諷朝廷，「譏朝廷」從施注引《烏臺詩話》增。新法減刻公使錢太甚，及造酒不得過百石，致絃管生衣，釜甑有塵。及言蝗蟲災傷，盗賊四起，旱澇「四起」、「旱澇」從施注增。饑饉之甚，以譏朝廷政事闕失，及新法不便之所致也。九月十四日準問目，有無未盡軾供曾和李常等詩，即不係册子内。

鑑案：常字公擇，嘗知湖州，後移濟南。文忠爲《李氏山房記》曰：「公擇少時讀書於廬山五老峰下白石庵之僧舍，公擇既去，而山中之人指其居爲李氏山房，藏書凡九千餘卷。」

寄劉摯

鑑案：今集作「廣陵會三同舍各以其字爲韵仍邀同賦劉莘老」。

江陵昔相遇，幕府稱上賓。再見明光宫，峩冠揖搢紳。而「而」集作「如」。今三見子，坎坷爲逐臣。朝游雲霄間，欲分丞相茵。莫落江湖上，遂與屈子鄰。了不見喜愠，子豈真可人。邂逅成一歡，醉語出天真。士方在田里，自比渭與莘。出試乃大謬，芻狗難重陳。歲晚多霜露，歸耕當及辰。

《漁隱叢話·詩案》：赴杭州通判，到揚州，有劉摯爲作臺官言事責降湖南，孫洙、劉攽皆在揚州。偶然相聚數日，别後作詩三首，各用逐人字爲韵。此詩云：「莫落江湖上，遂與屈子鄰。」意取屈原放逐湘潭之間，而非其罪。今劉摯爲言新法不便責降，既以屈原非罪比摯，即是謂摯所言爲當，意以譏新法不便也。又云：「士方在田里，自比渭與莘。出試乃大謬，芻狗難重陳。」莊子詆毁孔子，言孔子所陳先王之陳跡，譬如已陳之芻狗，難再陳也。軾意亦以譏當時執政大臣，在田里之時，自比太公、伊尹，及出而試用，乃大謬戾，當便罷退，不可再施用也。

施注：莘老，名摯，極論新法章數上，中丞楊繪亦言其非。安石使曾布作《十難》折之，仍詰兩人向背好惡之情。繪懼謝罪，莘老獨奮曰：「爲人臣豈可壓於權勢，使天子不知利害之實。」即條對所難，以伸其説。又云：「若謂向背，則臣所向者義，所背者利。所向者君父，所背者權臣。」安石大怒，將竄嶺外。上不聽，謫監衡州鹽倉。初安石黨友傾一時，造作言語，以爲幾於聖人，至是遂以其學亂天下。先生詩「士方在田里」云云，謂此也。

買魚放生和僧道潛韻

鑑案：施注本作「次韵潛師放魚」。

法師説法臨泗水，無數天花隨麈尾。勸將净業種西方，莫待夢中呼起起。哀哉若魚竟坐口，遠愧知幾穆生醴。况逢孟簡對盧仝，不怕校人欺子美。疲民尚作魚尾赤，數罟未除吾穎泚。法師自有衣中珠，不用辛苦沙泥底。

《漁隱叢話・詩案》：元豐元年四月六字從施引增。知徐州日，有相識浙僧道潛來相看，同在河亭上坐，見人打魚，其僧買魚放生，作詩一首，即無譏諷。軾依韵一首與本人云：「疲民尚作魚尾赤。」《左傳》云：「如魚赬尾，横施注作「衡」流而方揚施注作「羊」。裔。」鑑案：《叢話》及施注皆引至「裔」字住爲句，非是。依舊讀，當以「裔焉」爲句。依劉光伯「規過則方羊」爲句，蓋以韵叶之，良是。此蓋文忠倉卒誤記，詳余規過讞。注云：魚勞則尾赤。是時徐州大水之後，夫役數起。軾言民之疲病，如魚勞而尾赤也。數罟，謂魚網之細密者。又言民既疲病，朝廷又行青苗助役法，不爲除放，如密網之取魚也。皆以譏諷朝政闕失，及青苗助役新法不便，以致大水爲災也。

鑑案：南宋陳宗之《聖宋高僧詩選》載：道潛虚白齋與子瞻共坐，有客饋魚於子瞻，子瞻遺放之，遂命賦此詩曰：「嘉魚滿盤初出水，尚有青萍點紅尾。銀腮戢戢畏烹煎，倔强有時俄自起。彼客殷勤勸我君，願向中廚薦醪醴。使君事道不事腹，杞菊終年食甘美。傳呼慎勿付庖人，百步洪邊放清泚。回首無欺子産淳，漫道悠然泳波底。」今用韵悉合，而序事各異，猶足想見文忠讓善與師之意，觀人於微，不以此歟？

鑑案：施注僧道潛，字參寥。於潛人。能文章，尤喜爲詩。嘗有句云：「風蒲獵獵弄輕柔，欲立蜻蜓不自由。五月臨平山下路，藕花無數滿汀洲。」過先生於彭城，甚愛之，以書告文與可，謂其詩句清絶，與林逋上下，而通了道義，見之令人蕭然。蘇黄門每稱其體製絶類儲光羲，非近時詩僧所能及。然據朱昂《續骫骳説》：參寥子者，妙總大師曇潛也，俗姓王氏，杭州錢唐縣人。東坡守彭城，參寥嘗往見之。在坡座賦詩，援筆立成，一座歎服。住西湖智果院。坡南遷，素不快者，捃摭詩語，謂有譏刺得罪，反初服。又《墨莊漫録》：吕温卿爲浙漕，屢起大獄，復欲網羅參寥。參寥本名曇潛，東坡改之曰道潛。吕索牒勘驗，竟坐刑還俗，編管兖州。自詩案之興，凡文忠口供所及，幾於無一漏網，而搜索到此，真欲一網打盡矣。又東坡先生全集中有《答參寥書》曰：「去歲倉卒離湖，亦以不一別太虚、參寥爲恨。留語於僧官，不識能道否？到黄已半年，朋游常少，思念公不去心，懶且無便，故不奉書。遠承差人致問，殷勤累幅，所以開諭奬勉者至矣。僕罪大責輕，謫居以來，杜門念舊而已。雖生平親識，亦斷往還，理固宜爾。而釋、老數公，反復千里致問，情義之厚，有加於平日，以此知道德高風，果在世外也。見寄數詩及近編，得一詳味，洒然如接清顔聽軟語也。比已焚筆硯，斷作詩，故無緣屬和，然時復一開以慰孤寂，幸甚！筆力愈老健清熟，過於向之所見，此於至道，殊不相妨，何爲廢之？期更磨揉以追配彭澤。未聞，自愛。」

秋日牡丹

鑑案：今邵青門補注施元之本作「和述古冬日牡丹四首」，不知所據，蓋此題適在缺卷故也。此從厲氏《宋詩紀事》所引《烏臺詩案》，且樊謝又言：「木芙蓉，杭人以爲秋牡丹，南宋人集往往見之。」則今本改作「冬日牡丹」者，全非也。

一朵妖紅翠欲流，春光回照雪霜羞。化工只欲呈新巧，不放閒花得少休。

《烏臺詩案》：熙寧六年任杭州通判時，知州係知制誥陳襄，字述古。是年杭州一僧寺内，秋日開牡丹花數朵，陳襄作絶句，某和之。此詩皆譏諷當時執政大臣，以比化工，但欲出新意擘畫，令小民不得暫閑也。

鑑案：襄字述古，侯官人。與東坡同得罪者。錢竹汀宫詹《養新録》以查慎行注引《古靈行狀》，以爲陳堯佐長子者，誤。

獨樂園

鑑案：此題從《詩林廣記》，施注本及《宋詩紀事》「獨樂園」上有「司馬君實」四字。

青山在屋上，流水在屋下。中有五畝園，花竹秀而野。花香襲杖屨，竹色侵盞斝。樽酒樂餘春，棋局消長夏。洛陽古多士，風俗猶爾雅。先生卧不出，冠蓋傾洛社。雖云與衆樂，中有獨樂者。才全德不形，所貴知我寡。先生獨何事，四海望陶冶。兒童誦君實，走卒知司馬。持此欲安歸，造物不我捨。名聲逐我輩，此病天所赭。撫掌笑先生，年來效喑啞。

《烏臺詩案》：熙寧十年，司馬君實在西京葺一園，名獨樂。軾於是年五月六日作詩寄之云云。此詩云四海蒼生「蒼生」從施注增。望司馬「司馬」從施注增。光執政，陶冶天下，以譏見任執政不得其人。又言兒童走卒皆知其姓字，終當進用，緣光曾言新法不便，某亦曾言新法不便，既言終當進用光意，亦是譏朝廷新法處處「處處」二字從施注增。不便，終用光改變此法也。又言光却瘖啞不言，意望光依前上言攻擊新法也。九月三日准問目，供訖，不合虚稱無有譏諷，再勘方招，其詩不係降到册子内。

《雲谷襍記》：司馬温公元豐末來京師，都人奔競競觀，即以相公目之，左右擁塞，馬至不能行。及謁時相於私第，市人登樹騎屋窺之，隸卒或止之，曰：「吾非望而君，願一識司馬公耳。」至於呵叱不退，而屋瓦爲碎，樹枝爲之折。「兒童誦君實，走卒知司馬」，温公蓋千載一人而已。又《詩林廣記》引《元城先生語録》云：老先生於國子監之側得故營地，創獨樂園，自傷不得與衆同也，不以當時君子自比伊、周、孔、孟。公乃以種竹澆花事自比唐晉間人，以捄其弊也。胡苕溪云：元城所謂「當時君子自比伊、周、孔、孟」者，意誚金陵也。鑑案：東坡全集有《與温公書》曰：「某再啓《超然》之作，不惟不肖附託以爲寵，遂使東方陋州，爲不朽之盛事，然所以獎與則過矣。久不見公新文，忽領到《獨樂園記》，誦味不已，輒不自揆，作一詩，聊發一笑耳。彭城嘉山水，魚蟹爭訟寂。然盜賊衰少，聊爾藏拙。但朋遊闊遠，舍弟非久赴任，益岑寂矣。謫居窮僻，如在井底，杳不知京洛之耗，不審邇日寢食何如？某以愚暗獲罪咎自己招，無足言者。但波及左右，爲恨殊深，雖高風偉度非此細故所能塵垢。然某思之，不啻芒背爾。寓居去江無十步，風濤烟雨，曉夕百變，江南諸山在几席，此幸未始有也。雖有窘乏之憂，亦布褐藜藿而已。瞻晤無期，臨書惘然。伏乞以時善加調護。」

送曾鞏通判越州

鑑案：今集作「送曾子固倅越得燕字」。

醉翁門下士，襍遝難爲賢。曾子獨超軼，孤芳陋群妍。昔從南方來，與翁兩聯翩。翁今自憔悴，子去亦宜然。賈誼窮適楚，樂生老思燕。那因江鱠美，遠厭天庖羶。但苦世論隘，聒耳如蜩蟬。安得萬頃池，養此横海鱣。

《烏臺詩案》：熙寧三年内，送到曾鞏詩簡。曾鞏是年准勅通判越州，臨行，館閣同舍舊例餞送，衆人分韵，軾探得燕字韵，作詩一首云：「但苦世論隘，聒耳如蜩蟬。」以譏諷近日朝廷進用，多刻薄之人，議論褊隘，喧亂如蟬之鳴，不足聽也。又云「安得萬頃池，養此横海鱣」者，以比曾鞏賢才也。後漢黄憲汪汪如千頃陂，言安得有度量如黄憲者，以容養此宏才也。熙寧五年，某寫書簡寄曾鞏，言賦役毛起，鹽法峻急，民不堪命，以譏新法青苗助役繁碎如毛，及鹽法峻急不堪也。「熙寧五年」下一段馮引查注《烏臺詩案》所無。

鑑案：王宗稷《年譜》：熙寧三年庚戌，先生年三十五。監官告院有送曾子固倅越詩，分韵得燕字。《烏臺詩話》云：舊例館閣補外，同舍餞送必分韵，所云得燕字者，正與《漁隱叢話》所引同。惟厲氏《宋詩紀事》作「得然字」，疑樊榭以字近而譌。今兩韵俱入詩中，未知其審。至梅谿注引先生《詩案》云：「《送曾鞏》詩以譏近來多用刻薄之人，議論鄙隘，如蟬之鳴，不足聽也。以《詩案》考之，此詩作於熙寧三年。」鑑以王氏《年譜》核之，良是。

王注：子固，名鞏，南豐人。嘉祐二年，永叔知貢舉，子固兄弟四人同登科。

留題風水洞

鑑案：今集作「往富陽新城李節推先行三日留風水洞見待」。

春山磔磔鳴春禽，此間不可無我吟。路長漫漫傍江浦，此間不可無君語。金鯽池邊不見君，追君直過定山村。路人皆言君未遠，騎馬少年清且婉。風巖水穴舊聞名，只隔山溪夜不行。溪橋曉溜浮梅萼，知君繫馬巖花落。出城三日尚逶遲，妻孥怪罵歸何時。世上小兒誇疾走，如君相待今安有。

《烏臺詩案》：熙寧七年爲通判杭州，於正月二十七日遊風水洞，有本州節推李佖，知軾到來，先行三日，留彼見待。某到彼於壁上留題詩，末句云：「世上小兒誇疾走，如君相待今安有。」意以譏諷世之小人，多務急進不顧大體也。末句從王注增。案馮注引《詩案》，王注：於急進也下作其詩，即不曾寫與李佖，當年再游風水洞，又云「世事漸艱吾欲去」云云，與下條合連。

鑑案：梅溪注引先生《詩案》云：熙寧六年正月二十七日，在杭州游風水洞，留題詩，言「世上小兒誇疾走」，意在譏諷世人多務急進，不顧大體也。所言年月與《叢話》、《廣記》、《紀事》皆異。惟二十七日則同，然以傅藻《紀年録》核之，亦是六年正月，疑文忠當日自己誤供，後人攷其事而易之也。下詩正同。

題風水洞

鑑案：今集作「風水洞二首和節推」。

山前乳水隔塵凡，山上仙風舞檜杉。細細龍鱗生亂石，團團羊角轉空巖。馮夷窟宅非梁棟，御寇車輿謝轡銜。世事漸艱吾欲去，永隨二子脱譏讒。

《烏臺詩案》：熙寧七年八月望遊杭州風水洞，留題鑑案：《漁隱叢話》此條與前合，作「當年再遊風水洞，又留題詩」云。此胡氏所見印案如是此語是也，樊榭所采本，蓋後人增飾成之，姑以其舊本存之。此詩云：「世事漸艱吾欲去，永隨二子脱譏讒。」意謂朝廷行新法之後，世事漸以二字王注作「日益」。艱難，小人争進，「争進」從王注增。多務讒謗，「謗」王注作「毀」。某思之，王注作「試思度之」。不可以合，又不可以容，《叢話》無此二句。故欲棄官，求王注作「卜」。隱居之地也。《叢話》作「故欲去官隱居也」。

鑑案：梅谿注引《詩案》作熙寧六年正月，有《游風水洞》詩云，正與前篇同，爲傅藻《紀年録》所取。梅谿又云：「詩集作『欲出』，《詩案》作『欲去』，從《詩案》。」趙彦村《詩注》因之，樊榭《紀事》引趙注者，亦失攷也。

和劉道原寄張師民

鑑案：前後各詩，道原亦當用名作劉恕爲允。

仁義大捷徑，《詩》《書》一旅亭。相誇綬若若，猶誦麥青青。腐鼠何勞嚇，高鴻本自冥。顛狂不用唤，酒盡漸須醒。

《烏臺詩案》：熙寧六年，軾任杭州通判，有劉恕，字道原，寄詩三首，軾依韵和，以上從施注引公《烏臺詩話》增。即不曾寄張師民，師民亦不曾識。除無譏諷外，此詩譏諷「諷」從施注增。近日朝廷進用之人，以仁義爲捷徑，以《詩》、《書》爲逆旅，但爲印綬爵禄所誘，則假捷徑「捷徑」施注作「六經」。以進，如莊子所謂「儒以《詩》、《禮》發冢」，故云「麥青青」也。又言小人之顧禄位，如鴟鳶以腐鼠嚇鴻鵠，其溺於利如人之醉於酒，酒盡則自醒也。

和劉道原見寄

敢向清時怨不容，直嗟吾道與君東。坐談足使淮南懼，歸去方知冀北空。獨鶴不須驚夜旦，群烏未可辨雌雄。廬山自古不到處，得與幽人子細窮。

《烏臺詩案》：《和劉道原見寄》詩，軾謂劉恕有學問，性正直，故作此美之，因以譏諷當今進用之人也。「敢向清時怨不容」，是時，恕自館中出監酒務，非敢怨時之不容。馬融謂鄭康成：「吾道東矣。」故以比之。汲黯在朝，淮南寢謀，又以比恕之直也。又使韓愈云「冀北馬群遂空」，言館中無人也。稽紹「昂昂如獨鶴在雞群」，又《淮南子》：「雞知將旦，鶴知夜半。」又以劉恕比鶴，謂衆人爲雞也。詩云具曰余聖，誰知烏之雌雄，意言當今朝廷進用之人，君子小人襍處，如烏不可辨雌雄也。

王注先生《詩案》云：「以譏當今進用襍亂，無分別也。」

施注：「道原名恕，筠州人。介甫執政，道原在館閣，欲引置條例司，固辭。是時介甫權震天下，人不敢忤，而道原憤憤，欲與之校，又條陳所更法令不合衆心者，至面刺其過，介甫怒，變色。道原不以爲意。或稠人廣坐，對其門生誦言：『得失無所避。』遂與之絶。」鑑案：《東坡全集》有《答道原祕校書》曰：「謫居窮陋，首見故人，釋然無復有流落之歎。衰病奇掘，所向累人，自非卓然獨見不以進退爲意者，誰肯辱與往還。每惟此意，何時可忘。别來又復初夏，思企不可言。遠想尊候佳勝。兩辱手書，懶不即答，計已獲罪左右，然性故是能知其性氣，蓋懶作書者有素於中實無他也，更望寬之。知到官又復對換，想高懷處之，無適而不可，江令不肯少留，健快非庸人所及也。無由面見，以時自重。」

送蔡冠卿知饒州

吾觀蔡子與人遊，掀髯笑語無不可。平生儻蕩不驚俗，臨事迂闊乃過我。横前坑穽衆所畏，布路金珠誰不裹。爾來變化驚何速，昔號剛强今亦頽。憐君獨守廷尉法，晚歲却理鄱陽栴。莫嗟天驥逐羸牛，欲試良玉須猛火。世事徐觀真夢寐，人生不信長轗軻。知君決獄有陰功，他日老人醻魏顆。

《漁隱叢話・詩案》：熙寧五年二月内，大理少卿蔡冠卿准敕差知饒州，軾作詩送之，除無譏諷外，其云「横前坑穽衆所畏」，以譏當時用事之人，有逆其意者則設坑穽以陷之也。又云「布路金珠誰不裹」，以譏朝廷用事之人，王注作「以譏當今朝廷進用之人」。有順其意者則以利誘之，如以金珠布於道路也。又云「爾來變化驚何速，昔號剛强今亦頽」，以譏士大夫爲利害所誘脅，變化以從之，雖舊號剛强者今亦然也。又云「憐君獨守廷尉法，晚歲却理鄱陽栴」，言冠卿獨能守舊法，屢與朝廷争議刑名，以致不進用出守小郡也。又云「莫嗟天驥逐羸牛」，軾以冠卿比天驥，以進用而不才者比羸牛，意以譏諷朝廷進退人不當也。又云「欲試良玉須猛火」，良玉經火不變，然後爲良，言冠卿經歷艱難險阻折挫節操不改，如良玉也。又云「世事徐觀真夢寐，人生不信長轗軻」，爲冠卿屢與朝廷争議刑名，致不進用，言人事得喪去來譬如夢幻，當時執政必不常進，冠卿亦不常退，故云「人生不信長轗軻」。

施注：冠卿與安石議刑名不合，遂補外得饒州，公送行詩意蓋在此。

送杜子方陳珪戚秉道

鑑案：施注本作「送杭州杜戚陳三掾罷官歸鄉」。

秋風搣搣鳴枯蓼，船閣荒村夜悄悄。正當逐客斷腸時，君獨歌呼醉連曉。老夫平生齊得喪，尚戀微官失輕矯。君今憔悴歸無食，五斗未可秋毫小。君言失意能幾時，月啖蝦蟆行復皎。殺人無驗中不快，此恨終身恐難了。徇時所得無幾何，隨手已遭憂患繞。期君正似種宿麥，忍饑待食明年麨。

《漁隱叢話・詩案》：熙寧五年，四字從施注增。杭州知録施注「知録」作「録參」。杜子方、一作房。司户陳珪、司理戚秉道，各爲施注無「爲」字。承勘本州姓裴人家女使夏沉香投井，及姓裴人家小女孩在井内身死不明事。當時夏沉香只決臀杖二十，放，後來本路提刑陳睦舉駁上件公事，差秀州通判張若濟重勘，決殺夏沉香。三官因此衝替。軾意謂提刑陳睦舉張若濟駁勘不當致此。三人非罪「非罪」施注作「無辜」。失官，軾作詩送之。此詩云：「君言失意能幾時，月啖蝦蟆行復皎。」意取盧仝《月食》詩云「傳聞古老説，月食蝦蟆精」仝意，比朝廷爲小人所蒙蔽也。軾亦言杜子方等本無罪，爲陳睦、張若濟蒙蔽朝廷，以衝替逐去，「去」施注作「人」。後當感悟牽復。又云「徇時所得無幾何，隨手已遭憂患繞」，意謂張若濟不久亦自爲公事故也。施注末句作「不久亦自被劾矣」。此詩係册子内。

鑑案：陳睦，字和叔，嘉祐六年進士。文忠有《送陳睦知潭州》詩。

謝錢顗送茶

鑑案：今集作「和錢安道寄惠建茶」。

我官於南今幾時，嘗盡溪茶與山茗。胸中似記故人面，口不能言心自省。爲君細説我未暇，試評其略差可聽。建溪所産雖不同，一一天與君子性。森然可愛不可慢，骨清肉膩和且正。雪花雨脚何足道，啜過始知真味永。縱復苦硬終可録，汲黯少戇寬饒猛。草茶無賴空有名，高者妖邪次頑獷。體輕雖復彊浮泛，性滯偏工嘔酸冷。其間絶品豈不佳，張禹縱賢非骨骾。葵花玉銙不易致，道路幽險隔雲嶺。誰知使者來自西，開緘磊落收百餅。嗅香嚼味本非別，透紙自覺光炯炯。秕糠團鳳友小龍，奴隸日注臣雙井。收藏愛惜待佳客，不敢包裹鑽權倖。此詩有味君勿傳，空使時人怒生癭。

《漁隱叢話·詩案》：熙寧六年，軾任杭州通判日，因本路運使差往潤州勾當公事，經過秀州，錢顗在秀州監酒税，曾作臺官，始於秀州與之相見。後錢顗作詩一首，送茶來，某復作詩一首謝之，除無譏諷外，詩云「草茶無賴空有名，高者妖邪次頑獷」，以譏世之小人，乍得權用，不知上下之分，若不諂媚妖邪，即須頑獷狠劣也。又云：「體輕雖復彊浮泛，性滯偏工嘔酸冷。」亦以譏世之小人，體輕浮而性滯泥也。又云：「其間絶品豈不佳，張禹縱賢非骨骾。」亦以譏世之小人，如張禹雖有學問，細行謹飭，終非骨骾之人也。又云：「收藏愛惜待佳客，不敢包裹鑽權倖。此詩有味君勿傳，空使時人怒生癭。」以譏世之小人，有以好茶鑽求富貴權要者，見此詩當大怒也。上件係降到册子内。

鑑案：王注引詩云：「此詩以譏世之小人乍得權用，不知上下之分，妖邪頑獷，體輕性滯，皆陰斥之也。」當是龜齡約取案中之辭。

施注：錢安道，名顗，爲御史，謫官。鑑案：文忠集有「錢顗宫苑退老於廬山石碑庵顗陜西人本進士换武家有聲伎」一題，而缺其詩，疑安道亦與公詩獄，後罷官，而《續通鑑》不著其名。

送范鎮

鑑案：今集作「送范景仁游洛中」。

小人真闇事，閒退豈公難。道大吾何病，言深聽者寒。憂時雖早白，住世有還丹。得酒相逢樂，無心所遇安。去年行萬里，蜀路走千盤。投老身彌健，登山意未闌。西游爲櫻筍，東道盡鵷鸞。杖屨攜兒去，園亭借客看。折花修「修」集作「斑」。竹寺，弄水石樓灘。鬻馬哀憐白，驚雷怯笑韓。蘚書標洞府，施注本有公自注：「歐陽永叔嘗游嵩山，日暮於絶壁上見苔蘚成文，云神清之洞，明日復尋，不見。」松蓋偃天壇。試與劉夫子，重尋靖長官。施注本有公自注：「劉几云：曾見人嵩山幽絶處眼光如貓，意其爲靖長官也。」

《漁隱叢話・詩案》：熙寧十年二月三日，范鎮往西京游山，軾作詩送之。軾昨知密州得替，到關城外，借得范鎮園安泊。鎮，鄉里世舊也。其詩除無譏諷外，云：「小人真闇事，閒退豈公難。」意以譏今時之小人，以小才而享大位，闇於事理，以進爲榮，以退爲辱。范鎮前爲侍郎，難進而易退，小人不知也。又云：「言深聽者寒。」軾謂范鎮舊日多論時事，其言深切，聽者爲恐，意言范鎮所言爲當時事多不便也。九月三十日，在臺准問目，供出其詩，不係降到册子内。

習射放鷹

鑑案：施注本作「祭常山回小獵」。

青蓋前頭點皂旗，黄茅岡下出長圍。弄風驕馬跑空立，趁兔蒼鷹掠地飛。回望白雲生翠巘，歸來紅葉滿征衣。聖朝若用西涼簿，白羽猶能效一揮。

《烏臺詩案》：熙寧八年五月，軾知密州。於本州常山泉水處祈雨有應，遂名爲雩泉。九年四月，立石常山之上。去年祭常山回，與同官習射放鷹，軾作詩一首，題在本州小廳上。除無譏諷外，云意取西涼州主簿謝艾事，艾本是書生，却善用兵，故以此自比，言聖朝若用軾爲將，不減謝艾也。軾在臺供説其詩，即不係降到册子内。

觀百步洪

鑑案：施注本作「和子由與顔長道同游百步洪相地築亭種柳」。

平明坐衙不暖席，歸來閉閤閑終日。卧聞客至倒屣迎，兩眼蒙籠餘睡色。城東泗水步可到，路轉河洪翻雪白。安得青絲絡駿馬，蹴踏飛波柳陰下。奮身三丈兩蹄間，振鬣長鳴身自乾。少年狂興久已謝，但憶嘉陵繞劍關。劍關大道車方軌，君自不去歸何難。山中故人應大笑，築室種柳何時還。

《漁隱叢話·詩案》：熙寧十年，軾知徐州日，作《觀百步洪》詩一首，有本州教授舒焕字堯文和云：「先生何人堪並席，李郭相逢上舟日。殘霞明滅日脚沉，水面浮空天一色。磷磷石若鐵林兵，翻激奔衝精甲白。岸頭旌旗簇五馬，一櫓飛艎信東下。入夜寒生波浪間，汗衣如逐秋風乾。相忘河魚幻出没，得性沙鳥鳴關關。委蛇二龍乃神物，遊樂諸溪誠爲難。築亭種柳恐不暇，天下龍雨須公還。」此詩意並無譏諷。

鑑案：集題本是《和子由與顔長道同游》，同案中却專供舒作，且此則僅見於胡氏《叢話》，別無他書可攷。疑文忠當時所刻三卷詩内，但附舒詩，故遂牽率及之。否則不知文忠所言意何在也。案，焕，字堯文。文忠守徐時，堯文適爲教授，與東坡倡和甚多，皆見集中。

寄劉述

鑑案：集作「寄劉孝叔」。

君王有意誅驕虜，椎破銅山鑄銅虎。聯翩三十七將軍，走馬西來各開府。南山伐木作車軸，東海取鼉漫戰鼓。汗流奔走誰敢後，恐乏軍興汙質斧。保甲連郵團未遍，方田訟牒紛如雨。爾來手實降新書，抉剔根株窮脉縷。詔書惻怛信深厚，吏能淺薄空勞苦。平生學問止流俗，衆裏笙竽誰比數。忽令獨奏《鳳將雛》，倉卒欲吹那得譜。況復連年苦饑饉，剥齧草木啖泥土。今年雨雪頗應時，又報蝗蟲生翅股。憂來洗盞欲彊醉，寂寞虚齋卧空甒。公廚十日不生烟，更望紅裙踏筵舞。近日齋廚索然，可笑，可笑。故人屢寄山中信，只有當歸無別語。猶集作「方」。將雀鼠偷太倉，未肯衣冠挂神武。吴興丈人真得道，平生立朝非小補。自從四方冠蓋鬧，歸作二浙湖山主。高蹤已自襍魚釣，大隱何曾棄簪組。去年相從殊未足，問道已許談其粗。逝將棄官往卒業，俗緣未盡那得覩。公家只在雪溪上，上有白雲如白羽。應憐進退苦皇皇，更把安心教初祖。

《漁隱叢話・詩案》：熙寧八年四月十一日，軾作詩寄劉述，此詩云：「君王有意誅驕虜，椎破銅山鑄銅虎。聯翩三十七將軍。走馬西來各開府。」四句是時朝廷遣使諸路檢點軍器，及置三十七將官。軾將謂今上有意征討西夏，以譏朝廷諸路遣使及置將官張皇不便也。又云：「南山伐木作車軸，東海取鼉漫戰鼓。汗流奔走誰敢後，恐乏軍興汙質斧。保甲連村團未遍，方田訟牒紛如雨。爾來手實降新書，抉剔根株窮脉縷。詔書惻怛信深厚，吏能淺薄空勞苦。」以譏諷朝廷法令屢變，事目煩多，吏不能辨也。又云：「况復連年苦饑饉，剥齧草木啖泥土。今年雨雪頗應時，又報蝗蟲生翅股。憂來洗盞欲强醉，寂寞虚齋卧空甒。公廚十日不生烟，更望紅裙踏筵舞。」注云：「近日齋廚索然，可笑，可笑。」又云：「近來屢得山中信，只有當歸無別語。猶將雀鼠偷太倉，未肯衣冠挂神武。」意言近日饑饉，飛蝗蔽天，四字原作「蝗蟲之甚」，此從王注所引《詩案》。以譏諷朝廷政事闕失，并新法不便之所致也。又言酒食無備，齋廚索然，王注作「公廚蕭索」。以譏諷朝廷新法減削公使錢「錢」字從王注增。太甚也。公事既多，旱蝗又甚，貳政巨藩尚如此窘迫，「貳政」下九字從王注，《叢話》但作「公使窘迫」四字而已。所以言山中故人寄信令歸，但軾貪禄，未能便挂衣冠而去也。又云：「自從四方冠蓋鬧，歸作二浙湖山主。」以譏諷朝廷近日提舉官所至苛碎生事，故劉述乞宫觀歸湖州也。其詩不係朝旨降到册子内。

施注：孝叔名述，神宗時擢侍御史知雜，數論事剴切。會與王安石爭獄事，不合，出知江州，踰歲提舉崇禧觀。東坡倅杭，與孝叔會虎丘，和其二詩。吳興六客堂，孝叔其一人也。此詩首言爭伐之意。熙寧三年十一月，詔京畿河北京東西路置三十七將將官，遂與州郡長吏争衡，故云：「聯翩三十七將軍，走馬西來各開府。」又立保甲法，令諸州籍保甲聚民而教之，禁令苛急，往往去爲盜，郡縣不敢以聞，故云：「保甲連村團未徧。」五年立方田均税法，詔司農以條約并式頒之天下，歲以九月委令佐分地計量，乃書户帖連莊帳付之以爲地符，故云：「方田訟牒紛如雨。」七年，吕惠卿建手實法，使民自上其家之物産，而官爲注籍，奉使者至析秋毫，天下病之，至八年十月乃罷，故曰「爾來手實降新書」云云。又曰「平生學問止流俗」，是時，安石凡議其新政者，皆以流俗謂之也。孝叔年七十二卒。紹興間録其風節，贈祕閣修撰。

次韵答周邠兼贈蘇舜舉

鑑案：今集作「徑山道中次韵答周長官兼贈蘇寺丞」。

年來戰紛華，頗覺夫子勝。欲求五畝宅，灑掃樂清浄。學道恨日淺，問禪慙聽瑩。聊爲山水行，遂此麋鹿性。獨遊吾未果，覓伴誰復聽。吾宗古遺直，窮達付前定。餔糟醉方熟，灑面呼不醒。奈何效燕蝠，屢欲争晨暝。不如從我游，高論發犀柄。溪南渡横木，山寺稱小徑。今集有公自注：「太平寺俗號小徑山」。幽尋自兹始，歸路微月映。南望功臣山，雲外盤飛磴。三更渡錦水，再宿留石鏡。緬懷周與李，能作洛生詠。明朝三子至，詩律嚴號令。籃輿置紙筆，得句輕千乘。玲瓏苦奇秀，名實巧相稱。九仙更幽絶，笑語千山應。空巖側破甕，飛溜灑浮磬。山前見虎跡，候吏鐃鼓競。我生本艱奇，塵土滿釜甑。山禽與野獸，知我久蹭蹬。笑謂候吏還，禦虎我有命。徑山雖云遠，行李稍可併。頗訝王子猷，忽起山陰興。但報菊花開，吾當理歸榜。

《漁隱叢話·詩案》：熙寧六年，因往諸縣提點，到臨安縣，有知縣大理寺丞蘇舜舉，本來縣界外太平寺相接。軾與本人爲同年，自來相知，見軾，便言舜舉數日前入州，却被訓狐押出。某問其故，舜舉言我擘畫得人户供通家業役錢「錢」，《天中記》五十九引作「鈔」。規例一本，甚簡，前日去呈本州諸官，皆不以爲然。呈轉運副使王廷老等不喜，差急足押出城來。軾取其規例看詳，委是簡便，因問訓狐事。舜舉言施注引《詩話》作「舜舉供大謬」。自來聞人説一小話，云燕以日出爲旦，日入爲夕；蝙蝠以日入爲旦，日出爲夕，争之不决，訴於鳳皇。至路次相逢一禽鳥，謂燕云：不須往訴。鳳皇在假，或云鳳皇渴睡，却是訓狐權攝。舜舉意以此話，戲誚王廷老等不分明、别是非也。隔得一日，有周邠、李行中二人亦來，與同游徑山。蘇舜舉亦來山中相見，周邠作詩，某次韻和答兼贈蘇舜舉，此詩云：「餔糟醉方熟，灑面呼不醒。奈何效燕蝠，屢欲争晨暝。」軾意以譏諷王廷老等昏闇如醉，不從蘇舜舉擘畫簡便規例，如訓狐不分明别是非也。

答周邠

鑑案：施注本作「次韻周開祖長官見寄」。

俯仰東西閲數州，老於岐路豈伶優。初聞父老推謝令，已見兒童迎細侯。政拙年年祈水旱，民勞處處避嘲謳。河吞巨野那容塞，盗入蒙山不易搜。仕道固應慙孔孟，扶顛未可責求由。漸謀田舍猶懷祿，未脱風濤且傍洲。罔罔可憐真喪狗，時時相觸是虛舟。朅來震澤都如夢，只有苕溪可倚樓。齋釀酸甜如蜜水，樂工零落似風甌。遠思顏柳并諸謝，近憶張陳與老劉。今集有公自注謂張子野、陳令舉、劉孝叔。風定軒窗飛豹脚，雨餘欄檻上蝸牛。舊遊到處皆蒼蘚，同甲惟君尚黑頭。憶昔湖山共尋勝，相逢杯酒兩忘憂。醉看梅雪清香過，夜棹風船駭汗流。百首共成山上集，三人俱作月中遊。海南未起垂天翼，澗底仍依徑寸麻。已許秋風歸過我，預憂詩筆老難酬。此生歲月行飄忽，晚節功名亦謬悠。犀首正緣無事飲，馮驩應爲有魚留。從今便踏青州麴，薄酒知君笑督郵。

《漁隱叢話・詩案》：元豐二年六月十三日，軾知湖州日，有周邠作長韻律詩見寄，依韻和答。此詩云：「俯仰東西閲數州，老來岐路豈伶優。初聞父老推謝令，已見兒童迎細侯。政拙年年祈水旱，民勞處處避嘲謳。河吞巨野那容塞，盗入蒙山不易搜。仕道固應慙孔孟，扶顛未可責求由。」意自言遷徙數州，未蒙朝廷擢用，老於道路，并所至遇水旱盗賊，夫役數起，民蒙其害，三字從施注增。以譏諷朝廷政事闕失，并新法不便之所致也。「仕道」二句云云，以言已仕而道不行，則非仕道也，故有慙於孔孟。孔子責仲由、冉求云：「危而不持，顛而不扶，則將焉用彼相矣？」顛謂傾仆也。意以譏諷兩「諷」字俱從施注增。朝廷大臣不能扶正其顛仆。軾在臺，於九月十四日准問目，有無未盡事，軾供出上件詩因依，不係朝旨降到册子内。

鑑案：此詩題下，施注：墨蹟藏吴興向氏。前題云「次韻奉和樂清開祖長官見寄」，後題云：「元豐二年六月十三日吴興郡齋作。」「旋見兒童迎細侯」，墨蹟作「已見」，當是續改此一字，然今胡氏《叢話》兩次皆作「已見」。

鑑案：施注周邠，字開祖，錢塘人。東坡倅杭三年，與開祖數從湖山之游，見於酬唱，故詩云：「西湖三載與君同」，是時開祖爲樂清令。又文忠全集有《與周開祖書》曰：「某忝命皆出獎借，尋自抗至吴興見公擇，而元素、子野、孝叔、令舉皆在湖，燕集正盛，深以開祖不在坐爲恨。別後每到佳山水處，未嘗不懷想談笑。出京北去，風俗既椎魯，而游從詩酒如開祖者，豈可復得。乃知向者之樂，不可得而繼也。令舉特來錢塘相别，遂見送至湖，久在吴中，别去真作數日惡。然詩人不在，大家省得三五十首唱酬，亦非細事。」

後杞菊賦有序

天隨生自言常食杞菊。及夏五月，枝葉老硬，氣味苦澀，猶食不已。因作賦以自廣。始余嘗疑之，以爲士不遇，窮約可也。至於饑餓嚼齧草木，則過矣。而余仕宦十有九年，家日益貧，衣食之奉，殆不如昔時。及移守膠西，意且一飽。而齋廚索然，不堪其憂。日與通守劉君廷式循古城廢圃求杞菊食之，捫腹而笑，然後知天隨之言可信不謬。作《後杞菊賦》以自嘲，且解之云。

吁嗟，先生，誰使汝坐堂上稱太守，前賓客之造請，後掾屬之趨走。朝衙達午，夕坐過酉。曾杯酒之不設，攬草木以誑口。對案顰蹙，舉箸噎嘔。昔陰將軍設麥飯與葱葉，井丹推去而不顧。怪先生之眷眷，豈故山之無有？先生忻然而笑曰，人生一世，如屈伸肘。何者爲貧，何者爲富？何者爲美，何者爲陋？或糠覈而瓠肥，或粱肉而黑瘦。何侯方丈，庾郎三九。較豐約於夢寐，卒同歸於一朽。吾方以杞爲糧，以菊爲糗。春食苗，夏食葉，秋食花實而冬食根，庶幾乎西河南陽之壽。

《漁隱叢話・詩案》：此賦云「及移守膠西，意且一飽」，而始至之日「齋廚索然，不堪其憂」，以譏新法減刻公使錢太甚，齋醖廚膳皆索然無備也。

補文忠集《與李公擇書》：「示及新詩，皆有遠别惘然之意，雖兄之愛我厚，然僕本以鐵石心腸待公，何乃爾耶？吾儕雖老且窮，而道理貫心肝，忠義填骨髓，直須談笑死生之際，若見僕困窮便相憐，則與不學道者大不相遠矣。兄造道深，中必不爾，出於相愛好之篤而已。然朋友之義，專務規諫，輒以狂言廣兄之意爾。雖懷坎壈於時，遇事有可以尊主澤民者，便忘軀爲之，禍福得喪，付與造物。非兄僕豈發此？看訖，縱火之，不知者以爲詬病也。」

鑑案：王士禎《居易録》：宋施宿，字武子，湖州長城人。紹興間爲左司諫，又爲淮東倉曹。言路與有嫌欲劾之，無以爲罪，宿嘗以其父所注坡詩鐫板，倉司因摭此事，坐以贓私。右見《西吴里語》。案，坡在湖爲小人所譖，興詩案之獄。至高宗朝，正蘇、黄詩文大顯之日，而小人猶能爲祟如此，又在湖州，尤奇。牧仲中丞近刻此注於吴下，因録緣起於後，以備事實云。

眉山詩案廣證卷四

烏程張鑑秋水甫著
受業門人歸安郁士楨校

綴簡

雙檜

鑑案：今集作「王復秀才所居雙檜二首之一」。《紀事》作「塔前古檜」，乃誤爲《鹽官》絶句第三首，兹從《叢話》。

凛然相對敢相欺，直幹凌雲集作「凌空」。未要奇。根到九泉無曲處，世間《叢話》作「歲寒」。惟有蟄龍知。

王定國《聞見近録》：王和甫嘗言，蘇子瞻在黄州，上數欲用之，王禹玉輒曰：「軾嘗有『此心惟有蟄龍知』之句，陛下龍在天而不敬，乃反求知蟄龍乎？」章子厚曰：「龍者非獨人君，人臣皆可以言龍也。」上曰：「自古稱龍者多矣，如荀氏八龍、孔明卧龍，豈人君也？」及退，子厚詰之曰：「相公乃覆人之家族耶？」禹玉曰：「此舒亶言爾。」子厚曰：「亶之唾，亦可食乎？」

《石林詩話》：元豐間，蘇子瞻繫大理獄。他本作「御史獄」。神宗本無意深罪子瞻，時相進呈，忽言蘇軾於陛下有不臣意，神宗改容曰：「軾固有罪，然於朕不應至是，卿何以知之？」時相因舉《檜》詩「根到九泉無曲處，世間一作「歲寒」。惟有蟄龍知」之句，「陛下龍飛在天，軾以爲不知己，而求知地下之蟄龍，非不臣而何？」神宗曰：「詩人之詞，安可如此論，彼自詠檜，何預朕事！」時相語塞。子厚亦從旁解之，遂薄其罪。子厚嘗以語余，且以醜言詆時相曰：「人之害物，無所忌憚，有如是也。」

鑑案：胡氏《叢話》雖亦載此詩，然不言是案文。故兼引二説，而以「未知孰是」釋之。惟厲氏《紀事》直作《烏臺詩案》，疑樊榭所見本，正是九萬輩襍采諸書所成。余故亦不以入印案，而退著於此。

御史獄中遺子由

鑑案：今集作「予以事繫御史臺獄獄吏稍見侵自度不能堪死獄中不得一別子由故作二詩授獄卒梁成以遺子由」。

聖主如天萬物春，小臣愚暗自亡身。百年未滿先償債，十口無歸更累人。是處青山可埋骨，他年夜雨獨傷神。與君世世爲兄弟，又結來生未了因。

《烏臺詩案》：予以事繫御史臺獄，府吏稍見侵，自度不能堪。死獄中，不得一別子由，故作詩授獄卒梁成，以遺子由。

鑑案：此條從《説郛》本補，爲胡氏《叢話》、厲氏《紀事》所無。疑九萬採遺集及《孔氏説苑》以類添入，亦非當日招案所有也。

寄劉述

未肯衣冠挂神武。全詩見前。

葉夢得《玉澗雜書》：陶隱居挂朝服神虎門事，於當時本無意，自是棄官欲去爾。蘇子瞻倅錢唐時，作詩嘗用此事，後坐詔，獄吏舉詩問所出，子瞻倉卒誤記《本傳》云陶見齊祚將衰，故去，不敢以實對，即謬言：「予往官鳳翔，見壁間王嗣宗詩云：『欲挂衣冠神虎門，先尋水竹渭南村。却將舊斬樓蘭劍，旋博黄牛教子孫。』」云詩事本此，實自作也。舒信道諸人得知，果大笑，以謂未嘗讀《陶傳》，因釋不問。故至今傳此爲嗣宗詩。後嘗再用云：「歸來趁别陶宏景，看挂衣冠神虎門。」

鑑案，據石林之言，則此條當亦入詩案，然檢各本均無是語。惟《寄劉孝叔》詩中實用此事，豈漁隱所録之案，亦經删削，尚有佚出於其外者哉？又攷《東坡詩話》：「欲挂衣冠神武門，先尋水竹渭南村。却將舊斬樓蘭劍，買得黄牛教子孫。」余舊見此詩於關右壁間，愛之，不知何人詩也。文忠又嘗自言其所見如此。則葉氏又何所據而云然？且趙德麟《侯鯖録》亦載此詩，曰：「東坡於閿中驛舍見一詩，録之，不知誰氏子作，後聞乃姚嗣宗詩云云。蓋即此詩也。」鑑案，姚嗣宗是關中人，乃張元、吴昊之友，所稱負氣倜儻，有縱横才者。韓魏公駐兵延安時，曾薦試大理事。文忠又何爲而悦之，且嫁名以詩乎？果爾，則石林所云姓王者，亦謬也。

王宗稷《東坡先生年譜》：元豐二年己未，先生年四十四。是歲，言事者以先生《湖州到任謝表》以爲謗，七月二十八日中使皇甫遵到湖追攝。按《子立墓志》云：「子得罪於吴興，親戚故人皆驚散，獨兩王子不去，送予出郊曰：『生死禍福，天也，公其如天何！』返，取子家致之南都。」又按先生《上文潞公書》云：「某始就逮赴獄，有一子稍長，徒步相隨，其餘守舍皆婦女幼稚。至宿州，御史符下，就家取書。州郡望風，遣吏發卒，圍船搜取，長幼幾怖死。既去，婦女恚駡曰：『是好著書，書成何所得，而怖我如此。』悉取焚之。」八月十八日赴臺獄，有《寄子由》詩二首，及賦《榆》、《槐》、《竹》、《柏》四詩，又有《十二月二十日恭聞太皇太后升遐吏以某罪人不許成服欲哭則不可欲泣則不敢作輓詩二首》，已而獄具，十二月二十九日責授黄州團練副使，本州安置。是年子由聞先生下獄，上書乞以見任官職贖先生罪，責筠州酒官。出獄再次寄子由二詩韵有「百日歸期恰及春」之句，先生自八月坐獄至是踰百日矣。

予以事繫御史臺獄獄吏稍見侵自度不能堪死獄中不得一别子由故作二詩授獄卒梁成以遺子由

鑑案：其一已見前。

柏臺霜氣夜凄凄，風動琅璫月向低。夢繞雲山心似鹿，魂飛湯火命如雞。眼中犀角真吾子，身後牛衣媿老妻。百歲神游定何處，桐鄉知葬浙江西。獄中聞杭湖間民爲余作解厄道場者累月，故有此句。

榆

我行汴堤上，厭見榆陰緑。千株不盈畝，斬伐同一束。及居幽囚中，亦復見此木。蠹皮溜秋雨，病葉埋牆曲。誰言霜雪苦，生意殊未足。坐待春風至，飛英覆空屋。

槐

憶我初來時，草木向衰歇。高槐雖驚秋，晚蟬猶抱葉。淹留未云幾，離離見疏莢。棲鴉寒不去，哀叫飢啄雪。破巢帶空枝，疎影挂殘月。豈無兩翅羽，伴我此愁絶。

竹

今日南風來，吹亂庭前竹。低昂中音會，甲刃紛相觸。蕭然風雪意，可折不可辱。風霽竹已回，猗猗散青玉。故山今何有，秋雨荒籬菊。此君知健否，歸掃南軒緑。

柏

故園多珍木，翠柏如蒲葦。幽囚無與樂，百日看不已。時來拾流膠，未忍踐落子。當年誰所種，少長與我齒。仰視蒼蒼幹，所閱故多矣。應見李將軍，膽落温御史。

己未十月十五日獄中恭聞太皇太后不豫有赦作詩

庭柏陰陰晝掩門，烏知有赦鬧黄昏。漢官自種三生福，楚客還招九死魂。縱有鋤犁及田畝，已無面目見丘園。只應聖主如堯舜，猶許先生作正言。

十二月二十日恭聞太皇太后升遐以軾罪人不許成服欲哭則不敢欲泣則不可故作輓辭二章

巍然開濟兩朝勳，信矣才難十亂臣。原廟故應祠百世，先王何止活千人。和熹未聖猶貪位，明德雖賢不及民。月落風悲天雨泣，誰將椽筆寫光塵。

未報山陵國士知，繞林松柏已猗猗。一聲慟哭猶無所，萬死酬恩更有時。夢裏天衢隘雲仗，人間雨淚變彤帷。《關雎》、《卷耳》平生事，白首纍臣正坐詩。

十二月二十八日蒙恩責授檢校水部員外郎黄州團練副使復用前韵

百日歸期恰及春，餘年樂事最關身。出門便旋風吹面，走馬聯翩鵲啅人。却對酒杯渾是夢，試拈詩筆已如神。此災何必深追咎，竊禄從來豈有因。

平生文字爲吾累，此去聲名不厭低。塞上縱歸他日馬，城東不鬭少年雞。休官彭澤貧無酒，隱几維摩病有妻。堪笑睢陽老從事，爲子投檄向江西。

鑑案：《詩林廣記》引《龜山語録》曰：「作詩不知風雅之意，不可以作詩。詩尚譎諫，佳言之者無罪，聞之者足以戒，乃爲有補。若諫而涉於毁謗，聞者怒之，何補之有？東坡詩只是譏誚朝廷，殊無温柔篤厚之氣，以此人故得而罪之。」

到黄州謝表

臣軾言：去歲十二月二十九日，準勑責授臣檢校尚書水部員外郎，充黄州團練副使，本州安置，不得簽書公事。臣已於今月一日到本所訖者。狂愚冒犯，固有常刑。仁聖矜憐，特從輕典。赦其必死，許以自新。祗服訓辭，惟知感涕。中謝。伏念臣早緣科第，誤忝搢紳，親逢睿哲之興，遂有功名之意。亦嘗召對便殿，考其所學之言；試守三州，觀其所行之實。而臣用意過當，日趨於迷。賦命衰窮，天奪其魄。叛違義理，辜負恩私。茫如醉夢之中，不知言語之出。雖至仁屢赦，而衆議不容。案罪責情，固宜伏斧鑕於兩觀；推恩屈法，猶當禦魑魅於三危。豈謂尚玷散員，更叨善地，投畀麏鼯之野，保全樗櫟之生。臣雖至愚，豈不知幸。此蓋伏遇皇帝陛下，德刑並用，善惡兼容。欲使法行而知恩，是用小懲而大誡。天地能覆載之，而不能容之於度外；父母能生育之，而不能出之於死中。伏惟此恩，何以爲報。惟當蔬食没齒，杜門思愆。深悟積年之非，永爲多士之戒。貪戀聖世，不敢殺身；

庶幾餘生，未爲棄物。若獲盡力鞭箠之下，必將捐軀矢石之間。指天誓心，有死無易。臣無任。

徐釚《詞苑叢談》：東坡在黄州，作《卜算子》詞云：「缺月挂疎桐，漏斷人初静。時見幽人獨往來，縹渺孤鴻影。驚起却回頭，有恨無人省。揀盡寒枝不肯栖，楓落吴江冷。」山谷以爲非吃烟火食人語。鮦陽居士云：「缺月」，刺明微也。「漏斷」，暗時也。「幽人」，不得志也。「獨往來」，無助也。「驚鴻」，賢人不安也。「回首」，愛君不忘也。「無人省」，君不察也。「揀盡寒枝」，不偷安於高位也。「寂寞吴江冷」，非所安也。與《考槃》詩相似。阮亭稱其村夫子强作解事，令人欲嘔。韋蘇州《滁州西澗》詩，叠山亦以爲小人在朝，賢人在野之象，令韋有知，豈不叫屈？僕嘗戲謂坡公命宫磨蝎，湖州詩案，生前爲王珪、舒亶輩所苦，身後又硬受此差排。

《叢談》又曰：昨讀《野客叢書》，又云：東坡在惠州白鶴觀所作。惠有温都監女，頗有姿色，年十六而不肯聘人。聞坡至相鄰，温謂人曰：「此吾壻也。」一夜坡吟詠間，其女徘徊窗外，坡覺而推窗，則女踰牆而去。坡物色得其詳，正呼王説爲媒，適有過海之事，此議遂寢。其女不久卒，葬於沙汀之側。坡回，爲之悵然，故爲此詞也。梨莊曰：此言亦非，似亦忌公者以此謗之，如階下簸錢之類耳，小説紕繆，不足憑也。

杭州召還乞郡狀

元祐六年五月十九日，龍圖閣學士左朝奉郎前知杭州蘇軾狀奏。右臣近奉詔書及聖旨劄子，不允臣辭免翰林學士承旨恩命及乞郡事。臣已第三次奏乞除臣揚、越、陳、蔡一郡去訖。竊慮區區之誠，未能遽回天意，須至盡露本心，重干聖聽，惶恐死罪！惶恐死罪！臣昔於治平中，自鳳翔職官得替入朝，首被英宗皇帝知遇，欲驟用臣。當時宰相韓琦以臣年少資淺，未經試用，故且與館職。亦會臣丁父憂去官。及服闋入覲，便蒙神宗皇帝召對，面賜奬激，許臣職外言事。自惟羈旅之臣，未應得此，豈非以英宗皇帝知臣有素故耶？是時王安石新得政，變易法度，臣若少加附會，進用可必。自惟遠人，蒙二帝非常之知，不忍欺天負心，欲具論安石所爲不可施行狀，以裨萬一。然未測聖意待臣深淺，因上元有旨買燈四千椀，有司無狀，虧減市價，臣即上書論奏，先帝大喜，即時施行。臣以此卜知先帝聖明，能受盡言，上疏六千餘言，極論新法不便。後復因考試進士，擬對御試策進上，并言安石不知人，不可大用。先帝雖未聽從，然亦嘉臣愚直，初不譴問。而安石大怒，其黨無不切齒，争欲傾臣。御史知雜謝景温，首出死力，彈奏臣丁憂歸鄉日，舟中曾販私鹽。遂下諸路體量追捕當時梢工篙手等，考掠取證，但以實無其事，故鍛鍊不成而止。臣緣此懼禍乞出，連三任外補。而先帝眷臣不衰，時因賀謝表章，即對左右稱道。黨人疑臣復用，而李定、何正臣、舒亶三人，構造飛語，醖釀百端，必欲致臣於死。先帝初亦不聽，而此三人執奏不已，故臣得罪下獄。定等選差悍吏皇甫遵，將帶吏卒，就湖州追攝，如捕寇賊。臣即與妻子訣別，留書與弟轍，處置後事，自期必死。過揚子江，便欲自投江中，而吏卒監守不果。到獄，即欲不食求死。而先帝遣使就獄，有所約敕，故獄吏不敢別加非横。臣亦覺知先帝無意殺臣，故復留殘喘，得至今日。及竄責黄州，每有表疏，先帝復對左右稱道，哀憐奬激，意欲復用，而左右固争，以爲不可。臣雖在遠，亦具聞之。古人有言，聚蚊成雷，積羽沈舟，言寡不勝衆也。以先帝知臣特達如此，而臣終不免於患難者，以左右疾臣者衆也。及陛下即位，起臣於貶所，不及一年，備位禁林，遭遇之異，古今無比。臣每自惟昆蟲草木之微，無以仰報天地生成之德，惟有獨立不倚，知無不言，可以少報萬一。始論衙前差顧利害，與孫永、傅堯俞、韓維争議，因亦與司馬光異論。光初不以此怒臣，而臺諫諸人，逆探光意，遂與臣爲仇。臣又素疾程頤之姦，未嘗假以詞色，故頤之黨人，無不側目。自朝廷發黜大姦數人，而其餘黨猶在要近，陰爲之地，特未敢發爾。小臣周穜，乃敢上疏乞用王安石配享，以嘗試朝廷。臣竊料穜草芥之微，敢建此議，必有陰主其事者。是以上書逆折其姦鋒，乞重賜行遣，以破小人之謀。因此，黨人尤加忿疾。其後，又於經筵極論黃河不可回奪利害，且上疏争之，遂大失執政意。積此數事，恐别致患禍。又緣臂痛目昏，所以累章力求補外。竊伏思念，自忝禁近，三年之間，臺諫言臣者數四，只因發策草麻，羅織語言，以爲謗訕，本無疑似，白加誣執。其間曖昧譖愬，陛下察其無實而不降出者，又不知其幾何矣。若非二聖仁明，洞照肝膈，則臣爲黨人所傾，首領不保，豈敢望如先帝之赦臣乎？自出知杭州二年，粗免人言，中間法外刺配顔章、顔益二人，蓋攻積弊，事不獲已。陛下亦已赦臣，而言者不赦，論奏不已。其意豈爲顔章等哉？以此知黨人之意，未嘗一日不在傾臣，洗垢求瑕，止得此事。今者忽蒙聖恩召還擢用，又除臣弟轍爲執政，此二事，非大臣本意。竊計黨人必大猜忌，磨厲以須，勢必如此。聞命悸恐，以福爲災，即日上章，辭免乞郡。行至中路，果聞弟轍爲臺諫所攻，般出廨宇待罪。又蒙陛下委曲，照見情狀，方獲保全。臣之剛褊，衆所共知，黨人嫌忌，甚於弟轍。豈敢以衰病之餘，復犯其鋒，雖自知無罪可言，而今之言者，豈問是非曲直。竊謂人主之待臣子，不過公道以相知，黨人之報怨嫌，必爲巧發而陰中。臣豈敢恃二聖公道之知，而傲黨人陰中之禍。所以不避煩瀆，自陳入仕以來進退本末，欲陛下知臣危言危行，獨立不回，以犯衆怒者，所從來遠矣。又欲陛下知臣平生冒涉患難危嶮如此，今餘年無幾，不免有遠禍全身之意，再三辭遜，實非矯飾。柳下惠有言：「直道而事人，焉往而不三黜。」臣若貪得患失，隨世俛仰，改其常度，則陛下亦安所用。臣若守其初心，始終不變，則群小側目，必無安理。雖蒙二聖深知，亦恐終不勝衆。所以反覆計慮，莫若求去。非不懷戀天地父母之恩，而衰老之餘，恥復與群小計較短長曲直，爲世間高人長者所笑。伏望聖慈，察臣至誠，特賜指揮執政檢會累奏，只作親嫌回避，早除一郡。所有今來奏狀，乞留中不出，以保全臣子，不勝大願。若朝廷不以臣不才，猶欲驅使，或除一重難邊郡，臣不敢辭避，報國之心，死而後已。惟不願在禁近，使黨人猜疑，別加陰中也。干犯天威，謹俟斧鑕。臣不任祈天請命戰恐隕越之至，謹録奏聞，伏候勑旨。貼黄：臣受聖知最深，故敢披露肝肺，盡言無隱。必致當途怨怒，愈爲身災。君臣不密，《周易》所戒，故親書奏狀。眼昏字大，又涉不恭，進退維谷，伏惟聖慈寛赦，臣不勝戰恐之至。

《石林詩話》：文同與可爲人靖深，不攖世故。熙寧初，時論既不一，士大夫好惡紛然，同在館閣，未嘗有所向背。時子瞻數上書論天下事，退而與賓客言，多以時事爲譏誚。同極以爲不然，每苦口力戒之。子瞻出爲杭州通判，同送行詩有「北客若來休問事，西湖雖好莫吟詩」之句。及黄州之謫，正坐杭州詩語，人以爲知言。

《明道雜志》：蘇惠州嘗以作詩下獄，再起遂徧歷侍從，而作詩者每爲不知者咀味，以爲有譏訕，而實不然也。出守錢唐，來别潞公。公曰：「願君至杭少作詩，恐爲不相喜者誣謗。」再三言之。臨别上馬，笑曰：「若還興也，便有箋云。」時有吴處厚者，取蔡安州詩作注，蔡安州遂遇禍，故有「箋云」之戲。又云：「願君不忘鄙言。某雖老悖，然所謂者希之歲不妨也。善之言。」

張子韶《心傳録》：東坡謫居黄州，與秦太虛書曰：「所居對岸，武昌山水佳絶。有蜀人王生在邑中，往往爲風濤所隔，不能即歸，則王生能爲殺雞炊黍，至數日不厭。又有潘生者，作酒店樊口，棹小舟徑至店下，村酒亦自醇釅。柑橘椑柹極多，大芋長尺餘，不減蜀中。外縣米斗二十錢，有水路可致。羊肉如北方，豬牛麞鹿如土，魚蟹不論錢。岐亭監酒胡定之，載書萬卷隨行，喜借人看。黄州曹官數人，皆家善庖饌，喜作會。太虛視此數事，吾事豈不濟矣乎！讀至此，想見掀髯一笑也。」予觀東坡所言，皆真情逸興，隨遇而適。

眉山詩案廣證卷五

烏程張鑑秋水甫著
受業門人歸安郁士楨校

瑣述

《名臣言行録》：謝景温言：「范鎮舉蘇軾爲諫官，軾向丁憂，多占舟船，販私鹽、蘇木；及服闋入京，多占兵士。」介甫初爲政，每贊上以獨斷，上專信任之。蘇爲開封府試官，策問進士以「晉武平吴以獨斷而克，苻堅伐晉以獨斷而亡；齊桓專任管仲而霸，燕噲專任子之而敗。事同而功異，何也？」介甫見之不悦。軾弟轍辭條例司，言青苗不便，介甫尤怒。乃定制策登科者不復試館，以軾、轍兄弟故也。軾有表弟，與軾不叶，介甫召之，問軾過失，其人言向丁憂販私鹽、蘇木等事。介甫雖銜之，未有以發。軾又數上章言時政得失，擬進士策，皆譏刺介甫。及詔兩制舉諫官，衆論以爲當今宜爲諫官者，無若傅堯俞、蘇軾。故舉堯俞者六七人，而景仁舉軾。景温恐軾爲諫官，攻介甫之短，故力排之。介甫下淮南、江南東西、荆湖、夔州、成都六路轉運司體量其狀。蓋軾眉州人，其入京也，適本州迎新守，軾因帶以來耳。《温公日録》

又：介甫與子瞻初無隙，惠卿忌子瞻才高，輒間之。中丞李定，亦王介甫客也。定不持所生母仇

氏服，蘇子瞻以爲不孝，作詩詆之。定以爲恨，後遂劾子瞻作詩謗訕，遂下御史獄，謫居黄州。《聞見録》

《漁隱叢話》：司馬文正公《日録》云：朱壽昌父任諫議大夫，壽昌母素微。生壽昌，歲餘遺出之，因是不知所在。壽昌既長，求之不得，乃棄官尋之，刺血書懺以散與人，至是得之于同州，迎以歸。錢子飛知永興軍，奏其事，乞加旌賞，故召之。王介甫方以李定爲至孝，故送壽昌赴審官，而壽昌以同母弟妹皆在同州，乃折資授河中通判。苕溪漁隱曰：東坡云：「朱壽昌郎中少不知母所在，刺血寫經，求之五十年，去歲得之蜀中，以詩賀之。」云：「嗟君七歲知念母，憐君壯大心愈苦。羡君臨老得相逢，喜極無言淚如雨。不羡白衣作三公，不愛白日昇青天。愛君五十著彩服，兒啼却得償當年。烹龍爲炙玉爲酒，鶴髮初生千萬壽。金花詔書錦作囊，白藤肩輿簾蹙繡。感君離合我酸心，此事今無古或聞。長陵揭來見大姊，仲孺豈意逢將軍。開皇苦桃空記面，建中天子終不見。西河郡守誰復譏，潁谷封人羞自薦。」《日録》又云：「淮南轉運司體量李定，嘉祐八年四月母亡，不曾丁憂。介甫以李定爲至孝，何其蔽耶！」

《夢溪筆談》：朱壽昌，刑部朱侍郎巽之子。其母微，壽昌流落貧家，十餘歲方得歸，遂失母所在。壽昌哀慕不已。及長，乃解官訪母，徧走四方，備歷艱難，見者莫不憐之。聞佛書有水懺者，其説謂欲見父母者誦之，當獲所願。壽昌乃晝夜誦持，仍刺血書懺，摹板印施於人，惟願見母。歷年甚多，忽一日至河中府，遂得其母。相持慟絶，感動行路。乃迎以歸，事母至孝。復出從仕，今爲司農少卿。士人爲之傳者數人，丞相荆公而下，皆有《朱孝子詩》數百篇。

《東軒筆録》：司農少卿朱壽昌方在繦褓，而所生母被出。及長仕，於四方孜孜尋訪不懈。逮治平中，官至正郎矣。或傳其母嫁爲關中民妻。壽昌即棄官入關中，得母於陝州。士大夫嘉其孝節，多以歌詩美之。蘇子瞻作詩序，且譏切世之不養者。李定見之，大惋恨，會爲中丞，劾軾作詩訕謗，將致不測，賴上保持之，止黜爲黄州團練副使。

鑑案：《天中記》引文忠《志林》：「蔡延慶所生母已亡，不爲服久矣，聞李定不服所生母，爲臺所評，乃乞追服，則蟹匡蟬緌，不獨成人之弟也。是時有朱壽昌，其所生母三歲捨去，長大刺血寫經，誓畢生尋訪，凡五十年，乃得之，奉養三年而亡，壽昌至毁焉。善人惡人相去乃爾遠耶！」又注云：「汴妓郜懿以色著，懿第六，即蔡奴之母也，李定之父與郜六遊，生定，而郜六死，定不知之也。乃王荆公爲宰相，擢用李定。言官交攻，以爲母死不持服爲此。」蔡奴亦以色著，云「洛陽花品」。小注不知陳氏採自何書，但《老學庵筆記》又擇「潘子賤《題蔡奴傳神》云：『嘉祐間風塵中人亦如此，嗚呼盛哉。』蔡實元豐中人也。仇氏初在民間，生子爲浮屠，曰了元，即佛印禪師。又爲廣陵國子博士李問妾，生定；出嫁郜氏，生蔡奴。故京師人謂蔡奴爲郜六」。據此則定母非郜六，乃仇氏，王定國《聞見録》爲得其實矣。又按《齊東野語》：吴興東林沈偕東老之子家饒於財，少遊京師，入上庠，好狎游。時蔡奴聲價甲於都下，沈欲訪之，乃呼一賣珠人，於其門首茶肆中議價，再三不售，撒其珠於屋上，賣珠者窘甚，沈笑曰：「第隨我來，依汝所索還錢。」蔡於簾中窺見，令取視之，珠也，大驚，惟恐其不來。後數日，乃詣之，其家喜相報曰：「前日撒珠郎至矣。」接之甚至，此則郜六之爲也。

《續通鑑長編》：熙寧三年，李定權監察御史裏行。定素與王安石善，密薦於上，乃命曰：「宋敏求不草詞頭，旋命體問李定不持所生母喪事虛實，以陳薦言也。」爲定辨者，以爲定不自知所生，以爲乳母，及卒，或以語定，定請於父，父以爲非所生，定心疑之，乃解官侍養。然曾公亮等力争定不可除御史，安石白上曰：「近歲議官誰賢於定？公亮乃疑合追服，定不當追服也。」上曰：「李定處此事甚善，兼仇氏爲定母，未知實否也。」後元祐元年四月，以王巖叟言，詔根究李定不持母服事，六月，責授朝請大夫、少府少監，分司南京，滁州居住。三年卒。

《孔氏談苑》：蘇軾以吟詩有譏訕，言事官章疏狎上，朝廷下御史臺，差官追取。是時李定爲中書丞，對人太息，以爲人才難得，求一可使逮軾者，少有如意，於是太常博士皇甫僎被遣以往。僎攜一子、二臺卒倍道疾馳，駙馬都尉王詵與子瞻游厚，密遣人報蘇轍。轍時爲南京幕官，乃亟走价往湖州報軾，而僎行如飛不可及。至潤州，適以子病，求醫留半日，故所遣人得先之。僎至之日，軾在告祖，無頗權州事，僎徑入州廨，具韡袍，秉笏立庭下，二臺卒夾侍，白衣青巾，顧盼獰惡，人心洶洶，不可測。軾恐，不敢出，乃謀之無頗。無頗云：「事至於此，無可奈何，須出見之。」軾議所以服，自以爲得罪，不可以朝服。無頗云：「未知罪名，當以朝服見也。」軾亦具韡袍，秉笏立庭下。無頗與職官皆小幘，列軾後。二卒懷臺牒拄其衣，若匕首然。僎又久之不語，人心益疑懼。軾曰：「軾自來激惱朝廷多，今日必是賜死。死固不辭，乞歸與家人訣别。」僎始肯言曰：「不至如此。」無頗乃前曰：「太傅必有被受文字。」僎問：「誰何？」無頗曰：「無頗是權州。」僎乃以臺牒授之。及開視之，只是尋常追攝行遣耳。僎促軾行，二獄卒就直之，即時出城登舟。郡人送者雨泣。頃刻之間，拉一太守，如驅雞犬，此事無頗目擊也。　蘇子瞻隨皇甫僎追攝至太湖蘆香亭下，以柁損修完。是夕風濤澒洞，月色如晝，子瞻自惟倉卒被拉去，事不可測，必是下吏所連逮者多，如閉目窣身入水，頃刻間耳。既爲此計，又復思曰：「不欲辜負老弟。」弟謂子由也。言己有不幸，則子由必不獨生也。由是至京師，下御史獄。李定、舒亶、何正臣雜治之，侵之甚急，欲加以指斥之罪。子瞻憂在必死，常服青金丹，即收其餘，窖之土中，以備一旦當死，則併服以自殺。有一獄卒仁而有禮，事子瞻甚謹，每夕必然湯，爲子瞻濯足。子瞻以誠謁之曰：「軾必死，有老弟在外，他日託以二詩爲訣。」獄卒曰：「學士必不至如此。」子瞻曰：「使軾萬一獲免，則無所恨，如其不免，而此詩不達，則目不瞑矣。」獄卒受其詩，藏之枕中。其一詩曰：「聖主寬容德似春，小臣孤直自危身。百年未滿先償債，十口無依更累人。是處青山可藏骨，他年夜雨獨傷神。與君世世爲兄弟，更結人間未了因。」其後子瞻謫黄州，獄卒曰：「還學士此詩。」子由以面伏案，不忍讀也。子瞻好與子由夜話對榻，眠聽雨聲，故詩載其事。子瞻既出，又獻自和云：「却對酒杯渾似夢，試拈詩筆已如神。」子瞻以詩被劾，既作此詩，私自駡曰：「猶不改也。」　皇甫僎之追取蘇軾也，乞逐夜所至，送所司寄禁，上不許，以爲只是根究吟詩事，不消如此。其始彈劾之峻，追取之暴，人皆爲軾憂之，至是乃知軾必不死也，其後果然。天子聰明寬厚，待臣下有禮，而小人迎望，要爲深刻，如撰類者，可勝計哉！

趙德麟《侯鯖録》：真宗既東封訪天下隱者，杞人楊朴能爲詩，召對，自言不能，上問：「臨行有人作詩送卿否？」朴曰：「惟臣妻有詩一首云：『更休落魄貪杯酒，亦莫猖狂愛詠詩。今日捉將官裏去，這回斷送老頭皮。』」上大笑，放還山東。坡云：「余在湖州坐作詩追赴詔獄，妻子送余出門，皆哭，無以語之，顧謂妻子曰：『子獨不能如楊處士妻作一詩送我乎？』妻不覺失笑，余乃出。」

《甲申雜記》：天下之公論，雖仇怨不能奪也。李承之奉世知南京，嘗謂余曰：「昨在從班，李定資深鞫子瞻獄，雖同列不敢輒啓問。一日，資深於崇政殿門忽謂諸人曰：『蘇軾奇才也。』衆莫敢對，已而曰：『雖三十年所作文字詩句引證經傳，隨問即答，無一字差舛，誠天下之奇才也。』歎息不已。」

費衮《梁溪漫志》：王定國《甲申雜記》云云，此恐未必然。案，東坡自熙寧初荆公行新法，自是詩語多及新法之不便。元豐二年，言者論其作詩譏諷，遂得罪，相距止十年耳，不至二三十年也。藉使能記二三十年作詩文之因，人皆可能，似不足爲東坡道也。定國記此特愛東坡之過云耳。

鑑案：《揮麈録》：「宋時李定同名有三，此當是字深資，元豐御史中丞，其孫方叔、正民，皆顯名一時，揚州人也。」明清又自注云：「李豸，陽翟人。東坡先生門下士，亦字方叔。兩方叔俱以文鳴，此正所謂雖孝子慈孫，百世不能改也。」

高郵孫升《談圃》：子瞻得罪時，有朝士賣一詩策，内有使墨君事者，遂下獄，李定、何正臣劾其事，以指斥論謂蘇曰：「學士素有名節，何不與他招了？」蘇曰：「軾爲人臣不敢萌此心，却未知何人造此意？」一日禁中遣馮宗道案獄，止貶黃州團練副使。

鑑案：《談圃》又曰：杜太監植少子灼，爲李定所捃，定曰：「莫要剥了緑衫。」灼從容對曰：「緑衫未剥，恐先剥了紫衫。」定大怒，枷送司理院，求其贓罪不得，以他事坐之，衝替而已。定未幾，果以不持所生母仇氏服貶官而死，灼今爲循州興寧尉。又文忠集有《李定劄子》：元祐元年五月十八日，朝奉郎試中書舍人蘇軾同范百禄狀奏今月十八日，准本省刑房送到詞頭一道，奉聖旨，李定備位侍從終不言母爲誰氏，强顔匿志，冒榮自欺，落龍圖閣直學士守官、分司南京，許於揚州居住者，故臣等看詳：李定所犯，若初無人言，即止是身負大惡，今既言者如此，朝廷勘會得實，而使無母不孝之人，猶得以通議大夫、分司南京，即是朝廷亦許如此等類，得據高位，傷敗風教，爲害不淺。兼勘會定乞侍養，時父年八十九歲，於禮自不當從改，定若不乞，必致人言獲罪不輕，豈可便將侍養折當心喪，考之法禮，須合勒令追服，所有告命，臣等未敢撰詞，謹録奏聞，伏候勑旨。貼黃：唯律諸父母喪匿不舉哀者流二千里，今定所犯，非獨匿而不舉，又因人言，遂不認其所生，若舉輕明重，即定所坐難議於流二千里，已下定斷。

又案徐釚《詞苑叢談》：舒信道，名亶，神宗朝御史，與李定同陷東坡于罪者。嘗作《菩薩蠻》詞云：「江梅未放枝頭結，江樓已見山頭雪。待得此花開，知君來未來。風帆雙畫鷁，小雨隨行色。空得鬱金裙，酒痕和淚痕。」王阮亭極賞此詞，常曰：鍾退谷評閶丘曉詩謂具此手段，方能殺王龍標。此等語乃出渠輩手，豈不可惜！僕每讀嚴分宜《鈐山堂詩》，至佳處，輒作是歎。

《元城先生語録》：子弟固欲其佳，然不佳者，亦未必無用處。元豐二年，東坡下御史獄，天下之士痛之，環視而不敢捄。時張安道在南京，憤然上疏，欲附南京遞，府官不敢受，乃遣其子恕持至登聞鼓院投進，恕素愚懦，徘徊不敢投。後東坡出獄，見其副本，因吐舌色動久之，問其故，東坡不答。後子由亦見之，云：「宜吾兄之吐舌也，此事正得張恕力。」或問其故，子由曰：「獨不見鄭崇之捄蓋寬饒乎？其疏有云：『上無許史之屬，下無金張之託。』此語正是激宣帝怒耳。且寬饒正以犯許史輩有此禍，今乃再許之，是益其怒也。且東坡何罪？獨以名太高，與朝廷爭勝耳，今安道之疏乃云：『其文學實天下之奇才也。』獨不激人主之怒乎？但一時急欲捄之，故爲此言耳。僕曰：『然則是時捄東坡宜爲何説？』先生曰：『但言本朝未嘗殺士大夫，今乃開端，則是殺士大夫自陛下始。神宗好名而畏議，疑可以止之。』」

張淏《雲谷襍紀》：方勺《泊宅編》云：東坡就逮下御史獄，張安道上書，力陳其可貸之狀，劉莘老、蘇子容同輔政。子容曰：「昨得張安道書，不稱名，但著押字。」莘老曰：「某亦得書，尚未啓封。」令取視之，亦押字也。其事人罕知，故記之。

《欒城集・爲兄軾下獄上書》：臣聞困急而呼天，疾痛而呼父母者，人之至情也。臣雖草芥之微，而有危迫之懇，惟天地父母哀而憐之。臣早失怙恃，惟兄軾一人相須爲命，今者竊聞其得罪，逮捕赴獄，舉家驚號，憂在不測。臣竊思念軾居家在官，無大過惡，惟是賦性愚直，好談古今得失，前後上章論事其言不一。陛下聖德廣大，不加譴責。軾狂狷寡慮，竊恃天地包含之恩，不自抑畏。頃年通判杭州，及知密州日，每遇物託興，作爲歌詩，語或輕發。向者曾經臣僚繳進，陛下置而不問。軾感荷恩貸，自此深自悔咎，不敢復有所爲。但其舊詩已自傳播，臣誠哀軾愚於自信，不知文字輕易，跡涉不遜，雖改過自新，而已陷於刑辟，不可救正。軾之將就逮也，使謂臣曰：「軾早衰多病，必死於牢獄。死固分也，然所恨者少抱有爲之志，而遇不世出之主，雖齟齬於當年，終欲效尺寸於晚節。今遇此禍，雖欲改過自新，洗心以事明主，其道無由，況立朝最孤，左右親近必無爲言者，惟兄弟之親，試求哀於陛下而已。」臣竊哀其志，不勝手足之情，故爲冒死一言。昔漢淳于公得罪，其女子緹縈，請没爲官婢，以贖其父，漢文因之遂罷肉刑。今臣螻蟻之誠，雖萬萬不及緹縈，而陛下聰明仁聖，過於漢文遠甚，臣欲乞納在身官以贖兄軾，非敢望末減其罪，但得免下獄死爲幸。兄軾所犯若顯有文字，必不敢拒抗不承，以重得罪。若蒙陛下哀憐，赦其萬死，使得出於牢獄，則死而復生，宜何以報。臣願與兄軾洗心改過，粉骨報效，惟陛下所使，死而後已。臣不勝孤危迫切，無所告訴，歸誠陛下，惟寬其狂妄，特許所乞，臣無任祈天請命激切隕越之至。

鑑案：子由以此書亦貶筠州監酒。《漁隱叢話》載東坡言：「元豐三年，家弟子由謫官筠州，安道口占一絶爲别，詩曰：『可憐萍梗飄逢客，自歎匏瓜老病身。從此空齋挂塵榻，不知重埽待何人。』已而涕下。安道平生未嘗出涕向人也。」

葉夢得《避暑録話》：蘇子瞻元豐間赴詔獄，與其長子邁俱行，與之期送食惟菜肉，有不測，則徹二物，而送以魚，使伺外間以爲候。邁謹守踰月，忽糧盡，出謀於陳留，委其一親戚代送，而忘語其約。親戚偶得鮓送之，不兼他物。子瞻大駭，知不免，將祈哀於上而無以自達，乃作二詩寄子由，祝獄吏致之，蓋意獄吏不敢隱，則必以聞。已而果然。神宗初固無殺意，見詩益動心，自是遂益欲從寬釋，凡爲深文者皆拒之。

曾敏行《獨醒襍志》：東坡坐詔獄，御史上其寄黄門之詩，神宗見之，即薄其罪，謫居黄州。鄭介夫既下吏，獄官得介夫所厚者往還詩文，悉以奏聞。上見晏叔原所贈絶句，亦從而釋之。神宗愛惜人才，不忍終棄如此。

《貴耳集》：慈聖曹后一日見神宗不悦，問其所以，神宗答曰：「廷臣有競訕朝廷者，欲議施行。」慈聖曰：「莫非軾、轍也？老身嘗見仁祖時，策士大悦，得二文士，問是誰，曰軾、轍也，朕留與子孫用。」神考色漸和，東坡始有黄州之謫。

方勺《泊宅編》：東坡既就逮下御史獄，曹太后詔上曰：「官家何事數日不懌？」對曰：「更張數事未就緒，有蘇軾者，輒加謗訕，至形於文字。」太皇曰：「得非軾、轍乎？」上驚曰：「孃孃何自聞之？」曰：「吾嘗記仁宗皇帝策試制舉人罷，歸喜而言曰：『今日得二文士，然吾老矣，度不能用，將留以遺後人。』二文士蓋軾、轍也。」上因是感動，有貸軾意。

許顗《彦周詩話》：東坡受知神廟，雖謫而實欲用之。東坡微解此意，論賈誼謫長沙事，蓋自況也。又作神廟挽詞云：「別馬空思櫪，枯英已泫霜。」此非深悲至痛，不能道此語。在元祐間，獲鬼章，作《告裕陵文》云：「將帥用命，爭酬未報之恩；神靈在天，難逃不漏之網。」後人輒謂東坡以微文謗訕天子，豈有是哉！

趙葵《行營雜録》：東坡仁宗朝登進士科，復應制科擢居異等，英宗朝判鳳翔，欲以唐故事召入翰林，宰相限以近例，且欲召試祕閣，上曰：「未知其能否，故試之，如軾豈不能耶？」宰相猶難之。及試，又入優等，遂直史館。神宗朝以議新法不合補外，李定之徒媒孽其詩文有訕上語，下詔獄欲置之死，上獨庇之，得出。方在獄時，宰相舉軾詩云：「『根到九泉無曲處，世間惟有蟄龍知。』此不臣也。」上曰：「詩人之詞，安可如此推求？」時相語塞。上一日與近臣論人才，因曰：「軾方古人孰比？」近臣曰：「頗似李白。」上曰：「不然，白有軾之才，無軾之學。」累有意復用，而言者力沮之。一日忽出手札曰：「蘇軾黜居思咎，閱歲滋深，人材實難，不忍終棄。」因量移臨汝。哲宗朝，起知登州，召爲南宮舍人，不數月遷西掖，遂登翰苑。紹聖後，熙豐諸臣當國，元祐諸臣例遷謫。崇觀間京、卞用事，拘以黨籍，禁其文辭墨跡而毀之。政和間，忽弛其禁，求軾墨跡甚鋭，人莫知其由。或傳徽宗親臨寶籙宮醮筵，其主醮道流拜章伏地，久之方起，上詰其故，答曰：「適至上帝所，值奎宿奏事，良久方畢，始能達其章也。」上歎訝久之。問曰：「奎宿何神？爲之所奏何事？」對曰：「所奏事不可知，爲此宿者即本朝蘇軾也。」上大驚，不惟弛其禁，且欲玩其詞翰，一時士大夫遂從風而靡。

《誠齋詩話》：東坡知徐州，李定之子某過焉，坡以過客故事宴之，其人大喜，以爲坡敬愛之也，因起而請求薦墨。坡佯應曰：「諾。」久之閒談，坡忽問李：「相法謂面上人中長一寸者壽百年，有是説否？」李曰：「未聞也。」坡曰：「果若？人言彭祖好一箇獃長漢。」李大慚而遁。見王僑卿説。

蘇轍《東坡墓誌銘》：徙知湖州，以表謝上，言事者摘其語以爲謗，遣官逮赴御史獄。初公既補外，見事有不便於民者，不敢言亦不敢默視也，緣詩人之義，託事以諷，庶幾有補於國。言者從而媒孽之，上初薄其過，而浸潤不止，至是不得已從其請。既付獄，吏必欲置之死，鍛鍊久之不決，上終憐之，促具獄，以黄州團練副使安置。公幅巾芒屩，與田父野老相從溪谷之間，築室於東坡，自號東坡居士。

《復雅歌詞》：東坡居士以丙辰中秋歡飲達旦，大醉作《水調歌頭》詞，都下傳唱此詞。神宗問内侍外面新行小詞，内侍録此進呈。讀至「又恐瓊樓玉宇，高處不勝寒」，上曰：「蘇軾終是愛君。」乃命量移汝州。

鑑案：此條從宋人《合璧事類》録出。

《詞苑叢談》：蘇子瞻嘗自謂一生坎壈，而神宗讀其「瓊樓玉宇，高處不勝寒」之句，曰：「蘇軾終是愛君。」此等遭際，足令千古艷羨，豈止金蓮歸院爲一時奇遇耶，詞寄《水調歌頭》云：「明月幾時有，把酒問青天。不知天上宫闕，今夕是何年。我欲乘風歸去，唯恐瓊樓玉宇，高處不勝寒。起舞弄清影，何似在人間。　轉朱閣，低綺户，照無眠。不應有恨，何事長向别時圓。人有悲歡離合，月有陰晴圓缺，此事古難全。但願人長久，千里共嬋娟。」又《古今詞話》云：東坡在黄州，中秋夜對月獨酌，作《西江月》詞曰：「世事一場大夢，人生幾度新涼。夜來風葉已鳴廊，看取眉頭鬢上。

酒賤常愁客少，月明多被雲妨。中秋誰與共孤光，把醆淒涼北望。」坡以讒言謫居黄州，鬱鬱不得志，凡賦詩綴詞，必寫其所懷。然一日不忘朝廷，其愛君之心，末句可見矣。漁隱曰《聚蘭集》載此詞，寄弟子由。

孫宗鑑《東皋襍録》：東坡元豐間繫御史獄，謫黄州。元祐初起知登州，未幾以禮部員外郎召。道中遇當時獄官，甚有愧色，東坡戲之曰：「有蛇螫人，爲冥官所追，議法當死。蛇前訴曰：『誠有罪，然亦有功，可以自續。』冥官曰：『何功也？』蛇曰：『某有黄可治病，所活已數人矣。』吏收驗不誣，遂免。良久牽一牛至，獄吏曰：『此牛觸殺人，亦當死。』牛曰：『我亦有黄，可治病，亦數人矣。』良久亦得免。久之，獄吏引一人至曰：『此人生常殺人，幸免死，今當還命。』其人倉黄，妄言亦有黄，冥官大怒，詰之曰：『蛇黄、牛黄，皆入藥，天下所共知。汝爲人，何黄之有？』左右交訊，其人窘甚，曰：『某别無黄，但有些慚惶。』」

《孔氏談苑》：近黄州郭殿直家有厠神，頗黠捷，每歲率以正月一日來，二月二日去。蘇軾與之甚狎，常問乞詩，軾曰：「不善作詩。」姑畫灰云：「猶裹猶裹。」軾云：「軾非不善，但不欲作爾。」姑云：「但不要及他新法便得也。」

《揮麈後録》：東坡先生自黄州移汝州，中道起守文登。舟次泗上，偶作詞云：「何人無事，燕坐空山。望長橋上，燈火鬧，使君還。」太守劉士彦本出法家，山東木强人也，聞之亟謁東坡云：「知有新詞，學士名滿天下，京師便傳。在法，泗州夜過長橋者徒二年，况知州邪！切告收起，勿以示人。」東坡笑曰：「軾一生罪過，開口常是不在徒二年以下。」張唐佐云。

周必大《二老堂詩話》：元豐己未，東坡坐作詩訕謗，追赴御史獄，當時所供詩案，今已印案，所謂《烏臺詩案》是也。靖康丁未歲，臺吏隨駕挈真案至維揚，張全真參政時爲中丞，南渡後取而藏之。後張丞相德遠爲全真作墓誌，諸子以其半遺德遠充潤筆，其半猶在全真家。余嘗借觀，皆坡親筆，凡有塗改，即押字於下而用臺印。

《杭州故人信至齊安》詩：「未怕供詩帳。」公自注：「僕頃以詩得罪有司，移杭州，取境内所留詩，杭州供數百首，謂之詩帳。」

朱彧《萍洲可談》：東坡元豐間知湖州，言者以其誹謗時政，必致死地。御史臺遣就任攝之，吏部差朝士皇甫朝光管押。東坡方視事，數吏直入上廳事，捽其袂曰：「御史中丞召。」東坡錯愕而起，即步出郡署門，家人號泣出隨之。弟轍適在郡，相逐行及西門，不得與訣，東坡但呼子由，以妻子累爾。郡人爲之泣涕。下獄即問五代有無誓書鐵券，蓋死囚則如此，他罪止問三代。東坡爲一詩付獄吏，他日寄子由，其詩曰：「聖主如天萬物春，小臣愚暗自亡身。百年未半先償債，十口無家可累人。是處青山得埋骨，他年夜雨獨傷神。與君世世爲兄弟，更結來生未了因。」獄吏憐之，頗寬其苦楚。獄成，神考薄其罪，止責散官，安置黄州。

鑑案：東坡被攝時，謂轍適在郡，此因詩附會，非事實也。

《春渚紀聞》：先生云：「某初逮御史獄，獄具奏上。是夕昏鼓既畢，某方就寢，忽見二人排闥而入，投篋於地，即枕卧之。至四鼓，某睡中覺有撼體而連語云『學士賀喜』者，某徐轉仄問之，即曰：『安心熟寢。』乃挈篋而出。蓋初奏上，舒亶之徒，力詆上前，必欲置之死地，而裕陵初無深罪之意，密遣小黄門至獄中視某起居狀，適某就寢鼻息如雷，即馳以報。裕陵顧謂左右曰：『朕知蘇軾胸中無事者。』於是即有黄州之命。則裕陵之恕念臣子之心，何以補報萬一？」

眉山詩案廣證卷六

烏程張鑑秋水甫著
受業門人歸安郁士楨校

附載

論時政狀

臣聞之，益戒于禹曰：「任賢勿貳，去邪勿疑。」仲虺言湯之德曰：「用人惟己，改過不吝。」秦穆喪師於崤，悔痛自誓，孔子録之。自古聰明豪傑之主，如漢高帝、唐太宗，皆以受諫如流，改過不憚，號爲秦漢以來百王之冠。孔子曰：「君子之過，如日月之食焉。過也，人皆見之；更也，人皆仰之。」聖賢舉動，明白正直，不當如是耶？所用之人，有邪有正。所作之事，有是有非。是非邪正，兩言而足，正則用之，邪則去之，是則行之，非則改之。此理甚明，如飢之必食，渴之必飲，豈有別生義理，曲加粉飾，而能欺天下哉！《書》曰：「與治同道，罔不興；與亂同事，罔不亡。」陛下自去歲以來，所行新政，皆不與治同道。立條例司，遣青苗使，斂助役錢，行均輸法，四海騷動，行路怨咨。自宰相以下，皆知其非而不敢争。臣愚蠢不識忌諱，乃者上疏論之詳矣，而學術淺陋，不足以感動聖明。近者故相舊臣，藩鎮侍從，雜然争言其不便，以至臺諫二三人，本其所與締交倡和表裏之人也。然猶不免一言其非者，豈非物議沸騰，事勢迫切，而不可止歟？自非見利忘義居之不疑者，孰肯始終膠固，不自湔洗？如吴師孟乞免提舉，胡宗愈不願檢詳，如逃垢穢，惟恐不脱。人情畏惡，一至於此。近者中外讙言，陛下已有悔悟意，道路相慶，如蒙大賚。實望陛下於旬日之間，涣發德音，洗蕩乖僻，追還使者，而罷條例司。今者側聽所爲，蓋不過使監司體量抑配而已，比之未悟，所較幾何。此孟子所謂知兄臂之不可紾，而姑勸以徐；知鄰雞之不可攘，而月取其一。帝王改過，豈如是哉？

臣又聞陛下以爲此法且可試之三路。臣以爲此法，譬之醫者之用毒藥，以人之死生試其未效之方。三路之民，豈非陛下赤子，而可試以毒藥乎！今日之政，小用則小敗，大用則大敗，若力行而不已，則亂亡隨之。臣非敢故爲危論，以聳動陛下也。自古存亡之所寄者，四人而已，一曰民，二曰軍，三曰吏，四曰士。此四人者一失其心，足以生變。今陛下一舉而兼犯之。青苗、助役之法成，則農不安；均輸之令出，則商賈不行，而民始憂矣。併省諸軍，迫逐老病，至使戍兵之妻與士卒雜處其間，貶殺軍分，有同降配，遷徙淮甸，僅若流放，年近五十，人人懷憂，而軍始怨矣。内則不取謀於元臣侍從，而專用新進小生，外則不責成於守令監司，而專用青苗使者，多置閑局，以擯老成，而吏始解體矣。陛下臨軒選士，天下謂之龍飛榜，而進士一人首削舊恩，示不復用。所削者一人而已，然士莫不悵恨者，以陛下有厭薄其徒之意也。今用事者，又欲漸消進士，純取明經，雖未有成法，而小人招權，自以爲功，更相扇摇，以謂必行，而士始失望矣。今進士半天下，自二十以上，便不能誦記注義爲明經之學，若法令一更，則士各懷廢棄之憂，而人才短長，終不在此。昔秦焚挾書，而諸生皆抱其業以歸勝、廣，相與出力而亡秦者，豈有他哉？亦徒以失業而無歸也。故臣願陛下勿復言此。民憂而軍怨，吏解體而士失望，禍亂之源，有大於此者乎？今未見也，一旦有急，則致命之士必寡矣。方是之時，不知希合苟容之徒，能爲陛下收板蕩止土崩乎？去歲諸軍之始併也，左右之人，皆以士心樂併告陛下。近者放停軍人李興，告虎翼吏率錢行賂以求不併，則士卒不樂可知矣。夫諂諛之人，苟務合意，不憚欺罔者，類皆如此。故凡言百姓樂請青苗錢，樂出助役錢者，皆不可信。陛下以爲青苗抑配果可禁乎？不惟不可禁，乃不當禁也。何以言之？若此錢放而不收，則州縣官吏不免責罰。若此錢果不抑配，則願請之户，後必難收。前有抑配之禁，後有失陷之罰，爲陛下官吏，不亦難乎！故臣以爲既行青苗錢，則不當禁抑配，其勢然也。人皆謂陛下聖明神武，必能徙義修慝，以致太平，而近日之事，乃有文過遂非之風，此臣所以憤懣太息而不能已也。

昔賈充用事，天下憂恐，而庾純、任愷，戮力排之。及充出鎮泰涼，忠臣義士莫不相慶，屈指數日，以望惟新之化。而馮紞之徒，更相告曰：「賈公遠放，吾等失勢矣。」於是相與獻謀而充復留。則晉氏之亂，成於此矣。自古惟小人爲難去，何則？去一人而其黨破壞，是以爲之計謀遊説者衆也。今天下賢者，亦將以此觀陛下爲進退之決。或再失望，則知幾之士相率而逝矣，豈皆如臣等輩，偷安懷禄而不忍去哉？狷狂不遜，忤陛下多矣，不敢復望寬恩，俯伏引領，以待誅殛。

上神宗皇帝書

熙寧四年二月某日，殿中丞直史館判官告院權開封府推官蘇軾，謹昧萬死，再拜上書皇帝陛下。

臣近者不度愚賤，輒上封章言買燈事。自知瀆犯天威，罪在不赦，席藁私室，以待斧鉞之誅，而側聽逾旬，威命不至。問之府司，則買燈之事，尋已停罷。乃知陛下不惟赦之，又能聽之，驚喜過望，以至感泣。何者？改過不吝，從善如流，此堯、舜、禹、湯之所勉强而力行，秦漢以來之所絶無而僅有。顧此買燈毫髮之失，豈能上累日月之明？而陛下翻然改命，曾不移刻，則所謂智出天下，而聽於至愚，威加四海，而屈於匹夫。臣今知陛下可與爲堯舜，可與爲湯武，可與富民而措刑，可與强兵而伏戎虜矣。有君如此，其忍負之！惟當披露腹心，捐棄肝膽，盡力所至，不知其他。乃者，臣亦知天下之事，有大於買燈者矣，而獨區區以此爲先者，蓋未信而諫，聖人不與；交淺言深，君子所戒。是以試論其小者，而其大者固將有待而後言。今陛下果赦而不誅，則是既已許之矣。許而不言，臣則有罪，是以願終言之。

臣之所欲言者三，願陛下結人心、厚風俗、存紀綱而已。人莫不有所恃，人臣恃陛下之命，故能役使小民；恃陛下之法，故能勝服强暴。至於人主所恃者誰歟？《書》曰：「予臨兆民，凛乎若朽索之馭六馬。」言天下莫危於人主也。聚則爲君臣，散則爲仇讎，聚散之間，不容毫釐。故天下歸往謂之王，人各有心謂之獨夫。由此觀之，人主之所恃者，人心而已。人心之於人主也，如木之有根，如燈之有膏，如魚之有水，如農夫之有田，如商賈之有財。木無根則槁，燈無膏則滅，魚無水則死，農夫無田則饑，商賈無財則貧，人主失人心則亡。此必然之理，不可逭之災也。其爲可畏，從古以然。苟非樂禍好狂，輕易失志，則詎敢肆其胸臆，輕犯人心乎？昔子産焚載書以弭衆言，賂伯石以安巨室，以爲衆怒難犯，專欲難成。而孔子亦曰：「信，而後勞其民；未信，則以爲厲己也。」惟商鞅變法，不顧人言，雖能驟至富强，亦以召怨天下，使其民知利而不知義，見刑而不見德，雖得天下，旋踵而亡。至於其身，亦卒不免負罪出走，而諸侯不納，車裂以徇，而秦人莫哀。君臣之間，豈願如此？宋襄公雖行仁義，失衆而亡。田常雖不義，得衆而强。是以君子未論行事之是非，先觀衆心之向背。謝安之用諸桓未必是，而衆之所樂，則國以乂安。庾亮之召蘇峻未必非，而勢有不可，則反爲危辱。自古及今，未有和易同衆而不安，剛果自用而不危者也。

今陛下亦知人心之不悦矣。中外之人，無賢不肖，皆言祖宗以來，治財用者不過三司使副判官，經今百年，未嘗闕事。今者無故又創一司，號曰制置三司條例司。六七少年日夜講求於内，使者四十餘輩，分行營幹於外，造端宏大，民實驚疑，創法新奇，吏皆惶惑。賢者則求其説而不可得，未免於憂。小人則以其意而度朝廷，遂以爲謗。謂陛下以萬乘之主而言利，謂執政以天子之宰而治財，商賈不行，物價騰踊。近自淮甸，遠及川蜀，喧傳萬口，論説百端。或言京師正店，議置監官，夔路深山，當行酒禁，拘收僧尼常住，減尅兵吏廪禄，如此等類，不可勝言。而甚者至以爲欲復肉刑，斯言一出，民且狼顧。陛下與二三大臣亦聞其語矣，然而莫之顧者，徒曰我無其事，又無其意，何恤於人言。夫人言雖未必皆然，而疑似則有以致謗。人必貪財也，而後人疑其盜。人必好色也，而後人疑其淫。何者？未置此司，則無此謗，豈去歲之人皆忠厚，而今歲之士皆虚浮？孔子曰：「工欲善其事，必先利其器。」又曰：「必也正名乎。」今陛下操其器而諱其事，有其名而辭其意，雖家置一喙以自解，市列千金以購人，人必不信，謗亦不止。夫制置三司條例司，求利之名也；六七少年與使者四十餘輩，求利之器也。驅鷹犬而赴林藪，語人曰我非獵也，不如放鷹犬而獸自馴。操網罟而入江湖，語人曰我非漁也，不如捐網罟而人自信。故臣以爲消讒慝以召和氣，復人心而安國本，則莫若罷制置三司條例司。

夫陛下之所以創此司者，不過以興利除害也。使罷之而利不興，害不除，則勿罷。罷之而天下悦，人心安，興利除害，無所不可，則何苦而不罷？陛下欲去積弊而立法，必使宰相熟議而後行。事若不由中書，則是亂世之法，聖君賢相，夫豈其然？必若立法不免由中書，熟議不免使宰相，此司之設，無乃冗長而無名。智者所圖，貴於無迹。漢之文、景，《紀》無可書之事；唐之房、杜，《傳》無可載之功。而天下之言治者，與文、景；言賢者，與房、杜。蓋事已立而迹不見，功已成而人不知，故曰善用兵者，無赫赫之功。豈惟用兵，事莫不然。今所圖者，萬分未獲其一也，而迹之布於天下，已若泥中之鬭獸，亦可謂拙謀矣。陛下誠欲富國，擇三司官屬與漕運使副，而陛下與二三大臣孜孜講求，磨以歲月，則積弊自去而人不知。但恐立志不堅，中道而廢。孟軻有言：「其進鋭者其退速。」若有始有卒，自可徐徐，十年之後，何事不立？孔子曰：「欲速則不達，見小利則大事不成。」使孔子而非聖人，則此言亦不可用。《書》曰：「謀及卿士，至於庶人。翕然大同，乃底元吉。」若逆多而從少，則静吉而作凶。今上自宰相大臣，既已辭免不爲，則外之議論，斷亦可知。宰相，人臣也，且不欲以此自污，而陛下獨安受其名而不辭，非臣愚之所識也。君臣宵旰，幾一年矣，而富國之效，茫如捕風，徒聞内帑出數百萬緡，祠部度五千餘人耳。以此爲術，其誰不能？

且遣使縱横，本非令典。漢武遣繡衣直指，桓帝遣八使，皆以守宰狼籍，盜賊公行，出於無術，行此下策。宋文帝元嘉之政，比於文、景，當時責成郡縣，未嘗遣使。至孝武，以爲郡縣遲緩，始命臺使督之，以至蕭齊，此弊不革。故景陵王子良上疏，極言其事，以爲此等朝辭禁門，情態即異，暮宿州縣，威福便行，驅迫郵傳，折辱守宰，公私煩擾，民不聊生。唐開元中，宇文融奏置勸農判官使裴寬等二十九人，並攝御史，分行天下，招攜户口，檢責漏田。時張説、楊瑒、皇甫璟、楊相如皆以爲不便，而相繼罷黜。雖得户八十餘萬，皆州縣希旨，以主爲客，以少爲多。及使百官集議都省，而公卿以下懼融威勢，不敢異辭。陛下試取其傳而讀之，觀其所行，爲是爲否？近者均税寬恤，冠蓋相望，朝廷亦旋覺其非，而天下至今以爲謗。曾未數歲，是非較然。臣恐後之視今，亦猶今之視昔。且其所遣，尤不適宜。事少而員多，人輕而權重。夫人輕而權重，則人多不服，或致侮慢以興争。事少而員多，則無以爲功，必須生事以塞責。陛下雖嚴賜約束，不許邀功，然人臣事君之常情，不從其令而從其意。今朝廷之意，好動而惡静，好同而惡異，指趣所在，誰敢不從？臣恐陛下赤子，自此無寧歲矣。

至於所行之事，行路皆知其難。何者？汴水濁流，自生民以來，不以種稻。秦人之歌曰：「涇水一石，其泥數斗。且溉且糞，長我禾黍。」何嘗曰長我粳稻耶？今欲陂而清之，萬頃之稻，必用千頃之陂，一歲一淤，三歲而滿矣。陛下遽信其説，即使相視地形，萬一官吏苟且順從，真謂陛下有意興作，上糜帑廩，下奪農時，堤防一開，水失故道，雖食議者之肉，何補於民。天下久平，民物滋息，四方遺利，蓋略盡矣。今欲鑿空訪尋水利，所謂即鹿無虞，豈惟徒勞，必大煩擾。凡所擘畫利害，不問何人，小則隨事酬勞，大則量才録用。若官私格沮，並重行黜降，不以赦原。若材力不辦興修，便許申奏替換，賞可謂重，罰可謂輕。然並終不言諸色人妄有申陳或官私誤興功役，當得何罪。如此，則妄庸輕剽，浮浪姦人自此争言水利矣。成功則有賞，敗事則無誅。官司雖知其疏，豈可便行抑退？所在追集老少，相視可否，吏卒所過，雞犬一空。若非灼然難行，必須且爲興役。何則？格沮之罪重，而誤興之過輕。人多愛身，勢必如此。且古陂廢堰，多爲側近冒耕，歲月既深，已同永業，苟欲興復，必盡追收，人心或摇，甚非善政。又有好訟之黨，多怨之人，妄言某處可作陂渠，規壞所怨田産，或指人舊業，以爲官陂，冒佃之訟，必倍今日。臣不知朝廷本無一事，何苦而行此哉。

自古役人，必用鄉户，猶食之必用五穀，衣之必用絲麻，濟川之必用舟楫，行地之必用牛馬，雖其間或有以他物充代，然終非天下所可常行。今者徒聞江浙之間，數郡雇役，而欲措之天下，是猶見燕晉之棗栗，岷蜀之蹲鴟，而欲以廢五穀，豈不難哉！又欲官賣所在坊場，以充衙前雇直，雖有長役，更無酬勞。長役所得既微，自此必漸衰散，則州郡事體，憔悴可知。士大夫捐親戚，棄墳墓，以從官於四方者，宣力之餘，亦欲取樂，此人之至情也。若凋弊太甚，廚傳蕭然，則似危邦之陋風，恐非太平之盛觀。陛下誠慮及此，必不肯爲。且今法令莫嚴於御軍，軍法莫嚴於逃竄，禁軍三犯，廂軍五犯，大率處死。然逃軍常半天下，不知雇人爲役，與廂軍何異？若有逃者，何以罪之？其勢必輕於逃軍，則其逃必甚於今日，爲其官長，不亦難乎？近者雖使鄉户頗得雇人，然至於所雇逃亡，鄉户猶任其責。今遂欲於兩税之外，别立一科，謂之庸錢，以備官雇。則雇人之責，官所自任矣。自唐楊炎廢租庸調以爲兩税，取大曆十四年應於賦斂之數，以定兩税之額，則是租調與庸兩税既兼之矣。今兩税如故，奈何復欲取庸？聖人立法，必慮後世，豈可於常税之外，生出科名哉！萬一不幸，後世有多欲之君，輔之以聚斂之臣，庸錢不除，差役仍舊，使天下怨毒，推所從來，則必有任其咎者矣。又欲使坊郭等第之民，與鄉户均役，品官形勢之家，與齊民並事。其説曰：「《周禮》田不耕者出屋粟，宅不毛者有里布。而漢世宰相之子，不免戍邊。」此其所以藉口也。古者官養民，今者民養官。給之以田而不耕，勸之以農而不力，於是有里布、屋粟、夫家之征。而民無以爲生，去爲商賈，事勢當耳，何名役之？且一歲之戍，不過三日，三日之雇，其直三百。今世三大户之役，自公卿以降，毋得免者，其費豈特三百而已。大抵事若可行，不必皆有故事。若民所不悦，俗所不安，縱有經典明文，無補於怨。若行此二者，必怨無疑。女户單丁，蓋天民之窮者也。古之王者，首務恤此。而今陛下首欲役之，此等苟非户將絶而未亡，則是家有丁而尚幼。若假之數歲，則必成丁而就役，老死而没官。富有四海，忍不加恤？

孟子曰：「始作俑者，其無後乎？」《春秋》書「作丘甲」、「用田賦」，皆重其始爲民患也。青苗放錢，自昔有禁。今陛下始立成法，每歲常行，雖云不許抑配，而數世之後，暴君污吏，陛下能保之歟？異日天下恨之，國史記之曰：青苗錢自陛下始，豈不惜哉！且東南買絹，本用見錢，陝西糧草，不許折兑。朝廷既有著令，職司又每舉行。然而買絹未嘗不折鹽，糧草未嘗不折鈔，乃知青苗不許抑配之説，亦是空文。只如治平之初，揀刺義勇，當時詔旨慰諭，明言永不戍邊，著在簡書，有如盟約。於今幾日，議論已摇，或以代還東軍，或欲抵换弓手，約束難恃，豈不明哉。縱使此令決行，果不抑配，計其間願請之户，必皆孤貧不濟之人。家若自有贏餘，何至與官交易？此等鞭撻已急，則繼之以逃亡，逃亡之餘，則均之鄰保。勢有必至，理有固然。且夫常平之爲法也，可謂至矣，所守者約，而所及者廣。借使萬家之邑，已有千斛，而穀貴之際，千斛在市，物價自平。一市之價既平，一邦之食自足，無操瓢乞匄之弊，無里正催驅之勞。今若變爲青苗，家貸一斛，則千户之外，孰救其饑？且常平官錢，常患其少，若盡數收糴，則無借貸，若留充借貸，則所糴幾何？乃知常平青苗，其勢不能兩立，壞彼成此，所喪愈多，虧官害民，雖悔何逮？臣竊計陛下欲考其實，必然問人，人知陛下方欲力行，必謂此法有利無害。以臣愚見，恐未可憑。何以明之？臣頃在陝西，見刺義勇，提舉諸縣，臣嘗親行，愁怨之民，哭聲振野。當時奉使還者，皆言民盡樂爲。希合取容，自古如此。不然，則山東之盜，二世何緣不覺？南詔之敗，明皇何緣不知？今雖未至於此，亦望陛下審聽而已。

昔漢武之世，財力匱竭，用賈人桑弘羊之説，買賤賣貴，謂之均輸。于時商賈不行，盜賊滋熾，幾至於亂。孝昭既立，學者争排其説，霍光順民所欲，從而予之，天下歸心，遂以無事。不意今者此論復興。立法之初，其説尚淺，徒言徙貴就賤，用近易遠。然而廣置官屬，多出緡錢，豪商大賈，皆疑而不敢動，以爲雖不明言販賣，然既已許之變易，變易既行，而不與商賈争利者，未之聞也。夫商賈之事，曲折難行，其買也先期而與錢，其賣也後期而取直，多方相濟，委曲相通，倍稱之息，由此而得。今官買是物，必先設官置吏，簿書廩禄，爲費已厚。非良不售，非賄不行，是以官買之價，比民必貴。及其賣也，弊復如前，商賈之利，何緣而得？朝廷不知慮此，乃捐五百萬緡以與之。此錢一出，恐不可復。

縱使其間薄有所獲，而征商之額，所損必多。今有人爲其主牧牛羊，不告其主，而以一牛易五羊。一牛之失，則隱而不言，五羊之獲，則指爲勞績。陛下以爲壞常平而言青苗之功，虧商税而取均輸之利，何以異此？陛下天機洞照，聖略如神，此事至明，豈有不曉？必謂已行之事，不欲中變，恐天下以爲執德不一，用人不終，是以遲留歲月，庶幾萬一，臣竊以爲過矣。古之英主，無出漢高。酈生謀撓楚權，欲復六國，高祖曰善，趣刻印。及聞留侯之言，吐哺而駡曰：「趣銷印。」夫稱善未幾，繼之以駡，刻印、銷印，有同兒戲，何嘗累高祖之知人？適足以明聖人之無我。陛下以爲可而行之，知其不可而罷之，至聖至明，無以加此。議者必謂民可與樂成，難與慮始，故陛下堅執不顧，期於必行。此乃戰國貪功之人，行險僥倖之説，陛下若信而用之，則是徇高論而逆至情，持空名而邀實禍，未及樂成，而怨已起矣。臣之所願結人心者，此之謂也。

士之進言者爲不少矣，亦嘗有以國家之所以存亡、曆數之所以長短告陛下者乎？夫國家之所以存亡者，在道德之淺深，不在乎强與弱；曆數之所以長短者，在風俗之厚薄，不在乎富與貧。道德誠深，風俗誠厚，雖貧且弱，不害於長而存。道德誠淺，風俗誠薄，雖强且富，不救於短而亡。人主知此，則知所輕重矣。是以古之賢君，不以弱而亡道德，不以貧而傷風俗，而智者觀人之國，亦必以此察之。齊至强也，周公知其後必有篡弑之臣。衛至弱也，季札知其後亡。吴破楚入郢，而陳大夫逢滑知楚之必復。晉武既平吴，何曾知其將亂。隋文既平陳，房喬知其不久。元帝斬郅支，朝呼韓，功多於武宣矣，偷安而王氏之釁生。宣宗收燕趙，復河湟，力强於憲、武矣，消兵而龐勛之亂起。故臣願陛下務崇道德而厚風俗，不願陛下急於有功而貪富强。使陛下富如隋，强如秦，西取靈武，北取燕薊，謂之有功可也。而國之長短，則不在此。夫國之長短，如人之壽夭。人之壽夭在元氣，國之長短在風俗。世有尪羸而壽考，亦有盛壯而暴亡。若元氣猶存，則尪羸而無害。及其已耗，則盛壯而愈危。是以善養生者，慎起居，節飲食，導引關節，吐故納新。不得已而用藥，則擇其品之上、性之良，可以久服而無害者，則五臟和平而壽命長。不善養生者，薄節慎之功，遲吐納之效，厭上藥而用下品，伐真氣而助强陽，根本已危，僵仆無日。天下之勢，與此無殊。故臣願陛下愛惜風俗，如護元氣。

古之聖人，非不知深刻之法可以齊衆，勇悍之夫可以集事，忠厚近於迂闊，老成初若遲鈍。然終不肯以彼而易此者，知其所得小而所喪大也。曹參，賢相也，曰慎無擾獄市。黄霸，循吏也，曰治道去泰甚。或譏謝安以清談廢事，安笑曰：秦用法吏，二世而亡。劉晏爲度支，專用果鋭少年，務在急速集事，好利之黨，相師成風。德宗初即位，擢崔祐甫爲相。祐甫以道德寬大，推廣上意，故建中之政，其聲翕然，天下想望，庶幾貞觀。及盧杞爲相，諷上以刑名整齊天下，馴致澆薄，以及播遷。我仁祖之御天下也，持法至寬，用人有叙，專務掩覆過失，未嘗輕改舊章。然考其成功，則曰未至，以言乎用兵，則十出而九敗，以言其府庫，則僅足而無餘。徒以德澤在人，風俗知義。是以升遐之日，天下如喪考妣，社稷長遠，終必賴之，則仁祖可謂知本矣。今議者不察，徒見其末年吏多因循，事不振舉，乃欲矯之以苛察，齊之以智能，招來新進勇鋭之人，以圖一切速成之效，未享其利，澆風已成。且天時不齊，人誰無過？國君含垢，至察無徒。若陛下多方包容，則人材取次可用。必欲廣置耳目，務求瑕疵，則人不自安，各圖苟免，恐非朝廷之福，亦豈陛下所願哉？漢文欲用虎圈嗇夫，釋之以爲利口傷俗。今若以口舌捷給而取士，以應對遲鈍而退人，以虛誕無實爲能文，以矯激不仕爲有德，則先王之澤，遂將散微。

自古用人，必須歷試。雖有卓異之器，必有已成之功，一則使其更變而知難，事不輕作；一則待其功高而望重，人自無辭。昔先主以黄忠爲後將軍，而諸葛亮憂其不可，以爲忠之名望，素非關、張之倫，若班爵遽同，則必不悦，其後關羽果以爲言。以黄忠豪勇之資，以先主君臣之契，尚復慮此，況其他乎！世嘗謂漢文不用賈生，以爲深恨。臣嘗推究其旨，竊謂不然。賈生固天下之奇才，所言亦一時之良策。然請爲屬國，欲係單于，則是處士之大言，少年之鋭氣。昔高祖以三十萬衆困於平城，當時將相群臣豈無賈生之比？三表五餌，人知其疎，而欲以困中行説，尤不可信矣。兵，凶器也，而易言之，正如趙括之輕秦，李信之易楚。若文帝亟用其説，則天下殆將不安。使賈生嘗歷艱難，亦必自悔其説，用之晚歲，其術必精，不幸喪亡，非意所及。不然，文帝豈棄才之主？絳、灌豈蔽賢之士？至於晁錯，尤號刻薄，文帝之世，止於太子家令，而景帝既立，以爲御史大夫，申屠賢相，發憤而死，紛更政令，天下騷然。及至七國發難，而錯之術亦窮矣。文、景優劣，於此可見。大抵名器爵禄，人所奔趨，必使積勞而後遷，以明持久而難得，則人各安其分，不敢躁求。今若多開驟進之門，使有意外之得，公卿侍從跬步可圖，其得者既不肯以僥倖自名，則不得者必皆以沉淪爲恨。使天下常調，舉生妄心，耻不若人，何所不至？欲望風俗之厚，豈可得哉。選人之改京官，常須十年以上，薦更險阻，計析毫釐。其間一事聱牙，常至終身淪棄。今乃以一人之薦，舉而予之，猶恐未稱，章服隨至。使積勞久次而得者，何以厭服哉？夫常調之人，非守則令，員多闕少，久已患之，不可復開多門，以待巧進。若巧者侵奪已甚，則拙者迫怵無聊，利害相形，不得不察。故近歲樸拙之人愈少，而巧進之士益多。惟陛下重之惜之，哀之救之。如近日三司獻言，使天下郡選一人，催驅三司文字，許之先次指射以酬其勞，則其數年之後，審官吏部，又有三百餘人得先占闕，常調待次，不其愈難？此外勾當發運均輸，按行農田水利，已據監司之體，各懷進用之心，轉對者望以稱旨而驟遷，奏課者求爲優等而速化，相勝以力，相高以言，而名實亂矣。惟陛下以簡易爲法，以清净爲心，使姦無所緣，而民德歸厚。臣之所願厚風俗者，此之謂也。

古者建國，使内外相制，輕重相權。如周如唐，則外重而内輕；如秦如魏，則外輕而内重。内重之弊，必有姦臣指鹿之患；外重之弊，必有大國問鼎之憂。聖人方盛而慮衰，常先立法以救弊。國家租賦籍於計省，重兵聚於京師，以古揆今，則似内重。恭惟祖宗所以深計而預圖，固非小臣所能臆度而周知。然觀其委任臺諫之一端，則是聖人過防之至計。歷觀秦、漢以及五代，諫諍而死，蓋數百人。而自建隆以來，未嘗罪一言者，縱有薄責，旋即超升。許以風聞，而無官長。風采所繫，不問尊卑。言及乘輿，則天子改容；事關廊廟，則宰相待罪。故仁宗之世，議者譏宰相但奉行臺諫風旨而已。聖人深意，流俗豈知？臺諫固未必皆賢，所言亦未必皆是，然須養其鋭氣而借之重權者，豈徒然哉？將以折姦臣之萌，而救内重之弊也。夫姦臣之始，以臺諫折之而有餘，及其既成，以干戈取之而不足。今法令嚴密，朝廷清明，所謂姦臣，萬無此理。然養猫所以去鼠，不可以無鼠而養不捕之猫。畜狗所以防姦，不可以無姦而畜不吠之狗。陛下得不上念祖宗設此官之意，下爲子孫立萬世之防，朝廷紀綱，孰大於此？

臣自幼小所記，及聞長老之談，皆謂臺諫所言，常隨天下公議。公議所與，臺諫亦與之。公議所擊，臺諫亦擊之。及至英廟之初，始建稱親之議，本非人主大過，亦無禮典明文，徒以衆心未安，公議不允，當時臺諫，以死争之。今者物論沸騰，怨讟交至，公議所在，亦可知矣，而相顧不發，中外失望。夫彈劾積威之後，雖庸人亦可以奮揚。風采消委之餘，雖豪傑有所不能振起。臣恐自兹以往，習慣成風，盡爲執政私人，以致人主孤立。紀綱一廢，何事不生？孔子曰：「鄙夫可與事君也與哉？其未得之也，患不得之；既得之，患失之。苟患失之，無所不至矣。」臣始讀此書，疑其太過，以爲鄙夫之患失，不過備位而苟容。及觀李斯憂蒙恬之奪其權，則立二世以亡秦；盧杞憂懷光之數其惡，則誤德宗以再亂。其心本生於患失，而其禍乃至於喪邦。孔子之言，良不爲過。是以知爲國者，平居必常有忘軀犯顔之士，則臨難庶幾有徇義守死之臣。苟平居尚不能一言，則臨難何以責其死節？人臣苟皆如此，天下亦曰殆哉。君子和而不同，小人同而不和。和如和羹，同如濟水。故孫寶有言：「周公大聖，召公大賢，猶不相悦，著於經典，兩不相損。」晉之王導，可謂元臣，每與客言，舉坐稱善。而王述不悦，以爲人非堯舜，安得每事盡善，導亦斂衽謝之。若使言無不同，意無不合，更唱迭和，何者非賢？萬一有小人居其間，則人主何緣知覺？臣之所願存紀綱者，此之謂也。

臣非敢歷詆新政，苟爲異論。如近日裁減皇族恩例、刊定任子條式、修完器械、閲習鼓旗，皆陛下神算之至明，乾剛之必斷，物議既允，臣敢有辭。至於所獻之三言，則非臣之私見，中外所病，其誰不知。昔禹戒舜曰：「無若丹朱傲，惟慢遊是好。」舜豈有是哉？周公戒成王曰：「毋若商王受之迷亂，凶於酒德。」成王豈有是哉？周昌以漢高爲桀、紂，劉毅以晉武爲桓、靈，當時人君，曾莫之罪，書之史册，以爲美談。使臣所獻三言，皆朝廷未嘗有此，則天下之幸，臣與有焉。若有萬一似之，則陛下安可不察。然而臣之爲計，可謂愚矣。以螻蟻之命，試雷霆之威，積其狂愚，豈可屢赦，大則身首異處，破壞家門，小則削籍投荒，流離道路。雖然，陛下必不爲此，何也？臣天賦至愚，篤於自信。向者與議學校貢舉，首違大臣本意，已期竄逐，敢意自全。而陛下獨然其言，曲賜召對，從容久之，至謂臣曰：「方今政令得失安在，雖朕過失，指陳可也。」臣即對曰：「陛下生知之性，天縱文武，不患不明，不患不勤，不患不斷，但患求治太速，進人太鋭，聽言太廣。」又俾具述所以然之狀。陛下頷之曰：「卿所獻三言，朕當熟思之。」臣之狂愚，非獨今日，陛下容之久矣。豈有容之於始而不赦之於終，恃此而言，所以不懼。臣之所懼者，譏刺既衆，怨仇實多，必將詆臣以深文，中臣以危法，使陛下雖欲赦臣而不得，豈不殆哉！死亡不辭，但恐天下以臣爲戒，無復言者，是以思之經月，夜以繼日，書成復毁，至於再三。感陛下聽其一言，懷不能已，卒進其說。惟陛下憐其愚忠而卒赦之，不勝俯伏待罪憂恐之至。

辨謗劄子

臣今月七日，見臣弟轍與臣言，趙君錫、賈易言臣於元豐八年五月一日題詩揚州僧寺，欣幸先帝上仙之意。臣今省憶此詩，自有因依，今具陳述。臣於是歲三月六日在南京聞先帝遺詔，舉哀挂服了當，當迤邐往常州。是時新經大變，臣子之心孰不憂懼。至五月初，因往揚州竹西寺，見百姓父老十數人，相與道旁語笑，其間一人以兩手加額，云：「見説好箇少年一作「帝」。官家。」其言雖鄙俗不典，然臣實喜聞百姓謳歌吾君之子出於至誠。又，是時，臣初得請歸耕常州，蓋將老焉，而淮浙間所在豐熟，因作詩云：「此身已覺都無事，今歲仍逢大有年。山寺歸來聞好語，野花啼鳥亦欣然。」蓋喜聞此語，故竊記之於詩，書之當途僧舍壁上。臣若稍有不善之意，豈敢復書壁上以示人乎？又其時去先帝上仙已及兩月，決非「山寺歸來」始聞之語，事理明白，無人不知。而君錫等輒敢挾情，公然誣罔。伏乞付外施行，稍正國法。所貴今後臣子，不爲仇人無故加以惡逆之罪。取進止。奏狀。

準尚書省劄子：蘇軾元豐八年五月一日於揚州僧寺留題詩一首，八月八日三省同奉聖旨，令蘇軾具留題因依，實封聞奏。

右臣所有前件詩留題因依，臣已於今日早具劄子奏聞訖，乞檢會降付三省施行。謹録奏聞，伏候勑旨。

答湖守刁景純

舊詩過煩鐫刻，及墨竹橋字，併蒙寄惠，感愧兼集。吴興自晉以來，賢守風流相望，而不肖獨以罪去，垢累溪山。景純相愛之深，特與洗飾，此意何可忘耶？在郡雖不久，亦作詩數十首，久皆忘之。獨憶四首，録呈，爲一笑。耘老病而貧，必賜清顧，幸甚。

與蔡景繁書

自聞車馬出使，私幸得託跡部中，欲少布區區，又念以重罪廢斥，不敢復自比數於士友間，但愧縮而已。豈意仁人矜閔，尚賜記録，手書存問，不替疇昔，感悚不可言也。比日履兹煩暑，尊體何如？無緣少奉教誨，臨書悵惘，尚冀以時保頤，少慰拳拳。

祭蔡景繁文

我遷於黄，衆所遠擯。惟子之故，不我籍轔。孰云此來，乃拊其櫬。

祭黄州太守徐君猷文

軾以蠢愚，自貽放逐。妻孥之所竊笑，親友幾於絶交。争席滿前，無復十漿而五餽；中流獲濟，實賴一壺之千金。曾報德之未遑，已興哀於永訣。

鑑案：文忠居黄州，得徐、蔡兩公左右之力爲多，往來尤密，故附著之。考施注《蔡景繁官舍小閣》詩云：景繁，名承禧，臨川人。中嘉祐二年進士，自知雩都縣。神宗召對，擢監察御史裏行。時吕惠卿參政事，景繁極論其姦，章言廷諍前後十數，竟罷去。又論用兵交趾，不可與争旦夕利，所遣北軍難以深入。論中人李憲不宜主兵柄，皆人所難言者。後出爲淮南轉運副使，置司楚州。東坡謫黄，實在部内，獨拳拳慰藉，行部訪之。元豐七年，東坡自黄移汝，以十二月朔至泗州，景繁以是月得疾，卒。東坡爲文祭之。景繁國史無傳，文集亦未之見。又引《揮麈後録》云：「徐得之君猷，陽翟人。韓康公壻也。知黄州日，東坡遷謫於郡，君猷周旋，不遺餘力。」施注《戲君猷不飲酒》詩云：徐君猷，名大受。東海人。東坡來黄州，厚禮之，無遷謫意，君猷秀惠，列屋杯觴流行多爲賦詞，滿去而殂，東坡有祭文，挽詞意甚悽惻。又文忠與其弟書云：「軾始謫黄州，舉目無親。君猷一見，相待如骨肉。此意豈可忘哉？」君猷後房甚盛，東坡常聞堂上絲竹，詞中謂「表德元來是勝之」者，所最寵也。東坡北歸過南都，則其人已歸張樂全之子厚之矣。厚之開燕，東坡復見之，不覺掩面號慟，妾乃顧其徒而大笑，東坡每以語人爲蓄婢之戒。又攷查初白補注《不飲酒》詩，謂施氏原注云云，與《揮麈録》異，未詳孰是，録存俟考。又查注徐君猷挽詞云：慎行案：施注謂君猷終於黄州，《揮麈録》亦云然。予考本集《代巢元修所作遺愛亭記》云：「東海徐君猷，以朝散郎知黄州。每歲之春，與子瞻遊安國寺，飲酒於竹間亭。公既去郡，寺僧請名，子瞻名之曰遺愛。」據此，則君猷之没在去黄州以後，非終於黄也。但其去郡後，踪蹟無可考耳。益可證君猷爲東海人，而歿於去黄州任後。文忠已自言之，明清所謂陽翟人者，誤也。

陳振孫《直齋書録解題》：《烏臺詩案》十三卷，蜀人朋九萬録東坡下御史獄公案，附以初舉發章疏，及謫官後表章書啓詩詞等。

鑑案：厲鶚《宋詩紀事》於張吉甫名下注云：吉甫，元豐中人。見《烏臺詩案》有《肖梅香》詩一首，出《香乘》。今檢《詩案》並無張吉甫之名。自非樊榭誤載，則今本之遺佚者多矣。

（嚴明點校）

六義郭郭

六義郛郭提要

《六義郛郭》一卷，據光緒三年江南潤州榷署刊《話山草堂遺集》本點校。撰者沈道寬（一七七二—一八五三），字栗仲，順天大興人。嘉慶二十五年進士，歷官湖南諸縣知縣。有《話山草堂遺集》。此卷乃其《話山草堂雜著》之一種，篇幅無多。開篇即以「談詩者無過性靈、格律，二者不可偏廢」一語帶過，則正文雖以談詩之平仄声律爲主，不過「郛郭」而已。其論多以杜詩爲例。又似以「上尾」最有心得，欲補趙秋谷《聲調譜》之未明。然所舉杜《北征》「我行已水濱」下「連五六上尾平者」之例，則不合。又釋沈約「八病」，「上尾」乃「謂上句之尾第五字與第十五字也」，亦不合通説，且併己説亦不合矣。卷中頗攻周春《杜詩雙聲疊韵譜》之説，可爲讀周著時參考。

六義郛郭

大興沈道寬栗仲著

談詩者之聚訟，無過性靈、格律，二者不可偏廢也。捨性靈而言格律，是爲土木形骸；捨格律而言性靈，必至緬𫄨規矩。淺人自矜己得，論甘忌辛，萬不足信。

古詩之有平仄，趙秋谷《聲調譜》言之詳矣，乃淺近處反多略過。今就少陵言之，仄韵古詩，上尾多是一平一仄，唯《北征》有連五六上尾平者，「我行已水濱」下是也。在長篇，其氣舒徐，故自不妨；若短篇，能令聲調不響，氣體卑弱；若七言長古，更無上尾連平之理。

七言長古通首一韵，李、杜偶見，韓、蘇常見；平仄亦至韓、蘇始嚴。《聲調譜》詳矣，唯上尾未明。大約仄韵者，上尾一平一仄，一諧一拗；平韵之上尾，必仄其偶。有用平者，必在文氣已完，另用振筆，如韓之「憶昔初蒙博士徵」、蘇之「潮陽太守南遷還」也。

少陵律詩，上尾從無連用一聲者，必上、去、入相間。今杜集或犯此病，必鈔者誤寫，或他人詩誤入。何以知其必然？今觀五言長篇，雖數十韵至百韵，無不盡然，豈有小篇反不然者？若如陳後山「杖叟」、「老手」、「黄卷」，斷乎無之，至山谷「良守割雞手」，更非。

《聲調譜》於拗律言之頗詳，而亦有未盡者。如「亦知戍不返」，次句竟諧，以第四句之「長」字救之，末四句雖盡入律可也；「元日到人日」以四句之「花」字救之亦然。又有至六句之第三字救者，亦有首二句便以次句之第三字救者。至右丞「中歲頗好道」一首六句全拗，以一「雲」字救之，末二句可拗可諧。紀文達公謂「滯」字不合，蓋偶未審第七句本拗律也。七律如義山《二月二日》以第四句「俱」字救轉，故後四句全諧。此唐人一定平仄也。

祧唐祖宋，辨論斷斷，此不過語句調之分，何與興觀群怨之旨？詩須託興高潔，措語深至，言之無罪，聞之足以戒。所謂絃外之音，味外之味。

隱侯八病，皆由雙聲叠韵。李淑《詩苑》所注，皆不明確。今細推之：平頭者，謂第一字與第六字皆在句首，故曰「平頭」；上尾，謂上句之尾第五字與第十五字也。此皆聲韵並忌者。而韵最忌蜂腰、鶴膝，故言最忌「生菜」、「食單」，「生」、「食」，旁紐。雙聲，杜亦時有，而同韵者則無。大韵、小韵，單指叠韵。大韵謂如用東韵，二句中不得用「同」字、「通」字、「馮」字、「豐」字；小韵謂不是韵脚，謂不得以「欺」「期」、「思」「時」、「江」「缸」、「陽」「唐」分用於二句中也。正紐、旁紐，單指雙聲。正紐如用「公」字爲韵，二句中不得用「江」、「幾」、「居」、「均」等字也；旁紐謂如用「公」字韵，不得用「羌」、「强」、「欺」、「奇」、「卿」、「鯨」、「邱」、「求」等字也。

古人詩集中有所謂雙聲、叠韵、建除、數名、迴文、離合等格，不過一時游戲，殆如説部中佳人才子之所爲。東坡有一字韵詩，題上皆有「戲」字可見。查初白先生謂「何苦爲此」，正謂大雅弗尚也。乃周松靄譏其不解雙聲，□於詆諆，豈作家大手應有此等詩乎？松靄鋭於攻人，不顧前後。如鄭注《禮記》「嫌名」，謂「禹」與「雨」、「邱」與「蓲」之類。陸氏《釋文》「邱」、「蓲」並去求切，確不可易，否則何不云「邱」與「區」乎？乃謂「邱」、

「藍」是同母之嫌名，德明以爲去求翻者，非不知同母之嫌名，如諱則「溪」母之平聲皆須諱，而諱「禹」者亦必諱盡「喻」母之字。天下有如此諱嫌名者耶！

周君作《杜詩雙聲疊韵譜》，極力鉤稽，有正格、通用格、借用、廣通、對變諸格，以此十類，求之十字、二三十字中，豈難偶合？煞費苦心，亦適成其穿鑿附會。即以所收者遞求，亦已矛盾。如「虛檐交鳥道，枯木半龍鱗」，是雙聲矣；他處不又以「鳥道」對「漁翁」乎？渠必遁而言廣通也。此首下有「關張」對「耿鄧」，論字母，牙音、舌上不相入；論韵脚，山珊、陽唐不相入，是豈能盡附會乎？又如「崔嵬枝幹」、「窈窕丹青」是疊韵矣，下又以「盤踞」對「孤高」之雙聲，又將何說？其以「美花」爲雙聲，「花」字撮脣呼，定是何音？「星垂」、「月湧」，本無聲病，而改讀以就之。「松杉」兩改其母，以對「菱荇」。「星霜」之「霜」讀爲「桒」，「蕭森」之「森」讀爲「孫」，「屬國」、「極樂」，皆變音以叶。又以「囊中」爲雙聲，「登臨」爲疊韵，是可信乎？又以「落木」、「落日」皆爲疊韵，則「落月」、「落葉」亦可謂之疊韵，而二百六韵不可通者鮮矣！猶可怪者：「棘樹」對「茵陳」，謂應改「荆棘」；「櫸柳」對「枇杷」，謂應讀「矩縷」。至於「杕杜」雙聲，不對「櫻桃」，必因李義甫誤讀「杕杜」，而少陵即用「杕杜」，可謂千古笑柄。愚謂古人不廢聲病，唯虛字無意義者用作對語，如「窈窕」、「參差」、「展轉」、「崔嵬」等，其有實義者不甚拘。若「卑枝」、「接葉」、「魚樂憐清淺，禽閒喜頡頏」、「户大嫌甜酒，才高笑小詩」，皆古人間出一奇，難以墨守也。

「紅將斂」、「翠且重」，周君改爲「黃將」，以對下句雙聲。不知「紅將」二字在穿鼻韵中，本是疊韵，豈未讀韓、黄詩集耶！他處以「兼全」、「陵寢」、「伊吕」、「晴曛」、「青岑」、「鯤鵬」等爲叠韵之廣通對變，夫絶不相干之韵而附會謂之叠韵，而於古人確有可憑者反昧焉，毋亦固陋乎！

《飲馬長城窟行》於繁音促節中忽用排句，「枯桑知天風，海水知天寒」，是樂府神理。又「烹穀持作飯，采葵持作羹」，亦然。少陵「淘米少汲水」四句，亦是一種神韵。

《西州曲》：「闌干十二曲，垂手明如玉。捲簾天自高，海水摇空緑。」惝恍迷離，令人神爲之移。太白《長干曲》「昨夜狂風度」四句，從此化出。飛卿《西洲曲》「門首烏臼樹」四句，亦得其韵味。

少陵《北征》：「奸臣竟葅醢，同惡隨蕩折。」「折」爲「禪」母字，言掃蕩擺折也。淺人因「蕩析離居」爲見語，而「蕩折」又不經見，適爲入聲，遂誤改「析」字，不顧其韵不相入。如姜白石詞「樹若有情時，不會得青青如故」，淺人因「樹猶如此」爲見語，遂誤「此」字，不知其韵之遠也。萬紅友以爲借韵，非。

少陵「香稻啄餘鸚鵡粒」二句，以爲倒裝文法，謬也。此以二物概其餘，言一草一木皆曾經極盛過也。若順説，是詠此二物矣。

義山《錦瑟》是歎老嗟卑之詞，本自易解。言今行年五十，多歷世故，錦瑟乃自然五十絃，故用「無端」二字，「莊生」二句言壯年意興，「滄海」二句半生淪落，末二句攙過作結。義山常有。

「兩三條電欲爲雨，七八個星猶在天」，何光遠《鑑誡録》中句，題曰「容易格」。録宋、元、明詩者，繫之某帝某帝，誤也。

幼時先君子授杜詩，至「不爲困窮寧有此，祇緣恐懼轉須親」，詩之可以興觀者，此類是也。乃王遵巖、漁洋皆抹之，嫌其直了。然《三百篇》中，直言者正多。

少陵《道林二寺》詩乃吴體七言長律，録集者誤以爲古詩。長律盡調平仄，易入弱調，故於吴體爲合。義山一首雖不用對偶而平仄諧，亦是律詩，便嫌卑靡。

（吴忱、楊焄、張宇超點校）

樗寮詩話

樗寮詩話提要

《樗寮詩話》三卷，據道光二十九年刊本點校，此本與《通藝閣和陶詩》合刊。撰者姚椿（一七七七—一八五三），字春木，一字子壽，江蘇婁縣人。道光元年舉孝廉方正，不就。歷主江蘇、河南、湖北等地書院。有《樗寮全集》。按姚氏論詩頗重宋元，書中多採宋元人筆記、詩話中語以評宋元詩，特能賞王安石、黄庭堅兩家，謂「山谷性喜搜奥賾，與介甫同，而與子瞻異趣」云云。其言王介甫識梅宛陵詩較歐陽文忠爲深，有據有識。謂何大復於山谷有間言，乃由「年止中壽，未底大成」之故，「使其説出於晚年，安知不如元美之服熙甫耶」，此即深知山谷、且知大復也。評詩往往由詩藝而及於當年事跡、人倫等大節，故頗著墨於宋末、元末、明末人詩。於本朝亦復由詩而及於事跡，如梅文鼎、張鵬翀等與康熙、乾隆皇帝之有事者。受學於姚鼐，卷上登其師《與張荷塘論詩》詩，謂惜抱翁一生論詩宗旨具此，亦有識。又記管韞山（世銘）不與袁枚結交，許爲自重，録沈沃田、桂未谷詩，以爲學人考據不礙作詩，是則與其師稍異，乃嘉、道以還詩道日趨質重之謂也。又上海圖書館藏稿本三卷，内容同。

槫寮詩話卷上

婁縣姚椿子壽

詩境至唐而大，至宋而盡。古體盡於蘇、黄，律體盡於放翁。故元、明諸名家皆反而之唐，明人多訾元氏詩文，其實無甚大異也。本朝則參唐、宋而用之。

周子充云：「文章有天分，有人力，而詩爲甚。才高者語新，氣和者韵勝，此天分也。」見周公謹《浩然齋雅談》。子充，周益公必大字，名在慶元黨禁。

《談龍録》引吴脩齡殳《圍爐詩話》一則云：「意喻之米，文則炊而爲飯，詩則釀而爲酒。飯不變米形，酒則變盡。噉飯則飽，飲酒則醉。醉則憂者以樂，喜者以悲，有不知其所以然者。如《凱風》、《小弁》之意，斷不可以文章之道平直出之也。至哉言乎！」按此一段意，最與予合。

戴剡源表元序許長源詩曰：「酸鹹甘苦之於食，各不勝其味也，而善庖者調之，能使之無味。温涼平烈之於藥，各不勝其性也，而善醫者製之，能使之無性。風雲月露、蟲魚草木，以至人情世故之托於諸物，各不勝其爲迹也，而善詩者用之，能使之無迹。是三者所爲，其事不同，而同於爲之之妙，何者？無味之味食始珍，無性之性藥始匀，無迹之迹詩始神也。」

少陵，《大雅》、三《頌》也；太白，《國風》、《離騷》也。以文論，少陵如西漢奏疏，樂天如宣公奏議。

宋人吴可《藏海詩話》云：「畫山水者，有無形病，有有形病。有形者易醫，無形病則不能醫。詩家亦然。凡可以指形鎸改者，有形病也。混然不可指摘、不受鎸改者，無形病不可醫也。」此語最是詩家秘密藏。

元人劉起潛壎云：「少陵詩似《史記》，太白詩似《莊子》，不似而實似也。東坡詩似太白，黄、陳詩似少陵，似而又不似也。」此數語殊有妙會，知者可以徹唐、宋之樊。壎又字水村，著有《隱居通議》。語見卷六《詩歌門》。

元王梧溪逢曰：「凡作詩，忌俗欲清，忌熟欲生，忌肉欲骨。骨去露，生去怪，清去薄。本之六義，參諸經史百氏，詩道備矣。」此真名言，前人未有表出之者。《梧溪集》卷五。

季札論《大雅》曰：「曲而有直體。」杜注論其聲，孔疏無解。

秀水朱梓廬休度論詩，謂：「凡詩之派，流遠則弊生，必待後賢救正之。如宋季江西派盛，得遺山矯其弊；明季竟陵派盛，得國初諸公矯其弊。江西、竟陵非無偏至之趣，其流弊則均失之愚耳。歷代久遠，流别既分，以今觀古，在心知其意，能自得師，未可拘一格也。」其論自允。惟以江西與竟陵並論，頗覺失公。又曰：「人貴用其所長。東野、後山皆性隘而才小者也。東野不知有他人，只知我行我法，故偏而肆。後山不知有他人，并不知有我，只知服杜之服，誦杜之言，故正而窘。人謂後山得正法眼藏，我謂不如東野能自見長也。」其意似優孟而劣陳，然吾謂兩家正可伯仲耳。

漁洋論明詩云：「皇甫兄弟弱可幾王，濟南、弇州彊遂稱霸。」此與「王敬美、李、何尚有廢興，徐、高必無絶響」，同爲自得之言，而敬美爲勝。

温公最重聖俞詩，其《謝梅惠詩》云：「我得聖俞詩，於身亦何有。名字託文編，他年知不朽。我得聖俞詩，於我果何如。留爲子孫寶，勝有千金珠。」其愛之也至矣。又《報梅》一詩云：「纍纍數十字，疎淡不滿幅。自謂獲至珍，呼兒謹藏蓄。」然則公重梅詩，正重其疎淡也。其賞譽乃尤在歐公之上。聖俞贈温公五言詩九韵，見本集卷三十九。題是《送司馬君實學士通判鄆州》，詩云：「君家世典史，君復續祖爲。蘭臺未成書，汶陽從已知。將行我何贈，一誦溪堂詩。聞彼多蒲魚，可助鼎與卮。在昔阮嗣宗，初赴東平時。醉扶乘蹇驢，圖畫猶可披。今見國門外，徒御不驅馳。十里馬一歇，五里車一脂。不得同雁群，相送過寒陂。」語淺而味長，宜爲温公心折。而公禮賢虚己之懷，尤不可及矣。震川文之疎淡，略如聖俞詩，所以爲惜翁深賞。

吾鄉袁海叟詩，何、李推爲大家。觀其全集，尚不免有直率之病。至其五絶《無題》有云：「海内雖無事，朝廷有諫書。大家猶未省，不敢候羊車。」此真得唐人用意處也。

陳其年序許九日詩云：「詩莫盛於今日，亦莫衰於今日，惟極盛所以爲極衰也。數十年來，陳黄門虎踞於前，吴祭酒鷹揚於後，詩學復興，天下駸駸，盛言詩矣。然上者飾冠劍，美車騎，遨遊王侯間。次者單門窮巷之子，竊聲譽，博酒食，沈約、江淹，割裂幾盡。甚者銅丁花合，刺刺不休焉。求其涵泳乎性情，裨繫乎治術，纏綿婉篤，鼓動飛潛，何未之概見也。」又《與宋尚木論詩書》云：「自流浪戎馬，糾纏疾病，幽憂瞀亂，無所不至。又常涉歷乎人情世故之間，因之浸淫乎性命述作之事，益知詩者先民所以致其忠厚，感君父而饗鬼神也。獨是心慕手追，在雲間陳、李賢門昆季，婁東梅村先生數公已耳。近益與萊陽姜垓、錢塘陸圻、吴縣葉襄、同郡龔雲起、任元祥研闡體格，簡練音律，深歎詩家淵源，良有定論。五言必首『河梁』、建安，七言必首垂拱四子以及高、岑、李、杜。五律貴宗王、孟，七律善學維、頎。長律沈、宋最擅其場，絶句王、李獨臻其勝。要期深造，務協天然，而又益之以風力，極之以含蘊。《禮》不云乎，温柔敦厚而不愚，則詩之爲教盡矣。雖然，諸體搜揚，庶幾無負。七言堂奥，可更深言。夫詩一貴於境地，二貴於音節。音節圓亮，七律便屬長城；境地縹緲，七古乃爲合作。昔者仲默《明月》，一叙深慨；長歌一道，杜陵不如四子。僕初守此議，竊效季路終身。既而思之，終有未盡。繼必也静如玉潔，動若璣馳，徘徊要眇，便娟依遲。譬之大海安瀾，瀓瑩皎徹；明鏡如拭，千里一色。則魚龍夭矯，珊瑚絡繹，鮫人怪物，波委雲屬於其際。卒之江妃一笑，萬象杳冥，老子猶龍，成連移我矣。若夫七律起伏安頓，承接照應，八句之内，情事互宣；七字之中，波瀾莫貳。忽然而始，不知所自；卒然而止，不知所往。抑揚濃淡，反覆悠長。要而論之，七律之佳者，必其可歌者也。其不可歌者，必其音節有不安也。游魚出聽，牧馬仰秣，又何爲哉！是以僕於七律，一忌拗韵，恐傷氣也；一忌和韵，恐傷格也；一忌七言排律，恐傷篇法也。凡此數者，恪守高曾，奉爲禘祫。足下聞之，頗以爲然否？」《上龔芝麓書》云：「幹之以風骨，不如標之以興會。」《與張芑山書》云：「文章以心術爲根柢，德行以藻采爲鋒鍔。穢如揚雄，雖沈博絶麗之文，定屬外篇。潔如陶潛，則閨房情致之賦，不妨極筆。」語皆透宗。

吾家惜翁稱詩，力主正聲，其《與張荷塘論詩》云：「薰蕕非同根，鵷鴟豈並處。欲作古賢辭，先棄凡俗語。青巖萬仞立，丹鳳千里翥。寶氣照山川，芳華出霧雨。快此大美聚，亦使小拙嫵。淺易詢竈嫗，險怪追虬户。焉知難易外，横縱入規矩。小黠弄狡獪，窺隙目用鼠。不知虎視雄，一嘯風林莽。嘵嘵雜市井，喁喁媚兒女。至言將不出，曩哲遭腹侮。謂獲昔未聞，頗疑今者愈。嗟哉予病耄，奈此衆簧鼓。絃上矢難留，蓄憤終一吐。不期得吾心，君先樹幟羽。將掃妄且庸，略示白與甫。病几偶對論，陽氣上眉宇。東南百俊彦，解者未十五。寡和君勿嫌，終世一仰俯。有得昔幾人，屈指君試數。」翁一生論詩宗旨，大略具是。

元盧疎齋摯《題淵明歸去圖》云：「留侯晚節從赤松，武侯早歲稱卧龍，仇秦復漢身始終。淵明初非避俗翁，兩侯大節將毋同？陽秋甲子法王正，持筆宛有長沙雄，易地灞上祁山功。王弘何恨奉吾足，督郵能芥平生胸。歸來種豆南山中，斜川只許桃源通。門前五柳春濛濛，落絮不與江波東。環堵蕭然吾未窮，北窗儘有羲皇風。畫圖不盡千古意，詩成一笑浮雲空。」此詩縱横排奡，殊似劉静脩，蓋皆學遺山也。疎齋古文亦有格，吴臨川謂其出入《盤》、《誥》中，字字土盆瓦缶，而倐有三代虎蜼瑚璉之器，見者莫不改視。其自著《文章宗旨》云：「清廟茅屋謂之古，朱門大厦謂之華屋可，謂之古不可。太羹玄酒謂之古，八珍謂之美味可，謂之古不可。知此，可與言古文之妙。」正與臨川之論相合。

元永康胡汲仲長孺《題東坡春帖子詞卷》云：「元祐文忠任詞職，毅色正言古遺直。農占蠶兆九處三，宫壺春吟存楮墨。周公惻怛陳艱難，無逸豳風但耕織。豐鎬瀍澗遥相望，八百卜年終不忒。陳橋推戴出俄頃，安得累積同先稷。愛人忍詬戢兵端，捨己崇儉優民力。弭菑銷變壹以誠，三百年餘傳玉食。卿材相業富賢良，講席諫垣多道德。通都達宦固廉貞，遠縣小官尤謹飭。君子皓首畢典墳，野人黃馘常稼穡。祇今真蹟落世間，象軸鸞標嚴設飾。先正已遠不可追，空使故臣泪垂臆。」按：頌宋德者，以此詩爲最。汲仲於宋咸淳中從外舅宣撫參議官徐道隆入蜀，銓試第一，授迪功郎，監靈慶酒務。俄用制置使朱禩孫辟，兼總領湖廣軍馬錢糧所僉廳，與高彭、李湜、梅應春等號「南中八士」。宋亡，退棲永康山中。至元二十五年，世祖召見，拜集賢修撰，延祐間轉官浙中。以病辭隱杭虎林山，卒年七十五。著有《石塘文稿》五十卷。生平志節耿介，常却趙文敏爲羅司徒以鈔百錠請爲其父墓銘，是日絶糧不顧。其送蔡如愚詩云：「薄糜不繼襖不暖，謳吟猶是鐘球鳴。」語之曰：「此予秘密藏中休糧方也。」其《送友》詩：「相知貧士老當遂，醫識死人危不夭。」語亦奇特。

元南豐劉水村壎《補史十忠詩》爲宋季諸臣作，蓋謂李芾、趙卯發、文天祥、陸秀夫、江萬里及弟萬頃、密佑、李庭芝、陳文龍、張世傑作也。諸詩皆悲壯，深穩可誦，非宋季庸腐之習可比。其咏文云：「時平輒棄置，事迫甘前驅。嗚呼忠義臣，匪直科目儒。」末云：「悠悠譏好名，責人無已夫。三衢有魁相，投老作尚書。」謂留夢炎也。咏密云：「廬州大將在，白首豎降旗。」謂劉整也。咏陳云：「常揖丙辰魁，各天並黃鵠。不有二忠存，千古笑科目。」陳爲戊辰狀元，丙辰則文信國也。咏張云：「士有守節死，豈以責武夫。武夫尚能奇，消得銀管書。」嗚呼，可以廉頑立懦矣。

水村又有《止法》一詩，詩云：「喬木長千年，終不到霄漢。怒濤漲千尺，終亦有畔岸。儻非分限本截然，波吞天地枝插天。位極三公殊未愜，粟積千倉猶道乏。黃金滿匱尚求多，華屋連雲常苦狹。人心無足時，天道有止法。」題奇，而詩語亦稱。

錢唐白廷玉州判珽《續演雅》十首，足與梅宛陵争勝。詩云：「海青羽中虎，燕燕能制之。小隙乘大舟，關尹不吾欺。」「草食押不蘆，雖死元不死。未見滌腸人，先聞棄篔子。」「誰令珠玉唾，出彼藜藿腸。仁人不爲寳，良賈宜深藏。」「嬰啼聞木枝，羝乳見茅茹。如何百年身，反爾無根據。」「西狩獲白麟，至死意不吐。代北有角端，能通諸國語。」「纔脱海鶴啄，已登方物輿。仰面勿啾啾，我長非僑如。」「羯尾大如斛，堅車載不起。此以不掉滅，彼以不掉死。」「八珍殺龍鳳，此出龍鳳外。荔支配江珧，徒誇有風味。」「灤人薪巨松，童山八百里。世無奚超勇，惆悵度易水。」「兩駝侍雪立，終日飢不起。一覺沙日黄，肉屏那足擬。」十首皆有注。廷玉詩曰《湛淵集》，《元詩選二集》采之。

《輟耕録》載河南婦一詩，其事可以垂戒，非尋常因果書可比。詩云：「從軍古云樂，獲罪禱應難。母望明珠復，夫求破鏡完。押衙逢義士，公主奉春官。爲報河南婦，天刑不可干。」又《李翰林墓》云：「豈敢傲吾君，辛苦植唐祀。」《懷孤山林處士》云：「飽看貴人面，不若飢看天。」語皆有見。《湖居雜興》云：「三賢猶得仰高風，冠服雖殊氣味同。後五百年無繼者，桃花含笑夕陽中。」接法奇妙，可謂超絶。

毘陵洪稚存編修文長駢儷，於散體非所究心。其晚年舟過崑山，感賦二絶句，其一云：「人言太僕繼南豐，微覺前賢面目同。我讀亭林居士集，不求工處自能工。」似以矯桐城之流失。然古文一事，正不在書多學富。惜翁《論書》一詩云：「雄才或避古人鋒，真派相傳便繼蹤。太僕文章宗伯字，正如得髓自南宗。」其言自平允也。隨園論文與望谿異趣，而於錢詹事之議方甚有微辭，可以知公論之不可廢矣。

《范石湖集》有《四時田園雜興》絶句六十首，其佳句云：「猶是曉晴風露下，采桑時節暫相逢。」「老翁欹枕聽鶯囀，童子開門放燕飛。」「荻芽抽笋河魨上，楝子開花石首來。」《晚春》。「家人暗識船行處，時有驚忙小鴨飛。」《夏日》。「坐聽一篙珠玉碎，不知湖面已成冰。」《冬日》。

劉原父《閔雨詩序》云：「臣伏見春首以來，天久不雨。曆官李用晦治大衍軌革，太醫趙從古治黄帝六氣，咸以謂風旱歲惡。然陛下焦心勞意，側躬脩德，徹樂損膳，議獄宥過，以導迎善氣。爰及言事得罪者唐介、杜樞之徒，復特見甄叙。小大之臣，莫不欣然。人情悦，則天氣和矣。乃三月己巳，日入而雨，至於庚午。《詩》不云乎：『益之以霢霂，既優既渥。既霑既足，生我百穀。』此以見聖人之德與天相符，言出而物應，行發而神助。雖水旱之占有常數者，猶不能違之，況其渺者乎？竊觀《詩》、《書》所載盛德之君，至誠動天之速，未有及陛下者也。臣不勝鼓舞之至，謹撰《閔雨詩》一首十三章，章六句，投進以聞。」

紀文達有《石匣城》詩，題下注云：「城旁有石，形如匣。」詩云：「雉堞枕山岡，創建自明季。桓桓戚將軍，築此控三衛。迄今百餘載，甌脱銷烽燧。兵戈百戰後，久作桑麻地。我來陟陂陀，四顧度形勢。邱垤互起伏，了無險可恃。云何一孤城，能捍萬突騎。使我生當年，與聞軍國計。據今之所見，寧不沮其事？乃信鷃與鵬，大小知果異。事後細推求，尚不喻其意。烏可據詩書，慷慨談經濟。高陽孫相國，兵略世無二。遺書百八叩，紙尾親題記。云人讀我書，猝叩皆能對。是有應變才，可馭熊羆隊。如其俟再思，即非將帥器。不如守一經，循分研文字。偉矣賢者言，書紳其永佩。」按文達之言，爲趙括、馬謖一流喜談兵者戒，可謂痛切。《明史·孫高陽傳》不詳「遺書百八叩」語云何，《藝文志》有高陽《奏議》三十卷，《文集》十八卷，當求其書觀之耳。

文達《題張南華夏木清陰圖》：「麓臺先生吾未見，少年猶識南華翁。當時畫迹家家有，視之亦與尋常同。東山夫子今北苑，乃獨心折於此公。謂其繪事有懸解，千變萬化猶神龍。不離法亦不立法，意之所到無畦封。即一題署一跋識，不求工處天然工。祇恐雲烟一過眼，百金一紙求無從。星霜荏苒五十載，老仙已返東海東。日久論定始見貴，位置擬入神品中。僉曰妙在六法外，追黃公望陵王蒙。惜哉縑素日零落，贋本日出真稀逢。畫家欲作無李論，辨別往往煩南宮。」按天扉異材神授，以三絶受高宗知遇。吾鄉涇南司寇與通譜牒。每至涇南邸舍，值其他出，輒命奴子邀入書室。酒一壺、蔬果一二器，置佳紙筆硯，天扉隨意作詩畫，興罷而去，不問主人也。涇南最以和詩敏速，爲上所眷。天扉出，而捷又過之。於是涇南乃薦。沈歸愚宗伯以爲詩貴苦吟，然上之眷天扉不衰。而歸愚後選《國朝别裁集》，亦盛稱天扉《經筵法誡詩》爲有所規勸云。

陸嘉淑，字冰修，號射山，晚號辛齋，海寧人。明諸生。以父鈺没於亂，不就試。查慎行其婿也，少從學詩。與朱一是近修齊名，稱「二修」。朱乃前明舉人。語詳《國朝杭郡詩輯小傳》。查伊璜繼佐以爲浩節遐致，卓然自立，固矣。特不知其游京師者何爲。其與顧亭林、傅青主亦有異同否耶？其與客論詩，謂：「詩文須覺此時必有此集，方足傳。蓋李、杜變六朝，故不可無李、杜；韓、白變李、杜，故不可無韓、白；宋之蘇、黃、陳、陸皆然。今予所作既不能自立門户，又耻學一家言，奚足傳後世耶！」見《辛齋遺稿序》。

海寧張元岵次仲，前明孝廉，爲冰修姨丈人。晚而爲僧，在旃檀林。年七十餘，以生輓詩屬陳乾初、陸麗京及冰修。冰修言「哀藉事起，既凶事不豫，直叙致頌説，於意無取。頗意本指有『鮮民不如』之歎，且亦有千古常在者，興抱寥廓，懷托遠寄，正如自爲之」云云。詩共四首，見本集。

唐人書稱沈亞之爲退之門人，忘其書名。今亞之名僅見《唐書・文藝傳序》，云：「若韋應物、沈亞之、閻防、祖詠、薛能、鄭谷等，其類尚多，皆班班有文在人間。史家逸其行事，故弗得述云。」《全唐詩》小傳：「沈亞之，字下賢，吴興人。登元和十年進士第，歷殿中丞、御史、内供奉。太和初，爲德州行營使柏耆判官。耆貶，亞之亦謫南康尉，終郢州掾。集九卷，今編詩一卷」云云。未詳所本。

韋左司新、舊《唐書》無傳，沈文通遼爲之補作，見其《寓簡》。其言「少游太學，當開元、天寶間，宿衛仗内，親近帷幄，行幸畢從，頗任俠負氣。洎漁陽兵亂後，流落失職，乃更折節讀書，屏居武功之上。後返灃上，園廬蕪没，貧無以自業，客游江、淮間。所與交結皆一時名士，因從事河陽」云云。其言蓋本諸《京師叛亂寄諸弟》及《逢楊開府》二詩。《寄弟》云：「弱冠遭世難，二紀猶未平。羈離官遠郡，虎豹滿西京。上懷犬馬戀，下有骨肉情。歸去在何時，流泪忽霑纓。憂來上北樓，左右但軍營。函谷行人絶，淮南春草生。鳥鳴野田間，思憶故園行。何當四海晏，甘與齊民耕。」《逢楊開府》云：「少事武皇帝，無賴恃恩私。身作里中横，家藏亡命兒。朝持樗蒱局，暮竊東鄰姬。司隸不敢捕，立在白玉墀。

驪山風雪夜，長楊羽獵時。一字都不識，飲酒肆頑癡。武皇升仙去，憔悴被人欺。讀書事已晚，把筆學題詩。兩府始收跡，南宮謬見推。非才果不容，出守撫惸嫠。忽逢楊開府，論舊涕俱垂。坐客何由識，惟有故人知。」此二詩略盡左司生平，然以所自言作奸犯命，干名背義，而一旦幡然，名昭奕禩，遂與周孝侯並美。人顧不重自立哉！

左司《温泉行》云：「出身天寶今年幾，頑鈍如鎚命如紙。作官不了却來歸，還是杜陵一男子。」末云：「敝裘羸馬凍欲死，賴遇生人杯酒多。」語亦與上二篇相發。至於《睢陽感懷》云：「宿將降賊庭，儒生獨全義。」忠憤激發，正與淵明之《詠荆軻》同其鬱勃矣。

管韞山侍御《讀雪山房唐詩鈔》致爲佳本。於唐末絶句稱司空圖《贈日東鑑禪師》云：「故國無心度海潮，老禪方丈倚中條。夜深雨絶松堂静，一點飛螢照寂寥。」崔塗《讀庾信集》云：「四朝十帝盡風流，建業長安兩醉遊。惟有一篇楊柳曲，江南江北爲君愁。」以爲二詩骨色神韻，俱臻絶品，可以俯視衆流。予謂此二詩妙處，惟在一「静」字，若以尖新求之，則晚唐妙處有不盡是者。

張南華詩鈔凡分數集，其奉使、紀恩詩後有胡稚威徵士跋云：「若乃騎鯨捉月，仙謫人間；舞鶴淩風，才超世宙。摇豪擲簡，則宿藻香抽；擷錦摛霞，則新英綺刷。此南華先生所以呼才子於宫中，稱翰林之詩首也。五際飛文，既兼《騷》《雅》；九重承制，屢和韺韶。險韵逡巡，妍辭錯落。王學士金波秋夜，都下争傳；柳尚書水殿南薰，古來非儷。至如彈丸流美，脱舊手而逾奇；楮葉玲瓏，出宋斤而訝妙。射雕落雁，思入風雲；薄玉噴珠，句銜冰雪。足使品從記室，光價無窮；繡入宫衣，流傳不盡。乾隆七年壬戌仲冬，山陰後學胡天游拜跋。」文係應酬之作，不必言其稱謂有可疑者。稚威不肯妄下人，而南華亦絶不作妄語。論其年，則南華尚後於稚威，既非同館，「後學」之稱胡爲乎來此？與吳園次稱湯惕庵爲「夫子」同一可疑。惟彼係園次後人所編，而此乃南華手訂，尤可異耳。南華《月夜看花歌》六首，徧和諸人作，其稱謂曰「慎齋先生」、「筠如前輩」、「椒園館丈」、「稚威同學」、「次風館丈」、「石帆前輩」，豈當時有此稱謂乎？

南華《題嵇侍中祠》詩下注云：「王編修峻云：『父爲人所殺，子乃忠其孫。此事吾不取，當共王褒論。』張檢討漢云：『不仕固爲孝，仕亦無妨道。孝子自王褒，忠臣自嵇紹。』並録以俟論定。」予謂此論當以次山爲正。

南華論畫云：「右丞董巨，蕭散閒逸，全以韵勝。後代精工嚴整，無一筆無所出，然彌近彌遠。」南華言畫理，即其詩趣也。語見沈文慤所作詩序。

黄石齋夫人蔡玉卿石潤能詩，工書畫，人皆知之，其大節或未盡著。鄭珠江太守千仞跋其畫云：「石齋被難前，夫人致書謂『到此地位，只有致命遂志一著，更無轉念』，諄諄數百言，同於王炎午之生祭，閨閣中鐵漢也。後撫孤立節，死者復生，生者不愧，足當斯語矣。寫生得五代人遺法，一花一葉，俱帶生動，所謂『爲君援筆賦梅花，不礙廣平心似鐵』者耶？」李安溪言，夫人年九十餘尚無恙，書法學石齋，造次不能辨。尤精繪事，嘗作《瑶池圖》遺其母太夫人居云。見阮亭《居易録》。其《寫雜花十種册》，語多自寫照。見厲樊榭《玉臺書史》。

白傅《感鶴詩》云：「鶴有不群者，飛飛在野田。饑不啄腐鼠，渴不飲盜泉。貞姿自耿介，雜鳥何翩翾。同游不同志，如此十餘年。一興嗜慾念，遂爲矰繳牽。委質小池内，争食群雞前。不唯懷稻粱，兼亦競腥羶。不唯戀主人，兼亦狎烏鳶。物心不可知，天性有時遷。一飽尚如此，況乘大夫軒。」沈碻士評此詩云：「有以峻潔持身，而一念之誤，遂喪生平者，故作詩諷之。」又云：「元微之晚節亦蹈此患。」

宣城王彦子光彦古雅孤僻，與吾鄉王澹淵交最善。詩文有《宛溪集》、《黄嶽集》，詩有《題蔣大鴻祝施尚白卷》：「尚白稱理學，顯然惑於釋。言外意頻伸，頌不忘規策。古人友誼嚴，苦口下藥石。不顧俗人嗔，文章貴斯格。想見書此時，旁觀皆失色。」

槫寮詩話卷中

婁縣姚椿子壽

何大復《跋山谷精華録》云：「偶讀《山谷精華録》，見《和東坡西湖縱魚詩因次其韵作觀打魚詩》，又記後山曾有和東坡此詩，大類山谷。及檢其全篇，即山谷者也，但多一篇耳。又《後山集》中《思亭記》，他文選者未之詳耳。然二作今亦莫辨其出誰手也。山谷詩自宋以來，論者皆謂似杜子美，固予所未喻也。《精華録》，任淵選者，其所擇取，多不愜人意，而自謂上選，何也？」按何、李持論，不讀唐以後書，故於蘇、黄多致不滿。其實詩文之事，以能開新境爲上。漢、魏而後，代各不同，至有唐而其變已極。蘇、黄出，乃始自成一代之詩，此遺山所謂「盡」也，元人不得不變。宋自一二鉅子外，餘皆不免纖巧。於是有明始以渾厚復古爲高，是皆勢之必然。何、李知宋、元流弊，而不知學唐而膚廓之弊，亦有不可勝言者。大復此言，與其《明月篇叙》偏激相似，蓋皆未定之論。然近人推獎山谷，以爲直接子美，則又非所敢安。竊以爲諸家之論，如阮亭《古詩選・凡例》云：「東坡陵踔千古，獨心折山谷之詩，屢效其體，前人虚懷如此。山谷雖脱胎於杜，顧其天資之高，筆力之雄，自闢門户。」惜翁《今體詩鈔・凡例》云：「山谷刻意少陵，雖不能到，然其兀傲磊落之氣，足與古今作俗詩者澡濯胸胃，導啓性靈。」其言最爲公允。蓋何、李學杜，似之似也；山谷學杜，不似之似也。明乎此，庶於兩家之論，折其衷云。雖然，大復之才優於獻吉，年止中壽，未底大成。使其説出於晚年，安知不如元美之服熙甫耶？

荆公《感事》詩云：「賤子昔在野，心哀此黔首。豐年不飽食，水旱尚何有。雖無剽盜起，萬一且不久。特愁吏之爲，十室災八九。原田敗粟麥，欲訴嗟無賕。間關幸見省，笞撲隨其後。況是交冬春，老弱就僵仆。妙家閉倉庾，縣吏鞭租負。鄉鄰銖兩徵，坐逮空南畝。取資官一豪，姦桀已云富。彼昏方恬然，自謂民父母。朅來佐荒郡，懔懔常慚疚。昔之心所哀，今也執其咎。乘田聖所勉，況乃予之陋。内訟敢不勤，同憂在僚友。」李安溪《榕溪詩選》録此詩，曰：「荆公存心如此，故治縣極有政聲。欲推其法於天下，而急迫無序，績用弗底云。」

介甫咏古諸詩，皆其託意。《賈生》云：「一時謀議略施行，誰道君王薄賈生。爵位自高言盡廢，古來何啻萬公卿。」殊有識見。至《子房》一首，詩自佳，安溪以爲其悔心之萌，則非也。

宋沈作喆爲韋蘇州補傳，言：「自吴郡以後，不復有詩文見於録者，豈亡之耶？使應物而無死，其所爲當不止此。以應物爲終於吴郡之後，則夢得之所舉，老猶無恙也。蓋不可得而考已。《新唐書·文藝傳》稱應物有文在人間，史逸其傳，故不録。予既愛其詩，因考次其平生、行義、官代，皆有憑藉，始終可概見如此。恨史官編摩疏陋耳。嗟夫，應物崎嶇，身閲盛衰之變，晚折節學問，今其詩往往及治道而造精深。士固有悔而能復、厄而後奇者，如應物而以自表見於後世，豈偶然哉？」按唐人稱高達夫五十後始爲詩，爲之輒工，然不如左司之高古也。作喆謂其詩「超然簡遠，有正始之風，所謂朱絲疏絃，一唱三歎」，又云「氣質閒妙，渾然天成。初若不用工，而近世詩人莫及」。白居易嘗語元稹曰：

「韋蘇州歌行，才麗之外，深爲諷諫之意。五言尤爲高遠雅淡，自成一家。」又云：「爲吴門時，年已老矣，而詩益造微。世亦莫能知也。」愚謂左司詩正如歸太僕文，爲大家不足，爲名家有餘。惜翁所謂「晉元南渡，雖不能如光武中興而絶使焚幣，終不肯與石勒通知」者，此兩家足以當之矣。擬之書家，則虞永興也。

元周石初霆震《登城》詩云：「世祖艱難德澤深，風悲城郭怕登臨。九朝天下俄川決，七載江南竟陸沈。馬骨空傳當日價，雞聲不到暮年心。雨餘門外青青草，過客魂銷泪滿襟。」按《石初集》凡十卷，附録一卷。館臣謂其生前至元壬辰，至明初乃卒，年八十有八。元一代治亂興亡，一身畢閲，故其詩憂時傷世，感喟至深。其叙述至正中兵戈饑饉之狀，沈痛酸楚，使異代尚如見情狀焉。

詠關壯繆詩，自古罕有佳者，緣其措辭多不得體。錢唐裘雲門肇鼎《題壯繆畫像》五言律五首：「未若雲臺將，丹青霄漢間。竟成先軫没，不屑華元還。拂素開生面，憑虚挹壯顔。戰袍凋繡采，仿佛血痕斑。」「餘燼嘘巴蜀，偏安國步屯。統虚承白水，亂實甚黄巾。地險氐羌雜，時危戰伐頻。荆州股肱郡，保障獨艱辛。」「知有《春秋》癖，尊王義最明。關中移北極，劍外即西京。禹甸諸氛靖，周家大誥成。襄樊既乘勝，一戰擬澄清。」「泪灑永安宫，君臣此恨同。如何圖宛雒，不及備江東。鳳隕重雲外，龍居勺水中。彼蒼詎有極，偏折漢英雄。」「麥城無所悔，往事劫灰沈。猶冀同仇者，毋忘共濟心。連營應扼腕，銜璧定霑襟。俯仰殘縑外，凄然念蜀深。」語皆本正史，自然深穩。

江都汪容甫丈性剛易怒，少可多否，人皆惡之。其五言古詩，出於步兵《詠懷》、正字《感遇》，筆意幽隱，不悦時目。其《效左記室咏史》云：「吕尚西入周，渭上猶盤桓。百里棄其國，飯牛在草間。乘時各自奮，功立名不刊。脱身屠釣中，一舉生民安。少壯不用世，垂老反任官。年命苟不延，後世有何觀。高才爲人棄，貧賤良獨難。焉知天下士，一身饑且寒。聖賢有不遇，自古以爲歎。」其言絶使人感喟無已。

明末蘄州遺老顧黄公景星爲其家傳，載其祖桂巖吏郎闕與兄日巖副使問俱以清節知名。京師語曰：「天下清絶，顧問顧闕。」兄弟尤絶友愛。日巖卒年八十一，桂巖卒年八十六，蓋後數年卒。在時每出入，必揖告，老而言及，白頭俯仰，泪下如綆。有詩云：「幅巾坐老水雲邊，緑鬢還鄉憶昔年。世上無如兄弟好，草堂風雨夜牀連。」「門前水漲無人處，澤畔高秋過雨時。隱几曲肱成一夢，弟兄相對語淒其。」「蕭蕭獨處秋郊外，耿耿相依蔀屋間。孤夢覺來人不見，滿天風雨夜生寒。」其卒前二日作詩云：「白日如流事似麻，一回内訟一回嗟。未能報國徒憂國，幾欲辭家尚在家。世味到頭終嚼蠟，人情於我强摶沙。老聃不見瞿曇死，志在宣尼歲已賒。」桂巖生平頗好道術，故其臨没言如此。黄公傳末附諸門客弟子，如樊山、王至、郝通悟、查八十凡十七人，詳見《白茅堂集》。

大冶余國柱以黄公未嘗鑷白，問服食導引。黄公曰：「吾有三事：善飲酒、性静、生平計恩不計怨。」按此頗與予同。臨没賦《秋山圖》云：「老人家在青溪住，繞屋青溪萬章樹。有時曳杖看青山，寫在秋風輞川句。」笑語其子曰：「痁何害人盛德事。」遂卒。

南宋柴望《秋堂遺稿》有云：「鐘送夕陽歸草木，風吹涼月上樓臺。」嗚呼，其所感者深矣！望字仲山，江山人。嘉定、紹定間爲太學上舍，除中書，特奏名。理宗淳祐六年丙午元旦日食，望上《丙丁龜鑑》一書，逮下詔獄。尋放歸。景炎二年，薦官不就。宋亡不仕，而終爲柴氏四隱之一。按：當時館臣以望所論爲偶然，實未深知前賢所辨王氏「天變不足畏」之説爲大悖乎《春秋》之旨也。

無錫顧宛谿處士《送惲南田王石谷詩》云：「秋色牽衣户半扃，君行應念此園亭。桐枝濯濯侵檐緑，竹葉垂垂帶雨青。別意欲言詩轉澀，愁懷難遣酒無靈。漫勞握手增惆悵，他日還添兩鬢星。」宛谿詩殊不多見，此詩清雅可誦，故知胸次高者，落筆自是不同。詩采自單師白《海虞風雅》，云出王氏《畫苑》。其書未見。師白云：景范《方輿紀要圖説》稿本有數廚，尚存宛溪某氏。

全謝山《呈李臨川侍郎》五截句次章云：「申轅報罷董生默，更復誰同汲直群。自分不求五鼎食，何妨平揖大將軍。」末章云：「生平坐笑陶彭澤，豈有牽絲百里才。秫米成醪身早去，先幾何待督郵來。」二首見董秉純所作年譜，其三首當載謝山詩集。集未刻也。

山谷《學許氏説文贈諸弟》云：「六書章句苦支離，非復黄神太古時。鳥跡蟲紋皆有法，猶勝雙陸伴兒嬉。」按山谷他日又有句云：「荆公六藝學，妙處端不朽。」東坡以爲山谷畏介甫，故云然。然前詩作於治平四年教授北京時，是時新學未行。蓋山谷性喜搜奥賾，與介甫同，而於子瞻異趣，非盡畏介甫也。

元兵南下，次皋亭，宋朝納降。吴堅爲左相，家鉉翁爲參政，與賈餘慶、劉巳山爲祈請使北行。文文山賦詩云：「當代老儒居首揆，殿前陪拜率公卿。」又云：「程嬰存趙真公志，賴有忠良壯此行。」前謂吴後謂家也。至北，鉉翁抗節不屈，拘留河間。世祖崩，成宗即位，始賜衣服，遣還鄉里，年逾八十矣。林景熙有詩贈之云：「瀕死孤臣雪滿顛，冰氈齧盡偶生全。衣冠萬里風塵老，名節千秋日月懸。清泪夜悲遼海鶴，古魂春冷蜀山鵑。歸來親舊争相問，禾黍離離夕照邊。」可謂不負文山所期矣。語見瞿宗吉《歸田詩話》。

顧黄公《鳳凰山下岳喆故宅》詩：「岳飛存鄂姓，韓信匿韋兒。異代藏宗譜，承恩問本支。何人詳逸事，有客弔荒祠。寂寞空山裏，猿聲日夜悲。」題下注云：「廣濟縣東五十里。宋忠武王子震聞家難，偕弟霆逃黄梅山中。秦檜改岳州爲純州，震因改姓山。淳熙初，從封爵姓鄂。震十五世孫全，沭陽令，又五世文源，始復姓焉。霆裔萬三，徙居廣濟，喆其後也。詳黄梅《岳氏家譜》。」《五里橋文家》詩：「廬陵文信國，苗裔偏寰中。俎豆傳宗子，家乘略長公。衣冠村隴僻，烟火小橋東。興化長歌在，何人更采風。」題下注云：「信國兄天禎，寶祐末領鄉薦，教諭廣濟縣。入元不仕，隱居縣之五里橋。十世孫大才，字希周，幼孤，事母至孝。嘉靖十八年舉人，有氣節。以興化府同知致仕。張平山畫五里橋，興化自作長歌，今海内文姓皆稱信國裔，而天禎罔聞。子孫不徙，居世業儒，不應制舉，猶古衣冠，家風不墜焉。」

田山薑詩名，在康熙間幾與阮亭埒，然古詩頗多鈍置語，殊不相稱。晚年著《長河志籍考》十卷，附録其《瓜隱園七絶》十首，乃饒有風致。詩云：「一雙春鳥屋檐鳴，樹杪風聲似雨聲。吾輩從來非解事，全憑鳩婦道陰晴。」「《離騷》句澀何能讀，《秋水》篇長亦久停。攘臂今朝展書卷，《養魚經》與《相牛經》。」「木密來禽穀雨後，黃瓜紫李春分前。一班都出園官手，況有《齊民要術》篇。」「趁雨鋤瓜二畝餘，東鄰野老較何如。絕奇覓得西洋種，皮色斑青科斗書。」「軋軋鴉聲水葉開，長鬚奴子駕船來。此番不爲秋風起，網得鱸魚少二腮。」「小姑三度報蠶眠，準備新絲浴夏天。自是今年好光景，打門無吏橫催錢。」「書齋近在廟門東，小學新頒例不同。芒屩葛巾摇羽扇，上堂長揖數村童。」「結束成圍試一行，南村人鬥北村强。看來本是懷甎俗，宋鵲韓盧獵兔場。」「偶欲騎驢入城去，楝花風下立多時。偏詢村口三叉路，林鳥潭魚總不知。」「徒駭河干馬鬣堆，新松初種葉如釵。殷勤報與山妻道，吾輩佳城事已諧。」園在德州城東二十五里徒駭河岸上，山薑村中園也。瓜隱之名，引邵平及漢施延種瓜自給，姚俊常種瓜灌園，及沈約《宋書》稱步隲與衛旌同年相善，俱種瓜自給。郭平原以種瓜爲業，劉義慶《幽明記》韓珍種瓜營葬，孫鍾，富春人，種瓜爲活。以上數人，昔人謂之「瓜隱」，故以名園矣。《長河志籍考》卷第四末。

湯緯堂大奎《炙硯瑣談》言，宜興史衎存承豫嘗仿敖、喻二公作《國朝人詩評》一則云：「施愚山如山雪初消，園梅乍吐，疎花冷蕊，觸袖馨然。宋荔裳如豪家張宴，錦幕銀樽，華彩奪目。王西樵如溪光透澈，山色清華。王阮亭如上苑春花，瑶臺秋月，光景照人。朱竹垞如河陽重鎮，獵獵旌旗，自令敵人望而心戰。程周量如月下橫簫，聲多嗚咽。吳漢槎如胡琴羌管，獨奏邊春，動人處尤在《落梅》一曲。陳迦陵如公孫大孃舞《劍器渾脱》，瀏漓頓挫，炫人目睛。王幼華如秋江夕照，雲物奇麗。孫豹人如西人彈琵琶，音節慷慨，特如秦聲。陳元孝如吳下名山，峰巒苕秀，少巉巗崱屴之觀。吳天章如漁人入武陵源，流水桃花，杳非塵境。梅耦長如清露晨流，新桐初引。彭羨門如漢宮人柳，臨風綽約，有三眠三起之致。周櫟園如雨洗修篁，娟娟可玩。潘南村如蟲吟籬畔，蟬響林皋，音韵蕭然，不耐久聽。湯西厓如伶人當場，儀容楚楚，而哀樂不真。陳子端如吳人作洛生詠，時帶老婢聲。宗梅岑如穠李夭桃，未離凡艷。宋牧仲如村醪初熟，風味劣薄，不能醉人。嚴蓀友如雨過花枝，香微色淡。田綸霞如傀儡登場，舉止儼然，殊無生氣。顧梁汾如一曲明流，蘭芳堪擷。李武曾如盆中綠萼，風致嫣然，止宜於案頭作供。汪鈍翁如秋原平曠，叢長蘼蕪，頗有寒花點綴。王孟穀如重巖飛瀑，一瀉千尺，寒氣淩人，不可久睞。汪季用如初地禪談，名理不無入處，而心地尚欠空明。吳園次如弱柳迎風，不堪攀折。」

宋喻良能《唐詩評》曰：「予嘗評唐諸家詩，杜子美如司馬溫公，自是三代以還第一等人，無毫髮可議。韓退之如藺相如、顏平原，雖死向千載，懍懍尚有生氣。李太白如謝安石，雖身紆朝紱，而志在林泉；或携妓自娱，不拘小節，要之蕭然有出塵之姿，自不可掩。此下有缺文，疑是云「柳子厚如」云云。然無可考，當俟他本證之。楊子著書，悔其少作，韜藏掩抑，不願人知。皓鶴沖天，閒鷗戲海，回視前日，殆如烏鳶攫肉，鳩鵲爭巢，蓋不啻糞壤耳。孟浩然、王維、韋應物如志和霅水、和靖孤山，雖未能追蹈高隱，要不爲俗氛所蔽。白樂天如公羊傳經，羽翼聖道，根本教化。然其失也，不能不俗。杜牧之如荆卿匕首，子房鐵椎，豪健勇決。吁，可畏也，其駭人也。孟東野如翳桑餓人，形影相弔，悲鳴憔悴，有辛酸可憐之狀，亦不能不爲之憫然動心。李長吉如汲冢古書，茫然異物，雖瓌詭奇怪，動人耳目，然莫能名狀，不知其適用否也。」《宋詩紀事》：「喻良能，義烏人。紹興二十七年進士，補廣德尉，累遷工部郎官，出知處州。奉祠歸卒，有《香山集》。」

南宋樓大防以博學雄文得名，其詩不甚稱誦，然亦多有可采。其議論尤平允，如論江西李千能和墨及畫梅，艮齋許以三奇，而詩非所長也。詩云：「遊藝無小大，要皆知本原。後人率意作，終當愧前賢。老潘妙對膠，法從玉局傳。或假季心名，空掃千鐙烟。補之貌梅花，疎瘦仍清妍。折枝映月影，真態得之天。李君信雅尚，二者將求全。諸公競稱許，試之乃誠然。江西有詩派，皎皎俱成編。兹事未易窺，屬君尚加鞭。」其言實爲學詩者要論。又《題放翁詩卷》云：「妙畫初驚渴驥奔，新詩熟讀歎微言。四明知我豈相屬，一水思君誰與論。茶竈筆牀懷甫里，青鞵布韈想雲門。何當一棹訪深雪，夜語同傾老瓦盆。」四明豈謂史直翁有並薦語耶？《題施武子醉白堂記真跡》云：「堂名醉白尚存不，詞翰輝光射兩眸。天下曾餘蘇氏學，禁中却有太清樓。舊碑於世已難見，真蹟惟君乃得收。感歎不堪衰泪落，林慮山下水空流。」注云：「魏王以相州城中無水，於林慮山引水入城，貫第中溢，爲灌溉之利。」《輓王忠文十朋》云：「吾生良可恥，不及見斯人。」《輓婁忠簡機》云：「邊事釁初開，惟公論不回。深謀比婁敬，極力阻王恢。兒戲何堪用，冰山忽已摧。朝廷始更化，大老盍歸來。」皆具見懷賢爲國之意。又《淳發漕薦喜而成詩并勉杓》云：「戊辰貢舉忝予知，曾礙兒孫到省闈。欣汝今秋重豫薦，喜吾即日可言歸。門闌有慶人争賀，父子同登世所希。癡望十人俱上第，坐令晝錦倍光輝。」雖不免退之《符讀書城南》詩意，然亦可備一故事。又《贈相手文李道人》云：「生有文在手，縱横殆天與。其間動成字，往往傳自古。舜褒梁武武，老十子貢五。季友太叔虞，仲子竟歸魯。仲弓有鈎文，宰我亦握户。

敏士自文雅，習道本因輔。鄧淵彭城符，瑣瑣不足數。李郃陶士行，三公皆定數。白帝矜奇瑞，見誚漢世祖。何爲言禍福，歷歷如君語。自言傳希夷，妙處勝貌取。見手知國封，況此細紋縷。研油燎旃檀，始見掌中虜。何如一覽頃，坐談樂與苦。老我縮袖間，不復煩推步。子其訪城中，英傑在何許？」題詩俱新，前所未有，用事尤奥博也。《謝潘端叔惠紅梅序》云：「全體皆江梅也，香亦如之，但色紅爾。來自湖湘，非他種比，自此當稱爲紅江梅以别之。王文公、蘇文忠、石曼卿諸公有《紅梅詩》，意其皆未見此種也。感歎不足，爲賦二十絶。」如云：「何人擊碎珊瑚樹，惱得瑶姬面發紅。」「夢入山房三十樹，何時醉倒看紅雲。」「儘教北人渾不識，不應改作杏花看。」末云：「紅梅不解追時好，衹守冰姿度歲寒。」皆佳句也。

《攻媿集·琴操》二首，其一《七月上浣游裴園·醉翁操》：「茫茫，蒼蒼，青山。繞千頃，波光。新秋露風荷吹香，悠揚心地翛然，生清涼。古岸摇垂楊，時有白鷺飛來雙。隱君如在，鶴與翱翔。老先何處，尚有流風未忘。琴與君兮宫商，酒與君兮杯觴。清歡殊未央，西山忽斜陽。欲去且徜徉，更將霜鬢臨滄浪。」其二《和東坡醉翁操韻詠風琴》云：「泠然，輕圓，誰彈。向屋山，何言。清風至陰德之天，悠飏餘響嬋娟，方晝眠。迴立八風前，八音相宣知孰賢。有時悲壯，鏗若龍泉。有時幽杳，彷彿猿吟鶴怨。忽若巍巍山顛，蕩蕩幾如流川。聊將娱暮年，聽之身欲仙。弦索滿人間，未有逸韻如此弦。」又有《雪谿仙隱楚詞一章爲蜀中雙流宋氏作》，亦有可取。

攻媿《亡妣安康郡太夫人行狀》云：「女孫有嫁及遠適者，多誦北方安夫人之詩，曰『女長終爲婦，親邊不是家。睦媚存古訓，勤苦是生涯」之句以勉之。」

錢唐梁山舟學士以書名天下，其詩亦復清妙。《同人賦秋柳爲沖泉弟改任黔陽贈行》云：「春明門外樹，蕭瑟已如斯。其奈攀條處，猶然對客垂。西風湘水浦，落日竹王祠。無限天涯意，銷魂正此時。」「前指正南柳，黔行秋又殘。一官分手易，四海託交難。去雁空餘影，棲烏自耐寒。何年聽夜雨，遲爾復長安。」託物起興，正自深於言情。《對鏡見白髭有感却寄沖泉》云：「年華三十早衰時，若較王郎白已遲。王彪之年二十白頭。怪爾緇塵枉如許，不能染却一莖絲。」「西風憔悴不堪論，鏡裏相看憶弟昆。絶似行人馬頭柳，無多絲又著霜痕。」

長洲周寶傳布衣鉢有《詠白頭翁鳥》詩：「遲莫羈愁爾豈知，滿頭贏得雪絲絲。凡禽老去尋常事，獨歎英雄白首時。」

南城吴白广照《京口遇風》絶句云：「幾日河船夢寐安，京江浪涌浩漫漫。書生只慣行平地，纔有風波便覺難。」其於身世之感深矣。

仁和陳花農學士琪《秋樹讀書樓題壁》云：「寒花珍重爲君開，響滴糟牀琥珀醅。終日閉關因頌酒，滿階黄葉少人來。」風韵劇佳。

明季容美田商霖有《天鳴》詩，序云：「歲在辛丑夏秋交，先旱後雨，中秋節時，忽聞天上作聲。越七日，乙卯暮再鳴，庚申又鳴。初從東南角起，漸至中央，次及於西，聲如沸鐺、松濤、風雨、攢蠭，種種變響。聽至夜闌露涼，不能久待，不知其何時乃已。生平所見地震星孛之變多矣，未有如此異者。」詩云：「上天本無言，奚言數有聲。既匪絲與竹，又非鏞與鉦。陰陽自磨盪，其音何錚錚。初如風雨驟，後如波濤驚。須臾似蜂攢，變作沸釜羹。彷彿非一狀，使我心怦怦。嗟彼殺機發，沴氣干太清。星辰木石怪，亦足兆佳兵。矧此變非常，敢信爲休徵。熢燧二十年，歲歲若相攖。若更罹陽九，寧不哀此惸。我念高高在，皇矣必好生。願收震怒意，聽此蟣蝨鳴。」按商霖字珠濤，詩見《湖北詩佩》。小傳云「信夫子」，不云信夫何人。以田宣撫元太初諸子霈霖、既霖、甘霖名行輩，推之當亦是太初子也。土司中有此，固是異人。「辛丑」當爲順治十八年，其前則爲明萬曆二十九年，與詩語不合。

海寧陸冰修嘉淑《贈紫雪》詩云：「傳君色態真難似，一樹梅花月上時。」可謂善於形容者。

吴江朱鐵門春生性行肫摯，篤於倫紀。文字疏暢，有古意。詩次於文，亦不失爲晚宋佳手。其友袁湘瀍二子陶甡、宬受業鐵門，皆有異才。其《送湘瀍之淮陰》詩云：「我歲齊君歲，君兒如我兒。君行將托我，父責并歸師。早慧屢貪戲，褊心恒薄笞。經書課粗畢，教作送爺詩。」二袁惜皆蚤卒，宬遺文曰《獨笑軒稿》，附刻鐵門文後。其《趙納韓上黨論》以爲納之之計非失，而守之之道爲失。所見殊允當。

仁和沈韞山大令赤然少與吴穀人祭酒同學。其《感懷》詩云：「烏雛牛犢尋常物，總覺吾身盡不如。」《視水漲》云：「不知茅屋泪，何似長官心。」《苦旱》云：「拯災自古無良策，入告於今即好官。」《秋懷》云：「文字不肥寒士骨，風霜難白貴人頭。」其言皆惻然動人。

枚庵《懷舊集》雖云「存録亡友，多采其鄉人之詩」，然亦劇多佳者。如長洲諸生孫桐璋《聞落葉打窗感不成寐》云：「一葉西風一寸心，夢中吹落小窗深。人如短燭癡垂泪，秋入寒蛩苦費吟。流水華年悲錦瑟，高山知己感焦琴。來朝掃向林邊去，試看何枝細細尋。」沈進士清瑞《春江望遠曲》云：「新婦磯頭草似秋，女兒港口月如鈎。最憐一片春江水，不渡離人只渡愁。」二詩皆極工，不可謂私其鄉人而詆之。

曹玉水郡丞以事出塞，有詩一卷。句如「六秩得兒寧望養，十年不祀亦堪悲」、「謀生到處爲家樂，飲酒逢人擇品難」、「最喜讀書嫌性鈍，頗思飲酒怕言多」、「久戍客魂如夢醒，罷官花始得閒看」，語清健可誦。又《一樣》詩三首云：「春宵桃李層層月，秋雨梧桐葉葉風。一樣生成階下樹，敢將冷暖問天公。」「何須苦斷燒春酒，亦莫忙論買夏園。一樣千秋歸土窟，幾人歌哭向郊原。」「名心淡似辭林葉，詩思濃於著露花。一樣浮雲過碧落，阿誰指點認朝霞。」亦有意。其《戊寅元旦籲天詞》云：「戊寅元旦黎明起，手把瓣香向天跪。臣今跪禱無他辭，但望早邀賜環旨。臣父六十三歲始生兒，兒年十一臣父死。臣父今年剛百齡，臣生三十八年矣。聖主當年旌直臣，天高地厚恩難比。重泉還得受綸褒，追贈臺銜且蔭子。臣年廿一覲天顔，詔許臣讀中秘史。史館校書才三年，廿四授官爲大理。恨臣心粗氣浮兩目盲，昏憒糊塗竟如此。優容尚不即加誅，僅從遣戍來烏壘。前者隆恩又復念，臣父配食鄉賢重桑梓。殊恩異數迥非夢想所敢期，感激涕零切骨髓。臣今謫戍已六年，可憐妻死兒殤命運否。臣無伯叔與兄弟，荒墳十年無人燒過一張紙。幸得生入玉門關，急理雙輪歸故里。謀生不論讀與耕，且爲臣父延此一脈祀。孱軀儻獲久長活，銜結微忱效螻螘。臣少未曾勤學問，心所欲言筆不聽臣使。千愁萬慮何由申，叩首蒼蒼泪不止。」語意真樸，叙兩世情事詳盡，頗得古樂府遺意。他人或以質俚少之，非知音者也。

樗寮詩話卷下

婁縣姚椿子壽

孟襄陽詩：「卜鄰依孟母，共井讓王宣。」此用《水經注》王仲宣與繁休伯同鄉井事，而割裂用之。孟集有《從張丞相游紀南城獵戲贈裴迪張參軍作》詩云：「歲晏臨城望。」是唐時城在紀南之證。

近時詩人多喜爲前代名流生日賦詩，而於東坡尤盛，蓋始於宋漫堂開府吳中時。吾鄉沈沃田明經云：「壽者，繫乎生而名。東坡去今七百餘年，壽於何居？」爰爲《迎神》、《送神》二章，以相其禮。其説甚是。詞見本集卷二十八。

沃田《九原丈人石碣歌序》云：「余客武林，假館吳山天開圖畫閣，偶過火德廟外，有短碣，面錢江而立，鐫字，隱隱曰『九原丈人』者，徧詢土人，皆不能知。後閱東方朔《十洲記》，始知九原丈人主領天下水神，及龍蛇巨鯨、陰精水獸之輩。蓋當時立石於此，鎮壓錢江水怪，猶蜀之三石犀耳。」

康熙乙酉四月廿日，聖駕東巡，召見梅文鼎於臨清御舟，命所乘小舟隨行。廿二、廿三日，並賜召對，賜食、賜坐。夜分乃罷，撤御前燭，命小黄門送歸。廿四日，駐蹕楊村，行謝恩禮。皇子傳旨，命從官賦詩。時已曛黑，紙筆不具，惟冢宰李光地及督學楊名時、天津道蔣陳錫及文鼎四人有詩。以文鼎老病，特賜炕桌，命小侍衛執燭照之。詩成，命侍衛左右扶掖而興，既起立，仍命立定，少頃，然後移步。以諸生得此榮，可謂至矣。詩題《賦得御製素波萬里盡澄泓應制》，文鼎詩云：「帝德同天乘景運，波臣效順盡安流。河淮底定千秋績，江海澄清萬里舟。排決經營歸廟算，平成勳業起歌謳。輓輸無阻耕夫樂，從此長紓宵旰憂。」梅之召見，安溪所薦也。

定九言《周髀》「七衡」之説，謂北極之下，其人朝耕暮穫；今西人五帶分里，差略似其指。又言元耶律楚材《庚午元曆》雖未頒用，厥後《授時曆》稱最精，實肇基於《庚午》。又言何承天、祖沖之言歲差，至唐一行始用。北齊張子信積候二十年，所立日躔盈朒及交道表裏諸法，後世遵用，而當時未顯，史傳並未言，至《大衍議》始著。隋劉焯作《皇極曆》，與曆官辨，皆甚畏焯，不敢争，然亦不行其曆。至焯死後，乃稍稍用之。又云嘉禾高明水《律曆策》能駁正從前講家以律生律之傅會，及埋管候氣之非，是其時利氏已入，説未大行。篇中所舉最高卑等語，並經生家所不能諳。又云《御製三角形論》謂古人曆法流傳西土，彼土之人習而加精焉爾。可息諸家聚訟。其《答曹實庵詢曆學》詩云：「諸家疏歲差，文繁終惚恍。傍蒐及史乘，《天官》代依仿。古曆雜讖緯，六天皆臆想。《太初》但草創，四分益朧朧。積候稍精密，漢曆惟乾象。劉洪作。岌焯鳴晉隋，晉姜岌《甲子元曆》、隋劉焯《皇極曆》。《大衍》繼洪響。唐一行作《大衍曆》，諸法漸備。《紀元》與《統天》，宋曆十餘改，惟二曆稱最。步算漸昭朗。許郭起元初，元郭守敬、許衡作《授時曆》，集中曆之大成，行亦最久。影測判尋丈。始信通經儒，能辨疇人罔。愛徵西國傳，談天如指掌。譯用賴吴淞，析義仍吾黨。西學之入，始于隋開皇己未，唐有《九執曆》，元有《回回曆》，明亦兼用。至徐文靖公譯曆書，其説始暢。」其序列代曆學甚詳。又《寄懷青州薛儀甫》古詩四首亦詳悉，其第三首云：「西曆譯先代，傍通稱十事。爰及殺青時，未見彰斯義。將毋靳廣傳，私之以爲秘。乃若兵家謀，亦復資巧思。

我讀守圉書，重下徐公泪。神威及曠遠，良哉攻守器。當時卒用公，封疆豈輕棄。執輿果何人，歷險失騏驥。國論歸黨同，嘉謨阻深忌。會通及師學，要眇益人智。法制殊不悉，知君有深意。趵突自重淵，妙理參天地。運轉如督任，徵奇於焉至。用茲爲灌溉，農畝將蒙利。何亦不盡言，悠然窮擬議。願君發藏笈，慷慨憐同志。臨風實跂予，莫惜微言寄。」

定九《盤峰僧舍》詩：「遠水入雲高。」語甚工。

定九論學稱王文成，其《讀文成集》一詩甚尊述之。又《贈吴街南》詩云：「前此十年贈我文，勉以性學殊殷勤。余耽象數慚躬行，未敢於道稱有聞。噫嘻古聖不可作，遥遥墜緒宗閩洛。姚江後起成代興，承流末學貪彈駁。原其初旨因救時，矯枉過正誠有之。拔本塞源議良是，《詩》、《書》、《禮》、《樂》原非支。即如程門譏玩物，讀史何嘗廢佔畢。作字甚敬諱求工，不聞藝累周文公。古人立言意有在，後儒沿説生拘礙。自非淹貫識根宗，學術何年泯異同。吴子談道離窠臼，翻然一洗諸家陋。又咀六籍包群英，書法鍾王追篆籀。闡義期教俗尚移，《禮問》能疏馬鄭疑。坐言起行歸實用，讀書論世尤恢奇。我於吴子未能窺涯涘，但見吴子之學未有止。著書不肯名一家，庶幾討論求公是。行誼弗媿祖洲甥，名理姑山出藍矣。指授不欲忘淵源，家學時稱夢華子。」云云。其《贈魏在湄先輩》一詩，述黄河神金龍四大王謝緒事，略如今人所言，首云：「憶我方成童，道古慕黄耇。宿學陳蘧人，忘言交握手。爲言金龍山，授經人不朽。」後云：「吾懷蘧人言，今見蘧人友。」然則其事信然也。

姜貞毅卒葬宣州，其子兹山將歸萊陽，瘞其遺齒凡二十有四，遂遷母櫬來敬亭。定九爲作詩，末云：「兩事皆義起，質俟良不孤。仁至斯義盡，禮俗焉能拘。寸心求所安，古今成斯須。至性苟無存，豈得爲通儒。」

王叔明號香光居士，在董玄宰前。見吴兔牀《拜經樓詩話》、僧雪江《蘿壁山房記》。

毘陵管韞山侍御著《漢學説》，末云：「同里孫觀察星衍本以詩鳴，駸駸入古人之室。緣少通《説文》、小學，忽去而説經。爲漢學有不尊奉鄭氏者，骍面戟手而與之争。如《尚書》、《大學》，開卷以『稽古』爲『同天』，以『格物』爲『來物』，皆與同時諸老宿百辯而不屈者。余未嘗與辯，而心不以爲然。著是説以糾其失，又竊取韓稚圭終身未嘗與永叔言《易》之義，不必示孫，亦以息争端而全交道也。」余寄侍御孫孝逸明府繩業詩二首，其一云：「侍御當朝傑，清名鶚立偏。文章僵籍湜，風節並曹錫寶錢澧。温厚《停雲》什，憂危厝火編。迢迢詩史筆，未盡衆人傳。」第五句蓋指此事。

韞山試江寧，客有勸謁袁簡齋者，賦詩云：「耆舊風流屬此翁，一時月旦擅江東。寸心自與康成異，不肯輕身事馬融。」是時毘陵人士多能自重，如張皋文、吴仲倫、惲子居，皆不肯游其門，而洪稚存、黄仲則雖與過從，亦未嘗列北面。蓋邵叔宀、盧紹弓兩君師資之功遠矣。

康熙乙酉南巡，旨下浙江布政使郎廷極，取秀水朱昆田所輯《三體摭韵》録呈，且有「鈔寫不妨多人，旬内即繳」之諭。昆田里人陶越客郎幕，言取書其家，即飛騎亦須二三日，因詢之府學訓導朱彝爵。蓋昆田之叔，果得此書，命四人分寫，而陶校勘其舛訛。值回鑾，遂以進。越記其事。予借此書於汪西村明經所，然所采未盡的確。如侵韵引「良史記王箴」，謂鄭谷詩，然考《全唐詩》中無之，即《韵府》箴字韻下亦不收。以此類推，恐須考索者尚多也。

古戒酒詩多矣。偶見李忠定一篇，有會於心，欣然録之。詩云：「吾初不解飲，涓滴莫下嚥。自從遊宦來，稍稍頗稱善。譬猶怯懦士，習慣亦能戰。作氣欲吞敵，賈勇乃求殿。迂愚嬰重釁，飄泊旅異縣。懷家路迢迢，惜春花片片。澆春欲千鍾，燕客畢九獻。浩如鯨吸川，無那壺浮箭。歡然偶過量，淺狹誠易見。嘔咽九藏翻，昏瞀兩目眩。宿酲味尤惡，累日不欲膳。吾生如浮漚，急景若奔電。學道貴清虚，爲文欲精鍊。胡爲事杯杓，毋乃廢筆硯。先生一石醉，待詔三升戀。枕麯與藉糟，自汙何足羡。從今梁溪翁，無復醉鄉願。」

忠定有《泛碧齋詩序》，謂「閩谿類多湍瀨，小舟詰屈行亂石間，稍大則膠。獨沙陽不然，溪平緩，無灘聲者幾十餘里。縣故有舫，焚於雷火，因不復置。迨今八年，清流如席，可泛可濯，坐視莫爲，非缺典耶？予謫官來此，暇日爲邑中同僚道其故。不旬日而舫具，華麗宏壯，有浙舸之風，名之曰『泛碧齋』。相與置酒以落成，移舟中流，沿泝輕駛，四顧溪山邑屋之美，欣然忘歸。而去國流落之感，得暫釋焉。因賦詩四韻以紀實，序而刻之，使後人知是舟之設自吾徒始，尚勿毀云。時宣和二年孟夏武陽李綱序。」詩腹聯云：「媿煩斷取西湖景，暫慰傾思北闕心。」

伯紀《次韻丹霞録示羅疇老倡和詩》云：「頓如草木芽，荄核已完具。又如大明鏡，色象悉陳露。漸如雞哺雛，羽翼勞覆護。又如苗成實，非一朝夕故。」蓋深通禪理者。後又云：「乃知費千談，不若行一步。」則其所得深矣。

伯紀《讀天隨散人歌詩》末云：「三高名配范與李，散人雖散原非癡。」按「三高」乃范蠡、張翰及龜蒙也。云李未聞「詠貴州」二首，此「貴州」乃廣西之貴縣，故云「光風苒苒吹香草，烟雨濛濛濕荔支」，非今貴州也。《得家書報長子房下生男時在雷州著易傳適至震卦因名曰震》詩云：「洊雷名震因觀《易》，他日趨庭使學《詩》。」《清明日得家書》句云：「海嶠無春色，江湖有戰聲。」《題文與可墨竹》注云：「與可每畫竹，不令東坡見，恐得其法也。坡嘗問以己畫何如？與可曰：『公所畫棘鍼法耳。』坡聞之，輒大進。」

范石湖有《輓羅汝楫》、《上湯思退》、《送洪景盧》諸詩，又有《送汪聖錫侍郎帥福唐作》云：「道義平生無捷徑，風波隨處有虛舟。」意其人固在通介之間乎？

石湖《入分宜》詩云：「新喻渡無橋，分宜橋有闌。孰與兩徼吏，賢否已判然。堂上著威信，四郊如目前。入國政可知，茲焉略闚觀。」蓋知静江府時道經西江作也。

李海帆方伯《峩邊紀事詩》一卷，情事悲愴，風骨沈雄，五言尤似老杜。如「野草鋪殘雪，空江滚斷冰」、「功名吾輩老，身世故鄉親」、「乾坤逢杪歲，勳業屬枝官」、「大隊平戎易，孤城抗賊難」、「劍氣淩晨動，笳聲入夜多」、「安邊須善策，壯志莫蹉跎」、「裹糧過赤水，束馬上青天」、「地險遲文報，山高困馬行」、「穿厓成鼠穴，挂壁學蜂窩」、《夷巢》。「跳梁殊得意，知否有天戈」、「斗柄原朝北，江流不向西」、「蠻人多反覆，勿使噬吾臍」、「路從三面合，關儘一夫當」、「大旆馬蕭蕭，官兵氣頗驕。雕弓彎滿月，羽箭響驚飇」、「自古功勳就，全憑士卒和」、「狖冷愁扳木，雕飢怒瞰人」、「地僻宜無徑，春深亦自花。隔牆桃正放，紅白各成家」、《李花》。「仰攻原下策，虚搗亦雄師。所向真無敵，其亡詎可追。羽書頻報捷，道路轉驚疑」、「久漸通蠻語，閒偏悉虜情」、「料敵操全算，匡時建老謀」、「涕流無事日，誰似賈長沙」、「邊民猶水火，諸將已風雲」、「地險誰能見，天高那易聞」、「上方如有劍，吾欲斬妖氛」、「救民心第一，不在立奇勳」、「石徑高於屋，人從屋上行。日斜沈雨氣，山斷走江聲」、「但求工粉飾，疇復憫瘡痍」、「腐儒情慷慨，孱將語支離」，皆仰攀李、何，足爲浣花嫡嗣。其七言如「大野風霜懸虎帳，寒宵燈火讀龍韜。不信從戎心力瘁，請看邊雪上顛毛」、「十年作宦無知己，千里傳書有故人。熱水四時常似夏，涼山一歲不知春」、「寶劍腰懸求國士，黄金手散練鄉民。益州詎可無嚴武，河内還須借寇恂」、「青紫事輕蒼赤重，莫忘身是讀書人」、「一道凍雲盤戰壘，千山密雪灑旌竿」、「宵深虎帳青燐滿，曉霽龍沙白骨寒」、「苦爲邊民除寇患，殺傷如許亦心酸」、「路折羊腸臨絶壑，人扳馬尾上孤厓」、「戰鼓聲停萬里呼，連營吹角曉烏烏」、「高牙似雨排山麓，大帳如雲塞路衢」、「秣馬坐消糧百斛，椎牛日耗酒千壺」、「雲横雁磧朝乘障，雪暗龍堆夜斫營」、「沸鼎游魚雖暫脱，焚巢旅燕尚無歸。百年骨肉生前割，兩地神魂夢裏飛」、「古洞雲來都化水，炎天客到陡生寒。苦勸征人行不得，鷓鴣聲裏出山難」、「忽山忽水皆奇境，俄雨俄晴有别天」、「飛雲立水無窮態，思鳥哀猿不斷聲」、「窄徑鳥呼泥滑滑，亂墩石似冢纍纍」、「莫戀錦城遲啓節，邊民景象太蕭條」、「不是朔方張總管，莫教輕築受降城」、「半畝園林廛市外，一春花鳥夢魂中」、「爲文笑比麒麟楦，禦武慚加獬豸冠」，皆清切可誦。

蘄州陳愚谷工部詩學問淹博，著有《楚北文獻録》，今在陳小舫孝廉家。予屢索觀，未見借也。江陵劉南赤選拔士璋有《贈愚谷》詩云：「迹搜全楚徵文獻，碑拓荒原溯漢唐。」正謂此事。陳喜談經術故事，不甚禮接後進，屢主講院，人士頗厭苦之。南赤贈詩第二首所云「青衿雅飭宗胡瑗，絳帳尊嚴薄馬融」者，蓋謂此。劉有《三湖漁人集》，其全詩云：「遠志高懷未可量，立功何似立言長。迹搜全楚徵文獻，碑拓荒原溯漢唐。少日便成通籍懶，頻年只爲著書忙。在山泉水清如許，肯使泥沙暗裏藏。」「五載荆南作寓公，一時才俊並趨風。青衿雅飭宗胡瑗，絳帳尊嚴薄馬融。少友陪尊惟我在，大名驚座更誰同。江城回首瞻韓早，二十年前姓字通。」兩詩皆典雅可誦，惟「陪尊」二字尚待考。陳係乾隆戊戌進士，與同年章實齋典籍共修《湖北通志》，故其學具有淵源。劉爲吾鄉吳稷堂侍郎督學時所賞，劉有《弔鍾祥吳氏詒園》五言四韵詩十章，其目爲亦山、纂言書屋、知樂堂、消夏軒、映雪閣、培桂亭、藏雲洞、得真館、迎春廊、薈景樓。序云：「園落成於壬子，予以癸丑春假館，居此五年。歸後數月，於戊午春聞其已罹寇焰，蓋嘉慶初白蓮教匪之役，各省俱被患云。」劉又有《監利柳仙翁傳》，事頗奇，問之友人王螺邱及潘子尚孝廉，俱不知。可見此邦士習之淳樸。文見《富猗樓集》中。「富猗」者，謂富於猗頓也。然截去「頓」字，似不妥。

吳穀人祭酒詩集有《梁山舟先生比酒人爲發酵饅首與項秋子賦詩見貽予亦繼作》題，詩云：「春風一紙來，霍然蘇病肺。殷勤藥石言，意乃爲我輩。平生無他腸，謬辱麴生愛。支撑小家屋，思與大户賽。潛師入腹心，負痛夾肩背。是惟本既虧，遂令中欲潰。譬之起酵法，和麪濾成塊。籠蒸作其氣，外盛耗於内。肥皮漲膨脝，密孔攢細碎。以此論腑臟，菁華懼先刈。空洞失所憑，不疾心亦痗。奈何沈湎徒，至死弗知悔。連岡松柏聲，風雨發感慨。糟邱步兵鍤，米汁彌勒袋。幾個土饅頭，中間酒人在。誰與身後名，尊俎奉百代。所嗟藜藿餐，略要藉沾溉。摩挲小人腹，斟酌君子誨。舟非以溺藏，食豈因噎廢。剛制謝不能，柔克期勉逮。不爲法士拘，亦不俗客耐。呶呶戒醉言，僛僛懲舞態。提壺春鳥呼，問字門生載。禮飲或庶幾，三爵油油退。」

盧雅雨運使愛才好士，晚年以事不獲考終。寳應王少林嵩高，其門下士也。《德州感事》詩云：「豈昧垂堂戒，其如筦利權。生還猶壯歲，遺憾到衰年。」此與隨園之「潘岳閒居竟不終，褚淵高壽真非福」用意同，而詞較藴籍矣。

錢文端少游津門，有《津水早春詞》，高宗屢和之，見聖製詩集。其曾孫衎石比部述於詩注。又衎石《和文端元日》詩云：「鄉哲流傳誦諫書。」注云：「事見袁大令子才撰先公神道碑，同邑朱梓廬明府丈亦言之。」

《哀扇工歌》：《梅磵詩話》云：此詩乃吴興沈作喆明遠所作。沈以此擬怒洪帥，魏道弼捃深文劾之，坐奪三官。其後從人使虜，韓南澗無咎贈以詩云：「但如王粲賦《從軍》，莫爲班姬詠《團扇》。」蓋有意也。「黄州竹扇名字著，纖扇供官困追捕。使君開府未浹辰，欲戴綸巾揮白羽。新模巧製旋翦裁，百中無一中程度。犀革鎸柄出蟲魚，麝煤熏紙生烟霧。蕺山老姥羞翰墨，漢宫佳人掩紈素。衙内白取知何名，帳下雄拏不知數。供輸不辦箠楚頻，一朝赴水將誰訴？使君崇重耳不聞，嗚呼何以慰黎庶？聞道園家賣菜翁，又説江南打魚户。號令亟下須所無，官不與錢期限遽。歸來痛哭辭妻兒，宿昔投繯挂枯樹。一雙婉婉良家子，吏兵奪取名爲顧。弟兄號叫鄰里驚，兩家吞聲喪其嫗。死者已矣可奈何，冤魂成群空號呼去。殺人縱慾勢位尊，貪殘無道天所怒。邦人蓄憤不敢言，君其拊馬章臺路。」厲太鴻云：「韋居安亦吴興人。《梅磵詩話》云：『《哀扇工》詩不傳，今從《清波别志》檢得無名子《哀扇工歌》一首，當即是沈詩，佚其姓名爾。』陳直齋云：『《哀扇工》詩罵而非諷。』今讀之良然。仍以還沈。」椿按，太鴻所考訂是已。沈詩語雖淺露，然其體却是規倣香山新樂府而作。香山作於元和初，憲宗尚能容之。而區區一漕帥乃以怒其屬，亦隘甚矣。太鴻顧引直齋之言非之，何耶？韋氏又云：「洪有士子，與寓山往來相欸狎。一日清晨來訪，寓山猶在寢，遂徑造書室，翻篋中紙，詩稿在焉。由是達魏之聽。」直齋語見其所著《吴興氏族志》。直齋謂此詩「罵而非諷，非言之者罪也」。按古所謂「言之者無罪」，乃指聽《詩》者而言，非指作《詩》者。不然《小雅》之言過訐者多矣，聖人何以謂之「可以怨」，而史公亦曰「《小雅》怨誹而不亂」者，何哉？言者若謂指洪士子，則告訐之事，中人以下所不肯爲，此豈可謂「無罪」？直齋之言，無乃過矣。

皮日休《九諷系述序》云：「昔屈原既放，作《離騷經》，正詭俗而爲《九歌》，辨窮愁而爲《九章》。是後詞人（攈）〔摭〕而爲之，皆所以嗜其麗詞，撢其逸藻者也。至若宋玉之《九辯》、王褒之《九懷》、劉向之《九歎》、王逸之《九思》，其爲清怨素艷，幽快古秀，皆得芝蘭之芬芳，鸞鳳之毛羽也。然自原以降，繼而作者，皆相去數百祀，足知其文難述，其辭罕繼者矣。大凡有文人不擇難易皆出於豪端者，乃大作者也。揚雄之文，丘軻乎而有《廣騷》也；梁竦之辭，班馬乎而有《悼騷》也。又不知王逸奚罪其文，不以二家之述爲《離騷》之兩派也。」《唐文粹》卷十一。

乾隆初，錫山顧星五奎光選金、元詩，其卷首采戴帥初、宋顯夫兩絶句，最能感人。戴云：「牡丹紅豆艷陽天，檀板朱絲錦色箋。頭白江南一尊酒，無人知是李龜年。」宋云：「街頭父老髮垂肩，扶杖支頤話可憐。粔籹不甜寒具小，風光那似十年前。」前首有故國之思，後首有人事之感，俱可謂言近旨遠矣。

友人何書田其偉詩律清妙，善學放翁。其七言佳句甚多，如云：「古有神農多上壽，世無扁鵲用中醫。」「静樹風摇難遂志，單牀被冷共含愁。」「妻孥墓草青於薺，兄弟顛毛白似鷗。」「難非苟免君恩大，文不輕爲古法嚴。」《讀方望溪文集》。皆得劍南佳處。其《丁酉秋病中遣悶作》云：「半世殺人宜歐血，全家哀死倍增愁。」自注：「猶子昌祚新亡。」句非不奇，嫌其太狠。予少時過南昌鐵柱觀，有句云：「人可殺神才必大，仙猶作吏福能消。」前輩及友人或亦稱之，惟王惕甫學博以爲此乃近世才人語耳，殊傷品格，不足爲工。予竊韙其言，自後遂不復作此等語。然以此意質諸他人，殊不易索解。書田從惕甫遊最久，甚重其言，顧猶有此，豈少友生切磋之益耶？

衎石《荒池》詩：「前修善題品，池沼妙於荒。」注云：「本陳眉公語。」

人言工考訂者多不能詩，如曲阜桂未谷馥《送周進士永年》詩云：「下士昧講授，衮衮多歧途。氣勝角猛獸，身後同枯魚。君乃崇實學，群言歸掃除。經術探理窟，百氏如貫珠。中立障狂瀾，心苦道何孤。寂寞三十載，騎驢京華趨。一舉擢高科，對策匹江都。聲名動日下，君心沖若虛。脱然返故鄉，惟載滿船書。徂徠山色好，獨往置田廬。石室數萬卷，願爲後人儲。傳之得其人，猶勝兒孫愚。來者未可知，此心與之俱。我亦遠塵世，懶曳侯門裾。幸免婚嫁累，將依守道居。名理共涵濡，疑義相爬梳。山空歲月閒，可以息微軀。送君千古心，尊酒空踟躇。」又《悔過》詩云：「狂簡不知裁，獨學苦無師。過眼書萬卷，紛紛亂如絲。何者爲我有，浮雲隨風飛。穿珠不引綫，千手難把持。三軍帥無主，烏能定群疑。大哉夫子訓，道一以貫之。」此詩極有見地。其《惜才論》曰：「今之才人好詞章者、好擊辨者、好淹博者、好編録者，皆無當於治經。胸中無主，誤用其才也。」此其言豈不可謂廓然大公哉！後世之士，不可以其生平好言考據而輕忽之。

南宋詞家，白石如老杜，玉田如太白，稼軒如退之，夢窗則義山也。

二米父子皆能爲小詩，然後人但稱其書畫而已。元宇文僉事公諒《題海岳後人烟巒曉景圖》云：「米家父子擅名流，一紙千金未足酬。本與蘇黄爲後進，豈知章蔡是同游。」予謂此竟是元章定論。

龍陽黎松壽，字子赤，號彦白，雲屏觀察丈之四子。所著《小隱山房詩草》，古詩學漢、魏，近體摹唐人。惜年二十七遽卒。其《雜感》云：「龍門百尺桐，緑葉分蕤蕤。安得如桃李，灼灼美人姿。鶯聲麗皎日，絃歌艷春時。丹鳳自天來，却在碧梧枝。」託意自高。《山居晚眺》云：「風沈谷尚音，霞散采猶絢。」有六朝遺韵。近體如「池魚晚更出，林鳥晝先鳴」、「青山餘落日，芳草亂春心」、「水合雙江壯，山分萬馬來」、「年華空自惜，吾道復如何」、「野花寒暮色，高隼見秋心」，皆佳。而《月下讀李長吉詩》一章，首云「海月瀉光滿平地」，後云「月色若死嫦娥睡，鬼風旋轉枯葉飛，深箐颼颼走山魅」，造語絶似長爪生，亦早夭之讖。

黎子壽字惠泉，號稚夫，子赤弟。早慧，年十八卒。所著有《挹翠山房詩草》。《玉臺晚眺》云：

「江流雲夢遠，秋色洞庭來。」雄渾老成，不類夭折者。昔阮亭稱費此度「大江流漢水，孤艇接殘春」，以爲「十字堪千古，何爲失此人」，予於稚夫亦云。其贈桂都督長律，落句云：「公今垂睿想，臨險莫辭身。」語從杜出，而意又進。

少穆尚書自雲、貴謝事後，以病暫寓西江百花洲，寄詩一卷，屬爲加墨。其詩語多紀實，又皆立言有體，德人之辭。昔人所謂「公誠之心，形於翰墨」者，如是，如是。其《哭故相王文恪公》云：「衛史遺言成永憾，晉卿祈死豈初心。」可謂詩史。又《乞疾歸留别滇南吏民》云：「霜侵病樹憐秋葉，風勁邊城淡夕暉。」妙於言外見意。又次《寄贈》詩韵二律云：「雪窖投荒荷賜環，勞薪依舊歷塵寰。籌邊乏策慚持節，郤病無方合閉關。敢喜雁門蹐漸復，終愁虎旅技誰嫻。歸田轉幸無田好，豈必桑麻十畝閒。」「憶别南樓越十春，詩來喜我被恩綸。誰知按部青門日，已是頹顔白髮人。害馬縱經袪六詔，嗷鴻猶記憫三秦。指丙午撫陝事。多君新著《潛夫論》，移粟江湖爲恤民。謂近作《續運川米議》。」予答寄一詩：「百花洲上小徘徊，誰信貞臣萬里回。霄漢翱翔黄鵠复，江湖迢遞白鷗猜。詩從劍窟刀叢出，人自冰天雪窖來。我似草堂知上相，八閩無地起樓臺。」宋魏野自號草堂居士。

（吴忱、楊焄點校）

諸家論詩偶録

諸家論詩偶録提要

《諸家論詩偶録》不分卷，據上海圖書館藏稿本點校。稿抄於方格紙上，原無署名。凡十五則，其末則下署一「椿」字，其中九則爲姚椿《樗寮詩話》刊本所有，文字亦同，而餘六則爲刊本無。知爲姚氏所作，似爲《樗寮詩話》之初寫本，抄議各家之論，時尚未起著述之念也。其後另抄有沈德潛《古詩源》序、《唐詩別裁集》原序、《古詩源》例言等三篇，可見姚氏服膺歸愚詩學之跡，今不録。

諸家論詩偶録

姚椿撰

陳其年序許九日詩云：「詩莫盛於今日，亦莫衰於今日惟極盛所以爲極衰也。數十年來，陳黄門虎踞於前，吴祭酒鷹揚於後，詩學復興，天下駸駸盛言詩矣。然上者飾冠劍，美車騎，遨游王侯間。次者單門窮巷之子，竊聲譽，博酒食，沈約、江淹，割裂幾盡。甚者銅丁花合，刺刺不休焉。求其涵泳乎性情，禅繫乎治術，纏緜婉篤，鼓動飛潛，何未之概見也。」又與宋尚木論詩書云：「自流浪戎馬，糾纏疾病，幽憂瞀亂，無所不至。又嘗涉歷乎人情世故之間，因之浸淫於性命述作之事，益知詩者，先民之所以致其忠厚，感君父而饗鬼神也。獨是心慕手追，在雲間陳、李賢門昆季、婁東梅邨先生數公已耳。近益與萊陽姜垓、錢唐陸圻、吴縣葉襄、同郡龔雲起、任元祥，研闡體格，簡練音律，深歎詩家淵源，良有定論。五言必首河梁、建安，七言必首垂拱七子，以及高、岑、李、杜。五律貴宗王、孟，七律善學維、頎，長律沈、宋最擅其場，絶句王、李獨臻其勝。要期深造，務協天然，而又益之以風力，極之以含蕴。《禮》不云乎：『温柔敦厚而不愚。』則詩之爲教盡矣。雖然，諸體搜揚，庶幾無負。七言堂奥，可更深言。夫詩一貴於境地，二貴於音節。音節圓亮，七律便屬長城。境地縹緲，七古乃爲合作。昔者仲默《明月》一叙，深慨長歌一道，杜陵不如四子。僕初守此議，竊效季路終身，既而思之，疑有未盡。必也静如玉潔，動若璣馳，徘徊要眇，便娟依遲，譬之大海安瀾，瀠瑩皎徹，明鏡如拭，千里一色；繼則魚龍夭矯，珊瑚絡繹，鮫人怪物，波委雲屬，于其際；卒之江妃一笑，萬象杳冥，老子猶龍，成連移我矣。若夫七律起伏安頓，承接照應，八句之中，情事互宣，七字之中，波瀾莫貳，忽然而始，不知所自，卒然而止，不知所往，抑揚濃淡，反覆悠長。要而論之，七律之佳者，必其可歌者也。其不可歌者，必其音節有不安也。游魚出聽，牧馬仰秣，又何爲哉？是以僕於七律，一忌拗韵，恐傷氣也。一忌和韵，恐傷格也。一忌七言排律，恐傷篇法也。凡此數者，恪守高曾，奉爲禘祫。足下聞之，頗以爲然否？」上龔芝麓書云：「幹之以風骨，不如標之以興會。」與張芑山書云：「文章以心術爲根柢，德行以藻采爲鋒鍔。穢如揚雄，雖沈博絶麗之文，定屬外篇。潔如陶潛，則閨房情致之賦，不妨極筆。」語皆透宗。

吾家惜翁稱詩，力主正聲。其與張荷塘論詩云：「薰蕕非同根，鵷鴟豈竝處。欲作古賢辭，先棄凡俗語。青巘萬仞立，丹鳳千里翥。寶氣出山川，芳華出霧雨。快此大美聚，亦使小拙嫵。淺易詢竈嫗，險怪追虬户。焉知難易間，横縱入規矩。小黠弄狡獪，窺隙目用鼠。不知虎視雄，一嘯風林莽。嘵嘵雜市井，喁喁媚兒女。至言將不出，曩哲遭腹侮。謂獲昔未聞，頗疑今者愈。嗟哉予病耄，奈此衆簧鼓。絃上矢難留，蓄憤終一吐。不期得吾心，君先樹幟羽。將掃妄且庸，略示白與甫。病几偶對論，陽氣上眉宇。東南百俊彦，解者未十五。寡和君勿嫌，終世一仰俯。有得昔幾人，屈指君試數。」翁一生論詩宗旨，大略具是。此論在今日不難，乾嘉之間則爲獨持風氣矣。

管韞山侍御世銘試江寧時，客有勸謁隨園者，管賦詩云：「耆舊風流屬此翁，一時月旦擅江東。寸心自與康成異，不肯輕身事馬融。」是時毘陵人士，多能自重。如張皋文、吴仲倫、惲子居，皆不肯游其門，而洪稚存、黄仲則，雖與過從，亦未嘗列北面。蓋邵叔宀、盧紹弓兩君師資之功遠矣。盧鄭從南郡，根矩謝北海，所謂各行其志。至趙邠卿又是一説，大約所見與盧鄭同。蓋當時書籍艱購，不若今之可自得師也。

王梧溪逢曰：「凡作詩，忌俗欲清，忌熟欲生，忌肉欲骨；前一語尚易，後二語尤難。骨去露，生去怪，清去薄。本之六義，參諸經史百氏，詩道備矣。」此真名言，前人未有表出之者。《梧溪集》卷五。

乾隆初，錫山顧星五奎光選金元詩，其卷首采戴帥初、宋顯夫兩絶句，最能感人。戴云：「牡丹紅豆艷陽天，檀板朱絲錦色箋。頭白江南一尊酒，無人知是李龜年。」宋云：「街頭父老髮垂肩，扶杖支頤話可憐。粔籹不甜寒具小，風光那似十年前。」前首有故國之思，後首有人事之感，俱可謂言近而旨遠矣。

仁和沈韞山大令赤然，少與吴穀人祭酒同學。其《感懷》詩云：「烏雛牛犢尋常物，總覺吾身盡不如。」《視水漲》云：「不知茅屋淚，何似長官心。」《苦旱》云：「拯災自古無良策，入告於今即好官。」《秋懷》云：「文字不肥寒士骨，風霜難白貴人頭。」其言皆惻然動人。

宋喻良能《唐詩評》云：「杜子美如司馬温公，自是三代以還第一等人，無毫髮可議。韓退之如藺相如、顔平原，雖死而千載凜凜，尚有生氣。李太白如謝安石，雖身紆朝紱，而志在林泉，或携伎自娱，不拘小節，要之蕭然有出塵之姿，自不可掩。按此下有缺文，疑云「柳子厚如揚子著書」云云，然無可考，當俟它本證之。揚子著書，悔其少作，韜藏掩抑，不願人知。皓鶴沖天，閒鷗戲海，回視前日，殆如烏鳶攫肉、鳩鵲爭巢，蓋不啻糞壤耳。孟浩然、王維、韋應物，如志和霅水、和靖孤山，雖未能追蹈高隱，要不爲俗氛所蔽。白樂天如公羊傳經，羽翼聖道，根本教化，然其失也不能不俗。杜牧之如荆卿匕首，子房鐵椎，豪健勇決，吁，可畏也，其駭人也。孟東野如翳桑餓人，形影相弔，悲鳴憔悴，有辛酸可憐之狀，亦不能不爲之惘然動心。李長吉如汲冢古書，茫然異物，雖環詭奇怪，動人耳目，然莫能名狀，不知其適用否也。」按諸評多以人喻詩，頗能曲中。評見顧脩遠宸《宋文選》卷六十一。厲樊榭《宋詩紀事》卷五十一載：「良能，義烏人。紹興廿七年進士，補廣德尉，累遷工部郎官，出知處州，奉祠歸卒。有《香山集》。」

紀河間有《石匣城》詩，題下注云：「城旁有石形如匣。」詩云：「雉堞枕山岡，創建自明季。桓桓戚將軍，築此控三衛。迄今百餘載，甌脱銷烽燧。兵戈百戰後，久作桑麻地。我來陟陂陀，四顧度形勢。丘垤互起伏，了無險可恃。云何一孤城，能捍萬突騎。使我生當年，與聞軍國計。據今之所見，寧不沮其事。乃信鷃與鵬，大小智果異。事後細推求，尚不喻其意。烏可據詩書，慷慨談經濟。高陽孫相國，兵略世無二。遺書百八叩，紙尾親題記。云人讀我書，猝叩皆能對。是有應變才，可馭熊羆隊。如其俟思再，即非將帥器。不如守一經，循分研文字。偉矣賢者言，書紳其永佩。」按文達之言，爲趙括、馬謖一流喜談兵者戒，可謂痛切。《明史・孫高陽傳》不詳「遺書百八叩」語云何，《藝文志》有《高陽奏議》三十卷，文集十八卷，當求其書觀之耳。

河間《題張南華夏木清陰圖》：「麓臺先生吾未見，少年猶識南華翁。當時畫迹家家有，視之亦與尋常同。東山夫子今北苑，乃獨心折於此公。謂其繪事有懸解，千變萬化猶神龍。不離法亦不立法，意之所到無畦封。即一題署一跋識，不求工處天然工。衹恐雲烟一過眼，百金一紙求無從。星霜荏苒五十載，老仙已返東海東。日久論定始見貴，位置擬入神品中。僉曰妙在六法外，追黄公望淩王蒙。惜哉縑素日零落，贋本雜出真稀逢。畫家欲作無李論，辨别往往煩南宫。」按天扉異才神授，以三絶受高宗知遇。吾鄉涇南司寇與通譜牒。每至涇南邸舍，值其他出，輒命奴子邀入書室，酒一壺，蔬果一二器，置佳紙筆硯，天扉輒隨意作詩畫，興罷而去，不問主人也。涇南最以和詩敏速，爲上所眷。天扉出而過之，於是涇南乃薦。沈歸愚宗伯以爲詩貴苦吟，然上之眷天扉不衰，而歸愚後選《國朝别裁集》亦盛稱天扉經筵法誡詩，爲有所規勸云。

少時嘗見南華詠物詩一册，以爲敏妙絶倫。後乃見其全集，是散見各卷中者，非專刻也。其工緻處，殊非人力所及。它人雖或句意精鍊，以視天然之妙，失之遠矣。

裘叔度尚書得宋墨妙亭斷碑硯，爲贊且銘。其銘曰：「吾於東坡，不師其經濟，而師其文章。吾於陽明，不師其學術，而師其事功。」紀河間引其語以入詩云：「兩公卓犖天下士，平生學問皆與閩洛殊淵源。古來豪傑各有見，安能一一俱以繩尺論。黄龍紫鳳自上瑞，寧知摩天浴海尚有鵬與鯤。輪攻墨守各師説，宋明兩代紛囂喧。惟公曠世具巨眼，掃除門户存公言。乃知此硯出有意，將以乞公一字爲平反。」按裘、紀二公，俱非講學家，其言固不必深論，然既云公言，則有不可不辨者。裘銘於東坡，既分文章經濟爲二，而以陽明之學術、事功，歧爲二事，則其説又豈無可疑乎？昔聞前輩云：裘文達以本朝四聖儗西漢，東劉擬汲長孺，南劉擬公孫宏，傅忠勇擬衛青，秦大寇擬張湯，而自比東方朔。

其言亦不無可思者乎。

紀詩又云：「中間莘老頗異趣，當年調笑王孫猿。姓名偶得挂石角，有如蒼蠅附驥千里奔。公能置之不論不議列，想見胸中雲夢八九吞。」按孫莘老爲胡安定弟子，與伊川、温公相善，故云「異趣」。然其人經術湛深，論議純正，乃卓然自立之士，非依草附木者比。河間非之，毋乃過與？此所以晚年不欲自存其詩，而子弟顧不知其旨趣，爲可慨也。

趙秋谷論樂府云：「古樂府須知其題意，明其比興，使氣味音節皆得古人之致，可矣。其詩有轉韵、一韵、長短句、近體、絶句之不同，不可選也，須細會之。」「新樂府皆自製題，大都言時事，而中含美刺，所謂言之者無罪，聞之者足以爲戒。此詩家真實本領，近代名公亡之久矣。亦宜全讀，不必選也。其體同古樂府，少近體，讀少陵所作自見。」「漢人歌謡之采入樂府者，如《上留田》、《霍家奴》、《羅敷行》之類，多言當世事。少陵所作，題雖異於古人，而深得古人之理。元、白以後，此體紛紛矣。總而言之，制詩以協于樂，一也；采詩入樂，二也；古有此曲，倚其聲爲詩，三也；自製新曲，四也；擬古，五也；咏古題，六也；並少陵之新題樂府而爲七，古樂府盡此矣。唐末有長短句，宋有詞，金有北曲，元有南曲，今有北人之小曲、南人之吴歌，皆樂府之餘裔也。樂府不難知，而今人都不解，請具言之。太白祖述騷雅，下逮梁陳，七言無所不包，奇之又奇，而字字有本。諷刺沈切，自古未有也。後人宜以爲法。樂府本詞多平美，晉、魏、宋、齊樂府取奏，多聱牙不可通。由樂人於不合宫商者，增損其文，又或有聲無文，聲詞混填，至於不可通者，非本詩如是也。李于鱗乃取晉、宋、齊、隋《樂志》所載，截而句擬之，生吞活剥，謂之『擬樂府』，而宗子相所作，全不可通。陳子龍效之，讀之使人失笑。王元美論歌行云：有奇句奪人魄者，直以爲歌行，而不知其爲擬古樂府也。樂府詞體不一，漢人承《離騷》之後，故歌謡多奇語。魏武悲涼慷慨，與詩人不同。而史志所載，亦有平美者，班婕妤《團扇》、《青青河畔草》，皆樂府也。鍾伯敬承于鱗之説，遂謂奇詭聱牙者爲樂府，平美者爲詩。至謂古詩某句似樂府，樂府某句似古詩，謬之極矣。」「古來言樂府者，惟《宋書》最詳整，其次則《隋書》及《南齊書》，《晉書·樂志》不及也。郭茂倩《樂府詩集》爲詩而作，删諸家樂志，作序甚明白而無遺誤。作歌行樂府者，不可不讀。」《聲調譜》論例。

《聲調續譜》采子建《怨詩行》一首，「明月照高樓」篇，每四句爲一解。論云：「樂府惟漢魏中著解者多，蓋樂府自《三百篇》出，一解猶風雅中一章耳。大都不著解者，通爲一章，意句不得重複，前後綰應森細。著解者，詞意循環相生，如我之棄婦詞，第二首亦可四句爲一解也。」

古樂府以太白爲極則，以遺山爲復古。新樂府以少陵爲開山，以香山爲嫡嗣。椿。

買春詩話

買春詩話提要

《買春詩話》一卷，據道光咸豐間歷城馬氏刻本點校。撰者馬國翰（一七九四——一八五七），字詞溪，號竹吾，山東歷城人。道光十二年進士，官至陝西隴州知州。有《玉函山房全集》。馬氏以《玉函山房輯佚書》聞名。此一卷説詩，篇幅不大，談古論今，略無宗主。如謂漁洋《秋柳》詩乃寓弘光南渡君臣「衰弱如秋柳」之意，常州錢棨溪自篆圖章云「隨園身後弟子」之類。無序跋，記事署年多在道光十年前後。今按生卒年姑置於此。

買春詩話

歷城馬國翰竹吾甫

王右丞之「雨中春樹萬人家」，杜紫薇之「深秋簾幙千家雨」，司馬温公之「黄梅時節家家雨」，同一寫雨，同用「家」字，而三時之景宛然可繪，且情思體格亦各不同。王以淡遠勝，杜以幽麗勝，司馬以古質勝。宋陳邦善《捫虱新話》有四雨詩評，擬以此補之。

杜工部《别李汧公》詩：「清高金莖露，正直朱絲絃。」本用鮑明遠「清如玉壺冰，直似朱絲繩」語，而以下三字直屬上二字中。與杜紫薇《阿房宫賦》「明星熒熒，開妝鏡也；緑雲擾擾，梳曉鬟也」等句，同一奇勁。視鮑詩「如」字、「似」字，猶未免迹象矣。

韓昌黎《和張侍郎酧鄆州馬尚書被召途中見寄開緘之日師已再領鄆州之作》中有二句云：「暖風抽宿麥，清雨捲歸旗。」蓋從《小雅》「昔我往矣，黍稷方華。今我來思，雨雪載塗」四語中化去，非尋常賦物景也。

京師皇城東燈市最爲繁富，詩人豔咏之。孫國敉《燕都游覽志》載詩甚多。余最愛王驥《燈市曲》云：「若關豐儉應如此，一歲何妨月一回。」頗切民瘼之念。所謂言之者無罪，聞之者足以戒，此類是也。

秀水盛子亨復初著有《且種樹齋詩鈔》一卷，首列《且種樹對客》一首，自序云：「予自乾隆庚辰歲來賓岡州，歷年葺内外書舍，客有謂予曰：『前人種樹，後人乘凉。』予曰：『且種樹。』遂顏其齋，而係之以詩。」其詩云：「客云種樹人乘凉，吾言有地且種樹。但得緑陰成幄能庇人，此身安論去與住。君不見昔時王子猷，借居種竹盈庭幽。主人何人屋何處，子猷佳話今還留。」他詩豪放多類此。涇州趙琴士紹祖有序稱其善談兵，嘗示所編《古陣圖》，于八門六花，詳圖其變曲，暢其説云云。則亦今代奇傑士也。

河津薛昌允號十洲山人。所著《蓼蟲吟》若干卷，先君宦汾時，與文清公全集同得，今惟存續集一卷。詩骨氣傲岸，風格遒勁。佳句如《得陶山暄社丈書》云：「孤行集元灝，獨手擘鴻濛。」《夏日訪丁元祥先生》其二云：「散帙名山雨，披襟活水風。」《歸自絳汾干道中》云：「低鷗浮渡去，迅鶻引人飛。」《贈劉宜之先生》云：「捫山堪入操，移斗可當杯。」《嘉禾樓雨望》云：「毛髮通雲氣，空青滙縠紋。」《寄題華陰王玉質先生手蓉閣》云：「石披秀品緣空入，雲壯奇香繞檻來。」《杪秋絳園謝事歸汾干》云：「春盡蛙鳴池上雨，清秋雁叫樹頭霜。」俱堪諷誦。

德州農女年十五，有奇志，工詩，一里推重之。高宗純皇帝之東巡也，其父率之迎鑾獻詩。時隨駕大臣以卷中有憤激語，抑之，而未達。女悲傷不已，乃作《自傷》詩云：「今日空懷下第傷，龍門咫尺意徬徨。世無知我寧關數，命不猶人自苦狂。安憶龍光安祖舍，痴思恩曜慰高堂。天如明鑑何相阻，空使英雄淚兩行。」吁！以女子而脱盡巾幗脂粉氣習，亦大可佳。然以女子而有丈夫心，假使得志，必爲兩間尤物。其不遇也，殆亦與五角六張之賦命數同奇歟。

雄縣店壁有姑蘇女子李梅題句云：「隨母馳驅出帝郊，長裙拖地瘦纖腰。當年悮把桃夭咏，腸斷燕南十二橋。」二十八字中，性情風度，遇命行程，歷歷可見，是謂傳神之筆。

高留夫先生諱瑾字山顔，歷下知名士，與漁洋、蓮洋諸先生相酬和。著有《藉青書屋詩稿》，藏於家。其族孫宴桃，余弟憲甫之妻兄也，嘗從借得。其詩樸淡真切，不事雕繪。其《歷下春日寫懷雜詩十首和田綸霞先生韵》中有「來尋暫借山間路，坐對相依我輩人」「爲憐李賀吟成血，更羨陶潛耻折腰」之句，襟懷超曠，概可想見已。

章邱朮石髮先生負才名，倜儻不羈，落拓名場四十年，奉母歸山，不復出，時論高之。其《咏破帽》詩有句云：「朮子頭生石髮花。」此其所以自號也。著有《雪鴻集》四卷，尚未梓行，余有鈔本，得之於李東溟。

太平王元亮奐曾著《旭華堂集》二卷，其孫婿趙藥齋熟典所校刊也。詩筆清曠，不暇雕飾。《移居》詩云：「部署披書無侍史，提攜稚女有門生。」襟懷瀟灑，淵明去人不遠。

蠶豆，昔人無賦者，始見於楊誠齋集中。姚員外苞埏《咏蠶豆》詩云：「離離豌豆滿中田，小字更呼吴下傳。」自注云：「蠶豆即豌豆，吴人謂之蠶豆。」余按：蠶豆、豌豆自是兩種。《農政全書》云：「豌豆生田野間，其苗初塌地生，後分莖葉。」又：「葉似苜蓿葉而細，莖葉稍間。開淡葱白塌花，結小角，有豆如䝁豆狀。味甜。」又云：「蠶豆今處處有之，生田園中。科苗高二尺許，莖方。其葉狀類黑豆葉而圓長光澤，紋脉堅直，色似豌豆，頗白，莖葉稍間，開白花，結豆角。其豆似豇豆而小，色赤。味甜。」

其説二豆形狀，殊別非一物，明矣。姚詩以蠶豆爲豌豆，蓋承吴瑞《本草》之説而誤，抑知李時珍《本草綱目》固早引吴説，而駁斥其非乎？吾郡市此豆者，一首四析，作花瓣狀，得油而交乍，如蕊初開。或和以鹽，或糝以糖霜，謂之蘭花豆，佐酒最佳。此蠶豆新典也。若豌豆，只供煮食，或用作饆饠餡耳。

慶雲崔曉林旭有《燒酒》詩云：「粟貴生齒繁，靡粟更燒酒。一燒粟數石，麴用麥幾斗。乾柴動盈車，工食飽游手。若作三月糧，可養人八九。養老及燕賓，此禮傳已久。奈何無賴徒，朝朝常濡首。漸染及齊民，提壺邀儕偶。寧使炊無柴，争雄醉朋友。此毒中愚氓，豪黠爲利藪。薪米只此數，一半歸腐朽。焉得價不昂，貧者難餬口。念此爲感傷，痛斷掃愁帚。所補固涓滴，此意庶無咎。」其語沉著痛快，堪爲沉湎者頂門一鍼，使劉乙生與同時，定採此篇入《百悔經》也。崔著有《念堂小草》一卷。

孫涵堂善愷，邑諸生。晚歲落拓，嘗爲諧語自嘲云：「一肚焉哉乎也語，三餐疏食菜羹瓜。」至今憶之，未嘗不令人解頤也。

魏廣文生中晚年致仕，自號棲遲子。製生壙，作生誌，歲時與親友賦詩對酌其中。嘗謂放翁「須臾客去主人睡，一枕西窗半夕陽」句甚佳。惟惜「一枕西窗半夕陽」，猶夢也，不如「不覺東窗有夕陽」，則真睡矣，迺真醒也。廣文武鄉人。

章邱李鄴字杜亭，後更名滄瀛，字東溟，别號頓邱子。性樸拙，癖嗜于詩，學唐律四十餘年，無間冬夏。丙戌之歲，開所著《柿園稿》，有余序及頓邱子小傳稿。内佳句頗多，其最奇者夢中得二語云：「越山看未盡，猶渡大江來。」足成一律，以此爲發端。矯健超邁，可與謝客「池塘春草」、錢起「江上峰青」同傳。

景州馬連坡本名罵郎坡，相傳此地有婦人善罵其夫，因以得號，蓋朝歌、勝母類也。東溟有《戲題罵郎坡》絶句一首，落句云：「未識當年誰薄倖，至今猶號罵郎坡。」詩載前刻《飯顆山房集》中。語固含蓄得妙，然詞意兩平，似待悍婦過恕。夫即可罵，而不宜出自婦；婦即能罵，而不宜加諸夫。坡號罵郎，昭衆惡也。罪有攸專，未應例視，因爲一絶云：「一聲獅吼萬人驚，坡土猶傳悍妬情。饒是夫君真薄倖，可堪千古罵郎名。」

震澤任太學文田兆麟著述甚富，《夏小正》、《石鼓文》皆有注釋。又輯《尸子》、《四民月令》、《襄陽耆舊傳》，並其遠祖梁任彦升《文章始》、明陳無功《壽者傳》。與所自撰《孟子時事略》、《心齋詩》、《樂譜》、《綱目通論》之書，刻于乾隆丙午，號「心齋十種」。詩筆清微澹遠，于韋左司相近。《重九溪南采杞菊返和張永夫》一首最佳，詩云：「杪秋物候變，霜寒悴草木。生人多所營，歲月嗟已促。閒行繞溪南，沿流有杞菊。可以制頹齡，采之不滿匊。所願誠非奢，有得已盈欲。緬維耡茅人，此焉亦可托。」又《春郊晚步》云：「人歸小棹春江静，徑入深林短袂凉。」饒有自然佳致。

鹿雪樵林松福山人，所刻《雪樵詩集》四卷，劉寄庵先生爲之序。詩學李少鶴刺史兄弟，所謂高密派也。如：「滿村花釀酒，一寺樹懸鐘。」「但見雲舒捲，不知山淺深。」「一磬鳴烟寺，千巖散夕陽。」皆佳句也。又絶句《題友人昌濼門雨中小景》云：「緑楊陰裏釣魚舟，紅杏枝頭賣酒樓。最好淡烟籠細雨，輕綃一幅小揚州。」規仿漁洋，頗得神似云。

益都李素伯先生文藻以進士官廣州，所著《嶺南詩集》八卷，官爲一集，用梁王筠之例，分恩平、桂林、潮陽。凡古今詩五百八十首，有錢竹汀先生序。集中美不勝收，如《崑崙灘》云：「山上石欲墜，山下石欲飛。舟行亂石中，浪花濺我衣。人願上灘速，我願上灘遲。所恐巉巖盡，兩岸無清暉。」以此置晉魏人詩中，幾不能辨。又如：「連山甘蔗地，細雨荔枝天。」「經時對淫雨，九月尚炎天。」「問俗笋竹徑，講書榕樹陰。」「經年屋角垂蕉子，十月塘坳放麥花。」「琢硯霏雲屑，叉魚踏海潮。」「蜑丁供野饌，馬甲逐行厨。」「刀耕山欲破，車灌水能飛。」「秋衣尚蕉葛，午飯且蹲鴟。」「沙觜惟栽橘，潮頭盡種蚶。」「沿溪鴟舅樹，近郭蜑孃船。」「漁屋木末市，女墻山上城。」「笥轎蠻兒舉，衣箱獞婦排。」「凝霜蕎麥雨，吹火木棉風。」炎徼風景，可供談助也。

素伯先生《恩平集》載《奉調入闈》二首，有句云：「老孃莫漫誇身手，定有孩兒倒入綳。」此雖戲言，亦是實語，特冬烘者不解道，而虛飾者不肯道耳。因憶友人説甲與乙幼同硯席，素相善，甲早歲擢科爲縣宰，數年致仕歸里，而乙猶困于一衿，因謂甲曰：「子爲縣尹，入闈分校試卷非一次，中式亦有秘訣乎？」甲曰：「爲吾置酒，吾語若。」乙果設筵邀甲，二人歡宴竟日，甲終不言，乙復切問，甲乃取案頭筆書掌中一字示之，乙視其掌乃一「撞」字也，因笑下轉語曰：「撞者，碰命而已。」可與先生詩同發一噱。

漁洋先生《浯溪考》引據博洽，前代詞章凡涉浯溪者，殆靡遺漏。李素伯先生有《游浯溪用皇甫持正讀中興頌詩韻》五古一首、《浯溪六咏》絶句六首，足備後來典故。古詩云：「衡山洩餘氣，渡湘形忽碎。火德所鍛鍊，森立各奇態。青玉削高墉，福地洞天外。神引元道州，身參列仙隊。千丈臺非築，三間亭略蓋。五銘肖崚嶒，圜壘出新裁。更鐫中興頌，健筆變偶對。文衰誰振起，千古仰權概。公嚳作堂構，至韓乃恢大。同時顔與杜，書詩許同輩。到今溪上宅，長林噴飛瀨。往者不可作，檥舟我安待。」《浯溪六咏》云：「高臺不用築，伸頭烟雲青。陰鐫中興頌，陽刻峿臺銘。」峿臺。「我來逢寒冬，六厭得其五。尚有未銷雪，持以誇水部。」唐亭。「漫郎曾有宅，身後還天地。當時愛山水，不爲子孫計。」漫郎宅。「兩月不攬鏡，忽驚霜雪新。山中一片石，照盡看山人。」鏡石。「名山僧占盡，此山殊不然。松濤答梵唄，遥在溪西偏。」中宫寺。「不見寒泉銘，本非寒泉地。此巖付人人，聱叟應不忌。」西人巖。

宋元薄《歲後》詩云：「去年今年老若此，今歲去歲窮依然。烹茶但有二升水，沽酒初無三百錢。」襄城朱樸翁《七十自壽》詩云：「厨無炊飯米，門有索錢人。」又《雨》詩云：「如此艱難如此境，回頭笑問有詩無。」英雄懷抱，大略相似。

薛文清公詩根柢程朱，而神韵尤勝。其《臨終口號》曰：「土牀羊褥紙屏風，睡覺東窗日影紅。七十六年無一事，此心惟覺性天通。」是真有德之言，見道之語。

太平王陽父體復，前明隆慶戊辰進士，歷官右副都御史，巡撫貴州，有政聲，具詳《山西通志》。著《玩易集》。門人私謚曰文介。趙藥齋校刊遺詩《姑射山人吟稿》二卷，有山西觀察孫公化龍序。稿中有《秋興八首用工部元韵》，其警句如：「尊中元亮三時興，濠上莊周萬里心。」「秋風自鼓山陰棹，夜月曾迴瀚海槎。」「月白風清社酒熟，蓴香鱸美蟹螯肥。」「極浦飛鴉湘雨散，夕陽立馬隴雲遲。」「浪迹自疑同野鶴，忘機久欲伴沙鷗。」「地切星辰華蓋殿，天盤龍虎紫荆關。」「豈信螳螂能奮臂，即看鷹隼自生風。」時平播酋揚應龍故云。真能於前人之後自樹旗幟矣。

沈石田詩云：「揮金買笑逞豪英，自愧當年欠老成。脂粉兩般迷眼藥，笙歌一派敗家聲。風中柳絮狂心性，鏡裏桃花假面情。識破這條真線索，等閑趯倒戲兒棚。」此詩足爲蕩子之戒，然語意未免直竭，不如香山《真娘墓》詩，結四語云：「難留連，易銷歇。塞北花，江南雪。」三復讀之，如澆人無限寒冰也。

漢陽戴思任喻讓，陳勾山先生及門士也。著《春聲堂詩集》七卷，秀麗於飛卿爲近。而《晴川閣登眺》云：「欲洗長天亘古愁，烟波無際獨登樓。鯨濤吼座千江冷，龍雨侵人萬壑秋。霸國雄圖歸劫火，孤洲狂客砥中流。誰將隔岸招黄鶴，仙客乾坤一笛收。」則雄渾逼杜律矣。

郝餐霞答，齊河諸生。倜儻不羈，任俠，有奇氣。博學工詩，以《四面荷花賦》受知于阮芸臺先生，名大振。所著《愛吾廬稿》、《南遊小草》，並屬余序之。詩涉唐賢之域，同人中無出其右者。其《答客》詩云：「疑有鬼神助，高吟得未曾。詩懷凉似水，人影瘦於燈。泥古吾何敢，趨時愧莫能。祇應耽寂寞，筆硯是良朋。」此可以見其才識之高曠矣。餐霞姊氏秋岩亦工詩，適齊東張醒堂茂才爲繼室。合卺之夕，有《呈夫》一律，遠近稱之，詩云：「一結同牢義，相期百歲歡。葑菲君不棄，藜藿妾能安。奉侍慚身薄，優容托母寬。膝前雙弱女，共作掌珠看。」立言得體，而宜家之志載于咏歌。所著《秋岩詩集》三卷，如《咏史》云：「時來功狗亦王佐，運去卧龍非將才。」識議宏卓，視道韞柳絮因風終未免兒女口角，誰謂古今才不相及耶？又餐霞嫂福山王氏，名圓照，字夢人。學問淵雅，工詞翰，隨夫蘭皋任户曹。夫妻著書，名重當時，學者稱婉佺。先生所著有《列女傳補注》、《列仙傳補注》，又輯《夢書》一卷，同刊行世。

廢紙擔上得海大魚堂主人詩僅六首，牢騷感慨，而佶聱有奇致。《靈山衛春寒特甚感事成詠》云：「乍迴暖律忽無憑，釀雪捎風勢劇增。陰道詎容小人長，嚴威只好破口凌。炭抛鵓鴿重加焙，裘疊狐狸又展稱。方丈瀛洲原異境，難將玉燭按時徵。」「頭番花信付沈吟，合讓江梅是慣禁。俗諺譬來同老健，風光作盡只微陰。澼洸聊補不龜手，霄漢彌堅捧日心。亟補紛綸三尺雪，遺蝗宿麥豁憂襟。」「卅年平仲未衣單，陰慘陽舒冷眼看。餓隸行藏終瑟縮，神仙位業自高寒。玉壺但許冰心貯，山寺曾將畫餅餐。舌敝脣焦辜挾纊，踈才只愧拊循難。」「南風凜冽勝西風，地利天時迴不同。原注：小珠山峙城之北，三冬朔風，實資屏障。南則江洋巨浸，春颸迭作，城中增暮寒矣。妄揣吾身爐火上，會投汝骨酒糟中。踞觚老子神逾爽，好鍛稽生興未窮。銷盡剛腸無限熱，蹇驢踏凍有詩翁。」又作《賦春寒》詩，中有望雪之語，是夕脱稾，即密霰繽紛，翊晨五花如掌，日夜積厚尺許，喜而走筆，補書其後云：「長吟纔罷坐書空，驀見油雲四野同。立賜祥霙連日夜，信吾人阨未天窮。玉戲龍公費剪裁，鵝毛鶴羽舞毰毸。消時點滴成膏露，豈是人謀鑽得來。」

長白高公述明字東瞻，官三楚，嘗提孤軍西入秦川，踰絶塞，搏戰黑水成功，晉秩總戎。弓馬之秋，不廢吟咏，同懷弟河南制府東軒先生斌刊其《積翠軒集》一卷。《塞外》云：「樓蘭如未斬，不敢顧身家。」《黑水軍中》云：「事去自遺千古恨，將來誰弔戰場文。」《冬日自藏凱還道中即事》云：「朔雪滿林山骨冷，寒光映地草心堅。」《沿途雜咏》云：「無顔此日朝金闕，有恨何時雪虜廷。」忠肝義膽，情見于辭，先達輩以少陵目之，未爲過當也。

東軒制府尊信朱子之學，久而彌篤，時取《大學章句》、《小學》、《近思録》諸書，息心静玩，劇寒盛暑，未嘗少間，與人講論，未嘗離乎理學。著有《固哉草亭詩》一卷。其《自題小像》有云：「寄興丹青，松陰片席。顧影警心，還期勿斁。」粹然儒者氣象見於毫端矣。

余從京師購得《彊恕堂拾存》一卷，王莪園中丞師貞之所著也。其《思歸吟》云：「曰歸曰歸胡不歸，日日窗頭望翠微，階前蘭桂自芳菲。」《聞簫吟》云：「簫聲起，簫聲斷。隔墻頭，雨滴亂。」《苦雨歌》云：「積雨五十日，天行敢謂多。願言告蒼天，但勿傷我禾。我禾既已傷，米貴可奈何。」《高灣》句云：「水從清口分，雲向高灣宿。雲水兩無心，西風撼古屋。」古質有漢魏人遺意。

陽周石伯可攻玉，教授金城。門人池陽李緒、臯蘭陳允仁等，刊所著《釋賢堂小草》，宋人語録類也。中有詩凡十首，其《借化山人酒三聞歌》甚超奇，歌云：「君不見，鴻鈞賦予形爲範，範者糟粕神先傳。又不見黄流在中玉爲瓚，液是精化氣登天。人生有酒須盡歡，爲歡不必酒杯乾。醉翁之意耽山水，李白一斗詩百篇。縱能深得飲中趣，不如飲氣更超然。飲氣之法惟有聞，一聞飶香鬱真醇，再聞升馨非色相，三聞聞之笑白雲。雲中有光端拱坐，四序五行共氤氳。聞非關酒酒使聞，月中有波酒有神。神上於天星爲氣，神降於地醴爲泉。神從尼山無量後，脱帽露頂酒有權。原注：脱去帽昧，露出真頭。

與君共嚼聞中味，炊理乾坤渥百川。」

關中史舒堂明府褒著《學杜集》一卷，刻於銀生官舍。集中有《武寧獅山謁建文皇帝像》詩云：「金川門破走南荒，卓錫獅山歲月長。智士全君悲葉史，庸臣悞國恨齊黃。白頭紫禁歸僧晚，落葉西風澹菜香。天下大師成底事，終身只合作空王。」《次程編修濟和建文帝作》云：「星霜飽歷鬢毛侵，撥盡寒灰是此心。遜位全身憂未絶，披雲履水患方深。從亡食輟孤臣死，靖難烟飛大業沉。剩有宫人雙淚眼，白頭驀見老僧臨。」二詩叙靖難之變歷歷詳明，可稱詩史。又有《民之力》三章，皆三言，亦奇警。詩云：「民之力，民之命。官之聲，官之政。上修己，下奉令。」其一。「欲己欲，咈百姓。碩鼠歌，蜉蝣咏。苛政猛，風俗競。」其二。「民如水，天如鏡。形民力，防民病。懍朽索，大居敬。其語似箴似銘，爲民上者，宜書座右，以爲吏治之助焉。

吴縣張映山琦磊落英偉，工詞翰，隱於幕府。乾隆戊申，開所著《蒼雪山房集》二卷於武昌節署之晚晴亭，有陽湖洪稚存常博亮吉序。五言如《雁橋》云：「雲歸屯老樹，魚戲鬬浮萍。」《北固山晚眺》云：「山形圍鐵甕，水勢讓蘆洲。」《登金山》云：「島勢破江出，天形壓樹來。千山失雲雨，一石走風雷。」七言如《妙高臺》云：「樓閣自盤飛馬上，淮徐争送好山來。千秋弔古空搔首，二月懷人正落梅。」《登焦山》云：「江到無聲因近海，人來有感莫憑欄。」語皆奇倔，有昂頭天外之致。

長洲錢槃溪墫瓣香隨園，自篆圖章云「隨園身後弟子」。嘉慶庚申，刻所撰《槃溪詩草》四卷，大致以性靈運筆，時有奇氣以行之。余最愛其《東籬後集詩和東田沈君韵後再繫古詩二章》，有云：「爲官八十日，忽已念田園。何不嬾仕進，免此僕僕煩。」「猶幸督郵迫，歸看松菊存。倘然再猶豫，俯仰安足論。」以督郵竟爲淵明功臣，大是奇絶。

蘇長公遷謫嶺南，有和陶詩。郝文忠公經《陵川集》亦有《和陶》二卷，詩凡百餘篇，神韻逼肖，而歌行則復變體學長吉。如《古菱花鏡詞》起句云：「燧人燒殺太古月，花爲片銅藏死魄。噎光沈曜解反照，黑潭萬丈生虚白。」《湖水來》云：「枯風怒遏長川迴，兩湖五月生黄埃。水晶宮碎洲渚出，昆明老火飛狂灰。魚龍錯落半生死，乾坤枯槁無雲雷。海鯨怒抉海眼破，濤頭一箭湖水來。新聲汩汩入黑壤，寒虹矯矯收蒼霾。鷗鳥静盡波不起，澄清無瑕玉鏡開。浮光四動青雲第，倒影半浸黄金臺。何當乘興呼太白，棹歌長入琉璃堆。滿船明月露華冷，翠綃銀管飛瓊盃。」《蜀亡嘆》起句云：「子規啼缺峨嵋月，嘉陵江中半江血。青天蜀道爲坦途，馬蹄蹴落陰山雪。」此雖置昌谷集中，幾無以辨。信乎！才人文字，何所不有。

外高祖母闕里孔氏，諱麗貞，字韞光。幼聰慧，能辨四聲。比長，潛心翰墨，几案羅列悉經史，無一切鄙俗物。常取涑水《資治通鑑》，日閲十餘頁，能不忘説，古來興亡成敗，如數家珍。性至孝，父抱西河之痛，賴依依膝下，承親歡志。適外高祖父，未久而孀，節凛松筠，安於義命至性，發爲咏歌。著有《藉蘭閣詩集》一卷，雍正癸卯開本於闕里，有叔兄振路公傳鐸、蝶庵公傳鋕序跋，並自序一首。歷年既久，板就殘闕，表兄戴化南汝泰，其五世孫也，撿家藏本習刊之，僅得四十七首，遺余數本。詩從至性中流出，真切篤摯，不假雕飾，録數首於左。《雪夜侍兩大人飲酒而作》云：「瑞雪漫漫漾碧空，香烟裊梟小爐中。無邊清興誰能賞，惟有雙親兩意同。」《暮春寄劉表妹》云：「庭前梧影静，曲徑落花鋪。地僻微風響，天空片月孤。新詩懷舊侶，短楮寄長途。不識青霄立，猶憐小閣無。」《哭亡夫》二首云：「親老妾心悲，哭君無盡期。月圓分鏡日，雨落斷腸時。生死魂難聚，幽明路已歧。縱爲華表鶴，留語復誰知。」「孝友平生志，温恭自性成。如愚何默默，守拙獨硜硜。淡薄恒爲樂，炎涼素所輕。片言聊作誄，那得盡君行。」《九日感懷》云：「白髮翁姑白髮親，自悲無計可分身。兩行血淚愁千縷，羞對黄花嬾見人。」

桐城姚花龕孝廉興泉有《西泠感舊詩》二十首，蓋悼亡妓之作也。傳播當時，争鈔誦之，一老宿讀其首句曰「江南浪子已無家」，太息曰：「才子禄盡矣。蕩而竭，亡之兆也。」未幾，姚以疾亡，竟成詩讖。方心如明經爲余言之，並誦其佳句云：「旅館宵燈留蝙蝠，荒陵春水没蝦蟆。」「絶代可憐人早死，十年不見我成名。」「輕雲淡土埋蘇小，殘月疏星唱柳青。」若此之類，皆近鬼氣，其不禄也宜哉。

東萊王元芝内翰炳昆《雪黍草》有《飲晉茗叢樂園》七律云：「石林晚霽夕陽斜，奉使重遊幾歲華。松菊有情葬舊好，山河無地不悲笳。歌翻紅袖人如玉，句問青天雪欲花。剪燭正堪深夜醉，城頭畫角蚤催車。」氣骨傲岸，慷當以慨，大似玉溪擬杜之作。又《宿金嶺鎮》云：「野花隱砌名難識，老樹眠堦意自横。」《入都即事》云：「遣愁旋買新豐酒，味淡每燒古董魚。」亦極新警。

建水傅巖溪中丞爲汸馬龍《感舊》詩云：「北望三韓十六州，東門旅館起閑愁。往來公子邊城月，原注：進士李敬躋省親塞北數千里外，孝思彌苦。零落春風故國樓。金鳳飛遲銜赦命，銅龍催急轉更籌。瀋陽記我曾遊宦，慨念於今二十秋。」逼似杜律，詩載《密藏齋詩鈔・北征集》中。

王阮亭尚書詩名蓋代，《秋柳》四律尤爲生平得意之作。自謂「如初寫黄庭，恰到好處」，諸和作不及也。後人不知其托興微意，雌黄繆戾，率意指斥。豈知此詩蓋悲弘光南渡君臣荒於酒色，一無所成，衰弱如秋柳，故以名篇，若老杜之《秋興》，非直咏秋也。篇中用「白下」、「江南」、「扶荔」、「靈和」、「帝子」、「公孫」等字，一線珠穿，語無泛設。或疑「浦裏」二句去題太遠，不惟不解命意所在，並不解詩中開合之法。意謂「浦裏青荷」尚堪爲中婦之鏡，「江干黄竹」猶可作女兒之箱，此用開筆。「空憐」二句以秋柳作合，「板渚隋堤」以煬帝擬弘光，「瑯琊大道」以桓温擬黄左諸人也。末用「永豐坊」白傅以永豐柳詩傳歌宮禁，惜南渡諸臣不能諷諭以悟君也。又或疑結句「松枝」二字無謂。余按：《金樓子》載武帝每拜山陵，涕淚所洒，松爲變色。詩正用此事結，醒主意，責弘光之忘其先業也。參得此意，李玉溪《無題》諸作皆可一例通之矣。

支少尉雲龍應昌，順天諸生。由謄録館選沔縣尉，辛巳秋調補懷遠。過洛，以詩稿貽余。五言如《送張明府晉京引見》云：「轉眼君千里，知心我二人。」《登高遠眺》云：「斷雁投何處，秋山隔幾層。」《喜見故友》云：「本是山中友，翻疑夢裏人。」七言如《陝州途次》云：「共説圍爐多少話，相酬暖酒兩三巵。」清新流麗，可謂不著一字，盡得風流者矣。

邯鄲栢鄉諸驛，往來京都之孔道也。逆旅多琵琶妓，朝歌夜舞，雜遝喧囂，俗有富八站之目。紈袴少年率逞豪興，褻鄙淫詞，塗鴉滿壁，不堪寓目。余於宜溝驛店中見有絶句數首，爲楚北承齋和琴舫邯鄲題壁之作。前書己詩，後附原唱，固狹邪者自寫爰書，而意境翻新，强口奪正，録此以供一噱。永齋詩云：「明收夜合等商征，管子何曾損政聲。識得院能宏養濟，始知紅粉亦蒼生。」「心中坐上分無有，好惡何妨一宿緣。却笑坡公還未達，苦教琴操立參禪。」「怪哉樹子不名錢，羨爾郵亭一夜眠。恰到邯鄲身入夢，料應眷屬是神仙。」「十五年前遊似夢，而今過眼總雲烟。昨宵聽賦閒情句，我若當時見亦憐。」琴舫詩云：「衾裯暗抱賦宵征，一撥琵琶一曳聲。若輩不教嗟凍餒，也稱霖雨及蒼生。」「風塵已覺看人慣，粉黛應無入道緣。解識遠公沽酒意，一時破戒不妨禪。」「買笑從來不論錢，黄粱已熟客猶眠。叢臺歌舞春宵永，足抵盧生兩日仙。」「弓鞾學步邯鄲市，裳想雲霞髻想烟。不信浮屠桑下過，定須三宿始生憐。」

洛陽店壁又有江左沈湘湄《幻香詞》十四首，意致纏綿，鍾情之甚者也。備録於左，以資談柄焉。「記得芳心未逗時，可人春意尚遲遲。一從解識情滋味，緑怨紅愁總不支。」「相親畢竟却相疎，一綫情絲漏洩初。隔箇窗兒逢半面，拈花微笑意何如。」「蔬園寂寂戀斜陽，爲惜春陰鎮日忙。悄向小窗停刺繡，栽花鋤草細商量。」「花陰又見月痕移，夜讀歸來每覺遲。誰意亦隨諸姊妹，階前待我已多時。」「日怕黄昏月怕殘，光陰分寸小盤桓。怪他玉漏催眠早，相送依依過畫闌。」「忽唱陽關一曲歌，寸心相憶奈愁何。只因小别情逾厚，盼到歸來話轉多。」「背人偷立杏花陰，絮語纏綿剖素心。人説緑波深已極，芳情更較緑波深。」「情到分明轉自遮，却將眉意露些些。司香心事無人解，翻説憐花是戀花。」「泥人風日别人天，我始憐卿却自憐。縱使我心濃若酒，豈知卿命薄於烟。」「泡露浮烟事已非，相依未久又相違。從今亦似分巢燕，芳草天涯各自飛。」「有淚無言總斷腸，低徊只怨馬蹄忙。此番不比前番別，天上人間兩渺茫。」「饒有孽緣償淚債，苦無妙諦證情魔。猶從夢裏拋紅豆，縱是相思可奈何。」「雞聲啼徹五更寒，心似黄梅個個酸。愁緒無端結不解，多情容易了情難。」「惜花人瘦落花天，草草光陰嘆妙年。聞説三生曾有石，癡心欲結後來緣。」

白太傅詩纏綿悱惻，於《三百》爲近。余最愛其《詠昭君》云：「君王若問妾顔色，莫道不如宫裏時。」以己度人，得聖門一字之恕矣。

唐神龍中有劉三妹者，居貴縣之水南村。善歌，與邕州白鶴秀才登西山高臺，爲三日歌。秀才歌芝房之曲，妹答以紫鳳之歌。秀才復歌桐生南嶽，三妹以蝶飛秋草和之。秀才忽作變調曰：朗陵花，詞甚哀切，三妹歌南山白石，益悲激，若不任其聲者，觀者皆歔欷。復和歌，竟七日夜，兩人皆化爲石，在七星巖。有七星塘，至今風月清夜，猶彷彿聞歌聲焉。自是以來粵人皆善歌，如民歌、猺歌、狼歌、獞歌、蛋人歌、狼人扇歌、布刀歌、獞人舞、桃葉等歌，種種不一，大抵皆男女相謔之詞。睢陽吴丹渠淇爲潯州推官采録其歌爲《粵風續九》。王阮亭尚書録數篇於《池北偶談》中，以爲雖侏儺之音，時與樂府《子夜》、《讀曲》相近。余最喜《狼歌》、《獞歌》二篇，語意奇創，《越榜人歌》後，此乃嗣響，惜不令劉子政見之也。《狼歌》：「六吞六，齊度菊口籠。六，鳥也。吞，見也。齊度，大家也。菊，飛入也。口籠，山中也。大路無數岔，江河無數曲。望東西南北，花色一般紅。」又：「舊錢便好使，舊米好做糍。望北斗超生，望有彭照顧。彭，謂所私。各想心各愁，心頭如馬踐。條條臘真力，百色盡眉齊。臘，擔也。真力，重也。三十六圖羊，四十雙圖雞。」言采禮之多，盛稱夫家，與《羅敷行》同意。《獞歌》：「口三六四里，踏得耳花桃。花脉淋了好，花桃淋了密。淋了細絲絲，淋了離乙乙。養勒佛排挹，養勒花排菲。里樣對鴛鴦，里樣梁山伯。山伯祝英臺。」此進山踏歌之詞。口，入也。脉，瓣也。淋，諦視也。離，陸離之意。乙，猶亞也。五六句承四五句，言桃花跗萼之濃艷。已下五句，專賦踏歌之人。勒，兒也。挹，整齊也。菲，美麗也。男女相悦，言男如佛、女如花耳。鴛鴦，比之於鳥。梁祝，比之於人。

蘧然開士，唐六如先生之裔孫也。性嗜禪悦，著有《桐葉山房集》。其詩清新超逸，佳句如「星河黯淡人千里，螢火微茫月二更。」「尋勝詩成驢背雪，看花香散馬蹄塵。」「淮海秋風心共遠，吴山明月夢還親。」「幽夢驚殘千里道，虚花浪得十年癡。」「芰荷香裏收殘暑，蟋蟀聲中□早涼。」「天高爽氣浮寒水，風急晴雲捲暮山。」真不減唐人曠致。

李鐵君楷別號廌青山人，著《睫巢集》若干卷。余於京師購得後集一帙，通州牧補堂杜君所刊本，有秦蕙田味經序，淵然以古，炳然以鼎。其《無可奈何歌》三章，格奇句古，可與漢龐德公《於忽操》並傳，録之於左：「蟬翼鳴而口鳴，無可奈何。淵淵是主，誰爲之病，無可奈何。陽紓陰薄，雷怒濤涌，無可奈何。莊嚴照臨，而無射有命，無可奈何。」戒口過也。其一。「制之實勤，布之不敷，無可奈何。厚增其兩，而薄削其録，無可奈何。輕重既均，矢則調矣。肉好既平，璧則酬矣。有岐在阻，而莫此之蹊，無可奈何。」傷家貧也。其二。「黄河之水，不可以西流，無可奈何。琴鐘滿堂，華腴未收，無可奈何。仙人在虚無，難可與訂期，難可與訂期。百歲之後，急汝鬼謀，無可奈何。」悲壽命也。其三。

潁川孫襲公世封著《森圃存稿》。有《蒲扇》詩云：「青青水中蒲，團團織爲扇。摇漾生清風，輕柔拂人面。日中行代笠，緑陰坐亦便。覆硯兼驅蠅，一舉備五善。世情趨豪奢，華麗相矜炫。象轂嵌寶珠，玉柄爛金鈿。脆薄不堪揮，手中供把玩。豈知有用物，不在價貴賤。菽粟與布帛，終身常不厭。」有關世教之言，耐人玩味。

安陽黄文湖纘繡，乾隆乙未進士。性倜儻，善爲詩文，自號其集曰「賬簿」。孫襲公有《次韵黄文湖同年》詩云：「笑把隨行簿，愁銷百二篇。」紀其實也。

朝鮮申翠微構一亭曰「桑閒」，眼界平闊，田畦井井，亭下小屋足以容膝，扁曰「耕讀齋」。庭植梧柳成列，牆外有圃，種藥幾品，曰「壽民圃」。門外數弓之地，溪流一帶，溪邊有石，可坐四五十人。壁立如屏，山繞其後，臨水可以釣魚，登皋可以呼鷹，故名其壁曰「結繩岩」。溯溪行數百武，有槲林，繁陰可愛，築壇於下，懸鵠而射名曰「揚觶壇」。安邱王菉友孝廉筠各紀以詩，《耕讀齋》云：「朝耕上平田，暮耕上平田。習身勝運甓，豈爲衣食牽。隴首或休暇，牛角取簡編。莘野尚勤劬，樂道非迍邅。寧戚疾歌商，躁進亦徒然。坐觀南山雲，倏思上青天。世事如蒼狗，變滅俄頃間。鴻鵠自有志，難爲儕偶傳。」《壽民圃》云：「籌下十間屋，種桃齊崑崙。盤古爲中外，三叟徒紛紜。劫灰凡幾歷，雷雨何經綸。姓氏不能留，終竟爲齊民。吾愛管幼安，揮金圃自芸。遼東化其教，龍尾談津津。於世苟有益，不負百年身。先生闢此圃，安得儕隱淪。良醫爲良相，散作千家春。」《結繩岩》云：「我生不得意，策馬黄金臺。僕僕緇塵中，腰折眉爲摧。東望結繩岩，矗立何崔嵬。浩浩臨古溪，千里烟雲開。時而命獵士，叱咤生風雷。神姦殄螭魅，蕪穢剪蒿萊。時而習静觀，垂綸曲池隈。魚樂得真趣，即爲釣璜才。養鷹勿過飽，颺去不復來。烹鮮不可煩，微命聖所該。丈夫貴適意，齪齪奚爲哉。山當化糟邱，水當化醱醅。君猶憶噀酒，安得同銜杯。」原注：見寄江搖柱百葉，猶憶當年噀酒之戲。《揚觶壇》云：「禮射重觀德，志正體復直。中則得爲侯，決拾焉不力。文皇觀弓理，達識通治國。所見苟越邁，貫穿安可測。余亦學支詘，揚方不如式。豈敢怨勝己，努力不自克。如登揚觶壇，理亦當敗北。先生爲扼惋，厚意堪嘆息。」《方伯林》云：「君家有槲林，盎弗布四方。其蠶易爲力，不似桑蠶忙。繭成似雞卵，百枚已盈筐。或紡或手緝，繅之生光芒。堅韌不易敝，其色成縹緗。雖非貴人服，衣服遍遐荒。大布與綈袍，儉德古侯王。登高聲加疾，率先亦何妨。丈夫貴利物，不分界與疆。留此申公綢，頌聲久彌彰。今見諸葛菜，不聞八百桑。」詩極豪邁，如天馬行空，不可羈靮，傳播雞林，當使紙貴矣。菉友，余同年模山範之兄也。善古文學，著有《説文廣解》十卷，尚未梓行。

海陽李字山紹聞，戊寅館歷下，每旬日出齊川門東望，人問之，曰：「聊慰鄉思耳。」嘗爲《菊影》八律，中有句云：「立定脚根風静後，傳將心事月明中。」殆趙文敏論書所謂綿裏針耶。又有贈余句云：「幸逢青眼士，况是白眉人。」亦極工切。

張大令圖南因培，直隸安肅人。辛卯攝清澗縣事，有循聲。及秋，將受代，有留别清澗諸詩，彙爲一册，周二南先生題曰《清澗鴻爪》。其《留别筆峰書院諸生》詩有句云：「一窗燈火風初静，隔院書聲夢乍醒。」名士風流，概可想見矣。

同邑陳孝廉元圃超少有異才，尤善考訂之學。辛卯歲，余與同請業於程東邨夫子，相得益彰。是秋余忝鄉薦，北上時，元圃有贈句云：「科名吾輩事，豎立故人心。」志骨昪岸，决將破壁去矣。壬辰秋，果掄魁，選石渠事業，跂予望之。

許詠亭球癸未進士，由翰林散館，官吏部驗封司員外郎。壬辰分校春闈，王内翰篤、黄内翰曾滋、池内翰生春、周内翰開麒、卞御史士雲，皆癸未進士，許同年也。又榜眼蕭山朱建霞鳳標、探花江陰季雲書芝昌皆出其門。是秋簡放江西考官，正考官羅寶田祭酒中途遘疾卒，遂獨任大比之事。曩見其《豫章秋闈校閱事竣偶成長律》五首第二首紀述其事云：「禮闈襄校拜綸宣，鎖院春深集衆仙。得士漫誇雙及第，論文先喜六同年。此來不覺重迴首，大力何堪獨力肩。尚冀豫章材盡拔，狀頭明歲祝蟬聯。」衣冠盛事，亦足自豪矣。是科殿撰吴縣吴姓舫鍾駿、會元長洲馬吉人學易，皆出第十二房馬厚庵先生光瀾之門，與許公可稱並美云。

桐城方庶常損齋保升困頓名場，遊幕京國。嘗戲咏《即事》詩云：「不敢粗心微帶草，還虧老眼尚無花。」自嘲而實自傷也。戊辰成進士，報捷時，諸子賀之，乃口占一聯云：「九遊京國三千里，一上賢書廿六年。」遲暮之感，情真而語摯矣。方善滑稽，聞在直督幕中時，有庖人王姓者，進饌不時且失烹飪，因戲爲一絶譏之，云：「誥封光禄大夫王，原汁丢開換白湯。最怕老爺常請客，三更送飯到書房。」此與《硯田詩笑》所載「粉皮頭上帶葷腥」同一調侃。

田子綸先生官水部時，於寓居見山薑花，愛之，形諸咏歌，有「牆角殘立山薑花」之句。一時屬和者數百，遂以爲號。先生孫西圃同之稟承家學，復號「小山蕫」。考古今三字字者，亦頗有之。隋時道士屈突無爲字「無不爲」，見《龍川别志》。晁景迂一字「伯以父」，見陸務觀文集。劉敞、劉攽兄弟字伯貢父、仲原父，見歐公所作原父墓誌。前凉張天錫字公純嘏，見《十六國春秋》。陶一字昭萬有，太原傅山字青主，一字公之佗，見王阮亭《池北偶談》。若因先世二字字而加「小」以别之，則自小山蕫始也。

高麗貢使金秋史工詞翰，兼善繪事。道徑遵化，有龔生樹崑者，候之於逆旅。金出素箑一柄，握管作蘭贈之，並題句云：「品物繁昌總避妍，花如人面鎮堪憐。論交宜贈同心草，好配君家並蒂蓮。」先是龔論婚於甲族，合巹之夕，池亭蓮花生雙蒂，時人以爲瑞，末句正指此事。夫尋常贈答，能確切其人之事實若秋史，可謂留心世故者矣。

暇日與客談陝中名勝，客曰：「曩讀温飛卿《商山早發》詩云：『雞鳴茅店月，人迹板橋霜。』不知實有其地。及過商州，城北二十里有板橋，又二十里有茅店，行程歷歷，益見親切。」余謂温詩二語，就目中所見之景言之，清微逸曠，淡不可收。後人因温詩而附會之，以成古蹟，非唐時有此二村落，必指謂今之茅店即當日所宿之店，今之板橋即當日所履之橋。此與以地名解杜詩之「無風雲出塞，不夜月臨關」者不同一沾滯乎？且飛卿以「八叉」得名，恐覓句時不能待二十里外也。客笑頷之，深韙余言。

李賀《塞上》詩：「天遠席箕愁。」劉會孟注：「席箕，如箕踞坐。」楊升庵《丹鉛録》駁其説曰：「秦韜玉《塞上曲》云『席箕風緊馬⿱癶毛豪』，此豈箕踞義乎？席箕恐是塞上地名。」然亦非也。考任昉《述異記》：席箕一名塞蘆，生北胡地。古詩：「千里席箕草。」以升庵之博洽，豈未見此？甚矣，强記之難也。

余師穆鶴舫相國自京以楹聯二、條幅一寓書貽翰。條幅上書《登岱口占》二絶句，中有「飛泉遠挂重巖瀑，大野晴開萬樹烟」之句，以本原之學推爲大澤之施，真宰相語也。

章邱董茂才元鑄有清才。東溟嘗誦其近作，有「一簇白雲寺，數聲黄葉鐘」，洵佳句也。

岐山王亦山孝廉樹堂嘗爲其師楊魯川明府沂秀作《楊誠村宫傅六十壽詩》，以宫傅善談禪理，乃集《聖教序》字成五律五十首。宫傅得詩甚善，爲刊石於固原。余得一本於張廣文莊處抄存，其警句如：「褒城繁雨雪，漢水足波濤。」「境危千慮息，義重一身輕。」「半城人骨盡，十月雨聲乾。」「春風三水縣，明月六槃山。」「飛騎天山早，征途雪嶺長。」魄力雄厚，可以嗣響唐音。

《琴譜》載魯哀公十二年孔子過故壇，歷級而上，顧謂子貢曰：「兹壇乃臧文仲誓盟之壇也。」覩物思人，因命琴而歌曰：「暑往寒來春復秋，夕陽西下水東流。將軍戰馬今何在，野草閒花滿地愁。」後世因名之曰《杏壇吟》。辭旨與王子安《滕王閣詩》相類。且稱「將軍」非古語，其爲唐人好事者僞托無疑。然孔子時有七言絶句，亦奇聞也。

周二南明經樂，歷下知名士，躓於文場者垂四十年，而胸懷磊落，耽情詩酒間。丁亥春，李裔雲司馬時令咸寧，自關中相召。瀕行，有《留别》四律，如：「弟兄大被心仍戀，妻女同車累豈空。」「五十年來常作客，兩千里外又依人。」「臨别忍看鬢毛際，相思應在酒杯間。」性真語，耐人玩味。

戊子夏，李東溟夢見天榜，戟門名第二。戟門有《紀夢》詩云：「我夢黄粱夢未成，感君説夢益關情。憑君記取黄花節，看榜先看第二名。」榜發，果然。余《和戟門秋捷》首句云：「果應黄花紀夢詩，榜看第二快群思。」紀其實也。詳載余《奇夢記》。

有童子拾蝸殼而祝之曰：「波羅牛，波羅牛，先出角，後出頭。」余聞之曰：「必先出角也，而後出頭。學之漸進如是夫。」他日以語戟門，戟門以爲然。因述其鄉有童語曰：「江狗江狗蛾，你娶媳婦我打鑼。」以爲與《周南》「之子于歸，言秣其馬」語意相合。余因口占一絶云：「卮言何必問蒙莊，一曲童謳感興長。江狗蝸牛皆是道，許誰粉本覓文章。」

張船山、洪稚存兩先生，庚戌同年，詩酒往來，相得甚歡，亦相諧謔。張謂洪曰：「余近不甚愛君面目，然數日不見，輒恐稚存死。」洪曰：「恐君三日不見我，悔吝之心復生爾。」相與粲然。洪後罷官居陽湖，乘舟放浪，用唐介句題聯舟上云：「去國一身輕似葉，高名千載重如山。」張有《戲題鬼趣圖》云：「鬼手冷於前日否，色心濃似此時無。」二君傲岸之致，概可見矣。

從東溟處得嶧山小峰氏所著《夢華記》一卷，筆墨秀蒨，與唐人劉無雙《章臺柳》諸傳相伯仲。中有花史《採蓮》三首云：「十七彎彎眉黛愁，十八梳洗擅風流。采蓮不怕江波險，十五孃家學盪舟。」「芙蓉衫子緑波裙，笑撚花枝照水紋。相約西堤摇舫去，高擎翠蓋障斜曛。」「波中清影蕩紅妝，風送歌聲流玉塘。笑泊蘭舟柳絲繫，戲將蓮子打鴛鴦。」花史者，《記》稱吴氏慕娥，延陵人，爲陝西武弁妾，不得志以没。妹蕉青亦善詩，著《竹爐集》。又有謝好香，長洲女史，著《緑綺集》。蕉青《拜花史墓》云：

「小妹溪邊一揮淚，大姑山下幾銷魂。」好香《代兄送友人》詩云：「應憐客邸愁中別，不料風霜病後經。」俱饒佳致，特皆從黑甜鄉中得之，亦奇事也。

吾邑朱孝廉曾武應試禮部時，會闕有獻俘，朱賦《樓蘭頭顱歌》，轟傳都下。同人或戲謂曰：「御史以君詩奏上，聞將捕君矣。」朱大懼，即日束裝歸，遂以心悸病卒。吁！此亦可爲多言之戒矣。朱著有《説餅庵詩》。《山行》云：「石餘骨鯁頑如我，山作眉彎翠似誰。」又有句云：「千世功名工楮葉，攪愁風雨在楊枝。」

畢蘇橋旦初，湖北黄州人。性樸質，洒落有古致。旅寓濟南，與范伯野、周二南、徐雲樵、李仲恂結鷗社於明湖。其《謁李滄溟墓》詩有云：「無復高樓吟白雪，祇餘斷碣卧秋風。」俯仰古今，感慨係之矣。

徐雲樵子威，號野泉。《海右集》載其《河間城樓》詩甚佳。「西風颯颯立城頭，冷雁哀鴻正下樓。懷抱未圓空對月，異鄉多病屢逢秋。孔融自有樽中酒，徐邈何須關内侯。當日日華宫不見，年來早已到瀛洲。」

長山王孝廉霖以才名著海右。參府徐公赴陜任，官寮祖餞，王賦詩送之，其落句云：「將壇舊是仙人地，莫向西風感灞橋。」蓋徐父曾官是地，參府得詩，爲之泫然。

康静如澄女史家本江南，僑寓於濟郡，適賈生，夫妻咏吟爲樂。癸未春，隨夫自京都歸寧，借寓於其姨氏孫大興莊院。陳子永修從余學，與賈生稔，嘗從賈處得康近稿，抄以質余。其《春日寄懷顧敬貞表妹彭城》云：「料得江南詩興好，數番風雨釀花天。」《春日雜吟》云：「丁香一樹開如雪，戲數何枝是舊枝。」楚楚有致。

諸城李月汀先生彰煜官刑曹，家多藏書，所蓄金石尤多。余公車北上時，因王菉友得識先生。先生贈余詩云：「鵲華秋色畫難成，七十三泉泉水清。收拾烟霞入詩稿，風流又見沸南生。」

齊河某氏女小字惜惜，美而艷。邑有郝生者，見之於戚所，已目成而心許之矣。既而生托媒致意，有成言，而未委禽也。郝故大姓，家人皆以女家寒陋爲嫌，生意遂摇，因更議婚他族。惜惜知其耗，恚忿不食，數日死。賈青圃先生作《惜惜詞》五解以弔之。詞曰：「惜惜惜，惜無益。薤葉晞，烏頭白。憶昨見郎初，郎面紅芙蕖。郎去竊窺鏡，妾顔羞不如。妾有黄金釧，光明精鍛鍊。置郎懷袖中，百年應不變。嗟哉不諒只，土花埋深趾。妾心南山石，郎心城邊水。城邊水，去不回。南山石，終不移。」

某孝廉大挑見黜，歸，咏《竹枝詞》四首以寄意。詞云：「高髻雲鬟巧樣妝，看來都是好姑娘。如何悮信金錢卜，也向天臺覓阮郎。」「環肥燕瘦總前來，兩兩三三一字排。漫説承恩不在貌，分明要箇好身材。」「紅粉青樓舊有名，前呼小王後雙成。入門執管高聲唱，肥得官人問一聲。」「一字誰令錯六州，周郎一顧不回頭。琵琶掩泣青衫濕，重守西風燕子樓。」

同年吴縣曹内翰艮甫楙堅嘗以《海陵講齋酬贈同人之作》見示，其第四首有「已開金谷花千樹，誰送蒲臺酒一車」，「長定客來如昨日，若爲春去即天涯」之句。倜儻風流，雅人深致也。

藥欄詩話

藥欄詩話提要

《藥欄詩話》二卷，據《雲南叢書》初編本點校。撰者嚴廷中（一七九五——一八六四），字秋槎，雲南宜良人。諸生，曾任萊陽、福山、文登縣令，兩淮鹽運司經歷。有《紅蕉吟館詩存》。此書無序跋，以甲、乙集分卷。論詩主真情至性，近於袁枚，然偏好柔、曲，詩風落於詞風，遠不逮隨園之氣局。甲集首則以詞、詩相似之例開篇，即此之謂也。所録嘉、道間名家如郭麐、陳文述、王豫等，詩風皆屬清真一派；屠倬詩特録其前期之作，「入翰林後專務沉著」，則不録矣。此種詩風頗多所謂「絶世聰明語」，如羅聘《西湖雜詩》之二「第三橋畔臨波立，儂看芙蓉人看儂」，意境甚美，後即爲民國白話詩承襲。所録《與友人論詩書》一通，自謂可代《詩話》之序，厚今薄古，不滿古人言情太直、太淺，攻韓、蘇乃至老杜，皆劃入此弊，與《詩話》同一旨趣。嚴氏有詩名，足跡所至，頗交詩友。乙集録道光十六年丙申在揚州作《春草》詩，一時大江南北酬和者達二百餘人，可謂盛況。此年内之詩事亦屢及之，蓋其詩興得意之年也。

藥欄詩話甲集

宜良嚴廷中秋槎

「夕陽何處不銷魂，馬上黄昏，樓上黄昏」，詞中之雋品也，與唐人「可憐閨裏月，長在漢家營」相似。「平蕪盡處是春山，行人更在春山外」，詞中之神品也，與宋人「夕陽山外山」相似。「試問捲簾人，却道海棠依舊」，詞中之逸品也，與元人「新妝滿面猶看鏡，殘夢關心懶下樓」相似。

新柳詩詠者甚多，予獨愛章琯香煒「深閨未到十分愁」之句。琯香，廬江人，蘭臺先生廷樑之子。先生官武昌鹽道，時先君秉臬楚北，同寅中深相契合。先君卒後，全家得以扶櫬歸里，及予今日薄禄自養，皆先生力也。先生豈弟慈祥，善政在人，侍太夫人旋里，優游林下。琯香兄弟聯袂登科，琯香旋成進士，官御史。天之報施，正自不爽。

予與琯香在武昌，一時名流碩士，共相往還。蘭臺先生署中，如顧劍峰日新、余鐵香鼎、吴雪鋒國賓皆爲入幕之賓；先君署中，則江陰王儕嶠先生蘇主持風雅。予嘗約同人作秋聲詩社，黄穀原均、周築東山、史茘洲福臻朝夕過從，吟詠唱酬，殆無虚日。壇坫之盛，至今楚人能言之也。惟漢陽常芝仙道性屢招不至，先君去世後，始來舟中訂交。

鮑覺生先生桂星，一代文人，於予尤有知己之感。在都門曾以詩集賜觀，惜未録存。先生下世後，官貧子幼，長君子堅孝廉又先先生亡，遺藁恐一時未能付梓。僅記古詩一首，乃辛巳年出都，先生爲予書扇者，録之以誌吉光片羽。詩云：「曲徑少人行，風吹緑蘿短。攜琴選幽石，落日忽已晚。高梧起鸞嘯，蘭露滴秋坂。悠悠山水音，空際出閒婉。不待清商彈，心期白雲遠。」

道光壬午赴吴門，道經順河集。道中見一貴官乘肩輿，張紅蓋前導，後隨太平車數乘，車中環佩鏗鏘，笑語間雜，望之使人意消。後讀宋人詩云：「前隊貔貅衝曉色，後車鶯燕雜春聲。」歎其工穩。

七絶難於雄放，張船山先生問陶《送楊荔裳之任川北道》詩可謂雄放矣。詩云：「天外飛書數異才，軍容如火萬山開。書生筆墨英雄膽，戈馬叢中百鍊來。」「窮邊回首望烏斯，竟過斜陽未可知。得句直題天盡處，古人無此紀游詩。」「定有雄才靖百蠻，一年來往劍門關。三刀不作尋常夢，管領連雲十萬山。」先生不喜宋儒，詩中往往見之。如《過眉州》云：「宋時多拘儒，惟公有生氣。」《車中》云：「理學傳應無我輩，香奩詩好繼風人。」《汲縣》云：「兒女私情比興殊，詩關君父費踟躕。顢頇只作淫奔讀，天厄風人遇宋儒。」大抵宋人理學多託空言，折服中人則有餘，牢籠才智則不足。當時洛、蜀分黨，已各挾私見矣。

「一點緇塵流素衣，斑斑駁駁使人疑。縱教洗盡千江水，何似當初未涴時。」詩佳矣，而阻人遷善之心。眼前静境，未經人道者：「柳塘春水漫，花塢夕陽遲。」「微雲澹河漢，疏雨滴梧桐。」或問其妙，又不能道。大約此等句如仙姬神女，自不以粉黛示人。

歷城大明湖對聯甚多，無一佳者。惟鐵冶亭中丞保「四面荷花三面柳；一城山色半城湖」一聯可存。金山詩唐、宋以來作者甚多，予獨愛楊公濟「天末樓臺横北固，夜深鐙火見揚州。」移置他處不得。

《隨園詩話》載鄭中翰《贈内》詩云：「明年春到江南岸，楊柳青青莫上樓。」作絶句固應如此著筆，方不愧雅人吐屬。

明永樂破金陵，建文亡去，後弘光亦自金陵出亡。徐石生二尹鈖《金陵懷古》云：「一從燕子飛藩邸，又見龍孫走舊京。」此意未經人道。

張六琴巡檢禄卿《詠老幕》云：「無官操大柄，有室守長鰥。」可稱佳句。或謂中無「老」字，予應之曰：「老而無妻曰『鰥』。」六琴原名詡，以字行。

詩以在人意中爲妙。蔣伯生明府因培署汶上縣，其尊人舊治也。畫《汶上行春圖》徵詩，六琴和其原韵云：「共驚措大新官樣，私説郎君舊小名。」

予論詩以柔爲主，盤空硬語皆矯揉造作爲之，非正格也。故於唐之昌黎、宋之東坡、山谷皆不甚好。如皋江黄竹干《片石詩鈔》哀怨絶倫，殆於郊寒島瘦外另樹一幟者。《燕子磯》云：「吴楚千秋征戰地，乾坤終古去來潮。」《文山春眺》云：「孤戍遠連空野燒，一樓寒擁亂山鐘。」《客感》云：「貧説温柔空適意，愁聞歌吹轉傷心。老忽催人愁有據，才能造命福無權。」《題桃花庵册子》云：「詞客閒吟荒野月，孤僧寒擁破樓霜。」《寄人》云：「有身自縛如蠶繭，以寄爲生比兔絲。」《寒夜》云：「古戍凍雲低斷雁，空村斜月亂荒雞。」《老貍》云：「人鬼叢中亂，乾坤劫外存。」水雲燕媚骨，兒女炫春魂。」《疲驢》云：「落葉踏不碎，四蹄輕可知。」均妙。予尤愛其「暮烟凝處失孤村」一語，畫工所不能到。黄竹《袍去》詩云：「袍去一家安，將飢換到寒。」讀之令人失笑。

道光七年，予在歷城，蔣竹坪以吴晦亭《古人今我齋詩刻》持贈。爲摘録一二，以存其人。五言如《汾江送客》云：「古渡落黄葉，西風江上愁。那堪長病客，復送遠行舟。海色黄牛暮，灘聲白馬秋。相思若汾水，千里共悠悠。」七言如《六和塔憑眺》云：「絶頂浮圖宿霧開，荒荒唐宋舊亭臺。錢塘努下紅潮伏，艮嶽霜寒白雁來。社稷金繒和虜策，山河鐵券定邊才。流離瑣尾朝廷小，不及婆留闢草萊。」他如《買臣》云：「賤干天子易，貧悦婦人難。」《村行》云：「遠山遠水秋風店，黄葉黄花暮雨村。」又《孫夫人廟》「亂世婚姻成禍水」七字亦佳。晦亭，順德人，名維彰。臨終手書遺札，以詩稿付其弟子梁章冉，辭極哀楚。

李易安詞足與李後主並肩，予嘗戲謂使易安得配後主，可稱詞君、詞后。一老儒作色曰：「此等失節婦人，雖有數篇佳句，亦何足取？」予笑曰：「君亦知婦女再醮固是常事乎？《凱風》之什，孟子以爲『親之過小』，此聖賢之不持苛論也。國家立法，守節者有旌，改嫁者無罰，此法度之近情也。君休矣，無輕詆詞人。」時王儕嶠先生在座，掀髯大笑曰：「是故惡夫佞者，然吾不能謂此語之盡非。」

王儕嶠先生一代風雅，名重海内。《試畯堂詩集》先君已代刊行世矣。先生有《題荼蘼春去圖》二絶，後考《金石録》諸書，以易安再適爲傳聞之誤，故集中删去此詩。先生嘗爲予誦之，詩云：「黄花瘦盡過江東，又見瑶階鬬落紅。細雨忽來香夢冷，最難將息是春風。」「覆水何曾再點茶，餞春誰解釀名花。荼蘼事了開天棘，飛出東牆又一家。」

古人詩無自注之理，惟眼前紀實語不得不借注以明之。然詩有因注轉劣者，東坡《夜泛西湖》

詩:「漁人收筒未及曉,船過惟有菰蒲聲。」的是湖中將曉静景,乃自注云:「湖中禁魚,皆盜釣者。」豈不令二語索然?

毛伯成:「寧爲蘭摧玉折,不作蕭敷艾榮。」抱負語。高青丘:「富老不如貧少,美游不如惡歸。」真實語。黄仲則:「賤修不如貴夭,飢聚不如飽散。」悲憤語。若袁子才先生:「言我明日飢,我已今日飽。言我明日死,我已今日好。」則又曠達語也。

詩以含蓄不盡爲妙,若「漢恩自淺胡自深,者回休更怨楊妃」之類,則説盡矣。予絶愛明袁海叟凱《蘇武泣别圖》云:「猶有交情兩行泪,西風吹上漢臣衣。」詩用替代字最可厭,如竹曰「緑篠」、荷曰「朱華」,以及「蒼官」、「黄嬭」等類,令人悶悶。必如李義山「青女素娥俱耐冷,月中霜裏鬭嬋娟」,始可謂之新巧。

盛唐詩如樸玉渾金,盎然元氣。晚唐詩如雕金琢玉,精巧絶倫。各有所長,不可偏廢。争盛較晚,皆耳食之論,非本心語也。

蔡文姬將歸,别子詩云:「不謂殘生兮却得旋歸,撫抱胡兒兮泣下霑衣。漢使迎我兮四牡騑騑,胡兒號兮誰得知。與我生死兮逢此時,愁爲子兮日無光輝。一步一遠兮足難移,魂銷影絶兮恩愛遺。」古音古節,《三百篇》之遺也。

「空林木落長疑雨,别浦風多欲上潮。」與「湘潭雲盡暮山出,巴蜀雪消春水來」同一格調。「南樓楚雨三更遠,春水吴江一夜生。」與「雲間路繞巴山色,樹裏河流漢水聲」同一杼軸。而皆景中有情,卓然名句，安見有古今之别耶？

宋人詩話宗韓祖杜，令人生厭。黄徹《碧溪詩話》尊工部而抑太白，更爲囈語。至謂心術事業可施於廊廟，以李、杜齊名爲忝竊，則全無心肝矣。要之，少陵自是一代大家，然何至字字皆經、語語皆史。如引「皇帝二載秋，閏八月初吉」，「乾元元年春，萬姓始安宅」，「元年建巳月，官有王司直」，以爲史筆森嚴，人不易及。如此論詩，幾於無詩。

少陵詩「安得廣廈千萬間，大庇天下寒士多歡顔」，香山詩「争得大裘長萬丈，與君都蓋洛陽人」，皆不失仁人之旨，乃《碧溪詩話》云：「同合而論，則老杜之心差賢。」古人自詠所懷，何煩後人爲之評較，且又安見老杜之句其心遂賢於香山耶？此種議論，恨不起始皇焚之。

至性至情語，似易而實難。或以淺目之，非知詩者也。如袁子才先生《病中贈内》云：「千金儘買群花笑，一病纔徵結髮情。」《送女還吴》云：「好如郎在安眠食，莫帶啼痕對舅姑。」此種真摯語，在唐惟香山，在宋惟放翁耳。近代諸公集中，不多見此。

詩用干支字，不以新奇出之則可厭。如沈桐威之「屈戌牢鉤防露眼，祕辛私授試風懷」，始稱新巧。

宋太學生鄭所南原名某，宋亡後易名思肖，寓思趙之意。工墨蘭，不畫土，根無所憑藉。或問其故，則云：「地爲番人奪去，汝不知耶？」坐卧不北向，名其居曰「本穴世界」，以「本」字之「十」置下文，則「大宋」也。嘗著《大無工十空經》一卷，「空」字去「工」而加「十」，亦「宋」字也。其詩如「不知今日月，但夢宋山川」、「此世但除君父外，不曾別受一人恩」，皆念念不忘君國。《寒菊》云：「寧可枝頭抱香死，不曾零落北風中。」尤爲藴藉。惟所著《一百二十圖詩》殊乏意味，如《三顧草廬》云：「若無三顧草廬意，剖出心肝賣與誰？」《周處除三害》云：「若是不能降自己，縱屠龍虎不爲高。」此類甚多，幾於噴飯矣。

所南父名震，後更名起，號菊山。詩有可傳者，如《喜静》云：「素來嫌僻静，今漸與相安。師友凋零盡，年時出處難。春風雙屐暖，夜雨一鐙寒。洙泗曾顔輩，何曾作好官。」《荆南留别》云：「來時秋雨滿江樓，歸日春風度客舟。回首荆南天一角，月明吹笛下揚州。」《飲馬長城窟》起四句云：「飲馬長城窟，下見征人骨。長城窟雖深，見骨不見心。」

王介甫修《三經義》成，有賜予，王雱亦加職。元厚之贈詩云：「陳前輿服嘉桓傳，拜後金珠有魯公。」時人稱誦之。

朋友之情，惟共患苦者尤切。蔣竹坪維時、白麗萱壽椿與予在濟南訂交。道光丁亥，予重游歷下，染瘟疫幾殆。竹坪奔走酷暑中，爲予尋醫問藥；麗萱數夕不寐，與家人秤藥量水。此種情誼，較骨肉更切也。未三年，竹坪、麗萱均殁於歷城。予有《哭竹坪》詩載集中。聞麗萱訃音，予寄聯輓之云：「此别竟千秋，聞暫時蕭寺停棺，午夜懷君梁上月；回頭增百感，記當日明湖作客，一鐙伴我病中身。」

紀曉嵐先生昀《灤陽消夏録》中一則云：「南村董天士，不知其名，明末諸生，先高祖老友也。《花王閣賸稿》中有《哭天士》詩四首曰：『事事知心自古難，平生二老對相看。飛來遺札驚投箸，哭到荒村已蓋棺。殘稿未收新畫册，餘資惟賣破儒冠。布衾兩幅無妨斂，在日黔婁不畏寒。』『五嶽填胸氣不平，談鋒一觸便縱横。不逢黄祖真天幸，曾怪嵇康太世情。開牖有時邀月入，杖藜到處避人行。料應塵海無堪語，且試驂鸞向紫京。』『百結懸鶉兩鬢霜，自餐冰雪潤空腸。一生惟得秋冬氣，到死不知羅綺香。原注：天士不娶。寒蕒村醪纔破戒，老棲僧舍是還鄉。只今一瞑無餘事，未要青蠅作弔忙。』『廿年相約謝風塵，天地無情殞此人。亂世逃禪聊解脱，衰年哭友倍酸辛。觀河泱漭連兵氣，齒髮滄浪寄病身。泉下有靈應念我，白楊孤冢亦傷神。』予愛其詩抑鬱頓挫，一往情深，故録存之。

金壽門《自題畫蘭》云：「苦被秋風勾引出，和葱和蒜賣街頭。」士之輕於出處，以致流落不偶者，讀之應悽愴悲懷也。

梁茝林先生章鉅任山東臬使，時招張六琴巡檢入幕。後擢江蘇方伯。六琴呈詩以「部民受業屬吏禄卿」書款，頗别致。予笑謂六琴曰：「可對蠻夷大長老夫臣佗。」

先生在山左，愛才如渴，在六琴壁上見予詩，大加稱賞。後予奉程月川中丞含章檄調赴省，將有所委任，忽有季布之毁，中丞惑於人言而止。時全家棲遲歷下，進退皆難。先生一力維持，極爲剖白，予亦自此得受知於月川中丞。嘗記一日先生謁中丞出，執予手語人曰：「此少年名士也，無輕視之。」時多官濟濟，立階下，莫不驚異。噫，知己之感，何日忘之！故予呈先生詩有「肯因小吏羈棲日，費盡憐才宛轉心。若使銜環酬夙願，全家都是報恩禽」之句。結句人每謂太過，緣不知當日情事耳。

高密單野甫可基《竹石居藁》中，如：「月明濰水人千里，霜落空林雁一行。」「疏雨忽來四五點，老梅猶著兩三花。」「窗紙横斜如補衲，簷禽剥啄似敲門。」俱有劍南風味。《塞上曲》云：「雪天高會醉雙鬟，忽發軍書夜襲關。一曲琵琶聽未畢，前鋒已過賀蘭山。」

含山蔣世治《題紅樓夢》詩鮮麗無比，惜全詩不能記憶。詩云：「八座巍峩綺席開，軟紅深翠日追陪。老多姑息生淫孽，婦有機謀是禍胎。相敬如賓真大雅，但求不妒亦庸才。紛紛李艷桃夭處，猶見清操一樹梅。」「煢煢多難背慈嚴，千里思家百病添。孤介自宜情性傲，辛酸不覺語言尖。蓋棺始割今生愛，同櫛終存未死嫌。淒絶《葬花》詩一首，年年鸚鵡誦珠簾。」「連珠寶帳合歡牀，乳字呼來口亦香。未必姻緣成恍惚，豈真雲雨盡荒唐。綱常總被輕浮墮，家政都因長厚荒。堪笑神仙猶悟道，黄冠羽服老丹房。」他如「一劍酬君真俠烈，九原殉主自從容。」「紅裙裊裊花間解，翠氅茸茸病裏縫。」「空庭寂寞蘅蕪緑，香夢沉酣芍藥紅。」「豁達絶無兒女態，恢諧饒有滑稽風。」「絶世紅顔多命薄，敗家子弟總風流」之類，均不愧名手。

無爲州盧小彭大年《詠七姊妹花》云：「倘許東風齊遣嫁，竹林都是畫眉人。」

劉石庵相公一代名臣，相業炳耀寰區，豈屑以詞章小技争長？偶讀《清愛堂集》，摘録數聯，以誌景仰。《詠梅》云：「雪滿園林無客到，月明庭院有香來。」《雁字》云：「虚空不壞寧愁蠹，寰宇同文未要箋。」二語真相度也。

相公《讀吴梅村集》七律云：「六朝金粉擅風流，射策東堂片玉收。事去不無江總恨，宦成薄有杜陵愁。凄涼法曲秦淮夜，慷慨悲歌易水秋。寶玦飄零紅袖泣，幾多哀艷爲君留。」

蕪湖宋溶江公子語，以秀才流落臨湖以終。佳句如「心同孺子偏離母，跡似流民悔讀書。」「未離草莽休言隱，徒博簪纓豈是名。」「當路野僧偏賣酒，近山美婦亦擔柴。」「明月隨人過小市，白雲先我宿前山。」「酒但能賒酸亦醉，裘還未典破何妨。」又「江心浪險鷗偏穩，船裏人多客自孤。」相傳亦溶江句。《隨園詩話》以二語爲丁貫如作，未知孰是。

葉琴柯先生紹楏母李太夫人含章，吾鄉鶴峰先生因培之女，詩筆沉雄闊大，殊無閨閣氣。記其《題太白集》云：「靈鳳翔千仞，高歌一代中。在天猶被謫，入世豈能容。膽落高驃騎，恩深郭令公。再回唐社稷，諸將莫言功。」通首一氣捲舒，筆墨之跡俱化。或謂「容」字出韵，代易爲「入世豈求通」，大遜原句矣。因思東、冬、魚、虞之類，唐人往往通用，不以爲嫌。近日拘儒，每有此膠柱鼓瑟之論。

姚廣孝初名天禧，年十四出家妙智庵，名道衍，亦能詩。有《京口》七律云：「樵擄年來戰血乾，烟花猶自未凋殘。五州山近朝雲亂，萬歲樓空夜月寒。江水無潮通鐵甕，野田有路到金壇。蕭梁事業今何在，北顧青青眼倦看。」

詩中取材各有所宜，雖一草一木，亦須位置得當。如夭桃垂柳，雅稱閨闈。緑竹紅蕉，恰宜秋館。梧高柏古，繪蕭寺之風光。梅老松蒼，是深山之點綴。白楊只宜墳墓，衰草應切戰場。此其大略，可以類推。因物起興，即景生情，會心人自加選擇耳。使顛倒而妄施之，幾何不來「遲遲春日，翻學《歸藏》；湛湛江水，竟同《大誥》」之誚耶？

以孔子擬人，終竟不可，惟師弟或偶用耳。王安石哭王雱詩云：「斯文信有寄，天豈偶生才。一日鳳鳥去，千秋梁木摧。」竟以孔子擬子矣，怪妄如是。

丙申十月，在香影廊與葉布帆同集。布帆以甘泉張豳原廷弼《紅薇館詩鈔》二卷見示，中有送先君官甘藩七律二首，蓋先君任武昌臬使，豳原時官參軍也。忽忽廿餘年矣，彈指滄桑，何堪回首。詩云：「建牙三楚幾星霜，帝命開藩赴朔方。秦塞山川持節到，虞廷岳牧策勳揚。乘軺此日安邊使，簪筆當年畫省郎。多少蒼生揮泪別，攀轅江上獻壺漿。」「一輪卿月照關西，功業文章互品題。韓范勳聞華夏重，歐蘇名與斗山齊。江樓吹笛招黃鶴，鄉樹穿雲望碧雞。貽我新編《紅茗詠》，朗吟字字盡探驪。」其他佳句如《雨窗》云：「深巷泥衝雙屐滑，荒廚牆圮一鐙昏。」《大梁懷古》云：「天餘趙宋殘疆土，地是金元舊戰場。」

江都曹勻村原著有《棲心庵稿》。《曲欄》云：「珠箔乍開紅一角，畫廊新約地三弓。」《綠陰》云：「暝色帶烟殘絮盡，碧天如畫亂鶯啼。」《梅影》云：「春情已淡難論色，花事全非只辨香。」

江都朱二亭賁著有《二亭詩鈔》，論者謂五律勝，而七律亦自不凡也。五言如《河上酒樓》云：「落日未西下，長河水自流。」《秋山》云：「高樹下寒葉，亂峰歸白雲。」《懷人》云：「江漢三年客，飢寒八口家。」《寒食》云：「佳節又寒食，故人誰少年？」《春日》云：「多情又芳草，不盡是春山。」七言如《康山》云：「苦心誰復知陳實，清論終當恕子雲。」《秋日》云：「絶代文章官閥少，古來憂患布衣多。」《九日》云：「景物又看黃菊放，弟兄漸覺白頭多。」《晚眺》云：「紅葉多情游子老，青山無恙酒人稀。」《話舊》

云：「四海漫憐知己少，九原漸覺故人多。」

泰州鄒耳山熊下筆有情，《聲玉山齋集》中五言似香山，七言似放翁也。《元旦》云：「開樽集少長，拜母學兒童。」《示弟》云：「當思規戒日，即是愛憐時。」《待雪》云：「若是肯來宜酒後，似曾有約在梅先。」《新蝶》云：「已消扇底三秋恨，來結花間再世緣。」《吴門》云：「春從欸乃聲中去，愁在湖山畫裏消。」

錢唐屠琴塢太守倬著有《是程堂集》，五七古不矜才，不使氣，和平大雅，一洗近世靡靡之音。近體自寫性情，無所依傍。五言如「野店逢人少，炊烟近水無。」「亂鐘蕭寺晚，殘照一峰沉。」「水雲能送客，魚鳥不知貧。」「鶴唳不知處，秋山第幾重。」「炊烟不出屋，春樹欲浮山。」七言如「狂原無奈悲歌裏，貧最難堪餞歲時。」「金盡不妨仍結客，時清未可説歸田。」「委巷銜泥雙屐響，小樓呼酒一鐙寒。」「天教小雨留三日，人共斜陽載一船。」七絶如「紅日半檐山一角，晚潮如雨送江聲。暮色到門看不見，萬家烟樹一篝鐙。」此皆未通籍以前句也。入翰林後，詩筆專務沈著，似別開生面矣。

江都王柳村豫，予求其稿不得，僅記其《秦淮雜詩》絶句云：「似水涼宵眠不穩，蟲聲多在豆花村。」「勞勞亭是銷魂地，涼月半篷人渡江。」「才人舊夢烏啼散，誰遣蘼蕪緑到秋。」「名士美人俱寂寞，荷花開冷半湖秋。」「玉笛銀筝聽不慣，一鞭吟偏六朝山。」五音之商聲、七絶之正格也。

詩以氣骨爲主。有句無章者氣弱，有格無調者骨弱，兼之者其惟阮芸臺相國元乎？《揅經堂詩》美不勝收，摘録一二，以見一斑。《月夜拜滕文公廟》云：「停車滕國廟，落月四更天。老屋鐙昏壁，寒林霜化烟。平原五十里，殘碣一千年。願與迂儒説，閒來試井田。」《甬江夜泊》云：「風雨夜瀟瀟，荒江正起潮。遠帆連海氣，短燭接寒宵。人靜愁聞角，衣輕欲試貂。遥憐荷戈者，孤島夜蕭寥。」

安化陶雲汀先生澍以宫保總督兩江，勳業赫奕，在人耳目。《題阮梅叔明經珠湖漁隱圖》云：「此中便合漁人隱，何處桃花别問津。」「我本湘西舊漁父，回頭三十六灣秋。」大有功高百辟，心在一丘之意。

雲汀宫保《吴淞登礮臺》詩四首，一時和者數百人。江夏陳芝楣中丞鑾和「難」字韵云：「帝澤如春知最溥，臣心如水敢辭難。」二語是大臣心事，亦是大臣氣度。

江寧楊樂山輔仁，人呼「楊瘋子」，著有《白雲軒詩草》。五言如「遠帆衝霧去，寒雁破霜來。」「夕陽愁墮水，倦鳥欲巢花。」七言如《懷顧秋碧》云：「鐙下悲歌兒女泪，雨中分飯弟兄心。」「悔從明月思前世，笑對梅花問再生。」《春柳》云：「亂遮水驛疑無路，轉過旗亭别有村。」錢唐袁簡齋太史《詠鏡》云：「照去虛堂疑有路，看來如我更無人。」白門韓奕山云：「前身知爾爲明月，來世逢予或美人。」

予在山東，以詩文受知於長樂梁茝林先生。《藤花吟館集》中，五七古萃韓、蘇、李、杜之精華爲一家，真大手筆也。近體沈雄高古，不矜才藻，曾賓谷先生所謂「質實不佻」者。五言如《喜晴》云：「人家落寒翠，夕照被昏黄。」《江天寺》云：「日華含海氣，梵響雜潮聲。」《虎丘》云：「青山開士蹟，黄土美人魂。」《溪岸待月》云：「酒從良友醉，月自故鄉生。」七言如《舟中贈齊北瀛》云：「樽酒論文多李白，囊琴逐隊幾槐黄。」《揚子江清明》云：「十年踪迹東流水，幾度清明北固山。」《吴山》云：「蒼茫天水餘陳跡，消受名山幾老僧。」《八月十五夜》一律云：「西風客子寒不眠，夜色欲午花含烟。今月古月同一照，舉頭低頭都可憐。六千餘里故山遠，二十一回明鏡圓。此景此情悄誰遣，空庭衣露森吟肩。」先生今年開府桂林，而予解組歸田矣。重瞻山斗，不知更在何時何地？高山仰止，景行行止，中心藏之，何日忘之。

陶雲汀宫保所著《印心石屋詩鈔》，沈著嚴整中仍復風流自賞，似甘興霸鼓吹助戰也。吾師顧南雅先生以爲「才大心細，識力並到」，可謂定評。五言如「關河緜客路，天地入扁舟。」「古亭收野氣，老樹立斜陽。」「江山容醉客，風雨此登樓。」七言如《詠雪》云：「平將世上三叉路，隔斷人（問）〔間〕萬里塵。」《江夏》云：「雨氣欲沈雲夢澤，江聲直上武昌城。」《途中》云：「野色融春蘇草脚，人烟分翠上松尖。」《上元》云：「午夜春鐙隨處好，一天明月此宵圓。」《黄鶴樓》云：「乾坤不老風雲色，今古長流江漢聲。」

大興朱厚齋太守浩工詞能詩，與弟浣岳齊名，人比之「雙丁」、「二陸」焉。《叠山琴》一律云：「摩霄鷟鵠自梳翎，網到南天墮杳冥。松石之間枯夏草，菊山而後壯冬青。於今百衲閒情賦，此闋千秋不忍聽。承旨亦工雷氏藝，趙松雪工製琴。終南先已撰佳銘。」

泰州分司朱浣岳别駕沆工畫，山水人物，無不入妙，尤善狂草，興酣落筆，幾欲奪索靖之席。與兄厚齋太守友于之愛甚篤，白頭兄弟，唱和一堂，人望之如神仙中人。曾見其《題畫》一絶云：「静對青山太古容，四圍蒼翠白雲封。招提似有招游意，送出林端一杵鐘。」二十八字，千錘百鍊而出之，非老手不能也。

江都葉竟亭覲廷詩筆高雅，著有《鐵鑑堂集》。子酒生秀才貴曾輯遺稿藏於家，而無力付梓。予爲摘録數聯以傳。《讀宋史》云：「珠嚳作酒天書貴，瓦注工讒鬼語靈。」「壓日無光頭太重，格天有閣脚偏長。」「春夢蚍蜉戀巢穴，秋風蟋蟀鬥湖山。」《諸葛菜》云：「竟與大名垂宇宙，居然小草管興亡。」「不辭北伐鋤非種，可惜南中地不毛。」皆警句也。酒生亦工詩，感予采其尊人詩，以五律四首見贈。末一首云：「馬服遺書在，千篇讀未能。謳吟本忠孝，風雨畏侵陵。采摭勞明府，流傳抵暗鐙。鯫生稽首謝，展卷泪難勝。」宛轉真摯，具見孝思也。

藥欄詩話乙集

宜良嚴廷中秋槎

儀徵汪劍潭太守端光名重一時，詩稿未付梓，散失甚多。阮梅叔明經搜羅其詩若干首，於所著《瀛舟筆談》、《淮海英靈續集》、《琴言集》中録存，可謂不負亡友矣。丙申秋，梅叔以太守詩四卷示予，屬爲録入《藥欄詩話》中。窮三日夜而盡讀之，無體不備，清新如：「朱門寒雨空尋蝶，南浦西風再送人。」「斷井一彎城路壞，短籬三尺寺門荒。」《秋草》。高雅如：「麄官自古歸名士，好句從來得異鄉。」《題王少林集》。曲麗如：「身如藥樹成仙易，性比蓮花學佛難。」「門巷東風無樓到，江關殘雪有書還」《本事》。超脱如：「一年明月登樓少，千古重陽作客多。」《江樓晚眺》。雅飭如：「曲沼東風三月老，小門疏雨一籃輕。」《芹》。「楊花酒店看成市，春水蠶家賣過村。」《河豚》。感慨如：「遲我聲華殊減色，寄人籬落不成行。」《殘菊》。「何地更容官乞食，此間已是客無衣。」《暮春遺懷》。

古寺詩詠者多矣，如劍潭太守之「青山前代去，黄葉老僧歸」，何可多得？

錢塘陳魯山孝廉寓泰，麗京先叔甲子同年也。僑居邗上，倡白桃花詩社，名著一時。著有《香草山房詩集》。《黃海歌》云：「三十六峰芙蓉青，朝暾欲上天冥冥。忽然雲氣幻成海，松風吹出蛟龍腥。貝闕珠宫插天起，峰峰都作三山擬。未放成連海上船，何緣已到方蓬裏。須臾光射海門東，雲收霧捲波濤空。老松怪石帶餘潤，佛火猶疑魚目紅。」其他佳句，五言如《題畫》云：「夜色淡如此，美人思若何。」七言如《下第》云：「白紵仍縈慈母線，黃金空感故人情。」《稚女》云：「不礙撒嬌尋懊惱，也知對客學端莊。」「姊因有壻時相謔，弟恰能行手自將。」皆性情詩也。

儀徵阮梅叔明經亭，少以《蕉花》詩得名，所謂「小欄定有吟花客，淺碧羅衫一樣長」是也。著有《珠湖草堂詩鈔》。如《新柳》云：「誰家白舫多羅綺，何處紅樓不管絃。」《香車》云：「油碧帷中人似玉，小紅橋畔路生香。」《吳山》云：「萬樹紅連斜照外，一峰青插白雲中。」《渡揚子》云：「烟際白帆瓜步驛，雨中綠樹潤州城。」《郯城道中》云：「稻收涼露千畦白，柿壓新霜萬樹紅。」《夜坐寄小雲姪》云：「樂歲尚憂生計拙，故鄉較比宦途安。青山有約辭官易，黃葉無聲入夢難。」《春草》云：「楊柳春風調馬地，桃花細雨賣餳天。」均不愧雅人吐屬。

甘泉許春卿之翰詩以情勝，不作人云亦云語。與予唱酬虞山詩，六疊韵而筆不懈，真健者也。中有「飛來一將降非詐，掃去千軍退始甘」之句，亦可見其胸次。著有《說文堂詩稿》。《題宣城太守卞竹辰漢江曉渡圖》云：「洲橫玉露江烟白，山挂銅鉦海日紅。」《贈竹辰太守》云：「巡遍九閽都御史，化行千里古諸侯。」「客除李白無前輩，仙有麻姑對北堂。」《題海上移情圖》云：「四齡未滿曾觀海，一曲無成也抱琴。」《感某女子事》云：「美滿姻緣貧女少，公平媒妁小家稀。」《偶成》云：「鬢髮遲蒼天諱老，車魚懶唱自瞞貧。」《病歸》云：「歸來惹得小妻譁，九夏三秋望眼賒。歲已將闌忘返里，身如無病不思家。」《題魏紅豆白桃花冊子》云：「生憐豆子相思苦，便化桃花不肯紅。」

儀徵潘小江宗藝詩筆清婉，如《城東暮歸》云：「西風古城下，秋色正陰陰。落葉誰家樹，殘陽滿地砧。」《寒林》云：「霜重忽驚樵徑白，烟疏遥見寺牆紅。」《寒鴉》云：「一枝借暖曾無地，萬樹驚風忽有聲。略帶殘雲棲廢壘，亂翻寒日下空城。」《秋夜》云：「壯歲也同秋易到，卑宫翻比夢難成。」

江都布衣葉布帆舟，性幽僻而工詩。五言如《早春》云：「天地自生意，溪山欲醒時。」《分韵》云：「明月自寒色，黄花猶晚叢。」《白蓮》云：「一鷺入無跡，滿湖惟妙香。」七言如《夕陽》云：「千古闢情憐暮景，百年多感戀餘暉。」《輓友》云：「風雨不情蓬户掩，米薪無計爨烟銷。」布帆家藏古硯甚多，舊時好結客，極文酒倡酬之樂，晚年詩益工而家日貧矣。

吴江郭頻伽麐《蕩湖船・摸魚兒》詞云：「一篷兒花天酒地，銷磨風月如許。吴娃生長吴船上，只共鴛鴦爲侶。船六柱。從不識愁風愁雨天涯路。輕橈容與。問兩寺東西，半塘前後，商略泊何處。江南好，不在中流簫鼓。牽人好夢無數。十年水驛風鐙夜，負了畫船聽雨。臨别語。怕紙醉金迷忘却秋娘渡。重來記取。有澹澹窗紗，疏疏簾影，隱隱數聲櫓。」可謂此題絶唱。

天長王用軒雨春詩云：「郎船頭，妾船尾。郎看風，妾看水。上下吴江一千里，吴江夜泊多巨航。東鄰誰家紅粉妝，西鄰何處千金商。各對孤鐙淒斷腸，不如船中妾守郎。不如船中郎伴妾，雙宿雙飛雙蝴蝶。」

天長程禹山虞卿以《春草》得名。如「北郭清明早，南朝廢寺多」，誠佳句也。著有《水西閒館詩鈔》。情文相生，百讀不厭，猶見先輩典型也。

作七絶當如雪藕冰梨，鮮脆利齒。商寶意先生盤《送王穀原遊建康》云：「此去南朝士女非，君家舊巷賸烏衣。寒花一簇斜陽冷，不見紅襟燕子飛。」「殘宵還憶景陽鐘，碧瓦鱗鱗失故踪。留與才人作憑弔，秣陵老柳孝陵松。」風格尚在漁洋之上。

曾賓谷都轉燠《龍王廟聯》云：「其澤巨區，其川曰三江，其浸曰五湖；以祈甘雨，以介我稷黍，以穀我士女。」

天長秦欄鎮王静容女史，家貧母死，依老父爲活。《感懷》云：「晨炊烟鎖茅簷白，夜紡鐙摇土壁紅。」「十日不來堤上望，菜花黄過土神祠。」「土神祠」三字從何處得來！眼前語，人自道不出耳。孫子瀟原湘《輓陳小雲姬人王紫湘》云：「第一人間難得事，若蘭親哭趙陽臺。」「朝雲嫁得才人壻，誄筆何曾到老泉。」蓋小雲尊人雲伯暨汪允莊夫人端均有誄詞也。程禹山孝廉《題紅袖添香夜讀書圖》云：「我亦讀書兼好色，不曾修到此生來。」均可謂掃空一切，自具機杼。

王慈雨吏部欽霖爲人豪邁不羈，詩筆雄邁，如「醉鄉日月無今古，色界神仙有别離。」又如「黄葉滿山攜帚去，夕陽影裏掃秋聲。」讀此可以見其爲人。

端木珊堂國瑚著有《太鶴山房詩草》。予最愛其「少婦養蠶如養女，老人憐犢勝憐孫」。

顧秋碧槐三《登金山》云：「海日倒懸金烏下，江潮横捲白龍來。」《送人入都》云：「初日滹沱千里雪，秋風王屋萬重山。」又「多累自知難擺脱，他生何苦再聰明。」

錢唐金竹簃楷風雅好客，一時知名士多與之游。尤心折於予與許春卿，每予過訪，必爲置酒，約春卿同集，誠有心人也。著有《懶雲草堂詩存》。五言如《過建隆寺》云：「高樹纔黄葉，秋花自晚叢。」《九日》云：「菊催霜氣早，秋入酒杯先。」《懷楊次雲》云：「夢中家十載，江上屋三間。」七言如《竹夫人》云：「應將新笋留爲媵，合共寒梅唤作妻。」《老吏》云：「老態漸招同輩笑，一官偏滯異鄉人。」《題畫》云：「暮山千叠亂當户，新月一弓閒到門。」《秋寺》云：「四壁寒蛩宵禮佛，滿龕黄葉晝懸鐙。」《秋墳》云：「酸風泠雨悲陳蹟，衰草殘烟憶故人。」《元日》云：「積雪暖融茅屋角，寒梅春透紙窗邊。」

天長陶南濱主事汶與予訂交於揚州，爲人正而不腐，直而多情，詩如其人。《古棠道中》云：「曉霧衝開千里雁，晨鐘敲破萬家烟。」《詠梅》云：「小驛疏鐘遊子夢，斷橋殘雪去年人。」

常熟蔣伯生明府因培詩不存稿，隨得隨棄。予僅記其塞外寄予詩云：「杯酒南園對夕曛，軍符忽下急如焚。一州斗大難容我，四海交空臏有君。送别擬偕孤戍去，卜居不願兩家分。别來近作添多少，《駡鬼》書兼《歎逝》文。」

伯生侍姬董申林姝亦能詩。《塞外口占》云：「小言原不要人聞，罷繡無聊遣夜分。多謝東坡老居士，莫添詩案到朝雲。」「當窗草草貼花鈿，一陣驚沙破粉妍。却比向時妝閣好，亂山青到鏡臺前。」蓋伯生以刊刻詩句謫戍，故首章及之。善戲謔兮，婉而多風矣。

丹徒嚴問樵保庸以翰林改官山東棲霞令。道光乙未正月，予權福山尹。問樵以勾當公事來福山，盤桓旬日，極文酒之樂。由是聯譜，兄視予，侍兒鏡波亦從問樵問字焉。爲人倜儻不羈，不屑屑於禮法小節，視齷齪輩蔑如也。詩主氣韵，近時罕見者。如《秋陰》云：「睡鶴續殘夢，秋天低壓門。風霜助蕭瑟，池館易黄昏。遠水三分影，寒烟一縷魂。誰將好絃管，催出月無痕。」《題人出關》詩云：「金戈鐵甲肅宵分，吟苦聲高萬帳聞。手筆直追唐《出塞》，頭銜私署古參軍。明駝曉刷千山雪，健鶻秋拿大漠雲。十六城中多壯士，誰人把酒一酬君。」他如《蘆花》云：「秋水不勝澹，斜陽如此紅。」《石城》云：「一抹斜陽空舊院，數聲流水已南朝。」《夜行》云：「霜雞叫曙三更月，老馬馱霜一背秋。」均自寫性靈，不愧名士風流。嘗謂官山東二年，於古學得一翟文泉，於詩學得一嚴秋槎。予烏足當此，而其目空一切，亦可概見。

天長戴湘圃狀元蘭芬有《戒淫詩》三十首，《奪孀婦》一聯云：「緑酒紅樓人醉後，白楊青冢鬼啼時。」輕薄兒聞此固應猛省，未亡人聞此亦當泪下。殆比之香山《燕子樓》詩，尤傷心獨絶也。

江都符南樵燦詩筆清婉，《寄鷗館集》中佳句甚多。五言如《楓橋》云：「寒山孤客夢，落葉一船霜。」《塞上曲》云：「河流沈暮色，歸夢認遼陽。」七言如《夜泊》云：「山圍木葉孤城閉，舟泊蘆花夜月高。」《江上》云：「渡尋春水方生處，山在斜陽欲盡邊。」七絶如《秦淮》云：「雲氣烟光覆大堤，花枝草色總淒迷。江南多少閒樓閣，留與春風燕子棲。」「春波渺渺木蘭舟，舊曲新翻動客愁。一片笛聲吹不斷，斜陽和夢下西樓。」又「萬蝶争春各抱花」一語亦奇。

長洲王二波嘉福詩有家法。《寒浦》云：「荒烟白過無人渡，畫板紅欹舊日橋。」《寒柝》云：「清霜城郭初傳角，微雪人家各掩門。」《寒潮》云：「廣陵月落人千里，瓜步江空雪一天。」《寒檠》云：「青圍蘭語三重幙，紅射梅梢一角樓。」《邗江》云：「九十春如將去客，二分月在最高樓。」《郭外》云：「晚花紅上村娃髻，秋蝶黄於野衲衣。」二波爲惕甫先生之子。先生與先君丙午同年，嘉慶初年同居京師，與王儕嶠先生、張船山先生、汪浣雲先生時相唱酬，忽忽四十餘年，老成凋謝矣。二波官儀徵守備，文人能武，亦僅見者。

五七律有通首不對者，「牛渚西江夜」是也；有通首對者，「風急天高猿嘯哀」是也；有首二句對、三四不對者，「清晨入古寺」是也；有隔位對者，「裙拖六幅湘江水，鬟繞巫山一段雲」是也。

安東程與九得齡丙申重九日，袖《棗花樓詩》一卷訪予於贈玉樓。詩格雅近劍南。五言如「擕籃拾花種，縛草護桐身。」「野鷗閒似客，髡柳禿於僧。」七言如「柳邊喚渡譍人語，沙上修船落斧聲。」「無可再窮翻快活，有時連俗總能醫。」「菱葉浮池還受月，瓜棚倚樹不驚風。」均有風致。

游仙詩以寄託爲佳，其次則能出新意耳。秣稜陳蘋薌女史傳淑二絶云：「譃罷瑶池阿母家，酒潮初泛臉邊霞。披雲小立罡風裏，閒看仙人掃落花。」「雲來雲去自閒閒，詩夢詩魂縹緲間。清瑟誤彈湘水曲，劫灰飛上緑雲鬟。」

阮梅叔明經以甘泉謝佩禾堃詩鈔一卷見示。《秋柳》云：「涼月拂殘紅蓼岸，西風摇碎白蘋洲。」《九日》云：「節當九日黄花瘦，人到中年白髮多。」

婁縣楊秋堂元顥《紅葉》云：「山市烟寒人倚酒，江城日落雁横天。」

靈石王青溪鑒《邗上游桃花庵詞》云：「新笋過人長，新荷出水香。看青青、薺麥齊黄。從古竹西歌吹地，也一樣、有農桑。」《唐多令》上半闋。末二語别有感慨。

歙縣何吟香女史佩芬《秋雁》云：「高樓怨笛驚秋早，古戍寒笳入夜多。」「關河摇落悲千里，湖海飄零恨一生。」《餞秋》云：「江湖風雨三更夢，烟水蘆花一段愁。」《秋懷》云：「病起瘦寬銀約指，夢回涼透玉搔頭。」又「藻疏魚露脊，荷静鷺舒拳。」十字亦妙。

浣碧女史佩玉，吟香妹也。《春暮》云：「風暖櫻垂紅子重，雨餘苔繡緑花肥。」《即景》云：「嫩涼先向水邊生，紅蓼青蘋景最清。一個草蟲飛蔌蔌，茨菰花裏作秋聲。」《荷花生日後四日初度》云：「頭銜自署荷花妹，恰好生辰第四朝。」又《秋夜》云：「夜涼雲蘊藉，花睡月温存。」女史有《漁父詞》，氣味逼近六朝，如：「緑陰四面，紅雨一蓑。畫橋柳短，春隖花多。」又如：「菰烟渺渺，楓葉飛飛。春水魚小，秋江蟹肥。」古艷如此，一洗脂粉習氣。

予倡《春草》詩於邗江，和者如雲。女史中如何芷香佩珠、金仙裳雲封、張飲香醴蘭皆有和章，已刊入《春草唱和集》矣。惜諸女士詩集未見，無從採入。

予《春草》詩一出，大江南北諸名士酬和者二百餘人，至有繪春草於扇頭索書原作者，亦一時佳話也。曹梅農贈予詩云：「曾見碧紗籠處處，更宜團扇畫家家。」

「誰知姹紫嬌紅外，衣被蒼生别有花。」此前人《詠棉花》詩也。戴湘圃學士《桑林》詩云：「黄鳥一聲暮，緑雲三徑寬。江南數千里，未有一人寒。」與此同一寄託，乃有目爲粗淺者，非知詩者也。

泰山詩最難著筆。杜工部「岱宗夫如何」一首，亦只「齊魯青未了」五字耳。惟黄莘田云：「七十二君銷歇盡，夕陽驢背話東封。」不著一字，儘得風流矣。

嘉興馮勺園令尹登府詞筆直追玉田，著有《種芸仙館詞鈔》。《秋草》調寄《臺城路》云：「池塘夢緑西風裏，詩情者番多少。翠影偎蛩，紅心怨蝶，昨夜江南秋到。踏春路杳。記舊雨清明，酒澆蘇小。隴笛聲中，吹成牛背夕陽照。　凄迷烟冷一片，認六朝金粉，舊恨都掃。野火空山，殘螢身世，無限荒堆寒峭。天涯人老。恨頭白王孫，幾時歸了。莫唱蘼蕪，明年仍遠道。」

常熟胡松樵長齡《秋夜》云：「梧葉烟含深院雨，豆棚人話故園秋。」又《春雨》云：「空山和土葬梅花。」亦佳。

白門徐湘秋蘭生《同人泛舟湖上》云：「一片蘆花最深處，有紅樓處有斜陽。」

予《香影廊夜集》一聯云：「蟹肥菊瘦秋如此，人去廊空月奈何。」頗爲邗上傳誦。莊仿周臣和云：「垂老持螯奈齒何。」予爲之拍案叫絶。

保山范廉泉仕義以儀徵令調如皋，廉而愛民。丙申秋，予打槳真州，猶聞父老念舊尹不去口。所著《廉泉吟藁》中，如《曉起》云：「枝頭百舌弄聲嬌，無限心情慰寂寥。驚覺春眠人早起，恰逢今日是花朝。」《除夕》云：「頻年作吏向滄洲，薄宦真成萬里游。今夜長風吹夢去，思家人在海東頭。」

甘泉陳小雲壽康工七絶。《贈平山蓮舟上人》云：「打槳人歸山下路，夕陽樓閣倚秋風。」《秋閨》云：「朝來怪得羅衫冷，昨夜芭蕉葉有霜。」

儀徵玉西御僧保工《無題》詩，如「竟夜雨聲蕉葉碎，一春風信楝花終。」「憶來眉影猶蛾緑，別後衣痕尚酒香。」《疑雨集》中佳句也。予贈詩云：「傳情《錦瑟》難求解，寫怨《離騷》恐被讒。」

江都錢竹坡增慕風雅，喜交結，得人佳句，記誦不忘。聞予輯《詩話》，手録詩稿一紙送閱。好句如《豆花》云：「夢迴秋色裏，人話晚涼時。」《白蘋》云：「人歸苦竹黄蘆外，秋在荒灘斷港中。」又「白菜肥時霜有味」一語亦新。

江都王雲浦棟《螢苑》一聯云：「大業江山成腐草，蕪城宫殿鎖烟霞。」爲時傳誦。弟羽鴻嘉賓倜儻好客，所交皆知名士，嘗賦《消夏詞》十餘章，如「日長庭院無人過，一枕羲皇一曲琴。」雅有宋人風致。

甘泉王餘堂以孝友聞，大江南北無不知有王孝子也。子曙峰嘉銘、曉峰楹皆能詩，曙峰詩未見其稿，曉峰詩以峭拔勝。《平山堂懷古》云：「十三樓隔蘼蕪外，廿四橋横烟雨中。」《呈陶雲汀宫保》云：「分陜東西周太保，大江南北漢諸侯。」

浙江周蓮蕖賡《詠秋海棠》云：「不曾紅豆春抛子，何苦西風又發枝。寄語有情天上月，人間無處種相思。」錢唐陳小雲裴之《白秋海棠》云：「暝烟紅斷曲闌干，獨翦銀鐙背月看。休向水晶簾外立，風吹羅袂十分寒。」二詩風韵相似。

錢唐汪允莊女史，閨閣中之仙才也。《題徐比玉女史花卉遺册》云：「明月三生仙證果，優曇一現夢因緣。」《同小雲宴坐》云：「葉落鐘鳴悲夢短，花飛釧動奈愁何。」《輓姬人紫湘》云：「雲中紫鳳長離鳥，天上夭桃薄命花。」「夜月空林呼妙子，曉鐘殘夢見瑶華。」「畫眉菱鏡花雙笑，記曲珠簾月二分。」「錦瑟驚絃懷夢草，玉簫舊約返生香。」哀感頑艷，温、李集中上乘也。女史名端，小雲司馬室人。

《菜花》詩以「半畝龕供寒士饌，一生不上美人頭」爲最。近見錢唐屠修伯秉《野花》云：「溪畔美人初識面，座中佳士未知名。」二詩格調，可稱伯仲之間。

甘泉嚴芷衫杜《游木蘭院詩》云：「一徑入深竹，到門聞磬聲。心隨雲共静，僧與鶴同清。」高渾似中唐。芷衫工書，隸書專法漢人，淮、揚之間，當推獨步。予在山東《贈翟文泉云升》詩有「品超漢晉之間士，奴命隋唐以後書」之句，擬書聯贈芷衫也。

揚州某氏園戲臺對聯云：「座客爲誰，聽二分明月簫聲，依稀杜牧；主人休問，有一管春風詞筆，點綴揚州。」

江都張筱杲文增《秋籬》一絶云：「疏疏密密更横斜，半倚桑陰半豆花。細雨斜風村路近，寒烟圍住野人家。」詩有畫意。

諸暨女史傅珊佩蕙工詩能書，年廿六歲卒。《霜鐘》云：「破樓僧獨上，黄葉寺初晴。」《寒鴉》云：「陣圍村樹黑，聲噪夕陽斜。」皆佳。

維揚鹽筴之利富天下，二分明月，舊爲詩人聚會之場，二十年來，都成《廣陵散》矣。諸君零草斷句，尚有膾炙人口者，録存一二，記舊日之風流，即感此時之冷落。五言如東臺袁歗竹承福《登樓》云：「院竹青如雨，山花紅到秋。」泰州鄒耳山熊《曉行》云：「斜月墮征鞍，嚴關柝已殘。馬蹄驚地滑，人面逼霜寒。」甘泉江鄭堂藩《登齊雲山》云：「人與鳥争路，僧邀雲住樓。」山陽周曙峰煦《登海陵城樓》云：「淮海十年跡，高樓萬里心。」錢唐許季青乃椿《渡揚子江》云：「濤聲吹地轉，雲氣挾山飛。」江都文簀谷治《寒月》云：「似共霜俱墮，褰帷冷不禁。空林驚鵲亂，遠寺帶鐘沈。」七言如甘泉魏匏生之畯《殘雪》云：「已添三尺作新水，猶賸一峰明斜陽。」江都張老薑鏐《閒居》云：「臣本布衣甘市隱，身無仙骨亦樓居。」「人前説夢真成妄，畫裏看山便當游。」甘泉張有堂木《落葉》云：「過去秋如人老大，生來命比士單寒。」甘泉馬巽圃起安《邗溝》云：「春風一片魚鹽地，明月千家歌舞場。」甘泉程半人元聰《生辰病起》云：「乞食晨分僧鉢浄，温書宵映佛鐙紅。」永康熊介兹方受《曾賓谷中丞席上》云：「地原東閣延賓處，公是南豐再世人。」《過凌芝泉墓》云：「寒水半篙斜照外，新墳三尺畫橋東。」錢唐陳小雲裴之《懷杜樊川》云：「節度憐才名士少，國風好色好詩多。」《送仲文》云：「客裏看花偏送別，病中聽雨倍思家。」滄州張桂巖賜寧《湖上》七絶云：「十里桃花十里溪，一層楊柳一層堤。可憐多少閒池館，每到春來鳥亂啼。」

江寧凌芝泉霄《詠燕》云：「門徑依稀雖有路，香泥零落已無家。」《花魂》云：「幡雖翦紙招來少，塚易埋香斷送多。」芝泉後客死揚州，竟成詩讖。

予每得人好句，恒記誦不去口，恐久而遂忘也。録存於此，以志一臠之好。全椒吴山尊鼒《唐花》云：「真汞難成偏作獪，高才早達或無年。」甘泉吴待軒涣《偶懷》云：「柴門犬吠客初至，瓜渚月明潮未來。」江都趙觀予汝明《和白桃花》云：「春歸瑶島無多日，尋到仙源半是雲。」甘泉王恒舒雲錦《楊家山》云：「梧桐夜月新詩卷，楊柳春風舊草堂。」甘泉張墨奴景齡《無題》云：「天生一種如花貌，成就聰明本性情。」《初夏》云：「滿地落紅春不管，黄梅天氣雨霏霏。」甘泉石硯香金泉《春陰》云：「肥添草色侵晨露，輕颺茶烟過午風。」東臺袁義竹先忠《過六閘》云：「四十里聲淮水下，兩三鐙影客船來。」江都張夢湘長慶《寒柝》云：「雪夜驚迴千里夢，霜華敲落五更風。」

甘泉湯吉人兆福著有《妙香亭詩存》，清新之句極多。《寄孤山友人》云：「客於緑萼叢中住，鶴向孤山深處飛。」《燐火》云：「空山月黑殘星亂，老屋鐙昏夜雨深。」《柳花》云：「人來漢苑春初老，雪滿河梁客未歸。」《秦淮》云：「兩岸樓臺懸落日，萬家鐙火擁秋潮。」

白門湯雨生參戎貽汾工書畫，善詞曲，詩主性靈。《雁門署齋元日》云：「時平但食無功禄，身健宜安有福貧。」《擬歸白門》云：「一船秋冷琴書鶴，萬里身歸老病貧。」《客子崖》云：「馬後斜陽馬前雨，出山泉水入山人。」聞雨生慷慨豪俠，客常滿座上，近世之孔北海也。著有《畫梅樓詩藁》。

儀徵張訊槎積善和予《香影廊》詩云：「王孫春草傷如此，人面桃花唤奈何。」多情語也。

莊仿周年老而興豪，相對使人忘倦。丙申春，同人集龍興寺，仿周即席和韵云：「禪關在望行偏遠，野路重尋記頗難。」一座爲之擱筆。

予在邗江，多方外交，如問樵之琴、訥庵之畫、智光之釋典，柳橋、小支、蓮舟、純一之詩，西竺之好客，皆不可多得。柳橋贈予詩云：「鼓暮聲中日未斜，吟箋頒到野僧家。從今託鉢沿門去，只募籠詩一片紗。」小支《賞牡丹》云：「只知天上神仙好，不信人間富貴難。」蓮舟《題送别圖》云：「堤邊折柳送行舟，春盡江南水亂流。一曲歌殘人已遠，斜風細雨滿西樓。」純一《白桃花》云：「雲迷洞口人初去，月滿仙源鶴不知。」皆可誦也。

和予《春草》詩佳句，如：「大地描來存本色，疏籬界破屬鄰家。」程禹山虞卿，「淺緑莓苔深巷雨，落紅庭院隔簾人。」劉雪紹瀚，「長能隨地徒盈野，生本無名懶著花。」沈心畬慶，「紙錢騰起將爲蝶，頑石安眠待吐羊。」「想見出頭山一角，望穿老眼路三叉。」孟玉生金輝，「二月新愁寒食雨，六朝舊恨落花天。」程魯生學泗，「畫本已留金粉地，詩懷都寄夕陽天。」程小鄴學泌，「東風有主恩原重，野燒無情劫轉新。」程子馨祖綬，「小橋流水剛三月，細雨微風又幾家。」程仲威祖武，「詩酒閒尋明月地，樓臺斜倚夕陽天。」程紫瀾學海，「幽徑宵沉吴苑雨，長門春老漢宮花。」何浣碧女史，「願隨玉樹陪君子，敢學名花並美人。」謝素娟校書，「紅雨亂飄林外寺，白雲深護洞中天。」訥庵上人。道光丙申，作客邗江，名流往還無虚日，投贈之作，藏之篋笥幾滿。摘録佳句數聯，以誌友朋之雅誼。行將刊刻諸公贈詩，傳爲藝林佳話也。「荒庵支帳真無鶴，請吏歸裝但有琴。」史壽莊椿齡，「春草池邊傳麗句，桃花門外破閒愁。徑多松菊歸陶令，馬踏蓬萊送細候。」李嘯北堃，「蓬萊仙吏駐揚州，門外湖波繞郭流。村舍荒時謀茗飲，園林廢處替花愁。」許鑑泉達生，「久輕餘子慵拈筆，一見奇才頓賞心。」「才雖奪命狂難改，酒果澆愁病也甘。」劉雪盤瀚，「二分烟月添詩稿，六代江山當酒籌。」陶漢封沛，「秋鐙客館增詩話，明月揚州惜幾華。」胡松樵長齡，「十里春風迎杜牧，二分明月伴詩人。」胡逸夫繹，「偶耽泉石原非隱，作到神仙便不愁。」釋靈根，「鵑啼碧血悲貞女，草長紅心弔美人。」何浣碧女史。

江都周條雲鑛題予詩集云：「玉册扶靈下，殷勤盥手開。盡驅凡響去，高揖古人來。」又云：「三春花競秀，五色繡絲團。」「但有縱横氣，都歸節制師。」以推許而論，予何敢當。以詩律而論，則可謂精嚴矣。

詩以真勝，有時隨口説出，亦足動人者，「真」故也。勞小山長齡《客中示妾》云：「白傅青衫今濕盡，累他蠻素對霑衣。」予每吟此，不覺增感。

丙申十月，與顧秋碧遇於揚州。次日以《然松閣詩藁》十卷屬予點定，名篇佳句，美不勝收。五七古出入於蘇、韓、李、杜，而復參以香山、義山，能寫人不能寫之景，能道人不敢道之語，真奇才也。秋碧有《悼蝶》詩三十首，傳誦江南，蓋傷其姬人佩薌而作也。如「新絲鎮日縛蠶繭，香氣私教避麝臍。」「游仙已判成園客，得壻真應唤粉侯。」抑何工麗。「梅花帳冷空辜我，杏子衫輕合贈君。」「青苔路滑鵑啼樹，紅豆風多客掩窗。」抑何新倩。「辜他寫翠傳紅意，費盡回風舞雪才。」「十丈軟紅花跌宕，一庭飛白絮温存。」抑何雅飭。至如「香土再摶終隔世，仙風可御欲張帆。」「天上果然歸舞隊，人間何處覓飛卿。」又何豪縱也。

楊欒山亦有《悼蝶》句云：「不堪夢裏逢三月，也算花間過一生。」殆與商寶意先生「略享春風死未甘」同一哀婉矣。

白門顧韵雪女史藴玉，秋碧女也，年未三十而亡。詩有父風。《春燕》云：「都無駿馬馱公子，可有嬌兒字阿侯。」「幸棲南土休巢幕，但咒東風便可人。」真絶世聰明語。予笑謂秋碧曰：「此等風韵，似尚在阿翁之上。」

富谿汪巢林士慎善畫梅，暮年雙目失明，猶能以意運腕作狂草。金冬心謂其盲於目而不盲於心，信哉！著有《巢林集》七卷，金竹簃代刊行世。好句五言如「朝昏來冷客，風雨落閒門。」「緑暗雲連樹，春陰酒病人。」七言如「滿徑草肥春夢裏，隔簾花盡雨聲中。」《種竹》云：「沾泥猶帶山中雪，衝冷先鉏屋角冰。」和平藴藉，在香山、放翁之間。

予客揚州半年，求羅兩峰聘《鬼趣圖》而不得。近日葉布帆以兩峰《香葉草堂詩》一卷相贈。其《西湖雜詩》云：「梨花開後草離離，幾處荒涼卧斷碑。誰復來尋蘇小墓，西泠橋下立多時。」「倦鞁弓鞋寶髻鬆，藕花衫子細初縫。第三橋畔臨波立，儂看芙蓉人看儂。」可與楊次也《竹枝詞》並傳矣。

儀徵丁雲巢元端，初名兆鶴。江都詩人王柳村弟子，著有《寒梅花館詩選》。《落葉》云：「雁飛江上霜偏早，山露淮南木已疏。」《秦淮》云：「春老朱樓殘夢短，雨晴涼苑野花開。」《懷范雨村》云：「春風小苑仍芳草，夜雨空山已落梅。」

江都許鑑泉達生著有《梧軒詩草》。《望雨》云：「暖雲蒸遍連村稻，流水車乾見底塘。」《揚州懷古》云：「六宫釵釧埋荒冢，一朵瓊花賺煬泉。」「賸有流螢輝月觀，更無燐火見雷塘。」皆得雅人深致。

甘泉沈心畬慶著有《玉笥山房詩存》。《秋日即事》云：「月明老圃荒三徑，人語幽窗聚一鐙。」《秋蘋》云：「明月照殘南澗水，西風吹冷楚江秋。」《秋苔》云：「霜沾屐印渾無跡，露點牆陰尚有痕。」均有風致。

白門張子涵詩格高古。顧秋碧以其遺藁一卷相示，曰「此亡友遺墨也，君其摘入《詩話》，以存其人。」集中如《謝皋羽竹如意歌》云：「湘娥醉月啼斷痕，血色入節不可捫。千年古愁凝欲活，不比頹雲浴癡鐵。一聲響墜西山頭，六陵冬青亂摧折。招不得，冰天魂；救不得，崖山覆。替不得，丞相死；雪不得，參軍哭。吁嗟斷竹愁續竹，安得用作漸離筑。」子涵詩格大半類此，殆於温、李、韓、孟外獨樹旗幟，自成一家者。子涵又有《移家》七截云：「賞雨曾無屋蓋茅，賣珠猶有婢垂髫。夫妻略似將雛燕，借得雕梁便壘巢。」

閒當輯名人佳句數聯教子弟，皆取其啓發聰明者，至作者姓名，則不能全記矣。「身閒纔覺卑官好，老健方知妒婦賢。」「已無青眼誰憐我，倘有黄金再贈人。」「過江烏喙新嘗膽，别院蛾眉正捧心。」「深院釀花鳩婦雨，畫欄垂柳鼠姑風。」「世事豈惟仙盡妄，此身何止佛難圖。」「落日河山千古在，秋風天地一人無。」「南陽高卧真名士，東漢餘生舊黨人。」「舊家王謝空懷土，多事巢由更買山。」「日夜鄉心皆北向，古今汀水獨南流。」「黄金與土真同價，滄海爲田只暫時。」「樽前臘酒翻花熟，案上春聯帶草書。」「布金地暖回春易，列戟門高再拜難。」凡此之類，皆如食春韭秋菘，鮮脆可口。

陳南窗《本事詩》云：「十里秦淮漾晚烟，倚欄人話夕陽天。感卿一種纏緜意，恨不遲生二十年。」

王儕嶠先生《過祭風臺》云：「世間那有分風術，帳下休輕顧曲人。」史筆也。

天長陳夢雲鳳飛《過潼關》云：「蓮擎華嶽峰頭碧，河抱潼關水色黄。」

落花詩詠者多矣，要不過傷紅悼紫，以新巧見長耳。惟袁子才太史之「清華曾荷東皇寵，飄泊原非上帝心」、顧秋碧之「爲有聰明纔墮劫，已償恩怨合生天」二聯，别有寄託。

甲午年在萊陽，以《論詩》一書與家問樵太史訂交，近於書簏中見舊稿，爰抄録而存之，即以此爲

《藥欄詩話》自序亦無不可：僕束髮受書，潛心詞翰，偶得古今人名篇什，輒手録而口誦之。雖當時亦未能盡解，而自覺心悦口適，莫知所以然也。惟時文一道，與性不近，故未深究。以父兄之期望、師友之督責，不敢不違心從事。如是者年餘，覺此道似亦未難。一題入手，道著處頗有獨得之詣，而終非所甚願也。入邑庠後，旋丁父憂，客都門，遂取一切制藝文字拉雜而摧燒之，專致力於詩詞。廿年來此中頗有甘苦，嘗自蓄偏私之論，未敢舉以告人。今爲執事陳之。詩餘一事，偶爾遣興，勿論矣。每見今人論詩，動謂尊漢魏、學六朝。吁！此真人云亦云，耳食之論也。漢、魏、六朝，詩骨自高，以去《三百篇》未遠耳。然詩中往往取字之晦者、句之澀者入之，讀之令人口齒不利。間有一二性情之作可以動人，而終覺古人之言情太直，未若後人之曲也；古人之言情太淺，未若後人之深也。豈古人之情薄於後人耶，抑古人之言拙於後人耶？「明月照高樓」、「池塘生春草」等句，皆平平耳，何以遂傳誦今古也？此中急切，索解人不得。僕之不解者此其一。又有祖工部、抱韓、蘇，以自誇格調者。吁！僞矣。工部一代大家，名重今古，僕何人斯，敢置一喙？然竊有鄙見，以爲工部之詩壞於宋人之詩話，因之以誤後人。蓋宋人尊之過甚，往往附會穿鑿，引某字曰此淵源於某書也，引某句曰此一代之史筆也。工部詩誠高矣，而何至字字皆書、句句皆史。且工部當日下筆時又何必字字皆書、句句皆史。如此其不憚煩，遂至後人不體此意，不學其沉雄闊大，而學其字字皆書。不學其忠厚纏綿，而學其句句皆史。幾至堆砌直率，而不自知。此非工部之誤後人，宋人之詩話誤之也。亦非盡宋人之詩話誤之，後人以耳爲目自誤之也。至詩以温柔和平、纏緜雅麗爲主，韓、蘇集中無此也。韓以排奡爲主，蘇亦以排奡爲主。韓不善言情，蘇亦不善言情；韓以文爲詩，蘇亦以文爲詩，其失一也。且二公集中五七古猶可，五七律絶則不可。短於言情，剛而不柔故也。盤空硬語，詰曲聱牙，豈詩之正格哉！而宋人祖述之、尊崇之，此弊遂延流於今而不已。僕之不解者此又其一。又有所謂館閣體者，一詩偶出，本不足以驚人，乃飾其詞曰：此名貴也，此端莊也。嗟乎，此如錦堂命婦、畫閣夫人，金翠滿頭，自誇富貴；綺羅徧體，自喜矜持，而不知旁有澹妝侍兒且啞然偷笑也。又有矜淹博而不知死氣滿紙者，講對仗而不知語意隔絶者。凡此皆近世之所尚，而皆僕之所不解也。執事江左名流、騷壇飛將，生平所學與僕略同，用敢爲執事傾吐之，得不笑其狂妄否？附去拙稿一部，望裁正之。僕面目在志思、羅隱之間，文章亦與面目相似，然却是自己面目，非如蘭陵王、狄武襄輩帶假面具嚇人也。未審執事閲之以爲何如？

吴趨高東川蕩，文定公後人，少孤力學。予嘗見其《東川詩鈔》。《夏日水漲》云：「水氣沉高閣，江聲捲暮雲。」《書懷》云：「江湖來往孤兒泪，機杼悲涼慈母心。」《掃墓》云：「碑欹青草埋秋雨，門掩孤松黯墓雲。」

儀徵汪午橋本不常作詩，而多可誦之句。和予《春草》云：「青連茅店人沽酒，緑上湘簾鳥勸妝。」贈予云：「百錢挂杖沽春酒，一棹尋僧入晚烟。」

炭墼詩詠者甚少，劉雪畹云：「活火有心誇再造，死灰今日竟重然。」

顧秋碧《哭佩湘》詩云：「再世可能成眷屬，今生相見有泉臺。」又云：「奠來杯酒諳卿量，繪出容顔教女看。更取錦衾親覆裹，墓門風雨最清寒。」悱惻纏緜，不忍卒讀，可與商寶意《哭環娘》詩並傳也。

歙縣曹子剛堅好讀書，家藏書籍甚富，性慷爽不羈，詩筆乃婉轉宜人。《采蓮曲》云：「江南五月長新荷，女伴招邀泛渌波。郎若歸來没尋處，臨風但聽采蓮歌。」

顧秋碧繼室王月香女士淑英工鍼黹，喜吟詠。《秋海棠》云：「舊夢曾經春翦燭，新妝又見月迴廊。」《中元》云：「誰憐風雨蓬門女，半夜機聲一盞鐙。」皆清婉有致。月香雅好予詞曲，以爲能道人意中語，得予《紅蕉吟館詩餘》一卷，日夕吟誦不去口。不意文字知己乃得之於閨閣，可歎也。

王珮湘女士韵蓮，秋碧侍姬也，年廿七歲卒，著有《紅鵝館詩》一卷。《即事》云：「三分風雨二分烟，花事連朝已可憐。簾外輕寒人病起，最難將息暮春天。」《秋感》云：「晚風吹送幾分秋，何處簫聲起暮愁。四壁寒蟲殘夢醒，月華如水下西樓。」如聞怨竹哀絲，使人腸斷。紅顏夭折，於此徵之。

甘泉吴冠南彦繪《竹屋聽秋圖》，一時題詠幾徧。冠南自題一絶云：「紙窗木榻夢難成，竹影蕭疏月倍明。夜半西風吹不定，自燒紅燭賦秋聲。」

儀徵李歗北堃工書畫，精篆刻，著有《小冰壺室詩存》。《秋霜》云：「傲骨能撑花崛强，嚴威漸逼草凋零。」《秋日》云：「蕭疏瘦盡千章木，黄紫烘成一角山。」《題金竹篠花源覓句圖》云：「香雪春風才子意，西泠夜月酒人歌。」皆佳句也。

（吴忱、楊焄點校）

屏麓草堂詩話

屏麓草堂詩話提要

《屏麓草堂詩話》十六卷，據道光戊申年黄鶴齡刊本點校。撰者莫友棠（？—一八四七），字若愚，福建福州人。布衣，課徒爲生。有詩、詞、賦、雜著若干卷，皆未刊。按莫氏嘗從鄭光策學。據林彦芬、魏本唐二序，及卷十五「乙酉計今已二十一更寒暑」、「今詩話編成」等語，此書成稿在道光二十五、六年。論詩推重杜、韓及蘇、陸，明詩則首肯前後七子，全無唐、宋詩之隔，亦不以嚴滄浪「非關學」與「多讀書」爲扞格，持論甚正。服膺鄉前輩李光地，特拈出《榕村語録》所謂「實濟」一語，私淑其揚杜抑李之旨，（卷二）似可呼應彼時潘德輿之「質實」一説。莫氏頗自負於詩學，書中評古論今，每引宋明及本朝人之説而細繹之，辨體析句，度盡金針。指摘前人之得失，即唐宋名家亦不稍恕，而每以同時人之作爲比，此即嘉、道時人之詩學自信也。其論不作模棱兩可語，是其所長。如於賦比興有「寫物賦體難肖者，則當以比體肖之，雖極不類，能使相類」（卷二）之新識；又謂老杜「賦體也」，「敷陳其事，神韻超凡，較之比體爲尤難矣」。（卷三）數語可窺乾隆後作詩之寫實趨勢，已轉以「賦」法爲主，「比」輔之，而「興」不論矣。又如就《春江花月夜》、《帝京篇》、《長安古意》等作，解説七古之「初唐體」，定義「其法四句之次兩句必整對，而下四句之第一句必取整對之各兩字頂起，層遞蟬聯，針線無痕，波瀾不竭，方爲合作」。（卷十六）是皆有見。然又不免鑿隘，如謂明七子學杜，「李于鱗多得於《詠懷古跡》，謝茂秦多得於《諸將》，李賓之則淵源《破賊别李劍州》（按杜詩無此題，疑爲《將赴荆南寄别李劍州》一詩。李賓之或爲李夢陽之誤，東陽固非七子中人也），王弇州則寢饋於成都《草堂》，何仲默則全瓣香《吹笛》，而《鰣魚》詩則藍本《櫻桃》，遂爲絶唱」，（卷十三）各歸於一詩而已，必無是理。而至以毛奇齡、紀昀評錢起《湘靈鼓瑟》爲比「周楚之屈宋、兩漢之蘇李、六朝之庾鮑、唐之李杜、宋之蘇陸」，（卷三）尤擬於不倫矣。全書録評嘉、道間閩人詩甚夥，而能避蕪濫。所最賞者，本朝則黄任，近人則林則徐及林澹園（彦芬）、魏又瓶（本唐）諸友。莫氏曾仿韓愈長篇一韵體，作七古一百韵，書中録孟瓶庵《陌頭楊柳曲》、陳秋坪《關山月》等初唐體七古長篇，（卷十六）録林澹園祖父林世武九言詩《送行》一首，（卷五）乃乾隆時作品，録林梅心長句有十五字句，又謂鄭心甫（枚初）有十一言詩，是皆有識於此體之勃興也。末卷録戴湘圃《閩中即事》七律四首作結，蓋其道光戊子主持閩試所得士林鴻年，乃一舉爲丙申狀元，閩人之光，取以壓卷，亦屬章法之用心所在也。全書光耀閩詩閩産，宜有比之爲鄭方坤《全閩詩話》之亞者。

序一

昔歐陽文忠公有言：「物常聚於所好。」旨哉斯言也。其知之也深，則其好之也篤；其好之也篤，則其聚之也廣。凡物皆然，惟詩亦然。蓋詩本性情，惟其性情所得有深知篤好者存，然後能抒其論説，而用其抉擇，往往聚衆長而成一書，若詩話是也。考詩話莫盛於宋，其在吾閩則有嚴滄浪之《滄浪詩話》、劉後村之《後村詩話》，而其體例則皆權輿於歐陽公之《六一詩話》。嘗論歐陽公《詩話》，稱吾閩謝伯初景山之詩，則謂「其人不幸既可哀，其詩淪棄亦可惜」，因録其佳句著於篇。今景山之詩散佚無傳，惟見於歐陽公《詩話》所録有送公謫夷陵詩一首，及「園林换葉梅初熟，池館無人燕學飛」一聯。微歐陽公，今人又孰知有謝景山之人之詩乎！故新城王文簡公亦云「古今詩佳而名不著者多矣，非得有心人表而出之，則與烟草同腐者何限」，然則有心人搜羅風雅，發潛闡幽，又曷可少也哉！國朝吾鄉鄭荔鄉先生著《全閩詩話》，網羅既富，而體例分明，援據該洽，流傳海内，稱爲善本。惜後無有繼之者。曩予先舅氏陳恭甫先生嘗欲著《左海詩話》，僅書數則，而未暇卒業，今以未得見其成書爲憾。莫丈若愚先生深於詩者也，尤善論詩。歲乙巳夏，先生家居，適予將赴大田司鐸，先生乃出其所著《屏麓草堂詩話》見示，且命序於予。予受而讀之，則見其於桑梓並世諸人，巖廊草澤，見聞所及，皆搜抉略備。其中抒心得之見解，發潛德之幽光，多有裨風教之言。嗚乎，可不謂之有心人乎！予謭陋無似，何足以序先生之著作，惶然不敢下筆者久之。何期甫經兩載，而先王竟溘然長逝矣，能勿增老成凋謝之感哉！先生學有根柢，至性過人，待嫂如母，慈姪若子。家貧，終身不娶，授徒於外，就脩脯所得撫養一家，數十年如一日。嘗爲其姪完娶，教之讀書成立。今其姪洪濤業儒醇謹，遵先生之教，可謂難矣。先生少遊鄭蘇年先生之門，以詩受知於蘇年先生，顧數奇不偶，其一時同學諸君多取科第發業成名，而先生獨以布衣抑塞終老。先生既不遇，則益肆力於詩，其於詩有深知篤好也固宜。先生性嗜學，老而猶篤，既積年以成《詩話》，不忍散佚無傳。去年秋先生寢疾，自知不起，於枕上口授遺札數百言，令其姪書以致予。自言生平著作有詩稿十卷，其他詞賦雜著總二三十卷，恐將來總歸湮没，而惓惓以《詩話》爲託。予深痛其言，爲詩以哭之，竊歎其爲人足登獨行之書，其著作何可以不傳。乃致書與先生之門人黄浣雲參軍言之，往者嘗聞浣雲曾寄助梨棗之費於先生，適先生沈病不省，家人盡以寄金移供醫藥之費。先生既愈而悔之，蓋深懼其書之刊刻無成也。浣雲知之，已諾他日當再任剞劂之費。予知浣雲之勇於爲義，故諈諉其成兹義舉也。不數月，得浣雲回書，並先生之猶子洪濤來書，則浣雲已自海東寄致白金數鋌，爲先生刊刻《詩話》，以公同好。予喜有以慰先生於地下也。爰略述先生生平梗概，繫之於篇首。嗚乎，若浣雲之風義當於古人中求之，又豈易得之於今人哉。浣雲來書並云：「俟將來有餘力，當爲先生續刊詩稿雜著，以廣其傳。予雖不敏，尚願爲之任校讎之役。」於是歎非先生之學行無以致浣雲之誠服，非浣雲之氣誼無以見先生之知人。覽是篇者彌足使人增師友之重也已。

道光戊申秋八月同里林彦芬書於清溪學齋之六益堂。

序二

詩話之作，將必具有知人論世之識，是亦古今得失之林也。《詩》三百篇，聖賢所爲作，尚矣；乃至窮檐委巷，男女詠歌，各言其傷，雖聖人猶有取焉。自古及今，其風遞變，其意愈微，後世作詩話者，其果能有合於温柔敦厚之旨乎哉？老友莫若愚，平生志行有古學者風，尤以風雅爲己任。始余之識之也，由陳良皋、陳偶峰。往時良皋勸余爲古文，偶峰與若愚又勸余爲詩，余皆有所不暇。既就學職，諸生率以詩古文就質，嘗進而謂之曰：「言爲心聲。欲立言者，首先志古之道，游之乎仁義之途，而又綱羅舊聞，咨諏謀詢，度以博其識趣，則心源不期自濬。庶所謂文不可以學而能，亦有時可能乎！」自良皋之歸道山也，余方日懼荒落，負此良友。歲乙巳，余由臺海内渡，將赴上杭。時若愚所著《屏麓草堂詩話》定本告成，以質諸余。同年王成旗力贊其可以行世，即屬序於余，卒卒不果。又其後二歲，余以校勘省志抵里，則偶峰已於數月前逝，若愚老且病，僅一再晤，遂亦不起。嗚乎，知交零落，將使余老朽何所就正耶？猶憶十數年前，時偕三數老友從容談讌，每至酒酣，若愚恒正色莊論，大旨以至性爲不可磨滅，以古道爲必當力行。余與良皋、偶峰輩或故戲之，相與詰難。其氣不少挫，其論不少貶。今讀其《詩話》，上下今古，要亦不出向所常言者。若愚性嗜酒負氣，流俗人相顧驚愕，不嗤其腐，則憚其狂，而不知其用意深微婉摯，乃獨有得於詩也。學者取是編讀之，可以興矣。是編之有刻本，蓋若愚既卒之明年，其門人黄君浣雲自海外寄資來，將盡梓其遺集，遂以是編爲發軔。適余奉行科試事，往返汀郡者數月，又明年，始獲序之，以歸諸其從子洪濤。時道光二十有九年歲次己酉孟春下浣，愚弟魏本唐頓首拜撰。

屏麓草堂詩話卷一

晉安莫友棠若愚著

先師鄭蘇年夫子《芙蓉園詩賦鈔》自記云：「迎鑾之舉，始朱石君師，爲吴學憲香亭所格。甲辰春赴浙，謁富制軍、竇東皋先生，復贊其事。徐兩松方伯赴行在，制軍即同東皋、兩松師請旨與試，蒙恩俞允。三月十六日，同浙紳士在太平門外迎鑾，恭獻《南巡頌》一篇。二十日召試西湖聖因寺便殿，申刻繳卷，閱卷者嵇中堂璜、某司徒某、朱閣學石君師、尹閣學壯圖。石君師賦批『條達清切論明暢』，詩『爲保生民計，頻煩聖主心』一聯『立言得體』，薦於二總裁。某以福建人數少，不合格，置二等。次日旨下，賞緞二疋。二十二日赴宫門謝恩，隨駕至敷文書院，命和御製詩。二十四日賞荷包二對。予學問淺劣，得與盛典，已爲希望。召試之作，無勝人處，功名得而復失，分所應爾。但諸師造就之意不可忘，故略記其顛末云。」先師名光策，字憲光，一字瓊河；中歲疾病，愈，故又字蘇年。年十二補弟子員。乾隆己亥鄉試中式第二名，庚子會試成進士，甲辰迎鑾召試，時蓋年三十也。歸，歷主漳州、丹霞、明德、鷺門、紫陽、福甯、近聖各書院講席，生徒會講日衆。爲母老，不遠出，遂設教朱紫坊瓊河山館，屋錢年二百四十緡。負笈從者一舍，尚數榻附課不與焉。嘉慶七年壬戌，當事延先師主講鼇峰書院，待士嚴而有禮、廣而無私。取文主根柢議論，以熟讀經史爲教也。題目不喜割裂，以經藝代聖賢立言，慎之也。收卷不限申酉，以是教非考，欲各盡所長也。提倡古學，十六課以詩賦，雜體爲重，講究文律。二三等亦眉批、旁批必詳。每當嚴寒盛暑，校閲課卷，雖呵凍揮汗，不肯假手他人。嘗言閲文約三十卷即稍歇，惟恐精神不及，或負此心。亦不問以他事，但取詩卷玩適，然後再閲。如是者二年。甲子鄉試，肄業生中式至五十餘人之多。時論乃歸功於先師之勤於汲引後學故也。然先師亦由此積勞成疾，先於是年四月卒，年五十歲。越五年戊辰，當事采公論，祀先師栗主於書院之篤行齋，位在三賢五先生之次。著述甚富，卒後頗散佚。兹謹録令子功奮所示遺稿數篇。《雨中過太湖》七古云：「濃雲欲散風聲疎，驟雨乍歇疑有無。布帆破空出江岸，萬頃鳴菰蘆。傳言此是古震澤，一望天水横平鋪。我從髫年讀《禹貢》，此水知在揚州區。未親源委昧大勢，三江辨苦言人殊。東坡力主後鄭説，南江直指今鄱湖。景純又復宗《爾雅》，崐崍上溯江源初。婁松東江庾氏説，箋解博衍誇吴都。九峰書傳精賈孔，獨取庾説排髯蘇。是時未知當與否，今覩形勢良非誣。具區匯流利宣導，婁松若壅甯無虞。既入底定語本貫，豈應分節成齟齬。揚州自合記境内，三江定在今三吴。兹遊不但盪胸眼，書理兼可開荒蕪。洞庭諸山鬱蒼秀，恍如彭蠡連二孤。懸知黄柑色已熟，咫尺難到嗟何如。須臾斜風密雨注，篷隙遥望影模糊。」以所見之景，證所讀之書，偶然游覽，亦寄以切實工夫。所謂道途皆學問也，迥非尋常吟詠可比矣。魏又瓶跋云：「薈萃諸説，力主蔡傳，氣味雅醇，可謂知言。」是篇棠嘗墨搨，公諸同人。先是，舍姪洪濤、同社鄭雲友比部爲孝廉時，與鄭錫侯太史讀而愛之，於是太史書成墨本，款厠棠名。然棠終不敢攘美也。搨本無從載入，因附於此。

李玉溪《寄高苗二從事》云：「家住紅蕖曲水濱，全家羅韤起秋塵。莫將越客千絲網，網得西施别贈人。」是比體也。國朝吴穀人先生《鶯脰湖觀打魚賦》後幅漁婦歌詞云：「阿儂生小在江濱，不畏風波只畏蠶。勸郎莫入太湖去，網得西施愁殺人。」則賦體矣。襲其貌而反其意，尤覺風致嫣然，亦善於用古矣。前段漁翁歌亦佳，其詞云：「富貴不可長，江湖孰回首。鴟夷久不歸，月冷五湖口。」是豈祇賦漁翁也乎？此謂才人之筆。

道光庚子夏六月，暎夷猝擾浙洋，定海總兵某棄城遁。吾鄉姚履堂明府攝縣事甫數日，聞變，衣冠喻衆曰：「鎮兵盡逃，居民未信，吾不可爲矣！」遂自溺於僧寺之汪。有役夫抱出之，姚曰：「城亡與亡，吾豈可偷生，汝不必再求活我也。」仍沉汪以全節。時友人林澹園館於臺陽，感時傷事，有五古長篇，中云：「縣官不屈死。」詠其事也。按《福清縣志》，明陳良璟《倭難紀略》：「嘉靖戊午夏，倭寇福邑，知縣葉宗文遁。」而《職官志》則稱宗文彊毅有勇，城陷被害。志乘之難與論世也如此。今履堂死節，得澹園之詩，可謂確乎不拔矣。履堂詩稿未見，惟昔論予《登鄰霄臺》詩「江天漠漠稀人影，雲樹蒼蒼隱巨材」二語，謂七言叠字最不易下，自古惟杜之「無邊落木蕭蕭下，不盡長江滚滚來」，蘇之「浥浥爐香初泛夜，離離花影欲摇春」爲不可删，他作則多近贅，謔語所謂「當醫肥」也。若此作，庶幾不失大家意匠。魏又瓶爲余述之，則亦可想見履堂之詩之不苟於作矣。履堂名懷祥，戊寅孝廉，閩縣人。

隨園以鄭夾漈笑韓昌黎《琴操》諸曲爲《兔園册》，薄之太過。然《羑里操》末二句曰：「臣罪當誅，天王聖明。」深求聖人，轉失之僞。又以《大雅》「文王曰咨，咨汝殷商。汝炰烋於中國，斂怨以爲德」，文王並不以紂爲聖明也，昌黎豈不讀《大雅》耶云云。按伊川程子曰：「退之作《琴操》，有曰『臣罪當誅，天王聖明』，道文王意中事，前後人道不到此。」徐仲車言：「退之《拘幽操》，謂文王囚羑里作，乃云『臣罪當誅，天王聖明』，可謂知文王之用心矣。《凱風》七子之母，猶不能安其室，而云『母氏聖善，我無令人』，重自責也」云云。竊謂引《凱風》作證最當，「我無令人」即「臣罪當誅」，「母氏聖善」即「天王聖明」。想昌黎公用其意，蓋臣之事君，無異子之事親也。得此左證，雖衆論盈廷，可以息矣。又按王伯厚先生評《離騷》曰：「閨中既以邃遠兮，哲王又不寤。」以楚君之闇而猶曰「哲王」，蓋屈子以堯舜之耿介、湯武之祇敬望其君，不敢謂之不明也。觀此，益足徵《羑里操》之無可擬議矣。至《大雅・蕩》之篇曰「文王曰咨」等句，乃周之詩人知厲王之將亡，託於文王，所以嗟嘆殷紂者以刺之。此又不待辨而自明也。

薩檀河大令《溧陽登太白酒樓》二首，録次云：「柳絮春風作雪顛，椎牛撾鼓此樓前。愁緣白髮三千丈，句壓黄花五百年。吾意愛尋巴子國，君今豈在夜郎天。只疑日逐金貂去，不獨嵇山棹酒船。」《輓龔海峰太守》云：「漢朝良吏即功臣，幕府徵書仗一身。博得千金争寫范，恨無七寶例平陳。今之管樂誰流亞，事到艱難惜此人。灑向西風數行泪，可憐父老望三秦。」合兩作皆能稱題，傑構也。大令名玉衡，閩縣人。

海峰先生學問行誼，韜鈐文章，欽重海内。詩文有《積石山房全集》。友人陳偶峰誦一律云：「孤燈度遥夕，令節有鄉心。鹵莽成何事，蹉跎遂至今。關山千里遠，風雪五更深。重撥爐灰冷，蕭蕭擁絮吟。」因景寫意，無多着墨，讀之令人移情。所謂「不着一字，盡得風流」，是純以氣韵勝者。先生讀書十行俱下，與先師鄭蘇年先生、林則枝、陳秋坪、陳雪齋、張燮軒諸先生結讀書社。先生拔戟先登，成進士，歸，仍入社主持壇坫。社中連彙以升，先生乃仕。其官陝甘日，適邊烽不靖，先生馬上作露布數萬言，咄嗟立辦。其堅壁清野、靖諜攝暴、招亡固存諸大略，大將軍或面訪，或咨商，雖隔數千里，不憚使者旁午，藉建豐功。迨賊平，先生已由縣令洊升觀察矣。蓋天才亮特，經略奇偉，可與古名將埒。惜天不永年，未竟其用。予師嘗太息言之，以勉學者當務有用之學。先生姪孫名士典者，與予同社，亦曾述之云。

溯自伏羲畫卦，蒼頡制字，點畫偏旁，陰陽協比，六書、《説文》之作尚矣。自揚子雲創爲奇字，後世傚尤，遂無奇不有。然尚未協以韵語。木之賦海，郭之賦江，中多僻字而未奇；唐季固始詹敦仁《復留從效問南漢劉巖改名龑字音義》詩，中云：「孫休命子名，吴國尊王意。䨩莔霣弄僻，距昷寇癸異。梁復踵已非，時亦迹舊事。戮杰自其一，蜀闖是其二。鄙哉仉胥名，陋矣斆黼義。大唐有天下，武后擁神器。私制迄無取，古音實相類。乖鳳𡆠囝星，𡇒𢘑厓丙埊。缶圀及曌凬，作史難詳備。」又宋乾道元年，寧德大旱漳灣士人阮元齡撰《愬旱魃文》，齋禱大雨三日。是夕，齡夢黃衣人來，曰上帝命取《愬魃文》，請促裝。齡晤，乃録其文而焚之。明日卒，年三十五。文前幅云：「吁咄哉，酷魃肆虐，多歷時所。恒暘烈熇，炖燥灼煦。譬堪輿大，於一高俎。窮極萬一，罪致罙奔。百億魃屬，悉持巨炬。燹笈爍毛，倜籚皴皮。風伯疃𢙲，勱厥貪污。動塸堀堁，出入胥㝢。熇雲病雷，震赫時暑。九泉焦而揚塵，蘋苻燎而成黓。流泉石之淵淵，窘蛟龍而就肞。民𥡴而顛，物叜而脯。乃刲羊，乃盄酳。語巫咸，受辭曰：吾將倒天潢而下流，吾將擊滄海而下霆。」云云。兩作已奇創矣。近吾鄉陳恭甫太史之作，則更有奇創者。

恭甫太史淹博稱一時，《左海詩抄》五七古兩卷，多傑作。兹擇尤古奥而有關文獻者録之。其五古《積古齋周遽仲觶詩爲儀徵阮公壽》云：「高齋臚禮器，曠古積金璧。有觶姬代遺，厥製梓人覈。説鬱徵《韓詩》，謁觚謕鄭釋。觗改汝潁讀，觛從汶長摭。陳數用相訓，侑飲取自適。七寸高尚强，三升受猶窄。異紋回雲靁，奇色涽丹碧。闕銘辨六字，綴筆誇衆客。器維遽仲作，寶爲父丁惜。遽蘧文則通，淇衛姓不易。加玉書或岐，从虡聲匪隔。春秋溯前喆，伯玉光往籍。世胄無咎尊，褒封内黄益。仕更獻襄靈，脩齡蓋逾日。仲也豈其宗，字依質家積。春祺脩洗腆，天覞壽平格。朋或並岡陵，禮則備肴核。再觀兕體形，乃審㪚假借。重弓取輔戾，二已失偏僻。八字中示别，兩止下齊跡。在擘从丿乀，省韋謁點畫。銘器貽子孫，旌武垂典册。上覷人辛尊，旁搜母乙鬲。意侔族立失，象類子執戟。此義受師傅，其功參聖譯。萬古開昏蒙，一字苴罅隙。公門文武烈，海内聲聞遏。星推角亢長，光帶旗翼赫。豈徒施尊彝，亦足壯几席。循陔賡詩六，𣂪斗去天尺。用爲綰綽𢇈，永資純嘏錫。」太史名壽祺，嘗典試河南、廣東，晚主鼇峰講席。閩縣人。

孝者，能竭其力之謂。古所傳男子之孝能以身殉者，不一而足。至女子則緹縈、曹娥外，恒不易覯。蓋忘身殉親，孝中有勇，固男子之事。至女子賦秉柔弱，是所難能也。葉宫詹縠庵先生有《曾孝女》詩，自注：「孝女，濟南人，母久病風痺，孝女奉事惟謹。一日火爇其居，抱持母不肯去，遂殉母死於火。」先生作詩弔之云：「鬱攸騰焰熻修棟，避火紛紛聞夜鬨。火中有女屹如山，抱持病母肝腸痛。母也苦痺兩足枯，惟女早晚相攜扶。皇天高高照不及，反遣祝融加毒荼。可憐好女年十五，腕弱腰單力幾許。漫思身作蹷負蛩，豈知勢比羊驅虎。衆中滅火火不回，外間招女女不來。母亡存女待何用，不如隨母歸泉臺。髮膚可焦骨可燬，此心耿耿終難灰。漢曹娥，唐饒娥，千秋萬古事不磨。女兮名義同嵯峨，生男則喜女悲何。君不見緹縈上書肉刑免，景升兒子猶豚犬。」夫緹、曹之事是決自內，曾女之事乃迫於外。迫於外而稍不能決，則孝思必衰矣，此尤難也。乃中段寫出孝女從容成孝，覺其心獨摯，千載猶生。入後一接再接，更有氣憤風雲、壓倒鬱攸之勢。末一結有慨乎言之，鍼砭不少也。其事其詩，均足千古矣。先生名觀國，閩縣人。

沈歸愚尚書云：「唐顯慶、龍朔間，承陳、隋之遺，幾無五言古詩矣。陳伯玉力掃俳優，仰追曩哲。讀《感遇》等章，何啻黄初、正始間也。」按少陵云：「别裁僞體親風雅，轉益多師是汝師。」是有取爾也。自來本此意溯源者未見合作，惟閩縣陳秋坪先生《題陳子昂讀書臺》云：「六代淫哇盛，公真大雅才。千秋留《感遇》，此日上高臺。射水滔滔去，潼山滚滚來。代興有李杜，僞體已先裁。」氣魄雄蒼，評斷諦當，非此眼光，非此筆仗，固不容漫作陳正字詩也。先生詩稿甚富，卒後門弟子爲梓八卷，纔得其半，題曰《秋坪詩抄》。昔歲曾囑朱玉海邀予往見，以事不果。後又令其徒林欽垂索閲拙稿，適有興安之行，未遑就正。及歸，先生已返道山矣。故予跋《秋坪詩抄》末云：「聞道宣城思折柬，瓣香欲禮已山丘。」蓋自咎蹇步之愆，而永佩先生嗜痂之篤也。先生名登龍，乾隆甲午舉人，官於蜀。以軍功洊升褁塘同知議叙，調江西建昌司馬。欽垂名崇泰，閩邑諸生，少曾同社。

先師陳星槎先生好振拔寒畯，至老不衰。陸敦甫，其内姪也，少孤且貧，尊屬彊之學賈。敦甫哀籲先生願讀書，先生嘉其志，與以速化捷獲之方。敦甫遂以前茅入泮，還登賢書。善書翰，無尺牘惡札之陋，有宋人四六之雅，當事常邀相助爲理。汪觀察楠分巡臺陽，以千金聘，兼辦摺奏。翰墨之見重如此，而家居仍執苦如昔。謂旅食久，榮進之念都消，宦海風波，不若師友一堂之樂也。師卒，敦甫哭之哀，輓句云：「馬帳春寒，哲人其萎矣；雞窗夜寂，小子何述焉。」猶此志也。敦甫於應挑前一歲以疾卒於安溪幕中，予哭以詩，有「一念師門泪每吞，欲追曾氏授文孫。荒莊未蒇人先没，天使崔群不報恩」之句。予哭敦甫詩十四首，其三云：「生死雲泥總此心，論姻一諾重千金。朱陳舊約君家例，盛德還同古誼欽。」蓋敦甫初與亡友侯官諸生林春榮約爲昏姻，雖未聘，而終不以死生背約云。其四云：「窮措生涯已噬臍，何年瀚海下金雞。一身仗義堪千古，不獨虞卿脱魏齊。」則指臺陽救友事。敦甫由是脱館，而卒無悔言。陳偶峰謂此皆人情所難能者，故予詩既存集中，又録於此，以質諸知敦甫者。敦甫名培元，字廷謨，癸酉孝廉。

唐之詩人，惟陳子昂、張説集中間有幽州之作，此外游宦於兹土者少；宋則非奉使不至，故題詠亦無多。此《淥水亭雜識》之説也。然所引王之渙、竇鞏、馬戴、張禾四詩，未見極作；又引出塞如徐陵、王褒、祖詠、裴説、王貞白、馬戴、釋皎然、項斯、張蠙、于鵠、黄滔，及宋歐陽永叔、范鎮各一聯，惟祖詠「萬里寒光生積雪，三邊曙色動危旌」之句，稍有金戈鐵馬之音、羌笛胡笳之意。因記前明李賓之

《出塞》云：「黃沙白草莽蕭蕭，青海銀州殺氣遥。關塞豈無秦日月，將軍獨數漢嫖姚。往來飲馬時乘窟，弓箭行人各在腰。晨發靈州更西望，賀蘭千嶂果雲霄。」摘句如張節之「瀚海地荒龍馭遠，交河風急雁書沉」、何仲默之「路繞居庸烽火暗，城高山海戍樓寒」、蘇允吉之「老去尚憐金甲在，生還喜見玉門開」、梁公實之「青海月明胡馬動，黃榆風急皂鵰寒」、徐興公之「燕鴻度塞寒無影，胡馬行沙夜有聲」，是皆能超越從前作者。國朝惠椿亭中丞《過哈密》云：「西阨雄關第一區，鞭絲遥指認伊吾。當年雁磧勞戎馬，此日人烟入版圖。路向車師雲黯淡，天連吐谷雪糢糊。寒威陣陣催征騎，不問村醪尚有無。」《過果子溝》云：「山勢嶙峋水勢西，過溝百里屬伊犁。斷橋積雪迷人跡，古澗堆冰礙馬蹄。驛騎送迎多舊雨，征衫檢點半春泥。數間板屋風燈裏，猶有閒情倚醉題。」此爲奉使之作，故志和音雅，然氣韵已沉雄古健。至徐階五《關山月》云：「大牙旗捲夕陽殘，旋見城邊湧玉盤。鼓角無聲霜氣肅，山河流影鏡光寒。白頭漢將占星立，紅泪胡姬倚馬看。净掃烟塵天闕迥，清輝多處是長安。」擬古之作，殊覺調高響逸。上海趙損之舍人從征木果木，《駐軍班蘭山》云：「獨上高城攬夕暉，霞旌霜戟自成圍。長纓肯讓終生請，神筆思憑葛相揮。玉壘陣雲初壓帳，金江戰血尚沾衣。誰知矢石林中客，已許餘生對紫薇。」則身歷戎行，宜有此鏗鏘激越之章也。

吾鄉陳秋坪先生集中多有出塞之吟，其淋漓悲壯，不愧古人。蓋官裏塘同知時作也。其《登中渡城樓》云：「一上譙樓萬里情，蒼蒼關塞旅魂驚。江從青海流來急，人向白雲多處行。畫角西風吹古戍，亂山斜日近孤城。倚闌不盡傷零落，欲賦登高恐未成。」《冷竹關》云：「西行又復履巃嵸，馬首蕭條撲朔風。天限重關惟鳥道，江流百疊下魚通。金川戰後餘殘壘，雪嶺春前有塞鴻。王事馳驅差自喜，漫言簪筆賦從戎。」《裏塘漫興》云：「三危萬里拱京華，天闢和門地一涯。雪嶺千重圍喀木，瀘河百折下金沙。從軍昔擲班超筆，持節今登漢使槎。幕府西開臨大漠，漫留關塞駐輕車。」其他如《雞頭關》之「石壁天梯連太白，旄牛筰馬入中華」，《裏塘漫興》之「地拓虞淵雄一統，天舒南翼接三台」、「銅柱高標懷馬援，鐵弦長控戒花當」諸句，皆饒有達夫、嘉州魄力。

張又川學博嘗邀予夜話，酒半酣，出其先代所藏手卷索題。予詳觀之，幀首爲朱笥河學士六分書「谷梨精舍」，次序文一篇，次爲林竹佃、姚瀾清、劉心香諸先生題詠。蓋學士先典閩試，又川尊人鏡川先生及竹佃諸公爲所得士；後督閩學，心香諸公又爲所得士。及秩滿還朝，群公奉餞，學士避喧趨寂，鏡川家船塲門外，師弟遂出宿飲餞焉。六分書即席所貽，序文乃水口舟次補寄。當時未即成軸，此卷乃又川裝池乞留題者。故劉詩有「清蔭猶留小鳳棲」之句。卷中筆墨琳瑯，但記竹佃補題七言律一首云：「好士誰同永叔賢，鸞凰接翅總聯翩。分鬮賭酒笙歌院，拈韵題襟翰墨緣。一自南皮驚宿草，幾時陸氏問荒田。平生師友凋零泪，殘夢依稀四十年。」前半叙事，後半詠懷，筆力雄大，有大海迴風之勢。鄰笛傷心，酒罏念舊，有此深情，當遜兹雅韵也。鏡川先生名明三。又川名人壽，今官惠安廣文。竹佃名芳，官建安廣文。瀾清名宗元，官永定廣文。心香名士棻，與鏡川先生先後皆以進士爲縣令。

學士詩曾於友人黄闇園齋頭見條幅自書七律云：「注霤如留未可需，行看新竹兩逾姝。牛停暫避衝泥急，鳥絶長愁倏尾無。白霧山矜生艷朵，緑簑人忍亂跳珠。嚴坊一角孤亭在，端爲輶軒數急趨。」後書「庚子夏四月三日，嚴坊橋之七良道中雨行之作，其冬十一月十六日，偶録於福州使院韡雅堂中」。款落「笥河居士朱筠」六字。錫山杜紫綸《題黄十研先生集》「人自誇東晉，詩惟愛晚唐」兩句，可以移贈。

秋坪先生《題陳榕浦藤花書屋》中幅云：「宗英賃一廛，將以娱歲晚。滿栽紫藤花，聊補簷破損。緑陰向庭垂，碧烟入户娩。不漏日穿簾，猶見雲歸巘。雖云入山深，近市亦不遠。高朋景厥徽，相與日往返。知非絶人群，若彼於陵遯。」按榕浦名宜豪，閩縣人，能作小詩。《遊長慶寺》云：「百八喧傳幾幾峰，隨風響度隔山松。十年殘夢誰先覺，聽取禪林不斷鐘。」祖父某公，爲漳浦相公明通榜同年，司鐸漳浦。榕浦隨侍，適相公假還得謁。後相公予告過省，不通一刺。榕浦晉謁，則接見留飯，一時榮之。家烏麓，矮屋數椽，器具古質，藤花滿庭。林蓼懷進士爲作隸書牓曰：「藤花書屋。」凡作烏峰之遊者，無不過之，而留題滿壁琳琅，多半名公碩彦之筆。故秋坪老人及之。予嘗贈句云：「耆舊曾遊近所稀，每從叔度叩遺徽。三公八俊日盈座，獨我蓬蒿笑季禕。」按《白華樓詩注》：「古藤書屋爲金太傅舊第，龔芝麓、朱竹垞、蔣京少、黄俞邰、周青士先後寓此。」曲阜孔東塘詩云：「藤花不是梧桐樹，却得年年棲鳳凰。」兩句可以移贈。家貧甚，妻死即柩側卧，因有「風雨眠雙榻，雲烟飽四兒」之句。惜子弟才智下，卒後屋爲圬者所有，名流手蹟，歸於何所，可歎也。

《樵書》：「廣南韋土官者，韓信之後也。當淮陰鍾室難作，時有匿其孤，求撫於蕭相國。蕭書致南粤尉陀，陀素重信，又憐其冤，慨然受託。姓以『韋』者，去『韓』之半，使避禍，且不忘祖也。孤後有武功，世長海壖，受鐵券。蕭與陀書，至今尚勒鼎，昭然可考云。」按淮陰之功，千古偉之；淮陰之禍，千古冤之。有後誰不稱快。史遷不載，或諱言之，何後未聞歌詠其事者？近得吾鄉陳恭甫太史詩云：「楚猴秦鹿定神區，千古藏弓一歎吁。何代君臣均父子，當時將帥委娥姁。假王獨恨圖齊急，良史終明背漢誣。底事酇侯知國士，空從粤嶠託遺孤。」自注：「事見《張初集》及《粤述》。」是與《樵書》無異詞，可以爲確證矣。

恭甫太史地望既高，其性情所激發，亦往往見於詩歌。如《自警》五古前幅云：「四維重廉耻，三疾標古愚。末俗鄙且詭，湎湎同一塗。硜硜猾者姿，皎皎反易汙。直道與物忤，醜正蕃有徒。」此固因自勵而不覺痛切言之者也。他如《送謝甸男》七古中幅云：「雪後春明重握手，坐我蕭齋剪春韭。我旋射策謁金閨，君乃移家居甕牖。魚相呴沫蛇憐風，致我雲中使飛走。君身處困能扶人，此義高於華嶽阜。」此乃深惡薄俗之不相顧，而不辭現身説法，以深譏口讀聖賢書而心於風義蔑如也。侯生云：「人有德於公子，公子不可忘也。」讀此亦可見太史之不作欺人語矣。

五代江爲《岳陽樓》詩：「倚樓高望極，展轉念前途。晚葉紅殘楚，秋江碧入吴。雲中來雁急，天末去帆孤。明月誰同我，悠悠上帝都。」《唐詩紀事》稱之。元方虛谷云：「嘗登岳陽樓，左序毬門壁間左書孟詩，右書杜詩，後人不敢復題。劉長卿之『疊浪浮元氣，中流没太陽』世不甚稱，他可知矣。」觀江爲詩，信乎襄陽、少陵之後，絶少合作也。近永福黄養九學博有《岳陽樓》七律云：「樓上空江俯大楚天荒，洞庭秋水晚蒼蒼。君山一帶青難斷，瑶瑟深秋序正涼。鴻筆昔年稱四絶，長湖自古接三湘。空闊魚龍寂，岸草汀莎望渺茫。」尚不失題之氣象，庶幾繼武前賢。養九名鐘，乙卯孝廉。

養九學博爲十研先生從曾孫，家學淵源，筆具琴瀑壺春之妙。詩稿宏富，予於甲申歲曾借讀一遍。十卷約有三千首，寶山初入，美不勝收。因其挈往金沙任所，祇抄數篇。五律《食苦瓜》云：「地産多佳蓏，天瓠應列星。何緣多子累，都作皺眉形。荼葉同風味，葵羹判食經。無窮匏繫意，相見慰零丁。」徒咏苦瓜，有何趣味？一參入己意伴講，便覺常語，都成妙諦。七絶《閱桃花扇填詞》云：「甲第滄桑舊事非，甘心紈袴作青衣。魏公末裔能耕稼，未算朱門賦《式微》。」欒郤無徵，降爲皂隸，言之慨然，不僅爲徐公子賦也。《感秋》云：「年來山館對銀盤，每到秋風客淚彈。十二回圓明月夜，可堪不得意人看。」亦清婉可誦。《西子》云：「吴家讎怨越家恩，紅粉功成屬苧村。疑事五湖歸隱去，如何又説遇王軒。」舊事翻新，説來令人欲笑。此詩家避熟法也。

屏麓草堂詩話卷二

晉安莫友棠若愚著

先師趙溥堂先生雄於文，兼工書法。求書者日接踵，每隨意揮灑，獨於棠扇上書舊作二律。先生歿十餘年，晤文孫某，知詩稿甚富。時將于役清源，未遑借讀。他日旋里，當急親手澤也。《重經天津》云：「天津形勝地，半面障幽燕。海舶通蠻貨，河流轉漕船。魚多腥午市，柳密帶朝烟。滿眼風光好，公車又一年。」《過武城》云：「昔賢爲宰處，覽勝一徘徊。雉堞餘前蹟，牛刀屈大才。鳴琴齊單父，投璧得澹臺。千載官兹土，誰曾學道來。」前首遠近異景，自《送張司馬南海勒碑》來，末結「重經」意；次首本事無迹，自「禹廟空山裏」來，末亦從《經昭陵》，即《祭房相文》所謂「培塿滿地，崑崙絕群」也。蓋師胎息於少陵者深矣。先生諱士泉，乾隆丁酉孝廉，官寧化廣文。

宋范忠宣麥舟助喪，千古稱爲盛德，而不知固家法相貽也。劉斧《青瑣詩話》：「范文正公鎮越，民曹孫居中死於官，家窘妻幼，子方三歲。公乃以俸錢百緡賻之，擇一老吏送之。且誡吏曰：『遇關防，以吾詩示之。』詩曰：『一葉扁舟泛巨川，來時暖熱去涼天。關防若要知名姓，此是孤兒寡婦船。』」夫文正賻之不足，且送之；送之不足，且以詩護衛之。千載下讀之，令人泪下，不必當時也。以視寮寀同朝，才名相埒，始則排擠而陷以竄逐，繼則謫配而不許賃居者，其人品度量之懸絕爲何如哉！蘇文忠有《乞葬董傳於韓忠獻書》，而世稱韓、范，知固不徒以經濟功業之同也。蓋此處不同，則亦不足言經濟功業矣。

予友葛心如，授徒於光禄吟臺之龜山先生祠。有童子張齊齡，短褐不完，而所好惟學。心如奇之，揚譽於其尊屬，得稍資給。年十二，遂補博士弟子員。心如有句云：「不遇陶淵明，焉知菊花好。昔日疏籬邊，斜陽一枯草。」寄慨深矣。心如善書法，精岐黄，幾有洞視一方人之妙。家無擔石，而能急人之急，惜仲宣體弱，文園善病，竟以渴卒。詩前作之外多散佚，昨見古董攤有《竈丁苦》長句一幅，寫作俱佳，急買歸，裱而張之座右，蓋心如筆跡也。其詞云：「竈丁苦，竈丁不苦，安得他人峻垣宇。竈丁苦，竈丁不苦，安得他人侈歌舞。竈丁之苦他人樂，其苦可陳樂可略。瀕海煮鹽鹽有田，尺寸不許踰涽堧。一丁受田舉家喜，喜我衣食計始此。朝來掘土和爲泥，和泥作竈當楣題。又斫前山萬竿竹，斫竹編作筐筥箕。月逢初八十三期，正是上下潮漲時。是日望晴不望雨，晴能曬泥雨洗泥。曬泥泥鹹洗泥淡，鹹泥擔歸溲灑施。早淋滷，晚淋滷，淋滷不辭汗如雨。婦舀鹵水兒抱薪，滴滴都向鍋中煮。煮成鹽，鹽如雪，日有定額不教缺。缺額怕受官長笞，足額上倉愁折閲。一石百觔又七十，值錢三百還少廿。往年樹滿山，斧斯堆屋間。近來樹盡要錢買，一束錢復增幾倍。當丁衣食仍無餘，猶勝無資空傍海。」按王朗川《言行類纂》，明大司徒雍公泰巡鹽兩淮，見竈丁貧而鰥者幾二千人。比二年，俱與完室。既去，淮人頌以詩曰：「客邊檢橐渾無研，海上遺民盡有絃。了却四千兒女願，春風解纜去朝天。」其時則苦可使樂矣。心如名克綏，字禄泰。癸酉副車，閩縣人。晚自號旗帶山農。旗帶山在榕垣三十里，蓋其親墓所在也。

韓文公《月蝕》詩自題效玉川子作。陳齊之曰：「退之效玉川子《月蝕》詩乃刪盧仝冗語耳，非效玉川也。韓惟法度森嚴，便無盧仝豪放之氣耳。」云云。謹按：法度森嚴，韓文所不肯少，他人豈反可少哉？蓋法度不森嚴而徒事豪放，則游騎無歸，無從制勝。其實韓於法度森嚴中何嘗不豪放，惟其陳言務去，戛戛生新，雖豪放，人自不覺耳。試觀此詩，括盧之三段爲首段，且化其三十二句爲十四句；括四段爲次段，化其六十八句爲二十六句。又括其二段爲一段，化其二十四句爲十句；又括其十段爲一段，且化其九十六句爲三十四句；又括三段爲一段，且化四十八句爲十四句。非斂豪放於法度中，焉能有此勝場哉？是韓之《月蝕》詩匪特教玉川也，乃刪盧詩以成己詩，示天下萬世以作詩之三昧耳。願與讀者商之。至云「乃刪盧仝冗語，非效玉川」，則爲不易之確論云。

閨秀黄太恭人名曇生，字護花，著《蕭然居集》。傳作甚多，《西施》云：「國破君亡女禍深，梧楸夜夜滴愁霖。可憐歌舞教成後，不作吴吟作越吟。」《紅拂》云：「侯門經目人山海，佐帝匡王決等閒。千古如神推隻眼，莫將名字混紅顔。」集尾有序林大家詩序。林大家，西仲先生女。太恭人，明閩縣諸生、召授中書舍人、工部營膳司主事處安先生之女，國朝固安縣令鄭蕉溪先生名善述之室，石幢荔鄉先生之母，而十研先生之祖姑也。

詩有虚用而非典實者，若指實，轉見其鑿。如少陵之「無風雲出塞，不夜月臨關」，「無風」、「不夜」，人多認爲城名，沈歸愚駁正之，是已。又有實用典故而非虚指者，如晉江施南堂世綸有「孤城侵海角，銅柱出天涯」之句，人又以「天涯」、「海角」爲泛用。初即疑之，及閲陳資齋鎮軍《海國聞見録》

云：「自冠頭嶺而西，至於防城，有龍門七十二徑，徑徑相通。徑者，島門也；通者，水道也。以其島嶼懸雜，而水道皆通。廉多沙，欽多島。地以華夷爲限，而又産明珠，不入於交趾，是以亭建海角於廉，天涯於欽。則是海角、天涯二者乃廉、欽二州之亭名，非尋常泛爲遥遠之用明矣。孟瓶庵先生愛漁洋山人《楊妃墓》『一種傾城好顔色，茂陵終傍李夫人』之句，初謂明皇、漢武不過同一色荒耳，及至興平，見楊、李之墓相離不過數武，乃知讀前人詩必須身履其地，始見用事之貼切也」云云。今施詩亦同此意匠，所以爲佳。否則泛用「天涯」、「海角」，此兩句有何趣味？以此類推，則凡此等處固不宜輕易讀過也。

大抵寫物賦體難肖者，則當以比體肖之，雖極不類，能使相類；然非描頭畫角所可期，是在意匠經營而始得也。唐陸龜蒙詩：「九天風露越窑開，奪得千峰秘色來。」是以山色比窑色矣。周世宗時燒造有司請色，御批云：「雨過青天雲破處，這般顔色做將來。」是以天色比物色矣。余師鄭蘇年先生《仙霞嶺》云：「奇峰如美人，不輕落顔色。白雲遮片片，但見髻鬟碧。」又以美人比山色矣。所詠不同，要皆體貼精微，異樣生新，又能脱口而出，如天造地設，令讀者明知其妙，欲與之角而又不能，所以爲佳也。要之，比體之中，先生尤具寫生妙手。問描頭畫角、意匠經營云何？曰：呆相與神韵耳。

自陶徵士作《桃花源記》，後來詠其事者，更僕難數。然非鋪排陶記，即描繪仙靈而已。惟祖舫齋尚書《桃源行》云：「秦皇海外求神仙，秦人山中别有天。徐福一去隔烟水，童男女自長孫子。世人但識采芝翁，一村更住桃花叢。桃花開落武陵道，洞前洞後多芳草。中原何處不桑麻，天上雞犬亦思家。洞門閉後幾千載，豈應尚有秦人在。請看海外悉主臣，何況桃花洞裏人。」入手祇十四字，靡特括陶記仙靈諸意，而秦政之昏、秦人之智，一一俱見。是能包一切、掃一切者，一氣轉折，音節清脆，猶餘緒耳。聞尚書有全集，此録自裱糊鋪壁間，爲尚書所親書者。尚書名之望，浦城人。

吴門韓桂舲尚書對，慕廬先生曾孫也。以拔貢起家，致位秋卿。長身玉立，瘦而有精神，爲閩臬，無武健之風，有儒者之度，愛民禮士，潔己恤刑。嘗之書院考課，當降輿，諸生揖，尚書亦揖。有童子越次肅揖稱大人，尚書曰：「汝知大人之説乎？」曰：「未知。」尚書曰：「有道德學問，即韋布亦大人；若無道德學問，雖尊官顯宦，不稱也。」其不吝自抑以諷人如此。每聽訟，不煩言即判。嘗會訊，供已當罪，同官尚苛求不休，尚書曰：「君欲置之何等？據彼所供，即十人亦無生矣，尚何敲撲爲哉？」其哀矜如此。詩有性情，多具維世之心，不作欺人之語。其《晉擢湘藩留别閩中吏民十首》云：「拜手榮非分，簡書促去程。四年錫三命，壬戌湘臬，癸亥移閩，今晉湘藩。兩地轉雙旌。禄厚辭何敢，恩高受益驚。豎儒疎國計，只合戀承明。已請陛見，擬即籲求内用。」「到此身還半，蹉跎空自羞。曾無衮職補，枉把杞天憂。蠻觸鬭何事，鯨鯢斬未休。非關閩俗悍，積漸有來由。」「蜃樓原自幻，鷹爪漫相猜。法到三章外，網應一面開。恥爲刀筆吏，生乏度支才。美錦從新製，愁教鈍手裁。」「側聞海外郡，告急羽書繁。月黑貓頭霧，波翻鹿耳門。軍心推李廣，天意厭孫恩。貔虎從天下，應消釜底魂。」「蹇蹇勤襄伯，儀型是我師。無遺到葑菲，所念是瘡痍。求治得毋急，苦心或未知。同官有陳趙，戮力好扶持。」「趙子同年友，陳侯不世英。直推心置腹，真見志成城。喜接鵷鸞侶，寧寒鷗鷺盟。久要臨别語，端不負平生。」「最是能文將，新詩脱口吟。愛才真若命，嗜古覺無今。重以劉盧好，難爲蘇李心。河梁分手處，立馬泪沾襟。」「父老毋自苦，攀轅遮我行。歲登偏穀貴，俗儉覺官清。似有三生約，而無一善名。扁舟載妻子，來去雪鴻輕。」「洪山橋下路，幾度送行人。今我翻爲客，諸公何太親。逢場傀儡戲，説法宰官身。弱柳何堪折，應憐海嶠春。」「明發西郊道，行行祖餞重。綵旗摇竹細，珀酒映花濃。略識溪山趣，寧辭風雪衝。九仙妙何許，回首白雲封。」

林澹園《耻躬軒詩稿·南沙河旅店難女賈芷孚題壁引》云：「丙戌春，公車道過南沙河旅店，壁間有維揚十五齡女子賈芷孚詩，情辭哀惻。其自叙云：『儂本維揚貧家女，幼隨李稙香夫人伴讀。今春，夫人隨任九江，遣儂他往。無奈父母愚弱，而長安賈竟以十金購得。儂即斂艷藏光，無如此身已污，理難再抱琵琶，賈年已週甲，腹鮮一丁。終日相對，默無一語，不知前世何愆，受此無邊罪孽？肝腸寸斷，血泪難乾，俚詞疥壁，以遣無聊。而賈在側，尚問烏鴉作何生活云。』時乙酉五月初三也。」予閲澹園所録，憫其遇人不淑，已作詩載入集中。兹録其詩云：「輕謫塵寰暗自憐，誤人幻夢小遊仙。如弓明月初三夜，似箭春風十五年。屋縱黄金傷不偶，身雖白璧恨難全。無端竟逐沙叱利，並少韓郎若個邊。」「怕泛鄱陽浪裏船，何如此處入秦川。心驚路遠三千里，命薄身輕一萬錢。恨不踈頑同白腹，悔曾閨閣理丹鉛。比他花蘂夫人苦，旅館聊充十樣箋。」

澹園，恭甫太史之甥也。初聞名而未謀面。歲乙未，承其雅意，始識之，猶未知其深於詩也。及于役清源，寄酬五十六字，得和章云：「忽枉新詩俗慮空，故人情重有誰同。論交得結忘年契，舊識真成一見中。豪氣老猶存健筆，古心時獨奏孤桐。平生説士甘於肉，傾倒如君實至公。」明年家居，過從頗密，以《耻躬軒稿》命加丹鉛，始得盡讀。學有淵源，不愧名舅之甥。《噉荔次東坡韵》云：「烹茶汲水牽鹿盧，渴飲不解肺腸枯。忽報故人有嘉貺，瓊漿入眼内熱驅。紅雲宴解紫羅襦，微聞水澤冰雪膚。天風吹下楓亭路，仙骨想見瑯琊姝。書生奇福消受無，坐致尤物仙城隅。靈臺浩浩餐絳雪，俗味一洗桃李粗。白雲在望思遺母，安得遠寄十虬珠。輕圓白曬載歸去，香味焉及噉鮮腴。蘭膳半載缺甘旨，歸心已逐秋風鱸。人生萬事東流水，承歡愛日是良圖。」噉荔而思遺母，孝思既摯，詩境亦寬，比文忠作更覺前賢畏後生也。七律《過萬安橋》云：「天外潮來撼碧空，卧空四十七垂虹。鯨波一障横江白，鼇背長擎落日紅。閩粤數州通砥道，海山萬里引船風。祠堂墨妙經千古，遺愛於今説蔡公。」《姻何杰夫學博以第二人及第授編修誌喜以代簡》云：「臚唱纔傳第二人，卿雲現屬魏公身。何妨頭地推同里，林勿邨殿撰同年同里。多少群仙接後塵。對策漢廷思賈董，聯鑣宋殿有黄陳。九重知己資忠孝，曠代遭逢艷八閩。」「風流文采久無倫，璞玉渾金德器醇。早信天生抱仙骨，今看聖主得賢臣。光分華蓋星常燦，草視鑾坡筆有神。回首白雲飛子舍，北堂萱茂報三春。」「講經聞望在庠黌，最是吴公識賈生。國士價收騏驥重，文章瑞作鳳凰鳴。鄒枚詞賦時無匹，房杜淵源舊有名。從此廣文官足貴，神仙住久入蓬瀛。」句之佳者，《春燕來巢》云：「烏衣故國纔成别，紅雨新泥復見過。」《題嘉定章虎伯禮安堂集》云：「不因詞賦聲名重，豈易公卿禮數優。」《螢火》云：「樓臺底事憐歌舞，風月多情自送迎。」《金石書院》云：「松風萬壑聞清籟，黛色千峰擁畫屏。」《壽林清埜》云：「人於洛社欽耆宿，學比眉山仰世賢。」又《禽言》云：「姑縱不慈媳何薄。」及末句云：「怨魂逝矣應自覺，猶向深山啼日落。」皆可誦。其内子氏劉，孝女也。澮園代作《孝烏篇》，意象章法，得韓之一體。惜篇長不能載。予題其集，有「周雅詩人嘗念母，漢朝名士亦賢妻」之句，蓋紀實也。事母至孝，兼愛其弟，交有始終，言無枝葉。品卓學優，詞翰敏給，一札十行，情文備美。名彦芬，字詠荃，一字澮園，閩縣人。乙酉中式，大挑二等。嘗權晉江、寧化、壽寧學。

先師鄭蘇年夫子教澤廣敷，英才林立。予忝附門牆，同堂中雖有知好數輩，惟沈君蔭士交稱最摯，因曾讀書其家數年。蔭士自甲子舉於鄉，計偕後，即就上官講席，故居鄉日少。予亦以窮措奔走衣食，在外日多。蓋曠音問者幾二十年矣。戊戌歲，予賦閑居，而蔭士亦以丁内艱歸自楚北，予未知也。閏夏，忽翩然至，把晤泫然，有「乍見翻疑夢，相悲各問年」之景。叙談半晌，訂後期而别，蓋蔭士又將就上官講席，安車赴衙齋，開絳帳也。越日，貽詩云：「浮萍踪迹易天涯，舊雨重逢等聚沙。自注：與君曠面已十有八年矣。握手互驚鬚似雪，談心轉覺緒如麻。塵趨久已荒三徑，才語還堪鬬八叉。屈指石交今有幾，雲龍追逐願頻賒。」「竹籬茅舍託芳鄰，乍喜相從便夕晨。愧我鮮逢黔突暇，與君真個白頭新。蘭庭分課添佳話，自注：令侄與舍侄輩近聯文社會課。藝苑旁搜羨等身。消暑愈風都有得，可將數卷慰勞人。自注：君手編詩話，冀得先覩，詩以索之。」予既和蔭士，又叠前韵代柬云：「詞源學海本無涯，腸俗何嘗夢篆沙。懷舊君難棄菅蒯，從繩我總愧蓬麻。尚書吟卷呈鈔本，太守題圖上畫叉。更有長親篇什富，細論何日酒頻賒。」「咫尺相逢負結鄰，佳篇盥露慰霜晨。豪情豈待江山助，側體無妨日月新。論古縱横標史識，紀行遠近著吟身。集成應重雞林價，幽草秋香意感人。」

蔭士文筆蒼莽，詩多老潔。昔予在羅川，其寄懷云：「未識幽雲已出山，猶然問字叩玄關。依人行徑原無定，託鉢生涯怕是閒。世事蹉跎成晚達，客愁容易瘦秋顔。此行且喜離鄉近，知得時承菽水歡。」杭州寄和云：「七載重游地，風光舊尚存。題橋謝司馬，叱馭羨王尊。嶺雜分山色，潮平見水痕。何當成遠别，落日不堪論。」予下榻其家，每於日課畢未上燈時，各具其所見，互相磋切，故於思益山房撫署書齋見懷有「知己平生感，交情海水深。聯床三徑月，載酒十年心」之句。蔭士少年時英氣内充，相勗以古豪傑爲期待。其議論古今以及世道人心，有令人鄙吝不敢復生，見義不敢不爲者。三十年來，回首如前日事焉。蔭士名廷槐，字品三，閩縣人。先世浙人也，因幕閩，遂爲閩籍。尊甫學圃先生性剛直古樸而肫摯，故與人交能初終一致。所謂寒暑燥濕而不易其節者，惟先生有焉。尊師敬友，出於天性，故蔭士一試而第。

鄭心甫有《感懷》詩十章，皆寄意遥深之作。其五章中云：「流水本無心，尚且有互易。儻非素心人，相知復何益。」人情險於山川，言之慨然，尤佳。以興體出之，詩意更見藴藉。其三章云：「皇穹不明察，不能燭我私。道我不肯播，不守厥父菑。」詩則曲而有直，體胎源自《騷經》得來；意則自傷不克早達，以繼名父。心甫，雲門先生子也，然心甫文章能取科名，詩境可摘屈、宋，則亦何愧名父之子。矧進之不已，福澤文章，方未有艾哉。心甫名枚初，辛卯孝廉。

庚子歲，林廣文澹園邀予課子。朝覲，林君其總角交也，於予亦舊識。一日見其扇頭詩云：「秋風瑟瑟促歸懷，秣馬脂車曉陌開。天地爲廬跬步内，不妨閒往復閒來。」款題「丙戌仲秋歸自都門，偶録舊作於榕城旅寓。時庚子秋日，與朝覲五兄談及，因以質之。耕邨余潛士」。又云：「一片青山閲古今，閒花開落本無心。不知春事留多少，時有珍禽送好音。高蓋山人偶筆。」憶亡友陳良臯昔嘗爲言，余君學優矣，而品之優，尤爲近世罕覯，予聞之神往。今讀其詩，果無榮進干禄之心，而有隨時任天之意。用歎良臯之知言，而恨予之未謀面也。急録之。高蓋山屬永福，余君其邑人也，癸卯舉於鄉，以六十老諸生而卒登賢書，操履亦何負於人哉！

尚書侯官林少穆先生有手抄《拜石山房詩草》一卷。其《河防》四首云：「漢家瓠子歲防秋，河濟千年更合流。昨日龍門馳曉箭，早時蛙竈亂更籌。瀾狂不覺重堤固，沙走能兼大地浮。百萬驚鴻何日定，奏書頻動至尊憂。」「不仁詎合號河公，欲擊冰夷訴上穹。豈有青虵開水厄，翻將白馬賽神功。封山倘議支祁鎖，導海應令蛃象窮。恨甚波臣助淫虐，天威早晚靖龍宫。」「楗竹搴茭未許遲，千牛力挽萬夫馳。水衡可費須求當，壤奠雖饒已告疲。沉璧誰如王子贛，引渠真憶鄭當時。請看張樂仙園地，猶爲籌防閣壽卮。」「使星博望正還槎，無計隨刊衹自嗟。猶喜冬暄舒愛日，可能水軟護奔沙。天心已覺憐巢窟，民意猶思衛室家。爲祝春風三月好，金堤安穩看桃花。」既以精理爲文，亦復秀氣成采，是必有其識學筆力，乃能斟酌裁補，合度如律。其各首縱横開合，宛是奏議，蓋以詩當紀傳時事，非復尋常登陟遊覽之作。初尋其源不得，細味之乃神游其際，曰此少陵《諸將》也，而以爲明七子氣魄者，猶皮相耳。集中佳什尚多，要當以此爲壓卷。尚書名作甚多，不能盡録。如《滎澤渡河》後幅之

「汝曹豈真御風客，吾意但作信天翁」，末結云：「前路尚遥勿侈説，惟有如水盟臣衷。」《驛馬行》之「君不見太行神駿鹽車驅，立仗無聲三品芻」，《輿縴》之「不爲絲繩標正直，此身誰致萬峰頭」等句，是皆因題抒寫胸臆。至《老鷹崖》之「時平搏擊何須爾，傳語山靈早化鳩」，則寄諷不少。至於《酬葉小庚司馬》「枌榆遠結三山夢，桃李新添六詔陰」，則整贍中有情緒；《嘲僕》之「但免當關謀嚇鼠，不妨失睡懶聞雞」，則諧謔中有節制。然此特其餘緒耳。至《河内弔玉溪生》云：「江湖天地兩淪虚，黨事鈎連有謗書。偶被乘鸞秦贅誤，詎因羅雀翟門疎。郎君東閣驕行馬，後輩《西崑》學祭魚。畢竟浣花真髓在，論才休道八叉如。」藻麗則玉溪替人，論斷則義山知己，其取材妙在多用本事，較見妥帖，即「羅雀翟門」，亦係借以殺縛令狐氏事，使意義脗合也。

嘗見作詩者不論題中應有之義，但汲汲妃青媲白，專求設色字眼，徒取悦於庸耳俗目，是亦未領解深於詩者之旨乎！嘗讀李安溪先生《榕村語録》，論杜甫《重經昭陵》詩，如「文物多師古，朝廷半老儒。直辭寧戮辱，賢路不崎嶇」等句，極有風味。若「風塵三尺劍，社稷一戎衣」，何嘗不好，然漢高祖豈不如此！至此四句，却是貞觀致治之根，道得出太宗擅長處。當時承宇文之後，文物獨盛，而十八學士之屬，半於朝廷。然不聽其言，雖多奚爲？若後進無人，亦非長治之道。詩家誰見及此！然使入宋人之口，便直而淺薄。其妙在樸而雅。「朝廷半老儒」，似不成語，却造句甚古，有斷華反樸之意云云。按「風塵」二語，乃後人挾爲命中之技，而謂可移掇；「文物」四語，乃後人嫌無色澤之句，乃謂其極有意味，而斷之曰「樸而雅」。作詩者能參得此旨，則思過半矣。先生不吝詩之三昧以教人，敢敬録之，以公同好。

又曰：「某近選詩，必篇中有緣故方存。不然，雖做得好，無關於人，讀了亦醖釀不出甚好意思來。如此選擇，自漢至宋，不過三百餘首，但觀《論語》中『興觀群怨』，及『無以言』、『專對四方』、『達於政事』、『正牆面而立』等語，可見聖人删《詩》都是要有實濟。杜詩細加選擇，尚存五十餘首；李詩却是一種仙氣，都無收煞，絶無吉凶與民同患一段意思。工部見元結兩首詩，就那樣傾倒，送朋友之官，皆拳拳以忠君愛國爲囑。忠告善道，非太白可比云。」予作詩竊私淑此意久矣，今録之，以公同志君子。

宛在堂在榕垣迎仙門外之小西湖。昔丁戊山人傅木虛《柬友》詩云：「城外西湖烟靄光，孤山宛在水中央。」因擬築宛在堂，招高石門偕隱不果。今湖心有堂，乃國朝康熙初建也。乾隆初，黄莘田先生立明林子羽、王孟敭、鄭少谷、高宗吕、傅木虛、葉文忠、曹節愍、徐幔亭、興公、謝在杭十子於堂而祀之。風雅閒歇，久被開化寺僧佔爲賃槥之所矣。道光四年，孝廉王成旗、劉奐爲捐資出停槥，掃除而重新之，增謝雙湖、陳叔度及莘田先生栗主，春秋兩祀，邀同人作竟日之遊。陳恭甫太史詠其事云：「湖社詩人舊接肩，新祠修竹面淪漣。青山有例歸高士，黄土無緣訪故阡。文獻百年煩月旦，蒹葭一水自風烟。花亭草閣多零落，把琖斜陽獨愀然。」惟堂後數十楹，被僧砌垣以入於寺，可惜也。木虛名汝舟，石門名瀫，負奇嗜酒，善詩畫、草隸、八分書。俱師鄭少谷，籍侯官，皆正德間人。

成旗温文簡默，風采凝然，大挑得東河，未補官，謝病歸。大紳巨室争迎之，以課子弟。字宗二王，詩近高、岑。送予遊清源云：「中歲頻搔首，天憐孝友心。獨彈多古調，遠道有知音。騷賦含葩久，匡詩索解深。泉山五百里，南去試長吟。」予雖不敢當，詩却深得大家用事之秘，故録之。其《泉南雜詠》云：「南北長橋帶水環，泉山已在海中間。齊雲紫帽争形勝，山外誰知更有山。」「靖海勳名記得無，荒祠遠傍道山隅。殷勤鶴語留華表，一幅降王執挺圖。」「萍魚漾碧滿池塘，疎冷高槐倚夕陽。較比奉誠園宅好，青衿人話讀書堂。」皆可誦也。施將軍烺園林點綴甚佳，今爲清源書室，故末云然。成旟名溱，籍長樂，今爲福鼎廣文。

宋張益公在蜀，有録曹參軍，老病廢事，公責之曰：「何不歸？」明日，參軍以詩留別，有「秋光都似宦情薄，山色不如歸意濃」之句，公驚謝曰：「吾過矣。同僚有詩人而不知。」因慰留而薦之。本朝尹文端公督江南，宛平王發桂以主簿派管行宫，嘗有句云：「愧我備官無一事，宫門持帚掃閒花。」公見之喜，即超遷貳尹。賢者愛才，前後如出一轍。參軍詩忙得妙，主簿詩閒得妙。吾鄉林春園先生，詩人也，以部曹出守袁州。宦途蹉跌，每誦「自古上官須善事，於今廉吏更難爲」二語輒泣下。觀此愈令人念文端不置也。先生名其宴，予友鄭心甫孝廉之外舅也。所誦二語，爲太倉唐孫華咟上海令李鹿友句。李以清介嫉惡彊直，被劾罷官者。

先師鄭蘇年先生主講鼇峰書院，課古學。《詠菱角》七律得林錕卷，後四句云：「未必得名在圭角，衹因入世尚模稜。藕絲無力蓮心苦，似汝廉隅也不能。」師大稱賞，詢之爲同年則枝先生子也。師喜曰：「予老年誼嘗用温公語刻小篆曰：『臣不能爲四六。』厥子詩才如此，可謂善增益矣。」由是知名。字錕科，一字侗叔，有作多商諸予。尤愛其《送莊秦川》云：「風雨歲將暮，遥遥到海州。此行豈得已，不去若爲籌。有母忍言别，知君非好遊。江南春水長，歸棹莫淹留。」祗眼前語耳，而筆力堅蒼，詩律入細，非天姿高邁不辨也。又《題洛神》云：「美人芳草總離奇，大半詩人託興辭。千載一篇《感甄賦》，獨憐名教罪陳思。」掃盡陳言，有補風教不少。少穎悟，善讀書，字仿板橋，賦宗六朝。庚午中式，大挑二等，署永安學，未赴官，卒。予哭以詩，中聯云：「詩名騰顧況，才識雪陳思。」紀實也。尊甫先生名一桂，己亥中式。家清遠門橋，開門授徒，從者甚衆。著有《周官經集説》數十卷，手自删正，至老不衰。書未梓，卒。侗叔嘗以爲痛。予年十五六時，與結荳蔻花館古學社，一見如舊相識，故知之頗詳。遺稿甚富，當向其家求之也。

屏麓草堂詩話卷三

晉安莫友棠若愚著

嘗讀鄉賢孟瓶庵先生全集如《焚香》、《求復》、《晚聞》、《家誡》、《誡是》諸録，是皆切於立身行己、倫常日用之道，非徒雅管風琴，陶寫性靈已也。然有德者必有言，即所作詩歌亦皆可當箴銘之誦焉。《雜感》云：「君不見，梁間燕，銜泥掠過春風遍。又不見，林中鵲，揀枝補巢飛且躍。哀彼舊家子，不及燕鵲樂。當日潭潭居華屋，今日一椽無處卜。春來移城南，秋忽去城北。門神與竈神，亦不得休息，居停主人索債急。噫嘻乎，城中大屋不值錢，昨年上梁今日遷。萬間廣厦空興發，杜陵眼底想突兀。」又云：「君不見，朱陳村，年年嫁娶無煩言。練裙竹笥原自好，兩姓蕃衍傳兒孫。世人論財競華侈，堆盤珠翠兼羅綺。幼穉議婚姻，長大當復爾。一朝程鄭變黔婁，媒妁之言交訾毁。貧女到婿門，朝夕勤饔飧。貧兒得嬌女，堂上閒機杼。我思告貧兒，毋寧娶貧女。噫嘻乎，梁鴻妻，鮑宣婦，千古高踪世罕有。春秋惟有鄭世子，曾云齊大非吾偶。」驕盈惡終，繫援俗鄙，目擊心傷，大聲疾呼，意匠則自《秦中吟》諸篇得來。又《福州竹枝詞》云：「小橋日出櫓聲低，大橋日落帆影齊。銷金窩在雙橋下，好語檣烏莫浪棲。」「華屋居人轉眼非，名園春草自芳菲。丁寧王謝堂前燕，莫傍輿臺屋裏飛。」

流品之分，分其所業耳，而有時濁流亦能知綱常大義。古來優伶踵孝、俠妓效忠，尚矣。明季如柳如是、顧眉生之事，固已膾炙人口，而詎知尚有楚雲、瓊枝，其事更有難然者。少穆先生《江陵兩俠妓行序》云：「張獻忠陷荆州，召歌妓楚雲、瓊枝侑酒，雲懷刃刺賊，賊覺殺之。瓊進酖卮，賊令自飲，立斃。皆臠其屍焉。」詩云：「滔天狂寇無人制，美人乃爲辦賊計。賊焰方張計不成，美人死節留其名。荆州城頭血流杵，章華臺下徵歌舞。妾貌如花鐵作肝，一雙俠骨同心女。杯中美疢袖中刀，誓爲朝廷盡此妖。宛轉靚妝佯買笑，瞢騰殺氣已干霄。斯時意中無兩可，死不在賊即在我。事成天下同快心，謀洩二人並奇禍。夜半飛星大有芒，賊情狡獪能周防。忽窺匕首争先發，盡反酖醪立使嘗。鏡下肉飛鉛粉化，樽前骨醉血花香。可憐妾命成螻蟻，不解天心縱虎狼。嗟呼前有刺梁後刺虎，彼各收功此何苦。誰知刼運换滄桑，要使蛾眉獲死所。生是青樓兩婦人，死憑彤管寫千春。愧他下馬投弓仗，也算當時一將臣。」題事紛紛，題情變幻，庸手平鋪直叙，了無生氣矣。妙在藏叙事於議論之中，通篇總發每於轉捩處，令人不測。而按之仍如清水數魚，故能音節清脆，意旨分明。矧當時衣冠鬚眉所難能者，彼二人獨能之。惟事已湮没二百餘年，非此寫生妙筆，焉能發彼幽光哉！

《瓜棚避暑録》載：「《瑶林璚肆册》集唐、宋、元、明四代名家真蹟，舊藏趙甬江文華家，鄉先生林雲根公宰山陰時購得之。乾隆四十一年丙申夏，予與山陰公子樾亭同客於貴筑蔣廉使署中得見之。册有數十幅，予初爲記二十二幅，樾亭以責償急，廉其直歸蔣。蔣病卒，樾亭亦不能完璧也云云。按其第四幅爲文衡山山水，青山迴合，山罅有亭，下有人居。在林木蒼翠中柴門不啓，東過橋來訪者一人扶杖，有童抱琴從之。自題云：『樹裏路穿入，草堂門晝扃。落花閑不掃，人自誦《黄庭》。』第十一幅爲燕文貴《春江狎鷗圖》，自題曰『無數白鷗閑似我，一溪春水碧於天。洪熙改元正月漫墨，燕文貴』

二十五字。第十二幅元錢選《蛺蝶圖》，大小九，細草落花，栩栩欲活。自題云：『南園碧草飛蛱蝶，引入莊生午夢來。至正二年五月。』有印記。第十五幅爲文衡山《蟾蜍圖》，奮踔水草間，淡筆入神，妙品也。衡山自題云：『奮身騰草莽，勇氣欲冠軍。文字曾呈象，休將武士論。』宋仲温克題云：『一畫之後，厥惟科斗。《洛書》之師，華林之友。怒則氣捲，樂則大口。爲公爲私，實汝之醜。』陳石亭沂題云：『漠漠池塘草正深，月明荒圃夜方沉。隔窗懶問官私地，欹枕疑聞鼓吹音。幾度驚回吟客夢，五更喚起惜花心。闐然一怒如沖漢，戰鼓紛紛不可尋。嘉靖丁亥八月。』仲温、石亭各有印記，字亦不俗云。」按古有「讀畫」之語，然畫不可讀，乃讀題畫之詩也。凡畫之得名者，必妙韵語，工書法，點綴留題，便成佳品。故能彝鼎金玉，同其寶貴也。先生所以録之與？又澹園云：「按古詩話，詩人以畫爲無聲詩，《東坡題跋》：『觀摩詰之畫，畫中有詩。』故後人以觀畫爲讀畫，蓋謂畫爲無聲詩，則觀畫亦可謂無聲之讀。周櫟園先生有《讀畫録》，皆載所鑒賞古今名畫。然則讀畫之讀，似不當作讀題畫之詩解。」此亦一説也，並録之以質同人。

《石鼓》之作，韓則典重瑰奇，旁皇珍惜，懷古情深；蘇則雄文健筆，句奇語重，氣魄足與韓埒，而研鍊過之。要皆膾炙人口，歷久彌新者也。而不知其始則有韋應物一作焉。《苕溪漁隱叢話》曰：「永叔《集古録》云：『至於字畫，亦非史籀不能作。』此蓋原蘇州之歌而云爾。蘇長公《石鼓詩》云：『憶昔周宣歌鴻雁，當時史籀變蝌蚪。』亦原於蘇州。」云云。則讀韓、蘇不可不讀韋作也，今録之云：「周宣大獵兮岐之陽，刻石紀功兮煒煌煌。石如鼓形數只十，風雨缺訛苔蘚澀。今人濡紙脱其文，既擊既掃白黑分。忽開滿卷不可識，飛潛動植走云云。驚喘逶迤相紀錯，乃是宣王之臣史籀作。一書遺此天地間，精氣長存世寂寞。秦家祖龍還刻石，碣石之罘李斯迹。世人好古猶共傳，持來比此殊懸隔。」按此詩詞意悉主周宣，而《集古録》云《石鼓文》在岐陽，初不見稱於世，至唐人始盛稱之，而韋應物以爲周文王之鼓，至宣王刻詩爾。即趙次公亦云不知何所據也。又陳倉《石鼓》注：鄭漁仲摘「丞」、「殹」二字見於秦斤、秦權，而以爲秦鼓。程大昌又以爲成王之鼓，以《左傳》「成有岐陽之蒐」，其字乃番吾之迹也。又子由和長公有云：「形體偃蹇任苔蘚，文字侵削因風雨。字形漫汗隨石缺，蒼虵生角龍折股。」又明李東陽《石鼓歌》中云：「家藏舊本出梨棗，楮墨空虚不盈握。拾殘補缺能幾何，以一涓埃補海嶽。」考國朝朱竹垞先生有云：「楊用修謂從李賓之所得唐人拓本，多至七百有二字。」又言：「及見東坡之本，人多惑焉。及賓之歌中云云，夫以歐陽、薛、胡諸家所見只四百餘字，而賓之本有七百餘字，拾殘補缺，亦已多矣。賓之不應爲是言也。」又「子瞻、子由詩云云，夫用修之本既得自賓之，傳自子瞻，是子瞻克見其全，子由亦得縱觀，子瞻、子由又不應爲是言也」云云。

又《韵語陽秋》：《左傳》周成王蒐於岐陽，而韓退之《石鼓歌》則曰宣王，所謂「宣王憤起揮大戈，蒐於岐陽騁雄俊」是也。韋應物《石鼓歌》則曰文王，所謂「周文大獵岐之陽，刻石表功何煒煌」是也。歐陽永叔云「前世古遠奇怪之事，虛而難信，況紀傳不載，不知韋、韓二公何據而有此説也」云云。則是趙所駁者，歐陽已先駁之矣。而韋應物《石鼓歌》是周宣非周文，次句末作「煒煌煌」，而兩句中間各有「兮」字，前所録自明。又趙堯卿《蘇東坡石鼓歌注》云：「石鼓十，其一無文，其九有文；可見者四百五十七字，可識者二百七十二字。」

又《集古録》：《石鼓文》可見者，其略曰：「我車既攻，我馬既同。」又曰：「我車既好，我馬既騧。君子員獵，員獵黄游。麀鹿連連，君子之求。」又曰：「左驂旛旛，左驂驩驩。秀弓時射，麀豕孔庶。」又曰：「其魚維何，維鱮及鯉。何以橐之，維楊與柳。」按蘇詩自注《石鼓詩》可見者，首二句與此同，惟次句「既」作「亦」。下即接末四句，亦與此同，惟第三句「橐」作「貫」。按《録》所存詩共十六句，而蘇自注：「惟此六句可讀，餘多不可通。」夫東坡乃永叔門人，豈《集古録》猶未及見，是亦不能無疑也。

又國朝顧俠君《韓詩集注》引孫汝聽曰：「《石鼓文》可見者其略云。」以下作古篆七十六字，自「我車」至「君子員獵員」二十一字，文與《集古録》同，以下「獵黄游」篆只作一字。「麀鹿」以下至「驩」十三字，外疊字三。文亦與《録》同。以下十三字《録》無其文。「秀弓」兩句八字，文與《録》同。以下四字《録》無其文。末四句十六字，文與《録》同。合共七十六字，惟「貫」作「橐」，符霄切，《説文》囊也。是不特於蘇自注之二十四字多五十二字，且更於《集古録》之六十四字多十二字，不知孫又何所見而得此也？則是《石鼓》之説迄無定論，《石鼓》之詩亦幾塵劫，而後之人咸樂繼聲者，倘以題目甚偉而又經韓、蘇所嘗歌詠也乎？

閨秀洪龍徵，字蘭士，一字秋芳，孝廉許梅生繼室，夫死時年二十二。著有《效颦集詩稿》。《羅衫》云：「一領羅衣篋底存，開箱檢點暗消魂。那堪著向西風立，新泪痕添舊泪痕。」《殘漏》云：「沉沉殘漏月光斜，幽恨何堪歎落花。一語語來心痛絶，白頭親老在天涯。」《中秋憶父》云：「旅館殘燈客夢闌，遥知佳節倍愁顔。候門尚有親兒女，望斷秋風買棹還。」《憶心香虞妹》云：「關心憔悴夜遲眠，拈韵精神覺减前。比似梨花春雨後，累君盼望不多年。」《爲梅生納妾》云：「吹簫臺畔見梅花，三載韶光一晌賒。眼底秋雲驚世態，身前春夢悟生涯。東床有望君聲重，中饋無才我愧加。囑咐春風護桃葉，願教之子賦宜家。」又《春帖子》句云：「恨無片地堪栽竹，若有千金盡買書。」初，蘭士病勢自恐不起，偶占有「高年祖母哀年父，忍割哀腸哭少年」之句，蘇年先生讀之愴然，率成一律，中聯云：「孽緣似債填將滿，薄命如花護竟難。」蓋其父於先生爲總角好，曾令蘭士受業，故關切如此。

《瓶庵詩鈔》：「何念脩少宰初以湘臬内召掌選，由郎中超擢司寇。時予督學川中，聞之，詩以志喜云：『啓事山公最有聲，外台重入侍承明。還朝正繫三湘望，列戟俄遷八座榮。當代有人持憲典，百年吾郡少公卿。皇華館舍燈花喜，樽酒中宵細細傾。』」通首神似白太傅。《喜入新年自詠》，每句中含一「喜」字意，其腹聯二語所喜尤大，非特寅恭誼切、知己情深已也。

閩縣陳望坡尚書由甲科官至極品，壽躋古稀，揚歷中外數十年，備承天眷。福統《洪範》之五，人備達尊之三，當代靈光，吾鄉耆瑞也。嘗論前先生者有浦城祖舫齋尚書，後先生者有侯官林少穆制府，後先輝映，皆爲風雅之宗。而舫齋尚書詩已録，少穆制府黑頭公，集尚未出。兹録先生恭和御製七言律一首，詩云：「軨材七載備秋卿，淑問恒思恊允明。日近龍光恩倍渥，春開鳳紀序初更。蓼蕭肄雅霑醲澤，葵藿傾陽答至誠。瑞雪喜符三白候，辛祈元穀兆豐盈。」

劉心香先生少有才名，以翰林改官，出宰粤東，有與民同樂之政。去官後，極詩酒林泉之樂，嘗與孟鹿樵昆弟爲忘年交，其襟期可想矣。温、李之才，詩篇極富。《詠桃源》云：「不須料理買山錢，一棹緣溪便得仙。修到漁郎已無分，落花如雨水如烟。」「炎劉典午幾經春，攜手相逢説避秦。一自淵明成記後，賺他多少問津人。」人以爲改官時作也。《感懷》云：「五齡痛即罷庭趨，叔父艱難鞠藐孤。常把遺篋談畫虎，却將餘望託家駒。事當憶舊捫心熱，泪到傾情擦眼枯。今日更誰憐小阮，淒涼北道重唏噓。」蓋感念叔父撫育成名，情見乎詞，故不覺筆墨淋漓如此。先生名士棻，閩縣人。

侯官魏香士先生，予友又瓶從叔也。與劉心香、林蓼懷諸公相友善。著有詩稿，卒後頗散失。予從又瓶得其《詠瓶中李花》云：「粗俗由來笑滿山，無言一任野人攀。托根何不公門去，枉向春風强破顔。」尊甫比部郎中岱巖公，秀羸多能，資甲一郡，聲伎之盛無匹。香士貴介子，能與寒畯臭味無差池。家既落，待人無異豐厚。時又瓶少孤且貧，朱裹程表，如柏舟無所依泊。香士獨知其爲偉器，以子視之。仲容青雲器，香士力也。庶母金，爲蘇産，自女紅及中饋無不精緻。香士卒，苦無依。又瓶挈眷歸自漢陽，遂迎養至終其年無倦，令内子以下皆以孃稱之，所以報香士也。香士名齡，字思沛，甲子孝廉。

又瓶鼇峰會課作「愛」之題，末云：「即謂瞍之愛舜，甚於愛象可也。」游磵田師擊節稱賞，以爲獨得題解，由此受知，期許甚至。蓋其搦管每凝承蜩視蝨之神，故文成恒造扛龍吐鳳之詣。於詩自謂用心尚淺，然予實有不能割愛者。七古如《雨中過仙霞關》云：「連山雲暗雨氣白，薜蘿一徑入烟碧。仙霞嶺路紛躋攀，東南險要此關阨。漢平閩越遷其民，篁竹灘河少人跡。東都遊宦來衣冠，至今輿簥路如織。前朝勢與南宋殊，唐王魯王亦建國。鉞竄龍降相出入，斷送明亡似過客。獨有江山風景新，三斗俗塵雨中滌。壁間猶誦櫟園詩，讀《二臣傳》可勝惜。」借題論古，壁壘一新，非復尋常吟詠。七律如涿州得予詩札云：「難得天涯聽好音，詩來字字比兼金。那知叢桂思歸意，猶贈清風肆好吟。舊雨合離疑有數，孤雲舒卷本無心。平生出處虛名在，悵望西郊未作霖。」又瓶赴直補官，貽書索近作，予以詩答，有「捧檄已邀青眼盼，寄書猶問白頭吟」之句，故和作云然，且致欲歸之意。《錢塘江上言別》云：「錢塘江上片帆開，風色蒼茫入酒杯。忙殺馬蹄催北去，留將鴻爪笑南來。河梁共惜三秋別，詞賦猶憐八月才。西照堂西殘夢遠，夜深梧竹影徘徊。」七絶如《延平舟次聞省垣颶風大水》云：「近事驚傳自里閭，海壖漂没半爲墟。未能廣厦長裘蔽，風雨關心到敝廬。」皆清脆可誦。有《漢河間獻王祠》、《唐開元瓦》長句極佳，惜篇長不能載。又瓶名本唐，己卯鄉舉第一，大挑得直隸知縣，以資斧不給，就教職。

閩縣鄧楚屏，少與予同社，悃愊無華，文詞談吐每具正直之氣。社中有論魯莊公不能制文姜，當從舜竊負而逃之義者，楚屏謂瞽瞍之罪，天下之公也；文姜之罪，公室之私也，豈可一例？同人皆賞其辯。或曰：然則如之何？楚屏一時無以答。予適至，曰：「此事前賢已有定斷。」乃引宋彭龜年爲嘉王講官，講「載驅薄薄」章，述朱子言「子不制母，當制其僕從」之説以解之，友乃服。問：見何書？曰：《史傳三編》、《名儒傳》。楚屏稱快。詩稿卒後散佚。嘗賦《擬人以倫》，有「恩師宜比父，廉吏合爲神」之句，予既賞其立言得體，而又驚其得句鑿空。甲子舉於鄉，乙丑聯捷成進士，出宰山西武鄉縣，有循聲。因公之蘭州某縣，至之夕，即白令欲詣城隍廟拈香，令請及晨，不可。既歸館舍，乃病，越三日卒。夕，令夢其側注，緋袍呵殿至，曰：「予奉上帝命爲是邑城隍神，今已視事，特來拜。」令驚悟，即往廟恭謁司香者，陳如所夢。宧況貧甚，眷口無以歸。有前所取案首而入泮者，家有倚頓之資，而人無崔群之誼，當事欲以背師罪之，不得已，出佽助眷柩乃歸。因知前言之爲讖也。楚屏名方城，邑之竹嶼鄉人。

古大賢生遷卒葬，原有其所，特以名高望重，遂往往以所至指爲所生之地，附會根據，以爲閭里之榮，以訛傳訛，雖史傳有不免者。即如韓文公，世皆指爲鄧州之南陽人，又有謂爲河内之修武人，而河陽則有韓莊之名，指稱不一。近讀少穆尚書《孟縣拜韓文公墓》七古一首，辨證鑿鑿，似爲定論。其詞云：「烏乎，公去孔孟千有四百年，手引一髮千金懸。公殁距今一千載，我讀公書若公在。公之廟食遍九州，真形況此藏山丘。幾緣景文唐史誤卿貫，幸從紫陽《考異》加推求。自注：《新唐書》傳指公爲鄧州之南陽人，朱子嘗辨其非。公家河陽三城側，祖塋迤邐孟津北。自注：見《張籍傳》。省墓瘞女文兩稱，自注：見公集。首禾何日忘鄉國。要以致身誓死生，殊方坎壈平生歷。一疏潮州作逐臣，已拚收骨瘴江濱。一詔鎮州諭反賊，此身自分豺狼得。卒能驅除妖鱷平强藩，功成節立無攀援。易簀京師窆鄉土，錫終定謚叨朝恩。此知天心衛吾道，謂公能挽狂瀾倒。兩廡長應奉瓣香，一丘豈合隨芳草。惜哉趙宋金元乏表章，石麟埋没蒼烟涼。皇甫之碑野火燎，居人空記呼韓莊。有明僅聞耿吏部裕，識以詩碣立饗堂。我朝聖人振儒術，曩哲精神奪幽光。乾隆初元尺一頒，奉祀新增博士秩。巡方旋復駐鑾輿，詔護松楸賜芬苾。國家恩禮輝九原，公德誠宜長子孫。一傳襄州之别駕，再傳咸通之狀元。矧今奕禩賞延世，帝旁足慰騎龍魂。烏虖賴公鬱鬱留佳城，黄河嵩嶽皆效靈。君不見南有南陽北修武，彼尚争公一抔土。」自入手至「首禾」句，辨明公墓所在，蓋題既聚訟，固當先斷定宗旨。以下叠層叙論，總不離母，此先斷後議法也。然公之大節固不可略，「致身」以下，叙事簡而能該；然後叙卒謚，即以從祀引起辨墓；然後叙後世引起本朝隆典，仍歸辨墓上。末以兩詘作結，清新壯闊，卓然佳構。

何小山《詠紅梅》云：「暗香濃艷峭風寒，消受微吟獨倚闌。記得花時動清興，幾回陶舫醉中看。」自注：「榕城紅梅一株，鹿原公手植也。花時予數與林氏諸昆吟詠其下云。」按先生名珽，侯官人。何氏代有名流，家學淵源。予少時即聞詩名，近從其壻沈蔭士孝廉得讀《種藷詩鈔》。《山田》云：「山田如石磴，重叠與峰高。野土都無曠，民生已甚勞。墾鋤隨地勢，長養望春膏。向晚投村店，饑腸不敢饕。」《前林》云：「青山行不盡，更向青山宿。野店雜輿臺，斜窗對林麓。日晏客争飯，秋深酒乍熟。陶然進一觴，餘瀝及童僕。出門無與歡，薄醉慰幽獨。夢覺雨聲來，床頭枕飛瀑。」《春日郊行》云：「山帶晴嵐水漾沙，修林深處幾人家。雞聲向午日初永，十里暖風吹菜花。」佳句如《武林歸舟》之「江上殘年餘落日，客中遠夢不離家」，《葉得岩留飲》之「人事難同明月滿，朋交多共曉星殘」，皆可誦。

又《題馮笏軿陶舫詩册後序》云：「陶舫，予外曾叔祖鹿原公歸休書屋也。公文詞書翰，爲世所重。予幼隨先大夫宦游，乾隆丙申歸里，晤承璧、承奎舅氏，日與用言諸昆吟詠其中。圖書典籍，猶是舊家風範。四十年來，時事遷移，居人屢易。笏軿購而修飾之，招鄉先生名流雅集賦詩，分箋及予，根觸中懷，漫賦四首云：『吾閩求大雅，遥溯鹿原公。一硯歸耕後，三間環堵中。風流初未遠，文采復誰同。繼起當今日，應推大小馮。』『園亭如傳舍，僂指幾番更。已得騷壇主，重傳勝地名。久中林氏樓名。書又滿，樸學齋名。義能明。寂寞憐香草，空餘仰止情。』『詩格論閩派，寧惟祀放翁。餘波存綺麗，元氣自渾雄。喜見朋儕集，都傳詞翰工。吟窗容小憩，流覽挹清風。』『如過西州路，羊曇醉後時。星傳丈石古，鶴去舊巢欹。親故秋林葉，光陰漏酒巵。與君一追溯，搔首動吟思。』」

《國風》不無閨秀自賦之詩，如「糾糾葛屨」是也。「纖纖女手」之句，即縫裳之女所作，非不秀媚，然意則刺儉嗇褊急也。且非無賦閨秀之詩，如「碩人其頎」是也。「手如柔荑」一篇非不艷麗，然意則在刺莊公不答也，所謂麗以則不麗以淫也。詩話載閨秀之詩，源《葩經》也。今無故而自描色相，未免慢藏誨盜；無故而代繪冶容，未免心挑目眩，乃至幾不自知其流入邪僻。是何心哉！孟瓶庵先生有言：「古人不輕作裙釵之詞者，懼其褻也。少陵《陪李梓州泛江有女樂題戲爲艷曲》二詩，可謂艷矣，然『江清歌扇底，野曠舞衣前』，何其藴藉；『立馬千山暮，回舟一水香』，何其豪爽。終乃正言之曰『使君自有婦，莫學野鴛鴦』，正所謂止乎禮義，大家身分如此。」是可作此等題程式，且以見先生嘉惠後學之意不少也。謹録之。

昔陳良皋贈予云：「古人去千載，之子在四方。傷感無復道，心志何能揚。别徑任趨捷，有力聊稱量。懷握瑜與瑾，抱璞當誰將。」題云《懷若愚念此八字因足成之》。葛心如評云：「此良皋以『古之傷心别有懷抱』八字藏於句首也，於若愚可謂欽挹之至，且撫膺之至。人生得一知己足矣，若愚亦何憾哉！」按《東皋雜録》：林希子中知潤州，東坡自錢塘赴召，有官伎鄭容、高瑩求脱籍，東坡爲一詞書牒尾云：「鄭莊好客，容我尊前時墜幘。落筆風生，籍籍聲名滿帝京。高山白早，瑩骨冰肌那解老。從此南徐，良夜清風月滿湖。」林判云：「鄭容落籍，高瑩從良。」蓋取句端八字云。嗟夫，坡公取句端八字成詞，平康即以落籍；良皋藏句端八字以贈，窮措終竟沉淪。是可愧也。今良皋、心如墓草芊芊矣，而予白首無成，間於舊簏得其手迹，筆而録之，非特志昔日二君交情之摯，且亦深咎九泉負此良友也夫。良皋金石文字爲韓、蘇入室弟子，雅不喜作詩，此作爲予而吟，直有魏玄成、陳正字風力。良皋名茂堅，侯官諸生。心如名克綏，癸酉副貢生，閩縣人。

良皋字開穎，尊人侯庵先生，字含耀，名大煜。前癸卯孝廉，性狷介，矜而不争，其立身行己、接物論事，皆先正矩矱。家既貧，間亦就館，因見時俗之偷也，君子之諂瀆也，小人之狡詐也，富貴之滿盈也，單寒之委靡也，紈袴之桀驁也，駔儈之僭越也，心甚非之，遂往往杜門不出。書法宗顔、柳，所書多儒先格言，有益於持身涉世、行誼學問者。授徒富家，求條幅，先生書韓魏公《題平津侯東閣延賓圖》，末二語云：「主父仲舒皆不識，未知賓館是何人？」蓋諷之也。良皋以名父之子，具宿慧，無書不讀，眼如月，口如河，得先生之淹雅，而遜先生之簡默。然言近指遠，惟知者知之耳。早歲游庠，越强仕始食餼，蓋散體古奧渾没，多不便閲者。甲午幸入彀，因經藝易書糢糊，又不遇。碑版金石文字雖入韓、柳之室，然重之者亦寡。詩無專稿，懷予及送行諸作外，尚見數篇。及卒，予哭以句云：「斯人有三代遺風，敻乎遠矣；此才以一衿終老，論者惜之。」

《説詩晬語》：「古人詠雪，多偶然及之。漢人『前日風雪中，故人從此去』，謝康樂『明月照積雪』，王龍標『空山多雨雪，獨立君始悟』，何天真絶俗也。鄭都官『亂飄僧舍茶烟濕，密灑歌樓酒力微』，已落坑塹矣。張承吉之『戰退王龍三百萬，敗殘鱗甲滿天飛』，是成底語。」云云。予謂天真絶俗固佳，但不善學之，祇成油滑耳。鄙意絶世聰明，自以「柳絮因風起」爲最，可許同工者，惟少陵之「燭斜初近見，舟重竟無聞」。然謝比體也，杜賦體也，不寫狀而寫神，乃能氣格遒上，此化工之筆也。敷陳其事，神韻超凡，較之比體爲尤難矣。他如嘉州之「風掣紅旗凍不翻」，坡公之「衆賓起舞風竹亂，老守先醉霜松折」，物外摹寫，亦見有聲有光。近人有「填平世上崎嶇路，冷到人間富貴家」，少經人道，亦可取也。至「亂飄」二語，是咏雪之下下乘文字，不能如「雨昏」、「花落」之爲咏鷓鴣絶唱矣。張承吉句，坡公所謂惡詩，幾與「黑犬漸漸白，白犬漸漸肥」同一笑林俚語矣。即羅可之「斜侵潘岳鬢，横上馬良眉」，此詩之惡道也。《墨客揮犀》稱爲佳句，誤陷後人不少。又世傳有「天上長留滕六住，人中會有葛三來」之句，葛三，稚川第三子，見《太平廣記》。典則典矣，而全無靈氣往來，宜何義門譏其爲點鬼簿也。

明于忠肅公正統中以兵部侍郎巡撫河南、山西，忤王振意，貶大理少卿，罷巡撫，二省之民，赴闕懇留，始從。考葉盛《水東日記》，于公每入京議事，未嘗有土儀餽當事，汴人每誦其詩曰：「手帕蘑菇與線香，本資民用反爲殃。清風兩袖朝天去，免得閭閻話短長。」以此不能媚權貴云。謹按，忠肅古文列《三異人集》；時文所傳四首，或論相，或談兵，或誅佞討罪，國朝俞桐川《可儀堂百二名家文》盡録之，以繼文文山先生之後。詩所經見者惟《咏石灰》一作，兹得讀此，因敬録之。又按忠肅當正統土木之變，建喪君有君之策，以褫挾制、靖窺伺。乃孰料格天之勳業，反致群小所嫉，潛爲奪門易位之謀，貽以叔武、元咺之禍。觀公畢命之語，其英風峻節，仍初志也。故王文成謁廟題楹帖云：「赤手挽銀河，公自大名垂宇宙；青山埋白骨，我來何處哭英雄。」蓋文成之於正德，即無異忠肅之於正統也，特文成幸而忠肅不幸耳。故出語仰公之偉績，對語痛公之奇冤，造句亦奇崛超越，與題相稱。

《瓶庵詩鈔》《至公堂三字傳爲嚴分宜所書因成長句》中幅云：「顧名思義應自知，後來瓦裂真堪嗤。深源不副蒼生望，元長還爲孽子持。我聞孝宗歲乙丑，朝廷愷悌資薪槱。三殿爐香帝自焚，願得股肱佐元首。奈何不爲威鳳翔高岡，爲蛇爲豕爲豺狼？縱教詩筆能傳後，亦如孔雀有文章。」按鄭荔鄉先生《蔗尾集》自注：「舒亶字信道，以詩案羅織坡公者。」王阮亭極賞其「空得鬱金裙，酒痕和泪痕」之句，謂此等語乃出渠輩手，豈不可惜！引王弇州《樂府變》「孔雀雖有毒，不能掩文章」語。夫弇州作之於前，而三先生皆引用之於後，不能爲之恕嗟乎？何孔雀之多也！

明福清葉文忠公既作《一拂先生祠堂記》，榜門聯云：「諫草有千言，自信丹青能悟主；歸裝惟一拂，可知琴鶴是妨人。」按出句即記中所謂富、韓諸公力争不能得，而先生以監門小吏乃能得之，其精誠力量爲何如？又反覆開陳，無所顧忌，宜其足以傾人主之心而動其聽。數語括而出之。對意則記中所無。蓋記乃舉其大，聯則當求其偶，文固各有當也。然末段云：「獨惜元祐彙征之時，僅以廣文一秩置之遠郡，而無能推轂同升，則司馬諸賢亦不得辭其責者。後之議先生，謚曰『介』。介然特立於衆小人之中，猶可及也；介然特立於衆君子之中，不可及也。」云云。則亦無不包括矣。至用琴鶴事，乃文字倒託法，方與上語整對，非貶清獻也。

《閩志》：道源堂在建陽，宋乾道中朱子建。熊勿軒詩云：「伊洛何年此道南，道源堂上意誰參。古文夫子遺經六，建學文公精舍三。落落此生徒苦志，悠悠吾道豈空談。是邦賴有賢師帥，扶植斯文有晦庵。」按先生之論詩曰：「靈均之《騷》，靖節、子美之詩，痛憤憂切，皆自其肺腑流出，故可傳也。不然雖嘔心冥思，極其雕鎪，泯泯何益。」觀此已得詩之本原矣。先生名禾，宋季進士，宋亡不仕。

毛西河曰：「往在維揚，與友論詩，友謂《湘靈鼓瑟》錢作固佳，而起尚朴僿相，此題意當有飄渺之致，霎然而起，不當纏繞題字。予不置辨，但誦陳香首句『神女泛瑶瑟』，莊若訥『帝子鳴金瑟』，謂此題多如是，友便嘿然。蓋詩法不傳久矣。」又曰：「此題所見凡五首，然多相襲句，如錢詩最警是『流水』、『曲終』四句；然莊詩有『悲風絲上斷，流水曲中長』，陳、魏詩俱有『曲裏暮山青』、『數曲暮山青』，始知詩貴調度。錢詩調度佳，原不止『江上峰青』也。」紀河間曰：「毛語兩條，學者可以悟安章宅句、稽意審度之法矣。」按錢詩之佳，千載下竟尚有議之者。今即以莊之「長」字韵二語較錢之「庭」字韵二語何如？陳、魏之「青」字韵較錢之「青」字韵何如？而尚嘵嘵不休，此誠莘田翁所謂「無理一場祇取鬧」，宜其有詩法不傳之誚也。毛、紀兩先生，在今日即周楚之屈宋也，兩漢之蘇李也，六朝之庾鮑也，唐之李杜、宋之蘇陸也，不忍詩教之披靡，而不禁大聲疾呼如此。因亟録之，以質諸當世之扶輪大雅者。

屏麓草堂詩話卷四

晉安莫友棠若愚著

陳雪齋先生著述極富，晚謀開雕不果，卒後稿歸襟子許梅生。梅生與予同事蘇年夫子，嘗言此稿足傳，宜急梓以慰老人於地下。無何，梅生亦死，此稿遂失。文人一生心血，傳不傳果有數存耶？予少與令子蘭友善，得見先生，惜未借抄，惟見示《壽韓城相國》四律，稿亦久佚。昨得沈蔭士孝廉檢交，今録之：「千佛名經最上頭，五雲臚唱瑞皇州。羹梅大業安排久，鼎鉉鴻才展布優。他日史書登懋績，當年軍國仗嘉謀。東山已慰蒼生望，扶杖逍遥看海籌。」「維嶽鍾英邁甫申，每從禁近侍楓宸。兩朝補衮資元老，絶域占筵見大人。闕下久傳司馬相，隆中曾隱卧龍身。渭川往日多耆舊，何似靈光氣象新。」「遥瞻紫氣滿函關，祖帳蒲輪返舊山。天下達尊誰備有，人間清福是歸閒。阿衡身退儀型在，良弼功成鬢髮斑。聖主褒崇恩意渥，歲時存問悦童顔。」「文章燕許價原高，海底珊瑚網致勞。舊學甘盤分潤澤，公門狄相溥英髦。清班傳鉢金閨彦，綺席稱觴玉筍曹。疇似科名能不愧，却慚拂拭及蓬蒿。」先生名建勳，己亥孝廉。梅生名宗元，甲子孝廉，甌香先生裔孫。

《瑜齋集》四卷，閩邑郭瑜齋先生著。《過淮陰故里》云：「誰識王孫貴，曾從胯下過。中原方逐鹿，壯士去揮戈。恩怨分雙婦，升沉總一何。高才合見妬，莫怪負心多。」愈和平愈骯髒，讀末二語，知拈一題只寫一事者之無能爲役也。《山東道上》云：「夜來旅館未成眠，又被征夫唤著鞭。楊柳數行殘月影，曉風吹過酒樓前。」可謂詩中有畫。先生以名孝廉久游京都，無所遇。讀集中「新蒲細柳沾恩遍，惟有枯枝不向陽」二語，較李山甫「卧向長安泣歲華」，真有樓上地下之别。先生名趙璧，予友慶圖之祖父，陳茂堅之外祖父。

閩縣孝廉方正謝發川先生，書法入歐陽率更之室，遠近求字者日接踵，户限爲穿。酬以金，初不受，有所知者謂：「不受固然，但子家無儋石，而食指逾四百，奈何？且徐孺子謂非其力不食，則其力者食可知矣！今欲過孺子，毋乃矯乎？」自時遂受。予與友人林壽峰嘗造先生，年已七十餘矣，長松古柏，霽日光風。時適爲長谿巨家某書壽屏幅，横丈許，縱如之而倍其半，字大逾寸，不粉方，不界烏絲，惟以銅小曲尺限其下方之左書之，每行視之如繩之直。作數字即少已，叩之，曰：「人重吾字，固當如願償之。若信筆，恐腕力少懈，即不能聚精會神。」故絹如朱，墨如漆，幅裏行間，覺有寶光上浮。書既畢，款下以「丙辰徵士」大印章鈐之，得者無不欣欣，以爲墨寶云。詩少見，惟見書齋自書楹帖云：「守身如執玉，積德勝遺金。」亦可想見其爲人矣。陳恭甫太史贈詩云：「耄耋清修在，高懷邈屬雲。官曾辭鳳詔，人自乞羊裙。隱跡今嚴鄭，交情世紀群。向來真率會，感慨憶先芬。」先生名曦，字育萬。

古人首重篇法，今人專講對待。對待必工，古人非不能也，特恐有累篇法耳。故篇佳對亦佳者，多得諸天然凑泊；餘則但求篇法，對待不敢强也。試觀駱賓王之「白雲照春海，青山横曙天」，李乂之「風泉韵繞幽林竹，雨霰光摇雜樹花」，韋安石之「早荷承湛露，修竹引薰風」，程行諶之「象繫微言闡，

《詩》《書》至道該」，樊晃之「四時不變江頭草，十月先開嶺上梅」，王維之「畫旗摇浦溆，春服滿汀洲」、「仍臨九衢宴，更達四門聰」，劉長卿之「柳色孤城裏，鶯聲細雨中」，李白之「湖清霜鏡曉，濤白雪山來」、「月銜樓間峰，泉漱階下石」，韋應物之「遠峰明夕川，夏雨生衆緑」，杜少陵之「修竹不受暑，交流空湧波」、「紅稠屋角花，碧委階隅草」、「落日邀雙鳥，晴天養片雲」、「帖石防隤岸，開林出遠山」、「青惜峰巒過，黄知橘柚來」、「燕外晴絲卷，鷗邊水葉開」、「花亞欲移竹，鳥窺新捲簾」，賈至之「千條弱柳垂青瑣，百囀流鶯繞建章」，錢起之「鵲驚隨葉散，螢遠入烟流」、「四野山河通遠色，千家砧杵共秋聲」，韓翃之「吴郡陸機稱地主，錢塘蘇小是鄉親」，獨孤及之「陰陰萬年樹，肅肅五經堂」，常衮之「曉霜凝耒耜，初日照梧桐」，劉昚虚之「香浮花氣遠，思逐海水流」，王表之「寒食花開千樹雪，清明日出萬家烟」，黎逢之「郊原浮麥氣，池沼發荷英」，王建之「奇險驅來還寂寞，雲山經用始鮮明」，韓昌黎之「露排四面草，風約半池萍」，孟郊之「文士莫辭酒，詩人命屬花」、「梅萼已流管，柳色未藏鴉」，張籍之「尋寺獨行遠，借書常送遲」、「下藥遠求新熟酒，看山多上最高樓」，白樂天之「桂布白似雪，吴緜軟如雲」、「山冷微有雪，波平未生濤」，獨孤良弼之「細雨鶯飛重，春風酒醖遲」，沈亞之之「風軟游絲重，光融瑞氣浮」，杜牧之「游騎偶同人鬭酒，名園相倚杏交花」，李義山之「池光不受月，野氣欲沉山」、「鏡好鸞空舞，簾疎燕誤飛」，薛能之「壠月正當寒食夜，春陰又過海棠時」，李群玉之「半浦夜歌資槳漿，一星幽火照叉魚」，温庭筠之「蝶翎朝粉盡，鴉背夕陽多」、「蝶繁經粉醉，蜂重抱香歸」之類，或出句勝，或對句勝，不肯工力適敵者，爲謀篇而又欲切題也。而後人不知，乃欲争勝古人，專講對待，往往觀其句法固整齊，按之題理多出入，所謂有句無篇也。是當取古人各全題讀之，則自知其「不用全力，不争對待」之三昧矣。

陳惕園先生，予及親挹道貌，殁後，及門梓其《惕園初稿》六卷。長樂鄭茂才元屏貽予便面，録先生《游鼓山》一首云：「潭空龍去寺宏深，選勝終須更入林。池上忘機魚自樂，洞中訪古客相尋。摩崖剔蘚披名翰，倚樹聽泉滌素襟。頻度石門看不厭，紫陽遺墨在巖陰。」又《小西湖》云：「瓜田徑雜芋區稠，暮色蒼茫剩釣舟。幾處亭台微壠畔，半痕烟月現城頭。虹梁卧碧清依舊，螺黛環青淡欲秋。遠火漸生鐘未動，斯須小立去還留。」《和林梅心》云：「芝蘭氣味藹堪親，得失何憑漫喜嗔。上水船原殊放溜，緩尋繂路泝通津。」首篇氣度嫻雅，次有「勸君崇令德，隨時愛景光」意。絶句則所謂「八節灘頭上水船」也，隨在指點，理解砉然，不必設色爲工。先生名庚焕，字道由，長樂歲貢生。生平不作行書，雖風簷起草，亦必端楷。應某學使考，稿具已晡，不及填格，學使見卷重之，遂列一等，補廩餼。卒祀鄉賢。按《桂苑雜録》：唐張左丞觀性沈静，未嘗草書，其自詠云：「保心如止水，爲行見真書。」二語可以移贈。

《列朝詩集》有載徐興公《榕陰詩話》者。按《榕陰詩話》有録張超然詩，張登國朝康熙己卯鄉薦第一。考《有學集》，有「崇禎己卯，存永侍尊甫興公訪予拂水，後十餘年，存永偕陳開仲自閩過，存坐絳雲樓下，摩挲沁雪石，談興公與孟陽游跡，予爲詩，有『高人有福先歸地，野老無謀但詛天』之句」云云。則當康熙己卯，興公亡久矣，安得紀張超然詩？然興公所著有《榕陰新檢》，則《詩話》當出誰手？及閱鄭荔鄉先生《全閩詩話》例言，有「是書甫發凡，吾友林蒼巖在小海聞之，以所輯《榕陰詩話》寄示」云云，則《榕陰詩話》者乃荔鄉友人林蒼巖所著，《列朝詩集》誤爲徐興公也明矣。蒼巖名洙雲，一字正青，鹿原先生之子。

明康對山以名殿撰，適劉瑾擅權，嘗救李空同於獄，瑾敗，對山坐此廢。晚自放於聲伎，與鄠杜王敬夫以填詞名世，號「康王樂府」。其所自述小詞有云：「爲甚的不精不細醜行藏，怪不得没頭没腦受災殃。」按對山與李空同共有才名而不相下，瑾慕對山，對山則絶不與往來。空同以郎中代尚書韓文草奏劾瑾，坐奸黨下獄。或言曰：「君非康對山不生。」空同謂：「臨死求之有愧色。」迫之，書片紙曰：「對山救我，惟對山爲能救我。」或持書詣對山，對山曰：「我豈吝惡人之見而不爲良友了也？」遂詣瑾，瑾焚香迎之，對山踞上座。瑾命左右設席，對山曰：「我有言，汝聽則留，不然則去。」瑾曰：「何謂？」曰：「李夢陽下獄，而公不援何也？」瑾曰：「敬聞命矣。」□遂解帶與之歡飲，空同因得釋。然對山詞語雖有致悔少年孟浪之意，初不料空同之負之也。此世所傳馬中錫《中山狼》傳奇。君子未嘗不哀其遇而深絶空同也。考對山爲孝宗弘治十五年壬戌殿撰，空同爲弘治六年癸丑進士，馬天禄爲成化十一年乙未進士，與謝遷、王鏊同榜。憲宗在位二十三年，則中錫於空同爲十一科前輩，老成風範，非深惡痛絶不作此傳也。天禄，中錫字，官左都御史。

吾鄉何秀巖先生，乾隆乙酉副車。中歲以禺筴起家，闢西郊草堂，延名師課子弟。並招一時俊彦，互相砥礪，先後飛黄騰達者，得主人之力居多。晚著《孺慕軒詩集》，間詠其事，今擇其尤雅馴者録之。《同年楊鈍軒令似蓉峰讀書予家今入翰林喜而有作》云：「舊游彈指卌年還，往事重提一啓顔。身共賢尊探月窟，兒隨伯氏冠蓬山。自注：次兒與賢兄心芝戊午同年。參同兩代霓裳咏，快覩新銜仙筍班。努力清華休内顧，與君憂樂本相關。」《感舊詩二十四首》録一云：「吏部門先弟子行，阿連春草夢西堂。閒吟十口無依句，書置懷中字未忘。自注：予少受業先少宰念脩先生，亡弟實齋編脩又嘗定予詩，臨別以家累見託，今二十載矣云云。」

《漁洋詩話》：「古今來而名不著者多矣，非得有心人及操當代文柄者表而出之，與烟草同腐者何限？宋歐陽文忠謫夷陵，許州法曹謝伯初以詩送之云：『長官山色江波緑，學士才華蜀錦張。下國難留金馬客，新詩傳與竹枝孃。』明岳文正肅外謫，欽天監博士馬軾送以詩云：『五嶺嶂高烟蔽日，兩孤雲濕雨鳴秋。』又云：『祭罷鱷魚歸去晚，刺桐花外月如鈎。』使當時專門名家操觚腐毫，未必能過也。」按《六一詩話》：「景山詩頗多，如『自種黄花添野景，旋移高竹聽秋聲』、『園林换葉梅初熟，池館無人燕學飛』，皆無愧於唐賢，而仕宦不偶，終以困窮而卒。其詩今已不見於世，其家亦流落不知所在。其寄予詩，逮今三十五年矣，予猶能誦之。蓋其人不幸既可哀，其詩淪棄亦可惜，因録於此云。」夫歐陽公爲一代大儒，而法曹詩亦不能及，公乃録其詩，而又流連三致意，必使其人共有千古，其分量爲何如？世有明知好詩，不欲人誦，曰勿令易吾憎惡之心。及身附士流，即先世有所著作，亦任聽其等閒泯滅者。誦文忠之言，當亦知所愧、奮變易矣乎？

閩垣鼇峰書院，壬戌以前頗爲廢弛，課日祇每給餐錢二十七文，散卷各袖回家，院中寂然。膏伙由書役散放，侵蝕尅扣，怨聲載道。且諸生出入，厮隸箕踞，一切漫無約束，幾有茂草之嗟矣。自予師鄭蘇年先生掌教，適汪稼門中丞撫閩，妥商嚴整，悉改舊規。院門每日辰酉啓閉一次，課日加嚴，官課給麪，師課給飯。器皿蔬饌，迥非草具，膏伙用銀，由糧道包封貼印，撫轅抽驗，彈兑後親押至院散給。執役人監院約束，違則重懲。課卷閱畢，送中丞加批，最佳者格外加賞。每數日必至院講論一次，各屬餽土儀，如茶葉、荔支、蓮子之類，必兩分送院，一先生、一諸生。院中每夜誦聲不絶，課夜院内燈火徹天，遠近望者，皆以爲前此罕覯。諸生苦心作文，吟咏之聲，昇平雅頌。前每科肄業，中者不過十數人；甲子榜至五十餘人之多，作人之效也。中丞喜《皇極經世》潛虚之學，相傳有《三才篇》長句，今録其詞云：「天地子丑人生寅，曾見開闢伊何人。開天闢地誣盤古，更可笑者煉石補。太初元氣爲並包，天池與人本同胞。輕清爲天重濁地，惟人獨得中和氣。從知一氣甄三才，斯人原隨天地來。天清地寧人亦正，均先得一爲之性。性能宰氣氣分形，一以貫之三才成。試援人情察天地，喜怒哀樂曾何異。春饒喜氣百花開，秋含怒氣萬木摧。夏舒樂氣長養盛，冬懷哀氣閉藏盡。更就天地察人形，目如日月合璧明。首爲崑崙鼻中嶽，腸似江河分清濁。好生之德大且深，人心寧殊天地心。人生養氣惟貞一，剛大直與天地匹。天地默默究何言，大哉乾元至坤元。須識一元人共具，但曰善長即可悟。嗟乎生生不已性存存，太極動静互爲根。《河圖》《洛書》皆陳迹，羲皇畫前原有《易》。漫言開闢地與天，豈有人生天地前！」

陳恭甫太史《翰墨香》七古，中云：「翰墨名香天下寳，花實周天通《易》道。華采曾同忠獻榕，禎祥執若科名草。」按「翰墨香」者，黄石齋先生圃中荔支也。先生既誕圃中，石旁茁荔一株，十年生實三百六十五枚，味甘色潤，其香如墨，故名。每歲實如前數，及先生鄉薦捷南宫、入翰林，俱倍之。先生卒，樹亦枯。見省志。又陳鼎《荔支譜》載先生圃中有赤石，長數丈，大數圍，母夫人夢石墜而先生生，故號曰石齋。然則先生之諱亦有取於荔實每歲三百六十五之意。夫名賢誕生，則川嶽效靈，卒與宋文文山先生同節，豈偶然哉！

孟瓶庵先生《報黄十研老人書》曰：「伏惟先生碩望耆年，後進圭臬，風雅流傳，斷足千古。沈尚書本朝詩選義例，凡現存者俱不録，而獨登先生作，固以爲六十年前旗亭傳唱，必已超埃壒而游閶闔，庸知緑鬢婆娑，尚抱膝長吟於烏山白水間也。」云云。按明王佐初知睢州，值河決，極力捍禦，擢南户部員外郎中，以忤大司農出爲兩淮運同。爲人剛介，家甚清白屏居，年八十矣。睢人請於督學祀之名宦，不知其尚在，適移文至，令徐待贈之詩曰：「白頭如越世，赤子未忘慈。百畝家無羨，千秋食有餘。」云一則思德澤而欲報以馨香，一則重風采而欲光諸載籍。事固異，而足繫人思之實則同。昔宋韓魏公《龍興寺看芍藥》詩云：「固知靈種本自然，須憑精識能陶冶。君子果有育材心，請視維揚種花者。」蓋人嘗畫像祀公，魏州有生祠，每誕辰，士女焚香於堂，小民獻伎於庭。公聞而笑曰：「我尚生也，而若此耶？則當日王、黄二公知之，應有謙抑慰藉之語矣。」惟是睢州之事，徐令美之以詩，而沈選黄詩於生前，是爲千秋佳話。秋江既無詩自記，而數十年來亦未聞有咏其事者，殆亦闕典歟？

樊汝霖云：「韓文公《秋懷》詩十一首，《文選》詩體也。唐人最重《文選》學，公以六經之文爲諸儒倡，《文選》弗論也。獨於《李邢墓誌》有曰：『能暗記《論語》、《尚書》、《毛詩》、《左氏》、《文選》。』而公詩如『自許連城價』、『傍砌看紅藥』、『眼穿長訝雙魚斷』之句，皆取諸《文選》，故此詩往往有其體云。」按所指即謝朓之「紅葉當階翻」、《飲馬長城窟》之「遺我千里魚」歟？則《寄盧仝》之「更遺長鬚致雙鯉」亦同。惟「自許連城價」句，《史記》趙王得楚和氏璧，秦昭王願以十五城價請易璧，則《史記》在前，自不得謂之取材於《選》也。

大抵公固無書不讀，特所重者經耳。至於臨文，則以意取材，其隨筆奔集腕下者，六經之外初不僅《文選》也。即以《選》論，亦不止如樊所引之數。嘗讀公詩，因略舉之。如《元和聖德》詩之「滌濯剗磢」，則木玄虛《海賦》之「飛澇相磢」；《南山》詩之「天空浮修眉」，則《洛神賦》之「修眉聯娟」；「蹭蹬抵積甃」，則《海賦》之「蹭蹬窮波」；《秋懷》詩之「露泫秋樹高」，則謝靈運之「花上露猶泫」；「月吐窗冏冏」，則文通之「冏冏秋月明」；《赴江陵》之「卓犖傾枚鄒」，則左太沖之「卓犖觀群書」；《幽懷》之「行此春江潯」，則《七發》之「弭節于江潯」；《歸彭城》之「文字少葳蕤」，則陸機《文賦》之「紛葳蕤以馺遝」；「鶩顧似羈雌」，則枚叔《七發》之「暮則羈雌，迷鳥宿焉」；《送惠師》之「叫嘯成悲辛」，則《海賦》之「更相叫嘯」；《送靈師》之「黔江屢洄沿」，則謝靈運之「水涉盡洄沿」；《别竇司直》之「幽怪多冗長」，則《文賦》之「故無取於冗長」；《荅張徹》之「次言後分形」，則曹子建《求自試表》之「誠與分形同氣」；「紫樹雕斐亹」，則孫興公《天台山賦》之「彤雲斐亹」；《薦士》之「妥帖力排奡」，則《文賦》之「或妥帖而易施」；《鴑驥》之「鴑駘誠齷齪」，則鮑明遠《放歌行》之「小人自齷齪」；「爲我商聲謳」，則阮嗣宗《詠懷》詩之「素質由商聲」；《齷齪》之「柔指發哀彈」，則潘安仁《笙賦》之「輟張女之哀彈」；《貞女峽》之「懸流轟轟射水府」，則《海賦》之「爾其水府之内，極深之處」；《憶昨行》之「並召賓客延鄒枚」，則《雪賦》之「召鄒生，延枚叟」；《劉生》詩之「美酒傾水禽肥牛」，則曹子建之「美酒斗十千」及「烹羊宰肥牛」；《鄭群贈簟》之「明珠青玉不足報」，則張平子之「何以報之明月珠」、「何以報之青玉案」；《游青龍寺》之「靈液屢進頗黎盌」，則《笙賦》之「浸潤靈液之滋」；「棗下悲歌徒纂纂」，亦《笙賦》之「歌曰：棗之纂纂，朱實離離。宛其落矣，化爲枯枝。人生不能行樂，死何以虚謚爲」；「幸及亭午猶妍暖」，則《天台賦》之「羲和亭午，游氣高褰」；《贈崔立之》「有似黄金擲虚牝」，則殷仲文之「哀壑叩虚牝」；「槭槭井梧疎更殞」，則盧子諒詩之「摵摵芳葉零」；《送區宏》詩「幽房無人感伊威」，則潘安仁《哀逝文》之「撫靈襯兮訣幽房」；《陸渾山火》之「天跳地踔顛乾坤」，則《洞簫賦》之「跳然復出」，《羽獵賦》之「踔天蟜」；「鬆其肉皮通髐臀」，則何平叔《景福殿賦》之「列鬆彤之繡桷」，《送侯參謀詩》之「勢若脱韝鷹」，則鮑明遠樂府之「昔如韝上鷹」；《東都遇春》之「桃李晨粧靚」，則《上林賦》之「靚妝刻飾」；《燕河南府秀才》之「試官得鴻生」，則《羽獵賦》之「鴻生鉅儒」；《辛卯年雪》之「鬖髿振裳衣」，則郭景純《江賦》之「緑苔鬖髿乎研上」；《李花》之「冰盤夏薦碧實脆，斥去不御慙其花」，則謝玄暉詩之「夏李沉朱實」、張平子《思元賦》之「斥西施而不御」；《贈劉師服》之「我今呀豁落者多」，則《上林賦》之「谽呀豁問」；《調張籍》之「翦翎送籠中」，則禰正平《鸚鵡賦》之「閉以雕籠，翦其翅羽」；《孟生》詩之「此路轉嶇嶔」，則《洞簫賦》之「嶇嶔巋崎」；《符讀書城南》之「飛黄騰踏去」，則張景陽《七命》之「乃敕雲輅驂飛黄」；《南山有高樹行》之「花葉何衰衰」，則《南都賦》之「敷華蕊之蓑蓑」；《感春》之「艷姬踏筵舞，清眸刺劍戟」，則傅武仲《舞賦》之「眄般鼓則騰清眸」；《讀東方朔雜事》之「偷入雷電室，輷輘掉狂車」，則《洞簫賦》之「雷霆輷輘」；《和裴僕射假山》之「孰謂衡霍期」，則謝靈運之「息必盧霍期」；《春雪間早梅》之「從將玉樹親」，則《甘泉賦》之「翠玉樹之青葱」；《惠康公主挽歌》之「龍輴非厭翟」，則《寡婦賦》之「龍輴儼其星駕兮」；《和崔舍人詠月》之「皋禽斷續聆」，則《月賦》之「聆皋禽之夕聞」；《詠雪》之「出户即皚皚」，則班叔皮《北征賦》之「涉積雪之皚皚」；「誤雞宵呃喔」，則《射雉》之「良游呃喔」；「鯨鯢陸死骨」，則《海賦》「魚則横海之鯨，陸死鹽田，顱骨成嶽」；「狂教詩硉矹」，則《江賦》之「巨石硉矹以前却」；「興與酒陪鰓」，則《射雉賦》之「敷藻翰之陪鰓」；《和侯協律詠笋》「計擬揜蘭蓀」，則沈休文詩「令守護蘭蓀」；《上襄陽李相公》「濁水污泥清路塵」，則曹子建詩「君若清路塵，妾若濁水泥」。

貢士黄鳳枝先生，以世家子早有聲藝林。長身玉立，大雅不群，豪於詩酒，不投時好，晚遂落拓。歲戊午，予下帷於太平寺，主者爲黄山僧，喜長齋而不戒米汁，工課事而尤嗜韵語。月得錢倍常僧，買書之外，盡數沽酒供客。予嘗與他僧題照，黄山僧讀至「佛知中庸不可能，苦空寂滅爲其易」，喜曰：「公持論平允，即我佛亦當首肯。」適先生至，大笑曰：「予知足下久矣，何相見之晚也！」乃飲於禪房，所議論皆非耳熟者，因盡歡而散。明日贈詩云：「中懷適不懌，偶爾叩蘭若。款客有住持，實是能詩者。意致高且閒，吐屬更騷雅。試問苦吟多，或患幽栖寡。上人指示予，君已赴蓮社。筆陣□縱横，詞源快奔瀉。方駕少曹劉，俯視無屈賈。予乃顧之喜，入林臂堪把。話久日就夕，窗虚燈欲灺。欲去旋躊躇，臨風不忍捨。」先生名岡竹，閩縣人。

貢士饒心畊先生名春田，負才不遇，晚寄情於香粉沙門。每題一詩、書一聯，多皆孽海慈航，迷途列樹。如所傳輓句云：「此去可能歸净土，再來切勿入空門。」夙慧靈根，有因之回首者。著《卧南齋集》四卷。《與陳珍卿》云：「馬蹄踏遍九衢塵，萬里歸來剩此身。減却才華知漸老，負些情好每因貧。谷鶯但解求新友，海燕還同認舊鄰。瘦草閒花零落盡，對君端的可憐人。」《感咏》云：「承恩深愧報恩難，十載支床泪暗彈。夜半聞雞起危坐，滿天霜月迫人寒。」有惠愛於所歡，群妙感之，輪流供奉者，十年無倦色。及卒，醵金葬之，倘亦柳耆卿之替人歟？其悼亡輓句云：「想八字安排，以致累君貧到老；作一番打算，不如先我死爲佳。」亦妙。

葉德甫名大觀，侯官諸生，居白石鄉。貌古，性質，言訥，乍見多疑不文，然善文章，工繪事，人極豪爽，乃知以貌取人者之皮相也。歲癸未，授徒於會垣東街鳳池坊之素族，求作畫者户限爲穿。未半年，積空幅嘗數笥。忽一日，仿李營丘筆意於便面題二十八字貽予，云：「寒山數點暮雲中，一葉孤舟兩岸楓。天也似憐放船者，晚來猶贈半帆風。」殆爲予寫照也。尤妙在畫中有詩，詩中有畫，所以爲佳也。今故人往矣，詩亦足存，因録之。

先師霞浦游磪田先生，嘉慶初官侍御，以言事去，直聲震天下。《出都》句云：「陳根有日還承露，秋水無波穩放船。」歸主鼇峰講席一十九年，相士别具隻眼，後進飛騰多所賞拔者。予不學無文，且多旅食。辛巳偶入肄業，文蒙首取，評曰：「胸中似有積卷，故説來與貪常嗜瑣者不同。」明年七月十六日課古學，題爲《榕賦》，韵爲「擁腫之木得全天年」。有某求代，予作六朝體一篇，榜發，冠軍其諸所作，多蒙垂青。恨奔走四方，不能常親杖履。又明年，先生已去講席矣，君子爲閩之人士惜焉。先生字彤卣，一字磳田。按《閩小紀》：閩中壤狹田少，山麓皆治爲隴畝，所謂「磳田」也。先生晚以爲號，寄意深矣。按《侯鯖録》：王文穆罷相知杭州，朝士送之詩，惟陳從易學士云：「千重浪裏平安過，百尺竿頭穩下來。」先生詩似之。

侯官何述源，名立泉。榕城何氏固巨族，科名仕宦，指不勝屈，獨述源少丁家難，執業不成，去爲人傭書，而性喜吟咏。有富家藏書，招爲檢校，遂得盡讀，兼通釋典。精於弈，有手談友鍾姓客死，述源挽詩有「客路竟爲忘返地，夜臺長閉不歸門」之句。留落不偶，無何亦死，漳南人以爲讖云。詩稿頗富，卒後散失，後從其友施怡巖處檢得數首，今録之。《凋蘭》云：「摇落同衰草，誰知王者香。未逢青眼識，徒抱素心芳。頹葉幾經雪，孤根稀向陽。凄涼屈正則，澤畔自神傷。」《雲中觀鳥》云：「雲路三千未可期，沖霄有翅歎淹遲。滿天風雨飛無定，何處能容借一枝？」《寄施怡巖》云：「馳書報與先生道，潑墨須教肖我顔。他日繪圖今預定，蹇驢獨客走空山。」合而觀之，其孤窮亦可憫矣。又有《須彌山》長短句一首亦可誦，篇長集隘，不能録。

友人王西亭，浙産也。年十四，從伯兄南村來閩，與予同事鄭蘇年先生，共爨同席者如千年。早慧通文章，更通世故。南村爲上官幕，西亭功課之暇，每留心簿書筐篋之學，曰此亦可助吾膏火也。

且學且耕，遂佔籍入侯官學。及丙子登賢書，家已汔可。乙酉，予教讀清源郡署，西亭襄理金谷於所屬之惠安。舊雨他鄉，經年把晤，旋即挈眷官陝右矣。舊曾爲商，詩稿久都不記，偶檢敝簏，得《寄懷》一律云：「昔年研席久相親，文字論交賞識真。喜有子淵能近道，奈無鮑叔可知貧。虚名相市慚朋輩，古誼維持賴是人。棲息一枝曾借否，齒牙爲恨未生春。」南村鬚眉如畫，膚草充盈，品學爲幕僚中首屈一指。自大府以次，往往投幣争迎。然每恨讀書未遑卒業，故於苦心孤詣之士，一見如平生歡。予嘗過從，極承禮待，棲託每藉吹嘘，賦閑或叨佽助。記其來書云：「足下與舍弟同研席，飲香名者久之。昨歲獲親沈宅，才高氣清，令人有瀏瀏如松下風之慕。迨後過從日密，因知無田以資衣食。事親而左右無違，睦族而内外無閒，益歎處今世行古道之難也。夫以足下之文章道誼，苟慕義强仁者，皆當引重，況弟素所心儀者。」云云。亦可謂有嗜痂之癖者矣。詩少見，只記其自書楹帖云：「二可惜以留銘賢傳，旁推吾輩，惜金還惜福；四所求而垂訓聖言，敬繹人生，求己勿求人。」令似念湖，亦爲上官幕田例監，以勞績擢七品官，作宰江右，聞已任萍鄉縣尹。識者謂所以報南村云。西亭昨歲以事休官，挈眷回閩，因病暫止湖籍，遂不起。聞宦囊盡耗，眷柩尚留滯，予哭以句云：「辛苦一官成往夢，蕭條萬里不生還。」蓋痛其早知人琴俱亡，不如以窮秀才老，猶無宦海風波以速其年之恨也。噫！西亭名以銘，丙子孝廉；南村名錞。

屏麓草堂詩話卷五

晉安莫友棠若愚著

國朝曾二改先生著《依隱堂詩略》，楚□陳台孫序曰：「有建安、黄初之才，而窮開元、大曆之變。」吾閩陳省齋夢雷作傳，謂爲詩歌古文辭喜昌黎、臨川、老泉，兩爲節推，三爲邑令，以刑名至重，不專意詩文。然有題咏，必力追正始，因叙次其略，而係之以贊曰：「濟川其具，滄洲其趣。一瓢千卷，科頭箕踞。掌握絲綸，中流砥柱。汪汪千頃，霽月光風，吾將遇公於毫素云。」先生名大升，字惟佐，登順治甲午賢書，官畿輔。侯官人，崇祀鄉賢。

二改先生《咏史》云：「天下苦暴秦，逐鹿歎不□。成敗成者王，劉項何足道。」又云：「少遇黄石公，老從赤松子。所託皆神仙，英雄欺人矣。」又《采桑女》云：「春至蠶生二月忙，力蠶寧畏曉風狂。路旁多少秋胡客，不顧黄金只采桑。」皆能自出己意，與樵山範水者有仙凡之别。又《贈程總戎》云：「將軍之先程不識，刁斗宵鳴師有律。當所不讓李廣名，今日還驚亞夫出。憶惜專征浙越境，吾閩借寇不得請。吾閩小海日交訌，頻年望歲如望公。躍馬南來仗劍戟，大師所過行無跡。動静恍惚如孫吴，敵人聞之皆落魄。上天厭亂固有時，將軍建節來何遲。古來良將自有種，横海長城今在兹。」音節清脆可誦。

先師蘇年夫子詩諸體悉備，而尤長樂府。《君馬黄》云：「君馬黄，臣馬赤。君馬和鸞，臣馬被甲。

叶陌韵。陰山風來火初夕，汗血如赭，馬不得息，草枯水寒夜無食。臣馬悲鳴向天閶，君馬夙飽方騰驤。尚官鋪錦薦，金埒開康莊。臣馬語太僕，馳驅豈敢哭。但願勿鞭箠，使得盡其力。盡其力，以報國。生當殺賊還，死當尸裹革。」《采蓮曲》云：「妾家吴江曲，十五顔如玉。門前荷花紅，兩兩鴛鴦浴。夫婿去買茶，五月未還家。别時折楊柳，别後開荷花。荷花蔽人頭，清波阻蘭舟。隔湖望不見，況復楚江流。楚江流楚水，日夜流未已。生憎流水多，夫婿去千里。昨夜夢襄陽，高樓臨道旁。誰家紅粉女，挾瑟彈清商。清商歌一曲，留儂夫婿宿。蓮子不空房，藕絲斷誰續。日暮湖水飛，飛起帆檣稀。花時君不返，零落將何依。采采未盈掬，去去烟波緑。打槳趁歸潮，暗向荷花哭。」棠考《古今樂録》，漢鼓吹鐃歌十八曲，十曰《君馬黄》，梁武製；《江南弄》七曲，三曰《采蓮曲》。按兩篇題目太白集中俱有，上篇蕭士贇謂傷朋友之道缺，而先師則主君臣言，殆即使以禮事以忠之意；次篇青蓮則爲負乘致寇者懼，而先師則爲厭故喜新者危。蓋各有微旨也。

明李于鱗《初春元美席上贈謝茂秦》云：「鳳城楊柳又堪攀，謝朓西園未擬還。客久高吟生白髮，春來歸夢滿青山。明時抱病風塵下，短褐論交天地間。聞道鹿門妻子在，衹今詞賦且燕關。」高華矜貴，脱棄凡庸，誠七子中之高格也，故應跨越餘子。至「短褐」句，雖爲窮交占身分，然亦見當時卿大夫風氣之厚、禮士之篤。若後來則短褐且一人無與交，況天地間乎！

福清進士郭約園先生，著《集虚堂小草》，詩筆清新。《九日于山有感》云：「聊復登高去，仙台一放歌。夕烟天外澹，疎雨鳥邊多。秋色老如此，流年傷若何。蓬山不可接，江月落烟蘿。」抱才觸緒，不覺感慨係之。然上半賦登高，下半賦有感，篇法分明，筆意渾没，所謂「顧視清高氣深穩」也。《題謝叠山先生賣卜處》云：「一紙孤纍《却聘書》，腥膻不染蕨薇餘。更無人灑靈均泪，塹向先生問卜居。」此爲趙子昂、留夢炎輩言之歟？《明妃》云：「望月何須泪似泉，長門猶自鎖嬋娟。白頭得共單于老，漢月何如塞月圓。」意善翻新，非同苟作。《古木》云：「何事偏難老，全生豈不才。孤根分地軸，踈蔭滿蒿萊。月黑熊羆卧，天高風雨來。精多自强健，不用子山哀。」則分明爲己寫照矣。《元日樓頭》云：「又見春光到眼新，小樓閒此朗吟身，數經霜雪知非病，未典琴書算不貧。窗影遠含芳草思，簾香輕度落梅塵。柴門早分無車馬，赢得年年折角巾。」先生名雍，字書禪。

歸愚先生固有才，要亦由推轂者多，故能晚達。彼山陬海澨豈遂無才，何獨未聞有此奇遇哉？蓋大江南北風氣，聞見多則胸襟廣，遇有才，每不吝齒牙餘論，其人未顯，其名已彰，故雖垂暮登科，猶致位卿孤不難也。昔潘襄敏公由吴撫閩，瀕行，問正人於福清陳補堂，其屬吏也。補堂薦吴于岸先生。襄敏涖閩即往見，巷不容車，徒步以進，力請主講鼇峰，竟爲人潛阻。蓋學優而未得第，品卓而不諧俗，浮薄者不樂也。夫補堂一縣令耳，猶可薦鼇峰主講於撫軍，而在補堂上者，獨未聞有所汲引，豈士均不足一盼耶？記張惕庵先生郭藎庵文評云：「王介眉侍讀潦倒，沈椒園前輩贈以詩云：「浪説江東有霸才，老懷今日向誰開。長嗟爾下劉蕡第，何處重尋郭隗臺。」吾於此才每深歎喟云。録之，俾世之讀是詩者知天壤間固自有秉正愛才之分量也。

「魏帝營北極，蟻觀一禰衡」，彼及身方僭王，何必竟予之以帝？君子小人，有如冰炭，禰何嘗不雖鼠阿瞞哉！特彼曹夏門地，易於欺人，正平孤寒，無可藉手勤王耳。至於窺竊漢鼎，薦食諸侯，此乃奸人伎倆，譬如悍婦虐殺其翁姑，幽囚其夫壻，而强主家計，豈得謂之才哉？然武氏臨唐，因狄梁公一言，即去武承嗣而復廬陵王，是操曾武氏之不若耳。且慮衆正梗其逆謀，因大殺孔文舉、正平諸賢，亦何能蟻觀禰衡哉？此當是青蓮未及檢處。

本朝吾鄉陳秋坪先生《禰衡墓》頷聯云：「一世才名託《鸚鵡》，千秋豎子視曹劉。」庶幾得之矣。

朱子《與徐賡載書》云：「放翁詩讀之爽然，近代唯見此人爲有風人之旨。如此篇初不見其著意用力處，而語意超然，自是不凡，令人三歎不能已。近報又已去國，不知所坐何事。恐只是不合做此好詩，罰令不得做好官也。」及放翁祭朱子文云：「某有捐百身起九原之心，有傾長河注東海之淚。路修齒髦，神往形留，公没不亡，曷其來享。」繹兩賢痛惜之語，見往哲相知之真焉。惟朱子所謂「此篇」，未知何指？考《劍南集》與朱子詩，一爲《寄朱元晦提舉》云：「市聚蕭條極，村墟凍餒稠。勸分無積粟，告糴未通流。民望甚饑渴，公行胡滯留。徵科得寬否，尚及麥禾秋。」一爲《寄題朱元晦武彝精舍》云：「先生結屋緑巖邊，讀《易》懸知屢絶編。不用采芝驚世俗，恐人謗道是神仙。」「身閑剩覺溪山好，心静尤知日月長。天下蒼生未蘇息，憂公遂與世相忘。」按之不著意用力而語意超然之旨，其殆後作歟？

予以受命奇窮，不能副良朋之切望，每誦唐郭震「才微易向風塵老，身賤難酬知己恩」之句，未嘗不痛自咎責也。近陳偶峰題予《海鏡凌滄集》云：「風不鳴條海不波，聖朝邊計策勳多。豪情慾得支機石，明鏡如觀太史河。形勝一方歸指掌，源流千載訂沿訛。輶軒他日詢名宿，賣賦才人鬢已皤。」則依然當日心期願望之意。嗟夫，王播簪花桐，且譏其久爨；而杜陵拾橡灰，尚冀其復燃乎？予固不敢當。然其一種朋友相愛之情，君子憐才之意，不可没也。因檢集友朋詩有所觸，而仍録之，以質世之知我者。且並知偶之有經四時而不改柯易葉之操也乎。

從來古大家名作久經家絃户誦者，固爲衆口一辭，即間有少異，亦不過一二傳鈔之誤耳。而李供奉《白頭吟》一作，諸本多與原詩同，惟《才調集》所載則有迥不侔者。如起句「錦水東北流」則作「錦水東流碧」，三句「雄巢」則作「雄飛」。此猶少異也。至五句以下則云：「相如去蜀謁武帝，赤車駟馬生輝光。一朝再覽《大人》作，萬壽忽欲凌雲翔。聞道阿嬌失恩寵，千金買賦要君王。相如不憶貧賤日，官高金多聘私室。茂陵姝子皆見求，文君歡愛從此畢。泪如雙泉水，行墜紫羅襟。早起雞三唱，清晨白頭吟。長吁不整緑雲鬢，仰訴青天哀怨深。城崩杞粱妻，誰道土無心。」計於原詩多八句而詞意均異。次「東流不作」兩句同，惟「條」作「枝」，以下則云：「頭上玉燕釵，是妾嫁時物。贈君表相思，羅袖幸時拂。」計於原詩少兩句，詞意亦均異。次「莫卷龍鬚席」四句同，惟第四句「或」作「還」，以下則云：「鷫鸘裘在錦屏上，自君一掛無由披。妾有秦樓鏡，照心勝照井。願持照新人，雙對可憐影。」計六句，原詩無。次「覆水」句同，惟「再」作「却」，「不」作「豈」，以下原詩「棄妾已去難重迴」，此作「相如還謝文君迴」。末兩句同。考韋集評「玉燕釵」八句云：「一往情深，風人本旨，較原詩決絶之言勝之萬萬。」按「莫卷」四句是原作，則所云「決絶」者，乃指「兔絲」六句也。而沈歸愚則云：「『兔絲』以下信手拈來，無不入妙。」又韋集注録原詩評云：「『此時』四句突出無緒，亦閒文蔓衍。『一朝』二句出《白頭吟》，太率。當以此本爲是。」而蕭士贇則云：「辭婉意悲。」且馮默庵所評「天際鸞吟，非復人間凡響」，原詩與韋集俱載此，當何從哉？間嘗取兩詩而細味之，因知原作意匠之所在：蓋入手六句是比體，上開下合，下兩句所以反撲題意者，尤爲緊筆要語。韋集删去，則下文脈斷矣。夫阿嬌與文君時同事同，借阿嬌入題，正自不突有緒。次以買賦起相如，則此四句正非閒文。次串入本事，「一朝」兩句頂上出題，如天衣無縫，何云太率？通首層出不窮，如春山吐雲，正由蛛絲馬跡之妙。末以「青陵」作結，謂爲文君咏也可，即謂爲阿嬌咏也亦無不可，故後人有扭合時事之評也。至韋集所載，則所謂節節斷、節節冗、節節另起爐竈者，安及原詩之綿婉而出以清脆，怨悱而出以瀟灑，不失太白本色也哉！意者韋集所載，其贋作歟？故當以原詩爲正也。

瓶庵先生屢掌文衡，務在釐正文體，惟以清真雅正爲準，所謂「别裁僞體親風雅」也。故《視學西川示忠州諸生》有「瑾瑜詎在多，勿使碔砆亂」，《嘉奉節杜生發榮》有「文字準先輩，浩氣舒峥嶸。惜哉髮星星，五十未成名。鶉衣授冬學，黧面避公卿。英英李刺史，禮士出肫誠。攬秀夔巫間，慎毋遺此生」，《喜新貢士來見》有「文章準矩矱，所喜無言哤」等句。不惟此也，典試粤西日，記宋梅摯有五瘴之説云：「仕有五瘴，急徵暴斂，剥下以奉上，租賦之瘴也；深文以逞，良惡不白，刑獄之瘴也；晨昏荒宴，廢弛王事，飲食之瘴也；侵民利以實私，儲貨財之瘴也；盛陳姬妾以娱耳目，帷薄之瘴也。凡任嶺南者，皆當書此篇於座右。」余謂此邦書籍既少，師友淵源所漸，復不能如他方，若衡文者不慎爲决擇，或自持己見，或矯枉過正，致使謬種流傳，日趨日下，則又添文字一瘴矣。是以不敢不益盡心也。先生殆有感衡文之謬，故引五瘴之説，而連類及之，倘非所謂深惡而痛絕之者歟！

羅隱《謁文宣王廟》詩云：「晚來乘興謁先師，松柏淒淒人不知。九仞宮牆堆瓦礫，三間茅殿走狐狸。雨淋狀似悲麟泣，露滴還向嘆鳳悲。倘使小儒名稍立，豈教吾道受栖遲。」又《代文宣王答》云：「三教之中儒最尊，止戈爲武武尊文。吾今尚自披簑笠，汝等何須讀典墳。釋氏寶樓侵碧漢，道家宮殿拂青雲。若教顏閔英靈在，終不羞他李老君。」首「乘興」二字不敬，「雨淋」一聯太纖，通體膚淺。代答詩亦太淺薄，失口氣。又馮道鎮南陽，郡中宣聖廟壞，有酒户十餘輩投狀乞修。道未及判，有幕客題狀後云：「槐影參差覆杏壇，儒門子弟盡高官。却教酒户重修廟，覺我慚惶也不難。」道遽罷其請，出己俸重修。又李穀爲陳州防禦，謁夫子廟，見像在破屋中嘆息，伶人李花開獻口號云：「破落三間屋，蕭條一旅人。不知負何事，生死厄於陳。」穀遽出俸修之。此等固不足言詩，因思明皇《經魯》一律，謀篇之善，審律之精，運典之匀，詁題之切，譬如天際鸞吟，非復人間凡響，誠千古絕唱。瓶庵先生曰：「唐代諸帝詩，自當以明皇爲首。如《過魯祭孔子》，起法清超絕俗；《送賀知章》詩，使王孟濡毫，亦無以過；至《劍門》詩沉雄壯麗，信爲巨觀。當時李、杜、高、岑之徒，應運而生，故言詩者莫盛於開元、天寶之際。」信然。

歸愚先生全集有《三岡説》，多記明末遺事。其李自成僞檄中有「一夫授首，四海歸心」，及「較堯舜而尚多武功，比湯武而實無慙德」等語，蓋黎志陞筆也。黎，崇禎進士，既補官，京師破，受僞命爲賊作是語。既得罪古聖，復巇視故君，小人無忌憚如此。昔人謂秦檜禍宋，罰變爲牛。若此物，又未知當何所變哉？

元劉静修著《蠢齋説》云：「近世士大夫多以頑鈍椎魯自號，彼其人未必真有是也，而其意則將以自利而已。」明袁趙田謂：「偲偲言之不置，其殆爲許魯齋歟？」按魯齋嘗語其子曰：「我平生虚名所累，竟不能辭官，死後慎勿請謚，勿立碑，但書『許某之墓』四字，使子孫識其處足矣。」又其《即景》詠云：「黑雲莽莽路昏昏，底事登車尚出門。直待前途風雨惡，蒼茫何處覓烟村。」詳其詩意，是亦可悲也已。

《閩書》：福州郡城自無諸開建，以都冶，曰「冶城」，在今府治東北，依山置壘，據將軍山歐冶池，稱形勝矣。晉太康三年，既詔置郡，命嚴高治故城。高謂故城隘，不足以廣聚，將移白田渡，嫌非南向。圖以咨郭璞，璞指其小山阜曰：「是宜城。」城成，璞爲記云。友人黄闇園謂其師曾雲圃先生云：「嚴高遷城，郭璞爲讖之語，相傳久矣。然考璞爲王敦所殺，在東晉明帝太寧二年，年五十，逆數至太康三年，則璞方七歲。因知讖語爲後人所託也。」按終武帝之世爲太康十年，三至十，則得八年；次惠帝十七年，次懷帝六年，次愍帝四年，次東晉元帝六年，至明帝二年，共四十三年，則璞適七歲，未應即精青烏之術。考《福建通志》，記榕城亦謂郭璞遷州記並銘，恐屬後人僞筆。惟王應山《閩都記》有嚴高詢於郭璞之語。後閲《因樹屋書影》有云：「閩郡邑志乘多載郭璞讖，《武夷志》載九曲溪頭有晉郭璞題讖曰：『黄岡降勢走飛龍，鬱鬱蒼蒼氣象雄。兩水護纏歸洞府，諸峰羅立拱辰宫。村中猛虎横安跡，天外狻猊對面崇。玉佩霞衣千萬衆，萬山仙境似空同。』璞時詩體便有七律，真可發一噱。」諸志中如此類者甚多，編者皆存而不删，何也？

李義山《茂陵》詩：「漢家天馬出蒲梢，苜蓿榴花遍近郊。内苑只知含鳳觜，屬車無復插雞翹。玉桃偷得憐方朔，金屋修成貯阿嬌。誰料蘇卿老歸國，茂陵松柏雨蕭蕭。」楊升庵曰：「頷聯出句本是『瑶池宴罷留王母』，俗作『玉桃偷得憐方朔』，直似小兒語。」云云。國朝吴江朱鶴齡《義山詩箋》：「《漢武内傳》：王母降承華之宫，嚴車欲去，帝叩頭，殷勤乃留。若瑶池西宴，自是穆王事，如何可合？偏檢宋本，俱無之，不可以語出用修而不覈其實。」云云。按升庵所引較原句爲雅，惟原詩全用本事，似不應雜入他典。朱説亦未嘗無見，況《内傳》無「宴」字，此字亦微嫌夾雜。然本詩無一字生撰，《内傳》只云「命侍女取桃，玉盤盛七枚，四以與帝，三自食之」，則「玉桃」字亦不能無疑也。録之以質博雅君子。

沈歸愚先生曰：「以詩入詩，最是凡境。經史諸子，一經徵引，都入詠歌，方别於潢潦無源之學。如曹子建則善用史，謝康樂則善用經，杜少陵則經史並用云。」棠按：韓文公以六經之文爲諸儒倡，又公自謂「餘事作詩人」，詩固弗論已。而即以詩論，劉石齡注公《陸渾山火》詩曰：「公詩根柢全在經傳，如《易·説卦》：離爲火，其於人也爲大腹。故於『炎官熱屬』，以『頳胸垤腹』擬諸其從容，非臆説也。又『彤幢』、『紫纛』、『日轂』、『霞車』、『虹靷』、『豹韅』、『電光』、『頳目』等字，亦從『爲日』、『爲電』、『爲甲胄』、『爲戈兵』句化出，造語極奇，必有依據，以理考索，無不可解者。」世儒於此篇，每以怪異目之，且以不可解置之。吁！此亦未深求其故耳，豈真不可解哉！考從公學文者，李習之得公之正，皇甫持正得公之奇。持正嘗語人曰：「《書》之文不奇，《易》可謂奇矣！豈礙理傷聖乎？如『龍戰於野，其血玄黄』、『見豕負塗，載鬼一車』、『突如其來如』、『焚如，死如，棄如』，何等語也。」今此詩「黑螭」、「五龍」、「九鯤」等語，其與《易》「龍戰於野」何異？然則惟公之詩爲善用《易》矣。又李安溪先生書公《進學解》曰：「此篇與楊子《解嘲》千載稱絶矣。」《解嘲》中云：「炎炎者滅，隆隆者絶。觀雷觀火，爲盈爲實。天收其聲，地藏其熱。高明之家，鬼瞰其室。」此明是全釋《豐》卦義，炎炎者火也，隆隆者雷也。當其炎炎隆隆，以爲盈且實矣，然《豐》卦雷居上，則是天收其聲；火居下，則是地藏其熱。比其盛不可久，而滅且絶之徵也。《豐》之義如此，故卦爻俱發日中之戒。至窮極，則曰「豐其屋，蔀其家，闚其户，闃其無人」，即楊子所謂「高明之家，鬼瞰其室」也。揚子是變《易》辭象以成文，然自輔嗣以來，未有知之者。故此卦之義，今不白也。此篇「謹嚴」、「浮夸」、「奇法」、「正葩」等字，並極群經要眇，故未有不精於經術而能行文者。因録諸家評公詩者，並録安溪先生評公文語，以待賢者師法焉。

古風有一篇之中純以九言爲句者，任彦升《文章緣起》謂始於魏高貴鄉公。蓋必氣盛詞舉，剛健中含婀娜，方能語無剩字，故後來亦罕有作者，可知此體之難矣。近林澹園學博以令大父繼亭先生遺詩屬予較讎，發而讀之，得《送行》一篇，其詞云：「我聞東西南北多路歧，君何束裝載道喜揚眉？又聞悲莫悲於生别離，君何慷慨情殊兒女私？世間惟名與利兩途耳，君子義以爲利亦驅馳。昨日君來告予以將别，從今暮雲春樹兩相思。今日攜尊握手河梁上，惟予不賦斷腸離别詩。丈夫非無數點性情泪，平生不向别離筵裹垂。惟有一言爲君臨行贈，加衣强飯莫受風霜欺。衹今秋風颯颯正愁人，秋霜肅肅沁骨復侵肌。此情已在紛紛行色裹，此意惟有青山緑水知。」一氣鼓盪，舉重若輕，故克臻東海揚帆、風日流利之美。先生名世武，字思烈，繼亭其一字也。乾隆戊子副貢，舉庚寅恩科孝廉，大挑得一等，分發粵西，權興業、懷遠邑篆，攝永寧知州，補雒容邑令，柳屬邑也，皆有政聲。旋以疾卒於官，年甫四十有八。相傳爲清流邑之城隍神，蓋與予亡友鄧楚屏生則同爲廉吏，卒則同爲尊神。廉吏合爲神，有若合符節者。而先生於楚屏爲前輩，後先輝映，可與閩之越石争光矣。著有《桂芳堂詩稿》。

先生五言如《懷遠道中》云：「歷盡崎嶇險，無如此路難。身迷雲黯黯，足揭水漫漫。樹際疑無地，花邊别有灘。由來王事亟，躬瘁始心安。」七言如《咏蚊》云：「輕薄成形生性陰，那堪豹脚肆狼心。趨炎聲勢驕三伏，着我爬搔痛一鍼。擾擾繞床燈欲暗，營營入帳夢難尋。滿腔熱血知多少，夜夜消磨最不禁。」又《爆竹》五絶云：「爆竹除殘歲，喧騰夜半天。春雷猶未動，響占一聲先。」句之佳者，如《晚烟》之「樹老青迷葉，天高淡入雲。」《辛粵西肩輿所至苗民有踴躍之意》七絶後半云：「好似郊原得雲雨，浡然歡喜看苗興。」蓋雒容爲苗疆，感公善政，其象有如此者。《病中》云「疾痛民情常在抱，貧窮宦况與誰論」等句，皆不同尋常之吟咏也。

閩縣布衣楊松村，名德瑞，讀書賫志，去而爲醫。詩宗少陵。與林竹佃先生相友善。卒後詩稿散佚，竹佃編其餘草，題後云：「破屋低窗筆研安，蕭蕭門巷幾交歡。每於失意憐郊島，時亦饒人説杜韓。衰老方知文字賤，聲名真覺布衣難。凋零遺稿誰相問，留與吾曹掩泪看。」境之貧、詩之高、遇之窮、俗之偷，一一俱見。求松村詩不可得，録題松村詩，而松村生平亦可以想見矣。松村雖不遇，松村不死矣。於此亦以見前輩交情風義之篤也。

長樂劉次北先生以名孝廉六上公車，始中進士，作詩有「傷於哀樂中年甚，對此咨嗟晚遇艱」之句。出宰江浦縣，歸著《盥白齋詩草》。《鼓山喝水巖》五古云：「深潭藏古洞，虛窅馮夷舍。乳竇通泉脈，潺湲流日夜。相傳神晏師，一喝使倒瀉。豐碣標奇蹤，此事毋乃詐。吾聞聖人語，水性本就下。如何慴佛力，乃逆天地化。安得起神禹，道之歸石罅。」識卓意新，發前人之所未發，非特足破彼教之妄，亦以見先輩立言之不同苟作也。

文有撇去舊意，更勝前作者。放翁《劍門》詩責後主、譙周，已稱絶唱。吾鄉孟瓶庵先生《入劍門》云：「落日黄昏入劍門，雪消紅旆野風翻。關頭峭壁疑離合，崖背陰雲半吐吞。海内山川無此險，古人碑版至今存。如何蜀漢淪亡後，又樹降王幾度旛。」掃除舊解，歸諸天命。蓋在亂世當責人，在平世當言天。言得指歸，所以能與前人抗手。

宋張芸叟初左遷，集兒女把酒，芸叟有不樂之意，命各探坐中物賦詩。一女賦蠟炬云：「尊前獨垂泪，應爲不灰心。」蓋以諷也，芸叟稱之云。國朝永福黄十研先生《燭花》詩翻其下語爲出句，又翻其上語爲對句，云：「焰方高處心偏暗，開到濃時泪轉多。」既爲詠燭花之簇新佳句，又爲詠秦長脚、嚴囊頭輩之絶妙好詞。蓋必有此，方可作詠物詩也。

國朝長洲沈歸愚尚書六十七歲登賢書，聯捷成進士，入翰林，不十年致位正卿。及歸，錢香樹尚書送行，有「帝愛德潛德，我羨歸愚歸」之句。同年袁簡齋太史七律四首，第一首中聯云：「詩人遭際無前古，海内風騷有正聲。」皆紀實也。尚書年譜自記，初生時適大父於古董攤買一玉印，篆文「德潛」二字。及晬盤，尚書首拈此印，遂以名之。四歲教以平仄，問：「何只四聲？」對曰：「入聲以下無音，再轉即又平矣。」大父喜曰：「此子他日必能詩。」爲諸生時，楚北魏念庭學使督江南學，於歲試拔冠軍，遂延入幕。及秩滿，詩以留別，末有「他年旌節臨吾土，定合掃門迎故人」之句。淪落四十年，以爲虚語矣，誰知晚達，果督湖學。魏物化已久，尚書拜其墓，終任卒泮其兩孫。詩讖之佳有如此者。

吾鄉李蘭卿觀察以謫仙之風流，而具鄴侯之穎慧。年十九成進士，詩有「弱冠登朝天下知」之句。以舍人官軍機章京，敏給，爲曹麗笙相國所器。副王勿庵侍郎典試西江，侍郎病，卷多蘭卿裁定，所取多知名士。出爲廣右知郡，地瘠民貧，蘭卿清操刻苦，拊循之民歌「來暮」。觀察揚州，親詣淮關督理，風清弊絶，商旅稱便。甫擢鹺運使，卒。才優而命不永，朝野惜之。詩稿未出，從林壽峰處得七律三首，録之。《與温比部瓜州泛月游金焦二山》云：「樓臺無意得躋攀，放櫂揚州寶塔灣。半夜剪燈來舊雨，隔江載酒爲名山。詩緣畫理能留客，月落潮生又渡關。雲水光中宜洗眼，百重纔算掣身閒。」《游莫愁湖》云：「青山仍似六朝秋，一樹垂楊此艤舟。南國佳人疑宛在，西湖我輩爲勾留。多情不見曾棲燕，無意相逢亦聚鷗。二十年前題壁地，誰知今日又登樓。」「懷古茫茫百感俱，故人肯使獨游孤。樓臺過客多陳迹，湯沐功臣得賜湖。呼酒出城休厭遠，就船索句便成圖。石城艇子誰新設，能似當年兩槳無？」一時興到，信筆疾書，而各有流逸之趣，無襞績之痕，非才人不辦也。蘭卿名彦章，侯官人。

屏麓草堂詩話卷六

晉安莫友棠若愚著

吾鄉陳恭甫太史《左海詩鈔》，題者甚多，今擇其尤者録之。閩縣薩檀河明府玉衡云：「梅花丰骨是神仙，十載論交最少年。元祐詩才過海壯，永嘉名德渡江賢。天生蛩蟨長依負，世有夔蚿總愛憐。自笑土音操未了，千秋山水屬牙絃。」汀州伊墨卿太守秉綬云：「學海真堪待問津，朝端風度曲江論。經時酬及高常侍，和句超於賈舍人。蘭膳笙詩紗幔曉，梅花明月玉堂春。羡君愛日宫袍舞，可但貧交筆有神。」金匱孫文靖公時督閩浙，云：「南州大雅仰扶輪，争羡風流效墊巾。藏室書歸周柱史，名山論著漢經神。博通夾漈空前輩，兼擅長蘆有替人。修到瑯環原是福，每來山館輒逡巡。」「人間争説魯靈光，六十平頭鬢未蒼。服餌無須赤松子，畫圖久戀白雲鄉。閒居燕喜依紗幔，清話從容數玉堂。停却輶軒開講舍，新陰桃李蔭門牆。」「蓉湖拏棹締交先，聯步花甎證宿緣。逮我下車趨拜日，是君鍵户著書年。東甌史筆千秋擅，著《東越儒林》、《文苑》二傳。《左海》文編萬口傳。況有符郎能遍讀，故應長戀在山泉。」「鈴齋躡屐每相迎，提麈談清見性情。裴秀知能周郡國，子瞻人惜未公卿。且勞文獻徵前事，爲志方輿紀太平。時奉延修省志。一曲琅璈將進酒，二分春色滿榕城。」

恭甫太史跋瓶庵先生《孟氏八録》，中云：「竊慨鄉鄙百年以來，學者始溺於科舉之業，而難與道古；近則俊穎之才知好古矣，然本之不立，學與行乃離而爲二。其究也，學其所學，弊與不學均。故有人焉，讀經不知注疏誰手，披史不睹班馬數篇，摇筆自高，章鉤句棘。及察其實，則身居廉孝，室泣然其，口談義利，心營龍斷。爲師則導納鄙倍，交友則巧播詐諼，如是者謂之名教之蠹。」按此即漢史所謂「舉秀才，不知書；舉孝廉，父别居」；《前漢書》所謂「毋義而有財者顯於世」，「何以孝弟爲，財多而光榮」，及「學之爲利」之説也。太史特文言之耳。故《清源雜詩》其第十二首云：「桑梓詢名士，存亡幾歎吁。十年耆舊盡，千載晤言孤。冠佩乖初服，糟糠棄道腴。眼看椒榝盛，蘭芷竟荒蕪。」猶此意也。

太史著述宏富，有《左海詩鈔》行世。其《弔陳省齋先生》云：「承明詞客出蓬萊，弱冠青袍陷賊哀。盛憲還家空搆難，江淹下獄獨憐才。九原良友誰無負，絶塞荒骸詔許回。白草黄沙虚塚在，行人休擬李陵臺。」比例精切，歸獄諦當，其用意非瓣香少陵、玉溪不能也。按張惕庵先生云：「省齋名夢雷，閩人。弱冠入翰林，博極群書。與安溪先生同給假歸，驟值耿精忠謀逆，李相距七百里，陳家省治爲所劫去。逆平，逮入京，自説於朝，言非仕逆也，欲得當以報，其本末惟同年生李某知之。李驚謝弗任，一時譁然，互持二人曲直。朱竹垞先生《咏古》云：『君看蘇子卿，豈絶李騫期。』指此也。」然陳亦以是得減死，白衣領書局，積勞，授翰林院侍講，後卒坐前事遣戍，卒塞外，乾隆二十九年，詔許歸葬。

東漢陳、荀，相於太史，奏五百里有德星聚，夫陳僅一鄉善士，荀則頗蹈虚聲，已上召天祥。故宋太祖慶叶龍飛，有五星聚奎之瑞，至熙、豐之世，即篤生大儒以應焉。文昌氣似珠，謂璧合珠聯也。觀周子爲二程子之師，張子又二程子之表叔可證。然德性之温肅，姿詣之性友，亦各有不同者，讀朱子之《四子贊》自知焉。《周子贊》曰：「道喪千載，聖遠言湮。不有先覺，孰開後人。《書》不盡言，《圖》不盡意。風月無邊，庭草交翠。」《程伯子贊》曰：「揚休山立，玉色金聲。元氣之會，渾然天成。瑞日祥雲，和風甘雨。龍德正中，厥施斯溥。」《程叔子贊》曰：「規圓矩方，繩直準平。允矣君子，展也大成。布帛之文，菽粟之味。知德者希，孰識其貴。」《張子贊》曰：「早悦孫吴，晚逃佛老。勇撤皋比，一變至道。精思力踐，妙契疾書。訂頑交訓，示我廣居。」

先師林雨田夫子，青圃先生之曾孫。少有文名，尤喜詩賦，以古學首取入泮。性幽静，頗好馬吊之戲。有友某，工力適敵，嘗對局於密室，有司空表聖「棋聲花院閉」之致，終日不聞謦欬焉。卒後詩稿散佚，只記當日請七碎題，師適閒步，拾得字紙，爲「錢少三文」四字，即以爲題。予呈句云：「官路兩堤多柳帶，文園三徑少苔錢。」師以「道」易「路」，密圜首取。曰：「造句工雅，筆亦高華，遠到器也。但題字專填在一句，雖偏重小疵，要亦不可不知。」他日又請，適鄰人有「老鼠過街」之語，又以爲題，凡所作無當意者。師即硃筆書一聯云：「風摇老樹啼鴉舅，兩過香街賣鼠姑。」前檢書尚見此紙，因歎「遠大相期成名早，幼學之年曾擒藻。先生緋管迹猶新，弟子白衣今已老」，可愧也。先生名春雷，侯官諸生。

《湧幢小品》：「李山甫《項王廟》詩云：『爲虜爲王盡偶然，有何羞見渡江船。平分天下猶嫌少，可要行人贈紙錢？』又『仗劍爲何懷舊恨，漢家今已屬他人』等句，雖非傑作，韵亦自好。嘗謂項王之死，正在不渡江，方有氣概，一下船便索然，生爲擒虜，死爲怯鬼矣。」云云。按：魏又瓶《經西楚霸王墓》云：「穀城西去暮雲愁，指顧重瞳霸業收。幸有遺民存魯國，肯容和議割鴻溝。美人駿馬亦千古，秋草長陵同一抔。便返江東成底事，不勞亭長艤孤舟。」庶幾得之矣。

歸愚先生選《唐詩别裁》，於杜工部詩後録各家評語，有云「孫器之比之周公禮樂，後世莫能擬議。斯爲篤論」云云。初不知孫器之何人，及閲《宋人小集》，長樂敖陶孫有評古諸名人詩，末云：「獨唐工部如周公制作，後世莫能擬議云。」先生所引評語與此同，特孫器之與敖陶孫不同耳。後閲周櫟園《因樹屋書影》有云：「宋季敖陶孫，字器之，著有《詩評》，自漢魏至宋皆隨人譬喻。楊用修采入《丹鉛録》，題曰『孫器之評詩』，不知爲『敖』姓誤爲『孫』姓也。」又曰：「《升庵外集》載《孫器之評詩》一則，而稱定陶孫器之。夏振叔云：『按其人姓敖名陶孫，而器之其字也。』楊誤以敖陶爲地，而改『敖』爲『定』，以合邦邑之名，與誤認劉德升爲劉景升、索幼安爲管幼安同一可笑云。」則是以敖陶孫爲孫器之者，實始升庵之誤；而歸愚先生則以誤傳誤，未及檢歟？

蔡文姬書「我生之初尚無爲，我生之後漢祚衰」云云，見《淳化帖·諸家古法帖釋文》卷五。又《淳化帖·歷代帝王法帖釋文》卷一，唐太宗書《五言秋日效庾信體》「嶺銜宵月挂，珠穿曉露叢。蟬啼覺樹冷，螢火不温風。花生圓菊蘂，荷盡戲魚通。晨浦鳴飛雁，夕渚集棲鴻。颱颱高天吹，氣澄下熾空」云，蓋唐初之於漢季，去古猶未遠也，故體裁音節如此。至玄宗《祭孔子廟》、《送賀知章》諸作，則宏開唐代之元音矣。

嘉慶壬戌，予下榻於沈蔭士越麓之静觀書室。友人林侗叔家清遠門橋，路遥數里，把晤遂稀。忽於冬孟寄詩，並附以札云：「《柳枝詞》四章，秋窗無聊之作也，和之不下數十，不可無君子贈言，使柳枝減色。知兄定不之却，三餘多暇，曷不面竹居一談，以慰饑渴，人與詩俱適我願也。冬寒，起居珍重不備。月之十四夜，弟林錕頓首再拜。」《柳枝詞》引云：「古人《柳枝詞》多説春情綺麗，予秋士也，時且冬矣，詩往往有衰颯狀，章臺不堪折之感，情見乎詞矣。知我者和之。」其詞云：「宛宛柔條作態工，裊烟搓雨太匆匆。永豐盡日無人管，憔悴腰支泣晚風。」「歷遍長堤更短堤，頻年攀折不堪題。章臺一樹渾如昨，舊日流鶯自在啼。」「褪盡麋梢減盡腰，不堪秋雨更蕭蕭。一從腸斷黄驄曲，冷落長條與短條。」「太息蕭條景物非，惱人情緒尚依依。也應勝却風前絮，惟解漫天作雪飛。」自注：「末作入手王司寇句，落脚韓吏部句。」後題「立冬二日夜漏三十刻書」云。計今蓋四十有四年矣。昨檢書得之，痛故人墓草已陳，幸窮措眼花未昧，急録之，以見昔時交誼之親，要亦其手迹之足傳也。面竹居，其讀書處。侗叔身後，一子尚稚，無所歸依。乙未進士龔名衡齡官舍，蓋其壻也。

唐大曆十子：錢仲文起、韓君平翃、李正己端、盧允言綸、耿洪源湋、司空文明曙、吉校書孚、苗都官發、崔拾遺峒、夏侯侍御審。世謂大曆派一語百媚者，以其語必清新也。予友陳偶峰《癸未除夕》云：「人事相催忽歲除，腥魚臘肉遍州閭。清時屢上豐年慶，拙學曾無晚臘儲。曝背慈親謀綴褐，蓬頭稚子泥攤書。化工不解分貧富，一例春光到僻居。」《得魏又瓶都中札》云：「行程水驛復山重，空博槐花一度逢。舊榻仍懸徐孺子，仙舟疑待郭林宗。詩從驢背猶堪索，邑累猪肝不易供。多少肉縻相勸意，一時棖觸對緘封。」殆庶幾近之矣。偶峰性靈機警，文思敏捷，賦筆近六朝，詩尤能自出新意，故有大曆風味。

袁簡齋不滿毛西河，於語言文字刺譏不少。按毛只是攻擊宋學之過，袁又何嘗不攻擊，而所以譏毛者，不過爲門户起見耳。其實袁粗毛精，有不可混者。即以詩論，袁每信筆直書以炫才，故多意盡詞中；毛則恬吟密詠以斂才，故恒音餘絃外。夫意盡詞中，語雖壯而體則乾枯；音餘絃外，詩既工而氣更和藹，理勢然也。常閱答贈黃俞邰云：「黄金高築不曾逢，敢道才高氣似龍。客路經年乘下澤，官齋卧日到高春。王通家有三珠樹，和嶠文如千尺松。何幸臺城重會合，秋宵一聽景陽鐘。」「虚傳往日賦明河，十載長淮未放舸。秋盡論詩逢沈約，年來講《易》苦田何。龍江過雨低紅蓼，牛首看雲捫緑蘿。建業重逢愁思遠，敢言對酒不當歌。」其細膩風光，可想落筆不易也。

陳沁園自題《挽鹿圖照》云：「結髮親詩書，窮年守縫掖。富貴不可期，貧賤何能適。有婦共苦辛，永朝復永夕。糟糠御短褐，總不聞交適。笑與妻子言，此景良難得。敢比鮑宣賢，深感少君德。挽鹿繪爲圖，詎必今殊昔。相對且歡娱，莫問頭黑白。」樸茂真摯，想見室有萊婦之樂。聞其五世祖名一元，號泰始，明季官尚寶少卿。著有《漱石山房詩文集》。與曹能始先生友善，曾於烏峰之神光寺同題「皆大歡喜」額匾，至今猶存。沁園名璽，字朝功，閩邑增生。有《秦鏡》七絶云：「秦庭方鏡照肝腸，何啻菱花百道光。可惜不將劉項照，直教烽火到咸陽。」相傳爲沁園子繩元所作，或曰非也。但其詩自佳，故録之，以俟傳信之君子焉。

悼亡之作，其始自漢武帝之於李夫人乎？「是耶非耶？立而望之，翩何珊珊其來遲」，是即「佳人難再得」之極音也。晉則潘安仁，唐則元微之、李義山，爲情鍾伉儷之尤者。宋陸放翁《沈氏園》云：「楓葉初丹槲葉黄，河陽愁鬢怯新霜。林亭感舊空回首，泉路憑誰説斷腸。壞壁醉題塵漠漠，斷雲幽夢事茫茫。年來妄念消除盡，回向禪龕一炷香。」《癸辛雜識》：「放翁娶唐氏，於其母爲姑姪，而不相得，出之。後改適趙士程，嘗以春日出游相遇於禹跡寺南之沈氏園。唐以語趙，趙致酒肴，放翁悵然爲賦《釵頭鳳》詞題園壁間，集中『紅酥手，黄藤酒』一闋是也。唐見而和之，未幾下世云。」按放翁《沈園》悼亡二絶云：「城上斜陽畫角哀，沈園非復舊池臺。傷心橋下春波緑，曾是驚鴻照影來。」「夢斷香銷四十年，沈園柳老不吹棉。此身行作稽山土，猶弔遺踪一悃然。」前首幽艷動人，次首又深一步，其痛念淒苦處，令人不忍多讀，此固悼亡之别調也。近世黄十研先生《悼亡》十四首，久已膾炙人口矣。而友人陳偶峰則云：「慣憂兩陷擬蠻蜉，願脱雕陵異鵲樊。纔唱一聲觀自在，天倪曼衍類卮言。」「歡淹恨速既情癡，作達盆歌又費詞。端坐蒲團振舊事，便宜一笑早荼毗。」此又借《傳燈》之語妙，制奉倩之神傷，是亦無可奈何之轉境也。夫由尊至卑，自古及今，於此處皆不能自已，夫婦所以爲人倫之一也夫。至林澹園内子劉孺人卒，有《悼亡》十六首，其第十四首云：「白業清齋不厭貧，放生戒殺見心仁。最憐典盡春衣後，猶助而夫贈友人。」夫蘇妻藏酒，但供才子觀游；元婦拔釵，猶近閨房私暱。乃以賢淑而知義俠，則此事尤爲創見。《檀弓・喪禮》：「君子尤重表微，矧情深伉儷者乎？」則此悼亡有非尋常所謂悼亡者矣。

賦江，郭璞以後則有王融；賦海，自木華未聞有繼聲者。乃千載後竟得諸鄭畧思焉，可知物無獨，必有偶也。吾鄉高芝田先生詩云：「琳琅賦海三千字，物産風潮細細書。誰識漳南老副使，文章可補木玄虚。」其推許不亦宜哉。

先生工書法文章，筆能曲達難顯之情。曹寅谷與同官，常歎以爲不及。詩筆清超，《擬古》云：「鳳皇在高岡，其下空凡鳥。虎豹藏青山，啼猿失昏曉。豈必故狎物，已大物自小。所以聖賢徒，置身翔八表。」《題嘯雲老人宗鋐畫竹》云：「葉葉琅玕碧漲天，小園和雨又和烟。披圖重我山陽感，不見先生二十年。」有《桐枝集》行世，以令祖萬林先生詩刻在卷首，故名。先生名藍珍，侯官人，以名孝廉出宰，治臻循吏云。

予館沈氏書齋，林侗叔攜吴維介《洋溪紀行詩》示予，蓋同結荳蔻花館古學社之舊交也。事往年馳，少有省記。至己亥，蔭士檢陳雪齋先生詩稿，並此來歸，計今竟四十餘年。聞維介久出不歸，已二十餘年矣。暮景遠人，存亡莫卜，是不可不爲之珍惜也。因擇其可存者録數首於《詩話》，庶無虚當日同袍之誼焉。《晚望三都口》云：「向晚炊烟起，三都路尚遥。人家藏緑樹，燈火露紅橋。流水無今古，青山自暮朝。欲投村店宿，風過酒旗飄。」其他五言如《泊小箬》之「人家多傍水，廛市半依山」；七言如《發金沙》之「嵐氣欲成千嶂雨，波光先鎖一溪烟」，《谷口》之「過客天涯愁落日，深秋谷口見春風」，自注：「谷口春風」，郡守李拔書。七絶如《有感》之「畢竟故園風景好，非關游子獨思家」，《即景》之「蘆花兩岸西風緊，人在中流看翠微」。

錫山黄時大先生仁灝，有《明建文君遜國詩紀》百絶，中有云：「區區安用宋襄仁，猶説燕王是懿親。若謂東山休破斧，翻思采藥善全倫。」蓋謂建文帝戒耿炳文等毋傷燕王，使朕有殺叔父之名，由是燕王每臨陣，南軍不敢一矢加遺也。記《浙人詩存》有《天下大師墓》七律云：「水關西出隱浮屠，燕子飛來半月孤。病虎無心看北固，潛龍有恨遜南都。十三陵外餘抔土，二百年來失鼎湖。一自桑田成海後，總啼鵑血滿平蕪。」詩意自明。又王弇州《綱鑑分注》建文君《出亡》詩起四句云：「牢落天涯四十秋，蕭蕭白髮已盈頭。乾坤有恨家何在，江漢無聲水自流。」末云：「青蒲細柳年年緑，野老吞聲哭未休。」其有噬臍何及之歎哉！國朝漳浦藍鹿州先生全集有《壬午紀略》，極傷建文君臣遜國之哀慘，深惡永樂篡弑之凶殘，且謂此案他日必有如朱子之反正更定而嚴加筆削者。亦見公道之在人心，雖異代猶不能爲之恕也。

《情史》一書，前人無有用之者，用之，自黄十研先生始。如「一行錦字寫歸舟，未識江天有蹇修。爲報北亭盧二舅，自將裙帶縛笠篌」之類，一經運化，便成絶妙故實。記蘇文忠詩云：「欲問君王乞符竹，但憂無蟹有監州。」按《稗史彙編》，宋初置通判，分知州之權，謂之監州。有錢昆者，性嗜蟹，常求外補，曰：「但得有蟹，無監州處則可。」此語風味似晉人。《歸田録》及《捫蝨新語》皆載其事。錢昆去東坡未遠，即用其事爲詩，良愛其語也。然坡公《和孫同年下山龍洞禱晴》末云：「農夫免菜色，龍公飽豚豭。看君擁黄紬，高卧放晚衙。」李厚曰：「二語文潞公爲榆次縣令，嘗題詩縣鼓樓云：『置向譙樓一任撾，撾多撾少不知他。如今幸有黄紬被，努出頭來放早衙。』」蓋東坡即用潞公事，豈《情史》有不可用哉？且惟才大則無不可，故事可也，近事可也，史事可也，即稗野亦無不可。而後人亦不能非議之者，惟其穩愜故也。即如坡公改「黃公灘」爲「惶恐」，以對「喜歡」句云：「山憶喜歡勞遠夢，地名惶恐泣孤臣。」其後文山先生更以「惶恐」對「零丁」，遂成典故也。譬諸李臨淮旌旗變色，陶長沙竹頭木屑，皆爲有用之物，所以爲大將也。若偏裨之劣，授以方略，且或覆師，況敢出雷池一步哉？神而明之，存乎其人，有如此者。

隨園老人《詠鏡》頷聯云：「望去空堂疑有路，看來似我更無人。」對句不免太狂。《記》云：「温柔敦厚，詩教也。」陳四字之義，欲以一字加之而無從，則雖不作可也。夫老人固一時才人，而既亦有名當世矣，即不必出此桀驁語。且老人《牘外餘言》不有云乎，「君子爲學如坐轎，然只要別人擡，不要自己擡」，作此語不亦自己擡耶？善乎吾鄉鄧息六先生《題美人照鏡圖》腹聯云：「静對自憐誰與爾，細思相識更何人？」一正一反，面面俱到，然意亦何嘗不自見。惟以綿裏針之法詁題，則既於詩教不背，讀者便覺藹然可親，而與劍拔弩張者不可同年語矣。先生《北風行》七古末云：「吾生所貴還吾真，冷熱豈能易夙志。」其即此意也乎？抄本尚有《撲燈蛾》五律三首，其次首云：「氣焰自然高，怱休笑爾曹。忘身投鼎鑊，著意剥脂膏。切近誰驅迫，分明不遁逃。藹絲究何有，頃刻一鴻毛。」是一是二，不即不離。夫對若輩説法，不得不以利害動之，此一片婆心也。其如習趨利誘，錮蔽既深，雖死而不悟何？予昔曾讀先生《擬平定金川樂府并序》，場屋文字，而冠冕中氣息風味尚有存者。今讀古近諸體，語多規切，知傳作與應試言各有當也。用登數首，想全集中尤當不少傑作。先生文孫杏宴亦能詩，《思家》云：「客路忙行李，鄉心計及瓜。」《簡周宣臣久不歸》中兩聯云：「杜宇已催鄉思動，鷓鴣偏阻客行遲。憐予久滯離家日，爲子重歌將毋詩。」皆可存也。先生明七子原岳先生之後，名培風。乾隆丁酉孝廉，官南靖廣文。杏宴名瓊林。

閨秀王佩環，息六先生之女孫，亡友鄧楚屏之猶女也。七歲隨宦漳南，先生公暇教以誦讀及韵語。稍長遂能詩，與謝冰壺閨秀唱和。《既歸有懷》云：「雙溪隨宦日，屈指十三春。異地同爲客，他鄉久作鄰。看花欣共賞，踏月喜相親。後會知何日，臨風憶故人。」又《秋日寄懷》七絶云：「飛鴻未寄一緘書，滿眼黄花賦索居。爲問君家諸姊妹，近來詩思復何如。」皆清切有味。其《歸舟即景》云：「蘆花如雪趁歸舟，欲近家鄉景倍幽。望斷白雲何處是，一篷霜色故園秋。」通篇妥帖，入手尤雅近渾成。又《秋夜不寐》頷聯云：「風聲下叢竹，露氣入疎櫺。」氣韵不凡，脱盡時俗窠臼。佩環名秋英，號菊如，杏宴女兄也；冰壺，鄉賢退谷先生之女，聞有詩集，倘得借抄，當采入《詩話》云。

甲辰予在吉江署齋，得黄闇園札並詩稿數十首，云從檢書得之。時群雀争枝，飛蟲滿院，方謀移研，未暇及此也。明年家居，采其尤佳者數首。《旅邸除夕》云：「今歲明年一夜過，春風淡沱露華浮。光陰最是無情物，不爲離人更少留。」又：「旅館殘宵思，鄉關永歲心。爐香留榻久，燭影下簾深。節改寒將盡，更長漏欲沉。遥知故園柳，暗裏入春陰。」前作極無理語説來又似有理，謂之辯才；次作他鄉殘臘，得此志和音雅之章，想見雅人深致。其《曉過沙古嶺》云：「漠漠平沙一望通，夕陽斜挂晚峰紅。行人指點前山路，更在前山東復東。」《潭中雜詠》云：「去歲飛花繞徑摧，今年春暖又花開。無情却是東流水，既倒狂瀾更不回。」前有樂府音節，次首以物喻物，包孕無限。

《漁隱叢話》：「唐歐陽詹舉進士，與韓愈、李觀、李繹、崔群、王涯、馮宿、庾承宣聯第，皆天下選，時稱『龍虎榜』。故先達詩曰：『一舉首登龍虎榜，十年身到鳳皇池。』」按「先達」謂泉州劉昌言也，所引二語乃昌言《上呂文穆》詩中聯也。

泉州城，五代時留從效重加版築，傍植刺桐，歲久繁密，其木高大，枝葉蔚茂。初夏時開花鮮紅，葉先萌芽，而花後發，則年穀豐熟。廉訪丁謂至此賦詩云：「聞得鄉人説刺桐，葉先花後始年豐。我今到此憂民切，只愛青葱不愛紅。」以丁謂人品而亦作此語，未免飾己欺人，殊可笑也。

予友鄭心甫孝廉，深於弈者，其《次韵弁瀛觀弈》中幅云：「前賢穎悟驟見曉，一言以蔽曰争先。俗手所見每如我，往往落後圖萬全。所取者小失者大，胸無成算執無權。」末云：「枰中空空本無錯，一著子即迷瘴烟。」云云。凡事皆當作如是觀，不但手談，數語包孕不少。然不曰「我如俗手」，而曰「俗手如我」，所謂語言妙天下矣。按《漁隱叢話》：「夢得《觀碁歌》云：『初疑磊落曙天星，次見搏擊三秋兵。雁行布陣衆未曉，虎穴得子人皆驚。』予嘗愛此數語能摹寫弈碁之趣，至東坡《觀碁》則云：『勝固欣然，敗亦可喜。優哉游哉，聊復爾爾。』知東坡素不解碁也。」按夢得亦僅寫題面耳，坡公所云，則「人心無算處，國手有輸時」之轉語耳。必如李長源「方若行義，圓若用智。動若碁生，静若碁死」之能小中見大也。心甫亦庶幾無粘皮帶骨語。

予與虞進士文光結古學社，虞司課題爲《檳榔賦》，集中固多佳篇，人以俗咏臺江妓有「烏鬟簪茉莉，紅頰醉檳榔」之句，遂謂題太纖小，可不作。按《廣群芳譜》：「檳榔生南海，氣味苦辛，温澀，無毒，消穀逐水，除痰辟、三蟲、伏屍、寸白。」且朱子有《咏檳榔》五絶句，其首兩章云：「暮年藥裹關心切，此外翛然百不貪。薏苡載來純下氣，檳榔收得爲祛痰。」「錦文縷切勸加餐，蜃炭扶留共一盤。食罷有時求不得，英雄邂逅久饑寒。」卒章戲簡，及之主簿云：「高士沉迷簿領書，有時紅糝綴玄鬚。定知不著金盤貯，兒女心情本自無。」云云。夫以能充藥石之良，曾入古賢之咏，則亦可以纖小目之也耶？文光名熿。

昔陳良皋嘗謂予曰：「子讀蘇詩，所作者有神似乎？」曰：「未知也。」良皋曰：「《韓讀鶡冠子題後》篇『天下多賤者，豈皆無用擬？無用乃不用，不用則賤矣。人偶有一壺，失船剛遇是。等閒致千金，遂謂神乎技。嗚乎貪天功，何得自諟侈。韓子識微辭，所以借顛趾。凡言非一端，惟知知其指』一段，與蘇《次韵曹光州》『造物本兒嬉，風噫雷電笑。誰令妄驚怪，失匕號萬竅。人人走江湖，一一操網釣。偶然連六鼇，便爲此手妙』數語，非神似乎？」予聞之恍然。夫得之而不自知，而良皋能知之，乃歎人之聰明相越有如此者。因記洪容齋曰：「張文潛在宛丘，何大奎往謁之，見其吟哦老杜《玉華宫》詩不絶口。大奎請其故，曰：『此章乃風雅鼓吹，未易爲子言。』大奎曰：『先生所賦，何必減此？』曰：『平生極力摹寫，僅有一篇稍似，然未可同日語。』遂誦其《離黄州》詩曰：『扁舟發孤城，揮手謝送者。山回地勢卷，天豁江面寫。中流望赤壁，石脚插水下。昏昏烟霧嶺，歷歷漁樵舍。居夷實三載，鄰里通假借。别之豈無情，老泪爲一灑。篙工起鳴舷，輕櫓健於馬。聊爲過江宿，寂寂樊山夜。』」此其音響節奏，固似之矣。以予詩較之，又爽然若失也。

前既録蘭卿詩，兹復得《榕園集》，爲觀察淮揚時所輯，有唱和集八卷。曰《雙石齋》，道光甲午六月二十一日，揚州榷署祀歐陽文忠公生日也；曰《小紅橋》，乙未上巳修禊也；曰《桃花庵》，清明二日看桃花也；曰《四並堂》，四月二十六日重建堂成，同觀金帶圍芍藥也；曰《嵐漪詩屋》，六月十三日補祀黄文節公生日也；曰《補柳亭》，六月二十一日亭成，再祀歐陽公生日也；曰《四並堂二集》，七月二日同祀韓忠獻公生日也；曰《載酒堂》，八月二十八日堂成，同祀國朝新城王文簡公生日也；又曰《蜀岡》，九日登高也。前後會者不下三十人，多皆一時名宿。所作不名一體，美不勝收。今擇其尤者録之。宋三公祠成，各賦七律三首，蘭卿録一云：「合祀名園舊有祠，薦馨今更仿雍熙。春秋俎豆須佳日，烟雨樓臺入小詩。千里江山皆似畫，三賢風月最相宜。自注：歐陽詩云『誰知風月屬三賢』。嘯軒曾作蘇亭主，剩欲重刊第二碑。」張劍泉銘觀察云：「桐鄉尸祝本高風，此地新成望自崇。賢哲後先留德澤，閭閻終始感忠公。同門氣誼依舂叟，太守文章憶醉翁。遥對晴嵐天際遠，隔江山色有無中。」載酒堂祀王文簡公五律四首，蘭卿録二云：「一代王文簡，詩家倡國初。大名徵降嶽，小字兆充閭。科第曹能始，文章陸敬輿。瓣香争百拜，北斗老尚書。」「少日題詩處，蕪城盡緑楊。星辰中執法，淮海古維揚。剪燭延名士，尋碑到上方。春歸圖乙未，今歲適相當。」佳句如《三公祠》，程定甫廉訪腹聯云：「東風楊柳長湖水，細雨梅花短簿祠。」祀歐陽公生日，王勾生領聯云：「湖山共仰文章壽，香火同深主客緣。」祀文簡生日，王西馭領聯云：「精華一枝筆，標格二公間。」皆可誦也。蘭卿觀察淮揚，輯《江南催耕課稻編》，以教吴人就湖上買田，以湖南北購來之種勸民試栽早稻、再熟稻。又防湖水，繪《斗野亭圖》。秦玉笙孝廉《小紅橋》詩「買田試催耕，課農勸多稼」，丁小研比部《雙石齋》詩「清秋斗野亭，新詞妙黄絹」，指此也。又於露筋祠側建三十六湖樓，於蜀岡建江山文選樓，以選鎮、揚二郡之文。《蜀岡登高唱和集》有「小樓亦自有文選」之句。以歐、蘇二文忠有年譜，而忠獻獨缺，因纂《韓魏公年譜》。其題載酒堂楹帖云：「晝了公事，夜接詩人，得句皆成圖畫；禪智尋碑，紅橋修禊，此才不負江山。」秦敦復太史《小紅橋修禊》詩末聯云：「即以楹帖言，移贈公無愧。」指此也。蘭卿《載酒堂拜漁洋先生像》詩云：「兩淮元氣賴回春，理讞寬商更卹民。留得平山尸祝地，須知名宦即詩人。」蓋自況也。此外蘭卿有《雙石齋》及《四並堂二集》七古兩篇，秦玉笙《桃花庵》七古一篇，音節皆清脆。又玉笙《小紅橋修禊得夜字》五古一篇，皆篇長不能悉載。

屏麓草堂詩話卷七

晉安莫友棠若愚著

道光丁酉，榕垣諸君子採輯十邑之貞孝節烈建坊之主，並纂爲成書，名曰《旌淑初録》，因而肅啓徵詩，俾摛藻揚芳，愈垂永久。予仿韓文公長篇，獨用一韵體，成七言古風一百韵，已刻入《初録》矣。而一時濡毫染翰，名作如林，詳披全録，美不勝收。集隘不能備登，兹約録之。孝廉何肫藹廣熹云：「殉夫亦已難，斯人且盡孝。但願體夫心，不必見夫貌。姑存身與存，掣泪承色笑。姑亡身與亡，形影休相弔。豈無御輪歸，箕箒亦計較。何況未成婚，敢責犬馬效。全憑天性摯，非關名譽釣。君看殉國人，豈必皆廊廟。」此爲鄭鑑堅妻陳氏，鄉賢惕園先生女作也。年十七，未婚夫故，歸鄭欲殉，因姑老，代夫侍奉，歷十七年，姑没遂縊。「貞孝節烈」四字俱全，爲潛德之難而又難者。得肫藹此作，可無憾矣。貢士陳子丹篆咏王陳氏云：「燭天艷焰四鄰徹，夜半呑聲抱姑咽。姑兮老病眠空床，殉姑願作爐中鐵。回禄無情忽有情，譆譆出出反風滅。嗚乎，孝感感皇天，皇天重苦節。」閩縣諸生黄虚舟光宇《烈婦》云：「好生惡死，人心同然。當生生貴，當死死賢。同生同死，不後不先。是爲烈婦，世多稱焉。」侯官舉人陳□□鵬元《建坊》云：「孤孀門第待旌揚，天語褒題姓字彰。從此青燈黄土畔，不傷匿影與埋香。」「青黄影香」四字，《潛德幽光録》中語也。連江林均允已故，《節孝》云：「追溯男兒節尚難，忍淪閨閣此心丹。旌閭疏軼前王吉，封墓營争古比干。青簡共分顔色照，白楊猶映雪霜寒。輕塵弱草誰無死，班管千秋泪不乾。」孝廉林□□邦鎮《咏妻妾同節》云：「大絃淒絶小絃哀，黄鵠同歌泪滿顋。望斷藁砧甘獨處，恩懷江汜願相陪。貞松枝許藤蘿施，弱柳根依竹柏栽。名位雖殊清操合，春花秋月兩心灰。」進士翁次竹祖烈《王爾光室李氏》云：「姑饑兒寒眠不得，夜半機聲入淒惻。柴門紙薄風叫號，狂鬼亂呼燈暗黑。西舍東鄰睡熟聲，依定寒機鮮人色。怕兒嚇醒姑夢驚，强抱孤衾伴床側。眼花歷亂神光迸，金甲銀鞭嚴妝飾。一聲霹靂群鬼奔，孝婦家門神所植。孤寒鄰里勿侵陵，正氣乾坤且充塞。越王山下少人行，即今椽瓦猶堪識。一百餘年遺蹟存，鄭重後人勤修葺。」孝廉何道甫則賢《董觀成室林氏》云：「夫也不禄，命集於枯。家無儋石，堂有老姑。匪特老姑，鞠九曰孤。十指所獲，養姑哺雛。」長樂上舍林竹邨賢《陳志學室李氏》云：「旅館聞亡泪不乾，傷心形影弔孤單。皮金剪盡成香字，留與黄泉仔細看。」陳竹士淇《吴德振室張氏》云：「于歸晚賦，七月喪夫。毁巢破卵，又喪孤雛。再嗣再續，何有何無。義方訓子，孝養翁姑。火不能爇，獨力持扶。五十年中，以勤以劬。天憐其節，食報桑榆。蘭芽秀茁，寶樹雙株。同享高壽，媳與姑俱。甘節則吉，其在斯乎。」閩縣孝廉林書甫丞英《鄭其元室董氏》云：「帶草堂高漢代風，裙釵冰雪操堪同。結窩海有調雛燕，勤織庭無嬾婦蟲。半菽甘餘心匪石，九泉别後髪成蓬。即今花甲將週日，誓語頻經指碧穹。」林慶安《林廷機室陳氏》云：「笄歲適林，婦盡婦職。越三年餘，所天永訣。死爲完人，生無失節。生死關頭，寸心了徹。」侯官孝廉葉述堂紹書《副貢生曹振綱繼妻謝氏》云：「身未亡，心已死。閾之外，足不履。閤門獨處矢堅貞，奚知人世悲與喜。惟槁木寒泉差足擬。」又爲《舉人劉森榮室吴氏》云：「盼斷泥金望已虚，忽驚旅櫬到蓬廬。有才空負生前譽，無子誰收死後書。異地離魂招不返，泉臺夜穴誓同居。漫云瀕海多椎魯，節烈於今表里閭。」

閨秀陳氏，廩生廖英之妻。父與徵士官石谿崇、鄉賢謝退谷金鑾、陳惕園庚煥爲友，氏習庭訓，長歸英。英有詩名，自爲師友。英故，遺孤二，相繼歿。氏每於忌日祭畢投環者五，皆被救。飲蘭花根亦不死。壬辰秋，鄰不戒火，氏卒無恙。所著詩有「始終守義閨房裏，感動陰陽神鬼知」之句。

《鶴林玉露》：「孫何帥錢塘，柳耆卿作《望海潮》詞贈之。此詞流播，金主亮欣然有慕於『三秋桂子，十里荷花』，遂起投鞭渡江之志。近時謝處厚詩云：『誰把杭州曲子謳，荷花十里桂三秋。那知卉木無情物，牽動長江萬里愁。』予謂此詞雖牽動長江之愁，然爲逆亮送死之媒，未足恨也。惟妝點湖山之清麗，使士大夫流連於歌舞之樂，遂忘中原，是則深可恨耳。因和其詩云：『殺胡快劍是清謳，牛渚依然一片秋。却恨荷花留玉輦，竟忘烟柳汴宮愁。』」云。按宋仁宗在位四十一年，柳永及第在景祐元年，爲仁宗之十二年，次英宗四年，次神宗十八年，次哲宗十五年；至徽宗五年，金人始見綱。徽宗二十五年，欽宗二年至高宗三十年，金亮對虞允文有「洛陽看花」之語。三十一年三月徐慶還自金，乃知金隱畫工於奉使中，寫臨安湖山以歸，爲圖己像，策馬於吴山絶頂，題詩其上，有「立馬吴山第一峰」之句。至十月，即爲其衆所殺。是此詞已隔百餘年矣。使宋不南渡，彼安能投鞭渡江哉？惟當填詞時，錢塘海隅一都會耳，乃鋪揚盛美，「東南形勝」、「天塹無涯」等句，儼有班賦東都氣象，遂爲中興行在之兆。噫，異矣！

閩縣諸生歐博峰，四十年前古學同社也，卒後，其家消息無聞。丁酉秋，予往哭良臯，晤其子夢蕉於喪次，蓋良臯戚也。因言其父詩稿，欲予點定。數日送手録者一卷，閱之僅寥寥數十篇。博峰生平所作，當不止此，殆卒後散失，此其散失之未盡者歟？兹録其《題單柳橋明府詩後》云：「守素存吾道，閒身託苦吟。一篇才子筆，萬里逐臣心。名豈辭官著，情還報國深。達觀參化理，不必計升沉。」句如《送梁山長》之「驛路梅花燕市雪，津門柳色鳳城春」，《送李蘭卿入覲》之「三殿班行誇玉笋，一時才調艷青蓮」，《贈單柳橋》之「浮名未必長無累，廉吏由來不易爲」，《賣花聲》之「香閣喚回殘夜夢，玉樓呼出曉妝人」，皆可存。博峰名鵬元。

閨秀陳若蘭，歐博峰室也，與博峰唱和久，大有天壤王郎之意。如《咏月棹》云：「非關待月啓華筵，取象符名巧製傳。爲厭四隅太圭角，却教一座合團圓。下階有女當空拜，擁几何人抱影眠。好對月窗供賞玩，冰輪不夜總常懸。」頷聯殊有意致。《木蘭》云：「戎妝素質倍鮮妍，紫塞星霜十二年。誰意沙場問忠孝，男兒竟讓女郎先。」《哭全兒》云：「窗隙穿風夜色淒，殘燈明滅映帷低。朦朧枕畔聞雞唱，猶道兒饑索乳啼。」《哭妹》云：「由來令德命多乖，此日傷心美玉埋。爲底玉樓亦才少，修文竟召到裙釵。」《不寐》云：「心逐天涯夢不成，擁衾危坐對孤檠。都緣愁極眠難穩，却怪殘更響太明。」俱見靈心慧舌。出自閨秀，尤爲難得。夢蕉詩亦有可録者，《游青樆山》云：「數里松杉石徑長，乳鴉聲裏半斜陽。岸花似解迎人意，未到山前已送香。」《水晶宫》云：「樂遊舊事付斜陽，湖水空流入恨長。春燕覆巢金鳳死，更無鸚鵡語興亡。」《辛卯除夕》云：「梅花影裏可憐生，兀坐蕭齋對短檠。爆竹似憐人寂寞，夜深猶和煮茶聲。」

咏物詩難，咏花草樹木尤難；咏罕有故實之花草樹木而又能寄託抱負者，爲難之尤難。林澹圖誦鄭松谷太守母何太恭人《咏玉簪花》五截云：「本是姮娥物，娟娟不染塵。天風廣寒急，吹墜此花身。」既神韻獨絶，又身分極高，此閨秀中之大家也。鄭荔鄉先生母黄太恭人著有《蕭然齋集》，可與並傳矣。聞太恭人亦有專集，當求之詳讀再登。太恭人字梅鄰，名玉瑛。

《留青日札》：「盧延讓《苦吟》詩云：『莫話詩中事，詩中難更無。吟安一個字，撚斷數莖鬚。險覓天應悶，狂搜海亦枯。不同文賦易，爲著者之乎。』夫之、乎、也、矣、兮、哉，在古俱不爲韻，如『左右流之』、『寤寐求之』、『俟我于著乎』，而『河水清且漣猗』、『何其處也』、『必有以也』、『顔之厚矣』、『出自口矣』、『其實七兮』、『迨其吉兮』、『反是不思，亦已焉哉』、『是究是圖，亶其然乎』，諺云『之乎也者矣焉哉，用得成章好秀才』，後之文人往往用之叶韻矣。」云云。按：虚字不爲韻，最古者則無過於虞廷「喜起」之歌及《卿雲》、《南風》兩歌。至春秋之時，則《柳下惠誄》是也。至於用以爲韵，則《柏梁臺詩》之「和撫四夷不易哉」、「刀筆之吏臣執之」、「郡國吏功差次之」、「乘輿御物主治之」、「迫窘詰屈幾窮哉」等句，在漢即已然矣。又按顧炎武《日知録》：「《柏梁詩》本出《三秦記》，云元封三年作，史多不符。梁孝王薨於孝景之世，光禄勳、大鴻臚、大司農、執金吾、京兆尹、左馮翊、右扶風，不應預書於元封之時。又太初元年冬，柏梁臺災，夏五月定官名，則是柏梁災後始改官名也。反覆考證，無一合者，其爲後人擬作無疑。」附録之。

《梅磵詩話》：「泉南林洪字龍發，號可山。肄業杭泮，粗有詩名。理宗朝上書言事，自稱和靖七世孫，冒杭貫取鄉薦。刊中興以來諸公詩，號《大雅復古集》，亦以己作附於後。有無名子作詩嘲之曰：『和靖當年不娶妻，只留一鶴一童兒。可山認作孤山種，正是瓜皮搭李皮。』蓋俗語以强認親族者爲『瓜皮搭李樹』云。」又《隨隱漫録》：「林可山稱和靖七世孫，不知和靖不娶，已見梅聖俞序中矣。姜石帚嘲之曰：『和靖當年不娶妻，因何七世有孫兒。若非鶴種並梅種，定是瓜皮搭李皮。』石帚之詩特甚於郭崇韜、李繼之搗戒之云。」又《輟耕録》：「至元間，宋文丞相有子出爲郡教授，行數驛而卒，人皆作詩悼之。有翁某者一聯云：『地下修文同父子，人間讀史各君臣。』遂爲絶唱。」按史載先生子俱亡，遺命以弟璧之子叔子爲後，又弟璧仕元，「南枝向暖北枝寒」之所以吟也，則叔子仕元乃承生父之命，非先生意料之所及矣。至林洪或是和靖嗣孫，亦未算是瓜皮搭李皮，且一詩一云「無名子」，一云姜石帚，中兩句又多不相同，則出於傳聞附會好事爲之可知。如前所論，殊非詩人忠厚之旨，因備録，以俟大雅君子正之焉。

東鄉吴蘭雪嵩梁先生嘗以八音論詩，謂金石絲竹者多，匏土革木者少，蓋清雄易妙，而沉樸難工也。此論誠佳。按夾漈鄭氏曰：「今之樂有《伊州》、《梁州》、《甘州》、《渭州》之類，皆西地也；即隋煬帝所定九部夷樂，西涼、龜兹、天竺、康居之類，皆西夷也。《詩》之《雅》、《頌》亦自西州始。凡清歌妙舞，未有不從西出者。八音以金爲主，五方之樂，惟西是承。雖曰人爲，亦莫非禀五行之精氣而然云。」竊謂今以八音論之，上四音天籟也，天自清；下四音地籟也，地固濁。然匏無聲也，而笙以簧暖之則有聲。土無聲也，嘗見小兒所吹泥禽，必小其竅而曲之則有聲。木無聲也，然新造户樞當啓閉，聲比雄鵝之鳴，惟其緊也。至於革，必雄張密釘，輕敲之則遠聞矣。到窗寒鼓，惟濕則無聲也。蓋人力所以濟天事之窮有如此。惟詩亦然，沉不妨須與之以鬱，樸不妨須濟之以雅。「誓掃匈奴不顧身，五千貂錦喪胡塵」，沉矣；乃繼以「可憐無定河邊骨，猶是深閨夢裏人」，則鬱而工矣。「李白乘舟將欲行，忽聞岸上踏歌聲」，樸矣；乃繼以「桃花潭水深千尺，不及汪倫送我情」，則雅而工矣。若不善作者，從兩上句接下直寫，則不可嚮邇矣。其他可以類推。

竹佃老人《説鬼》詩引昔東坡「無事强人説鬼子，孤燈不寐無人晤」語，遂自説之，油盡乃止。其詞云：「丁戊山前夜氣深，我行井上雞再鳴。中天無雲月洗出，有鬼悄立疑娉婷。廬山面目覺髣髴，洛浦衫袖仍分明。里門早閉誰爲伴，風露曉寒毋乃侵。不言不語音寂静，如怨如慕態淒清。豈其夜臺有佳句，五更詩思驚夢醒。我方前揖通問訊，冉冉一去無留停。旁皇四望月亦黑，天宇落落三兩星。相逢邂逅何趨避，亦學人間人寡情。」「潭陽故友談河神，袍靴偉麗雄冠纓。頭如車輪目如電，溪坪屹立女牆平。見者姓名猶鑿鑿，《齊諧》志怪寧不經。梅崖爲我述夏津，征車夜半中路停。遠山欻然炬火明，緑衣紅裳紛峥嶸。長身彝丈面丹青，步武軒翔倏晦冥。世間氣焰生精靈，迂儒虚願相憑陵。高步雲漢升天庭，張大寒酸或現形。先生慧眼看焦螟，莫憑傳記詩楓人。」「建溪篙工甲天下，自負穿針與走馬。有時遇險死灘頭，魂魄慣向溪頭坐。舟行日暮泊灘邊，插高繫纜牢牽纏。夜深解纜忽開駕，踰險越隘無迍邅。柁師穩卧喘息定，宛在中流鬼放船。鬼工技癢展身手，縱之游戲仍歸還。偶然驚怪相耳語，鬼走舵横船蟻旋。乃知微長思自見，馮婦豈必皆生前。」「嵩山樓上閉門居，樓下枯井數丈餘。聞有女郎赴水没，銀床日暮相嬉娱。我時擇交缺死友，且夕禱祀逢彼姝。黄昏日落愁陰靄，鬼氣淒冷侵坐隅。翩何姗姗不一見，人未我薄鬼我疎。山陰興盡空歸去，有友挑燈夜静虚。書聲未停鬼聲雜，苦雨淒風聞叫呼。侵晨爲我訴光景，時文斷爛來揶揄。今宵我到鬼再至，看此少年讀甚書。」「幼聞里中一健兒，要誇身手淩當時。華林寺前鬭猛鬼，中夜未覩誰雄雌。威靈大殿訂再舉，乘醉竟往甯愆期。人鬼相遇互相角，陰窮陽極堅撑持。撑持須臾鬼乃遁，茫茫四壁張罘罳。膽粗氣壯思攫食，舉趾項踵無完肌。廟中老人驚起看，當頭捧喝醒沉迷。我從故人問拳勇，少林家法矜神奇。承蜩貫蝨木雞養，但恐常爲鬼所欺。」

《西清詩話》：「高英秀者，吴越國人，與贊甯爲詩友。口給滑稽，常譏人詩病。云李山甫《漢史》云『王莽弄來會半破，曹公將去便平沉』，定是破船詩；李群玉《鷓鴣》云『方穿詰曲崎嶇路，又聽鉤輈格磔聲』，定是梵語詩；羅隱云『雲中雞犬劉安過，月裏笙歌煬帝歸』，定是見鬼詩；杜荀鶴云『今日偶題題似著，不知題後更誰題』，此衛子詩也，不然安有四蹄？贊甯笑謝而已。」按李群玉句古所稱雙聲，如《風》之「蝃蝀在東」，《雅》之「鴛鴦在梁」，即少陵亦有「卑枝低結子，接葉暗巢鶯」之句，特李又疊用之，齶音太多，讀之便不能圓轉悠揚耳。若羅句則欲渾反晦，如霧裏看花，望之總不分明，殊可厭也。杜荀鶴人品本下，詩亦少味，此尤其無味者也。因四「題」字，譏爲衛子，亦以其人而謔之也。至李山甫句粗俚惡劣，尋常咏物且不入格，況漢史乎！其致譏宜矣。蓋詩境雖寬，總不脱風雅二字，如此等句即移爲破船詩，豈得謂之合作乎？

丙戌歲，同人偶集詩社，邀予與陳良臯爲客。有少年貌雖癯，而眉宇隱秀；氣雖盛，而舉止不群。刻香賦牡丹禁體，諷予「凡卉一枝傾國少，揚州三月破家多」之句，忽抗聲曰：「竟有此作！」詢爲予，始各問訊，知其林姓，名夢蛟，字石甫，閩邑茂才，前儀部紫章先生少子也。石甫產京畿，有北方亢直之氣，聰慧過人。十餘歲隨叔祖父蓼懷先生官署，根柢文章，得之家學；雜服博依，得之賓僚。故自文章詩賦，以及騎射音律，無不精嫺。顧志願太高，凡顯宦巨紳，雖與先生有年誼故舊者，亦概不晉接。又多否少可，不能和光同塵，故常留落不偶。而愛之者愈不敵憎之者矣。爲詩脱口如生，多得唐宋大家筆意。與予《夜話》云：「我愛莫君子，悠然意自深。艱難持古道，風雨老孤襟。小子久無狀，相逢共苦心。文章有真契，一抱爲欽欽。隨手黄金盡，高吟但閉門。知交都有限，貧賤欲無言。此老負奇氣，何人合感恩。不堪傾熱泪，相對話燈昏。」别六年復遇，又見貽云：「故人愁裏遇，爲慰綈袍寒。所苦非貧賤，傷心無旨甘。千金談客易，一飯受恩難。誰似今朝意，依依成古歡。依人原最苦，況復苦無依。勞我生何益，如君古亦稀。百年知己感，落日壯心非。安得避人去，深山歌《采薇》。」石甫與魏又瓶爲惟私，前聞爲荆州某都統招幕中，今又瓶亦挈眷之官，消息遂沉沉矣。讀少陵「不見李生久」之作，爲之惘然。

陸放翁《感懷》詩有云：「諸賢渡江初，總角幸有聞。才非楚倚相，亦能讀典墳。夫豈或使之，後死與斯文。世儒鑿户牖，道術將瓜分。孤中守一説，百氏殆可焚。」考放翁文集《答劉主簿書》：「前輩之學，積小以成大，以所有易所無，以能問於不能，故其久也。汪洋浩博，該極百家，而不可涯涘。諸名勝渡江，去前輩尚未甚遠，故此風猶不墜。三二十年來，士自爲畦畛甚狹，己所未知者，輒詘薄之以爲不足學。詆窮經者則曰傳注已盡矣，詆博學者則曰不知無害爲君子。嗚乎，陋哉。」云云。按此即前詩之注脚也，而既括於詩，復詳於書，敦敦款款，惟恐末流之失學。此朱子《與徐賡載書》所以稱其有詩人風致也歟？

閩中前輩以畫名家者，省垣有藍公漪、宗鉉、林元霈。瓶庵先生謂，藍有名康熙間，毛西河檢討贈詩云：「醉來倚壁且塗墨，興發對人長賦詩。一花兩葉倍精爽，千言萬語皆離披。」高芝田先生《題宗嘯雲老人畫竹》云：「葉葉琅玕碧漲天，小堂和雨又和烟。披圖重我山陽感，不見先生二十年。」此外汀州上官周以山水名，黄慎以淺絳名，李燦以小演名，各極一時之盛。慎自號瘿瓢子，尤以詩字爲海内欽重。其《自題采梅圖小照》云：「一笻一笠一瘿瓢，楚雨峰頭把鶴招。漫道歸來無故物，梅花清福也難消。」字入素師之室。此皆十餘齡時所見者。

閩俗端午日，以小春帖子書端陽故實成對貼門首，名「午時書」，比户皆然，而佳者亦罕。惟宫詹梁九山先生未第時一聯云：「龍首奪標，此日文明天下；江心鑄鏡，他年霖雨蒼生。」意象高華，詞旨典切，足徵他日之瑞。按唐殷堯藩，元和進士，午日句云：「不效艾符趨習俗，但將蒲酒話昇平。」又宋章郇公云：「菖花泛酒堯樽緑，菰葉縈絲楚糉香。」王沂公《皇后閣子帖》云：「争傳九子糉，皇祚續千春。」章簡公云：「九子粘筩五糉馥，五絲縈臂寶符光。」又《皇帝閣帖》云：「清曉會披香，朱絲續命長。

一絲增一歲，萬縷獻君王。」又云：「繭館初成長命縷，珠囊仍帶辟兵繒。」又云：「赤符神印穿蠶縷，團扇鮫綃畫鳳文。」又王沂公《夫人閣帖子》：「欲謝君恩却無語，心前笑指赤靈符。」章簡公云：「自有百神長侍衛，不應須佩赤靈符。」歐陽公云：「五兵消以德，何用赤靈符。」又沂公《帖子》云：「仙艾垂門緑，靈絲繞户長。」又云：「百靈扶繡户，不假艾爲人。」簡公云：「艾葉成人後，梅花結子初。」又沂公《帖子》云：「釵頭艾虎辟群邪，曉駕祥雲護寶車。」簡公云：「花陰轉午清風送，玉燕釵頭艾虎輕。」又歐公云：「共鬬今朝勝，盈襜百草香。」簡公云：「五蓂開瑞筴，百草鬬香茗。」又云：「五日看花憐並葉，今朝鬬草得宜男。」又王禹玉作《夫人閣帖》云：「金縷黄龍扇，蘭芽翠釜湯。」章簡公《帖子》：「菖酒朝觴滿，蘭湯曉浴温。」則午時書之風亦已古矣。特古有散行者，今必以偶對耳。

袁簡齋太史《送程魚門還朝》四首結云：「妻子不知緣底事，争看臉畔泪星星。」按《五代詩話》：「史部尚書張昭《書竇鞏集》云：『往歲記時梁苑夜，今宵題處洛陽秋。浮生暫電人何在，懷舊傷心泪迸流。三徑竹風鄰笛怨，一庭霜月井梧愁。妻兒未會予惆悵，只怪燈前不舉頭。』」一爲生離，一爲死别，篇末皆從題外出力，寫足題意。而袁殆藍本於張者。然讀少陵「高咏《寶劍篇》，神交付冥漠」之句，又爽然若失矣。

蔭生孫生承惠，字懷德，一字實甫，又字綏堂，故海壇鎮軍劍凌孫公大剛嫡孫也。籍寧波，僑寓於壇。歲己丑延予授讀，壬辰將入都，始撤館。性穎慧，學文四閲月，即滿篇詩才，口角雋永。嘗渡海東庠山五瑞蓁登高題詩，起句云：「横笛樓頭待晚潮。」語便清超。作《述祖德》詩云：「戰艦爲家二十年，鯨鯢未戮未安眠。寵承北闕恩波重，職任南邦敵愾專。勞苦功高群醜靖，馳驅志遂大名全。兒孫叨蔭無爲報，惟有勤書念奉先。」其姊翁邵郎中桓於壽其尊人序，中謂祇起句「戰艦爲家二十年」七字，其祖父蓋代忠勳、一生勞績已包括無遺，非虛語也。其餘多有可觀，他日當囑抄，以便采輯增入。

劉夢得《失婢》詩：「宅院小牆卑，坊門貼榜遲。舊恩慚自薄，前事悔難追。不逐張公子，定隨劉武威。新知正相樂，從此卸青衣。」篇中祇咎己，無尤人，並不責其辜恩，且有幸其得偶。此見古人忠厚處。然細思，此種題只宜退一步用意纔能風雅，若作潑婦罵街語，則不可嚮邇矣。此可見立言得體處。

黄生名鶴齡，字浣雲，籍粤東，尊人某公爲閩參軍，遂僑寓焉。嘉慶壬戌，予下榻沈蔭士書齋，浣雲其襟子也，因附學。聰慧而醇謹，勤學而好問。功課畢，嘗以《康熙字典》請講解，如是者五六年。及冠，以母老家貧，去習度支，今則擁巨席，爲上官賓客且有年矣。嘗集同人和陳勾山先生《消寒八詠》，《遷客》云：「顧影休愁萬里身，鑾花墜落亦前因。蠶叢百轉途雖險，象闕孤懸夢似真。廊廟人材多後起，關山風雨向誰親。夜郎去後環仍賜，聖主還容折檻臣。」《貧女》頷聯云：「徵歌金屋生無分，賣繡蓬門苦獨知。」《病僧》頷聯云：「一榻茶烟消倦晝，諸天花雨閉殘春。」《老僕》結云：「手抱阿侯如許大，好從杯酒絜寒暄。」皆可存。甲午聞予葬親，分袂三十餘年矣，乃甚得其力。予因贈詩，中有「古人祭其先，必求仁人粟。得此葬吾親，於禮亦不辱」之句，浣雲乃和予云：「紺宇敂清鐘，青燈照佛屋。斷齏畫粥處，猶夢舊書塾。憶昔束髮初，授經警晨旭。孀煢依孤雛，千鈞一縷續。勉我象勺年，休羨金紫服。當思造詣純，莫憚規程肅。循循夫子誨，檮昧似可勗。日異而月新，吴蒙待刮目。始知教所同，益乃我所獨。果從洙泗遊，此身罔不淑。無何饑來驅，駒光去閃倏。瞬息二十年，勞燕東西逐。病兼原憲貧，窮效阮籍哭。四壁縱尚存，一甑常不足。敝車疲津梁，故隴棄耕牧。翻作嫁人衣，恒竊侯門禄。茫茫塵海中，藐躬何所屬。有如五石瓠，濩落空剖腹。吁嗟來日難，蓍蔡未可卜。素絲化爲緇，一染豈能復。吾師恬淡懷，信天慎飲啄。久息漢陰機，詎爭秦原鹿。抱道樂衡門，初心守曩夙。著作既等身，烏兔任遲速。志雖向廟廊，跡已寄巖谷。春花點硯池，秋夕灺窗燭。窮年鉛槧間，至味甘於肉。況轢謝凌顔，詩稿堆笥束。授《玄》媿侯芭，輟學實赧恧。未探虎穴深，早受蠆尾毒。追思立雪時，提命承啓沃。簸揚出糠秕，精鑿異脱粟。迺從風木悲，屢困泥塗辱。落影在江湖，無名到輦轂。稊稗非不榮，别種害嘉穀。鳳鸞非不珍，失食類野鶩。行年既逾壯，抗志少諧俗。高山時景行，遐想企芳躅。拉襍匪成吟，牢愁盈百斛。遑技於般倕，真覺駭聽矚。」

屏麓草堂詩話卷八

晉安莫友棠若愚著

蘇文忠和王晉卿詩引：「元豐二年予得罪，貶黄州，而駙馬都尉王詵亦坐累遠謫，不相問者七年。予既召用，而詵亦還朝，相見殿門外，感歎之餘，作詩相屬。詞雖不甚工，然託物悲慨，阨窮而不怨，泰而不驕。憐其貴公子有志如此，故和其韵，欲使詵姓名附見予詩集中，然亦不以示詵也。詵字晉卿，功臣全斌之後云。」又「慶源宣義王丈以累舉得官，爲洪雅主簿、雅州户掾，遇吏民如家人，人安樂之。既謝事，居眉之青神瑞草橋，放懷自得。有書來求紅帶，既以遺之，且作詩爲戲，請黄魯直、秦少游各爲賦一首，爲老人光華」云。夫以循吏之賢，得公詩始能光華；以駙馬之貴，得公詩始能附見。且自言之如此，則晉卿、宣義得有名於後世者，公使之也。而吾輩雖不及公之才望，當有投贈，亦豈可漫然不經意，令其人其事因吾詩之劣而不傳耶？因録之以自勗，並以公諸同吾詩者。

常見有書條幅者，以「時平生戰地，農惰入春田」詠春草爲蔡襃句。按《劉後村集》蔡襄《詠草》詩云：「時平生戰地，農惰入春田。」王禹玉謂其言關教化，非「野火燒不盡，春風吹又生」之比；且謂襄孫栩亦工詩，如「竹静深留月，花多不辨香」、「曙分林影外，春盡雨聲中」，皆風人所膾炙，則斷爲忠惠無疑矣。而誤作「襃」者何也？考《倦游雜録》：「陳少常亞以滑稽著稱，蔡君謨嘗以其名戲之曰：『陳亞有心終是惡。』陳復之曰：『蔡襄無口便成衰。』時以爲名對云。」不知何人以戲爲真，致成千載之訛，且辨是「衰」非「襄」，殊可哂也。

福清稱婢僕曰「客作」，初不知其説，後閲《能改齋漫録》，江西俚俗有曰「客作兒」。按陳從易《寄荔支與盛參政》詩云：「櫻桃真小子，龍眼是凡姿。橄欖爲下輩，枇杷客作兒。」盛問其説，曰：「櫻桃味酸，小子也；龍眼無文采，凡姿也。橄欖初澀後甘，下輩也；枇杷核大肉少，客作兒也。」凡言「客作兒」者，傭夫也，此稱婢僕爲「客作兒」之所本歟？

友人陳良臯因目眚爲《青眼圖》，顔曰：「勿藥有喜眚愈。」又爲《垂簾塞兑圖》，皆施怡巖筆也。良臯不自題，索題於予，予視怡巖所題有合予心，因不題，爲録怡巖所題云：「良臯年少時，兩眼如點漆。察物鑑懸空，看書月到隙。直欲見隔垣，何曾迷五色。目眚究所來，其理殊莫測。得非憂患感，毋乃陰陽賊。赤城霞先標，峴首泪同溢。浮雲倏去來，微霰漸堆積。遂令巖下電，有似蝦蟆食。詎知剥能復，不藉王生力。金鎞未曾試，空青何處覓。霧中花自消，鏡裏蛇頓失。已辭童子扶，更把拄杖釋。幸無問途誚，得免文昌疾。而今學閉目，如蛤護厥汁。垂簾思塞兑，知白更守黑。不覘棘刺猴，肯注車輪蝨。韜穎錐處囊，斂鋩劍藏室。庖丁無全牛，英藺有完璧。一朝遇文戰，瞋目忽大叱。飛騰其猶龍，風雷驚破壁。」

蘇文忠《和子由將赴南都》詩云：「別期漸近不堪聞，風雨瀟瀟已斷魂。猶勝相逢不相識，形容變盡語音存。」《冷齋夜話》引之，謂用事琢句，妙在言其用而不言其名。此詩云云，是用事而不言其名也。亦未明出處。按：此自係用《史記》刺客豫讓事。又《姪安節遠來夜坐》次首起句云：「心衰面故瘦峥嶸，相見惟應識舊聲。」亦用此意。然唐賀監「鄉音無改鬢毛摧，兒童相見不相識」，用事在前，蘇特顛倒出之耳。

聯句起自《柏梁臺詩》，唐皮日休《雜體詩序》：「漢武帝元封三年作柏梁臺，詔群臣二千石有能爲七言詩者乃得上坐。帝曰：『日月星辰和四時。』梁王曰：『驂駕駟馬從梁來。』群臣繼之成篇，由是聯句興焉。」至唐韓文公與孟郊《城南聯句》，郊云：「竹影金瑣碎。」公云：「泉音玉淙琤。」共三百六句。又《鬬雞聯句》，公云：「大雞昂然來，小雞竦而待。」郊云：「崢嶸顛盛氣，洗刷凝鮮彩。」共五十句。又公有《石鼎聯句》，序爲衡山軒轅彌明、進士劉師服及校書郎侯喜作也。「巧匠斲山骨，刳中事煎烹。」師服。「直柄未當權，塞口且吞聲。」喜。「龍頭縮菌蠢，豕腹漲彭亨。」彌明。共六十六句，皆古人傑作也。昨見林梅心萬選稿中有《丁巳八月十四夜同王梅林燮陳阜林祚康玩月聯句》七律一首，雖不及古人奥妙，尚能一氣貫注，工力適敵，語亦顧盼自雄。録之：「一片冰輪海上生，如珪如鏡湧盈盈。樓臺近水光先得，燮。星宿周天不敢明。祚康。萬里山河涵霽色，萬選。千家絃管起謳聲。燮。團圓如到明宵候，祚康。慰盡人間盼望情。萬選。」梅林《夏日西湖遇雨》云：「烟暝樓臺夕照東，荷花夾路晚涼中。寒林猶滴霑衣雨，隔竹頻吹醒酒風。話到山僧期後約，催歸朋輩别禪宮。城西更愛回眸望，淡墨湖山暮霧濛。」《戊子秋調署開南留别平甸》云：「捧檄能無負此官，臨民何術使民安。操刀敢説全牛少，司牧先驅害馬難。宦海波濤心自坦，夷方風俗政宜寬。迂疎莫謂儒生拙，撫字陽城力已殫。」梅林戊寅孝廉，侯官人，官滇南。開南，滇南屬邑。

林梅心偕弟菊潭讀書，嘗著《史鑑補遺》。菊潭貌古，何岐海之從妹壻也。梅心《祀竈》長句之外，《人日》云：「柴扉輕啓日遲遲，綵燕粘雞鬬酒時。憶昔堯蓂開七葉，沿今晉縷剪千枝。老妻厨下調寒菜，少女筵前進粉餈。劫末天心已來復，夜闌莫悵半輪移。」《詰相者》云：「不識靈臺否與臧，祇從皮相恐難量。重瞳項籍偏如舜，九尺曹交亦類湯。富貴始知殊骨格，英雄未遇總尋常。塵埃爾慎雌黄口，還帶香山事莫忘。」《夜雨念親墓》云：「風雨連宵冷影堂，怎教黄土不荒涼。縣棺還葬難爲悅，墨經從戎愧有喪。自注：喪未三月，即出就館。一枕忽生崩墓感，九原虚切倚閭望。子心未得聞雷似，夜起披衣泪眼汪。」宿泉州綵巷，晤予有贈云：「斯世論才品，如君有幾人。浮沉嗟老大，衣食困風塵。再復工羞賤，重逢友似新。夜闌頻剪燭，相對共傷神。」句之佳者，如《送丁琢豪歸里》之「濃花橋柳休縈夢，好水名山合作詩。」《送陳阜林北上》云：「義重翻嫌文字淺，情深偏覺語言無。」皆有一往情深之致。菊潭《夏日雨後》云：「窗紙蕭蕭一霎平，新涼天氣又初晴。山齋雨過無人至，閒聽圓荷瀉水聲。」《抵安慶》云：「滕王閣下買輕橈，挂席淩風頃刻遥。初日曉霜人悄悄，青山紅樹影蕭蕭。三江浩渺舒雙眼，一枕松惺夢六朝。且向江南佳麗地，頻沽春酒度寒宵。」菊潭名萬忠。

南昌彭文楣先生《經餘堂稿》，乃爲講官時所進呈者。其《恭和御製書志一首戲用重字體元韵》云：「壽必得其壽，予攸好德予。傳心心亹亹，大道道徐徐。雨雨暘暘若，僥僥僢僢如。長言言忘什，神化化工初。」自注：「古詩第二首連用六重字，說者謂出《衛風·河水》之章，然非全篇。杜少陵《前出塞》祇半章，韓昌黎《南山》詩亦長篇中一段耳。惟《爾雅》釋訓專用重字成篇，而非詩體。御製全用重字，實爲詩中創格。臣惟謭陋，勉强恭和云。」

唐高達夫有《人日寄杜二拾遺》詩，起句云：「人日題詩寄草堂。」中云：「今年人日空相憶，明年人日知何處。」而少陵亦有《追酬故高蜀州人日見寄》詩，起句云：「自蒙蜀州人日作。」韓文公有《人日城南登高》詩。又蘇文忠有《惠州新年》五首，其第一首起句云：「曉雨暗人日。」又《庚辰歲人日作》云：「天涯已慣逢人日。」按《荆楚歲時記》，正月七日爲人日，第不知所自始。後閲東方曼倩《占書》，歲後八日，一日爲雞，二日爲狗，三日爲豕，四日爲羊，五日爲牛，六日爲馬，七日爲人，八日爲穀。此人日之所由來也。而俗傳一雞、二犬、三猪、四羊、五牛、六馬、七人、八穀之語，亦不爲無稽矣。又長州顧俠君嗣立《韓詩注》引董勉問禮俗，與《占書》同。

《劍南集・劍門城北慨然有賦》云：「自惜英雄有屈信，危機變化亦逡巡。陰平窮寇非難禦，如此江山坐付人。」隨園《李後主》詩「如此長江被量去，當年還唱念家山」，由此脱化。《游修覺寺》云：「山從飛鳥行邊出，天向平蕪盡處低。」陳秋坪司馬《裏塘漫興》「江從青海流來急，人向白雲多處行」，由之脱化。而能各臻佳境，所以爲名手也。

隨園老人恃其才大，詩筆明有犄處，然終是一時才子。予最愛其《贈沈南蘋畫師》「畫到中華以外天」一語，畫筆之大，在是詩筆之大，亦在是通首詞意亦妃匹勾稱。與《費宫人刺虎歌》、《題柳如是畫像》等作皆爲可誦之章。其他佳句，七言如《題陳古愚詩卷》腹聯「地當六代悲歌易，胸有千秋下筆難」之函蓋，《寄沈歸愚尚書》頷聯「詩人遭際無前古，海内風騷有正聲」之切當，《送女扶壻柩歸吴》頷聯

「好如郎在安眠食，莫帶啼痕對舅姑」之沉痛；五言如《生男不舉》第四首前半「老母含愁坐，殷勤作慰詞。道孫生有日，恐我見無期」，四句能令讀者欲哭之善寫情，是皆不可多得。至詠物詩，久膾炙人口，然如《詠鏡》「照來似我更無人」，語雖佳，又嫌太狂。其他多落俗派，不敢阿好也。

隨園引嚴海珊《詠張魏公》云：「傳中功過如何序，爲有南軒下筆難。」且謂冷峭蘊藉，恐朱子在九原亦當乾笑。予謂冷峭有之，蘊藉未也。詩貴忠厚，此直輕薄子之言耳。蓋隨園專攻道學，故作是語耳。《銷夏録》記南軒語劉改之曰：「先君一生公忠爲國，功厄於命，書挽者竟無一章得此意，願君爲發幽潛。」改之即賦一絶云：「背水未成韓信陣，明星已隕武侯軍。平生一點不平氣，化作祝融峰上雲。」南軒爲之墜泪。蓋庶幾兩得之矣。

《居易録》：「《雲谿友議》載李翺在潭州席上，有妓舞《柘枝》者，顔色憂悴，問知爲蘇州韋中丞女。殷堯藩當筵贈詩『姑蘇太守青娥女，流落長沙舞《柘枝》』云云。李乃於賓榻中選士嫁之。」《輟耕録》載：「姚燧官翰林學士日，玉堂設宴，歌妓中一人秀麗閒雅，微操閩音，叩之，泣而訴曰：『妾建寧人，真西山之後也。』遂白丞相三寶奴，爲落籍，嫁小史黄棣。嘉興貝闕有詩紀事：『妾本建寧女，遠出西山翁』云云。」此皆好事者爲之媢嫉君子，污衊大賢，亦猶南渡小人傾朱晦翁，至有「帷薄不修」之謗，可謂無忌憚之尤者矣。《友議》出范攄手，鄙俚不足道；陶宗儀元末名士，乃亦云爾，可怪也。

禮祭法王，爲群姓立七祀，其七曰「竈」。又庶士庶人立一祀，或立户，或立竈，此則竈之始。《禮器》：「夫奥者，老婦之祭也。」注：「奥」當爲「爨」字之誤，或作「竈」，老婦先炊也。明此祭先炊，非祭火神也。此則祭竈之始見於經，而《前漢書》：「孫寶爲陳忠主簿，祭竈請比鄰。」則祭竈又見於史矣。然《月令》：「孟夏之月，其祀竈後則必以季冬之下浣也。」祭竈之詩，唐羅隱云：「一盞清泉一縷烟，竈君皇帝上青天。玉皇若問人間事，爲道文章不值錢。」國朝瓶庵先生《壬寅祀竈有感》云：「愧乏黄牛薦，猶然酒果陳。俗傳醉司命，古重請比鄰。世事紛多感，吾家不算貧。瓶盆愁老婦，觸目遍交親。」友人陳良臯云：「司命休拚醉，西曹自速鄰。亨知三品貴，情藉一旗陳。焦尾誰憐木，煬前總蔽人。靈威如見訪，莫奏我能貧。」正喻夾寫，一結尤覺藴藉。而林梅心長句云：「臘月廿四日癸酉，竈君朝天望北走。臨行一語全期君，好向皇天雪美醜。富貴雖在天，便宜些稂莠。不甘學折腰，米即無五斗。世間饕餮幾多人，一月二十九日酒。如何利己便損人，長得醬城油井醋溝鹽泉無不有。此情此景君見之，幽暗細微君必知。莫因騎都尉，媚君一副爛羊胃。莫貪關内侯，媚君爛熟肥羊頭。護長護短君不道，翻教此輩不畏獲罪於天無所禱。吾家久慣茹藿藜，好似太常年年三百五十九日齋。今朝飲福謀一醉，也難辨得羊與雞。沙糖粉餅復草草，亨君不飽君毋詆。天門咫尺懇君達，吞紙朱詹運何睽。朱詹非臣竈下養，而今老嫗沉浮閨。不飛不鳴僅飲啄，何無餘地餘糠粞。得不揚簸登雲梯，嗚呼得不揚簸登雲梯。」亦諧亦莊，其諧處乃親切之辭，非漫也。然正見無所控告而訴於天，微意其源亦從盧玉川來。

李賓之曰：「叠景者意必工，闊大者半必細，此最律詩三昧。如『浮雲連海岱，平野入青徐。孤嶂秦碑在，荒城魯殿餘』，前景寓目，後景感懷也。如『詔從三殿去，碑到百蠻開。野館濃花發，春帆細雨來』，前半闊大，後半工細也。唐法律甚嚴，惟杜變化莫測，亦惟杜」云。按此謂安雅妥帖則然，至於獨闢畦徑，寓縱横排奡於整密中，自以「竹批雙耳峻，風入四蹄輕。所向無空闊，真堪託死生」、「片雲天共遠，永夜月同孤。落日心猶壯，秋風病欲疎」，含闊大於沉深，具情景而入化爲妙。否則不善學之，則必至於「店月」、「橋霜」以下，又接「山路」、「驛牆」；「禹力」、「河聲」以下，又接「山色」、「水光」，則覺直塌下去。

友人陳介石課徒之暇，蒔花庭除，勤於灌溉，根株如樹，蓓蕾如盤，非有相之道，不能榮華若此也。乃一夕風狂雨驟，群芳盡委，幾有美人黄土之傷。介石憫之，乃聚而瘞之，磨磚砌爲花塚，題曰「衆芳同穴」。其兄偶峰爲銘，予因作《葬花賦》，又瓶乃賦詩四律，並引録之云：「甲申秋日，過介石主人城南寓齋，見其所爲花塚，封土儼然，讀壁上詩，殆有託者。予丑歲還里，時頗有所感，於兹八載，亦既置弗道。睹此蒼凉，不覺怦怦動矣，率成四律。」其詞云：「風瀟雨晦寒蟲號，無數花魂現彩豪。古道封何拘馬鬣，美人死竟惜鴻毛。色香欲謝生螻蟻，蘭蕙全凋長艾蒿。要上緑章須直筆，赤憎聒耳聽颼飀。」「巡徧茅簷幾樹存，黯然敢望日能暄。霜凝殺氣將何罪，風帶秋聲總是冤。坏土莨弘含碧血，寒林杜宇近黄昏。春來尚有陳根在，珍重誰人護彩旛。」「海外訛聞嘉種饒，珊瑚瑪瑙霎時凋。沿途踐踏全無忌，沃土摧殘亦不聊。秏矣分拚溝壑委，墐之惠幸掩埋徼。倘教蠅胆蚊饕盡，厲氣猶虞劫未消。」「巧偷豪奪臼窠新，傾國誰能再傚顰。莫等草枯和木腐，要知絮果與蘭因。風流掃地醉司命，妖祟瞞天疑降神。封樹仍須松柏蔭，曾聞剪伐戒詩人。」第三首「秏矣」二字本《史·平準書》，「胆」字本《説文》，第四首第五句「醉」字蓋用庾賦意，附及之。

梁崇善先生曰：「近代舉業，非無王、錢諸老大手筆，特世之有司挾其尺度以爲藻鑒。俾瑰奇卓犖之才降心抑氣，以俯就我範圍。稍有不合，輒叱咤而擯斥之，使老死於棘牆矮屋中而莫之恤。間有一二獨見其大者，物色於驪黄牝牡外而薦達之，又以其不中繩律，斥而弗録。無怪乎所録而行世者盡膚淺庸爛之藝，而矯枉過正之士動詆墨卷爲不可讀也。夫尺度者何？庸腔俗調是也。膚淺庸爛者何？套之又套，千篇一律是也。然古人文章亦偶有藍本，特其才大而又佐以實學，偶仿容或有之，不仿則騁其筆力，自無愧作者。不比今人作時文，全靠濫墨卷腔調討生活，倖獲則自詡以爲己有，若不得其腔調，則架子全倒，並不能自出機杼，成一家言。見有自出機杼、成一家言者，非曰門徑生，即曰不合尺度。如是所倖獲者，無非千篇一律，譬排攤所賣之小泥人，雖盈千累萬，金碧輝煌，究之千身萬身之形體，面目無一而不相同也。」録梁先生言，因類及之，並記古人文章師法之妙於次。

漢高祖諭田横之仿《白駒》，武鄉侯告後主之仿《説命》，尚矣。韓文公之《進學解》則全學揚子《解嘲》。六一公每作文，必先誦《日者傳》一遍。蘇文忠作《表忠觀碑》，王介甫讀之曰：「此何語也？」客有獻媚者，輒指摘之；忽介甫大言曰：「是已，此三王世家也。」客大慙。他如「柳色黄金嫩，梨花白雪香」，陰鏗詩也，李太白取用之；杜子美詩「蛟龍得雲雨，雕鶚在秋天」一聯，已見《晉書》載記矣；「冰肌玉骨清無汗，水殿風來暗香滿」，孟蜀王詩，東坡度以爲詞。究之大家用之，即成自己面目，非如戴假面者，必藉人而始冠冕。即如劉文成《分贓臺》詩，亦仿自唐人李涉。涉嘗過皖口，遇盜，問何人？

從者曰「李博士」，其豪首曰：「若是李涉博士，不用剽奪，久聞詩名，願題一篇足矣。」涉遂贈詩云：「暮雨瀟瀟江上村，綠林豪客夜知聞。他時不用逃名姓，世上如今半是君。」文成一代元勳，功業不必論，即論其詩，元季都尚詞華，文成獨標高格，時欲追逐杜、韓，允爲一代之冠。樂府高於古詩，古詩高於近體，五言近體又高於七言，詩境如是，又何容規仿？究之，惟大家、名家始可以仿，若未臻其詣而徒然依門靠壁，未有不優孟衣冠者。所謂神而明之，存乎其人也。

大抵詞曲、說部、演義，雖多附會，要未必皆憑空而撰者。隨園記康熙間曹雪芹撰《紅樓夢》一書，備記風月繁華之盛，且云：「中有所謂大觀園者，即予之隨園也。」且並載雪芹贈某校書詩。則《紅樓夢》果憑空而撰耶？果憑空而撰，毫無影響，數卷容或能之，安能至百二十回之多？且所敘閨秀多皆閥閱，而以校書當之，未免擬非其倫。況其中敘賈母諭子一節，情理交摯，聲淚俱下，必非憑空所能撰出者。又《十二釵題詞・探春》一闋，有「骨肉家園拋撇」之語，使爲平康，則無非斷梗隨流、浮萍偶合，安得骨肉、安有家園哉？觀是書首敘兩人，曰甄士隱者，「真事隱」也；曰賈雨村者，「假語傳」也。蓋記時事，恐有違礙，故隱真姓字而事存；傳假姓字，而事附焉。開卷首著此六字者，所以明告天下後世，謂實有其人、實有其事也。不然《西廂記》則本《會真記》而作也，《琵琶記》則爲王四而作也，《雪中人》則爲吳六奇而作也。至《水滸傳》之作，則《宋史》明云「宋江等三十六人亂，張叔夜討平之」，又《丹鉛錄》載劉伯溫《梁山泊分贓臺》詩云：「突兀高臺累土成，人言暴客此分贏。飲泉清節今寥落，何但梁山獨擅名。」歷考數書，均非憑空，豈《紅樓夢》獨憑空而撰者歟？蓋袁簡齋每事好誇張自己，則不得不貶抑他人。彼欲侈言，隨園不得不以大觀園爲己有，則不得不以《紅樓夢》爲子虛烏有也。其曰：「備記風月繁華之盛。」夫曰「備記」，則是實有其人、實有其事也。鄙見如是，願以質之知者，並録題咏《紅樓夢》各種詩詞於左。

道光乙未，元和陳厚甫鍾麟作《紅樓夢填詞》八本，共八十闋。海寧俞思謙集古題詞云：「金陵自昔擅繁華，況是通侯閥閲家。畫戟東西開甲第，朱輪朝暮過香車。賈生早佩郎官綬，粉署含香趨禁右。北李南盧結近親，五侯七貴同杯酒。起居八座太夫人，鍾郝偕來笑語親。新婦才華尤出衆，侍兒明慧亦殊倫。玉郎再索徵佳夢，聞説釋迦親抱送。阿大中郎俱不如，門前客到休題鳳。却因家襲富平侯，公子髫年未識愁。懶接雞談勤夜讀，愛攜鴛侶作春游。紅樓四面珠簾繞，簾外花枝方裊裊。帳裏依稀如有人，歡悰未盡鶯聲曉。金釵十二自分編，夢境迷離恍遇仙。夢醒思量夢中事，襲人花氣薄於烟。外家姊妹多才思，少小無嫌共嬉戲。道是無情却有情，銀河不隔蓬萊地。珮聲釵色出幽齋，群羡清才三妹佳。不信靈芝今再世，侍書仍許阿甄偕。春花秋月園中好，秋夜眠遲春起早。待月時來問水亭，看花齊上臨湖島。怡紅院裏錦屏舒，凹碧堂前玉洞虚。結社聯吟貪晝永，分曹賭酒趁宵餘。佳人别自倚林竹，料得也應憐宋玉。脈脈春風盪酒情，盈盈秋水横波目。兩心相照兩相疑，兩處緘愁兩不知。難借蛟綃傳密意，空將鳳紙寫相思。癡兒騃女同時病，不道黄姑偏誤聘。喜結同心七寶釵，悲分照影雙鸞鏡。紅樓縹緲倚雲開，前度劉郎今又來。只爲含愁獨不見，泪珠乾盡蠟成灰。覺來悔被迷津誤，彼岸思尋仙筏渡。行到源頭見落花，傷心依舊悲崔護。自憐老去漸婆娑，閒借填詞寫翠娥。勘破繁華歸寞寞，紅樓一夢等南柯。桃花亂落如紅雨，燕子歸來相共語。風景依稀似往年，樓中不見當時侶。」

《擊鉢吟》附存《紅樓夢戲咏》。《賈寶玉》，何左卿大經云：「玉鏡分明下太真，披紗錯問阮郎津。調停費事癡兒女，生死爲難兩美人。未必伯仁全不負，可憐奉倩只傷神。平情一事虧君處，滿手天花脱此身。」《林黛玉》，楊翠岩維屏云：「涼雲罨碧護瀟湘，竹暈斑斑點泪光。病肺釀成秋損瘦，癡心幻出夢荒唐。琴床彈怨弦先斷，花塚埋愁土亦香。一語慰卿應解恨，薛靈芸是寡鴛鴦。」何左卿云：「遍地涼雲竹裊絲，藥香扶起瘦花枝。大難伸到眉頭日，除是枯卿眼泪時。燕子脯乾春病肺，鸚哥夢惡夜支頤。不須更怨湘江隔，對面郎心即九疑。」《寶釵》，楊翠岩云：「弱骨豐肌笑語工，靈心八面鬬玲瓏。群花都入牢籠裏，絶艷偏藏闇淡中。合德生來香竟體，阿難歸去色成空。瓊箱怕檢金訶子，鴛眼糢糊玉筯紅。」《王熙鳳》，曾少坡云：「釵環耀日鬢堆雲，瀟灑風流最出群。慧舌唾成花五色，機心深到木三分。生來奇癖獅能吼，誤盡聰明象自焚。癡絶水晶簾下看，羨他新婦配參軍。」《鴛鴦》，何左卿云：「手揮如意紫雲邊，香案排班第一仙。侍奉蟠桃三度宴，起居兜率九重天。早空上界鸞皇想，豈有人間狙獪緣。妄乞麻姑代搔背，一時絶倒蔡經鞭。」《平兒》，楊雪椒云：「閨情款款語輕輕，手挽青絲有笑聲。香界胭脂鄰睡虎，朱門風雨護雛鶯。此生俠骨兼花鍊，他日星光替月明。記否蝶衣蓉粉外，有人僥倖理妝成。」《晴雯》，何左卿云：「三五維參懶抱衾，怯寒跏坐碧窗陰。檀心烈甚香都忌，鎖骨銷時毀已深。花汁舊痕餘手爪，桂膏新印尚眉心。子京忍冷尋常事，金線難爲病女鍼。」句之佳者，左卿咏《熙鳳》之「桃花釀醋酸生臉，薑桂調羹辣到心」、《紫鵑》之「縱然池水干卿事，其奈梨花無主飄」，少坡咏《探春》之「得配齊眉宜貴壻，倘令束髮定奇男」、《鴛鴦》之「豈有文鴦甘錯嫁，羞看野鴨忽驚飛」，皆可證《紅樓夢》之實有是人是事，非如隨園之所云也。

林子萊《閱紅樓夢》四首云：「公子襟期不易尋，美人寧與世浮沉。遥山一抹天如水，我讀《紅樓》見道心。」「若從鏡背看骷髏，閒氣虚名一例休。未必紅樓都是夢，只傷心去夢紅樓。」「夢裏銜恩亦撫摩，芙蓉珠草意云何。讓他不見秋霜酷，有泪惟應泣露多。」「方外誰牽傀儡絲，偏令情悟出情癡。他年石未成烟去，豈是紅樓夢覺時。」

流雖下也俱鮮妍，則從而彰顯之；品雖高也偶憔悴，亦因而踐踏之。鄙俗大都如是，而大雅則不然。明經陳竹士先生《題畫殘蘭》云：「秋晚肅金飈，蘭契冷欲凋。世無君子佩，甘抱國香消。老去芳猶襲，寒深葉尚饒。莫因零落後，遂爾不堪描。」三四借不采爲佩，於蘭何傷，語翻進一解，恰是本題頂上圓光。末又借君子之傷、君子之守語結「畫」字，言外有黄鐘毁棄，猶勝瓦釜雷鳴之意。取材韓詩，便成己作，非奪胎换骨手段不能也。予姪洪濤從先生游，因得讀諸體詩，大抵得力《選》學者居多。如《曉晴》云：「宿雨曉欲晴，惠風破陰翳。微陽纔高峰，濕烟猶松際。溪漲半歸江，餘聲表初霽。翹望出白雲，悠揚盤遠勢。静領若有得，素心與之契。不覺凝眸久，晴光已流麗。」《述懷》云：「甲第連雲屯，車馬何輻輳。當其氣焰張，炎炎可炙手。一朝雲霧散，狐兔紛飛走。世情好傾軋，反顔起杯酒。炎涼轉眼間，意氣夫何有。」五律如《西湖訪了堂上人》云：「分手石橋畔，斜陽下緑湖。風高歸鳥疾，天闊斷雲孤。秋水晚逾碧，暮烟山欲無。猶存禪悦意，幽興滿歸途。」

壽峰家有畫幅，作鄭板橋體書云：「春蘭比美人，不采羞自獻。時聞雨露香，蓬艾深不見。丹青寫真色，欲補《離騷》傳。對之如靈均，冠佩不敢燕。」款題「時昭陽單閼林鍾月之上浣寫於禺山精舍，並録東坡詩，奉道山主人屬。南嶽七十二峰散人寄塵」三十八字。按寄塵，楚僧也，游閩，跡遍鈴轅。時栖梵宇，寂於閩之西關外長慶寺山門外，有石刻陽文立像，瘦臉凸唇，長眉深目，檇李李案梅句謂「流水潺潺烟漠漠，夕陽憑弔一詩僧」是也。而畫蘭所書，則東坡詩。壽峰因記其《自題畫蓮圖》半首云：「世知八大山人，那識區區八九。性比清浄蓮葧，心同泥中雪藕。花落隨波逐流，藕出纖塵不受。看他不蔓不支，七竅玲瓏希有。」惜不全，然衹數語，已得禪門上乘。禺山屬粤，八大山人者，勝國天潢，善畫蓮。主人壽峰尊甫時游粤，寄塵作此以贈。

屏麓草堂詩話卷九

晉安莫友棠若愚著

澹園《題夾漈草堂》云：「六經奧窔胸能貫，萬卷圖書手自删。」按夾漈草堂在莆邑廣業里，宋鄭漁仲先生著述處。先生嘗著《通志》於此。雖寒暑而無偶輟其功，即饑寒而不敢懈其志，歷數十年如一日。蓋前有杜佑《通典》，後有馬端臨《通考》，世號「三通」，此其一焉。先生嘗自題云：「斯堂也，本幽泉怪石長松修竹榛橡所業會，與時風夜雨輕烟浮雲飛禽走獸樵薪所往來之地。溪西之民於其間爲堂三間，覆茅以居。」詩云：「堂前抱柴堂上燒，柴門終日似無聊。蓼蟲不解知辛苦，松鶴何能慰寂寥。述作還驚心力盡，哦吟早覺鬢毛彫。布衣疏食隨天性，休論巢由不見堯。」讀是詩，知胸能貫，手自删正，非易易。古人之所以能傳諸後世也如此夫。

黄莘田先生《西湖詩》十四首之一云：「珠襦玉匣出昭陵，杜宇斜陽不可聽。千樹桃花萬條柳，六橋無地種冬青。」冬青用唐義士事，初不知是何木，後閲方勻《泊宅編》，云徽宗興畫學，試諸生以「萬年枝上太平雀」爲題。在試無能識其何木，遂皆黜。或以叩中貴，曰：「『萬年枝』，冬青木也；『太平雀』，頻伽鳥也。」惟此指冬青木爲萬年枝，又不知何所本。紀河間曰：「韓駒《冬青樹》詩曰：『離宫見爾近天墀，雨露常私養種時。惆悵一枝嵐氣裏，無人知是萬年枝。』子蒼自言天墀曾見，是萬年枝爲冬青，信矣。」夫一冬青也，後人以之誌襦匣者，即當時以之試畫學者也。其亦可感也夫。

大抵名士之名，有力者忌之，而庸惡陋劣者尤忌之。即如隨園老人交多蘭臺石室之彦，盡有憐才愛士之心，餘蔭自存，亦何至身後即一敗塗地。乃有謂其子遲郎不肖，將隨園宏開酒館，日攘臂於肥酒大魚之間，余心甚疑之。適友人林壽峰歸自江南，急叩之，云：「曾住江南一載，經游隨園，所謂小棲霞諸名勝猶存，不過剥落冷静。究之，時候雖非，規模還在，且有留題『簡齋先生家廟』六字勒石於園門之上。司閽有人，與之錢，即延入遍覽，並未見有所云鄙事。」又道内有别墅，中堂懸隸書「柳谷」二大字，有自題對聯云：「不作公卿，非無福命都緣嬾；難成仙佛，爲讀詩書又戀花。」按《小倉山集》園中聯對多載，惟此聯未見，蓋晚年所書也。且遲郎曾援例授職，亦何至如或所云。夫人無才名，則賢士大夫鄙之；有才名而庸惡陋劣者又惡之，必欲創一説而敗之。人生世上，亦何所位置，其殆必鄉愿而後可也？可慨也夫。

林廷桐先生名調陽，侯官人，以甲科出爲縣令。精於制藝，嘗授徒講學，一師四徒，董、許、嚴、陳。並一子一壻，前後皆成進士，一時以爲美談。其爲文金和玉節，綽有賦心。詩稿未見。其《題郡西關外第一亭》楹帖云：「行路甚難，纔數起水驛山程，少安勿躁；入關不遠，休逐著車塵馬跡，且住爲佳。」蓋亭去關甫五里，爲進京大路第一程也。祇一聯對耳，於賓主開合之法亦一字不苟，則其詩可想見矣。性善推施，偶歲歉，當事延之勸糶，先生先捐穀數百石，以恤里黨貧乏，然後令殷户平糶，而人無不從。當時有某某反藉此爲利，聞先生風，其亦知愧矣乎！

會稽之苧蘿，西施所産也；荆門之秭歸，明妃所産也；興安之梅嶺，梅妃所産也。古來咏西施者，有王摩詰擅場；咏明妃者，有杜少陵絶唱；而梅妃獨未聞有憑弔之者。昔晴嵐先兄曾云：有過其地書所見云：「梅妃千古擅容華，故宅曾傳傍海涯。羅韈不教埋蜀道，鈿車猶憶聘唐家。春山落翠留眉黛，秋水生明印臉霞。佳麗不隨陵谷改，依然兒女貌如花。」前半弔梅妃，後半咏所見，仍倒抱上意。雖不及王之古艷、杜之悲壯，而一種清新和雅，絶無俗韵犯其筆端，亦覺差强人意也。惜忘其名。

一菊詩也，陳叔達云：「但令逢採摘，寧辭獨晚榮。」婉厚乃爾。朱灣云：「受氣何曾異，開花獨自遲。」費較量矣。李山甫云：「栽處不容依玉砌，要時還許上金樽。」更似毒口駡將來。《唐詩統籤》之論如此。夫陳句尚矣，朱句謂之費較量，温厚之至也。然此皆以喻己也，亦有借以喻人者，如林守端先生有「寄人籬下非高品，莫泥柴桑五字詩」之句，非故抑之，蓋别有所託諷也。《丹鉛録》論牛嶠《楊柳枝》詞云：「『吴王宫裏色偏深，一簇烟條萬縷金。不憤錢塘蘇小小，與郎松下結同心。』咏柳而貶松，唐人所謂尊題格也。」亦是此意。

友人黄闇園，先世以禺筴起家，待人有久敬之風。家塾脩脯，不計有取，常不留諾。三十年只一師，師生賓主之間不啻父子昆弟之樂也。闇園通文章，尤篤古誼，無俗儒齷齪之習，而有前人三反之癖。視短甚，觀新書，每黑其顴，然遇有書處，雖廣坐讙呶，亦如脈望之穿穴。境嗇甚，無其財，在貧如客。然遇當用時，雖囊槖羞澀亦耻一毛不拔。户窄甚，非歲時家鮮提壺。然遇有客來，雖解貂質劑，亦必滿座盡歡。其風概如此。詩稿甚秘，惟録其見懷云：「未見已如渴，將離更有思。偶逢花徑掃，不覺茗烟遲。論古追前哲，談詩信我師。寂寥頭欲白，猶下董生帷。」按蘇文忠謂徐仲車耳聵甚，畫地爲字，乃始通。終日面壁，不與人接，而四方事無不周知。此一反也。明楊文懿語徐詹事云：「飲不數合，而樂與客譏。」此一反也。國朝沈觀察榮昌述吾鄉龔海峰觀察之父厚齋先生曰：「用財如泥沙，不計有無，而錙銖之入，動色却顧。」此一反也。闔園各有類處，故曰「有前人三反之癖」云。

建寧張亨甫，名際亮，乙未孝廉，早擅才名。著有《松寥山人詩稿》。及舉於鄉，稿已出十年矣。七古《過畫網巾先生墓》中幅云：「只爲争名不争國，闖逆一至救不得。五王龍種化蟲沙，百僚鼠輩汚顔色。未聞故老植冬青，時事總矜數行墨。先生爾何人，孤忠至死逃其名。贛江水濺降王血，杉關鵑拜遺民行。致命不覺斧鉞重，出獄還爲章服争。網巾網巾太祖置，乾坤未許輸神器。此身可殺頭可斷，只有此巾不可棄。」寫出致命遂志本領，筆亦凛凛有生氣，首尾亦完善，可稱全璧。七律《讀陳華亭詩題後》云：「力追風雅闢荒榛，大節昭如日月新。萬古漆身悲豫讓，九淵散髮逐靈均。甌吴南去天連海，漢郢西行地入秦。戎馬一朝諸將盡，淋漓哀怨起騷人。」通首意在筆先，音流絃外，其氣盛也。他如《過燕子磯》頷聯云：「斷鴉點點黄天蕩，垂柳依依白下門。」排奡而又妥帖，想落筆極其得意時。《釣龍臺懷古》入手四句云：「烏虖高鳥已盡良弓藏，項王既死誅韓王。男兒當自伯一方，島上耻殉田横亡。」又「烏喙甲楯會稽山，無諸縱横開百蠻。英雄有後苟如此，五湖可放鴟夷閒」等句，殊見英姿颯爽。又《書宋史》前首中聯云：「但聞愛弟傳餘祭，豈憶先君舍與夷。」太宗有知，應當愧死。次首中聯云：「莫怨悲歌來白雁，堪嗟亂首起青苗。」宋社之屋，歸獄王安石倡亂，論斷獨見諦當，非深文也。又《錢舜舉伏生授經圖》一篇，音節清脆，二百餘言中，頗不夾入律句律字，亦可存，惜集隘不能備録。榜名改亭輔。按《静志居詩話》，網巾之制，相傳明孝陵微行，見之於神樂觀，遂取其式，頒行天下，冠禮加此，以爲成人，三百年未之改。然題咏者寡，獨藍静之仁有三詩，其三云：「故人念我鬢毛疏，結網裁巾寄敝廬。白雪盈簪收已盡，烏紗著頂畫難如。門臨寒水頻看鏡，籬捲秋蓬不用梳。昨日客來應怪問，衰容欲變少年餘。」按網巾之説見於《傳信録》。謂明太祖創之，自元以上無此云。

趙藤庵性諧謔，善相術。《題陳榕浦照》云：「先生之頭高且平，何其獨蹇於科名。先生之眼窈而深，何其磊落乎胸襟。眉疏鬚直格亦古，何其一生多受苦。耳不主名而音不主聲，何其所與皆搢紳。先生先生别是一種人，非能面目得其真。」有形之形，形先無形；上相之相，相不泥相。吾得之先生之像。《贈熊太史》云：「三停五嶽取精神，論辨形骸未必真。獨有京畿熊太史，不從唐許學知人。」癸酉六月，友人葛心如父病篤，佯以入闈叩之，藤庵不置詞。時俞藪庭孝廉、廖孝源茂才在坐，强之，乃諦視之曰：「無害，不但父愈，且得名。但印堂紅色，嫌稍偏也。」臨期，心如父病漸愈，得三場穩試，榜發果中副車。他或似謔似真，語近揶揄，亦時有應驗。

鄉賢謝退谷先生爲人敦行不怠，以名孝廉任臺灣教諭。值海寇竊發，當事倉皇，先生爲畫守城策，民賴以安。及任邵武、安溪，皆有教澤。嘗著《教諭語備》，言風俗人心及興利除害之要。卒後，上元葉健庵中丞撫閩，以其書上之朝，遂得入祀。其《題松寥山人集》云：「綏安多賢士，比户名聲臭。孤詣自撑持，一經不忘舊。我欲從之遊，膏肓與墨守。豈若君少年，意氣空宇宙。」素與陳惕園先生相友善，後以議論不合，二十餘年不相聞問。歸里後，一日翩然過訪，兩情如舊無間。賢者交誼之重歲寒如此，此兩先生所以同祀鄉賢也夫。先生名金鑾，侯官人。

明錢秉鐙《所知録》：「馬士英斬於延平。」《萬言編》：「阮大鋮傳爲雷演祚冤報，過五顯嶺墜崖碎首而死。」國朝薩檀河大令經其地，成二絶句云：「北苑宗風説貴陽，猶勝賀誕錯題麞。如何不作哥奴死，血污三溪水亦狂。」「西湖蟋蟀美人憨，何似春鐙夜半酣。度嶺南來無鄭尉，誰知別有木棉庵。」誅奸諛於既死，所謂嬉笑甚於怒駡也。

瓶庵先生云：張清恪公撫閩日，先有共學書院，後乃建鼇峰書院，奏於朝，給餐錢，即移共學諸生於鼇峰。中爲正誼堂，祀周、程、張、朱五夫子；西偏爲六子祠，則皆閩儒之未祀學宮者，意以補祀典之闕也。夫人皆知公敬先賢如子孫之敬宗祖矣，而不知公培人才且不啻父兄之培子弟焉。予友陳斯默，福清諸生，祖父補堂先生，七歲隨父晉省應郡試，正清恪公撫閩時也。先生求入鼇峰肄業，清恪公器其不凡，留之署，檄所屬求名師，擇漳浦蔡文勤公，時爲貢士，延之教以正學。及巡撫蘇州，令隨往，卒使成名，並得聞道學宗旨。其植品立行，皆足踵武儒先者，固文勤公之教，然非清恪公培植之篤，曷克臻此哉！以名進士作令江南，潘敏惠公時爲方伯，重之。及撫閩，瀕行，問爲政何先？先生對以「正士習」；問何地？對以「整書院」；問何師？對以「貢士吴于岸」。先生因言師道立則善人多，宜以品學爲先，不宜衹重頭銜。敏惠韙之。甫下車，即請主講鼇峰。吴先生曰：「目今士習太壞，幼不肯事長，不肖不肯事賢，是學之蠹也。必欲見委，請以榎楚懲其甚者，然後教可興，而學可勸也。」敏惠然之。而大家鉅族憚其嚴厲，以爲言之必行，卒排擠之，遂不果。後先生歸田，主講浦城書院。撫閩余中丞名文儀，爲咸安宫教習時，同官重其品，每延之署，禮待有加於昔。有大僚某罹參，無能爲地，乃以萬金囑先生子，願一言爲解。躊躇均不敢啓齒，但念貲厚，遂每夜侍至四鼓，叩之乃言，並陳家貧之故。先生曰：「吾豈不知家況窮薄，但清節數十年，豈可垂老而敗。」竟不許。斯默父兄即世，家無立錐，遂就館省垣。念祖父述作未傳，貸於姑子吴姓者三百金，盡數開雕，諸稿遂得行世。其幀首即以清恪、文勤所教言者爲序，重淵源也。斯默嘗有句云：「貽孫追伯起，述祖愧陳群。」可謂善揚祖德矣。補堂先生名九齡，于岸先生名大士，閩縣人。斯默名繩祖。

侯官林香海太史偕兄樾亭先生，幼有神童之目。肄業鼇峰，當赴院應課，兄先弟後，無旁視、無仄行，識者皆知其偉器。洎同遊於庠，同舉於鄉，尚未弱冠也。太史聯捷成進士，年二十二，主浙試始入城，士子争目之，意其少也。及頒題，首藝爲「天下有道」三句，衆乃駭然。及揭曉，所取皆名下士，如吴穀人、曹寅谷諸名宿，衆始帖然。及出闈，觀者如堵牆。矩矱之正，衡鑒之精，一時名震天下。樾亭先生當襁抱時，爲乳者誤跌傷鼻，故不應禮部試。太史尊甫名其茂，兄子名慶章，孫名彭年，世以進士顯。香海太史《放歌行》云：「登彼高山，望彼遠海。四顧茫茫，一身安在。愁如亂絲，不可以治。心思古人，泣下告誰。煌煌者星，落地爲石。百年何常，誰不自惜。今日良宴，斗酒高歌。樂哉相歡，明日奈何。出門異路，曰參與商。父母生子，莫知子心。蠶則有絲，蘖則有蟲。匪憂中人，人在憂中。滔滔川流，傷彼年邁。豈曰年邁，境亦不再。寒蟲依壁，夜馬依槽。人生少年，不知其勞。」瓶庵先生曰：「香海少年科第，爲侍從臣，而憂生如此。」卒之日，年纔二十有八。即此一詩，非其讖耶？昔謝希逸《與江夏王牋》曰：「家世無年，高祖四十，曾祖三十二，亡祖四十七，下官新歲便三十有五。」香海祖父俱科甲，而年又不如希逸祖父，此所以有不復永年之嗟也。題其遺稿云：「碧虚樓閣紫霞仙，暫謫人間廿八年。果有高文堪瑞世，定知慧業早生天。三霄纔滴金莖露，太華旋凋玉井蓮。淒絶挑燈風雨夜，白頭長喟讀遺編。」「不誇雲路著先鞭，獨上蓬山意欿然。潁叔食羹思有母，謝莊牋奏感無年。重闈忍讀《陳情表》，早歲偏留《歎逝》篇。玉殞蘭摧何可問，眼看紈綺半華顛。」何秀巖哭之云：「同聣裳日，憐君最少年。校書麟閣上，典試浉河邊。畏見要人面，能消關節傳。此才不三十，我欲問蒼天。」

《消夏録》：「賈似道與民争利，有人作詩云：『昨夜江頭湧碧波，滿船都載相公鹺。雖然要作調羹用，未必調羹用許多。』又《行均田法》詩云：『失樊失蜀失荆襄，猶把山川寸寸量。縱使一丘添一畝，也應不似舊封疆。』」近有人咏半閒堂云：「干戈滿地失樊襄，楚水吴山事較忙。我想相公閒不得，相公閒築半閒堂。」合二詩而得本題之旨，亦可謂善於運用矣。惜忘其名。

長樂林茂才慎五從叔祖某《游燕紀略》：「宿陰平，店壁有書『壬申九月姑溪咏花女史同妹咏絮入都過此，偶題』云：『匆匆纔看故園花，又逐征塵上碧車。零雨滴醒客裏夢，一聲聲似怨天涯。』『霜凋風柳不禁秋，對鏡空憐黛影修。如此風流傭自賞，倩教癡妹爲梳頭。』『琴心一寸託鍾期，繡牒鴛鴦注脚貽。夢裏分明見玉貌，飄飄仙袂曉風吹。』『雲情休羡五花香，流水年華易斷腸。不及荆釵裙布好，雙飛雙宿勝鴛鴦。』」婉麗愴惻，不堪卒讀。是必所期不遂，又將深入侯門者。

陳偶峰云：「慎五祖父名枝芳，長樂歲貢生。嘗言有某學使取士，好少惡老，給卷見鬚者則名下作八字，鬍者作个字，卷皆不閲。有友年五十餘，以薙鬚得泮，遂戲作對句嘲之云：『數載養成，受盡鹹酸苦辣；一朝刮去，可憐邋遢精光。』聞者爲絶倒。」按孟瓶庵先生督蜀學，試樂山童卷，有字模而文汩汩者，録之。招覆日，見鬚髮皓然，詢其年六十有五，應童試四十五，閲學使者十七矣。吴姓，名巨川，訓蒙自給，衣履不周，言已不作入場想，聞公剔弊甚力，意在求真，復自奮。又試卭州，應童試有廖廷英者，年七十三矣。字模幾不可辨，然通篇賓主開合，知講習先輩者，録之。又試嘉定，得二卷，有機法而點晝模糊，一六十二歲，一六十六歲，覆試尤佳，二人再拜庭前泣下。然公實以文取之也。又試富順，有文頗近隆、萬者，亟取之招覆，則皤然一老翁矣。又一卷有氣機，招覆，未到學官，云年近六旬，母九十餘，多病，試畢遂歸省。越二日至，亦鬚髮蒼然。二生覆試，文俱佳。先生曰：「首白而衿始青，可歎也。『孫陽何處是，汨盡太行程』，司文事者忍苟且乎！」且貽詩於家云：「去年謬喜得終童，滄海珠遺兩老翁。快筆如經三峽水，群山輕過一帆風。行間蛇蚓原難辨，隊裏驊騮豈易空。寄語兒曹須努力，白頭人始入黌宫。」方先生拔二生時，令子名龍光，年十五，適遊庠，人知爲承公之美報也。嗣即於丙午科登賢書，至庚午科舉於鄉。名曾慶者，則先生之長孫，甲午舉於鄉；名際元者，則先生之長曾孫。又壬午副車名曾貽，甲辰副車名曾穀，諸生名曾榮者，皆曾慶之弟。而充貢名鳳翔者，則先生次子；諸生名曾介者，次子之子也。夫清節難，清節而又能大公無我、慎選真才、真識文字之佳惡而不以老宿而棄遺者，爲尤難也。惟先生欽承天子簡畀文衡之重任，深念人才爲國家元氣，不敢稍有偏尚，鑑空衡平，愛才一轍，老少同科，不使黄口有倖進之階，白首有棄材之憾，天實鑒之。當先生不忍遺才之日，即其子初試獲泮之時，西蜀、南閩，萬里之遥，若合符節。故自乾隆丙午至道光甲辰，數十年中，使其子姓孫曾蟬聯獲雋而充貢游庠者，猶復不少。天之所以美報先生如此，知其尚未有艾也。

慎五名爲光，字邦典，性聰慧，善屬文。顧先世既往，家累一身，無王陽之金，而有仲宣之體，遇事皆不得已支撑。其《偶成》云：「也知百戰才方出，其奈孤軍力不支。」亦可想見其梗概矣。晚猶以文字得汔可，然甚矣，憊而一病，遂不起。陳偶峰其姊丈也，哭之云：「兩眼哭君三世泪，千金難救一身羸。」夫庸衆之人，不難其持粱刺肥，且致名地如拾芥，麋刀貝如揮沙；而獨爲士者，往往使之饑寒瀕死，即有一絲一粟，亦必具神勇、竭綿力方得。然而讀書轉世之精神，守先待後之詣力，胥以是委頓矣。是亦可哀也已。或曰惟士有才，造物忌之，是或然歟？

閩縣林逋庵，名天申，字仲嘉，讀書不售，去爲武幕。有詩選百首，卒後，吾鄉高芝田先生序而梓之。《擬古》云：「驅車上東門，大道衍且直。中心若摇旌，僕夫不遑息。問關訪故人，相見不相識。獨立重躊躇，仰視浮雲色。」《讀前明侯官布衣林揚奏免丁糧疏》云：「力排山岳撼天關，抗疏終能動聖顔。十八年來沈詔獄，更無遺老見生還。」《即事》四首録二云：「太平無事策奇勳，縱有忠言亦厭聞。若使帳中留國士，不教容易死將軍。」「蘭水壺山繞郡城，我來憑弔不勝情。沈魂自是無歸處，忍聽轅門鼓角聲。」蓋興化協黄某軍政罹參自經，夜每魔人。逋庵以詩責之，遂寂然。夫詩筆能悟魔人之鬼，而身乃僅以武幕終，可怪也。序中有云：「叟，閩之詩人，有道而文之君子，獨布衣窮困以老，無大有力爲之推挽，故名不出里閈。然其孤狷拔俗之概，瀟灑出塵之姿，見者罔弗禮而敬之。」又云：「叟既以道自重，而世之重叟者，單詞珍如拱璧，緒論奉爲典型，一時騷壇經其口講指授者，皆能自樹一幟。」又云：「予與叟未覿面，四十年前覓得自抄稿，讀之，有意乎其人。迄今三十載，歸田了夙因耳。鋟板以傳，俾叟之名闇於前揚於後也」云云。按孟瓶庵先生文抄亦有《林逋庵詩序》，中云：「性簡傲，遇高車彭纓者，輒避之。始予弱冠時，山人年已近七十矣，吴晦子賣卜東市，予爲題《博望乘槎圖》，山人見之歎賞。時猶未識其人也。一日與高楓溪行市中，山人遇楓溪立談，聞知爲予，則大呼曰：『是即題《乘槎圖》者乎？』市中人皆驚云。」先生《懷山人》詩云：「孤潔林君復，逍遥魏仲先。自貪詩句好，不受俗人憐。破屋秋風裏，寒燈細雨前。定知還□□，誰乞買山錢。」則是瓶庵先生抄而序之於前，芝田先生復序而梓之於後。以一窮老布衣之詩，而兩先生不吝抄而序，序而梓，且復惜其才而悲其遇，睠睠流連，形諸楮墨不能已，始知惟賢者之敬老禮賢有如此者。逋庵又有《觀刺繡》詩云：「簇新花樣奪時興，金縷銀泥賽蜀綾。辛苦頓忘阿母授，逢人只道自家能。」人以爲爲背師者而作也。《贈葉蔚文》中聯云：「青眼貧交千古少，白頭知己一人多。」又《七夕》云：「世態不關今夕巧，人情豈有隔年心。」合而觀之，亦可以知逋庵之遭際矣。芝田先生以名孝廉出宰陝右，侯官人。

或謂近今惟以專攻時文爲務，至於詩賦，則無用之學也。即偶爾拈韵，亦不過因公讌、贈行、題照、聯吟，逼於觀美之酬應，不得已而成章。要之，所棄在是，則所長亦不必在是也。而不知國初吾閩諸先輩何嘗不以文章掇巍科、取高第，而百年間風雅之盛，直有與前明十子相頡頏者。蓋謂詩教之不可蔑視，誠以感發志意，考見得失，用之鄉閭在是，用之邦國在是；至他日達而在上，侍從清班，蔚爲詩歌，以鳴國家之盛者，尤無不在是焉。則詩學謂可以已乎？嘗閲何實齋先生詩集，有《與王子能談國朝吾鄉諸先輩詩成絶句十四首》，兹悉録之，且並録其自注，以備有志者則古稱先之有由，而徵文考獻之一助也。其詞云：「晉安風雅舊相承，文獻于今尚可徵。三百年來宗派在，力回風氣定誰能。」「清才誰似甌香老，洗盡鉛華獨老成。妙筆一時兼兩絶，未應書畫掩詩名。許甌香先生友，詩品不落凡近，書畫尤擅名一時。」「一代才人張茂先，滿頭霜雪語堪憐。詩名籍甚滕王閣，入洛争看美少年。」「弱冠才名動帝京，中年詩律更研精。若教並世生曹謝，未免前賢畏後生。張无悶先生遠，詩品吾鄉先輩中足稱弁冕，少年落魄京師，題詩僧舍，有『霜雪滿頭吾不恨，只因見慣可憐人』之句。翰林某公見之大擊賞，載與俱歸，爲之延譽，遂得盛名。」「弔古蒼茫《雁唳編》，思庵才調自翩翩。華清秋晚孤臣泪，一種傷心總可憐。葉思庵先生皎然，有《龍性堂集》及《雁唳編》，其塞外諸作及樂府皆雄深雅健足傳。晚節頹唐，竟廢棄終身，惜哉。」「古梅學士老文豪，健筆横秋格律高。一例君家詩派好，雪山銀海寫秋濤。謝古梅先生道承，著《小蘭陔集》。」「興趣温平思老輩，遺編嶽峙復淵渟。芸香三世清風在，崇雅堂中見典型。李磁林先生開葉，有《崇雅堂集》。詩得温厚而無噍殺，令孫劍溪太史與予交最善，劍溪與其尊人銓部公三世皆成進士。」「五字沈吟詩品絶，令人心折郭書禪。微雲疎雨千秋語，不讓襄陽好句傳。郭書禪先生雍，工五言詩，書法亦絶。」「高齋十研老詩翁，白陸詩篇晚最工。誰識廬山真面目，漫將綺語鬭春紅。」「舞衫歌扇舊因緣，風月湖山好句傳。投老尊前懷往事，江南腸斷杜樊川。黄莘田先生任，詩出入香山、劍南之間。」「誰道粗豪林進士，遺詩千首盡須删。若教裁别親風雅，直與崆峒伯仲間。林松址先生豫言，詩多粗豪語，爲世口實。鄭荔鄉太守作《詩人小傳》，獨不之及。然佳處自不可没。」「堂堂參政《西樓集》，拔幟詞壇舊有名。規矩高曾家學在，龍潭憔悴老諸生。鄧蔚人先生以臨，爲明參政汝高之後，績學工詩，故名不甚顯。」「書帶春青却掃齋，康成淹雅更誰齊。鏤金錯采徐陵筆，一代風騷入品題。鄭荔鄉先生方坤，詩取材既富，造語特工，著書頗多。作《國朝詩人小傳》，尤稱公當。」「姜生好古廣搜求，初刻《蘭陔》意未休。地下若逢吴侍御，遺編零落更誰收。姜孝字天榮，家富能詩，嘗刻謝閣學《小蘭陔集》。又得吴劍虹先生文煥詩，將付梓，遭母喪哀毁而卒。吾鄉百餘年來稱詩者指不勝屈，而集之存者寥寥，蓋清宦之家恒艱梨棗，名賢之後或誤金根，而况蓬蓽之士哉。是可歎也。」

先生名西泰，字秋嶽，念脩少司寇子也。乾隆戊戌進士，官編修。令子章運、翊運茂才與予同遊鄭蘇年夫子之門。先生以名父之子，期待不凡，學問淹貫，因貧賫志以殁，惜哉。卒後同宗秀巖先生爲梓所著《實齋詩稿》。古作《豐碑行》云：「石工斲石徒爾勞，大書深刻欺兒曹。去人未覺召杜遠，頌德直比龔黄高。可憐林立郊前道，去馬來車疾如掃。新碑金碧自輝煌，舊碑冷落埋荒草。父老猶能説使君，口碑道上聽紛紛。願磨峴首山頭石，去刻人間《詛楚文》。」《猛虎行》云：「昔有封使君，生不食民，死乃食民。嗚呼使君一何廉，爲虎殺人人不嫌。使君化虎，食人深山。虎化使君，食人市間。市上何紛紜，不逢猛虎，乃逢使君。猛虎猶自可，爪牙愁殺我。」七律《聞臺郡警》云：「振旅三旬事未難，洪濤枕席百年安。都從絶島求金穴，竟使偷兒探赤丸。上將嬰城惟坐嘯，山農釋耒盡纓冠。風波莫畏重洋險，急斬長鯨遏怒湍。」七絶《戲題列仙傳》十首録四云：「小兒三度偷桃去，歸妹西行竊藥來。搗盡玄霜三萬杵，争知賊手是高才。」「漫説仙家歲月長，春秋風雨劇淒涼。瑶臺不少吹笙侶，還向人間憶阮郎。」「青天碧海净氛埃，回望塵寰百可哀。華表柱頭千載後，不知何事更歸來。」「蓬萊弱水路三千，熟盡蟠桃不記年。輸與淮南作雞犬，傍人門户早成仙。」聞在翰林時，邵楚帆學士稱知交，嘗有指囷之誼。及學士督閩學，實齋墓草宿久矣，且睠睠焉推烏於其數子。風誼之篤，到溉之流當愧死矣。楚帆先生名自昌。

屏麓草堂詩話卷十

晉安莫友棠若愚著

《彥周詩話》：「詩人寫人物態度至不可移易，元微之《李娃行》云：『髻鬟峩峩高一尺，門前立地看春風。』此定是娼婦。退之《華山女》詩：『洗妝拭面着冠帔，白咽紅顔長眉青。』此定是女道士。東坡作《芙蓉城》詩，亦用『長眉青』三字，云：『中有一人長眉青，炯如微雲淡疏星。』便有神仙風度。」予謂名手寫形勝阨要，亦有不可移易者。如明李賓之《出塞》云：「晨發靈州更西望，賀蘭千嶂果雲霄。」定是青海銀州氣象。國朝孟瓶庵先生《渡河》云：「山川自帶英雄氣，楚漢曾聞戰伐勞。」定是廣武、成皋氣象。陳秋坪先生《冷行關》云：「天限重關唯鳥道，江流百叠下魚通。」則定是金川雪嶺氣象矣。

詠史詩貴翻新出奇，不落前人窠臼，又不離於正，方爲佳構。胡上琛《易水》云：「一死酬知己，丈夫非所難。至今過易水，遺恨悮燕丹。」已覺竭力出色矣。而葉毅庵先生《荆卿故里》云：「博浪椎剛中副車，漸離筑擊又成虚。沙丘未到扶蘇在，不爲荆卿劍術疎。」論至奇而理至常，誠爲是題絶唱。覺「此地别燕丹」一作，真閒話矣。

杜牧《邊上聞笳》云：「何處吹笳欲暮天，塞垣高鳥没狼烟。遊人一聽頭堪白，蘇武争禁十九年。」又胡曾《居延》詩：「漠漠平沙際碧天，問人云此是居延。停驂一顧猶魂斷，蘇武争禁十九年。」末與前同，但杜以聞爲主，胡以見爲主，詞同意異，非抄襲也。

蘇文忠《故周茂叔先生濂溪》詩云：「世俗眩名實，至人疑有無。怒遺水中蟹，愛及屋上烏。坐令此谿水，名與先生俱。先生本全德，廉退乃一隅。因抛彭澤米，偶似西山夫。遂即世所知，以爲溪之呼。先生豈我輩，造物乃其徒。應同柳州柳，聊使愚溪愚。」《林下偶談》曰：「山谷稱周濂溪胸次如霽月光風。」又云：「西風壯士泪，多爲程顥滴。」東坡爲濂溪詩云：「夫子豈我輩，造物乃其徒。」蓋蘇之師友未嘗不起敬於周、程如此，惜乎後因嘻笑而成仇讎也。夫道一而已矣，名流與道學豈有歧趨哉？蘇、程仇敵，殆亦安惇、邢恕輩陰構之歟？小人固不樂君子之和如此也。

夫少陵《聞官軍收河南河北》一詩，王嗣奭謂一氣流注而曲折盡情者，蓋惟景迫而情斯真，故能傳驚喜於字句之外如此。友人林澹園集中有《將歸三山戒行有日喜而成咏》一律，其詞云：「忽聞好語是歸期，不覺心欣喜上眉。正是倚閭憂此日，莫將見險憶前時。無田敢説風波苦，浮海方知道路夷。遥望三山在雲外，一帆相送禱神祇。」蓋在淡水將内渡之作也。初，澹園以需次未届，偶就淡水司馬之聘，既延予課子其家，遂就道。乃放洋之次日，忽傳海上翻舶，舉家驚惶。予謂定無此事，蓋以澹園之生平信之也。其弟向日者陳大觀卜，謂是舟於是日即到，並無凶險，浹旬當有好音。如期得澹園信，果然。蓋四舟本同行，忽下午風浪大作，司馬舟漂擱數百里外，其二舟登時覆没。澹園舟當放洋便快駛獨出，於上午已到淡水界之八里坌登岸，蓋不特無凶險之事，且並未知他舟之凶險也。倘非有相之道，安及此？然既爲沉舟側畔之過航，又爲孤寄海外之游子，一有歸期，焉能不喜。而因念母之切，頓忘巨浸之風波，以入世之艱，轉覺涉川之平易，皆能一一寫出。所謂傳驚喜於字句之外者，庶幾近之矣。

澹園《過南平牛坑》中幅云：「停輿憩道旁，問塗尚踟躇。居民爲我言，前村地險僻。牛坑綠林藪，往往劫財帛。官今有行李，護送當盡力。」又云：「因思牧民官，弭盜乃專責。何至道塗梗，宵小任充斥。貽患在養癰，變生恐漸積。」云云。按此等渫屑情事，敘次若不雅馴，何異公牒文字？妙在借用韓之《瀧吏》、蘇之《過嶺》諸篇格調，運以己意，便使時事如繪而仍無俗氛犯其筆端。昔李華藍本漢賈捐之《議棄珠崖疏》以爲《弔古戰場文》，蘇文忠規橅漢《三王世家表》以爲《表忠觀碑》，皆成絶大文章。夫文人固不可無筆，以此觀之，而又豈可無書耶？

唐末周曇有《咏史詩》八卷，《子牙妻》云：「陵柏無心竹變秋，不能同戚擬同休。歲寒焉在空垂涕，覆水如何欲再收。」然則翁子之妻尚非第一蠢婦也。按唐楊志堅嗜學而貧，其妻告離，志堅以詩送之曰：「平生志業在琴詩，頭上如今有二絲。漁父尚知谿谷暗，山妻不信出身遲。荆釵任意撩新鬢，明鏡從他别畫眉。今日便同行路客，相逢即是下山時。」時顔魯公爲内史，妻持詩請牒求别醮，公判云：「王歡之廩久虚，豈遵黄卷；朱叟之妻必去，豈見錦衣。污辱鄉閭，敗傷風化，若無褒貶，僥倖者多。」遂箠之。志堅秀才餉粟帛，仍署隨軍。聞者悦服。後遂無棄夫者。夫妻道無成，婦義從一，乃告離而以詩送之，此古人之忠厚，今人無有也。然觀今之婦女以貧厭薄其夫，曉夜構釁，神鬼不帖。譬如老年病齒，無時不祟。雖曰未離，而牽制之患，不如去之，尚得安息也。志堅之詩蓋已早見及此矣，而厭爲貧家婦者，安得使之誦周曇之詩也。

《池北偶談》：「何光遠《鑒戒録》：王蜀盧侍郎延讓獻王建詩卷中，有『栗爆燒氊破，猫跳觸鼎翻』之句。後建與潘峭在内殿平章邊事，令宫人於爐中煨栗，栗爆出，燒損繡褥子。建多疑，每於爐中燒金鼎子，惟徐妃姊妹侍茶湯而已。是夜宫猫誤觸鼎翻，建曰：『「栗爆燒氊破，猫跳觸鼎翻」，憶延讓詩有此一聯，先輩裁詩，信無虚境。』來日遂有六行之拜。以俚鄙之詞，遂獲顯擢，與孟公『松月夜窗虚』迥異如此。人生窮通，豈非命乎？」按延讓，昭宗光化三年進士，後入蜀爲學士，則節義不必言矣。又《北夢瑣言》，盧有詩云：「不同《文賦》易，爲是者之乎。」復入翰林，閣筆而已。同列戲之曰：「不同《文賦》易，爲是者之乎。」竟以不稱職數日而罷。則才學又不足言矣。王建因句記人而用之，初不必論詩之佳惡也。若謂因此詩而通顯，則適以彰其短，不如鄭綮遠甚矣。盧常自言曰：「生平投謁公卿，不意得猫兒狗子之力。」蓋盧五舉方登第，嘗作詩云：「狐衝官道過，犬刺客門開。」租庸張相誦之。又曰：「餓猫臨鼠穴，饞犬舐魚砧。」亦賞之，故盧云然。總之，五季人心昏濁，好惡每拂人之性，恐李杜生於其間，將反斥而不取也。

徐興公《筆精》：「元至正間，浦江吴清翁渭有月泉吟社，預於丙戌小春月望命題，至正月望收卷，用好紙楷書謄副，聘謝翱爲考官。三月三日揭曉，收二千七百三十五卷，選中二百八十名，首名羅公福，吟社中人。詩限五七言律，刻至六十名止，皆有詩賞者也。第一名公服羅一縑七丈、筆五帖、墨五笏，餘遞差。詩以《春日田園雜興》爲題，公福詩云：『老我無心出市朝，東風林壑自逍遥。一犂好雨秧初種，幾道寒泉藥旋澆。放犢曉登雲外壠，聽鶯時立柳邊橋。池塘見説生新草，已許吟魂入夢招。』」李西涯《懷麓堂詩話》亦載此事。此集未及見。予家有藏本，因録出之。然佳句甚多，不獨公福也。公福本姓連，名文鳳，吾閩人，字伯正，號應山，僞名羅公福。集中皆不著的名云。

閩中詩人結社既久，佳什殊多，集隘不能備録，録同人所熟記者。王成旟《長恨歌題後》云：「老嫗都能解，香山絶妙詞。自然歌勝傳，直比史爲詩。釵股驪宫誓，搔頭蜀道悲。《連昌》才枉擅，吾欲笑微之。」林石甫《石人》云：「强項如卿孰與倫，到頭氣骨總磷磷。獨饒一味純堅質，留得千秋不壞身。落日荒原看對峙，深宵鬼火鎮相親。眼前屹立君休笑，地下長眠尚有人。」陳少逸《鐵丐傳題後》云：「丐亦胡爲者，曾從識字來。風雲遲壯志，霜雪冷殘杯。乞相有知己，英雄無棄材。傷心酬德後，青史二臣哀。」陳春枝《歸鳥》云：「夕照千山晚，長空一鳥遥。倦飛如有意，争樹亦無聊。是處羈棲好，前途風雨驕。稻粱非我計，高舉且來朝。」成旟《門神》云：「颯爽英姿在，褒公與鄂公。棲遲雙闕下，迎送一年中。字滅頻投刺，身閒且障風。却愁聾又啞，不及應門僮。」陳少逸《柳花》云：「春風楊柳條，作花雨瀟瀟。酒熟金陵店，人歸長板橋。微黄撲襟底，淺緑上溪腰。應有閨中婦，愁心絮蕩摇。」《落花》云：「柴門客去酒尊虚，墜落熒熒泣綺疏。別意暫從今日始，相逢不礙隔年餘。自來榮悴天如此，莫怪風流昔不如。誰把酸寒笑梅子，調羹已兆緑陰初。」成旟《雪花》云：「朔風料峭凍雲交，玉屑天公任戲拋。上樹寒添梅作骨，飛霙冷逼鶴歸巢。縱無根蒂堪依託，豈有塵沙可混淆。風味党家消未得，偏宜瘦島與寒郊。」林穆人《素心蘭》中二聯云：「空谷芳馨容我挹，蓬門晨夕與君俱。清風滿座來何許，涼月三更淡欲無。」

其有録稿未經書名，茲亦擇其尤佳者存之。《書屈陶合傳》云：「一賢被放一賢休，兩志都深國社憂。不必沉淪皆合轍，自然節義共千秋。行吟豈獨三閭痛，私謚非徒兩晉優。籬菊澧蘭秋品最，莫將醒醉判名流。」《春草》云：「遥空四望碧離離，多謝東風著意吹。山色水光都不辨，濃晴淡雨最相宜。夢魂北渚蘼蕪醒，消息南園蛺蝶知。拾翠尋芳人似織，一時争唱鷓鴣辭。」《美人狂》云：「談笑風流兩有之，裙釵直欲玩鬚眉。郎猶遜我稱男子，天竟生儂作女兒。未必浣紗真絶代，却憐咏絮不同時。菱花相對還相問，祟椵木蘭孰與宜。」《太白酒樓》云：「一醉不知年，糟丘别有天。酒中傳樂聖，樓上此真仙。風月自今古，江山空墓田。津橋遺跡在，孰是繼青蓮。」《賞菊》頷聯云：「柴門富貴來何晚，我輩文章韵到秋。」《臨卭》云：「須知一點憐才意，尚有千秋任俠風。」《破錢》云：「獨留款式銅無臭，尚剩糢糊字不全。」《崖山懷古》云：「海上風波空寸土，潮頭艨艦是孤關。」《二橋花市》云：「蛾眉鏡裏濃妝待，雁齒橋邊碎錦鋪。」《假面》云：「逢場何必非兒戲，到眼都教作笑顛。」

吟秋詩社陳大樞《憶菊》云：「經年小别又秋期，冒雨開門正此時。淡以相遭何處是，陶然能醉有杯知。留余踪跡霜三徑，想爾丰神月一籬。今日捲簾應更瘦，西風獨立有餘思。」林穆人《問菊》云：「逸人本自有行藏，未叩籬東莫細詳。遲暮不來淹日月，孤高直欲傲羲皇。得天雨露偏消瘦，入世繁華孰晚芳。我欲追詢彭澤跡，好留佳色殿秋光。」高蕊仙名金榜，《咏菊》云：「近來詩句淡於秋，吟到黄花韵更幽。滌筆雅宜涼露浄，含毫欲挾曉霜浮。魏公自著平生節，杜老頻牽兩地愁。一片閒情何處寫，西風簾外思悠悠。」他如林穆人《供菊》云：「瓣香合薦秋風座，盥手高擎曉露盆。」高金榜《問菊》

云：「弱植可能承雨露，後開畢竟歷風霜。」鍾徵瑞《殘菊》云：「剥啄漸稀三徑客，離披猶挺一枝霜。」《對菊》云：「忘言人坐一庭秋。」皆能刻畫盡致。

社中亦有限兩句者，其法拈平仄兩字湊成十四字一聯，或咏物，或空咏，自冠頂至坐脚，總以此兩字，如合下生成，渾然無迹爲佳。若游移枘鑿，如孔、張之立懸間，螟蛉之求式穀，位置失錯，氣息迥殊，掩著雖工，識者無取也。同人悉宗此法，聯吟既久，佳句遂多。玆録其尤粹者，以誌一時風雅之盛。如「長不」七三分咏管仲、羿妻云：「射鉤不死讎偏相，竊藥長生盜亦仙。」「早凝」七二分咏守凍白云：「冰凝河面狐聽溜，雪早梅梢鶴守花。」「今入」七一專咏婦人有身云：「今年梅子酸尤甚，入月桃花信不來。」空咏如「馬勞」七六云：「春雨一犂秧馬疾，松陰夾道伯勞鳴。」「景龍」坐脚云：「湖山日麗無雙景，輦路春游有六龍。」「上憑」七四云：「才非月上難爲妹，人若韓憑始有妻。」「死自難憑生亦夢，天如可上地無人。」「片溪」七五云：「平橋水漲溪痕没，削壁雲銷片石撑。」「蜀關」七六云：「但使漢王安蜀土，可能項籍王關中。」「天下輿圖全蜀險，日邊山海一關雄。」「武光」坐脚云：「地爲栽花留數武，室因鑿壁得餘光。」「祥發有郃歌履武，恩覃少海慶重光。」「中可」七一云：「中涓屢兆亡明禍，可法空勞報國心。」「中宵歌醒葡萄酒，可口須烹窈窕湯。」「句塵」七四云：「難得輕塵紅袖拂，幸留好句碧紗籠。」「廢瓦凝塵留鼠跡，殘碑斷句蝕蝌文。」「錢采」七一云：「采石夜澆名士酒，錢塘春弔美人墳。」「采喝雉盧聲每厲，錢圖龍馬製偏工。」「多戰」七三云：「廢壘戰餘衰草白，暮山多處夕陽紅。」「芭蕉戰雨聲都碎，楊柳多風態更柔。」「甕詩」七一云：「詩苛曹植情何忍，甕入周興法最公。」「多敢」七四云：

「卑官未敢常談政，薄俸無多不療貧。」「作枝」七六云：「鵲巢不墜高枝穩，燕壘重新傑作工。」「掌難合十因枝指，令過通三見作才。」「賞蟲」七六云：「史效《春秋》昭賞罰，經資《爾雅》釋蟲魚。」「任公」七一云：「公孫有後名爲氏，任子多才世可官。」「雪寥」坐脚云：「凍雲壓岫天將雪，涼月窺窗夜正寥。」「燭書」七三云：「漸減燭光窗射月，亂翻書葉案當風。」「一星燭影幽深院，半夜書聲出隔花。」「大衣」七五云：「討賊空餘衣帶詔，創基猶想《大風歌》。」「邊竹」七二云：「三邊拓地秋馳馬，萬竹園關夜駐軍。」

月泉社刻《送詩賞小劄》，羅公福云：「月泉舊社，久盟湖海之交；春日新題，賸寫田園之興。得《周南》而正始，可冀北之空群。執事振響武林，舒翹文苑。種秧洗藥，已朝市之無心；放犢聽鶯，更池塘之入夢。杼機自別，冠冕爲宜。某心所甚欣，手之不釋。詩成奪錦，誦珠玉者翕然；禮以爲羅，媿瓊瑤則多矣。餘如元穎，並致篚筐云」。此固詩人結社之權輿也。特後來者爲時甚暫，人數無多，且考官不能如其望重，詩賞不能如其物豐爲不同耳。

沈歸愚先生《明詩別裁》：「蘇平字秉衡，海寧人，舉賢良方正，不就。《咏繡鞋》云：『南陌踏青春有跡，西厢立月夜無聲。』一時以此得名。然此種有累詩品不少。」按：唐夏侯審官侍御，爲大曆十子之一，只傳《咏繡鞋》詩云：「雲裏蟾鉤落鳳窩，玉郎沉醉也摩挲。陳王當日風流減，只向波間見韈羅。」則秉衡有由來矣。一經先生指出，便覺詩人吟咏要好題目也。

「會心山水真如畫，巧手丹青畫似真。夢覺難分列禦寇，影形相贈晉詩人。」楊升庵先生詩也。按：升庵《畫品》云：「慎少時，先太師與瑞虹、龍崖二叔父看畫，因問二叔父曰：『景之美者，人曰似畫；畫之佳者，人曰似真。孰爲正？」慎對曰：『元微之詩云：「顛倒世人心，紛紛乏公是。真賞畫不成，畫賞真相似。丹青各所尚，工拙何足恃。求此妄中情，哀哉子華子。」』龍崖曰：『詩亦未佳，慎爾可試作之。』遂呈此詩。叔父喜曰：『只此四句，大勝前人。』近病中追憶往事，記而筆之。弘治己未時年十二。」夫先生幼即岐嶷，長更忠節，而卒竄死遐荒。意者天恐以一時之富貴，或埋没其千古之英聲，而特爲是挫折，所以昌其學也夫。噫！

杜荀鶴有「水牛浮鼻渡，沙鳥點頭行」之句，而陳詠又襲之，增兩字爲七言曰：「隔岸水牛浮鼻渡，傍溪沙鳥點頭行。」當時皆見賞於人，然較之鄭文寶「日暖鳧鷖行哺子，春深桃李卧開花」之句，其優劣何如也。善乎楊升庵之言曰：「學詩者動輒言唐詩，便以爲好，不思唐人有極惡劣者。如『一個禰衡容不易』『一領青衫消不得』之句。他如『我有心中事，不向韋三説。昨夜洛陽城，明月照張八。』又如『餓猫窺鼠穴，饑犬舐魚砧。』又如『勿將閒話當閒話，往往事從閒話生。』此類皆下賤優人口中語，而宋人方采以爲詩法，入《全唐詩話》。觀者曰：是亦唐詩之一體也。如今稱燕、趙多佳人，其間有跛者、眇者、羝氳者、疥且痔者，乃專房寵之，曰是亦燕、趙之佳人，可乎？」升庵此語可謂掃盡惡詩氣習。然張蠙固能詩者，乃當時不賞其「殘雪未消雙鳳闕，新春先入五侯家」、「屏間佩響藏歌妓，幕外刀光列從官」，而賞其「牆頭細雨垂纖草，水面回風聚落花」之句。好尚如此，人心隨之，安得不惡劣哉？按明劉績有《早春寄白虚室》詩，頷聯云：「殘雪未消雙鳳闕，春風先入五侯家。」詞意相同已甚，不作可也。

施怡巖，侯官人，家住小西湖畔。少讀書，既而知爲士之苦，去而習吴道子之業，一仿即工，乃市隱於清遠門橋北古仙宮里之右。求真者日接踵，皆面如其面以去。怡巖能作有畫處之畫，並能作無畫處之畫，故不怪其唐突者固多，而怪其刻刺者亦復不少。嘗以待演之真張之壁間，過之者雖半面亦奪目駐足，識爲某某焉。兼工李思訓、洪谷子、荆、關之技，及小李將軍、元四大家之小演，以其心思，參其點綴之妙，雖李賁大小采不足多也。故當事大紳及以貲自雄者欲寫意，舍怡巖無可屬。怡巖既得免爲士之苦，仍欲享爲士之福，得錢營産外，即買書。又於史籍中擇其古奥者習之，故作小詩，每有縋幽鑿險之趣。然珍如拱璧，不輕示人也。但得其《西林畫室偶成》云：「囂塵湫隘置身安，辜負湖西一釣竿。可惜胸中好丘壑，年年畫與別人看。」怡巖素敦手足之愛，伯兄某卒後，家無擔石，能以禮贍其寡嫂孤姪，數十年如一日，故大雅重之云。

按唐太宗時，閻立本勑畫《十八學士登瀛洲圖》。群公陪侍殿上，立本蹲伏墀下，畫畢，歸戒子弟，不必再習此藝。又五代孫魴之父，畫工也，魴依湖南馬氏爲中書舍人，王徹草誥，詞云：「李陵橋上，不吟取次之詩；顧愷筆頭，豈畫尋常之物。」魴終身恨之，則畫不貴矣。然曾南豐先生《跋西狹頌》謂所畫龍、鹿、承露人、嘉禾、連理之木，則漢畫已可貴矣。又唐李頎《贈張諲》詩云：「小三疲體閑支策，落月梨花空滿壁。詩堪記室妬風流，畫與將軍作勁敵。」則名流又推重矣。至宋徽宗乃立畫苑，以詩句爲試題，品其藝之高下。至元則有畫院。明楊升庵乃有《畫品》，與《書品》並列，則畫亦既貴矣。然則貴與不貴，惟在世之重與不重耳。夫貴與不貴，惟在重與不重，豈獨畫也哉！

韓蘄王夫人梁氏，京口官妓也。五更入府，候賀朔於廟柱下，見一虎蹲卧，鼻息齁齁然，驚駭走出。已而，人至者，衆復入視之，乃一卒也。因蹴之起，問其姓名，爲韓世忠，心異之，密告其母，遂訂爲夫婦。韓邀兀术於黄天蕩，梁夫人親爲擂鼓，幾成擒矣，一夕鑿河遁去。夫人奏言世忠失機縱敵，宜加罪責，舉朝爲之動色，誠奇女子也。故前人有「半壁江山留戰迹，一家婦女盡英雄」之咏。按杜詩用《李陵傳》語，有「婦人在軍中，兵氣恐不揚」之句，是女子不宜從軍也。然唐有娘子軍，宋有婦人城，則女子能戰勝矣。昔梁湘東王出軍，有以婦人從者，王曰：「才愧李陵，未能先誅女子；將非孫武，遂欲驅戰婦人。」而徐君藉曰：「項籍壯夫，猶有虞兮之歌；紀信成功，亦資婦人之力。」惜未及見後代平陽主、梁夫人之事也。

《閩小紀》：「謝在杭先生未第時，游杭之六和塔，欲題詩，有僧遽奪其筆，曰：『勿疥吾壁。』後既釋褐，司李武陵，重游其處，合寺徒衆鼓吹拈香跪迎。問奪筆僧，已逸去，先生大笑，乃題舊處云：『雙旌五馬繞江城，驚起山僧合掌迎。三載重來渾似夢，終軍原是棄繻生。』」蓋與唐王播所題「二十年來塵撲面，而今始得碧紗籠」同出一轍，勢利待人，固禪門第一衣鉢也。吾鄉饒心耕先生《游洪山寺》云：「山僧不用買山錢，佔盡名山且有田。野老扶犂勞晚歲，上方趺坐樂豐年。樓臺任結無塵地，松柏長依自在天。我亦有心甘屏跡，幾回凝望白雲巔。」以吾輩名勝游藝之區，盡化爲禿子藏垢納污之地，江河日下，覺一僧不如一僧也。

秋坪先生《文信國琴爲賦長句》題下分注：「上刻文信國詩云：『松風一榻雨瀟瀟，萬里封疆不寂寥。獨坐瑶琴遺世慮，君恩猶恐壯懷消。』後題云：『時景炎元年，蒙恩遣問召入，夜宿青原寺感懷之作，譜於琴中識之。』」按《左海詩鈔》亦有此題，題下注云「文信國琴鎸五十六字」云云。今秋坪詩注信國詩二十八字，其詩引自「時景炎」至「琴中識之」祇二十六字，合計祇五十四字。蓋末尚有「文山」二字也。

古田丁琢豪，年七十餘猶與童子試。好作小詩，逢人即以質正，故卷首多名公題序。《洪江曉發》云：「買得蘭橈趁曉風，滿江宿霧尚濛濛。回頭不見橋何處，上瀨方知日已東。沙圃菜蔬村落外，岸蘆鷗鳥水波中。此生自愧多飄泊，又向危檣歎轉蓬。」《翠屏朝雨》云：「東有長橋北有亭，亭前山護曉嵐青。鷓鴣似喚行人看，一帶分明是畫屏。」《搢笏石》云：「金闕玉階未了因，如何搢笏落風塵。石巖有此朝天象，想是前身草莽臣。」《苦雨》云：「淋漓雨不止，十家九呼癸。米價日增高，賈喜富更喜。」琢豪名球。

侯官貢士林香竹先生有文名，擅詩賦，工書法。幕游粵中，適福忠勇公督兩粵，各屬賀啓祇稱「中堂」，惟先生特增「公」字於上。中堂詢知，爲遍示屬吏，稱立言得體。由是當事有所禀啓，必於先生屬稿，其識見有以動巨公如此。詩有《復心齋集》四卷。《南雄寓中》云：「旅館何人問，飄蓬隱此中。擕樽春釀緑，入眼晚燈紅。吴楚雙江合，關河百粵雄。相思誰與語，離緒託飛鴻。」《雨後對月有懷》云：「蕭齋雨後草纖纖，緑上庭堦月上簾。分得清光供玉案，憑他芳思寄牙籤。人當夜静詩情勃，愁爲春深酒債添。無以遣懷宵不寐，一時索句漫巡簷。」《讌集烏山》中聯云：「霜鬢衰零如白鶴，秋容憔悴過黄花。」亦佳。令似壽峰，雅有好客風，絶甘分少無吝也。隸書古篆，一時無能出其右。詩少作，及歸自江南，有游草數十篇，其《宴集清涼山一拂先生祠》前四句云：「江南仕宦盡吾閩，此地來游氣象新。好水好山如好畫，名卿名宿本名人。自注：時林少穆中丞、廖鈺夫學使、楊竹圃方伯、李蘭卿、楊雪椒兩觀察、廖竹臣司馬俱集。」凝重高華，筆足以紀盛事。他若《莫愁湖題壁》中聯云：「千載香魂風月老，六朝金粉古今愁。」亦佳。其子秋濤，年少岐嶷，詩具韓、李之才，字入七觀之室。戊子登賢書，年甫踰冠，名聲若日。公車病返，旋卒。天不與年，可惜也。問其詩稿，壽峰云已被人匿爲秘本矣。先生名懋光，壽峰名建屏，秋濤名其瀚。

福州之屬邑曰閩清，邑南有山曰鍾南，蓋神仙窟宅也。有二樵入山，夜憩茅店下，忽一人自外至，袖芋數枚，煨落葉以啖，遲明不見，但題詩木葉云：「偶與水雲會，不與水雲通。雲散水落後，杳然天地空。」國朝乾隆間，侯官布衣蔡外山過其地，題二十八字云：「盤谷懸崖取路迢，鍾南麓有度仙橋。山靈出没無人識，偶向深林悟采樵。」外山名登雲，號嵐村，著有《嵐村詩稿》。兹擇其可存者録之。《海濱即事》云：「羡彼村居樂意關，前臨大海後依山。不多户口風偏古，無數松篁景最閒。業任漁樵隨所適，羞羅水陸兩無艱。桃源勝蹟依稀在，爲問何修到此間。」《雨後登樓》云：「客愁不耐雨連綿，雨後登臨亦愴然。編户共深鴻雁計，鄉心端有鷓鴣傳。溪頭漲急催斜日，嶺外雲歸滯濕烟。我亦無心輕出岫，天涯悵觸自年年。」《羅源曉發》云：「曉發羅源縣，群峰插霧中。雞聲殘夜月，馬首亂山風。揮手霜凝白，當頭日未紅。莫愁前路失，犬吠小橋東。」《和紫元道人》云：「本來面目淡如秋，色相空空不解愁。歷盡乾坤無個事，此身只合白雲留。」《宿清風嶺》云：「奚囊作伴僕相從，浪跡天涯寄客蹤。今夜清風嶺頭宿，不知吹夢落何峰？」《京口覽勝》云：「波濤洶湧水雲寒，京口停舟仔細看。源發岷江七千里，金焦兩點障狂瀾。」偶句如《晚眺》之「峭石疑人立，孤雲帶鳥飛」，《度嶺》之「回頭漸覺村墟少，放眼應知天地寬」，《春晴》之「萬里碧天塵翳渺，一泓新水黛痕生」，《冬夜雨雪》之「寒侵重幕帷燈冷，光入疏櫺匣劍鳴」，《海棠》之「緑章自合陳丹陛，翠袖偏宜映絳紗」，皆有合詩人之旨。

王季木名貞理，予友成旗學博之少子也。隨父桐川官舍，年十五，讀書兼習韵語，歲餘即得詩盈帙。及成旗以目疾引歸，令習他業，季木重違嚴命，勉强從事，然非其願也。憂至傷人，遂食不下咽，一病不起。成旗自傷不善養之也。既喪明，又哭子，無以自解。其家嗣貞運茂才，因以季木遺稿進，成旗以示予。予擇其可取者采而録諸《詩話》，俾不至終於湮没也。庶可以慰老友望思之情也歟？其《詠月》云：「初升屋角夕陽殘，獨轉花間影尚寒。幾夜分明疑照鏡，少時不識正呼盤。暮雲深處飛孤鳥，高樹涼時下遠巒。更有騷人臨此景，又將索句倚欄看。」《詠貓》云：「雪姑性本好魚鹽，腥味相投意不嫌。閑看銜蟬真嫵媚，夜知捕鼠更威嚴。每尋蔭處爲眠室，時欲歸來認畫簷。價值數金非是貴，相傳子午眼能占。」《飼蠶》云：「月令春來浴種堪，家家閉户飼吴蠶。終朝葦薄千頭老，幾度繅盆萬□涵。幼婦三更燈自照，貧家五月價先探。勤勞□與何人著，歌舞場中夢正酣。」《夢遊小西湖》云：「昨宵夢到西湖上，緩帶輕裘獨往遊。雲散四圍春日麗，花開兩岸曉風柔。山深鳥自畫中出，水闊船如天際浮。難得此時清景好，醒來猶覺小窗幽。」

屏麓草堂詩話卷十一

晉安莫友棠若愚著

余素不喜釋典文字，前得良臯《微華寶懺》一篇讀之，見其前責釋氏之譸張，後咎鄙儒之凡陋，是名爲偈而實箴也，故録之云：「煩惱在其心，寢處所不去。何以空門寂，而鬋鬚與髮。口腹養陰陽，彼虎乃食肉。龍王生十子，其性各有耆。一切有爲法，愚者自禁梏。身軀而心馳，形就而神離。末法南北轅，人天所不喜。幸我佛心印，乃作鬼撕混。顛倒復迷離，劍首隨一吷。所以七十年，生老而殞滅。七十年以後，此種無人嗣。而彼踢虛空，虛空自粉碎。色相是無著，況乃是意想。一切成眷屬，食肉亦食酒。謝彼三鬼交，遷其衆鬼穴。清涼成區宇，在在皆西土。以我慈悲心，普照功德林。來耳生雲礽，延延而綿綿。皇圖日鞏固，帝道日遐昌。七寶鎮浮屠，比户編茅是。我佛大如來，堂上椿萱翠。法喜與善財，和樂耽平易。士筆農之鉏，萬二千人俱。商賈積貲財，佈施可誰如。我佛卍、、文，日月經天地。如彼羲一畫，有説皆詞費。八足孳而蕃，尼山豈不愕。我欲往問師，南無阿彌陀。」末云：「若愚遠道寄紙，索獻雙醜，檢行篋，得《微華寶懺》，摘録頌語一偈。時道光三年二月望後，小弟陳茂堅拜書，時寓研白鶴峰下。」

《小雅》笙詩有聲無辭，晉束晳補之。唐國子博士吴興丘光庭效其體，補《新宫》、《茅鴟》二詩，自序謂《新宫》辭義俱失，細考之，爲文王之詩。新宫，居處之宫也。蓋文王作豐之時，新建宫室初成而祭之，因以宴賓客之詩也。《左傳・昭公二十五年》：「叔孫昭子聘於宋，公享之，賦《新宮》。」又《燕禮》「升歌《鹿鳴》，下管《新宮》」可證，其體則《小雅》焉。謂《茅鴟》刺食禄而無禮者，君子以茅鴟之不若，作詩刺之。《左傳・襄公二十八年》：「齊慶封奔魯，叔孫穆子食慶封，慶封氾祭，穆子不説，使工爲之誦《茅鴟》。」杜元凱曰：「《茅鴟》逸詩，刺不敬也。」可證其體則爲《風》焉。原文頗繁，兹約之如此。夫廣微詩，昭明收入《文選》，故至今膾炙人口。而此二詩序文考證詳博，詩辭胎息樸茂，而十餘年來未聞有見他説，以廣後人之覽誦焉，倘亦辜作者之苦心也。雖編者或有遜昭明之才，而作者則無愧束皙之雅，因不辭僭妄而録之，倘亦論世知人、共賞與析之一助也夫！其《新宮》詩曰：「奂奂新宮，禮樂其融。爾德惟賢，爾□惟忠。爲忠以公，斯筵是同。人之醉我，與我延賓。奂奂新宮，既奂而輪。其固如山，其儼如雲。其寤斯安，□□□分。我既考落，以宴群臣。奂奂新宮，既祭既延。我□□鏞，於以醉賢。有禮無愆，我有斯宮。斯宮以安，康後萬年。」其《茅鴟》曰：「茅鴟茅鴟，無集我岡。酒食汝飽，莫我爲祥。願彈去汝，來彼鳳皇。來彼鳳皇，其儀有章。茅鴟茅鴟，無啄我雀。汝食汝飽，莫我肯略。願彈去汝，來彼瑞鵲。來彼瑞鵲，其音可樂。茅鴟茅鴟，無搏鶖鶹。汝食汝飽，莫我爲休。願彈去汝，來彼鳲鳩。來彼鳲鳩，食于其周。茅鴟茅鴟，無嗜我陵。汝食汝飽，莫我好聲。願彈去汝，來彼蒼鷹。來彼蒼鷹，祭鳥是徵。」

前明福清葉文忠公曆相三朝，當國家多事之秋，備極忠悃彌縫，甘於任怨任責，惟保全朝局不壞是念。温陵林方伯欲楫書公碑記，言之詳矣。先師蘇年先生過公墓七律一首，語簡而意該，其詩云：

「明祚將移晚更哀，綸扉再召起蒿萊。眼看北寺爲元輔，名入東林作黨魁。束手何緣支大厦，乞身空自念遺骸。只今人抱滄桑感，墓隧春深上緑苔。」

《堅瓠集》：「嚴子陵本姓莊，避顯宗諱改姓嚴。子俞子詩云：『千古高風想子陵，釣臺緣此幾人登。誰知避諱更嚴氏，灘與州名總誤稱。』」按秦始皇名政，改「正月」之「正」爲平聲。漢景帝名啓，改「啓蟄」爲「驚蟄」。武帝名轍，改「蒯轍」爲「蒯通」。光武名秀，改「秀才」爲「茂才」。唐高祖名淵，改「淵明」爲「泉明」。又《淳化帖》卷十「七月二日，獻之白」云云，注「世」字闕中畫，作「廿」字，乃唐人臨摹去之，以避太宗諱也。諸如此類，不一而足。

國朝葉文敏公方靄官翰林學士時，修《四書講義》至「羔裘玄冠不以弔」爲聖諱，商於同僚，俱不能對。翰林典簿穆維乾曰：「大字當仍原字以尊經，小注改『元』字以避諱。」問何所本，對曰：「《中庸》『慎獨』乃原字，小注改『謹』字。」文敏大悟，曰：「予自幼疑此，始知朱子爲避諱也。」從此深加敬禮。

以詩答詩易，以詩答書難。謂既不同體，又須諧音，其中之情事曲節，均要詳略得當，包孕無遺，又風雅可誦，方爲合作。己丑予在海壇，貽書陳偶峰。偶峰答以詩云：「一輪秋色照華巔，去歲闈中今獨眠。范蠡五湖頻入夢，枚乘八月喜傳箋。側聞絶島禋名宦，應卜餘慶衍後賢。教學知君兩無負，好將佳話紀青氈。」配搭妥帖，脈絡分明，足當少陵「細」之一字。記唐人有《寄江滔求孟六遺文》五律云：「南望襄陽路，思君情轉親。遥知漢水遠，應與孟家鄰。在日貪爲善，昨來聞更貧。相如有遺草，爲一問家人。」四十字中，曲盡代書能事。然以詩與人可己意成之，以偶峰答書之作較之，反覺後來居上。嘗索偶峰詩，謙而不出。録此以質世之知詩者，庶知予言非阿好也。

「小忽雷」者，唐文宗内庫琵琶名也。國朝孔東塘所藏牙軸，系以詩云：「古塞春風遠，空營夜月高。將軍多少恨，須是問檀槽。」「中丞唐女部，手上舊雙絃。内府歌筵罷，淒涼九百年。」吾鄉李蘭卿運使爲舍人時，得其拓本，陳恭甫太史題云：「太和遺製五絃絚，鐵撥檀槽妙手能。當日梨園誰弟子，淒涼女部鄭中丞。文宗内人。」「玉環唐明皇琵琶名。已破玉宸宫名。空，流落人間鳳臆工。想聽阿翹天上樂，内廷愁看牡丹紅。見《杜陽雜編》。」「奏罷楓香又緑腰，後來申米亦寥寥。自注：咸通中，米和、申旋皆善彈小忽雷。見《樂府雜録》。千秋翻出《桃花扇》，配與《吟蟬》《大海潮》。自注：孔東塘有《大海潮》、《小吟蟬》二琵琶歌，見《湖海詩集》及《池北偶談》。」

宋真山民《題陳雲岫愛騎驢》長句云：「君不學少陵騎驢京華春，一生旅食長悲辛。又不學浪仙騎驢長安市，淒涼落葉秋風裏。却學雪中騎驢孟浩然，冷濕銀鐙敲吟鞭。梅花溪上日來往，身迹嬾散人中仙。有時清露松下路，松風蕭蕭驢耳豎。據鞍傲兀四無人，牧子騎牛相爾汝。勸君但騎驢，行路穩，姑徐徐。九折畏途鞭快馬，年來曾覆幾人車。」《西湖圖》七律云：「兩袖春風一杖藜，等閒踏破柳橋西。雲開遠嶂碧千疊，雨過落花紅半溪。青旆有情邀我聽，黄鸝無恨爲誰啼。東城正在桃林外，多少遊人逐馬蹄。」句之佳者，五言如「鳥聲山路静，花影寺門深」、「風蟬聲不定，水鳥影同飛」、「花影掃不去，草根鋤又生」、「家貧書是業，身老睡爲鄉」，七言如「隔浦人家漁火外，滿江秋思笛聲中」、「幾畝桑麻春社後，數家雞犬夕陽中」、「泉石定非騎馬路，功名不止釣魚舟」、「黄粱富貴百年短，青史是非千載長」、「路從初日紅邊過，人在野花香裏行」。最佳如《杜鵑花》云：「歸心千古終難白，啼血滿山都是紅。」皆可誦。按《四庫全書提要》略云：「宋真山民集始末不可考，李生喬歎其不愧乃祖文忠，以是疑姓真。或云本名桂芳，括蒼人，宋末嘗登進士。舊本題曰《真山民集》，仍之。《宋·藝文志》不録，明焦竑蒐宋人詩，亦未載。《江湖小集》始收之，亦未備。此本出浙江鮑氏《知不足齋》，然皆近體。《元詩體要》中録其《陳雲岫愛騎驢》古詩一首，詩格出於晚唐云。」又吴之振序，末以張伯□謂宋末一陶元亮，非過論也。又國朝祖舫齋尚書題《浦城遺書·真山民集》，大略相同，而或以「蜂王衙早晚，燕子社春秋」、「烟碧柳出色，燒青山返魂」、「雲開遠岫碧千叠，雨過落花紅半溪」爲洪布衣句，何也？

《全唐詩話》：「劉昭禹嘗與人論詩，曰：『五言如四十个賢人，著一字如屠沽不得。覓句者若掘得玉合子底，必有蓋，但精心求之，必獲其寶云。』」按上論謀篇之純，不如是則錦葛同裘，賤而不貴矣；次論尋對之切，不如是則枘鑿不入，仇而非耦矣。此皆艱苦閲歷之言，當奉爲圭臬者。乃若詠古題而入今事，莊重題而出輕佻，闊大題而落細纖，節烈題而涉慢褻，句典重對以不經，句渾成對以矯强，句兜裏對以散緩，句用事對以杜撰，是皆於詩教有乖，非風雅之所有事也。

《消夏録》：「岳武穆墓詩頗多，二詩最佳。葉靖逸云：『萬古知心只老天，英雄堪恨復堪憐。如公少緩須臾死，此虜安能八十年。漠漠凝塵空掩月，堂堂遺像在凌烟。早知埋骨西湖裏，悔不鴟夷理釣船。』趙松雪云：『岳王墓上草離離，秋日荒涼石獸危。南渡君臣輕社稷，中原父老望旌旗。英雄已死嗟何及，天下中分遂不支。莫向西湖歌此曲，水光山色不勝悲。』」按詩以風格遒上爲宗，二詩格律庸弱不必論，但論詁題。葉作起不切，次聯無聊，腹聯有意又欠鑪錘，結二句則的非武穆本意。趙作通首更無聊矣。求其合作，惟前明高季迪《弔岳王墓》詩庶幾焉。詩云：「大樹無枝向北風，十年遺恨泣英雄。班師詔已來三殿，射虜書猶説兩宮。每憶上方誰請劍，空嗟高廟自藏弓。棲霞嶺上今回首，不見諸陵白露中。」起四句切定武穆之忠説，移掇他人不得；而首句妙在倒從後事逆入，勢不落平。五句用朱雲事反襯，以擊秦檜；六句用漢高事正按，以咎高宗。末反用少陵《洞房》詩作結，以收題中「墓」字。通篇義綜忠憤，氣薄風雲，悲壯淋漓，直入少陵之室。後有作者，不可及矣。《別裁》云：「諸本作『千年遺恨』，應以『十年』爲典。」今從之。按西湖岳廟聯云：「蘄王夫婦，涪王兄弟，岳王父子，萃河嶽精靈，祇扶半壁；兩字君恩，四字母教，五字兵法，灑英雄血泪，孰定中原。」此題聯對亦成塵劫，今得此脱略超越之作，庶令人耳目一新。録之。

陳恭甫太史《梨嶺謁李建州祠》七律云：「翠竹青巒上石稜，建州遺廟此崚嶒。流連故老祠朱邑，慘澹陰風戰李冰。詞客才名誰繼踵，鬼雄魂魄敢虚憑。何當下馬尋墟墓，一琖寒泉酹野藤。」自注：「唐詩人李頻也。」舊傳國初王師下閩，神有護衛功，今訛爲五顯廟。《唐書》：字德新，睦州壽昌人，少穎悟，屬詞於詩尤長。姚合爲詩，頻丐其品，加獎挹，以女妻之。大中八年進士第，擢御史，守法，遷員外郎，表建州刺史，以禮待下，建以安。卒，父老爲立廟梨山祠之。又林竹佃先生《謁李公廟》詩云：「衮衣挂樹本荒唐，故老爭詳召伯棠。五顯神靈留嶺嶠，千秋詩卷託桐鄉。芝城遺澤聞風地，龍井流泉禱雨場。猶有村民勤守塚，年年牲酒話烝嘗。」自注：「相傳公喜梨山，卒，風吹衮衣挂桑樹，因卜葬。」然公葬婺州，鄭谷、曹松詩可證。民祭不絶，意邦人不忘公德歟？「五顯」，即公俗傳自誤云。據此，今榕垣五顯廟當改爲李公祠。

甌寧萬虞臣先生以名進士授中書舍人，講學榕垣。偉軀幹，腰腹十圍，學問過之，而猶好學不倦。聞蔡越峰先生家多藏書，即與其子茂才名輔者爲婚姻。嘗請觀，酬酢都遺，寢食幾廢，盡讀所未見者乃去。晚始學書，即有名公筆意，乃鎸印章，曰「收之桑榆」。移居于山之九曲亭，自書楹帖云：「屋小如舟，學海文瀾供嘯傲；室貧似罄，筆歌墨舞和鏗鏘。」予友葛心如，其高業弟子也。心如族叔祖母余孀，且子幼貧，需佽助，屬予作四六啓。先生閱「未亡人幾不欲生，藐諸孤其何能育」之句，欲令見之。令子所鍾孝廉與予同事鄭蘇年先生，天資學問，時有瓌、頲之稱。嘗試院作《鷓鴣》詩，爲督學恩雨堂少宰所賞，而目角露光，修文遽召。如先生之學，而不能如先生之壽，殊可惜也。先生名世美，所鍾名雲程。

漢諸葛公品學忠勳，千載下訖無遺議。而唐薛能《籌筆驛》詩云：「葛相終宜馬革還，未便天意便開山。生欺仲達徒增氣，死見王陽合厚顔。流運有功終是擾，陰符多術得非姦。當初若欲酬三顧，何不無爲似有鰥。」吁，可怪哉！考能汾州人，會昌進士。咸通中節度徐州，徙忠武。廣明元年，徐軍戍溵水，經許，能以舊軍館之城中，大將周岌乘衆疑逐能，因屠其家。夫能既蹈陳壽「將略非所長」之誣，又昧鄭人不館王子圍之義，則身死家滅也固宜。詩之悖謬，不待言矣。

唐劉禹錫《讀張曲江集引》云：「世稱張曲江爲相，建言放臣不宜與善地，多徙五溪不毛之鄉。及今讀其文，自内職牧始安，有瘴癘之歎；自退相守荆州，有拘囚之思。託諷禽鳥，寄意草樹。嗟夫，身出於遐陬，一失意而不能堪，矧華人士族而必致醜地。論者以曲江爲良相，識胡雛有反相，羞凡器與同列，密啓廷争，雖古哲人不及，而燕翼無似，終爲餒魂，豈忮心失恕，陰謫最大耶？因詩以弔曰：聖言貴忠恕，至道重觀身。良時難久恃，陰謫豈無因。寂寞韶陽路，魂歸不見人」云。夫文生岐下，豈限陬華；舜有商均，何執燕翼。矧多捃摭浮談以謗賢者君子，於此即知其必入王叔文之黨。何也？於臭味之異同得之也。且唐《宰相世系表》、《紀事》張偁爲曲江之孫，有《辭房相公》七絶一首，豈尚不可雪燕翼餒魂之爲厚誣耶？

海壇湯天池鎮軍妙音律，工繪事，善詩文，前戊臺卒歸骸，自爲文祭之，軍民皆泣下沾襟。召黄巖，臨行留别末四句云：「舊雨多情生我感，新詩無句和人難。匣中剩有吴鈎在，夜起挑燈續續彈。」字宗黄山谷，曾於舊同學孫綏堂扇頭見之。鎮軍名攀龍，蘇州人。

國初劉青溪維宣，號省翁。其先以漢軍從龍世襲武職，臺陽之役，以軍功晉秩三品。乾隆己巳予告，今尚食半俸，授徒稱詩，年七十餘矣。嘗有句云：「鄰家見慣無烟火，來乞先生辟穀方。」古儒將風流，可謂再見於二公矣。

福清葉蔚文，居嵩口，家有望烟樓，晨登眺望，有斷烟者即周之。乃遭怨家告訐，幾罹重禍，蒙恩省釋。孟瓶庵先生晚晤，贈詩云：「宦游動隔路三千，憶别同經二十年。直到投簪難握手，可堪攬鏡各華顛。風波憂畏初無地，雨露生成總信天。話到主恩高厚處，看君喜極泪還漣。」按鄂文良公《登甲秀樓》詩云：「炊烟卓午散輕絲，十萬人家飯熟時。問訊何年招濟火，斜陽滿道武鄉祠。」葉之分量雖不及文良，亦可謂一鄉之善士矣。乃又有誣之者，小人不樂成人之美，而喜陷人以罪如此夫！幸聖人在上，獲蒙寬宥。先生之詩所以流連三致意也。葉名廷推，乾隆癸酉進士，官龍巖教諭。

李義山《贈司勳杜十三員外》詩：「杜牧司勳字牧之，清秋一首《杜秋詩》。前身應是梁江總，名總還曾字總持。心鐵已從干鏌利，鬢絲休歎雪霜垂。漢江遠弔西江水，羊祜韋丹盡有碑。」按三四兩句以江總名字切杜牧名字，遂不對直下，當是創格。若後人則須尋對，方稱整贍。末韋丹是本事，以羊祜襯用連講，不用單托。雖上句以漢江起西江，究賓主未甚分別。凡此體在後人皆謂之欠結撰，大家名家偶爾固不論，然終不可爲訓也。考《通鑑》大中二年正月，上與宰相論元和循吏孰爲第一，周墀曰：「臣嘗守土江西。聞觀察使韋丹功德被於八州，没四十年，老稚歌思，如丹尚存。」乙亥詔史館修撰杜牧撰丹遺愛碑以記之。元和，憲宗紀元；大中，宣宗紀元，憲宗第十三子。

元虞伯生目被蕪菁子毒，遂病青盲。韓詩《感春》次首：「黄黄蕪菁花。」注：「《方言》：蘴、蕘，蕪菁也。陝、楚謂之蘴，齊、魯謂之蕘，關西謂之蕪菁，趙、魏之間謂之大芥。《本草》：即蔓菁也。」《風月堂詩話》：「東坡南遷，參寥居西湖智果院，作《湖上絶句》云：『去歲春風上苑行，爛窺紅紫厭平生。而今眼底無姚魏，浪蘂浮花嬾問名。』『城隈野水緑逶迤，裊裊輕舟掠岸過。欲采芝蘭無覓處，野花汀草占春多。』詩既出，遂坐譏刺得罪，返初服。」按詩尚平淺，意則刻深，論詩不足爲公友。公非交其詩，乃交其品也。故公惠州答書曰：「專人遠來，辱手書並示近詩，如獲一笑之樂，數日喜慰忘味也。」按此僧膽實大，膽大而眼更大；若他僧則「浪蘂浮花」即姚魏矣，「野花汀草」即芝蘭矣，惟寥不然，宜其得罪返初服也。雖然，返初服，寥所不樂，而又他僧之所最樂也。其如無寥之品、之詩，又不能得罪返初服，何哉？

鼓山主僧了堂上人能詩，時慶雨林將軍鎮閩，嘗過寺留詩，上人和「纓」字韵云：「十里桑麻迎棨戟，兩山旗鼓拜簪纓。」將軍賞之，捨金錢爲贖寺產。予與葛心如、林倜叔諸友嘗小集莊秦川書齋，適上人至，喜曰：「諸公興不淺，何不入山一游？」於是盤桓方丈者數日。嘗在石塔下院和將軍《貽佛手柑詩》，因予與倜叔至，强爲捉刀。句成，了公曰：「吾不及也。」爲作湯餅以酬。鼓山爲全閩勝地，前主僧敗落殆盡，了公經營十餘載，始復舊規，晚更於嶺上修建七亭，而全山之勝始無缺憾焉。蓋亦沙門之亢宗者也。

唐吴融《敷水遇丐者是馬侍中諸孫憫而有贈》：「天地塵昏九鼎危，大貂曾出武侯師。一心忠赤山河見，百戰功名日月知。舊宅已聞栽禁樹，諸孫仍見丐征歧。而今不要教人識，正藉將軍死鬬時。」按融爲龍紀進士，昭宗之世，唐祚將亡，當乘輿播遷、權奸跋扈，顧景不暇，安能念及勳舊子孫？且唐之功臣，孰有過於汾陽？祚當元和，亦適在中葉，而張籍《法雄寺》詩：「汾陽舊宅今爲寺，猶有當時歌舞樓。四十年來車馬絶，古槐深巷暮蟬愁。」處國家中興之後，正旂常未泯之時，而第一功臣之宅已不能保，況其他哉！昔李師道欲以五千萬緡贖魏文貞宅，白居易謂：「事關激勸，師道何人，敢掠斯美！」於是朝廷贖以賜文貞孫謩。則此時唐尚有人也。又張偁爲曲江族孫，見《宰相世系表》，《紀事》

云天寶、至德間人。其《辭房相公》云：「秋風颯颯雨霏霏，愁枉恓惶一布衣。辭君且作隨陽鳥，海内無家何處歸。」不遇白傅其人，是倆之不幸也。三詩吴作激越，張作冷峭，倆作淒楚，皆足見唐待功臣之薄，太宗之業所以衰也。

《晉書・謝萬傳》：「字萬石，時謝氏尤彦秀者，稱封、胡、羯、末，封謂韶，胡謂朗，羯謂玄，末謂川，皆其小字也。韶、朗、川並早卒，惟玄以功名終。」按封、胡、羯、末可對少陵四弟，曰穎、觀、豐、占。《同谷縣歌》：「有弟有弟在遠方。」趙傁曰：「公四弟曰穎、觀、豐、占，各散他郡，惟占從公入蜀云。」

唐李群玉《漢陽春曉》詩：「漢陽抱青山，飛樓映湘渚。白雲蔽黄鶴，緑樹藏鸚鵡。」憑高送春目，流恨傷千古。遐想禰衡才，令人怨黄祖。」格調雅飭，詞意藴藉，無晚唐衰靡庸劣氣習，可誦也。但詳詩意，自是用鸚鵡洲對黄鶴樓，以起後半篇意，斷不可作鳥名解也。乃排律詩有賦是題者，通篇皆作鸚鵡鳥藏於緑樹之中，何也？

雅南詩社咏韓致堯限庚韵七律，首取者爲予與林石甫，然當時皆擊鉢而成，非同削稿窗下，必求爲傳作也。他日陳偶峰評予詩云：「禍之在前者，知其馴致；禍之在後者，知其已萌。韓固先幾，詩亦卓識，可作冬郎一篇傳贊。」因欲求石甫詩，苦不甚省記，昨乃於友人便面見之，急録云：「腕可斷詔不可草，一朝人物一先生。清流幾輩能謀國，香草如君總寄情。時事且須長醉夢，苦心誰與共功名。干戈滿地詩才老，又作閩州萬里行。」按范光實《詩眼》云：「文章貴衆中傑出，同賦一事，工拙易見。予行蜀道，過籌筆驛，如石曼卿詩『意中流水遠，愁外舊山青』，山水處便可用，不必籌筆驛也。殷潛之與小杜詩甚健麗，亦無高意。惟義山親切，又有議論，他人不及也。」又云：「世人但知巧麗，止得皮膚，其高情遠意皆不識也。」予欲以移贈石甫。惟原詩末句是「獨作閩南萬里行」，似較長。其入手句法乃仿韓體，如《送區宏南歸》之「落以斧引以纏徽」、《陸渾山火》之「雖欲悔舌不可捫」是也。予詩云：「馴致凶渠踞兩京，冬郎孤憤不勝情。鳳毛望重蜚聲播，蛇足吟殘老淚傾。忍見黃巾危孱主，權同皂帽避遼城。遜荒漫謂才人怯，白馬清流禍已萌。」

古人因文見道，文者固所以載道也，離道則非文。徒取青媲白，自詡於人，曰「吾文人也」，獨不慮爲識者鄙乎？夫青陽布令，萬花爭放，消息雖不同，要皆有一段春明氣象；無之，則唐花耳，剪綵耳，豈得謂之花？皓月流彩，衆水受光，科坎雖不同，要皆有一種靈曜聰明；無之，則糞壤耳，濁渠耳，豈得謂之水？惟文載道猶化工。然杜之「水流心不競，雲在意俱遲」，韓之「歸愚識夷途，汲古得修綆」，文在是，即道在是也。蘇文忠《塵外亭》後幅云：「馬駒獨何疑，豈墮山鬼計。夜垣非助我，謬敬欲其逝。」世只有不敬者可慮，孰云敬之甚可慮也？則凡無因而忽敬者，皆當熟思而審處之矣。温伯雪子目擊道存，讀古賢文章，謂之學文也可，即謂之聞道亦何不可？平生風義同師友，數君子或委化，或游宦，或多故，風雨敝廬，無可質證，志之簡端，俟有道者就正焉。

予讀林竹佃《學舍雜詩》「便當屠沽藏姓氏，悔教科目論文章」，魏又瓶《谷口夜泊》「萬里重山圍海國，幾家近岸似樓居」之句，最賞其對法大小參差、虛實頡頏之妙。後讀《冷齋夜話》之論，深歎先得我心焉。蓋謂對句法，詩人窮盡其後，不過以事、以意、以出處具備謂之妙。如荆公曰：「平日離愁寬帶眼，迄今歸思滿琴心。」又曰：「欲寄荒寒無善畫，願傳悲壯有能琴。」乃不若東坡微意特奇，如曰：「見説騎鯨游汗漫，也曾捫蝨話酸辛。」又曰：「龍驤萬斛不敢過，漁艇一葉從掀舞。」以「鯨」爲「虱」對，以「龍驤」爲「漁艇」對，大小氣燄之不等，其意若玩世，謂之秀傑之氣終不改者，此類是也。然則竹佃、又瓶倘亦媲美前人耶？

按吴梅村有「慟哭六軍皆縞素，衝冠一怒爲紅顏」，亦善學文忠極大小對待之妙者。梅村又有《東吴園次先生》「官如殘夢短，客比亂山多」之句，此尤爲善學玩世之意，且暗用故事令人不覺，而十字中名士風流、豪傑氣度，一一俱見。如此種的是才人之筆。倘不爲范質，則世之景慕之者，當亦不在文忠下也。乃自貽伊戚，至《絶命詞》一闋自知之明，讀者爲之隕涕。士君子立身一敗，萬事瓦裂，悔之晚矣。惜哉！

歐陽文忠公詠昭君云：「絶色天下無，一失難再得。雖能殺畫工，於事竟何益。耳目所及尚如此，萬里安能制夷狄。」方正學先生詠光武云：「正人先正己，治國先齊家。如何立郭后，廢此陰麗華。糟糠之妻尚如此，貧賤之交可知矣。羊裘老子早見幾，獨向寒江釣烟水。」規仿前意，尤覺藴藉。

古之存孤者，程杵之後，如酇侯之於淮陰，石勒之於祖逖，皆表表令人嚮往；以視狄靈慶之負袁粲，真有人禽之别。乃更有可紀者，《皇明紀要》：「方正學先生殉節時，得魏典史澤、徐僉憲伯寧存其幼子，以故先生尚有後云。」按：先生台州寧海人，建文初廷臣交薦，凡將相大政，議輒諮孝孺；臣僚奏事，必令孝孺在扆前供奉。因作詩曰：「斧扆臨軒几研間，春風和氣侍龍顏。細聽天語揮毫久，攔得天香滿袖還。」又曰：「風暖彤庭尚薄寒，御爐香繞玉欄杆。黄門忽報文淵閣，天子看書召講官。」讀前作見先生處身之不苟，讀後作見先生奉職之靖共。而主恩固厚，先生所以報之者亦絶無而僅有，此天所以假手魏、徐令其有後也夫。澤字彦恩，應天人，後爲刑部尚書；伯寧字善安，浦城人。二公奉命籍孝孺，釋其孕婦於溝竇中出，伯寧被錦衣鄧遂發其事，詔斷其左臂，發苑馬寺牧廄，謫戍保安，至今閩、越人稱爲陰騭軍云。

朱子《郭拱辰序略》云：「寫照者能稍得形似，已稱良工，郭君乃並精神意趣而得之。」又曰：「爲予作大小二像，宛然麋鹿之姿、山林之性，雖不識，亦知爲予。然方將東游西歷，北出有隱君子者，欲圖其形，而郭君不能從，予遺恨焉。」云云。則是郭固隨所形，無不惟肖矣。但考朱子曾自作贊云：「從容乎禮法之場，沈潛乎仁義之府，是予蓋將有意焉，而力莫能與也。佩先師之格言，奉前烈之餘矩，惟闇然而自修，或庶幾乎？」斯語則於麋鹿之姿、林野之性大相懸殊，何也？蓋工所能圖者貌也，而不能圖者心，故圖精神意趣則盡得，圖隱君子則不從。且隱君子者，固廊廟之姿、鳳麟之性，蓋即朱子自寫照也，彼工何能爲役？此固隱語，而評者乃謂因幅幀日蹙，賢人遯跡而發，立論雖高，未免大而無當。大抵未讀朱子之贊言也歟。

屏麓草堂詩話卷十二

晉安莫友棠若愚著

侯官李劍溪先生以侍郎予告歸里，卒於延平舟次。何秀巖哭以詩云：「卅載詞臣老列卿，原官予告亦殊榮。家徒壁立甘清約，病得天聞感聖明。才子九重知李嶠，劍溪一字死延平。與君中表兼同籍，北望龍津泪暗傾。」腹聯因難見巧，天然凑泊，可誦也。按何實齋《論國朝鄉先生詩》第七首云：「真趣温平思老輩，遺編嶽峙復淵渟。芸香三世清風在，崇雅堂中見典型。」《崇雅堂集》爲侍郎大父磁林先生詩集也，實齋自注：「磁林先生名開葉，詩得温厚之旨，無噍殺之音。令孫劍溪太史與予交最善，劍溪與其尊人銓部公三世皆成進士。讀先生詩，知和平之受福無涯也。」侍郎爲奉常時，和劉心香孝廉《七夕》有「自照露螢飛個個，低隨風柳舞條條」之句，實齋賞爲絶唱。

水仙花産於閩、廣，題咏頗多，愜當蓋寡，緣此種題隨手點綴，容易成篇。不知皆似是而非，要必瀟洒出塵，不著色相，方不失廬山真面，則非具「清水出芙蓉，天然去雕飾」之神韵不稱也。偶讀《託素齋文鈔》云：「水仙汀地不産，賈客自贛攜來，不識者多以青蒜目之。憶予初至張掖，見民間歲首家各刳蘿菔空中，以代盆盎，一一青葱可愛。私念邊西苦寒之地，猶見水仙，及就問，乃蒜也。里人指水仙爲蒜，予又誤以蒜爲水仙，俱可爲他日笑柄。予向有句云：『士女行春多結伴，仙人浪跡總浮家。』似上語長於下語，在有意無意間；而座客各以下語爲勝，要從比擬形似間論耳。」云云。按：下句格亦不低，先生乃以比擬形似爲不如有意無意，抑知即下句非知詩者已無從窺見，又安得持此論而一藥之，使之盡知比擬形似哉？客固可與言詩也。時壬寅歲首下浣，方閱先生集，適友人陳偶峰寄此題詩至，因並録之，云：「是何意態倚檽扉，薄袖臨風勢欲飛。泛我五湖想西子，得卿三日似南威。一分沙石二分水，鏡影清臞月影肥。永夕聯床淡無語，花魂蝶夢透芳菲。」

故實少者，須用旁襯，文字皆然，然亦視用之何如耳。如玉溪生《人日即事》云：「文王喻復今朝是，子晉吹笙此日同。舜格有苗旬太遠，周稱流火月難窮。鏤金作勝傳荆俗，剪綵爲人起晉風。獨想道衡詩思苦，離家恨得二年中。」按首二句只是七日，既見太寬，次二句又以七旬七月襯七日，更覺太遠。只中後是本事，然「鏤金」兩句亦只是化一爲兩，特善於雕飾，故讀之不覺耳。然究非正格。且只有題面，全無題意，難免徒有君形之弊，不可因其名而弗論也。

世有貫朽粟陳施僧道如捐輸，至親長饑寒而悍然不顧者。又有踰閑盪檢，揮刀貝如泥沙，至戚友緩急而漠然不聞者。乃瓶庵先生《讀徐陵傳》詩云：「有車可賣未爲貧，架筆珊瑚識苦辛。還是江東徐孝穆，不將儇薄作詞人。」此豈爲若輩言哉！蓋借孝穆以諷似孝穆者，觀「還是」、「不將」四字，則知此外不儇薄者蓋寡。特先生忠厚待人，贊孝穆便有愧孝穆者在，亦冀變化之愧厲之耳。所謂聞者足戒也。

「流水聲中視公事，寒山影裏見人家」，唐崔峒《題桐廬李明府官舍》詩也。宋蔡忠惠《登閩中平遠臺》云：「花間行印露沾紙，山下放衙雲滿旗。」可謂遺貌取神。

詠猫詩，黄魯直云：「秋來鼠輩知猫逸，窺甕翻盆攪夜眠。聞道貍奴將數子，買魚穿柳聘含蟬。」《消夏録》謂殊可喜。然此詩尚有火氣，特筆致流走不覺耳。若「自愧家貧策勳薄，任他鼠嚙案頭書」，固已躁釋矜平；至劉文成之「一任春風鼠化鴽」，則真有因物付物，無所容心氣象，不愧調元幹化之才矣。

五代裴皥《示門生馬侍郎允孫》詩：「宦途最重是文衡，天與愚夫著盛名。三主禮闈年八十，門生門下見門生。」詩意可謂誇矣，際遇可謂榮矣。然皥爲唐光化中進士，自光化改元，至昭、哀帝僅十年而國亡矣。由是歷仕漢、唐、晉，官至尚書左僕射。則所謂三主禮闈有門生者，譬如再醮之婦，豈無子婦呼之爲姑？所謂門下見門生者，又如屢醮之婦，亦有孫婦呼之爲祖姑？是皆不知人間有羞耻事也，亦何誇何榮之有哉！其猶飾之篇章以自詡者，殆如馮道事四姓十君，尚自號「長樂老人」，而詳記其歷朝恩遇而不愧。大抵五季昏濁，人心悼喪，如裴、馮者則尤其悼喪者也。

天津孫琴川爲福清鹽場，延予課子。下榻三載，頗具禮文性篤好客之風。食有兼人之量，軀幹雄偉，膚革充盈，衣長四尺六寸。寓有三厨，客至，一餐可作三日飽。琴川少讀書，四拔前矛而不泮，遂棄去。援例爲禺筴長。字宗松雪翁，而入其室。詩有《題姜蒼雨蛺蝶圖》截句六首，今録之。《長春》云：「平生得意總春風，香滿枝頭夢乍通。無數嫣紅姹紫地，好憑妙筆寫秦宫。」《菜花》云：「日暖芳畦綻野蔬，前身一夜夢春駒。天然特角菜花子，欲奪滕王《蛺蝶圖》。」《芙蓉》云：「託根湘岸浄無塵，有美偏教膩友親。底事寫生兼託諷，秋江知己綺羅人。」《菊花》云：「黄花静逸蝶輕欹，淡泊繁華趣兩歧。自是不描桃李好，可能從此伴東籬。」《蠟梅》云：「香鬚粉翅漫徘徊，道是前村昨夜開。如此相知真嚼蠟，何曾識得百花魁。」《瑞香》云：「衆香國裏任飛棲，瑞應還應及第題。閒讀謝詩三百首，笑他名句事筌蹄。」琴川名製錦，以卓異薦陞縣令，未補官卒。子汝霖，授書甫七齡，至十歲詩文即有可觀。越二年扶柩回籍，服闋，一試而泮。

「士大夫不可不知此味，天下之民不可使有此色」，黄山谷《題畫菜》語也。昔從表糊鋪見有畫蔓菁菜，自題云：「見説劉郎鋤許下，又聞諸葛種成都。而今此味無人識，畫與中朝士大夫。」本前言而出以韵語，句彌婉而意彌深矣。款書「倪振猷」。詳語意似爲先達，但未知其時代里居，當考之。按二語隨園又作真西山先生言，未詳孰是，即有之，先生爲山谷後輩，想亦愛其語雋而述之也歟？記薩珠士孝廉嘗題畫菜云：「但願萬民無菜色，不妨直咬到兒孫。」意亦本此。珠士名察倫，初名虎拜，甲子舉人。

隨園云：「今人稱詩題爲題目，二字始見於《世説》：『山司徒前後選百官，舉無失才，凡所題目，皆如其言。』是題目者乃品題，非今之詩題、文題也。」按：《後漢書·許劭傳》：「曹操微時，常求劭爲己品藻爲題目。」則此二字不始於晉，始於漢矣。又白香山《送吕漳州》云：「獨醉似無名，借君作題目。」此不作品題説，似即詩題、文題之所自始也。

唐張蠙《錢塘夜宴留别郡守》詩：「蝦蟆更促海濤寒。」郝天挺云：「江南以木柝警夜，故曰『蝦蟆更』。」《豹隱叢談》：「楊萬里詩『天上歸來有六更』，注：『内樓五更後，擗鼓亂作，名「蝦蟆更」。禁門初開，百官隨入，所謂六更也。』」然則張詩用「蝦蟆更」，是以一柝言；《叢談》注用「蝦蟆更」是以聚柝言。以蝦蟆形似則一，特有衆寡之不同耳。大更者，殆即今諺所謂「煞擂」歟？

十研先生《露筋祠》詩云：「精絶牆匡石，南宫幼婦碑。」「牆匡」字見鄭谷《再往南陽》詩：「牢落牆匡青欲暮。」又《悼亡》云：「出去無聊歸又悶。」亦見鄭《贈下第》詩：「見君失意我惆悵，記得當年落第情。出去無聊歸又悶，花南謾打講鐘聲。」

予編良臯詩話畢，追溯其生平抱才不偶，不覺爲之揮涕不止也。因約其遺事，譜《踏莎行》詞以弔云：「破屋驚秋，虚堂疑雨。良臯課書院，有『破屋疑風雨，虚堂質鬼神』，爲某大府所賞。酉年雞迫人呼起。良臯卒丁酉七月廿六。愧林才子夢難回，晚自號愧林生。八鑾青眼圖眠鼠。二圖俱良臯照。金石有文，良臯擅金石文字。衣巾無裹。名場卅載填胸臆。三神弱水浪悠悠，東流不盡英雄泪。本良臯課書院句。」友人陳偶峰評云：「將良臯一生櫽括數語，不覺情文相生。凡知良臯者讀之，亦聲泪俱下矣。」因和原詞云「陶令無官，平原少米。一生牢落居鄉里。賈袍黔粥亦時聞，虞卿終是窮愁死。妻妾迴腸，孤兒稚齒。朋簪好義紛籌理。重泉今唱木瓜投，鯫生別有傷心誄」云。蓋予詞既綜其事，此詞則喻以意；且予詞僅叙良臯之生前，此詞復補良臯之身後。靡特「欲語羞雷同」，而亦「有情泪沾臆」矣。

《漁隱叢話》：「吴越王時宰相皮光業嘗得一聯云：『行人折柳和輕絮，飛燕銜泥帶落花。』自負警策，以示同僚，衆争羨譽。裴光約曰：『二句偏枯不爲工，蓋柳當有絮泥，或無花耳。』」又羅隱《杏花》詩首聯云：「數枝艷拂文君酒，十里紅欹宋玉牆。」韋縠《才調集》分注云：「此句勝於出句，蓋『紅欹』

含得『窺』字，『艷拂』與『文君酒』不連。如此關顧，更見警策」云。如此論詩，方與「細」字有合。

陳舊題，文章則須新鮮，非好奇也。人云亦云，陳陳相因，雖不作可也。如咏蘇屬國，數千載下，題幾塵劫，而欲差强人意，非歷過此中艱苦者不能也。近得《小芙蓉舫詩抄》四卷，首卷有《蘇武牧羊圖》七古一篇，其中幅云：「吁嗟乎，漢家白日不照到窮邊，坐使積雪成冰堅。餘生得歸乃意外，不歸敢怨君恩偏。」作是題，自當「忠」字爲主。然但寫正面，雖竭智綿力，仍不免老生常談。妙在透過一層，倒從題後反説而入，則忠不可及處，乃覺酣暢十分。

三代下儒者知兵，禦侮敵愾，時固有之；至於折衝樽俎，戰勝朝廷，能使强梁跋扈之輩俯伏聽命，不徒託諸空言而見諸實事者，良不易覯。漢之鄭衆、宋之莫濛，曾當此任。然一使單于，一使金國，究是一國之主，尚知以禮待人。惟韓文公出使王庭凑，以章甫縫掖之士欲勝狼子野心之徒，難哉。而卒能使之俯首帖服，歸命朝廷，非公安能辦此！觀其《行次承天酬裴司空》詩云：「竄逐三年海上歸，逢公復此着征衣。旋吟佳句還鞭馬，恨不身先去鳥飛。」詔許遲留，而奮迅如此，則知詣力胆識，早已視庭凑如雛鼠、如枯朽耳。其神勇爲何如哉！考《新唐書》，公宣撫既行，衆皆危之，元稹言韓某可惜，穆宗亦悔，詔公度事從宜，無必入。公曰：「安有受君命而滯留自顧。」遂疾驅入。夫曰「可惜」，曰「亦悔」，則知此使有委之外之而置之死地之意。公既能保身，又不辱國。蘇文忠稱其勇奪三軍之氣，即此一事，亦可想浩然而獨存者矣。至此題若入他手，便當如何張皇，公通篇絶不提及本事，正見好整以暇意。李安溪先生評公《左遷至藍關》詩曰：「尤妙在許大題目，而以『除弊事』三字了却，可以見公之分量矣。」

宋文文山先生詩《山中感興》末云：「一年足自念，況復百年長。但存松柏心，天地真茫茫。」《山中六言》第三首云：「風暖江鴻海燕，雨晴簷鵲林鳩。一段青山顔色，不隨江水俱流。」《和蕭秋屋》末云：「贏得年年清賞處，山河全影入金甌。」《和胡琴窗》：「夾堤密與栽楊柳，剩與行人待緑陰。」《十月十三夜》中聯云：「蟾蜍影裏千秋鑑，蟋蟀聲中七月圖。」《浩歌》中云：「乃知世間爲長物，惟有真我難滅磨。」循環雒誦，知大節早見諸韵語矣。先生廷對策論《士習》云：「士習厚薄，最關人才。今士大夫之家有子而教之，方其幼也，則授其句讀，擇其不戾於時好，不震於有司者，俾熟復焉。及其長也，細書爲工，累牘爲富，試鄉校以是，較科舉以是，取青紫以是，父兄之所教詔，師友之所講明，利而已矣。心術既壞於未仕之前，則氣節可想於既仕之後，牛維馬縶、狗苟蠅營者無怪也。清芬銷歇，濁滓横流，厚今之人才，臣以爲變今之士習而後可也」云云。故先生有「名利無心付隍鹿，《詩》《書》有種出烟樓」之句。明鍾越跋先生策後云：「廷對前兩日，先生苦河魚。試之日，丑寅間强起，乘籃輿，趨馳道外，幾不能支吾。至昕，諸進士趨麗正門之旁門，先生隨群擁併而入，頂踵汗流，頓覺蘇醒。至殿廊恭受御策題，就題命意，文思湧泉，運筆如飛，所對且萬言。未時已出矣。或謂有神物盪滌其中，以吐其奇，是豈偶然之故哉！」按予家舊藏先生《登科録》一卷，眉至足約二尺，唇至背約尺，紙式類今太史簾而較白，首尾不完，厚尚寸許，計百二十四葉有半。卷首序文全缺，次列是科有事職官銜名，今存者後幅一十六人。卷末附先生廷策一道，文尾缺四百六十二字。卷中載臚唱事宜，次紀登科姓氏録，共五甲：一甲二十一人，先生爲第一人；二甲四十人，謝叠山先生其首也，陸君實先生名秀夫，其二十七也；三甲七十九人；四甲二百四十一人；五甲二百一十三人。共六百有一人焉。史紀考官王應麟奏：「是卷古誼如龜鑑，忠肝如鐵石，臣敢爲得人賀。」按録中所列從事郎，改添差兩浙西路安撫司幹辦公事，即伯厚先生結銜也。

朋儕中酒户大者有林菊潭、虞文光、林醉樵、劉廷鈞。菊潭詩已約録。文光早卒直隸官舍，稿遂失。醉樵卒時子幼，詩無從見，惟淳意高文、潔身嘉耦其泮也。陳偶峰戲贈偶句云：「勢利耻聯姻，億萬貫直同敝屣；文章羞降格，三十年不掇巍科。」廷鈞早有文名，詩篇甚富，嘗招予寓目不果。及聞其卒，不欲違其意，借觀於其壻某，一覽旋即取回，僅記其《將進酒》云：「君不見長安市上謫仙人，酒中意氣傾太真。又不聞吾家伯倫有酒癖，舉觴一飲盡一石。人生百年吝不醉，轉眼風霜催行客。天地何茫茫，歲月何擾擾。只有青山青未了。蕭曹没，韓彭醢。賈誼屈長沙，梁鴻竄東海。昔日英雄今安在。功成身不保，才大何足論。但看古塚上，荆榛叢蔓卧啼猿。當時數子知此意，應傾北海爲清樽。司馬脱裘成都市，阮籍解貂稱狂士。二子同是曠達人，日盡百壺不爲侈。我欲上天摘酒星，我欲落地抉酒泉。買麯煮黄河，釀成佳醖卷白波。建酒旗，召酒兵，一脚跌觸玉山傾。酒氣直沖三千丈，化成彩霧上蒼冥。鼓掌大笑倚天柱，試問人間幾個醒。」《春日紀事》云：「寶鼎沉沉裊篆烟，閒情恰稱雨餘天。春風緑遍池塘草，自浣磁盆種鳳仙。」「種罷名花樂事饒，自烹清茗洗塵囂。柴門鎮日無人到，小院春深長菊苗。」《郊行》云：「荒原獨步雨簾纖，緑上江橋草色添。渴甚來尋沽酒店，白雲偏捲杏花帘。」大抵多能自出己意，而不傍人門户者。廷鈞長身玉立，和易近情，飲酒數斗不亂。名紫嵐，長樂諸生。

司馬公詩曰：「虞舜在倦勤，薦禹爲天子。豈有復南巡，迢迢度湘水。」張文潛詩曰：「重瞳陟方時，二妃蓋老人。安肯泣路旁，灑泪留叢筠。」王伯厚謂二詩可袪千載之惑，乃方璞山謂老人便不哭其夫耶？亦無理不足折妄語云云。按前詩言舜無巡狩之事，後詩言即巡狩而崩，亦係上壽考終。且帝王典禮迴殊編户，二妃亦安用野哭哉！總之，是辨明舜無巡狩，大旨無異。前詩讀者不以詞害意可也，方評未免吹瘢索垢。

宋潛溪曰：「人皆云陶淵明不肯用劉宋年號，故編詩但書甲子，此誤也。陶詩中凡十題甲子，皆是晉未亡時，最後丙辰，安帝尚存，瑯琊王未立，安得棄晉家年號乎？其自題甲子者，猶之今人編年纂詩，初無意見」云云。按葉星衛《陶徵士誄》附注云：「靖節先生列傳，見於《晉書》、《南史》。《晉書》云：『名潛，字元亮。』《南史》云：『潛字淵明，或曰字淵明，名元亮。』黄魯直詩云：『潛魚願深渺，淵明無由逃。彭澤當此時，沉冥一世豪。』似謂更淵明爲潛。至云：『晚歲以字行，更始號元亮。凄其望諸葛，骯髒猶漢相。』又似更潛爲元亮矣。今讀此誄，竊謂顔光禄平生不喜見要人，陶靖節不爲五斗米折腰，顔至潯陽訪之，留連數日，臨别贈酒錢二十千，陶亦受之不辭。惟顔知陶，故特著其爲晉徵士，又書其在晉之舊名，爲能得先生署『甲子』之意焉。」

五代徐寅《人事》詩云：「人事飄如一炷烟，且須求佛與求仙。豐年甲子春無雨，良夜庚申夏足眠。顔氏豈嫌瓢裏飲，孟光非取鏡中妍。平生生計何爲者，三徑蒼苔十畝田。」按《唐詩餘占》四時甲子雨：春雨甲子赤地千里，夏雨甲子乘船入市，秋雨甲子禾頭生耳，冬雨甲子牛羊凍死。「豐年」句蓋用其意，對句即道家守庚申之説也。然《避暑録》云：「道家言人身中有三尸，亦云三彭，記人過失。庚申日乘人睡，告之上帝。學道者是日不睡，謂之守庚申。」而乃曰「足眠」，何也？按唐末朝士會終南太極觀守庚申，有道士程紫霄者，大笑曰：「此吾師託是以懼爲惡者爾。」據床求枕，作詩投筆，鼻息如雷。其詩云：「不守庚申亦不疑，此心常與道相依。玉皇已自知行止，任汝三彭説是非。」此「足眠」之説也。

紀文達公記沈椒園先生爲鼇峰山長時，見示高邑趙忠毅公舊研，額有「東方未明之研」六字，背有銘曰：「殘月熒熒，太白睒睒。雞三號，更五點。此時拜疏擊大奄，事成策汝勳，不成同汝貶。」蓋劾魏忠賢時用此研草疏也。末有小字一行，題「門人黄鐸書」。此行遺未鐫，而墨痕深入石骨，乾則不見，取水灌之則五字炳然分明。相傳初令鐸書此銘，未及鐫而難作，後在戍所乃鐫之，語工勿鐫此一行。然閲一百餘年，滌之不去，或曰忠毅嫉惡嚴。漁洋山人筆記稱鐸人品日下，書品亦日下，然則忠毅先有所見矣。削其名，擯之也；滌之不去，欲著其嘗爲忠毅所擯也。天地鬼神，恒於一事偶露其巧，使人知警，是或然歟？國初章豈績太史藏前明檢討趙公《兕觥記引》云：「萬曆五年，輔臣張居正父死奪情，編脩吴中行、檢討趙用賢疏劾之，廷杖，即時驅出。庶子許國鐫杯二，玉以贈吴，犀以贈趙，各有銘。犀曰：『文羊一角，其理沉黝。不惜剖心，寧辭碎首。黄流在中，爲君子壽。』潁陽生許國爲定宇館丈題贈。』後趙傳之門人黄端伯，黄傳之門人陳潛夫。兩賢皆殉國難。予陳壻也，謹受而藏之，爲之記」云。按右銘一則自爲銘以之勵己，一則因人銘以爲己勗。一則嚴人品不鎸門人之名，一則珍人品而付門人以傳。古人名義之重，其守正不阿，如出一轍也。特並録之。按贈吴玉杯銘曰：「斑斑者何卞生泪，英英者何藺生氣，追之琢之永成器。」時尚有刑部員外郎文穆、主事沈思孝、刑部觀政進士鄒元標亦疏攻居正，各廷杖。鄒成貴州都匀衛，許官至大學士卒，謚文穆。

予友劉子馨，浙人，僑寓於閩，少聰慧而英特。先世禺筴有聲，留心培植子弟，故子馨得讀等身書，爲文綽有清剛之氣，以爲青雲可立致也。無如才豐遇嗇，家既中落，不得不奔走衣食，亦每試輒前茅，而衿卒不青，名流多爲之惜。然性開豁，不知自私，家無儋石，時猶急人之急。嘗有句云：「爲善難思天缺陷，得名易想地膏腴。」亦可以知其梗概矣。子馨名桂。

劉佃農，侯官諸生，束脩自愛，授徒以外，惟以詩酒寄情。有《讀史雜咏》若干首，今録其可存者。《留侯》云：「黄犬東門笑李斯，功成不退欲何爲。先生識密知烏喙，早已黄金鑄范蠡。」《趙陀》云：「開國先秦拓霸基，英雄事業豈蠻夷。漢文皇帝非柔道，半壁東南未可知。」《田横》云：「仗劍縱横貴介儔，驚濤絶島有交游。漢皇知否英雄志。不願封王不願侯。」《馮唐》云：「用人論齒不論功，身歷三朝遇輒窮。猶有聖明天子在，蹉跎白首尚郎中。」後得句云：「十載故交驚白髮，五更涼雨夢青燈。」不久即下世，人以爲詩有鬼氣云。佃農名春臺，字元贊。

孟鹿樵，鄉賢瓶庵先生文孫，清才遠識，有不可一世人概。書宗二王，詩筆清超，而對人鮮有談及者。嘗從其中表陳良皋一見如舊識，因書舊作貽予。《寄懷古慤明府》云：「星郵遠接楚天長，坐數三春日脚忙。晚鷓春鵑聲寂歷，川雲峽雨夢荒唐。」「安仁予舍花輿健，魯望官銜手版詳。别緒平分牽不斷，絲絲結就九迴腸。」《謁屈大夫祠》云：「行吟未敢忘君恩，漁父溪頭望帝閽。何必子蘭方造謗，獨憐宋玉爲招魂。」「湖山黯淡久無色，詞賦支離難細論。千古瓣香當此地，荒郊徙倚近黄昏。」鹿樵伯兄善斯孝廉、仲兄蘭斯茂才，與予同遊蘇年先生之門，特善斯多客遊，蘭斯早世，故踪跡闊絶。昔曾至其家，屋雖老而規模肅穆，器雖舊而古色温潤。酒饌潔清，童僕謹愿，令人有坐忘之樂。因知名流家風，有非怙侈滅義者所得同日語也。鹿樵名會穀，甲辰副車。

永福陳純甫，名宗壽，戊辰孝廉。尊甫韋治先生名元封，爲名孝廉。純甫家學淵源，束脩自愛，儉約而有見利之思，醇謹而有見義之勇。嘗重刊《同善録》，勉同人以應里黨緩急之助。資僅百五，數既省而且不必預捐；額祇十千，人無多而自無難猝集。遠近化之，其有益於貧乏之迫於倉卒不少也。家雖永陽，嘗就館榕垣，叩其詩，謙而不出。僅記《季夏同友人游長慶寺》云：「又作西禪鎮日遊，風旛雲榻足勾留。遠公出去山無主，頑石何緣解點頭。」

侯官林鹿原先生官中書，藏書甚富，京師士大夫多從借抄。汪鈍翁户部、陳澤州相國、王阮亭尚書，皆鹿原所從受古文詩法者，三公集皆其手寫，而汪、陳並出身後，人以是多之。家在玉尺山房，左紫藤書屋，右有蘭話堂、樸學齋、陶舫書屋、志在樓諸勝。樓爲先生讀書所，將任，題以是名並記。及歸田，仍居此樓，所謂「志在」。著有《樸學齋詩文集》。兄同人，有《來齋金石考》、《李忠定公年譜》。

子洙雲、涪雲，皆有集。字宗二王，嘗暑月在樓，爲人作《聖教序》條幅，甫半，雷從樓前樹根起，枝葉爲焦，先生自若也。雨過乃足，因附記生平作書，盡幅始止，使神氣一貫。今此幅筆意首尾稍歧，以是故也。予曾見，審視而幅末尚焦一角云。嘉慶中，宅歸馮笏軿孝廉，陳俟庵先生爲作《志在樓後記》。後數年，予以文字之役，下榻是樓，瞻眺久之，紀以詩，存集中。孝廉嘗於陶舫雅集徵詩，朱玉海成五古六百字，結撰頗工，全録之云：「秋澄天宇清，西風吹廣陌。舒情謝鬱陶，游覽隨所歷。主人開林亭，松間布瑶席。勝友十數人，風流聚裙屐。此地本城居，若與紅塵隔。門無車馬喧，徑有羊求迹。樓臺輞川圖，花石平泉積。虚堂位爽塏，陶舫題厥額。窗欞崇樸素，房櫳寡脩飾。前爲蘭話堂，深邃製如式。平地半畝緑，叢竹一窩碧。凌虚架危亭，巍然譬展翼。八面開玲瓏，剛對落星石。别有志在樓，於此藏典籍。欄外列遠山，揮灑潑水墨。傍爲棲鶴巢，依稀見破柵。鶴去巢已虚，老松空百尺。其間點綴佳，位置勞布畫。石畫採宋元，古器羅鼎鬲。嘉樹夭且喬，時花雅若織。眼前多意態，若離却若即。嵐光倏去來，烟景變頃刻。空濛喜雨辰，清爽愛月夕。荷風暑開閣，梅雪冬垂幕。況爲山水區，名勝近可借。烏峰聳其前，玉尺横其側。香草齋居西，竹影樓峙北。環護若結鄰，秀翠據其特。自是賢達人，里居仁所擇。小住即爲佳，況乃長棲息。憶昔陶舫翁，三徑此焉闢。爲耽吟嘯懷，因以廣安宅。注經景康成，寄傲仿彭澤。考訂金石篇，檢點羽陵册。其時多名輩，冠蓋望顯赫。竹林預山公，蓮社招謝客。煮泉摘雲腴，沽春傾玉液。鬬韵劈牋飛，題名摩崖勒。韵事實佳哉，千秋著風格。至今年代遠，文采猶奕奕。我輩繼其踪，小飲樂何極。同堂無異鄉，賞心有歡伯。秋情澹若忘，秋光凈拂拭。疏簾對清篁，披襟復岸幘。詩攻長城固，酒拒太户敵。或亦靜默中，揮麈吐胸臆。或亦誦遺篇，摩挲舊手澤。蘭亭叙感慨，俯仰嗟陳蹟。人生無百年，倏忽駒過隙。盛時貴行樂，何以溺歡戚。而且聲氣孚，有鄰在明德。文章與氣誼，歷久不能易。茲會雖偶然，茲心不能釋。後之人視今，亦猶今視昔。合座罄歡情，勿忘青松色。主人前席酬，各浮一太白。飲既朱顔酡，重把詩章索。諸君盛文藻，繡段薦嘉璧。我乏繡虎才，敢草倚馬檄。一篇記本事，聊亦當蠡測。」先生名佶，字吉人，同人名侗，玉海名慶昌，閩縣人。

屏麓草堂詩話卷十三

晉安莫友棠若愚著

前人詩話亦録佳賦，如全閩之徐夤《過驪山》云：「融銀液雪，疏下地之江河；帖玉懸珠，皎窮桑之日月。」「軹道一朝，璽獻漢家之主；驪山三月，火燒秦帝之陵。」《御溝》云：「時而翡翠垂波，飛穿禁柳；時而鴛鴦逐浪，銜出宫花。」黄滔《秋色》云：「空三楚之暮天，樓中歷歷；滿六朝之故地，草際悠悠。」予仿其例，於所見聞者采録數則，繼美前人。宋馮京《偷狗賦》云：「團飯引來，喜掉續貂之尾；索綯牽去，驚回顧兔之頭。」明季孫鳳老《西湖賦》云：「四野笙歌，别有窮民啼夜月；六橋花柳，可無餘地種桑麻。」國朝予師鄭蘇年先生《吴宫教美人戰賦》云：「豈徒簡七校之旌旗，可以練成勁旅；即使聚六宫之粉黛，何難教以兵符。」《蕃薯賦》云：「萬畝千畦，無木穰金饑之患；五風十雨，盡黄童白叟之供。」《鳥求友聲賦》云：「彷彿相求相應，有唱予和汝之思；居然同氣同聲，合取友樂群之道。何處班荆，並坐於海棠枝上；偶然割席，分棲於楊柳樓頭。有時風雨啁啾，即是連床之侣；或向園林邂逅，奚殊傾蓋之留。聆急韵之悽愴，宛若相尤相怒；送歡聲之瀏亮，儼同一唱一酬。」《竹外一枝》云：「子若結乎，青黄恍訝垂梢之鳳實；色偏敷乎，脂粉即成夾竹之桃花。」此竇東皋學使歲試古學，先師冠軍之作也。評云：「鏖金結緑，了無痕迹，故是筆妙。」惜集隘，不能備載。友人陳偶峰《漢三傑賦》云：「彼一增之不用，豈屬天亡；此群策之兼收，居然曰贊。」其對句之佳者，如「豫讓之怨既深，白公之讎在此。」「重瞳既歸，隆準遂帝；仙子松赤，穀城石黃。」皆可誦。

鄉賢孟瓶庵先生《瓜棚避暑録》云：「天啓中，鍾惺爲福建提學，大通關節。丁父憂去職，尚挾姬妾游武夷山，而後即路。時渭南南居益爲巡撫，疏劾之云：『百度踰閑，五經掃地。化子衿爲錢樹，桃李堪羞；登駔儈爲臯比，門牆成市。公然棄名教而不顧，甚至乘親喪而冶游。疑爲病狂喪心，詎止文人無行。』」惺由是坐廢。南公白簡，可謂痛切。按《福建通志》「八閩山斗」額注云：「游明，豐城人，天順中督閩學，極公且明。九載留任，以僉事升本副，仍督學政。及卒，八郡士子皆設位哭。櫬歸日，遠近咸集，會垣豎『八閩山斗』額於梅亭上。」明代督學，吾閩多名流。成化羅璟，周孟中，弘治韋斌，正德萬安，劉玉，嘉靖江以達、潘演、邵鋭、田汝成、朱衡、姚鏌、胡鐸、宗臣、姜寶，隆慶蔡國珍、周弘祖，萬曆胡定、王世懋、耿定力、劉丙、熊汲、鄭三俊、馮烶，天啓葛寅亮、吴之屏、鄭之奇，皆豈弟作人，有公明聲。獨竟陵鍾惺有虧夙望，不愜輿情。蓋督學者賣秀才，自鍾惺始。時有名旭者謀入泮鄉，先生林金肅作媒，又南臺甘姓富人得登案者四人。伯敬夜私至王芝提家，手自袖金而還。故人拈對云：「九日登高，金粟臺開通百徑；四更亂進，鐘聲夜半撞芝堤。」從此而督學之門如市矣。此即先生所引南公疏中「化子衿爲錢樹」等句之一端也。先生忠厚待人，於此種行止污穢、不知人間羞耻事之人，而亦不能不深惡而痛絶之如此。敬録之。

心甫集中有戲作十一言長句篇，長言咏嘆，語無剩字，固由其氣盛也。惟中有「我聊謬創爲十一言自娱樂」句，「創」字可商。按《毛詩》三言、五言、六言、七言、九言諸體，摯虞論之，而劉彦和則以「祈父」、「肇禋」爲二言，王伯厚則以《緇衣》「敝」字、「還」字爲一言，「我不敢傚我友自逸」爲八言。至《三百篇》後，三言則晉夏侯湛作，四言則前漢韋孟作，五言則蘇屬國、李騫期作，六言則谷永作，七言則《柏梁聯句》，九言則魏高貴鄉公作，見任彦升《文章緣起》。古固未有爲十一言者。惟唐詩少陵有云：「王郎酒酣拔劍斫地歌莫哀。」青蓮則云：「棄我去者昨日之日不可留，亂我心者今日之日多煩憂。」兩者字、語氣未了，不可爲句，皆當爲十一言之始，非自心甫始也。心甫深於詩者，故特論之。

蔡絛乃蔡京之子，字約之，嘗著《西清詩話》。其所作詩評謂「柳子厚雄深迴拔，而但覺森嚴。王摩詰渾厚覆蓋，而徒成曠淡。杜少陵造化同流，終欠風韵。蘇東坡天才宏放，而頗恨滑稽。韋蘇州渾金璞玉，而奈有野態。劉夢得典則矜能，而不無少拙。白香山天然自擅，而終帶風塵。李太白逸態淩雲，而不近渾厚。韓退之山立霆碎，而微露粗疎。歐陽公濃麗深穩，又似三館畫手，多與古人傳神。杜牧之風調高華，又似及第少年，略無少退藏處。而獨謂王介甫雖乏風骨，一番出清新，酷令人愛」云。夫所引諸公與介甫之詩孰優孰劣，前人論之詳矣，乃於諸公則先揚後抑，於介甫則微抑終揚，是知深入諸公之短者，所以爲標榜介甫地也。月旦品評，須有公是公非，人方心服，所謂「難將一人手，掩得天下目」也。似此夢中囈語，力能防一時之衆口，其能免萬世之公評乎？昔桓温仰慕王敦，嘗至其墓曰：「可人可人。」奸回戾氣相感，前後一轍，殊可斥也。

國朝高澹人學士《金鼇退食筆記》：「元郝文忠公經《陵川集》載有《瓊華島賦》，葛邏禄迺賢《金臺集》有《妝臺》詩云：『廢苑鶯花盡，荒臺燕麥生。韶華如逝水，粉黛憶傾城。野菊金鈿小，秋潭玉鏡清。誰憐舊時月，曾向日邊明。』自注：『妝臺在昭明觀後，金章宗嘗與李妃夜坐，上曰：「二人土上坐。」妃應聲曰：「一月日邊明。」上大悅。』又有《壽安殿》詩云：『夢斷朝元閣，來尋買酒樓。野花迷輦路，落葉滿宮溝。風雨青城暮，河山紫塞愁。老人頭雪白，扶杖話幽州。』」按二詩於簡凈嫻雅中，仍不失詠懷古蹟之意，結一即用李妃事，一從白傅「寥落故行宮」意脱出，均見貼題恰好處。學士名士奇，康熙間人。

吾鄉林海甫刺史稱能詩，未筮仕，著有《武夷吟草》；已筮仕，又著《燕臺吟草》。兹先録《武夷草》題詞之佳者。同鄉藍又航太史云：「到處奚囊背，江山入筆花。神如秋水凈，氣似暖風華。深得唐三昧，直追温八叉。國門懸雅什，傳誦遍詩家。」陳紫瀾進士四首録三云：「呼盧五擲不成梟，落魄寧教壯志消。猿臂豈終奇李廣，虎頭早已異班超。酒酣燕市高歌起，花醉吴門雅韵饒。一詠一觴聞自遣，天涯何事歎萍飄。」「時時對客自揮毫，箋界烏絲寫薛濤。王粲人幾疑宿構，禰衡才不病粗豪。聽來雄辨頻驚座，吟破牢愁欲反《騷》。索我已辭還苦答，由來郢曲唱原高。」「武夷九曲好峰巒，攜酒登臨放眼寬。獨上幔亭發長嘯，且尋仙竈乞靈丹。任呼山賊頻穿屐，直繼逋仙又築壇。風景已收吟卷裹，貽予權作卧遊看。」薩梅脩四首末二云：「春草碧於烟，春山秀可憐。與君二月莫，同步衆峰巔。興到頻摩石，詩狂不索箋。山僧供菽蔎，活火試新泉。」「自謂周旋久，性情我有知。與人無芥蒂，入世有維持。心苦志逾壯，家貧力獨支。一編詩草富，持贈慰相思。」王成渠五首録三云：「一卷西湖處士詩，寒梅烟柳助丰姿。置身多在神仙窟，不是孤山是武夷。」「三字風流佛蝎庵，清溪烟雨夢江南。醒來收拾奚囊去，五嶽摇毫興又酣。」「落葉侵階雨打窗，秋燈相對夜琅琅。知君更有《燕臺草》，詩派閩中接瓣香。」梅甫名靖光，辛酉孝廉，官直隸開州牧。又航名瑛，甲戌翰林。紫瀾名肇波，戊辰進士。梅修名龍驤，戊寅孝廉。俱官大尹。

予與梅甫先後同事鄭蘇年夫子，其人藹然可親，其詩固當穆然意遠也。《武夷吟草》中《贈朱蓉裳》云：「十年前事鄭康成，鴻爪難忘共研情。今日祇餘書帶草，青青想傍講堂生。」「諸公袞袞共淩雲，騏驥真空冀北群。自注：廖儀卿鈺夫太史、梁芷鄰儀部、齊北瀛太史，均出鄭蘇年夫子門下。儂不封侯經四黜，可憐李廣枉能軍。」「敢將老大怨琵琶，三十平頭願未賒。就令寄人籬下住，清高仍不損黄花。」《贈藍又航太史》云：「四度南宫夢已圓，君身真個骨如仙。大還火色純丹竈，妙選風華占木天。神駿豈甘餐苜蓿，自注：太史挑廣文。令狐端合撤金蓮。文章報國從兹始，祖逖原當猛著鞭。」《宿白沙》云：「昨度黄田驛，今宵宿白沙。征程百廿里，旅店兩三家。倦客不成睡，孤燈自作花。潘郎鬢將改，無限惜韶華。」「自笑詼諧甚，東坡蝎坐宫。天生原有用，吾道豈終窮。虎觀千秋筆，龍門百尺桐。可能心似鐵，毋玷行如銅。」《贈黄南村孝廉》云：「梅臞菊淡訂新盟，各有孤高不世情。叔度汪汪君復傲，可能心迹印雙清。」句之佳者如《送朱蓉裳》之「莫爲官卑甘屈膝，果逢詩好要低頭」，《再和又航太史》之「三月虎丘懷短簿，十年鴻爪記長安」，《又和》之「中有虚心原是竹，生多苦葉定爲匏」，《七夕》之「金風玉露太無賴，月夕星期偏有情」，《和素園孝廉》之「雄真詩有虎，老愧釣無鼇」，皆可采。

杭人李右卿紹弼讀書貧，無以卒業，因依某少府來閩。歲癸卯，少府延予課子，右卿恂恂然亦欲修來學《禮》。予曰：「《詩》、《書》德業，乃古今公器，苟有心嚮學，凡所知者無不言，不必拘拘也。」右卿隨學徒執苦諷誦，聽講不輟，時時請業。未半歲，經書詩文即得大概，所作稟啓，文筆大進，少府重之。問學詩，口角即不俗。常咏《秋水》云：「三秋凝碧水，一片與雲連。瑩潔如磨鏡，澄清可濯箋。金風添瀲漾，珪月映淪漣。桂棹飄飄泛，應疑入九天。」句之佳者如《新雁》之「萬里雲程遠，三秋羽翮新」，咏《絡緯》之「到明無一縷，徒負弄梭名」，《觀海》之「潮來烟島白，日出雪濤丹」，《載酒問奇》之「量應同白也，學不比羲之」，《秋月》之「静夜長河耿，清宵列宿齊」，及咏《金錢花》之「夜落若天酬」五字，皆可存。右卿不名一錢，性善推與。年甫冠，不論欣戚愛憎，都無喜愠色，亦殊不可多得也。

方文輈先生，浙之嚴州淳安人，學問奥博。康熙丙戌進士，爲直隸豐潤縣令，與望溪先生同年，稱「二方」。望溪厚自期待，卓然爲名儒；先生性頗吝於財，爲衆所不悦。同鄉先達湯西崖少宰右曾作詩譏之曰：「百里郎官永濟鄉，六街同聽雨浪浪。休論穲稏秋田熟，且喜臺符免捕蝗。」又：「醴泉一勺夏應寒，豆飯蒸藜愛長官。我笑沂陽未知味，定無餘想到猪肝。」以邑有醴泉、猪肉味甚美也。

凡善學者，先必博覽諸家；要其所成就，由博返約，必有得力之處。明詩能復古者，蓋以盛唐爲宗也。其間宗主少陵固多，而七子則尤著者也。如李于鱗多得於《詠懷古蹟》，謝茂秦多得於《諸將》，李賓之則淵源《破賊别李劍州》，王弇州則寢饋於成都《草堂》，何仲默則全瓣香《吹笛》，而《鰣魚》詩則藍本《櫻桃》，遂爲絶唱。知其所得力，則諸體皆可類推。

有始則樂於就正，繼每作意齟齬者，思其故不可得。人曰：子獨不見王漁洋之有孫實侗乎？孫於漁洋有歧心，持論好與之左。漁洋《蜀道》詩：「高秋華嶽三峰出，曉日潼關四扇開。」孫議之。或曰此本昌黎，非杜撰。孫憤然曰：「昌黎便如何，畢竟是兩扇。」又《題涪州石魚》云：「涪陵水落見雙魚，北望鄉關萬里餘。三十六鱗空自好，乘潮不寄一封書。」孫駁之曰：「既是雙魚，合道七十二鱗。」漁洋聞之笑曰：「此之謂鼈厮踢。」其即作意齟齬之説歟？予因作詩曰：「香山風雅妬平泉，工部文章惡大年。鵝也先知只説鴨，齟齬衣鉢亦相傳。」

漁洋山人云「白香山自寫其集三本，一置東都聖善寺，一置廬山東林寺，一置蘇州南禪院。余昔亦嘗以《漁洋集》一本付楚雲師藏之南嶽，一本付拙庵師藏之盤山。昨門人劉翰林青黎以八分手書予正續集，藏之嵩山少林寺，殆亦香山後一段佳話」云。按香山編詩，題卷有「世間富貴應無分，身後文章合有名」之句，而漁洋自八歲吟詩，至十五歲即有《落箋堂初稿》，西樵先生序而刻之。虞山宗伯謂爲代興之傑，則二公固知有名矣。矧太傅也、尚書也猶都不敢信，而必單心於韵語篇什之中，務使藏之名山，以冀傳之其人，俾於並世而生之中，至後世能獨知有一我。嗟夫，二公亦人耳，何其重視身後名也如此！蓋昔人尚能自待不薄也夫？

坡公《贈王子直秀才》有「水底笙歌蛙兩部，山中奴婢橘千頭」之句，《藝苑雌黄》謂雖愛其語之工，然《南史》：「孔德璋門庭之内，草萊不剪，中有蛙鳴。或問：『欲爲陳蕃乎？』曰：『我以此當兩部鼓吹，何必效陳蕃？』」却無笙歌之説。又《石林詩話》曰：「子瞻常兩用孔稚圭鳴蛙事，如『水底笙歌蛙兩部』，雖以笙歌易鼓吹，不礙其爲意同。至『已遣亂蛙成兩部』，則不知『兩部』爲何物？故用事寧與出處語小異而意同，不可盡牽出處語而意不顯也。」按《藝苑》之論自爲正格，不得已以「笙歌」易「鼓吹」尚爲小疵，並去「笙歌」則斷不可；石林論殊分曉。要之，論詩者可憑後説，而作詩者則當師前説，否則不能如坡公之才之大，但學其易字以自寬。塗飾雖工，終難免大雅之指摘也。

閨秀何太恭人梅鄰，前已録《玉簪花》五絶一首。昨晤林澹園，知有《疎影軒》未刻稿，兹復采録。《咏史·李文姬》云：「父仇固耿耿，深慮不忘危。」《范滂母》云：「鄙哉張元節，逃死累九州。」《孔融女》云：「裂眥數阿瞞，慘僇一何悲。此女甘荼毒，空贖蔡文姬。」《王霸妻》云：「當其偃卧時，理欲交戰久。室讁倘有詞，北門恐失守。」均見卓識妙俱，合閨秀口吻。其他五言如「秋聲生緑竹，露氣滿蒼苔」、「竹笋掀泥出，梨花帶雨肥」。《游小蓬萊》云：「滿徑白雲冷，數株風樹斜。此中有仙女，願與乞胡麻。」七言《題畫鷹》云：「夜來璧月下幽齋，莫栩神威驚顧兔。」《松濤》云：「風雨五更驚鶴夢，波濤一院起龍吟。」《與繁丁姊話别》云：「家餘健婦無黄口，我媿連枝哭紫荆。」《寄遠》云：「儒者治生原急務，古人隨地有師資。」《掃梅》云：「未忍和苔黏履迹，月明攜帚掃瑶華。」皆清矯可誦。太恭人名玉瑛。

謝叠山先生之甥余安裕，爲國子正字。客有甚談其文學者，先生笑曰：「昔吕東萊中宏詞歸，學者群登其門，請升講座。陳同父勸勿許，曰：『伯恭未是繫籍聖賢，豈可升座？』東萊問其故？曰：『官爲宰相，可以生殺廢置人；官爲臺諫、給舍，可以彈駁榮辱人；官爲國子監，可以考校去取人。開口高談道德性命，縱有錯謬，人無争辨者，畏其勢也。此三等謂之繫籍聖賢。』東萊大笑而止。今安裕爲國子正字，乃繫籍聖賢，宜乎子之敬畏而稱誦之也。」客大慚。許浩謂繫籍聖賢之説，始心疑之，及驗之世，則亦有然者。有文甚善者，曰「某爲其所易者」，則蔑視之。未甚善，曰「某爲其所尊而畏者」，則翕稱之。士之是非稱是，誠有如叠山之所云也。按趙秋谷嘗言：「近日論詩，惟位尊者斯稱巨手耳。」宋牧仲聞之述於王阮亭，答以詩云：「尚書北闕霜侵鬢，開府江南雪滿頭。誰識朱顏兩年少，王揚州與宋黄州。」則繫籍聖賢之弊前後如出一轍矣，宜朱竹垞有「近來論詩惟序爵，不及歸田七品官」之句也。夫七品官論尚不及，況其他乎！彼唐之孟襄陽、明之謝茂秦皆是繫籍聖賢者之所不取也，抑知二子所造，皆能卓然雄視一代而輝映千秋乎？蓋操履與升沉自是兩途，特皮相者不足與語耳。

古人矢口成音，音者歌之祖，「明、良」「喜、起」，其權輿乎？《虞書》「克明」一節，「德」與「族」聲叶，「姓」與「明」聲叶，「邦」與「雍」聲叶。即《洪範》一篇，恒多有韵。《羲經》、《十翼》，不鮮諧聲，匪特《三百篇》也。秦、漢之際，詞賦肇興，如樂府歌曲是也。然斯時言音不言韵，即魏、晋李登之《聲韵》、吕静之《韵集》，有五音而無四聲也。周顒、沈約出，始定四聲，音降而爲韵矣。然猶不失二百六部之分。乃休文之《四聲》復失，而《聲韵》、《韵集》僅於《經典釋文》、《漢書》、《文選注》間見，始無由考其部分。隋陸法言、劉臻等謂我輩數人定則竟定，雖於古今聲音之轉而得其通，而不守二百六部之分，則自劉、陸始也。唐郭知玄益爲《切韵》，孫愐增之，别爲《唐韵》。今不特法言之書失，即《切韵》亦僅見於徐鉉《説文》。宋陳彭年有《廣韵》，丁度有《集韵》，景祐列學宫者，則有《禮部韵略》。然自沈休文作《四聲》韵，歷代遞增，至唐末、五季，多至五萬餘字。紹興中毛晃以其太繁，風簷艱於翻閲，因删其字僻義艱者，尚存二萬餘字，官爲刊刷，以爲場屋之用。時以易於省覽，凡窗下（不）〔皆〕用毛本，舊本遂廢。然猶未改二百六部之分，世稱典雅。至淳祐間平水劉淵始併爲一百七部，僅剩萬餘字，師心變古，論者譏之，蓋遺其所當合，合其所不可合也。及元陰時夫撰《韵府群玉》，併爲一百六部，又省之，後人襲用未改。考秦漢以下，及唐宋李、杜、韓、蘇諸大家之詩，其用韵往往有今韵所無者，自係被其所删。則使後之作家雖有迥出尋常之意，而苦無韵可用，伊誰之咎哉？前人謂有字極古雅而刊落者，有僞字、俗字而闌入者，舛謬非一，其貽譏也宜矣。夫韵字五萬餘，固太繁；而删至僅剩萬餘，覺其已簡，何可再删？且韵學亦藉平日用功，至場屋不過備遺忘，以便選韵而已。不然豈胸中全無牆壁，惟因韵簡臨時翻閱而即有出奇制勝之佳作乎？因讀諸大家詩，其今韵所未收者，則檢而出之，故先論其緣起。

《焦氏筆乘》：「韋莊詩：『西園公子名無忌，南國佳人字莫愁。』莫愁爲南國佳人，此實語也。《選》詩：『公子敬愛客，終宴不知疲。清夜游西園，飛蓋相追隨。』則西園公子乃子建事，謂名無忌可乎？此詩流利可喜，獨以一語之疵，終損連城之價。」按：此殆以信陵爲影射耳，然西園自屬子建，此魏終非彼魏也。考大家名家用事自是一貫，至晚唐、五代，無其力量，固有割裂，然亦兩事並一事。似此張冠李戴，直是不能相通耳，豈非文理背謬哉！焦氏指出，所益於人不少也。

有以《弔十研先生墓》詩索和於予姪洪濤，予觀長卷幀首有引原唱爲某，引云：「黄莘田先生，閩海詩人，永陽名士。風流宛在，俎豆久薦。馨香神韵皆高，著作悉登金石。所以蒹葭秋水，已增不盡低徊；豈知衰草寒烟，更起無窮感慨。孤墳垂毁，觸目傷心。用寄里言，以存憑弔。」其詞云：「騎鯨汗漫賦游仙，零落丘阿四十年。碣斷衹餘三尺草，隴平將作八家田。山川有幸埋名士，天地無情絶後賢。最是不堪回首處，紙灰飛起别墳前。」「北郭南丘遍紙錢，清明烟雨哭墳前。半生筆墨持風雅，十丈蒿萊没墓田。人到如君寧有恨，死猶薄命更堪憐。楊花一曲空流播，碣斷碑殘不記年。」按予前歲晤琴農茂才，爲先生曾姪孫也，道其從兄拔容户部巡南河，曾挈先生嗣孫某於官署爲成家，並分廉爲先生掃墓修墳。琴農曾親見墓碣，中書「皇清勅授文林郎四會縣尹莘田黄先生壽域」，左書年月，右書「錢塘沈廷若題」，字皆漢隸云。則此詩並引之誤明白。因用其韵作二律以正之，敢以質之留心文獻之君子焉。詩云：「列宿白雲身即仙，靈光耀采溯當年。三冬慎獄春如海，十硯歸裝石是田。科第鹿鳴榮再宴，文章鶴算與先賢。盛名千載知猶副，不獨秋江艷眼前。」「幾時料理買山錢，壽藏經營易簀前。但卜種松成宰樹，敢知犂墓作私田。碑題有道人無愧，字仿斯翁世共憐。見説雲礽猶拜掃，石麟埋没是何年。」

唐實君《詠門神》云：「功業未堪封户牖，光華聊復綴簪紳。」又：「將軍本自封當户，丞相於今亦抱關。」上聯語有抑揚，下聯用李廣之子及蕭望之事，亦典確。吴穀人先生云：「問爾侯門立，能知深幾重。」語有諷刺。又倪經培云：「爵封萬户外，秩滿一年中。」是刻畫題面者。閩中雅南詩社亦咏此題，王成旜作，如前所録，則更見典雅。而趙雲松先生云：「無言似厭人投刺，含笑應羞客曳裾。」又是一樣諷刺之法。

隨園記湖南張豈石少廷尉戲題云：「書畫琴棋詩酒花，當年件件不離他。而今七事都更變，柴米油鹽醬醋茶。」此境有變更也。相傳有鄉居士人，每事以自然持論者。偶冬日晨炊無計，妻詰曰：「今日得自然乎？」士人乃大笑，題詩於門外云：「柴米油鹽醬醋茶，七般俱在別人家。今日自然然不得，開門踏雪看梅花。」題畢竟去。有當道過而見之，賞其高雅，以笏金石米餽其家，及歸詢知之，又大笑曰：「還是自然。」蓋境雖變更，而吾心當不變更，較前詩又進一解矣。

昔人有言，詩至中唐以下多無足觀者。然亦不盡然。楊牢字松年，父從田弘正死於趙軍。牢走常山二千里，號伏叛壘，求屍歸葬，銜哀泣血，時稱孝童。年十八，登大中二年進士第，最有詩名。其贈弟詩云：「秦雲蜀浪兩堪愁，爾奉晨昏我遠遊。千里客心難寄夢，兩行鄉泪爲君流。早驅風雨知龍聖，饑食魚蝦覺虎羞。袖裏鏌鋣光似水，丈夫不合等閒休。」以孝友之心情發爲詩歌，一氣鼓盪，聲泪金石。大中，宣宗年號，以下僅懿、僖、昭三世，五十餘年而唐亡矣。如此篇者，何諸選少見哉？史云松年性少急，累居幕府，賓僚主人多不容。然則清廟明堂之器，必大雅始識之歟？

人之好惡，有氣味不同者，有以愛憎爲取舍者。宋楊大年不喜杜少陵詩，謂爲「村夫子」。鄉人有强大年讀杜者，曰：「江漢思歸客。」楊亦屬對，鄉人徐舉「乾坤一腐儒」，楊默然若少屈。方惟深絕不喜蘇子瞻詩，至云「淫言褻語，使驢兒馬子決驟」。胡文仲連因語及蘇詩云：「清寒入山骨，草木盡堅瘦。」子通曰：「做多自然有一句道得著也。」蓋子通及識蘇公，蘇公之譏評詩文殆無逃者，子通必嘗見薄於蘇，故終身銜之云。按楊大年在宋初與錢思公、劉子儀創「西崑體」，以組織工麗爲主，與少陵自是氣味不同。至方之於蘇，是因受知於王介甫，極蒙愛重者，宜其作此語也。乃蘇子容頌愛元、白、劉賓客輩，如汝洛唱和，皆往往成誦，苦不愛太白輩詩。曾誦《汝洛集·九日送人》云：「清秋方落帽，子夏正離群。」以爲假對工夫，無及此聯。夫以「子夏」對「清秋」，以「離群」對「落帽」，指爲佳對，好惡拂人之性若此！倘不得風雅之宗，痛加懲創，則謬種流傳，爲害更非淺鮮耳。

今人作賦，於段落之繁簡，動云「幾隔句、幾四六」，意者於段首之引題爲隔句，段中及末之四句對爲四六，不知非也。嘗讀洪容齋《四筆》，其論賦云：「晚唐士人作律賦，多以古事爲題，寓悲傷之旨，如吴融、徐寅諸人是也。黄滔字文江，亦以此擅名。如《明皇經馬嵬》隔句云：『日慘風悲，到玉顔之死處；花愁露泣，認朱臉之啼痕。』『褒雲萬叠，斷腸新出啼猿；秦樹千層，比翼不如飛鳥。』《景陽井》云：『理昧納隍，處窮泉而詎得；誠乖馭朽，攀素綆以胡顔。』『青銅有恨，也從零落於秋風；碧浪無情，寧解流傳於夜壑。』《陳皇后因賦復寵》云：『已爲無雨之期，空懸夢寐；終自淩雲之製，能致烟霄。』《白日上升》云：『較美古今，列子之乘風固劣；論功晝夜，姮娥之奔月非優。』」云云。凡此皆可爲隔句之證也。蓋四句對爲「隔句」，義取隔八相生之意；段首之兩句對應云「偶句」，則言段落之繁簡，當云「幾偶句、幾隔句」爲是也。

屏麓草堂詩話卷十四

晉安莫友棠若愚著

何岐海孝廉幼岐嶷，喜讀書。家迎仙門外。先世事禺筴，貲甲一郡。祖母壽，致客經月，岐海擕書讀於西湖書院，客盡乃返。淹洽爲當世公卿名宿所欽挹，精音學。嘗謂詩者，中聲之所止也，音聲不正，不可以爲詩。東越處天下之巽隅，漸太陽，位天氣，奮陽履正，含文明，故其音聲獨得其正。如讀「朝夕」之「朝」爲「貂」，「知否」之「知」爲「低」，「通徹」之「徹」爲「鐵」，「纏繞」之「纏」爲「田」，於舌音能分深淺。弇山畢尚書言之詳矣。不知其讀「茶」爲「徒」，「掇」爲「豬劣反」，「窒」爲「都節反」，「戡」爲「竹甚反」，「摧」爲「奴回反」，「濘」爲「奴冷反」，「折」爲「時設反」，亦皆舌音之正。「跗」、「房」、「分」諸字，皆重脣，今天下皆轉爲輕脣，惟東越之音不變；「陟」、「敕」、「直」、「耻」、「豬」、「竹」、「張」，又皆爲舌音，今天下皆轉爲齒音，惟東越之音不變。「大」字，韵書有「唐佐」、「徒蓋」二切，吾東越猶讀爲「直帶反」，蓋猶劉昌宗以來之音；今天下皆讀爲「直駕反」，則開闢以來無此音也。至其呼「兄」爲「香」，呼「樘」爲「湯」，呼「横」爲「黄」，呼「盲」爲「芒」，呼「彭」爲「旁」，呼「更」爲「岡」，呼「火」爲「燬」，呼「來」爲「釐」，則並得三代以前之本音，此又弇山所不及知也。彼宋高宗譏林外以老韵鎖爲閩人，老坡笑李伯時開口呼六爲閩音，皆照隅隙，而未覩衢路，豈足爲吾鄉詬病哉！東越之詩自鄭露、釋惠摽後，在唐有歐陽行周、王輔之、徐昭夢、黄文江、翁文堯、陳嵩伯諸家。在宋有楊文莊、鄭仲賢、楊文山、蔡忠惠、蘇魏公、陳古靈、鄭介公、黄演山、李忠定、李筠谿、張蘆川、鄧栟櫚、袁東塘、劉屏山、林拙齋、朱文公、嚴滄浪、劉後邨、王癯軒、謝晞髮、連百正諸人。在金有吴東山。在元有洪汝質、楊仲弘、黄存齋、陳安雅、盧圭峰、釋夢觀諸家。在明有張翠屏、林登州、二藍、十子，及楊文敏、柯竹巖、鄭山齋、林見素、張襄惠、林方齋、朱損巖、鄭少谷、王遵巖、邱止山、徐惟和、惟起、謝在杭、曹石倉諸人。莫不管領風騷，自開户牖。而錢東澗乃痛詆晉安一派，則以高廷禮之《品彙》、《正聲》，終明之世，館閣宗之。牧齋釁起争名，語多吹索，登枝捐本，飲水譏原，固哉蒙叟之爲詩也。《滄浪詩話》，有明一代奉爲聖書，近世瞀儒始摘其「詩有别才不關書」一語，以資掊擊。余考鍾嶸《詩品》曰：「觀古今勝語，多非補假，皆由直尋。」此即滄浪「有别才不關書」之説也。杜工部云：「讀書破萬卷，下筆如有神。」蘇文忠云：「博觀而約取，厚積而薄發。」又云：「退筆如山未足珍，讀書萬卷始通神。」此即滄浪「非多讀書，亦不能極其至」之説也。瞀儒所執以詆滄浪者，皆滄浪所已言，可謂悖者之悖，以不悖爲悖矣，云云。詩稿頗佚，惟得其《越王臺懷古》云：「南臺之山高崔嵬，南臺之水環縈回。先生到此一長嘯，大山蕩作魁陵魁。昔在無諸初建國，天造草昧東南隈。地險泉山一夫守，巖疆領水千舟摧。黑鷴白鷴充貢篚，石蜜蜜燭侔瓊瑰。迄今二千有餘載，鬱湮盛迹空塵埃。餘算之菜委草莽，高平之苑埋蒿萊。象犀蝯熊已無種，惟有荃葛緒風欸。尚餘遺象清高在，秋墳廟後土一抔。漢禮坐陪剸蛇后，俚傳俗説釣龍臺。寰宇三山各有志，傳聞殊異争叩㕭。先生斷從樂子正，餘善首惡非仙才。兒童未免駭雷電，張衆同俗來相悝。至言不出俗言勝，先生大笑歸去來。」著有《何氏學》行世。

葉石林曰：「詩人以一字爲工，世固知之。惟變化開闔，出奇無窮，殆不可以形迹捕詰。如少陵《上兜率寺》腹聯云：『江山有巴蜀，棟宇自齊梁。』則其遠近數千里，上下數百年，盡在『有』、『自』二字間，而吞吐山川之氣，俯仰古今之懷，皆見於言外也。」向以此求之，惟何實齋編修《滕王閣》詩差得此意，詩云：「椅棹滕王閣，平生此壯游。山川自終古，文字遂千秋。勝地人間少，空江日暮流。高吟誰共賞，牢落一登樓。」頷聯「自」、「遂」兩字，亦可謂善於脱胎矣。

竹佃《説鬼詩》其三首云：「古梅前輩今歐韓，文檀刻木祀媚蘭。冰晶作藉木四寸，褚虞小楷親手刊。題作《西江月》半闋，君佩兒棲語幽咽。祖胸六六叩瓠犀，雲開月霽留真訣。由來仙鬼皆情種，破格憐才意所切。我讀媚蘭一卷詩，晚唐風韵曾心折。自恨瓊漿百感詞，斷送雲英到銷骨。天上重來尚夙因，人間一去翻長别。」按《消夏録》：「南宋舊内粉牆多舊，宫人題詠，年久剥落，不可盡識。其一署云『媚蘭仙子書』，末二句猶可識，云：『寒氣迫人眠不得，鐘聲催月下斜廊。』字畫婉麗，風情月思，令人惘然。」則媚蘭乃南宋舊宫人歟？又考明王佐《宫怨》云：「芙蓉帳冷減容光，愁倚薰籠懶著床。」下二句與媚蘭同，只「斜」字作「迴」字，豈佐詩即仙子原作歟？佐字廷用，天順已卯舉人，福州衛籍，官訓導。

廟祀有同此神明而無同此籤詩者，大較然也。相傳關廟籤詩，古今遠邇皆然，初未遽信。迨觀《載酒堂唱和集》阮梅叔「兔籤符祭酒」句自注「漁洋先生正陽門祈籤，有『玉兔重生應發蹟』之句，乃悟庚申閏八月拜大司成」云云。又劉楚珍「玉兔重生日，讖成庚甲後」等句，自注：「文簡謁選，在京師祈籤關祠，有『玉兔重生』及『君今庚甲』語。」蓋籤共百首，其第若干首籤詞云：「君今庚甲未亨通，且向江頭作釣翁。玉兔重生應發蹟，萬人頭上逞英雄。」考閩中關廟皆然，而與京師廟合矣。且文簡中會試在順治十二年，官司李在十六年，祈籤爲十三、四、五等年事，及今計百七十有餘年，則「古今遠近皆然」之語不誣也。或謂籤詩爲宋蘇文忠作，又曰關神示夢，理或然歟？

陳子維名箴，字華岳，閩縣諸生。少與林侗叔、葛心如、莊秦川、施怡巖及其弟子丹同予結荳蔻花館詩社。子維家學淵源，富篇什，早世，全稿無從見。今録其社中所作《仙子送劉阮》云：「相送瓊扉倏遠離，仙凡迴隔悵何之。花殘碧樹難爲别，雲散青山有所思。掩泪未能回去志，牽裳無計速來期。丹爐藥竈成虚度，腸斷台峰夕照遲。」又記其口誦《送施先生文晃赴禮部試》云：「芳菲桃與李，公門衆弟子。何以送先生，風雲起萬里。」秦川名重，字紹洛，丙子孝廉，大挑二等得廣文。子丹名纂，字華山，優貢生。

眼鏡詩，林竹佃先生五古警句云：「西洋有規璧，益我眸子偏。神光一檢束，群象呈媸妍。雖蔽如更明，獨照常不遷。古人勤内視，乃入玄中玄。今我假諸物，明暗非己權。一隙縱未昧，法相無由圓。」已覺體物之工。近得陳子丹云：「如何小隔轉分明，神妙居然勝點睛。秋水微添冰暈薄，春雲全吐月痕清。圓光不待金篦刮，旁照還看玉珥瑩。但使自他能有耀，人人都作掌珠擎。」又「拂拭要逢青眼客，摩娑偏戀白頭人」，亦警句。至「鼻觀排空横白練，眉峰纈翠罥烏絲」，較趙雲松先生之「長繩雙目繫，横橋一鼻跨」，則尤覺莊雅。子丹與予同社，疎闊四十年矣，此從黄琴農《碎錦集》中録出。又劉敬輿「易人未必皆同視，屢照何曾敢厭疲」，林鴻昌「頓教象向環中得，誰道才憐格外難」，寓意亦妙。敬輿名澄波，改名遇亨，侯官優貢生。

今人皆祀觀音，初未知起自何時，後讀白香山《游悟真寺》詩：「前對多寶塔，風鐸鳴四端。次登觀音堂，未到聞旃檀。上階脱雙履，斂足升净筵。」則唐時已有矣。又韓致光《咏柳》云：「裊雨拖風不自持，全身無力向人垂。玉纖折得遥相贈，便似觀音手裏時。」則今畫塑者手持柳枝，亦所由來久矣。按《南史・文學傳》：「梁皇侃至孝，常日限誦《孝經》二十遍，以擬《觀世音經》。」則自六朝已有，尚不自唐始也。又宋蘇文忠《雨中游天竺靈感觀音院》詩：「蠶欲老，麥半黄，前山後山雨浪浪。農夫輟耒女廢筐，白衣仙人在高堂。」《咸淳臨安志》曰：「後晉天福四年，僧道翊結廬山中，夜有光就地，視得奇木，命孔仁謙刻觀音像。會僧勳從洛陽持古佛舍利來，因納之頂間，妙相具足。錢忠懿王夢白衣人求治其居，乃即其治創佛廬，號天竺看經院，此即『白衣大士』之始。咸平初，郡守張玉華以旱迎大士至梵天寺致禱，即日雨，自是遇水旱必謁焉。」按史天竺觀音祈禱晴雨，始自高宗紹興，而志張玉華事則已始自咸平。靈感之號則賜於治平，而集中有《杭州祓觀音祈晴文》，則熙寧間事，又在治平之後矣。

閨秀許淑人，太常卿梁九山先生德配也，有《琴音軒吟草》。《冬日懷古》云：「蟋蟀鳴堂中，蕭條歲云暮。烏兔如逝波，年華等閒度。三冬守京邑，又見澤腹涸。繞屋旋風聲，呼號幾拔樹。長空舞六出，邊地銀沙布。兀坐擁紅爐，畏寒懶移步。隱被日三竿，自覺荒家務。少壯尚如此，堪知老年苦。爲念倚閭人，晨昏缺調護。皤皤雙鬢滿，加餐可如故。值此嚴霜寒，誰爲温卧具。昨夜夢還家，歡與慈姑晤。傍侍語細碎，但把離情訴。喜見膝前孫，含飴屢回注。猶聽笑聲嬉，鳴雞忽驚寤。回首望高堂，白雲遮去路。未得捧輿迎，寸懷自沿泝。媿彼林中烏，飛飛猶返哺。何日早旋歸，成我《蘭陔賦》。搔首生百憂，呵筆難成句。」三復其詩，具見德性肫摯。太淑人長女字紫瑛，適天門令龔豐穀，嫻吟詠。《襄陽舟中》云：「扁舟夜泊微風發，漠漠輕烟散林樾。韡紋萬頃漾晴江，洗出波心一輪月。」「緣堤月色浄如霜，對景徘徊憶故鄉。長笛一聲何處起，客中秋思欲沾裳。」次女字蓉函，適副貢生許濂尤。工詩，有《落花辭》云：「春光索漠閨情懶，紅日當窗天起晚。杜鵑簾外苦催人，報道落花春不管。春來春去無人覺，只見花開與花落。落花亦自别人難，殘春儘日縈羅幙。園林昨夜狂風度，紅雨今朝散無數。明朝風雨捲春歸，一陣濃雲鎖深樹。莫向春光苦留戀，且賞重陰覆亭院。記否悲秋夕照天，滿階飄亂西風片。」閨二閨秀亦皆有集，此蘭生爲又瓶述者，又瓶又轉述於予，録之。許淑人字鸞案，翼城令崇楷女，博羅令懿善妹。

閨秀許素心老人，亡友梅生姑母也，名琛，字德瑗，自號素心。幼聰慧，能詩，工書畫。隨父石泉先生宦嶺南，夫壻何燧隆就昏焉。早寡，無子，仍依外家，居小樓一間，顏曰「疎影」。嘗爲其夫治塚，虚右穴以自待。舅客死於吴，罄竭綿薄，歸其喪，與姑合葬。作《梅竹圖》贈守塚山人，有「竹梅聊當子孫賢」之句，其志可哀矣。從弟畫山先生攜其副本入都，題云：「十年前，曾葬夫。十年後，葬舅姑。葬夫夫身安，葬舅父母夫心娱。金高南山築抔土，馬鬣牛眠何足數。淒涼獨作無米炊，血泪多於孝婦雨。」都下一時名宿，自朱文正公以下題咏甚夥。先是，鑑湖閨秀駱胡采、齊慎儀亦隨父任在粤，以文字氣誼相矜重，因囑老人於汪學使夫人方芷齋芳佩、陳觀察夫人李筠心文淑，又有福太守夫人金王宜鸞前後至閩，皆耳其名，延爲女師，爲梓其集。而林樾亭先生爲作《節孝傳》。先生母夫人，鄭石幢先生女也，即黄太恭人之女孫，爲吾閩名媛，於老人通家世誼，結姊妹歡，故能知其詳。獨惜《疎影樓詩集》余未及購讀也。往從魏又瓶家見舊白綾帳顔，筆墨如新，追話令叔香士孝廉母林恭人以親眷往來甚密，出此幅索畫，併題以贈云：「交好無關姻婭親，祇緣筆墨兩情真。若非骨肉於前世，何事今生種此因。」「和丸畫荻鞠諸孤，摩頂佳兒羨鳳雛。留笏堂中黄鵠恨，冰霜雪月兩堪俱。」「静室疎簾月影虚，夜深猶自課兒書。總教令子成佳器，譬似芝蘭繞徑除。」「爾我忘形話舊因，未同朱紱踏京塵。却教賢媵相隨伴，劍履聲中侍玉紳。昔歲岱巖表兄入都赴蘭署，表嫂遣如夫人金氏隨侍之任。」「梅花竹葉映流蘇，莫笑痴人筆墨迂。我愛寒香與疎影，伴君清夢一塵無。」「愛我頻教問起居，與君氣味兩相如。從今梅竹爲知己，夢裏相尋應不虚。」又有小幅畫併詩，壽金貞玉如夫人云：「菊花延壽竹平安，勁節凌霜贈爾看。告我八年悲劍履，秋風涼月不知寒。」石泉先生名良臣，雍正癸卯舉人，官終澳門同知。石幢先生名方城，癸卯鄉舉，癸丑進士。畫山先生名作屏，己酉進士。

魏又瓶嘗爲余言，其同年生梁蘭笙、吴蘭叔皆工書法。蘭叔早卒，詩少存，有《棄婦吟》云：「妾齡十五十六時，嫁與長安輕薄兒。曉夢帳前裙重褥，晚妝燈下畫雙眉。雙眉善畫巧且長，紅裙青袖碧羅裳。願結同心百子帶，帶頭一一繡鴛鴦。自謂鴛鴦不獨宿，風雨高燒海棠燭。緑琴輕撥合歡絃，紅豆新翻相思曲。豈意相思渺何處，落盡桃花與柳絮。前年二月踏青天，寶馬雕鞍臨卭去。臨卭一醉累千觴，娼家洗手作羹湯。良人相感纏綿意，明珠贈與伊雙行。奴顔肯遜伊顔好，深房空佩宜男草。祇解新人婀娜嬌，不管故人憔悴老。故人雖不及新人，新人未若故人親。異日新人亦復故，故人終抱百年身。」饒有古意。蘭笙嘗隨其尊甫九山先生督學瀋陽，詩思益壯。今録其《山海關》云：「山蒼蒼，水茫茫，榆關屹立當中央。敵樓高聳入雲表，超然西俯餘斜陽。長城舊趾包原隰，東設兹關鎮邊邑。萬里仙人紫氣來，十年壯士長歌入。畫然兩界鼇東西，遼岫巉巖薊野低。行人動地喧車騎，都護當關嚴鼓鼙。即今陬澨皆庭户，關塞何曾阻羈旅。君不聞泣土龍堆望故鄉，當年多少思歸苦。」音節清脆可誦。蘭笙名雲鏞，現任晉江學訓導。蘭叔名慶禧，原任泉州府學訓導。皆己卯舉人。

魏又瓶東渡，有詩一帙寄回，其子子安以質諸偶峰及余，大抵庚子、辛丑之間，憂時感事，情見乎詞，爲補録之。《厦門旅次聞六月初八日夷船犯定海姚履堂死其事》云：「厦門纔報夷船走，定海還聞縣治殘。鴆毒甘心風俗敝，恬嬉習見國家安。不緣渫惡爲淵藪，那有么麿出阻難。竟殺賢良誰斥散，飄蕭素髮欲衝冠。」《厦門待渡口號撥悶》三首云：「軍門領海疆，水師扼要地。蠢爾兩夷船，突如一再至。長官廢寢食，汛口資禦備。飛礮勢莫當，交綏敵暫退。憑高庶足臨，望洋若無對。澆訛風俗憂，射嚇詐小人態。」「嘆夷去中國，曠絶數萬里。原其所以來，欲賣鴉片耳。不有闌出交，立可制其死。射利甘通夷，指南暗比匪。饑或繼之糧，渴或繼之水。從來古聖王，外患先内理。」「貪常苟無事，適用難其才。因循亦已久，變動庸有開。昔賢出屠釣，市儈紛塵埃。船風此留滯，店月歸去來。請纓既嘆老，浮海焉取材。窮途阮籍哭，時事賈生哀。」《辛丑正月十八日寓齋小集座客賦詩索和倒叠前飲再到堂韻》云：「酒闌棋罷更磨甎，詩句鮮如初日蓮。蘇晉逃禪宜退士，蘭成射策感當年。春風吹醒京華夢，夜月涼侵苜蓿筵。聞道海疆防禦急，逆夷敢不畏皇天。三日前得省報。」《前詩意有未盡再疊前韻》云：「杞人過計竊憂天，誰信邊愁入講筵。士氣雅歌弦誦地，輿情食德服疇年。養癰懷鴆腐腸藥，苦口婆心妙法蓮。一詠一觴關百慮，分陰共惜日移甎。」「人生意氣有情天，春日同登八尺筵。絶妙棋心思敵愾，不昂酒價望豐年。虛名一笑士如鯽，先達群詩炬撤蓮。寂寞海濱愁足繭，偶乘清興步花甎。」《丁祭後疊韻書懷》云：「如林學校統人天，俎豆莘莘大雅筵。禮制尚尋綿蕞地，樂音重失渡江年。諸生濯濯王恭柳，吾道亭亭茂叔蓮。不有寒泉清冽出，虛勞修井甃泥甎。」「倦翮迴翔北極天，抱殘守闕講師筵。亡書莫記三千牘，覆瓿誰知五百年。隔斷見聞裨海水，佇看醃藹泮池蓮。思鄉懷舊情何際，磨破澄泥一塊甎。」《有感倒疊前韻》云：「城築阿南剩片甎，長鯨翻動普陀蓮。軍機新罷和戎議，苞蘗非從革弊年。尚費躊躕防海策，靜觀消息讀書筵。眼中志士知誰是，劍氣雞聲欲曙天。」「尚擬齋頭日運甎，清譚誰暇社開蓮。公文瑣屑量衡石，士習浮華曠歲年。誨盜負乘君子器，瀆神烏饗太牢筵。幾人懷抱都無憾，世局如棋漫信天。」《閱邸抄再疊前韻》云：「南海氛生徼外天，《采薇》詩正倡工筵。見愁夷虜投鞭日，詎是名流握麈年。漏網罪餘戎伏莽，游魂邪教劫殘蓮。繫苞亦復關嫠恤，未忍區區守紡甎。」「朱旗萬里動殷天，畫策分明在几筵。愼固封圻驅出境，無糜糧餉耗他年。舟師風掃千竿竹，火器烟銷十丈蓮。指日海隅氛祲散，邊牆那用砌灰甎。」子安名秀仁，丙午舉人。

閨秀能詩者罕覯，而求其佳什琳琅，尤不易得。近得魏仙洲室盧倩雲《紫霞軒》未刻稿，予細爲披閲，曾括大意，題五絶句於簡端矣。兹擇其尤者録之。七絶《木蘭從軍》云：「却把金鞍換錦裙，手拈環珮掃塵氛。兒家那得嫻韜略，只有忠誠報聖君。」《山水長幅》云：「蒼茫水國片帆斜，碧嶂嵯峨一徑遮。不識松篁濃翠裏，模糊住有幾人家。」《紙鳶》云：「跕跕隨風便遠飛，全憑綵線送斜暉。分明一段淩雲勢，不上丹霄不肯歸。」七律《眼鏡》云：「不愁銀海亂花生，觸處能教萬象呈。兩道春山開靉靆，一泓秋水瀉晶瑩。漫誇西楚重瞳貴，更勝湘東一目明。彌盡人間蒙瞀憾，離婁未許共爭衡。」《白燕》云：「舊時王謝已全非，脱却烏衣便白衣。湘水有情相彷彿，雪堂無夢不依稀。偶迷珠箔光明影，直混梨花上下飛。莫謂瓊仙希伴侣，慣攜玉剪入窗扉。」皆有作意。句之佳者，如《病中》之「藥味酸辛同世味，病懷抑鬱減詩懷」，《滕王閣》之「名王蛺蝶無雙譜，才子文章第一流」，《梅花嶺》之「孛羅尚重文丞相，德祐惟尊賈太師」，寬孛羅所以愧德祐也。《梅花》之「和靖栽餘留雅格，廣平賦後幾詩人」，知抱負不少矣。倩雲名藴真。

《湖州府志》：「吴越迴文綬帶連環詩碑在法華寺。」節度使錢惟治作九十首，其一云：「聖主欽崇教，千光顯紺容。映雲窗綺暖，籠月箔花重。净刹香風遠，危闌碧霧濃。勝因良以詠，華國一斯逢。」又一首云：「碧天臨迴閣，晴雪點山屏。夕烟侵冷箔，明月歛閒亭。」又曰「寶了垂綬」，又曰「寶子」，乃香爐也。

曹虚堂有《若夢集》未刻稿數百首，《假面》云：「難餬毛楮幻容觀，好醜全憑畫裏看。丟臉真成翻紙易，厚顔未免見人難。破窗雨打皮驚綯，入座風嚴面不寒。爲囑兒童休擺脱，恐教有靦獻眉端。」

《古意》云：「月斜翡翠樓，露下芙蓉館。莫怪秋宵長，是儂香夢短。井深百尺餘，綆稀千尋滿。莫怪汲水難，是儂索綯短。」《恨詞》云：「斯意訴花花解語，此心待石石能言。何來有此無情物，一到承恩便負恩。」《村婦》云：「新秧插後便芸田，阿嫂呼姑趁霽天。脱却布裙穿短袴，陌頭齊拜緑楊烟。」《憶十五齡女璧團》云：「終朝忙碌女紅中，刺繡描花樣不同。也似文人臨古帖，鍾王顔柳法争工。」《憶五齡次女牽鹿》云：「童歌信口妙天成，擘紙還裁五色旌。揮手也同騎竹隊，繞廊學作木蘭征。」《除夕》云：「通宵廛市遍輝光，索負償逋兩兩忙。惟有富兒無一事，狐裘帶醉看街坊。」「此夕喧嘩爆竹聲，家家宴樂昇平。獨憐甕牖繩樞者，滿室淒清坐到明。」又七律《思母》云：「兒時記憶逼寒饑，早膳謀來已落暉。減飯痛孃甘半飽，質釵爲子贖單衣。借糧信阻厨烟冷，購炭錢空篝火微。今日幸逢家運泰，傷心何處覓慈幃。」《杜宇》云：「雨歇陂塘一水平，落花滿地月微明。子規解識春將去，徹夜悲啼不惜聲。」《村女》云：「農圃桑麻世業誇，有時嬌女亦描花。却嫌未解鴛鴦繡，片幅方裙刺虎牙。」虚堂名蟾宫，籍長樂，僑寓省南釣龍臺下。父名琢章，拔貢，朝考一等，願就教職，授龍巖州學正，未至官，卒。虚堂孤露賚志，去而服賈。其自記云：「宫非文人，安敢言詩，然一有感懷，遂形俚語，惟大雅君子諒之。」則其志亦可悲矣。

滿洲際子謙侍大父福州副總戎明公來閩，翁金坡茂才未泮時，協之記室也。將軍肄武，而公子能文，遂訂交焉。明公擢楚南綏靖總戎，權全楚提軍。公子入都應京兆試，别十餘載矣。貽金波以詩並箋云：「知己天涯隔，相思兩地心。新詩誰遠寄，舊夢已難尋。蘭臭三生契，魚書十載沉。烏峰渺何處，一篷寓情深。」《南浦》七律云：「水光山色恰相宜，畫裏船移岸亦移。石磴雲迷樵路窄，牙檣風緊客帆欹。鳩居遠認炊烟直，漁火平分夕照遲。九十九灘都歷盡，前程萬里更車馳。」前幅遠近殊景，後幅因景生情。第七句如玄奘法師取經西土，歸溯行脚時事。第八句不覺衝口而出，遂成吉祥文字。《舟過洞庭》云：「一葦今云渡，飄飄下洞庭。湖光蒸曉日，草色暗平汀。風雨催歸急，帆牆壓夢醒。遼空飛鳥過，掩映遠山青。」「三楚歸雲杳，江流接大荒。無邊天地闊，萬里洞庭長。湘水吞雲夢，君山對岳陽。乘風舟楫利，回首望蒼蒼。」《都門送柯筱谷赴閩並問舊好》云：「記否聯床説杜詩，春燈影裏寫烏絲。誰知八九年前事，都是今朝別後思。」「陌上花開花又飛，杜鵑啼處正春歸。寄聲爲問三山友，荔子年來瘦與肥？」子謙名亨，登甲辰賢書，著有《記游詩草》，金波嘗爲予述之。

昔予《題蔡文姬歸漢圖》五古中幅云：「女子備四德，有德始可嘉。可憐言工貌，來往驚胡沙。」爲蘇年師所許，謂能得題之肯綮。今忽忽已數十年矣。昨得友人郭雲士作，覺波瀾更爲壯闊。中幅云：「翩翩家世重人寰，不辱君親大義嫻。但使捐軀拚一死，千秋志節重如山。胡爲漂泊不自主，妝鏡重開事戎虜。」又叙歸漢云：「煢煢顧影傷離別，韶華荏苒塵心滅。縱攜嬌鳥出樊籠，難免好花換枝節。」雲士固師門高才生也。七律如《送王成旟之任桐山》云：「文章風雅兩兼長，樹幟騷壇興倍狂。白社暫將牛耳讓，青山不避馬蹄忙。行過鶴嶺吟懷豁，坐向鱣堂講藝詳。好趁春風敷化雨，滿庭桃李正含芳。」《庚寅元旦》云：「數聲爆竹序更新，金燕銀旛報早春。天上龍軀增甲子，人間鳳曆紀庚寅。柏供卯酒傾三雅，椒和辛盤佐八珍。灰琯盡飛玉律變，又偕萬象轉鴻鈞。」其他佳句如《舟次》之「三更客夢孤舟雨，滿耳蟲聲兩鬢霜」，《和古樵八弟》之「子美座中來舊雨，淵明宅畔聚閒雲」，及五言之「鶯花辭故國，烟水上輕橈」，皆可誦。雲士固名家子，尊王父瑜齋先生著有《瑜齋詩草》，傑作已登。其尊人涵川先生，名文海，亦名孝廉，詩不多作，録其《贈人》警句云：「艱難君亦感途長，長日蕭騷六尺牀。萬里家山雙鶴鬢，五更湖海一魚腸。愁隨嶺外雲停樹，夢到江南月滿梁。留滯已知歸未得，秋風鱸鱠暫相忘。」雲士來札云：「遺稿無多，録呈七律兩首，或登一首，或采數句，具見大君子錫類推情之意。」云云。然先生詩自有不可没，固不敢以朋友尊人阿好也。

屏麓草堂詩話卷十五

晉安莫友棠若愚著

從來巨人長德，當退老鄉園，往往結社談讌，以娱暮年。如唐之香山九老、宋之洛陽十三耆英，固徵人瑞，即如前明嘉靖初閩莆陽亦有逸老會，自都憲林茂達以下九人，有《逸老詩》行世。隆慶中有老人會，自太守鄭丙及尚書康太和等，康賦詩有「故老争開耆老會，七人五百二十三」之句。徐興公《筆精》紀之，稱爲太平盛事。國朝嘉慶中，吾鄉林暘谷封君與先師趙溥堂夫子及謝發川、陳東邨、陳俟庵、林香竹諸先生踵而行之，並戲撰社規二十事，云：「一、社客都邀大雅；二、社所禁危廊攲榭；三、主客一揖即罷；四、主人敬客，不争轎價；五、客敬主人，欬咳唾，不使害怕；六、縱講，不講之乎也者；七、説家常，不及男婚女嫁；八、兒孫即頑，本日不得打駡；九、席雖餘，不以他客補罅；十、筵席背後，須幔衣架；十一、拐杖不穿棹下；十二、晨餐不得設蚱；十三、果碟不用甘蔗；十四、食物公禁冰盤、冷炙；十五、熱菜不離盛夏；十六、菜炖諸禁生炒；十七、不許小孩在席打詑；十八、酒政只説笑話；十九、主客終日不講虚邀、多謝；二十、酒闌不留客過夜。」簡而能該，質而不俚；似莊似謔，亦風亦雅。可以觀美，可以式法，可以解人頤。不特繼美前人，亦可垂裕來者。實足繪熙朝之盛事也。

近復有友人結生日社者，叩何所沿起於予。夫此雅俗均有之事，使無舊典以實之，則兼金不有其丹頭，美饌徒充乎白腹，恐反爲粗豪之烹羊宰牛、殷賈之肥酒大魚所竊笑也，奚可哉！今考國初章豈績太史有《訂吴履忠姚子將倪日覲吴紫苺復舉庚會啓》，其警句云：「何得斗牛箕之宿，初度相招；而忘車馬笠之交，久要敢爽。」又「非惟獻壽，聊同擊壤之歡；謂是清娱，又寓添籌之慶」云云。倘即生日社之沿起歟？吾輩引而伸之，踵而行之，是即雅之所以别於鄭也。膚見僅此，或唐宋以來舊有故實，則俟博雅君子指示，匡所不逮焉。

予在東嵐曾見詩牌之戲，其法：一牌一字，百字一盤，十盤一箱，梨棗必緻，真草必工。每平仄各五十字，字以朱藍兩色爲别，詩以五七絶句爲準。或分詠中存兩字，湊足十四字兩句，限香、限題、限韵官韵。或盤中所無，及用叠字之次字，不妨虚一格，以意會之，得句亦不無佳者。俞生日璋有「畫裏雲山妨小米，鏡中眉黛勝無鹽」兩句，蓋分詠「丹青」、「醜女」，限「山」、「黛」二字，七四一聯。俞美姿容，工繪事，人以爲爲自己寫照也。按《韵史》：槎翁陳梁記曰：「崔徵仲世昌使君以限字韵箱見貽，既立約之次日，爲鶴亭、載功之始集予寓。是役也，使君賞幽，首輸俸錢爲之，同社徐仲陵經理焉。雖倉卒一時，字有限制，而各如情事，亦復勝彦，書以記之」云。則此舉亦非杜撰矣。

《日下舊聞》：「大河以北之水多直沽入海。」此即古者九河入海之處，地勢卑下，遇霖潦直與海平。昔人嘗欲因其填淤，置稻田以足賦。今府境諸水，類以直沽爲壑。張以寧《直沽》詩：「野際天低水，人家時兩三。雁聲連漢北，魚味勝江南。雪擁蘆芽短，寒禁柳眼緘。持竿吾欲往，拙宦爾何堪。」陳資齋《海國聞見録》：「海州而下，廟灣而上，則黄河出海之口。河濁海清，沙泥入海則沈。實文條縷結，東向淤長，潮滿則没。潮汐或淺或沈，名曰『五條沙』。」殆即黄河入海古直沽之地歟？

閩中作餅，有孔如錢，名曰「光餅」。《榕陰詩話》：「相傳明戚南塘將軍行軍時所作，中林有詩云：『餅師曉爇紅爐炭，光餅羅羅出火熯。初疑穿破沈郎錢，還如壓扁韓嫣彈。聞昔南塘戚將軍，禦倭遠走東海岸。三軍千里裹糧來，徵發往往誤朝爨。特作此餅散軍中，一串隨身挂鎧釬。干戈衝斥任鯨吞，臨陣含餔和血汗。身經百戰兵不飢，士氣激發倍驍悍。以此克奏保障功，東南半壁推屏翰。將軍去今二百年，餅式依然傳里閈。此餅因冒將軍名，婦孺知名日相唤。我生太平不知兵，出謀不啻肉食漢。朝來市得數十枚，一時恣啖早過半。朵頤最喜得真味，入座無事求鹽蒜。有時爲客享肥甘，裹食呼童割膴胖。飽餐閒聽餅家謳，鼓腹游行樂無算。走筆書成《光餅歌》，食經補作新公案。』」按閩縣薩檀河明府《白華樓詩集》亦有《光餅詩》，而陳惕園先生著《惕園初稿》有《少保餅説》云：「將軍有功於當時，留名於後世，則此餅不應即其諱而呼之，宜稱之曰『少保餅』也。」

明葉盛《水東日記》：「錢宰同諸儒纂修《元會選》，並《孟子節文》，暇時微吟，曰：『四鼓鼕鼕起著衣，午門朝見尚嫌遲。何時得遂田園樂，睡到人家飯熟時。』察者以聞。明日，太祖諭曰：『昨日好詩，朕曷嘗嫌汝？』宰等慚謝，未幾皆遣還。」此與唐玄宗以孟浩然「不才明主棄」句放還事略同。錢宰即輿櫬自隨，袒胸受箭，孟子配享，得不廢者。

心甫有《豫章烈女》詩云：「豫章有烈女，少長於平康。玉爲肌兮花爲貌，冰爲心兮雪爲腸。雖工絃管又工歌，不甘媵妾豈甘娼。矢志欲得乘龍壻，論婚門户苦低昂。爾時其姥有餘資，不奪女志葆端莊。世人因姥賤其女，蹉跎待字幾星霜。無何母死女孤立，假父浮薄晝夜狂。千金散盡無聊賴，潛謀鬻女肥其囊。誰知因緣存冤孽，延陵大尹有少郎。渡江桃葉迨其吉，朱提二百來催妝。催妝辭是抱裯章，不是尋常鳳求凰。女也聞之心悲傷，夜静無人獨閉户，蝤蠐修領懸屋梁。慾海愛河中流柱，完全白璧歸北邙。心已烈，名不揚，誰知遠勝李媚香。可憐不逢孔稼部，爲演傳奇播四方。」夫平康之女，乃不願作富貴之妾媵而死，其志殊可嘉，得心甫詩，此女不死矣。

明鄭少谷「海内談詩王子衡，春風坐遍魯諸生」，爲不識面之王儀封廷相咏也。「一時賢士俱傾蓋，滿地萍踪笑舉杯」，爲高、傅諸弟子咏也。高宗吕「殘雨數峰衡嶽曉，暮雲孤樹洞庭秋」，《登岳陽樓》咏也。至如傅木虚「雖貧一榻能高卧，縱老名山欲遠尋」、「異書自得作者意，長劍不借時人看」，可想見鳳雖窮，不與鷽鳩争飛；鶴即病，不與雞鶩同食氣象。而乃弟汝楫「種桃求漢核，食棗想齊花」，《静志居》稱其頗饒風致，然太類庾子山「漢帝看桃核，齊侯問棗花」之句，未見爲自出機杼，不足論也。

晉江方羽中先生翀早以詩文名，舉博學宏詞，至甲子始舉於鄉。詩文有全集，詩多至數千首，所謂《不已言集》是也。有《讀九史》、《删詩》云：「聖人善删經，拙者好删史。史豈易言删，删之遺事理。《史》《漢》不朽物，六朝未可鄙。就令《唐書》下，詳細知殊軌。兼存作家珍，册本此其底。賢愚聽後人，餘範識祖禰。奈何縱筆削，縮丈僅盈咫。譬若鼓拍喧，俳優從中止。既失四座歡，歸源了無指。咄咄宏簡録，大約是之比。紛綸廿有一，剪裁自唐始。濫劣雖不然，得毋非公是。葛仙變化奇，忽然半途死。死生難認真，何從問要旨。我欲極意觀，束斯爲故紙。」按瓶庵先生曰：「方又有詩云：『鄉人《史緯》寓苦心，瑕疵難掩爲武斷。』觀其言，其亦近於詆諆陳氏之《史緯》歟？」予按：陳壽《三國志・蜀志》兩卷，《諸葛武侯傳》竟不載《前出師表》，著作十餘種，僅載書名；而《魏志》反多至六卷。《晉書・顧凱之傳》謂挑其鄰女不從，用厭法以針刺木偶，令其心痛。《載記》五胡十七國，謂慕容沖有龍陽之姿，符堅幸之。此等穢瑣，亦入正史，是皆可删者。陳名允錫，字亹齋，亦晉江人。

唐人贈答，古近體固多，而長律即大家亦復不少。如李之《贈中丞宋公》，杜之《贈哥舒》、《上韋左相》、《贈太常張卿》、《贈鮮于京兆》、《贈特進汝陽王》是也。乙酉，予有清源之行，同人餞别，貽詩者成旗外，良皋則以長律書於箋，計今已二十一更寒暑。而良皋卒於丁酉，今亦九年。近於故簏中檢得，良朋往矣，風雅幸存，急當裝潢，俾時見其手迹。且良皋工散體文，雅不喜作有韵語，然得句殊見精深華妙，是不可不録也。其詩云：「昨夜使星明，應催我友行。别離吾輩事，文字夙時盟。信美皆吾土，懷材有遠程。登樓人倚玉，入座主吹笙。楊項逢都説，青藍染自成。相知酬一己，前路趁三庚。故國迴餘念，泉山樹駿聲。荔香紅萬樹，迢遞護雙旌。」

海壇島雖隸福清，然内外周圍七百餘里，南界興安、北界福寧，中有石牌洋，深不知底，闊不見山，爲南北舟楫所必由者。古曾設朗縣、沙州分治之，今則一鎮、一廳而已。平潭爲壇中大島，方圍數十里，衙署商旅軍民所走，集市廛廬舍環焉。然商賈多來自外方，土著惟行伍讀書者，鄉僻有數十人，而潭反寥寥。前鎮孫公官眷寓壇，己丑延予課子。有翁氏昆季頗知書，常來就益，偕學徒同習課藝者一載。明年，其季遂入福清學。翁氏雖壇人，差有省垣士風。季尤敏，故先泮，亦從學古近體詩。壬辰，予旋里後，季寄懷云：「函丈陪三載，時親大雅聞。傳經瞻馬帳，閲世仰鴻文。鱗翼書雖達，河梁袂已分。榕峰與壇島，目極海天雲。」

侯官貢生鄭梅村，名大烈，字逢舉。天姿穎敏，而少丁家難。其兄將與之習他業，予愛其才，因言之於其同宗某處訓蒙，遂得泮。詩筆清新，十數年前歸自都中，曾録近體數首。《江南野望》云：「稻花連穗滿疇香，繞樹炊烟出短牆。茅屋幾家人獨立，門前無地不栽桑。」《蘇堤春曉》云：「烟水迷離界白堤，坡公卜築在湖西。浮雲初散日未上，無數垂楊鶯亂啼。」《斷橋殘雪》云：「點地瓊瑶雜錦泥，東風捲向石梁西。何緣雁齒湖邊路，猶作春寒入馬啼。」只第二首次句入套，三首次句下五字不能起末句，餘皆可誦。數年來踪跡疎闊，恨未得向爲商榷云。

予游鄭蘇年夫子門，共研能詩者四人，謝心石英、鄭沅仲大承、王西亭以銘、沈蔭士廷槐。沅仲早卒，稿無從見。西亭、蔭士詩已録入《詩話》。惟心石久客大河以北，晚卒何棣士明府幕中。予亦久出未歸，篇什所遺，欲求不可得。近晤其同懷弟采仙索稿，見有《得心石伯兄書》二絶，急録之。蓋予於心石數十年交好，今《詩話》編成，師友詩粲然滿目，獨心石缺如。歐陽公所謂其人既可哀，其詩又不傳，殊爲扼腕也。故録其弟所答詩，存故人之名，即無異存故人之詩也。且聞其仲子久於楚遊，他日得見，索其父遺稿，倘吉光片羽有存，即當補録。詩云：「早來有客遺雙魚，喜得長安一紙書。見説邇來鬚鬢改，心驚覽鏡亦皤如。」「數上秦書莫療貧，彼蒼豈負有心人。寄言早整歸鞭好，堂上靈椿九十春。」心石乙酉孝廉，大挑二等。蔭士甲子孝廉。沅仲、西亭俱丙子孝廉。采仙名芝，以議叙得官，請假歸里，已將三十年矣。

《全閩詩話》：「《金罍子》：『梁到溉爲建安太守，任昉與之友，以詩贈之求二衫段云：「鐵錢兩當一，百代易名實。爲惠當及時，無待涼秋日。」溉答云：「予衣本百結，閩中徒百蠶。假令金如粟，詎使廉夫貪。」任與到夙相賞好，漫有此乞。到不答以物，而答以詩，其風致足尚也。』按溉以清白自修，性又率儉，不好聲色。虛堂單床，旁無姬侍，冠履十年一易，朝服或至穿補百結之云，諒非欺友。昉之死而其子便流離不振，亦非人可得而衣食」云云。按《南史》：「任昉諸子流離，生平舊交莫有收卹。西華冬月著葛帔練裙，遇劉峻泫，矜之，乃廣朱公叔《絶交論》以斥到溉兄弟。溉見論，抵几於地，終身恨之。」夫任彦昇之友多矣，而孝標著論，獨斥兩到，則於到之負，劉必有覯其深者矣。

林菊潭《過馬當》詩云：「幻夢山靈事渺茫，時來運退亦尋常。滕王高閣登臨倦，倒捲清風過馬當。」考《樵書》，唐都督閻公伯嶼重修滕王閣，九日宴僚屬於閣，欲誇其壻吴子章能文，令宿構爲序。王勃省父次馬當，去南昌七百餘里，水神告其故，且助風，天明而至，與宴。果請衆賓爲敘，皆辭之。至勃不辭，閻不樂，命吏得句即報。至「落霞與孤鶩齊飛，秋水共長天一色」，矍然曰：「此天才也。」其壻慚而退。世所傳「時來風送滕王閣」者是也。按宋吴簡言《經巫山神女廟題》絶句云：「惆悵巫娥事不平，當時一夢是虛成。只因宋玉閒脣吻，流盡巴江洗不清。」是夜夢神女來見，曰：「君詩雅正，當以順風爲謝。」明日解纜，一瞬數百里。夫風行水上曰渙，蓋風水相遭而成文。馬當之神助文人之風，於文未成之先；巫山之神助文人之風，於詩已成之後，各有攸當也。菊潭詩意初以掃除一切，看末二語，殆謂子安可再有，獨嘆時無閻公歟？

閩縣諸生李鐵人落拓不羈。《遣悶》云：「酒滿金尊月滿林，山川回首隔雲深。枯螢自誓同生死，白馬何從嘆古今。瘦樹後春知葉減，空帷獨處畏蠅侵。半生牢落懷知己，千里迢迢伏櫪心。」詩肖其人，妙無俗韵，倘亦所謂「深心託豪素」者乎？鐵人名劍潭。

閨秀鄧菊如詩已録數首，兹又於《續抄》録其《次女于歸》云：「姊雖遠别汝曾留，汝再分離母更愁。也解歸寧原有日，怎教望眼似三秋。」《勉子》云：「到底詩書不負貧，莫教虚度過良辰。幾回欲效和丸事，又恐嬌兒太苦辛。」向之佳者，如《訪菊》之「三徑正如尋舊約」，《買菊》之「品高端合增聲價」，《釀菊》之「味爲花寒分外甘」，皆可存。

落花之作，塵劫極矣。「雙臉胭脂開北地，五更風雨葬西施」，不超脱乎？乃更有超脱者。如陳善齋云：「紅雨霏霏散錦城，碧闌干外聽啼鶯。無多雨露恩猶重，已落風塵恨自輕。半世繁華同幻夢，一場青紫笑浮名。東皇到底憐春色，明歲園林又向榮。」不即不離，是一是二，庶幾不失手揮目送之旨。又《咏鄭元和》云：「《蓮花》唱罷可憐身，譜入梨園一曲新。散盡黄金鶯乞相，有誰青眼識輪困。美人難得情偏重，公子何愁命不辰。多少平康舊風月，幾教汧國拜夫人。」風流骯髒，不得以事出小説而棄之也。佳句如《踏雪尋梅圖》之「交當濃處情偏淡，境入清時寫愈真」，《菊花蛺蝶圖》之「從今不作尋芳夢，得傍柴桑處士籬」，皆可存。善齋名宗寶，侯官人，戊辰孝廉，大挑二等，官崇安廣文。

曾少坡編修髫年時，予曾於郡試一見。蓋同社薩褒光貢士爲少坡尊甫霽峰先生弟子，故社課多先生評閲，而每不棄予，文社中至有私禁。黄惺園太守爲諸生時，司課題爲《驥不稱其力》，渠鄉居先達罕識，不已，屬褒光仍求先生評閲，予又首取。故褒光邀少坡相晤，戲有「世兄」之稱。當時便覺氣韵不凡，今讀其《擊鉢吟》諸作，覺多得性情之正，且有志豪傑之士也。使玉樓不召，洵足當大雅之扶輪，乃天不予年，惜哉！今擇其尤佳者録之，然集中僅以七截爲限，不足盡其所長，會當求其全集而再登也。《方竹杖》云：「稜角生來到十分，獨饒勁節少圓紋。莫嫌方正難諧俗，世路扶持仗此君。」《不倒翁》云：「顛倒因人老態孱，半緣崛强半癡頑。憐渠矍鑠稱翁日，尚在兒童股掌間。」《撲滿》云：「祖籯摒擋積陳陳，半爲貪多半療貧。究竟此中容幾許，笑他暴富便驕人。」《題香奩集》云：「天涯無處著吟身，那有閒情寫笑顰。千古文章多贋託，冬郎原是嫁名人。」《五人墓》云：「一抔俠骨重名山，高義公然出市闤。多少士夫談氣節，貂璫祠宇遍人間。」《中元節燒紙衣》云：「剪紙禮原從俗好，焚符心欲與神交。須知衣被兒孫處，一領青氈未許抛。」《吴季子挂劍》云：「挂劍重經墓上過，延陵高誼感人多。負心天下知多少，我欲從君借太阿。」《長門買賦》云：「長門薄謫怨官家，孤負昭陽第一花。不是臨邛詞賦手，玉顔枉自妬寒鴉。」《太真春睡圖》云：「沈香亭下卸濃妝，一枕沈酣七寳床。最是宫鸚呼不醒，春風吹夢到漁陽。」《得如願》云：「打灰堆裏逬新庥，除夕争將吉語求。我爲普天宏願力，杜公廣厦白公裘。」《張騫尋河源》云：「大宛西去溯河流，萬里星槎八月秋。終古水從天上落，人間何處覓源頭。」《錢神》云：「誰是清流口不談，魯褒著論儆貪婪。近來世事多顛倒，愛與文星共一龕。」

擊鉢吟社名作如林，兹各擇其尤佳者録之。《燕子樓》何左卿云：「雙燕依依舊畫櫳，尚書墓上白楊風，墜樓原是娥眉志，豈在香山七字功。」《畫菜》林可舟云：「帶露和烟剪一叢，冰紈潑緑尚葱葱。畫家只愛摹秋色，可有蒼生在意中？」《鏡聽》翠岩云：「朝朝對影相憐慣，莫便今宵賺阿儂。但得刀環符吉語，鏡囊親手繡盤龍。」《管幼安渡海》林湘帆紱云：「依劉心事悲王粲，附魏功名薄子魚。一葉扁舟滄海外，不知人世有黄初。」《狐讀書》補録少坡云：「繙書古塚聚群狐，拜月餘閒誦讀俱。只恐至文難索解，疑團還似聽冰無。」《鍊石補天》王植庭有序云：「黄土摶人歷劫灰，媧皇獨具幹旋才。他時太史書雲物，盡是當年補綴來。」《雪夜入蔡州》少坡云：「雪光濃處凱歌催，昨夜將軍破蔡回。三百年來方鎮禍，毒霾瘴霧一時開。」《閻王點》雪茶云：「金鑰沈沈玉漏催，緑榕深處畫樓開。可憐殘燭西風夜，頭白冬郎入聽來。」《詩魔》葉芸鄉敬昌云：「閒裏端憑睡作陪，狂時還借酒爲媒。金針便是降魔杵，合仗詩王戒律來。」《麟閣畫像》雪茶云：「麟閣丹青妙寫真，上公劍履接星辰。論功我欲兼忠節，首畫胡天嚼雪人。」《太常妻》少坡云：「荆布相憐卧疾身，偶干齊禁豈無因。太常老病猶眉案，生世何常錯嫁人。」《太乙乘蓮》少坡云：「一葉蓮花護紫雲，滄波深處炳天文。歲星若不人間住，海上何人更識君。」《張果倒騎驢》湘帆云：「蝙蝠精靈本異聞，倒騎禿尾踏層雲。世人多失來時路，解得回頭獨有君。」《赤壁燒兵》可舟云：「莽莽江天歛火雲，三分鼎兆破曹軍。漢家四百年炎祚，餘烈猶收一炬焚。」《火判官》云：「白簡烏沙迴出群，炎威炙手奪烟氛。可憐勢燄薰天後，人世燃臍竟到君。」《文姬歸漢》翠岩云：「聽唱刀環廢塞垣，胡沙銜雪雜啼痕。李陵臺與明妃塚，一路傷心到玉門。」《二疏祖帳》雪茶云：「別罣雙雙博醉顏，見幾誰似二疏還。他年蕭傅傷心事，都在先生意計閒。」《張翰扁舟》李蘭屏彦彬云：「舵尾秋山緑上梢，尊罏值得一官抛。有人腸斷華亭鶴，悔不西風向故巢。」《錢林壽夫》彭年云：「杖頭攜酒出芳郊，赤仄青蚨處處抛。莫怪囊中羞澀甚，年來新絶孔方交。」《面具》蘭屏云：「赤眼紅鬚半似魔，蛇神牛鬼忽然多。向人不少宣明面，顔甲重重奈汝何。」《韓碑》魏和宇敬中先生云：「愈經讒口愈光芒，千古《韓碑》總擅場。相度機謀臣愬績，酬功公道有文章。」《薏苡謗》芸卿云：「明珠難繫老臣心，銅柱功成報國深。薏苡歸裝猶獲謗，可憐陸賈竟千金。」

閩縣馮笏軿舍人襲先世積雪飛霜之業，才情横溢，操奇贏者數十年，裕如也。一旦倦而思去，盡注授人，又能化臭腐爲神奇，使竹頭木屑，皆歸有用。故同事者多如裹綿行棘刺，舍人獨撤手游行，無罣礙相。非大力，曷克有此？而需次已届，又將種河陽花矣。惜未補官卒。性耽風雅，卒後數年，其從弟星舫得抄稿十餘篇。七律如《歸家五首》録三云：「憶送郵書感百端，修成一紙興闌珊。每因疾病愁家遠，强説平安下筆難。零落人如秋意淡，潺湲時帶雨聲寒。江南三月春光暖，身着重裘尚怯單。」「王粲樓頭發浩歌，千秋知己感常何。韶華逝水春潮長，近事著棋變局多。决整歸裝心又轉，倍添離恨病初瘥。季鷹自有思鄉意，豈爲蓴羹羨薛蘿。」「別緒歡悰款曲陳，劇憐蓆帽未離身。五陵過客多乘駟，一第遲予尚困鱗。爲問叔寒胡至此，祇緣臣壯不如人。從今懶作春明夢，抖擻吴淞袖上塵。」七絶如《題陳東村紫霞巾傳奇四首》録二云：「閒來顧曲灑雲箋，拍按紅牙付管絃。擬唱柳屯田好句，曉風殘月緑楊天。」「秦淮河畔逐芳津，珍重桃源洞口春。北里胭脂翻小譜，鴛鴦原是姓崔人。」《題鄭松谷太守白華潔膳圖四首》録二云：「鞅掌風塵禄養違，慈烏誰傍板輿飛。羨君圖寫笙詩意，從此休詩束廣微。」「官厨行炙醉如泥，五鼎烹鮮陋藿藜。我亦北堂勤餽食，衰年一飯尚黄齏。」有《題陳恭甫太史小嫏嬛館》長句，末幅云：「石函玉枕書目多，恐問張華亦不識。我有插架書成層，終歲閣束讀未能。目光如綫徒誇矜，譬諸小國夷滕鄫。」惜篇長不能盡載。舍人篇什應富，僅此寥寥，倘亦一臠全鼎之意歟？又有《勗子》詩云：「賢愚損益戒多財，回首豪場幾劫灰。揮手有金成怨府，清流自負亦粗材。」「宫牆配食無名士，閥閲高門起秀才。舊學新知加邃密，好敦實行莫疑猜。」又同題中聯云：「富貴有人工暮乞，英雄當日嘆晨炊。」又次聯云：「自古文章争著述，莫將科第作功名。」苟非中有所見，而又閲歷有得者，不能作此語。與「若問少年跳盪處，五陵車馬洛陽街」氣象迥殊，而知幾則一也。或曰此與疏太傅示「不買田宅」，馬伏波戒兄子嚴、敦二書，又國朝蔡聞之先生《訓子書》「到得躬行實踐，即舉人、進士亦用不著」之語，如出一轍。與前所録似另是一人手筆，予亦不能定。然詩自佳，故仍録之，以質知笏輧者。笏輧名縉，戊午孝廉，以例得中書科中書。

星舫之詩，七律如《壬午下第再赴谷口》云：「十年辛苦困車塵，虞坂難逢相馬歅。妻子有情終愧我，文章無命敢尤人。孤鴻影落帆檣外，古樹根盤澗水濱。王粲悲秋空作賦，還攜琴劍問前津。」五律如《送高鏡溪之臨湖蔣少陶刺史官署》云：「窮約難長處，帷君志獨堅。十年穿一榻，八口食無田。矧以襟懷壯，休云貧賤便。前途知己在，好整祖生鞭。」「作客君休恨，無同泪滿襟。關山兒女夢，蓬矢丈夫心。見月遲歸思，臨風且細吟。江南佳麗地，慎勿土如金。」「我亦曾爲客，年來偏獨愁。如君真卓犖，何處不風流。祇恐江湖慣，渾忘歲月悠。春暉須著意，歸棹莫淹留。」七絶如《曉行道中》云：「春風一騎逐紅塵，細雨輕烟拂面頻。岸柳似知離別苦，强開青眼送行人。」《可惜》云：「如君才調已堪誇，玉樹階前更足嘉。可惜心頭方寸地，只栽荆棘不栽花。」星舫多情，而又幹濟，能使才在裙屐之間。性豪爽，家無中貲，而善推施及蕭瑟，絶無寒相。人以此多之。名駿，字光銘，以大學應秋試，屢薦，尚未售云。

《野獲編》：「《北史》紀《陽五伴侣》詩最惡拙，市日傳寫，以售人。及唐《王氏見聞》所記楊錚秀才故作落韵成醜穢語，取人笑玩，裝修卷軸，投謁王侯，到者莫不倒屣，雄藩大幕争馳車馬迎之。」竊謂士人無賴，作此伎倆餬口，真千古罕見也。近乃有閩人莆田人林少白者，刻稿行京師，俚拙之極，見者無張不噴飯。予幼時曾睹其集，記其贈一吴中周山人者云：「蘇州城外有虎丘，蘇州城内有老周。圖畫張勝之冕，楷書字字叶大球。」一時公卿貴戚，延爲上賓，乞其咳唾，以博歡笑。蓋無日不飽五侯鯖也。予聞其曾爲諸生見斥，貧寠無計，乃出奇北游。孰意楊錚衣鉢真傳此人哉！

閩邑翁金坡茂才《吟蔗磨》云：「偶爾乘餘興，行行到蔗樓。竈燃三口鼎，磨駕兩頭牛。圓石隨輪轉，甘漿逐筧流。吾儕原倒啖，此境勝曾不。」題新詩亦不俗。《梅邑收稻早起》云：「夢覺荒村裏，晨曦尚未升。煮茶階掃葉，炊黍竈添藤。荷錨過沙徑，扶鋤下野塍。落花生已熟，不與稼同登。」亦有幽趣。《柬際子謙公子》三首録一云：「鎮日公餘入荔廳，緼袍狐貉竟忘形。而今惹得離人恨，幾度西風憶洞庭。公子祖明公，時提督楚北，公子隨侍，故云。明公名海，前爲福州協鎮。」《答際子謙》云：「戟門春盡百花飛，杜宇聲聲送客歸。今日相思煩問訊，故人裘馬想輕肥。」

屏麓草堂詩話卷十六

晉安莫友棠若愚著

宮詹葉毅庵先生《緑榕書屋詩抄》有《榕城百咏》，今録六首云：「一旅曾傳汗馬勞，千年遺廟在江皋。入關豪傑知多少，逐鹿群中識漢高。」「瓜蓮勝會夏晴初，封豕烹羊走里閭。野老愛談釣龍事，錯將餘善認無諸。」「深閨解説韓憑事，下里能傳《黄鵠歌》。西出迎仙北遺愛，兩行烏楔路旁多。」「靈鷲庵憑烏石高，一區浮宅寄蓬蒿。只孫楚楚朝天客，不及遺民舊布袍。宋游汶不仕元事。」「水次泉聲語自工，十分傾倒有名公。驚人佳句非無繼，宏獎風流事不同。『一山在水次，終日有泉聲』，陳鴻《聽泉閣》句，最爲曹能始所賞云。」「玉泉金盌出空山，弓鼻修髯識異顔。不是英靈銷歇盡，欲傳真像向人間。明宣德間，屯軍盜發蓮花峰忠懿王家事。」先生十一掌文衡，所拔多寒畯，京師爲之語曰：「一雙慧眼，兩袖清風。」故餘慶綿長。子成進士者三人，鄉薦者二人，優貢者二人；官觀察者一，知郡者一，作令者三；孫成進士者二人，一縣令、一觀察；鄉薦者二人，應省闈者二十餘人；曾孫膺鄉薦者一人，能世其家。

朱子《踏荒》詩云：「阡陌縱横不可尋，死傷狼籍正悲吟。若知赤子原無罪，合有人間父母心。」《宋史》文公本傳：「淳熙七年，浙東大饑，易提舉浙東常平茶鹽事。即日單車就道，移書他郡，募米商蠲其徵。比至部，米已輻輳。與僚屬鉤訪民隱，至廢寢食，雖深山窮谷，拊存不遺。事復，宰相王淮贊於上曰：『朱某荒政，乃行其所學，民被實惠。』」按陸放翁有《寄朱提舉》詩云：「市聚蕭條極，村墟凍餒稠。勸分無積粟，告糴未通流。民望甚饑渴，公行胡滯留。徵科得寬否，當及麥禾秋。」當即此時也。四十字惻然仁者之言。盧陵羅大經云：「文公於詩，獨取放翁，以其氣渾厚也。」然「民望」一聯，非朱子曷能當此！讀文公自詠詩，可見矣。

七言古四句轉韵，起於唐初，故謂之「初唐體」。其法四句之次兩句必整對，而下四句之第一句必取整對之各兩字頂起，層遞蟬聯，針線無痕，波瀾不竭，令讀者神游其際，有成連移情之妙，方爲合作。少陵《論詩六絶句》既曰「王楊盧駱當時體」，又曰「不廢江河萬古流」，大家推重如此，則知此體亦綦難矣。後之作者不過鬆暢而已，求若張若虚《春江花月夜》、王子安《帝京篇》、盧照鄰《長安古意》等作之音節爽脆、筆致古艷，而又能一往情深者蓋寡。近讀瓶庵先生之《陌頭楊柳曲》、秋坪先生之《關山月》，嘆觀止矣。《楊柳曲》云：「陌頭楊柳青青色，相望閩南與薊北。柳絮輕狂任自飛，柳枝婀娜慵無力。曉日簾櫳初上鉤，熏衣理鬢倚高樓。莫言謝女多愁思，自覺蕭郎愛遠遊。遠遊直上長安路，争羨蘭成來獻賦。蓬觀清臨玉樹風，靈臺高挹金莖露。玉樹金莖奏子虛，風流誰數馬相如。郎君雅具凌雲氣，少婦何煩織錦書。迢迢京國歸鴻至，聞説長安居不易。玉粒難充曼倩饑，金龜詎博青蓮醉。昔别春山叫畫眉，比來雨雪已霏霏。可憐刀尺深閨響，絶憶孤燈旅館時。深閨旅館同寂寞，寒更夢斷嚴城柝。只道同牽别後思，誰云早賦長安樂。樂事良辰美景兼，深宵寶鴨篆香添。那知思婦愁歌扇，劇羨新人妙織縑。織縑織素由來怨，燕姬便是桃花面。水驛山程路五千，欺魚負雁何由見。家人密語互猜疑，莫謂君心妾未知。春夕銀釭憐獨對，春閨玉筯暗雙垂。雙垂玉筯君知否，錦字緘愁待君剖。

但得新人善扶持，還將束帛代瓊玖。君不見楊柳青青三月時，一雙燕子畫簾歸。男兒自可四方志，莫悔秦嘉上計非。」題乃《戲爲李敬堂庶常作》，通首亦諧亦莊，所謂善戲謔兮，不爲虐兮。一結怨而不怒，風人之旨也。《關山月》云：「關山月，流影照龍沙。初轉輪臺看弄彩，徐過青海漸舒華。舒華弄采關山裏，四塞涼秋天似水。泛泛金波洗絳河，深深玉宇低荒壘。毳帳寒生雁乍鳴，戍樓光滿人初起。起來對月迴生愁，獨抱蟾光上戍樓。顧影自憐團扇夕，依光莫倚綺窠秋。誰人玉笛風前度，誰人畫角霜中語。短調空傳楊柳悲，淒聲難寫將離緒。將離欲贈路逶迤，歷歷關山月影移。征夫塞上思歸候，少婦樓頭見月時。樓頭見月情旖旎，忽憶征夫身萬里。蟋蟀堂前燭影深，芙蓉簾外燈光炧。影照流黄織未成，光摇刀尺裁還止。此時幽怨訴姮娥，此時別恨堆青蛾。揚采暗教留綺席，瀫輝獨惜注微波。金錢屢卜難相慰，烏鵲高飛可奈何。烏鵲填橋傳七夕，一年一度當秋節。盈虧幾見轉星榆，坐惜秋閨看月色。可憐玉筯垂闌干，可憐金粉凋朱顔。菱花瀲灩差相見，兔魄團圞强自看。菱花自昔圓無缺，兔魄經時缺又圓。但期兔魄菱花似，但願征夫明月比。年年歲歲照香閨，不向關山照遷徙。」通篇流連往復，情致纏綿，令人神往。末亦從唐人「不照綺羅筵，但照逃亡屋」二語顛倒出之，便成妙諦。要之二篇皆以氣韵勝者，故能媲美前人。

先師鄭蘇年先生教無縛騾，恒善誘，以至於成。交有始終，即違言，相見如舊。故如廖鈺夫尚書鴻荃、梁芷鄰中丞章鉅、廖儀卿觀察鴻藻及守郡齊北瀛鯤、陳雲章忘其字皆出其門。其成進士，登賢書，刺史、縣令、學博者，猶指不勝屈，而讀書社諸名宿及舊交何小山、鄭秋岩諸公，皆能使白首一節，蓋待士嚴而有禮，與人敬久不忘。讀示同懷弟憲雲師叔詩二章，有以知先生之不可及矣。其詩云：「爲師不盡心，名教固有忝。顧當視材質，施教乃有漸。碔砆與瓦礫，何可刻琬琰。貴因勢利導，不亢亦不貶。譬如治蠻夷，隨俗權荏苒。逮其信服深，然後變舊染。初即束縛急，勢必越閑檢。空懷訓迪思，反用作詆譣。亮哉優游化，古訓深可點。」「裸民嗤霧縠，矉女憎巧笑。狂國類喑聾，仁義豈能詔。入世貴權衡，身乃免責誚。深厲淺則揭，此語含至妙。罅隙豫彌縫，忠恕密感召。昨日閲史書，古道垂遠照。伯恭吕夫子，少年顔卞峭。後讀躬自厚，氣質變寬寫。持大累小疵，吾輩當勉劭。即云義不合，去就本光耀。交絶無惡聲，蹇難有歌嘯。休音良可師，書此再三醮。」

《淮陰侯廟》詩：「築壇拜日恩雖厚，躡足封時慮已深。隆準早知成鳥喙，將軍應起五湖心。」《青箱雜記》爲錢昆詩，且稱爲絶唱。而《桐江詩話》又謂是黄好謙作。又《三楚新録》蔣密《題桑》云：「綺羅因片葉，桃李謾同時。」爲作者所許。李觀象聞之佯驚曰：「此僕詩，何蔣密之能爲？」士林鄙之。予按：淮陰詩論通體則乏韵，而「日」、「時」换作「將」、「王」，尚覺渾成，乃不知出此硬凑一「日」字，何其贅也。末句亦無力量，未爲佳構也。至《題桑》句徒有君形，全無風味，乃前作有同之者，後作有攘之者。鴟爭腐鼠，鶉謀瓦縫，亦可見其詩教之靡矣。「隔簾歌已俊，對面貌彌精」，《志林》謂五代文章衰盡，信有然也。近人林子萊《淮陰驛弔韓》古風云：「寧爲執戟郎，莫作三齊王。執戟不爲辱，三齊且就戮。高鳥既盡藏良弓，長者爲德常不終。南昌亭長安足計，泗上亭長誅群雄。當年國士棄重瞳，天意已歸隆準公。漢家天下季所得，焉能拔刀從蒯通。千金不忘漂母飯，惡少一旦又樊籠。恃恩記怨非寬洪。君不見丁公斬、雍齒封，高皇恩怨何曾同。」議論隊仗，庶幾差强人意。

《小芙蓉舫詩鈔》四卷，閩縣林子萊孝廉遺稿也。子萊於予雖同里相遇，亦不相識。歲戊戌，予姪洪濤訓蒙家塾，子萊令少子公瑗來學，曾於予姪一問，予固不知子萊也。後聞子萊頗不肯以頭銜爲德業，以科第易交遊，心稍異之。又後，子萊遭父喪，適鄰不戒火，家無健者，惟抱棺號咷，聲惻遠近。須臾火息，幸無恙。子萊因得肺瘵疾，病數月竟卒。乃知子萊能知竭力事親，爲無忝孝廉之目。予於子萊終未謀面也。夫桑梓有善人，方冀其立懦廉頑、寬鄙敦薄，孰意玉樓召之速也，爲惋惜者久之。一日遇公瑗於道，知不能如其父在日之讀書，心又甚憫者久之。然任彦升身後，恤孤素交諒無到溉；張處士世家，通舊報德應侯顔萱。得其遺稿，特爲挑燈披閱，録其尤者編諸《詩話》。子萊名仰東，壬辰孝廉，其友侯官林昌彝有傳。

林子萊《蠣房二十四韵》云：「絶島群鱗聚，驚潮萬馬颿。蠔山排磊磊，蠣嶼立巉巉。浪緊風全疊，谿寒水獨鹹。蹙紋妝玳瑁，含殼抱瑶瑊。斷岸粘危坂，中流矗怪巖。泠知丹器獲，圓愛粉丸嵌。駕險支瑶柱，凌空泊鷽帆。八門分秘鑰，七尺削雕函。穴小蟲徐入，房深鳥不鵮。天留墟市賣，人傍石雲劖。斵斧疑攻錯，飛檣笑鼓儳。衡烟槎並下，植雪竹先芟。劃破波千頃，攜歸月一鑱。醬黄添舊釀，灰白剖新緘。膏露流玄玉，斑花點碧衫。剔將涎細細，擘倩手摻摻。此品宜常饌，頻年慰老饞。得魚思有酒，食蟹喜無監。藻滌春盤緑，梅調暖釜黬。摘霜和薑芥，煨火爇松杉。類本同江蚌，珍仍勝海蝛。采華吟入妙，醰味識超凡。嗜美頤應朵，嘗新輔已咸。憑君修食譜，太守許頭銜。」

吾鄉林氏最盛，魏又瓶嘗爲余述林心醰先生詩，《月夜聽琴》云：「佳人愛良夜，獨此撫瑶琴。明月有古色，白雲生遠心。洗此箏笛耳，泠然山水深。願言諧素俗，道妙静中尋。」《中伏夜雨》云：「伏雨若無暑，微涼覺自生。一天得秋意，終夜有蟲聲。即此通乎寂，因之心獨清。孤燈不成寐，相對竹窗明。」《夏日客感》云：「盛夏草木繁，黄庭靄深碧。微雨一來過，層飔扇几席。散髮聽前軒，浩歌遣愁疾。晚蜨猶被畦，候蟲已吟壁。會心豈在多，感時竟安極。羈旅非素懷，即此謝拘役。寄言離居子，何當共晨夕。」先生名崑瓊，字醇叔。乾隆乙酉舉人，官湖南直隸州知州。尊甫朋三庵叟，精於醫，嘗就養楚南。作《瀟湘八景》，《瀟湘夜雨》云：「泉陵城下繫扁舟，到眼瀠洄客思悠。却愛水聲連雨氣，夜闌清韵枕邊流。」《山市晴嵐》云：「嵐氣氤氳曉日垂，烟村市上映三時。負擔雜遝穿山徑，色色桑麻景物熙。」《烟寺晚鐘》云：「寒山古寺鎖雲烟，傍晚疎鐘嶺外傳。幽渺聲隨林月淡，上方清響净塵緣。」《遠浦歸帆》云：「數灣湘浦數灣風，送盡歸帆叠浪東。仙侣晚來依曲岸，樓頭遠望思何窮。」《漁村夕照》云：「漁翁樂事一竿長，家泛烟波處處杭。欸乃曲終鱸鱠熟，呼兒沽酒醉斜陽。」《洞庭秋月》云：「水天一色洞庭秋，月湧平湖八百流。望古有懷何處弔，飛觴且上岳陽樓。」《平沙落雁》云：「秋來搦管戲鴻餘，翔雁南飛過楚墟。奮翮遥看翻鳥篆，落沙却似畫蟲書。」《江天暮雪》云：「江天欲暮雪漫漫，掩映湖光一大觀。載酒更從樓上望，千峰如在白雲端。」令弟名徽瓊，號庚生，太學生，亦能詩。《茶陵庫藏懷麓勘片殘闕殊甚醇叔伯兄取而校之因得是作》云：「茶陵南接醴陵坡，不讓江郎綵筆多。昔日稱詩驅屈宋，後人定論駕徐何。獨憐七字投春草，猶向中書聽玉珂。遺版雖殘當勿恨，未經俗吏一摩抄。」先生令嗣説樵，嘉慶庚辰歲旱，嘗作《語旱魃》云：「吁嗟乎旱魃來前吾語汝，肆虐汝已歷時所。煎沙爛石震酷暑，燹笈爍毛恣灼煦。風伯唾音篆。怨音戀。作儔侶，雲師霋䨴成驢駏。電鞭閃爍奔不吐，雷鼓砰訇禁其鼓。汝率魃屬時處處，個未五切簏米古切皺音胥。玻烈具舉。悍如蚊蝑猛如虎，民森音覽。而厵物叜音表。脯。綺陌繡阡遍焦土，十架水車蹋烟溆。涓滴何曾遍田圃，丁婦丁男力空努。那有粒粟登倉庾，稼穡之難夷蒿蔞。糠粞之微盛稷黍，人似倒懸病噢咻。音煦，病聲。啗茶不足喻斯苦，東皋封羊西盄音亞，酒盃也。醑，南畝鳴螺北敤音夥，擊也。鼓。侯彊侯以侯亞旅，盤辟衣冠拜俯傴。不祈多黍與多稌，但祈維秠與維秬。巫咸受辭告農父，無病斯旱無徒楚。遲須臾兮倘我許，閲日涉旬翹首佇。偶有一瓢非意杼，六月廿九日微雨即晴。此而神傷彼色沮。先而泪零繼髮豎，巫云汝魃爲之主。咄哉汝魃何齟齬，汝魃幸無念汝祖。昔堯傳舜舜傳禹，十年九年旱最巨。湯禱桑林列尊俎，白馬素車聚麇麌。帝乙之仁宣王武，奉璧奉圭事戒五。瑞兆未符嘉應阻，一百卌年春秋魯。其間又屢書不雨，自秦涉明閲千古。誼辟英君不勝數，國計民生心詡詡。有時閭閻乏供龥，有時黔黎競奪糈。乃祖倗然作妖蠱，少而乳汝繼凶緒。方今聖人高御宇，但合循規而蹈矩。如何不悛惡尤怙，問罪端合膏鉞斧。我欲乘風訴天府，天哀下民大震怒。詔勅六丁撮驍鼠，汝於斯時悔何補。吁嗟呼旱魃來前吾語汝。」説樵名藩，道光申午舉人，大挑一等，分發湖北。

林聲于名皋，亦好作小詩，今録其七絶，《種菊》云：「鴉觜輕鋤徑路平，小園涉趣植秋英。瓦盆妨燥泥妨濕，爲恐花時太瘦生。」《灌菊》云：「連宵霜信逗疏枝，恐減幽香暗自持。幾度花瓢勤灌溉，催將秋色上東籬。」《採菊》云：「關心陶令健腰支，幾度秋風獨倚籬。滿鬢青霜如可插，悠然先選最高枝。」《乞巧》云：「爆衣樓上落花紅，少婦穿針下拜同。知有心香虔禱祝，可能人巧奪天工？」《柳花》云：「千絲萬縷織難成，飛作漫天絮影明。不是東風慣勾引，此生心性本來輕。」皆可存。末二語竟得咏物題妙巧。

懷人之作，《毛詩》尚已。秦、漢以下，其始自顏光禄之《五君詠》乎？次則唐杜少陵之《八哀》爲王司空思禮、李臨淮光弼、嚴鄭公武、汝陽王璡、李秘書邕、蘇少監源明、鄭台州虔、張僕射九齡是也。次則宋蘇文忠之《東坡八首》，爲馬正卿、王文甫、潘大臨、郭遘、古耕道是也。國初以來，名流輩出，停雲落月之章固不少。近世則何實齋編修西泰有國朝吾鄉諸先輩詩十四首，爲許甌香友、張无悶遠、葉思庵畋然、謝古梅道承、李磁林開葉、郭書禪雍、黄莘田任、林松址豫吉、鄧蔚人以臨、鄭荔鄉方坤、吴劍虹文焕諸先生，及姜孝子天榮是也。兹林子萊集中亦有《論詩懷人》五律十二首焉。按光禄詩則傷逝憐才，少陵詩則懷賢嘆舊，玉局詩則患難感恩，雖千百載下，皆呼之欲出者，以有載籍可稽也。即如編修所論者，亦百數十年矣，然如甌香、无悶、古梅、莘田、荔鄉諸先生，或以品重，或以才雄，不特至今流風未歇，而當時之文采已彰，故實至名歸。讀編修之詩，即如見諸老其人焉。今子萊詩既無主名，又無小注，略少事蹟可徵，但憑語句揣量，始雖欲録而終不敢盡録，以題目既鮮知的解，而文字亦莫得指歸也。故祇録《論懷》林石甫一首云：「鋭志空今古，詞壇壁壘孤。險巇争一字，廉悍辟千夫。詩力貧無損，狂名皦莫污。天心寬養局，安肯泣窮途。」餘者尚留續刻再登。

「登高」之字見於《書》，登高之典見於漢閩粤王《九日樽若登高》之詩。振古如兹，名作若林，蓋指不勝屈矣。而近世作者紙勞墨瘁，益難殫述。要求脱前人窠臼，戛戛其難矣。友人陳偶峰云：「落帽參軍翰墨殊，題糕才子亦華腴。而今幾輩稱能賦，冠蓋喧闐儼大夫。」「蠟屐偏於此日閒，撚鬚索句亦殊艱。兒童歷數登高典，苦憶呼庚有首山。」一用《毛詩傳》，一用《左氏》，掃盡九日舊典，而能獨出手眼，使非實典皆爲實典。既妙用事，又善使才，誠不愧文人吐屬也。

詩之體格，自古近今不勝枚舉，唐皮日休《雜體詩序》言之詳矣。然劉象《春夜》云：「幾處兵戈阻路岐，憶山心切與山違。時難何處披懷抱，日日日斜空醉歸。」又：「近春欲睡兼難睡，夜夜夜深問子規。」又《曉登近春閣》：「春風滿閣花盈户，樹樹樹梢啼曉鶯。」又《都中感舊》：「憶得幾家歡宴處，家家家業盡成灰。」體格已奇。後讀文文山先生詩集，有《生日謝朱約山和來韵》詩末二語云：「丹崖翠壁千萬丈，與公上上上上上。」明鍾越注：「連用五『上』字，奇逸，古來所無。」是又迥出雜體之外也。象，京兆人，天復元年及第。《湘素雜記》：「鄭谷與僧齊己、黄損等共定今體詩格，云：『凡詩用韵有數格，一曰葫蘆，一曰轆轤，一曰進退。葫蘆韵者，先二後四；轆轤韵者，雙出雙入；進退韵者，一進一退。失此則繆矣。』」予按《倦游雜記》載，唐介爲臺官，廷疏宰相之失，仁廟怒謫英州别駕。朝中士大夫以詩送行者頗衆，獨李師中待制一篇爲人傳誦，詩曰：「孤忠自許衆不與，獨立敢言人所難。去國一身輕似葉，高名千古重於山。並遊英俊顔何厚，未死奸諛骨已寒。天爲吾君扶社稷，肯教夫子不生還。」此正所謂進退韵格也。按《韵略》「難」字第二十五，「山」字第二十七，「寒」字又在第二十五，而

「還」字又在第二十七，一進一退，誠合體格，豈率爾爲之哉。迨閲《冷齋夜話》，載當時唐、李對答，乃以此詩爲落韵詩，蓋渠不見鄭谷所定詩格進退之説，而妄爲云云也。

唐章碣詩云：「東南路盡吴江畔，正是窮愁暮雨天。鷗鷺不嫌斜雨岸，波濤欺得逆風舡。偶逢島嶼停帆看，深羨漁翁下釣眠。今古若論英達算，鴟夷高興固無邊。」蔡寬夫曰：「碣詩平側各一韵，自號變體詩。」殊不佳，録之存其體也。

相傳明永樂中，翰林某奏對，誤以墓前石人爲仲翁。成祖斥之以詩云：「翁仲如何説仲翁，想因窗下欠夫工。而今不得爲林翰，貶去江西作判通。」按《閩通志》：「唐咸通中，崔衮刺漳州，有麻衣黎瓘者，南海狂士也，游漳，衮禮遇之。瓘頻於席上喧酗，爲押衙王剬所惡。鄉飲之日，諸賓悉赴客司，獨不召瓘。瓘作翻韵詩贈崔使君，坐中皆大笑。崔使馳騎迓之。其詩曰：『慣向溪邊折柳楊，因循行客到州漳。無端偶觸王衙押，不得今朝看飲鄉。』」則前詩有自來矣。

《文海披沙》：「東坡有《吃語詩》云：『故居劍閣隔錦官，相果薑桂交荆菅。奇孤甘挂汲古綆，僥覬敢揭金鉤竿。已歸耕稼供藁秸，公貴幹蠱高巾冠。更改句格各謇吃，姑固狡獪加間關。』又《戲武昌王居士》詩云：『江干高居堅關扃，犍耕躬稼角桂經。篙竿擊舸菰茭隔，笳鼓過軍雞狗驚。解襟顧影各箕踞，擊劍賡歌幾舉觥。荆笄供臉愧攪聒，乾鍋更戛甘瓜羹。』予友人舉孝廉，口吃，惟流音念不工，一日雨中，予與徐興公各賦絶句，爲《吃人念不得》詩以遺之，予得二首云：『緑柳龍棲老，林羅嶺路涼。露來蓮漏冷，兩泪落劉郎。』又『梨嶺連連路，蘭陵累累樓。琉璃憐冷落，郎輩懶來留』。興公得一首云：『留戀蘭陵令，淋漓兩泪流。嶺蘿涼弄籟，路柳緑連樓。』」

予友王成旟效之，録三首云：「佳景君高寄，幾經窮匱家。居官期較急，過顧客皆嘉。」「肝膈結交久，古今見解加。故教極感激，句格繼琚瓜。」《魏又瓶招邀賓朋集足雨宧成雙聲詩就正》。「更雞街鼓急交加，計較佳期幾及瓜。閨閣久居故驕慣，竟教嫁郭冠軍家。」《嫁婢》。「陸離聊戀嫪，寥寂老林巒。領略靈閭理，臨流捋澧蘭。」《陸裘子誦騷圖》。

古今通韵律有嫌韵，謂通韵之疑似者，多用之律詩首一句，以唐律四韵首句原不在韵例之内，既非奸犯，亦非兼用，衹以韵首疑似故及之，謂之嫌韵。然嫌韵可通而不可轉，如東之嫌冬，有黄滔《寄楊贊圖學士》「東堂第一領春風，時怪關西小驥慵」，王建《上張宏靖相公》「傳封三世盡河東，家占中條第一峰」諸詩；冬之嫌東，有白居易妻《初授邑號誥身》「弘農舊縣受新封，細細金泥誥一通」，皮日休《寄滑州李副使員外》「兵繞臨淮數十重，鐵衣才子正從軍」諸詩。他韵盡然云云。按少陵七古《醉時歌》轉宋韵首句押「皇」字，則爲出韵。此大家偶一爲之，不可爲例。至律排，今則首句末字當用仄，不特嫌韵不可用，即本韵亦不可用。若用，謂之多一韵，即不合式矣。

閩縣曹璧堂，名應詔，志耽風雅，惟奪於時文爲取青紫之急務，故亦不能多作。今約録之。如《細雨觀蓮》云：「細雨斜風水檻涼，愛花不覺濕衣裳。豈應故濺潘妃步，自是蓮花欲洗妝。」《蕭齋咏雨》云：「春風春雨釀春花，濕露濃雲四面遮。似妬詩人春入眼，故教紅紫幕輕紗。」又《寒夜》云：「蕭颯風聲滿太虚，窗前冷氣襲衣裾。欲將大被歡寒士，能否人皆挾纊如。」《七夕前三夜》云：「碧天如水夜悠悠，彈指三朝慰女牛。若使人間勝天上，離人思婦又何尤。」

黄琴農名羲，字瑟容，永福諸生，養九先生仲子也。家學淵源，詩筆亦自清新。《大嘉山拜李忠定公墓》云：「何幸青山葬此身，墓前草木自長春。松風猶似忠魂返，椒酒難將宿恨伸。武穆西湖墳亦古，文山柴市血如新。九原聚首應相慟，南渡空坐社稷臣。」《雪花》云：「風送寒聲水不泡，塞鴻無影鶴歸巢。景從日暮詩成得，枝是瓊林玉樹交。天女無心何亂散，謝家好句費推敲。爭春自信真顔色，妬殺梅花白滿梢。」《春日郊行圖》云：「飼蠶時節插新秧，生計關心事事忙。多少畫圖工寫景，由來總不及農桑。」《和陳柳湖春日感懷》云：「苔痕點點草萋萋，短睡初醒眼欲迷。惹起離人多少恨，鷓鴣啼罷子規啼。」《題宋高宗放鴿圖》云：「千頃西湖接翠微，聲聲鈴響趁斜暉。微禽似解君王意，不向水天帶信歸。」《邯鄲夢》云：「一瞬四十載，夢醒何必驚。古今富貴者，大半是虚生。」又《對菊》中聯云：「惟予與汝秋心淡，舉世伊誰晚節全。」亦佳。

閩縣吴壽仙能詩，《曬書》云：「曬遍琳琅萬卷書，收餘星月欲來初。郝隆妙策工藏貯，腹内何嘗有蠹魚。」句之佳者，如《落葉》云：「贏得入詩兼入畫，那能禁雨更禁風。四圍庭館全飄緑，一角樓臺半露紅。」皆可采。

閩垣景物之盛，自第一樓至利涉門爲最。然人只知人烟之輳、市肆之盈，而不知昔時大雅，言之有令人望古遥集者焉。按王應山《閩都記》：「宋曾南豐《知福州出利涉門》詩云：『紅紗籠竹過斜橋，覆觀翬飛入斗杓。人在畫船猶未睡，滿堤明月一溪潮。』張時徹《登第一樓》詩云：『紫薇仙署鬱蓬萊，阿閣玲瓏接上台。碧海雲霓翻水殿，青城龍虎結瑶臺。綺羅晴鬭千門日，鐘鼓春傳九陌雷。客子不知芳草繡，香車何處起塵埃。』」

本朝定鼎二百年來，吾閩科甲之盛，遠近稱焉。獨未有登殿撰者。道光戊子，主閩試爲殿撰戴湘圃先生，有《閩中即事》七律四首，其末語云：「聞道十洋成市久，分明佳兆夢中看。」自注「閩諺『十洋成市狀元來』」，入闈夜夢魁星，疑爲吉兆」云云。及丙申會試，欽定狀元林鴻年，□即是科所得士。主試者奎星入夢，信非尋常讖兆也。四首允宜悉登，以爲吾閩之佳話，云：「萬里崎嶇度嶺霞，螺江水碧客停槎。文章舊價西川錦，自注：閩省有西川之名。品味新嘗北苑茶。五夜漏聲蠶食葉，一簾秋影蠟浮花。蜚騰咫尺龍門近，誰向延津利濟誇。」「宗匠群推老斲輪，東南保障重勛臣。指揮後進陪恩宴，鼇定新編勗士人。自注：監臨韓芸舫中丞刊刻《條約編》。度盡金針傳善則，量幾玉尺證前因。三山雲脈穿泉好，自注：時新葺試院，穿井甚多。記取初心問水濱。」「歷碌風塵廿載過，草茅名字忝巍科。秀才家世天顔喜，自注：壬午召見，問女有□四世皆秀才語。海國人文理學多。秉節至今慙鈍拙，掄材漫詡廣搜羅。大邦持舉君恩重，眼底金篦細刮摩。」「沈沈霄漏月光寒，雞肋情懷未忍寬。自注：落卷展閲數遍。列榜原因前數定，論文究欲此心安。敢云滄海遺珠少，始信風塵識驥難。聞道十洋成市久，分明佳兆夢中看。」